ANNETTE FABIANI

Die Champagnerfürstin

GOLDMANN

ANNETTE FABIANI

DIE CHAMPAGNER FÜRSTIN

ROMAN

GOLDMANN

MIX
Papier | Fördert gute Waldnutzung
FSC® C083411

Penguin Random House Verlagsgruppe FSC® N001967

1. Auflage
Originalausgabe Juni 2022

Dieses Werk wurde vermittelt durch die
Montasser Medienagentur, München.
Gestaltung des Umschlags und der Umschlaginnenseiten:
UNO Werbeagentur, München
Umschlagmotiv: © Ildiko Neer/Trevillion Images; FinePic®, München
Redaktion: Ilse Wagner
BH · Herstellung: ik
Satz: Uhl + Massopust, Aalen
Druck und Bindung: CPI books GmbH, Leck
Printed in the Czech Republic
ISBN: 978-3-442-49268-8

www.goldmann-verlag.de

»Wir kennen niemanden in unserer Stadt, der mehr unbezwingbare Energie in jeden Akt seines Lebens gebracht hat. Ihre Gehirnorganisation war eher die eines Mannes als einer Frau. Sie hätte ein Ministerium mit der gleichen Autorität geleitet wie ihr Handelshaus. Ihre lebhafte Intelligenz begriff sofort die praktische Seite einer Angelegenheit. Sie erfuhr keine oder wollte keine Schwierigkeit bei der Umsetzung ihrer Pläne erfahren. Zu diesen Eigenschaften, um die sie ein Staatsmann beneidet haben könnte, kam eine lebhafte Vorstellungskraft …«

Dr. Henri Henrot, Bürgermeister von Reims 1884–1896,
am Grab von Jeanne Alexandrine Pommery

1

Reims, September 1888

»Der Ripper hat wieder zugeschlagen. Ganz London in Angst!«

Seufzend ließ Henry Vasnier die Zeitung sinken. Die ersten Zeilen der »Neuesten Meldungen aus aller Welt« nahmen ihm die Lust weiterzulesen. Selbst der *Courrier de la Champagne* brachte in letzter Zeit immer öfter reißerische Nachrichten aus dem Ausland an oberster Stelle. Wohin war die Welt nur gekommen? In seiner Jugend hatte es dergleichen nicht gegeben. Henry Vasnier seufzte erneut und nippte an seinem Morgenkaffee.

»Wünschen Sie noch etwas, Monsieur?«, fragte das Hausmädchen.

Henry schenkte der jungen Héloïse ein Lächeln, bevor er sie mit einem Kopfschütteln entließ. Zufrieden blickte er ihr nach, während sie hinausging und die Tür hinter sich schloss. Er beglückwünschte sich dazu, das Mädchen eingestellt zu haben, denn er zog das hübsche Gesicht einer weiblichen Hausangestellten der säuerlichen Miene eines Butlers vor, die bei den Engländern so hochgeschätzt wurden.

Nachdem Henry sich den grauen Schnurrbart mit der Serviette abgetupft hatte, nahm er den *Courrier* wieder zur Hand. Er übersprang die Beschreibung des scheußlichen

Mordes an einer Prostituierten in London und blätterte weiter zu den Lokalnachrichten. Sein Blick blieb an einer Meldung hängen, die zwar nicht an prominenter Stelle stand, aber dennoch nicht zu übersehen war: »Reims: Ist das Champagnerhaus *Veuve Pommery* zahlungsunfähig?«

Ungläubig überflog Henry Vasnier die wenigen Zeilen. Unfassbar, dachte er schockiert. Diese Schufte von *Roederer*, *Ruinart* und den anderen schrecken auch vor nichts zurück!

Die Tür zum Morgenzimmer, in dem er das Frühstück einnahm, wurde geöffnet, und Héloïse trat mit beunruhigter Miene ein.

»Es tut mir leid, Monsieur. Da ist ein Besucher, der sich nicht abweisen lässt. Ich habe ihm gesagt, dass Sie um diese Zeit niemanden empfangen und dass er im Kontor vorsprechen soll, aber …«

Das Hausmädchen hob hilflos die Hände.

»Wer ist es, Héloïse?«, fragte Henry.

»Monsieur Barthélemy.«

»Schon gut. Führen Sie ihn herein.«

Vasnier faltete die Zeitung zusammen und legte sie auf den Tisch. Das Gerücht hat sich schnell herumgesprochen, dachte er zynisch. Der Winzer, der aufgeregt zur Tür hereinstürmte, wirkte sichtlich aufgelöst. Seine Haare standen ihm zu Berge, und sein vom gewohnheitsmäßigen Weingenuss ohnehin gerötetes Gesicht war so violett wie seine Trauben.

»Guten Morgen, Monsieur Barthélemy«, begrüßte Henry den Besucher mit aller Ruhe, die er aufbringen konnte. »Was führt Sie so früh nach Reims?«

»Das ist jetzt unwichtig, Monsieur Vasnier«, stieß der Weinbauer hervor.

»Wollen Sie sich nicht setzen?«, bat Henry mit einer einladenden Handbewegung auf den Platz gegenüber dem seinen. »Das Mädchen bringt Ihnen gerne frischen Kaffee.«

»Nein … nein«, lehnte Barthélemy ab, besann sich dann aber und zog mit einer hektischen Bewegung den Stuhl heran.

»Héloïse, bringen Sie unserem Gast bitte Kaffee und ein weiteres Gedeck«, sagte Henry. Es gelang ihm, seiner Stimme einen selbstsicheren Klang zu verleihen, der seinem Gast tatsächlich ein wenig den Wind aus den Segeln nahm. »Also, mein Freund, was kann ich für Sie tun?«, fragte der Hausherr mit einem salbungsvollen Lächeln, das dem Erzbischof von Reims alle Ehre gemacht hätte.

Barthélemy zupfte nervös an seiner Weste aus braunem Tuch, die sich eng um seinen Schmerbauch spannte.

»Ich hoffe, Sie nehmen es mir nicht übel, Monsieur Vasnier, dass ich so hereingeplatzt bin, wo Sie doch ungern zu Hause mit geschäftlichen Dingen belästigt werden.«

Er warf unsicher einen Blick auf die erlesenen Möbelstücke und Kunstgegenstände, mit denen das Zimmer eingerichtet war. Auf einmal erschien ihm seine Aufregung in dieser vornehmen Umgebung unangebracht, und er schämte sich seiner bäuerlichen Plumpheit. Die liebenswürdige Miene des Hausherrn gab ihm jedoch den Mut, weiterzusprechen und mit seinem Anliegen herauszurücken: »Ich habe heute Morgen im *Courrier* gelesen, dass das Haus *Veuve Pommery* zahlungsunfähig sein soll … und da konnte ich ja nicht einfach nach Hause fahren, ohne die Sache zu klären, wo wir uns mitten in der Lese befinden. Sie verstehen das doch, oder?«, sprudelte der Weinbauer atemlos hervor.

»Aber natürlich verstehe ich Sie, mein lieber Barthélemy«,

erwiderte Henry mit gespielter Jovialität. »Aber Sie haben keinen Grund zur Aufregung. Die Meldung in der Zeitung ist nichts weiter als ein böswilliges Gerücht, das unsere Konkurrenten in die Welt gesetzt haben. Das Haus *Veuve Pommery* befindet sich in keinerlei finanziellen Schwierigkeiten. Dennoch: Es ist gut, dass Sie mit Ihren Bedenken zu mir gekommen sind, Monsieur.«

»Ich dachte zuerst daran, mich an Madame Pommery zu wenden«, sagte Barthélemy.

»Zum Glück haben Sie das nicht getan«, entgegnete Henry mit einem gezwungenen Lächeln. »Madame Pommery hätte Ihnen so den Kopf zurechtgesetzt, dass Ihnen Hören und Sehen vergangen wäre.«

»Das fürchtete ich auch«, gab Barthélemy zu und schluckte schwer. »Deshalb wollte ich zuerst mit Ihnen sprechen, Monsieur Vasnier.«

»Ich gebe Ihnen mein Ehrenwort darauf, dass an den Gerüchten über unser Haus nichts Wahres ist«, sagte Henry und blickte seinem Gegenüber offen ins Gesicht. Er hatte es schon immer verstanden, seine Gefühle hinter einer Maske des Gleichmuts zu verbergen. Auf diese Weise hatte er die einträglichsten Geschäfte gemacht und so manche Antiquität zu einem Bruchteil seines Wertes erstanden.

»Dann werden Sie Ihren Verpflichtungen auf jeden Fall nachkommen?«, fragte Barthélemy ein wenig beruhigt.

»Aber natürlich, Monsieur«, versicherte Henry. »Wir haben Verträge über den Erwerb Ihrer Ernte abgeschlossen, und diese werden wir einhalten. Sie brauchen sich keine Sorgen zu machen.«

Mit einem geschäftsmäßigen Lächeln erhob er sich, und Barthélemy fühlte sich genötigt, es ihm gleichzutun.

Der Hausherr zog an der Klingelschnur neben dem Kamin.

»Ich wünsche Ihnen eine gute Heimfahrt«, sagte er und klopfte dem Winzer zum Abschied auf die Schulter. »Héloïse, führ unseren Gast hinaus«, bat Henry, als das Hausmädchen erschien.

Nachdem sich die Tür hinter Barthélemy geschlossen hatte, blieb Vasnier noch einen Moment am Frühstückstisch stehen und starrte auf den *Courrier de la Champagne* hinab, der neben seiner halb leeren Kaffeetasse lag.

»Verdammt«, murmelte er zwischen zusammengebissenen Zähnen. »Verdammt ... verdammt ...«

Das reizende kleine Chalet, das Madame Pommery in dem Dorf Chigny südlich von Reims inmitten von sanften Hügeln und Wäldern hatte erbauen lassen, lag am Ende einer langen sandbedeckten Auffahrt. Das zweistöckige Gebäude mit den hohen Fenstern wirkte elegant, aber nicht protzig wie ein Schloss. Bei den englischen Kunden des Hauses Pommery, die oft zu Jagdgesellschaften geladen wurden, war es besonders wegen des weitläufigen schönen Parks beliebt.

Ungeduldig hielt Henry dem Lakaien seinen Hut und den Gehstock hin.

»Melden Sie mich sofort Madame Pommery«, verlangte er.

Sein finsterer Gesichtsausdruck veranlasste den Diener zur Eile. Jeder Mitarbeiter im Haus Pommery war sich des Einflusses von Monsieur Vasnier bewusst, der nicht nur Teilhaber der Firma, sondern ein langjähriger Freund der Chefin war.

Jeanne Alexandrine Pommery war wie jeden Morgen bereits seit Stunden damit beschäftigt, an ihrem Schreibtisch die Korrespondenz mit Kunden, Handelsvertretern und Zulieferern zu erledigen. Als Henry Vasnier das Studierzimmer betrat, legte die Witwe den Füllfederhalter nieder und sah ihn neugierig an. Der ausladende Schreibtisch füllte den kleinen Raum fast aus, in dem sich sonst nur noch Aktenschränke und zwei Stühle für Besucher befanden. Entgegen der herrschenden Mode gab es weder Pretiosen noch Bilder an den weiß gestrichenen Wänden. Auch die Sitzgelegenheiten standen nebeneinander vor dem Schreibtisch Spalier wie zwei Soldaten beim Appell. Dies war das Zimmer einer nüchtern denkenden, geschäftigen Frau. Madame Pommery saß mit dem Rücken zum Fenster, denn sie war der Ansicht, dass ein lieblicher Ausblick auf den Garten sie nur in ihrer Konzentration stören würde. Für einen Spaziergang im Freien war nach getaner Arbeit immer noch Zeit.

Henry betrachtete sie einen Moment, während er nach den richtigen Worten suchte. Jeanne Pommerys Gesicht mit den ausgeprägten Zügen, den hohen Wangenknochen, der geraden, ein wenig vorspringenden Nase und dem entschlossen wirkenden Mund war kaum vom Alter gezeichnet. Im April hatte sie ihren neunundsechzigsten Geburtstag gefeiert, doch ihre blasse Haut war nach wie vor glatt. Nur um die Augenwinkel zogen sich einige Fältchen, die verrieten, dass sie öfter lachte, als es ihre strenge Miene vermuten ließ. Allerdings fiel Henry auf, dass sie an diesem Morgen ein wenig müde zu sein schien. Die Schatten unter ihren Augen wurden noch verstärkt durch die hochgeschlossene malvenfarbene Seidenbluse und das Witwenhäubchen, das auf ihrem am Hinterkopf zusammengesteckten, noch kaum von Silber durchzogenen Haar saß.

Henry begrüßte sie und nahm ihr gegenüber auf einem Stuhl Platz, nachdem sie ihn mit einer Handbewegung dazu aufgefordert hatte.

»Sie wirken erregt, mein lieber Freund«, sagte Jeanne Pommery.

Sie bemerkte, dass seine Krawatte verrutscht und der Kläppchenkragen seines Hemds zerdrückt war. Sein gewöhnlich sorgfältig aus der Stirn gekämmtes graues Haar stand trotz der Pomade, die es an seinem Platz halten sollte, an den Seiten ein wenig ab, und die Spitzen seines gezwirbelten Schnurrbarts wiesen noch Spuren seines Morgenkaffees auf.

»Haben Sie heute Morgen schon den *Courrier* gelesen?«, fragte Henry und reichte ihr die Zeitung, die er unter dem Arm getragen hatte.

Verwundert nahm Jeanne das Blatt entgegen und las die Meldung, auf die er sie hinwies.

»Das ist doch nicht zu fassen«, entfuhr es ihr. »Wissen Sie, wer für diese Lüge verantwortlich ist?«

»Nein, aber ich kann es mir denken«, erwiderte Henry. »Unsere liebe Konkurrenz: die Mitarbeiter von *Moët* vermutlich, die sind bei solch hinterhältigen Manövern immer an vorderster Stelle dabei, die von *Ruinart* sicher auch, vielleicht auch Werlé von *Clicquot*. Ich denke sogar, dass sie sich alle zusammengetan haben, um unsere Position zu schwächen. Ich verstehe nur nicht, weshalb gerade jetzt.«

Jeanne Pommery kniff die schmalen Lippen zusammen. »Jedermann weiß, dass wir dieses Jahr keine Jagd veranstalten«, sagte sie nachdenklich.

»Nach dem katastrophalen Wetter im Juli blieb uns nichts anderes übrig«, warf Henry ein. »Niemand konnte ahnen, dass wir einen so warmen Spätsommer bekommen würden.

Doch es hätte keinen Sinn gehabt, trotzdem noch Einladungen zu verschicken. Besonders unsere englischen Gäste sind bis dahin längst andere Verpflichtungen eingegangen. Die Engländer sind weniger zimperlich, was das Wetter angeht«, setzte er verächtlich hinzu.

Jeanne hielt den Blick gesenkt und drehte langsam den Deckel auf den Füllfederhalter, den ihr ein Kunde aus Amerika verehrt hatte.

»Das ist wahrscheinlich nicht der einzige Grund«, sagte sie leise. »Ich weiß nicht, wie, aber sie müssen erfahren haben, dass ich letzte Woche Besuch von Dr. Richaud hatte.«

»Dr. Richaud?«, wiederholte Henry überrascht. Über sein längliches Gesicht huschte ein sorgenvoller Ausdruck. »Sie sind doch nicht etwa krank?«

Sie lächelte, ohne ihn anzusehen. »Nur eine Unpässlichkeit. Marie-Céleste bestand darauf, dass ich einen Arzt kommen lasse.«

Missbilligend schnalzte Henry mit der Zunge. »Sie lassen sich von der Kleinen auf der Nase herumtanzen. Schließlich ist sie nur ein Stubenmädchen, das zur Zofe aufgestiegen ist. Sie besitzt nicht den Schliff einer gut ausgebildeten Kammerfrau.«

»Wie die gute Lafortune, meinen Sie?«, entgegnete Jeanne.

Wie jedes Mal, wenn sie an ihre alte Zofe dachte, die fast zwei Jahrzehnte ihres Lebens mit ihr geteilt hatte, spürte sie die Trauer wie eine unerträgliche Last auf den Schultern. Isabelle Lafortune war mehr als eine Bedienstete gewesen. Eher eine Vertraute, fast eine Freundin. Ihr Tod vor einem Jahr hatte Jeanne tief getroffen.

»Sie irren sich«, sagte sie. »Lafortune hätte ebenfalls den Arzt rufen lassen. Sie war sehr fürsorglich.«

»Nun machen Sie mir aber wirklich Angst, Madame«, stieß Henry hervor. »Sind Sie sicher, dass es nichts Ernstes ist?«

»Mein lieber Freund, sorgen Sie sich nicht. Ich sagte Ihnen doch, nur eine kleine Unpässlichkeit, wie sie in meinem Alter nicht selten ist. Ich denke schon gar nicht mehr daran.«

Sie hielt weiterhin die Augen auf den Briefbogen gesenkt, der vor ihr auf dem Schreibtisch lag, damit er die Unruhe in ihrem Blick nicht bemerkte. Sie würde ihn nicht mit ihren Sorgen belasten. Wem nützte es, wenn sie ihm von dem Blut erzählte, das sie an jenem Morgen erbrochen hatte? Es war nur sehr wenig gewesen, wie sie es seit Jahren hin und wieder beobachtete, und mochte nichts bedeuten. Entschlossen verdrängte sie den Gedanken, zwang sich, Haltung anzunehmen, und hob den Blick zu dem alten Gefährten, der sie besorgt musterte.

»Wie es scheint, vermuten meine Rivalen mich bereits mit einem Fuß im Grab«, scherzte Jeanne. »Und nun kommen sie wie die Ratten aus der Holzverkleidung gekrochen und glauben, uns mit ein paar böswilligen Gerüchten fertigmachen zu können. Zeigen wir ihnen, wie sehr sie sich täuschen. Wie reagieren wir am besten auf die Verleumdungen?«

2

Darauf konzentriert, nichts zu verschütten, balancierte Marie-Céleste mit beiden Händen die Schale mit warmem Wasser und stellte sie vor Jeanne auf den Toilettentisch. Dann eilte das Mädchen in die Küche, um die halbe Zitrone zu holen, die es vergessen hatte. Ihre Herrin musste lächeln, während sie Nagelschere und Feile aus dem Lederetui zog. Marie-Céleste war nicht der leuchtendste Stern am Abendhimmel, aber sie war stets gut gelaunt und beklagte sich nie. Ihr rosiges Gesicht war immer fröhlich, und ihre Schwatzhaftigkeit hatte etwas Erfrischendes. Jeanne hatte sie zu Lafortunes Nachfolgerin bestimmt, weil sie sie gerne um sich hatte. Ihre alte Freundin war ihr treu ergeben gewesen, und – was Jeanne besonders an ihr geschätzt hatte – sie hatte ihrer Herrin gegenüber nicht mit Kritik hinter dem Berg gehalten. Aber ihre strenge, freudlose Miene hatte Jeanne manchmal auch ein wenig eingeschüchtert. Wieder lächelte sie, als sie sich bewusst wurde, dass ihr das niemand glauben würde. Ihre Mitarbeiter und Freunde respektierten sie vor allem für ihre Durchsetzungskraft und ihren unbeugsamen Willen, mit dem sie während des Krieges sogar den preußischen Besatzern getrotzt hatte.

Gedankenverloren tauchte Jeanne die Fingerspitzen in das warme Wasser und ließ sie eine Weile einweichen, um die Nägel geschmeidiger zu machen. Den ganzen Tag hatte sie sich mit Henry Vasnier beraten, wie sie auf die Verleumdungen im *Courrier de la Champagne* reagieren sollten. Ein einfaches Dementi drucken zu lassen, das würde die Gerüchte nicht zum Schweigen bringen. Auch wenn sie nicht der Wahrheit entsprachen, würde sich der Ruch der Pleite in den Köpfen der Menschen festsetzen. Sie würden sich immer wieder daran erinnern. Es musste etwas geschehen. Das Haus Pommery brauchte eine große Geste, ein beeindruckendes Schauspiel, das dafür sorgte, dass ihre Konkurrenten an den infamen Lügen erstickten. Noch wussten sie und Henry nicht, wie sie vorgehen sollten. Solche Dinge mussten ebenso gut geplant werden wie ein Feldzug. Sie brauchten eine Idee.

Auch nachdem sich Henry verabschiedet hatte, war Jeanne nicht zur Ruhe gekommen und hatte weiter gegrübelt, bis ihr schließlich der Kopf schmerzte. Sie war zu dem Schluss gelangt, dass sie sich ablenken musste, um ihre Gedanken zu ordnen, die ansonsten festzufahren drohten. Also hatte sie sich in ihr Zimmer zurückgezogen und sich von Marie-Céleste entkleiden lassen. Im Schlafrock hatte sie sich vor ihren Toilettentisch gesetzt, um ein wenig Körperpflege zu betreiben. Nichts entspannte sie mehr. Wie schön war es, das Witwenhäubchen abzunehmen und die Nadeln aus dem eng zusammengewundenen Knoten zu ziehen. Mit einer jungmädchenhaften Bewegung schüttelte Jeanne den Kopf und fuhr mit den Fingern durch ihr dunkles Haar, das ihr weich über den Rücken fiel. Täuschte sie sich, oder fanden sich neue Silberfäden darin?

Kampflustig presste sie die Zähne aufeinander. Sie hatte ihr Imperium nicht unter so vielen Mühen und Opfern aufgebaut, der Einsamkeit der Witwenschaft, gierigen Konkurrenten und sogar der preußischen Armee getrotzt, um sich nun durch ein bösartiges Gerücht besiegen zu lassen. Was hätte Alexandre getan? Nicht einmal seine Krankheit hatte ihren Gemahl von seinen Pflichten abhalten können. Er hätte sich in die Kutsche gesetzt und jeden Einzelnen von ihren Winzern aufgesucht, um ihnen zu versichern, dass das Haus Pommery seine Verpflichtungen einhalten würde. Sie als Frau konnte das nicht, zumindest nicht in der Zeit, in der sie lebte. Noch fünfzig Jahre zuvor war die Witwe Clicquot, nur von einem Pferdeknecht begleitet, in ihrer Karriole durch die Weinberge gefahren. Aber damals hatten Frauen größere Freiheiten gehabt. Jeanne Pommery musste ihren männlichen Teilhaber schicken, um die Weinbauern zu beruhigen.

Alexandre … mein liebster Alexandre, dachte sie schwermütig. Nun muss ich schon so lange ohne dich leben. Ich hoffe, dass du gutheißt, was ich getan habe, dass ich mich entschloss, dein Geschäft weiterzuführen. Es war keine leichte Entscheidung. Ich fühlte mich so verloren ohne dich. Du warst mein Ein und Alles …

Das Auftauchen Marie-Célestes riss Jeanne aus ihren Gedanken. Das Mädchen stellte die Schale, in der eine aufgeschnittene Zitrone lag, vor ihre Herrin auf den Toilettentisch.

»Ich werde das Bett aufschlagen, wenn es Ihnen recht ist, Madame«, sagte Marie-Céleste und verschwand im anliegenden Schlafzimmer.

Geistesabwesend begann Jeanne, ihre Fingernägel mit der Zitrone abzureiben. Die in der Frucht enthaltene Säure sollte sie säubern und bleichen. Der Zitrusduft überlagerte die letzten Spuren des teuren Parfums, das Jeanne am Morgen aufgelegt hatte, verdrängte das Aroma von Moschus, Patchouli und Ambra, die von den Parfumherstellern nach geheimen Rezepten zusammengemischt wurden. Sie waren der letzte Schrei. Neue Entdeckungen auf dem Gebiet der Chemie machten es möglich, die exotischsten Düfte zu kreieren. Der schlichte Geruch der Zitrone führte Jeanne in die Vergangenheit zurück. Damals, vor vierzig Jahren, als es noch keine künstlichen Parfums gab, waren die natürlichen Aromen der Zitrusfrüchte in Mode gewesen. Jeder hatte sie benutzt. Die ganze Welt, arm und reich, hatte nach Bergamotte und Zitrone gerochen.

Jeanne schloss die Augen und atmete tief ein, um die Erinnerung zu beschwören, die der vertraute Duft in ihr wachrief. Sie sah sich selbst vor ihrem Toilettentisch – demselben, den sie immer noch besaß, nur damals war er neu gewesen, und sein Geruch nach frischem Holz und Lack hatte sich mit dem des Zitronenöls vermischt. Der Spiegel hatte das Bild einer nicht mehr ganz jungen, reifen Frau von siebenunddreißig Jahren zurückgeworfen, deren Gesicht im Licht der Morgensonne aber frischer als sonst wirkte. Man hätte fast sagen können, es glühte von innen heraus. Verwundert hatte Jeanne sich im Spiegel betrachtet, an jenem warmen Sommermorgen des Jahres 1856, und sich gefragt, ob es tatsächlich wahr sein könnte. Mit den Händen war sie sich über die empfindlichen Brüste gefahren, die das dünne Nachthemd unter dem Schlafrock kaum verhüllte. Ihre Brustwarzen schimmerten dunkel durch den hellen Seidenstoff und schmerzten, als sie sie berührte. Am Abend zuvor hatte der Geruch des Hühnerragouts sie auf einmal mit Ekel erfüllt, und nun bereitete ihr der Duft des Zitronenöls, das sie so gerne mochte, Übelkeit. Auch die gute Lafortune hatte ihre Herrin in den letzten Tagen mit wissendem Blick angesehen, aber natürlich kein Wort darüber verloren, was sie insgeheim dachte. Vermutlich hatte die Zofe seit Längerem geahnt, was Jeanne am vergangenen Abend erst klar geworden war: Nach sechzehn Jahren Ehe, nach einem Sohn, der schon seinen fünfzehnten Geburtstag gefeiert hatte, war sie ein weiteres Mal schwanger. Ein Lächeln des Glücks huschte über ihre schmalen Lippen, als Jeanne sich fasziniert im Spiegel betrachtete. Ja, man sah es ihr bereits an, obwohl sie erst in der dritten oder vierten Woche sein konnte. Ihr Gesicht, der Ausdruck ihrer Augen hatte sich verändert. Sie wirkte zehn Jahre jünger.

»Sie sehen wundervoll aus an diesem Morgen, Madame«, sagte Alexandre, der in der Tür stehen geblieben war, um sie zu betrachten.

Sie wandte ihm das Gesicht zu und lächelte ihn an. Neugierig trat er hinter sie und legte ihr die Hände auf die Schultern. Er war frisch rasiert. Die Haut seiner Wangen war ein wenig gereizt durch die scharfe Klinge, die sein Kammerdiener kurz zuvor darüber hatte gleiten lassen. Auch Alexandre haftete der Duft von Bergamotte und Zitrone an, mit dem sein Haaröl parfümiert war, vermischt mit dem Geruch nach Lorbeer und Gewürznelken des Rasierwassers. Seine Schleifenkrawatte war bereits über dem steifen Umlegekragen des feinen Hemdes gebunden und die Weste bis auf den untersten Knopf geschlossen. Ihr Blick begegnete dem seinen im Spiegel. Mit einem verlegenen Lächeln senkte sie die Augen.

»Was ist denn, Madame?«, fragte ihr Gatte verwundert. »Habe ich etwas Falsches gesagt?«

»Nein«, erwiderte sie und errötete. »Sie haben den Nagel auf den Kopf getroffen.«

Verwirrt runzelte er die Stirn, doch dann ging ihm ein Licht auf, und er starrte sie fassungslos an.

»Nein, das kann nicht wahr sein! Sie bekommen ein Kind?«

Lächelnd nickte sie.

»Sind Sie sicher? Nach all der Zeit?«

»Fragen Sie Lafortune, wenn Sie mir nicht glauben«, spöttelte sie.

Die Zofe, die damit beschäftigt gewesen war, die Kleider ihrer Herrin herauszulegen, wandte sich zu ihnen um und sagte scheinbar ungerührt: »Alles spricht dafür, Monsieur. Der kleine Louis wird bald ein Geschwisterchen bekommen.«

»Wann wird es so weit sein?«, fragte Alexandre mit verklärter Miene.

»Oh, nicht vor dem Frühjahr, denke ich«, antwortete Jeanne.

Sie sah, wie sich die Gedanken hinter der Stirn ihres Gatten jagten. Dann fiel auf einmal ein Schatten über seine Züge. Jeanne wusste, was ihm durch den Kopf ging. Nachdem Alexandre von ihrem Haus in der Rue Vauthier-le-Noir aus seit fast zehn Jahren einen florierenden Handel mit Wolle geführt und ein kleines Vermögen gemacht hatte, war er vor ein paar Monaten dem Anraten seines Arztes gefolgt und hatte sich zur Ruhe gesetzt. Dr. Morel war der Meinung, dass es für das schwache Herz seines Patienten besser sei, wenn er sich der Aufregung eines anstrengenden Geschäftslebens enthielt. Doch nun, da die Aussicht auf ein weiteres Kind bestand, musste ihn dieser Entschluss mit Sorge erfüllen.

»Wir werden schon zurechtkommen«, sagte Jeanne aufmunternd.

»Ich wünsche mir für meine Familie mehr, als dass sie ›nur‹ zurechtkommt«, erwiderte Alexandre nachdenklich. »Aber vielleicht gibt es einen Weg. Der Tuchhandel in Reims läuft nur noch schleppend. Deswegen hat es mir nicht leidgetan, ihn aufzugeben. Aber kürzlich ist ein Freund mit einem interessanten Vorschlag an mich herangetreten, den ich eigentlich ablehnen wollte.« Ein schuldbewusstes Lächeln glitt über seine Züge. »Mit Bedauern, wie ich zugebe, denn die Untätigkeit, zu der Dr. Morel mich verurteilt hat, bedrückt mich. Sie, Madame, haben mir heute einen Grund gegeben, meine Entscheidung noch einmal zu überdenken.«

»Von welchem Freund sprechen Sie denn?«, erkundigte sich Jeanne mit gemischten Gefühlen.

Sie wünschte sich, dass ihr Mann glücklich war und Erfüllung in seiner Arbeit fand, aber sie wollte nicht, dass er seine Gesundheit gefährdete.

»Monsieur Narcisse Greno von *Wibert & Greno*«, erwiderte Alexandre.

»Der Weinhändler?«

»Ja, sein Partner Monsieur Wibert hat die Absicht, sich aus dem Geschäft zurückzuziehen, und möchte seine Anteile verkaufen.«

»Handelt es sich um ein großes Geschäft?«

»Sie verkaufen jährlich etwa fünfundvierzigtausend Flaschen an eine ausgewählte Kundschaft im Norden unseres Landes, aber auch nach Belgien und Holland.«

»Aber Sie verstehen doch gar nichts vom Weinhandel, mein lieber Freund«, gab Jeanne zu bedenken.

»Monsieur Greno wird mir alles Nötige beibringen. Machen Sie sich keine Sorgen, Madame …«

Trotz seiner Versicherung hatte Jeanne sich Sorgen gemacht – zu Recht, wie sich herausstellte. Am vierzehnten März des folgenden Jahres hatte sie ein kleines Mädchen zur Welt gebracht: Louise. Sie war sehr glücklich gewesen, hatte sich bezaubern lassen von dem winzigen Wesen, mit dem sie sich so tief verbunden fühlte. Alexandre war es ebenso ergangen. Voller Eifer hatte er sich in die Arbeit gestürzt, und das Geschäft hatte unter dem neuen Namen *Pommery & Greno* floriert. Sein Partner Narcisse Greno hatte ihn in die Kunst der Weinherstellung und des Handels eingeweiht. Wenn ihr Gatte des Abends nach Hause gekommen war, hatte er Jeanne davon erzählt, was er den ganzen Tag getan, wie er die Bücher geführt, Briefe an Kunden und Winzer geschrieben hatte, und sie hatte ihm begeistert zugehört. Dabei war ihr zuerst nicht aufgefallen, dass die Kurzatmigkeit, die sie seiner Begeisterung zugeschrieben, und die nächtliche Schlaflosigkeit, die sie auf die Aufregung vor der Weinlese zurückgeführt hatte, in Wahrheit Ausdruck seiner wiedergekehrten Krankheit waren …

»Die verlorenen Seelen der *Mary Celeste*
feiern im Hades ein rauschendes Fest,
der Teufel hat sie zu sich genommen,
als er ihre lästernden Stimmen vernommen …«

Die leise gesungenen Worte ließen Jeanne erschaudern. Das Stubenmädchen sang wieder dieses schlüpfrige Lied, das ein Bänkelsänger über die verschwundene Crew des amerikanischen Frachtseglers *Mary Celeste* geschrieben hatte und das die Gassenjungen noch immer auf den Straßen grölten. Vor gut fünfzehn Jahren hatte das Geisterschiff die Menschen auf der ganzen Welt in seinen Bann gezogen. Bei ruhiger See war ein anderer Segler in der Nähe der Azoren auf die führerlose *Mary Celeste* getroffen. Der Kapitän, seine Familie und die Crew waren spurlos verschwunden gewesen, obwohl sich keinerlei Schäden finden ließen. Nichts wies darauf hin, dass die Menschen an Bord Opfer eines verhängnisvollen Sturms oder eines tödlichen Kampfes geworden waren. Nur das Beiboot fehlte. Niemand hatte je eine Erklärung für das Verschwinden der armen Leute gefunden.

Jeanne kannte das Lied, und sie hatte ihr neues Mädchen schon oft ermahnt, es nicht mehr zu singen, da der Inhalt, der sich um den Teufel und sündhafte Handlungen drehte, in einem anständigen Bürgerhaus keinen Platz hatte. Aber da sie denselben Namen trug wie das unheimliche Geisterschiff, konnte Marie-Céleste der Versuchung einfach nicht widerstehen. Jeanne war es müde, sie zu schelten. Sie sagte nichts, lauschte gedankenverloren auf die Zeilen des Gassenhauers, auf die zum Teil schiefen Reime, die sich gleichwohl im Gedächtnis festsetzten.

Was geschieht mit uns, wenn wir sterben?, dachte sie melancholisch. Wohin waren die armen Seelen der *Mary Celeste* entschwunden? Was wird mit mir geschehen, wenn mein Leben zu Ende geht? Werde ich Alexandre wiedersehen? Wird man sich meiner erinnern? Werde ich irgendwann einmal Gegenstand eines Bänkellieds, einer Legende sein, oder wird man mich vergessen? Wird es den Perlwein der Witwe Pommery nach meinem Tod noch geben, das Geschäft, das ich mit so viel Mühe und unter großen Opfern aufgebaut habe…

3

Reims, Februar 1858

Das angestrengte Atemgeräusch des Sterbenden war verstummt. Im Schlafgemach war es so still wie draußen auf den Straßen, die unter dichtem Pulverschnee verschwanden. Ein Karren bahnte sich mühsam den Weg durch den weichen Teppich, der das Rollen der Räder verschluckte. Nur das leise Quietschen einer rostigen Radnabe war zu hören. Lafortune erhob sich und schloss die Fensterläden, während Alexandre Pommerys Kammerdiener seinem Herrn die Augen zudrückte und seine Glieder gerade ausrichtete. Nach einem fragenden Blick auf die Witwe breitete er das weiße Leichentuch über den Toten. Nur das Gesicht blieb unbedeckt. Jeanne schloss die Augen und ließ ihren Tränen freien Lauf.

Aus dem Kinderzimmer drang durch die geschlossenen Türen das gedämpfte Weinen der kleinen Louise herüber. In einem Monat feierte sie ihren ersten Geburtstag. Sie würde ohne Vater aufwachsen. Der sechzehnjährige Henri Alexandre Louis saß wie erstarrt neben seiner Mutter und wagte kaum zu atmen. Er fühlte die Verantwortung für sie und seine kleine Schwester wie eine erdrückende Last auf den Schultern und hätte sich am liebsten in seinem Zimmer unter der Bettdecke verkrochen, wie er es als Kind getan hatte.

Schweigend erhob sich Jeanne von ihrem Stuhl und legte das Kruzifix, das sie in den Händen gehalten hatte, auf Alexandres Brust. Ihre Zofe brachte ihr den geweihten Buchsbaumzweig, den der Pfarrer dagelassen hatte, und Jeanne legte ihn dazu.

»Wenn Sie wünschen, Madame, übernehme ich die Totenwache«, sagte der Kammerdiener leise. Seine Stimme war nur ein Flüstern.

Jeanne schüttelte den Kopf. »Es ist schon gut, Perrot. Ruhen Sie sich aus. Sie können mich heute Nachmittag ablösen.«

Der junge Mann verbeugte sich und verließ das Sterbezimmer.

Sie würde ihn gehen lassen müssen, dachte Jeanne. Aber in seinem Alter würde er leicht eine neue Stelle finden. Es befremdete sie, dass sich ihre Gedanken so mühelos den Notwendigkeiten des Haushalts zuwandten, obwohl ihr Herz gebrochen war und sie nichts sehnlicher wünschte, als dem Mann, den sie liebte, nachzufolgen. Wie sollte sie ohne ihn zurechtkommen? An wen sollte sie sich mit ihren Sorgen und Verdrießlichkeiten wenden? Wer würde sie fortan in die Arme nehmen, wenn sie Trost und Halt brauchte? Sie fühlte sich so verloren, dass sie sich nicht einmal an Gott wenden konnte.

Einer der Lakaien war zum Standesamt gelaufen, um den Tod Alexandre Pommerys zu melden. Im Laufe des Tages erschien der Amtsarzt. Er fluchte über das Wetter und ignorierte die entrüsteten Mienen der Anwesenden, die Anstoß an seiner Ausdrucksweise nahmen. Erst ein vernichtender Blick der Witwe brachte den jungen Arzt zum Schweigen. Betreten versicherte er, dass er dem Standesamt das Ergebnis seiner Untersuchung übermitteln würde, die besagte, dass Monsieur Pommery eines natürlichen Todes gestorben sei. Daraufhin würden die Beamten den Totenschein ausstellen. Das Bestattungsinstitut schickte einen Mitarbeiter, der die Beerdigung mit der Witwe und dem Geschäftspartner des Verstorbenen besprach.

Nachdem Jeanne den Bestatter und den Pfarrer verabschiedet hatte, erhob sich auch Narcisse Greno. Er konnte sich jedoch nicht so recht entschließen zu gehen. Jeanne sah nachdenklich auf den verschneiten Innenhof des Hauses hinaus, in dem sie elf Jahre lang mit Alexandre glücklich gewesen war und das nun ihr gehörte: dieses große verschachtelte Gebäude auf der Rue Vauthier-le-Noir, das einst den Kardinälen von Lothringen als Residenz gedient hatte. In den weitläufigen Kellern hatte Alexandre Lagerräume eingerichtet, zuerst für seine Tuchballen, dann für die Flaschen, die den Perlwein enthielten, mit dem er erfolgreich gehandelt hatte. Jeanne wurde sich bewusst, dass diese Keller mit den Lagerbeständen der Firma *Pommery & Greno* gefüllt waren, Champagner, der zum Teil bereits verkauft, aber noch nicht ausgeliefert war. Was sollte nun damit geschehen? In diesem Moment bemerkte sie Narcisse Greno, der unentschlossen in der Nähe der Tür verharrt war.

»Oh, bitte verzeihen Sie mir, mein lieber Freund«, sagte Jeanne schuldbewusst. »Ich war in Gedanken. Kann ich Ihnen eine Erfrischung anbieten? Kaffee, Cognac?«

»Ein Cognac würde mir jetzt guttun«, erwiderte Narcisse erleichtert.

Da begriff die Witwe, dass er gehofft hatte, sie würde Notiz von ihm nehmen und ihm die Gelegenheit geben, mit ihr zu sprechen. Nachdem der Haushofmeister den Cognac serviert hatte und wieder verschwunden war, wandte sich Jeanne mit ernster Miene an Narcisse. Er und Alexandre waren mehr als Geschäftspartner gewesen, sie hatten sich seit Langem gekannt und einander vertraut. Sie wusste, dass er sie nicht übervorteilen würde, dieser rastlose, hagere Mann aus der Picardie mit dem herzlichen Lächeln und dem kindlich-unschuldigen Blick, mit dem er es verstand, seine Kunden zu größeren Bestellungen zu verleiten, als diese geplant hatten. An diesem Tag hielt er die blauen Augen schuldbewusst gesenkt und nippte nachdenklich an seinem Cognac, bevor er ihn schließlich mit wenigen Schlucken hinunterstürzte.

»Sie müssen mir glauben, dass es mir äußerst unangenehm ist, zu dieser schweren Zeit davon zu sprechen«, begann er ungelenk.

Jeanne lächelte, um es ihm leichter zu machen. »Ich weiß schon, was Sie sagen wollen«, meinte sie, als er um die richtigen Worte rang. »Es handelt sich um die Firma.«

»Ja«, gestand er erleichtert. »Da die Anteile Ihres Gatten in Ihren Besitz übergehen, muss ich Sie leider mit geschäftlichen Angelegenheiten belästigen. Entscheidungen müssen getroffen, Papiere unterschrieben werden. Darüber hinaus« – Narcisse Greno verkrampfte die Finger ineinander – »muss entschieden werden, wie es weitergehen soll. Werden Sie die Anteile behalten oder verkaufen, Madame?«

Obwohl sie mit dieser Frage gerechnet hatte, fühlte sich Jeanne überrumpelt, denn sie hatte sich diesbezüglich noch keine Gedanken gemacht.

»Sie müssen verstehen …«, sagte sie, doch ihr Gegenüber unterbrach sie: »Ich verstehe Sie sehr gut, Madame, und ich möchte Sie in Ihrem Schmerz nicht mit Dingen belasten, für die Sie zurzeit kein Interesse aufbringen können. Aber Sie müssen mir glauben, dass ich nur Ihr Wohlergehen im Sinn habe. Wenn wir nicht schnell entscheiden, wie es mit dem Geschäft weitergehen soll, werden Sie viel Geld verlieren. Die Aasgeier haben sich bereits versammelt und kreisen über uns.«

Schockiert sah Jeanne den Mann vor ihr an, dessen Miene düster geworden war.

»Monsieur, Ihre Ausdrucksweise lässt an Pietät vermissen.«

»Tut mir leid, Madame«, erwidert Narcisse, »aber die Situation ist wirklich ernst. Was glauben Sie, wie gern die Konkurrenz ein scheinbar führerloses Haus wie das unsrige schlucken würde. Ich bin sicher, dass sie in den nächsten Tagen an mich herantreten werden, und ich muss wissen, was ich ihnen antworten soll.«

»Übertreiben Sie da nicht ein wenig, Monsieur?«, fragte Jeanne zurückhaltend. »Wer sind ›sie‹?«

»*Moët*, *Ruinart*, *Fourneaux*, *Roederer*. Jeder Einzelne könnte darauf aus sein, Monsieur Pommerys Anteil an der Firma zu übernehmen und mich letztendlich hinauszudrängen.«

»Mir war nicht bewusst, dass der Konkurrenzkampf zwischen den Champagnerhäusern so heftig ist«, murmelte Jeanne überrascht.

»Falls Sie tatsächlich verkaufen wollen, müssen wir uns darüber unterhalten, was das Geschäft wert ist, damit Sie nicht übervorteilt werden«, gab Narcisse zu bedenken.

»Falls? Was könnte ich anderes tun?«

Er lächelte. »Weitermachen. Was sonst? Ihr Gatte hat einen

Großteil seines Vermögens in das Geschäft investiert. Und der ›Laden‹ läuft gut. Sie können seinen Einsatz vermehren.«

»Aber ich habe doch gar keine Ahnung vom Weinhandel«, protestierte Jeanne.

»Hatte Ihr Gatte auch nicht«, erinnerte Narcisse sie.

»Und ich bin eine Frau«, ergänzte sie, weil sie wusste, dass alle anderen ihr diese Tatsache vorhalten würden.

»Das hat die Witwe Clicquot auch nicht abgehalten«, konterte der hagere Mann mit einem ironischen Lächeln.

Da ihr die Argumente ausgingen, schwieg Jeanne.

»Das kommt alles etwas überraschend«, sagte sie schließlich hilflos. »Darüber muss ich in Ruhe nachdenken.«

Narcisse stand auf und verbeugte sich. »Denken Sie nicht zu lange nach, Madame. Und wenn Sie Fragen haben, lassen Sie es mich wissen. Empfehle mich.«

Jeanne Pommery stand im Salon ihres Hauses auf der Rue Vauthier-le-Noir Nr. 7 und blickte auf das starre Gesicht ihres Mannes hinab. Der Sarg, in dem er lag, war offen, wie es die Tradition verlangte. Der Bestatter, der den Leichnam hergerichtet hatte, verstand sein Fach. Alexandres Züge wirkten friedlich, als würde er schlafen. Am liebsten hätte Jeanne sein Gesicht zwischen die Hände genommen und ihn noch einmal geküsst, aber sie war nicht allein. Schmerz und Trauer vor anderen zu zeigen, das galt als unziemlich. Sie durfte Alexandres Namen in der Öffentlichkeit nie wieder erwähnen.

Für die Kinder war es eine schreckliche Zeit. Louis irrte wie ein Gespenst umher. Er war alt genug, um zu wissen, wie man sich in einer solchen Situation benehmen sollte, aber noch nicht so alt, um in seinem Herzen nicht dagegen zu rebellieren. Und Louise spürte die Trauer der Erwachsenen, weinte ständig und verweigerte zur Sorge des Kindermädchens die Nahrung. Jeanne wusste nicht, wie sie das Kind trösten sollte. Es würde seinen Vater, der es geliebt hatte, nie kennenlernen. Und das erschien Jeanne schlimmer als alles andere.

Der Haushofmeister kündigte den ersten Besucher an: Louis Roederer. Die Witwe zog sich auf einen Stuhl im Hintergrund zurück. Sie war nicht verpflichtet, mit den Traugästen zu sprechen. Roederer nickte ihr nur zu, dann trat er an den Sarg, an dessen Kopfende Wachskerzen brannten, nahm nach einer kurzen Verbeugung eines der bereitliegenden Buchsbaumbüschel, tauchte es in die Schale mit Weihwasser und besprengte den Toten mehrmals. Schweigend beobachtete Jeanne den Zug der Kondolenzbesucher. Irgendwann verschwammen die Gesichter vor ihren Augen, und die Menschen erschienen ihr wie stumme Automaten, die einen makabren Reigen aufführten. Einige von ihnen gingen gleich wieder, andere wechselten ein paar Worte mit Narcisse Greno oder sprachen Louis ihr Beileid aus. Der arme Junge blickte sie daraufhin nur hilflos und beschämt an, brachte selbst aber kein Wort heraus.

Auf einmal blieb einer der Besucher vor Jeanne stehen und riss sie damit aus ihrer Versunkenheit. Im ersten Moment erkannte sie die gedrungene Gestalt in Schwarz nicht, die geduldig wartete, bis sich Jeannes Blick zu ihrem Gesicht hob. Es war ein breites, fleischiges Frauengesicht mit grauen Augen unter schweren Lidern, einer großen Nase, schmalen Lippen und einem kräftigen Doppelkinn. Auf dem rotblonden Haar, das wahrscheinlich nicht ihr eigenes war, saß ein mit Spitzen besetztes weißes Witwenhäubchen.

»Meine liebe Freundin, es tut mir so leid. Monsieur Pommery war ein tüchtiger und freundlicher Mann«, sagte Barbe-Nicole Clicquot-Ponsardin und brach damit so offen mit der Tradition, dass Jeanne ihr ein verwundertes und zugleich dankbares Lächeln schenkte. Hier war jemand, der ihren Schmerz verstand, denn die Witwe Clicquot hatte ihren Gemahl François verloren, als sie gerade siebenundzwanzig Jahre alt gewesen war. Auch sie hatte ihre Tochter allein aufziehen müssen. Jeanne fühlte sich auf einmal erleichtert. Dies hatte jedoch zur Folge, dass der Damm brach und sie heiße Tränen über ihre Wangen rinnen spürte. Unter dem Schleier aus schwarzem Krepp waren sie zum Glück kaum zu sehen. Das hätte ihr gerade noch gefehlt, dass man überall in der Stadt über sie klatschte und verbreitete, dass sie es nicht verstand, Haltung zu bewahren, und sich schamlos ihrem Leid hingegeben hatte.

An Barbe-Nicole Clicquots Seite tauchte ihr Teilhaber Édouard Werlé auf, ein hochgewachsener Hesse mit breiten Schultern und geschäftsmäßiger Miene, der seit fünf Jahren Bürgermeister von Reims war. Sein graues Haar war straff aus der Stirn gekämmt, doch die Strenge seines Aussehens wurde durch die natürlichen Locken an seinen Schläfen gemildert, die auch die dickste Pomade nicht bändigen konnte. Jeanne sah ihm an, dass er ihre Tränen bemerkt hatte und peinlich berührt die Augen senkte. Sie errötete. Die Witwe Clicquot kam ihr zu Hilfe.

»Ich fühle mich ein wenig schwach«, sagte Barbe-Nicole, obwohl ihre Stimme kein Unwohlsein verriet. »Wenn es nicht zu viel Mühe macht, würde ich mich gerne in einem Zimmer ein wenig ausruhen.«

Ihr Begleiter setzte zum Sprechen an, doch Madame Clicquots herrischer Blick brachte ihn zum Schweigen.

Jeanne begriff und lächelte. »Aber natürlich, Madame«, sagte sie, erhob sich und bot der Älteren ihren Arm.

Unter den verwunderten Blicken der Anwesenden schritten die beiden Witwen gemessen zur Tür, die ein bereitstehender Lakai für sie öffnete und hinter ihnen schloss.

»In diesem Boudoir sind wir ungestört«, sagte Jeanne, deren Stimme vor Trauer zitterte.

Sie führte ihren Gast in ein kleines Schreibzimmer, dessen Wände mit Stichen und Miniaturen geschmückt waren. Nachdem sie Madame Clicquot einen Platz angeboten hatte, ließ sie sich auf einen Stuhl sinken.

»Bitte verzeihen Sie mir, Madame«, schluchzte sie. »Was müssen Sie nur von mir denken?«

»Dass Sie Ihren Gatten geliebt haben«, erwiderte Barbe-Nicole. »So wie ich den meinen. Man hört nicht auf zu lieben, nur weil der geliebte Mensch tot ist. Weinen Sie, meine Liebe, das habe ich auch getan. Damals war die Etikette allerdings noch nicht so streng wie heute.«

Das Mitgefühl ihrer Leidensgenossin war zu viel für Jeanne. Eine Weile war sie nicht mehr fähig, ein Wort zu sprechen. Erst als der Druck von ihr wich und sie sich die Nase geschnäuzt hatte, fühlte sie sich besser, und ihre Atmung beruhigte sich. Das unerwartete Verständnis der Witwe Clicquot erstaunte sie, denn obwohl sie sich einige Male bei gesellschaftlichen Anlässen begegnet waren, hätte man sie nicht als Freundinnen bezeichnen können. Sie gehörten unterschiedlichen Generationen an und hatten folglich nicht viel Umgang miteinander gehabt. Doch Jeanne hatte Barbe-Nicole Clicquot-Ponsardin stets für den Mut und die Tatkraft bewundert, die sie als Kopf eines der größten Champagnerhäuser in Reims an den Tag gelegt hatte.

»Wie sind Sie mit dem Schmerz zurechtgekommen, Madame?«, überwand sich Jeanne zu fragen.

»Indem ich mich einerseits durch Arbeit abgelenkt und andererseits meinem Mann zu Ehren das Geschäft erhalten habe, das er aufgebaut hatte«, antwortete Barbe-Nicole. »Es war keine leichte Sache, wie Sie selbst feststellen werden.«

Abwehrend hob Jeanne die in schwarzen Handschuhen steckenden Hände.

»Ich habe mich noch nicht entschieden, was ich tun werde.«

»Das Witwendasein kann sehr langweilig sein«, gab Madame Clicquot mit einem ironischen Lächeln zu bedenken.

»Da mögen Sie recht haben ...«

»Und sofern Sie nicht vorhaben, wieder zu heiraten, werden Sie Ihre Tage über den Stickrahmen gebeugt verbringen müssen«, fuhr Barbe-Nicole rücksichtslos fort.

»Sie malen ein erschreckendes Bild, Madame. Darüber habe ich mir noch keine Gedanken gemacht.«

»Das sollten Sie aber. Ich weiß, Ihr Gemahl ist gerade erst verschieden, aber die Konkurrenz wird darauf keine Rücksicht nehmen.«

Verwundert musterte Jeanne das Gesicht der alten Dame. »Dasselbe sagte mir der Geschäftspartner meines Mannes. Ist die Rivalität zwischen den Champagnerhäusern tatsächlich so schonungslos?«

»Allerdings. Ich musste in meinen frühen Jahren sogar Spione aus meinen Kellern vertreiben«, sagte Madame Clicquot mit einem nostalgischen Lächeln. »Das waren Zeiten.«

»Die Sie offensichtlich genossen haben«, bemerkte Jeanne überrascht.

»Das stimmt. Es war eine Herausforderung, in die Welt

der Männer einzudringen und sie in ihrem Metier zu schlagen.« Barbe-Nicoles Lächeln wurde breiter.

»Aber wie haben Sie es geschafft, darin erfolgreich zu sein?«, fragte die jüngere Witwe. Ihre Neugier war geweckt.

»Das ist eine lange Geschichte.«

»Ich würde sie trotzdem gerne hören.«

»Warum nicht? Es würde mir durchaus Spaß machen, sie zu erzählen, denn ich hatte noch nie Gelegenheit dazu.« Ihre Miene wurde melancholisch. »Die Herren, die mich damals unterstützten, haben die Umstände miterlebt. Und bisher bin ich noch keiner Frau begegnet, die Interesse am Geschäft hatte. Meine Tochter wollte mir nie nacheifern, meine Enkelin ebenso wenig. Sie dagegen …«

Barbe-Nicole warf Jeanne einen fast schelmischen Blick zu. »Ich fühle, dass Sie mir ähnlich sind. Ihnen traue ich zu, dass Sie in dem Geschäft ebenso viel Erfolg haben könnten wie ich damals. Aber Sie sollten sich schnell entscheiden.«

»Sie machen mir Mut, Madame«, sagte Jeanne.

»Wenn Sie einen Rat brauchen, stehe ich Ihnen gerne zur Verfügung«, erbot sich die alte Dame. »Besuchen Sie mich doch einmal auf Boursault. Normalerweise verbringe ich die Winter im Hôtel Ponsardin hier in Reims, aber da das Dach gerade ausgebessert wird, bin ich zurück aufs Land gezogen. Es wäre mir eine Freude, Ihnen meine Erlebnisse zu erzählen, wenn Sie sie hören wollen.«

»Das würde ich gerne, Madame«, entgegnete Jeanne dankbar. »Nur, unter den gegebenen Umständen …«

»Ja, Sie haben recht. Vor dem Begräbnis ist es ganz ausgeschlossen, dass Sie Besuche machen.« Nachdenklich legte Barbe-Nicole Clicquot die Stirn in Falten. »Auch danach sollte eine Witwe sich sechs Monate lang nicht in der Öffentlichkeit zeigen. Sie wissen jedoch, dass die Zeit drängt. Wenn Sie also nicht so viel Wert darauf legen, die strengen Vorgaben der Etikette zu befolgen, die ohnehin nur noch von der Aristokratie eingehalten werden, wäre es mir recht, Sie nach der Beerdigung zu einem vertraulichen Gespräch zu empfangen.« Sie erhob sich und lächelte sarkastisch. »Und nun sollten wir in den Salon zurückkehren, bevor sich das Gerücht verbreitet, dass mich im Haus der Witwe Pommery der Schlag getroffen hat und die Wölfe anfangen, sich auch um mein Champagnerhaus zu streiten.«

Trotz der Kälte ließ Jeanne das Fenster herunter, das in die Tür der Kutsche eingelassen war, und beugte sich ein wenig vor, um besser sehen zu können. Neben ihr schnalzte Lafortune missbilligend mit der Zunge, freilich so leise, dass der Tadel im Rollen der Räder unterging. Jeanne beachtete sie nicht. Ein wenig frische Luft hatte noch niemandem geschadet. Sie würde sich schon nicht erkälten. Nun, da sie das Dorf Boursault erreicht hatten, wollte sie unbedingt einen Blick auf das weiße Schloss im Renaissance-Stil werfen, für das angeblich Chambord im Loire-Tal die Inspiration gewesen war. Erst zehn Jahre zuvor war es fertiggestellt worden. Es stand wie ein verwunschenes Märchengebilde auf einem mit dichtem Wald bewachsenen Hügel. Mit Zierspitzen gekrönte Türmchen, hohe Schornsteine und Lukarnen verliehen der Silhouette vor dem grauen Winterhimmel etwas Romantisches.

Während die Kutsche den riesigen Park mit seinen Bassins und Springbrunnen durchquerte, die nun zugefroren waren, kam Jeanne aus dem Staunen nicht heraus. Sie war im Schloss der Familie ihrer Mutter in den Ardennen aufgewachsen, aber das alte Gemäuer hätte es mit diesem reizenden Palais nicht aufnehmen können. Als der Landauer vor der breiten Freitreppe hielt, bemerkte Jeanne, dass die Fassade mit Jagdszenen geschmückt war, die sich alle unterschieden. Man hätte Stunden damit zubringen können, sie zu betrachten. Vollendet symmetrisch geschnittene Buchsbaumhecken säumten die Treppe, die zum Haupteingang hinaufführte. Die hohe zweiflügelige Tür öffnete sich, als der Landauer zum Stehen kam. Ein Lakai in Livree eilte heraus, um die Gäste zu begrüßen, und Stallknechte wiesen dem Kutscher den Weg zur Remise, nachdem Jeanne und ihre Kammerfrau ausgestiegen waren. Die Witwe übergab dem Domestiken ihre Karte, und er führte sie in die Eingangshalle, wo sie vom Haushofmeister empfangen wurde. Jeanne folgte ihm in einen anliegenden Salon. Lafortune würde sich derweil die Wartezeit in der Gesindeküche vertreiben.

Madame Clicquot saß dem Maler Léon Cogniet in einem mit rotem Samt bezogenen Armlehnstuhl Modell. Sie trug ein schwarzes Hauskleid, einen weißen Chiffonschal und die weiße Witwenhaube, die das rotblonde Haar einrahmte. Auf ihren Knien lag ein aufgeschlagenes Buch. Als sie Jeanne bemerkte, lächelte sie herzlich.

»Da sind Sie ja schon, meine Liebe. Bitte gedulden Sie sich noch einen Moment, bis Monsieur Cogniet sich dazu durchringt, seinen Pinsel niederzulegen und mir eine Pause zu gönnen.«

Der Maler zog eine Grimasse, erhob aber keinen Einspruch. Er war die Launen seiner Modelle gewohnt.

»Wenn es Ihnen recht ist, Madame, werde ich morgen fortfahren«, sagte er schicksalsergeben. »Heute ist das Licht ohnehin etwas trüb.«

Mit einem Seufzen erhob sich die Witwe Clicquot schwerfällig aus ihrem Sessel und bat Jeanne in einen Nebenraum, ein kleines Kabinett, in dem man es bequemer haben würde als in dem monumentalen Salon. Ein Lakai brachte Kaffee und Gebäck und verschwand wieder.

»Darf ich das Einschenken übernehmen, Madame?«, erbot sich Jeanne.

Eine Weile redeten sie über triviale Dinge wie das Wetter und die Unannehmlichkeiten des Reisens.

»Ich beneide unsere Handelsvertreter nicht«, gestand Barbe-Nicole. »Auch wenn der Eisenbahnverkehr im Vergleich zu den Postkutschen viele Vorteile aufweist, zieht er auch allerlei aufrührerisches Gesindel an. Unser guter Kaiser kann von Glück sagen, dass er mit dem Leben davongekommen ist.«

Jeanne stimmte ihr zu. Mit einem Schaudern dachte sie an die Berichte über den Bombenanschlag italienischer Revolutionäre auf einen Zug, in dem Napoleon III. im vergangenen Monat gereist war. Ganz Frankreich hatte aufgeatmet, als bekannt wurde, dass er unverletzt geblieben war. Allerdings waren einige Passagiere des Zuges ums Leben gekommen.

»Die Beschreibung des Anschlags auf den Kaiser in den Zeitungen rief Erinnerungen an die Revolution in mir wach«, sagte Barbe-Nicole. »Damals war ich noch ein Kind. Es waren schreckliche, aber auch aufregende Zeiten«, fügte sie mit einem Augenzwinkern hinzu. »Dadurch hatte ich mehr Freiheiten als die Mädchen früherer Generationen wie meine Mutter.«

»Sie haben die Unruhen miterlebt?«, fragte Jeanne interessiert.

»Mehr, als mir lieb war. Sie können sich nicht vorstellen, wie es damals zuging, Madame, im Jahr 1789, als die Revolution Reims erreichte. Die gesamte Ordnung stürzte plötzlich zusammen, und der Pöbel regierte in den Straßen«, berichtete die Witwe Clicquot. »Als anständiger Bürger setzte man sein Leben aufs Spiel, wenn man sich aus dem Haus wagte. Kirchen und Klöster wurden geplündert, Priester und Mönche ermordet. Ich besuchte zu jener Zeit die Klosterschule von Saint-Pierre-les-Dames, an der ich gutes Betragen und die Fertigkeiten lernte, die ein Mädchen aus begütertem Hause beherrschen musste. Dazu gehörten nicht nur feinste Stickerei, Tanzen und ein Instrument zu spielen, sondern auch die Kunst der unterhaltsamen Konversation, alles Dinge, die das gemeine Volk, das damals wie ein Rudel hungriger Wölfe durch die Gassen strich, zutiefst verachtete.

Als die Atmosphäre in der Stadt immer aufgeheizter wurde, bekamen meine Eltern Angst um mich. Die dicken Klostermauern boten mir zwar einen gewissen Schutz, aber die Berichte aus Paris über den Sturm auf die Bastille zeigten doch recht deutlich, dass es einer aufgebrachten Menge gelingen konnte, sogar in eine gut verteidigte Festung einzudringen, wenn sie nur entschlossen genug war. Mein Vater wusste nicht, was er tun sollte. Sein erster Gedanke war, mich nach Hause zu holen. Aber wie, da doch das Gesindel bereits die Gassen beherrschte und vielleicht schon vor den Toren des Klosters aufmarschierte, um es zu stürmen und sowohl Nonnen als auch Zöglinge unbarmherzig abzuschlachten.

Meine Mutter Jeanne-Clémentine hatte die familieneigene Kutsche schicken wollen, um mich abzuholen, doch mein Vater hatte ihr klargemacht, dass es Wahnsinn wäre, die Menge durch eine Zurschaustellung ihrer privilegierten Stellung in der Stadt zu reizen. Nein, ein anderer Plan musste her, eine List, die mich der Aufmerksamkeit des blutdürstigen Haufens entziehen würde. Schließlich erinnerte sich Papa unserer Schneiderin, die in der Gesindeküche Schutz vor den Unruhen gesucht hatte. Als man sie um Hilfe bat, stimmte Madeleine Jourdain ohne Zögern zu, unserer Familie beizustehen. Sie war eine zierliche, kleine Frau, die gute Madame Jourdain, aber sie besaß großen Mut. Ich kann ohne Übertreibung sagen, dass ich ihr mein Leben verdanke.«

Bewegt hielt Barbe-Nicole inne. Ihre Gedanken wandten sich der Vergangenheit zu. Als am Morgen Madame Pommerys Schreiben eingetroffen war, in dem sie ihrer Gastgeberin ihre Ankunft ankündigte, hatte die Witwe Clicquot die Schatulle mit ihren privaten Briefen hervorgeholt, die sie während ihres langen Lebens erhalten hatte. Sie bewahrte sie getrennt von den Geschäftspapieren in ihrem Sekretär auf. Wie von einem seltsamen Fieber gepackt, hatte sie in den säuberlich mit Bändern zusammengebundenen Briefen geblättert und war schließlich auf die Korrespondenz gestoßen, die sie mit Madame Jourdain geführt hatte. Die Schneiderin hatte viele Jahre lang für ihre Mutter gearbeitet und war für Barbe-Nicole am Ende fast zu einem Familienmitglied geworden. Als sie bereits verheiratet war, hatte sie die Schneiderin in einem Brief gebeten, ihr die Ereignisse von damals noch einmal zu schildern, da sie zu dieser Zeit erst elf Jahre alt gewesen war und sich nicht mehr an alles erinnern konnte. Madeleine Jourdain hatte ihrer Bitte ohne Zögern entsprochen:

»›... obwohl ich nicht nachvollziehen kann, warum Sie an diese schlimme Zeit zurückdenken wollen, schreibe ich die

Einzelheiten, an die ich mich erinnere, gerne noch einmal für Sie nieder. Ich leugne nicht, dass dieser kleine Botengang ein gewisses Maß an Mut erforderte, denn der Pöbel in den Straßen war damals auf Blut aus, aber es beschämte mich dennoch, wie dankbar Ihr verehrter Vater mir war. Dabei haben Sie die Aufregungen, die Sie mich durchleben ließen, in den Tagen danach auf so unerwartete Weise mehr als wettgemacht …‹«

4

Reims, Juli 1789

Schnellen Schrittes eilte Madeleine Jourdain an der alten Stadtmauer entlang. In ihrer Aufregung drückte sie das Bündel, das sie in den Armen trug, fest an ihre Brust, als handle es sich um einen Säugling, den sie um jeden Preis beschützen musste. In den Gassen von Reims stand die Hitze eines trockenen Sommers, der die Ernte auf den Feldern verdorren ließ. Der Wind wehte die kalkreiche Erde der Champagne als erstickenden weißen Staub über die Landstraßen, bis selbst die Häuser und die stolze Kathedrale der wohlhabenden Stadt mit einer mehligen Schicht überzogen waren.

An der Ecke zur Rue des Murs hielt Madeleine inne, um sich mit dem Handrücken den Schweiß von Stirn und Schläfen zu wischen. Die Menschen, die sich an ihr vorbeidrängten, schenkten ihr keine Beachtung. Die einfache Aufmachung der zierlichen Schneiderin identifizierte sie als eine der ihren, eine Frau aus dem Volk, Teil der vorbeiströmenden Massen, die sich an diesem Tag durch die engen Gassen drängten. Das Volk, das jahrhundertelang von den Adeligen und der Geistlichkeit unterdrückt und ausgebeutet worden war, hatte endlich eine Stimme gefunden. Bürger und Bauern wagten es auf einmal, die Köpfe zu erheben und ihren Herren die Stirn zu bieten. In Paris hatte sich die Bevölkerung zusammengeschlossen und die Bastille, das Symbol der königlichen Macht, gestürmt, um sich zu bewaffnen und sich, wenn nötig, mit Gewalt Gehör zu verschaffen. Die Nachricht von der Einnahme der Festung hatte sich wie ein Lauffeuer im ganzen Land verbreitet. Auch in Reims feierten die Leute den Wagemut und die Entschlossenheit der Pariser, die um ihre Befreiung von der Unterdrückung kämpften. Was machte es da schon, dass ein paar Köpfe gerollt waren, dachte man sich mit einem Schulterzucken. Wer nicht mit ihnen war, der war gegen sie! Die Bauern, durch die Missernten der letzten Jahre ständig dem Hungertod nahe, hatten sich an den Pariser Bürgern schnell ein Vorbild genommen und erhoben sich nun ihrerseits gegen ihre Herren. Und jetzt war der Funke des Zorns auch auf die Einwohner von Reims übergesprungen und hatte ein verheerendes Feuer entfacht, das niemand mehr aufhalten konnte.

Die Läden der Geschäfte, an denen Madeleine Jourdain vorbeihastete, waren geschlossen, die Fenster der herrschaftlichen und gutbürgerlichen Häuser verrammelt. Die Straßen gehörten dem Pöbel. Auch die Schneiderin hätte sich lieber in ihrer Wohnung in der Rue de Dieu-Lumière verkrochen und sich die Ohren zugehalten, um das Gebrüll der Massen und die aufreizenden Marschgesänge der Bürgerwehren nicht mehr hören zu müssen. Aber vor allem, um den abstoßenden Geruch nicht mehr einatmen zu müssen, der durch die Gassen zog, nach Schweiß, Kot und Blut …

Als Madeleine am Kloster der Augustiner vorbeieilte, stolperte sie beinahe über einen der Mönche, einen Greis mit weißem Haarkranz, der blutüberströmt vor dem Eingangstor lag. Weshalb hatte er sich in den Wirbel der Raserei hinausgewagt, dem sich das Gesindel hingab? Hatte er geglaubt, sein Alter würde ihn vor der Rachsucht der aufgepeitschten Menge schützen?

Die Schneiderin wagte es nicht, stehen zu bleiben und nach dem Augustinermönch zu sehen. Jede Form von Anteilnahme mit einem Geistlichen hätte unweigerlich den Zorn des Pöbels auf sie gezogen. Mühsam kämpfte sie gegen das Gefühl der Übelkeit an, das sich in ihrem Magen ausbreitete.

Armer Mann, dachte sie erschüttert, während sie sich von seinem erbarmungswürdigen Anblick losriss.

Entschlossen konzentrierte sich Madeleine auf die gefährliche Aufgabe, die sie erfüllen musste. In ihrer Erinnerung sah sie die besorgten Gesichter des Ehepaars Ponsardin, ihrer geschätzten Kunden. Das Verständnis für die Sorge um deren Tochter Barbe-Nicole hatte die Schneiderin dazu veranlasst, sich auf das Wagnis einzulassen, das Mädchen aus dem Kloster zu holen und eine Weile in ihrer kleinen Wohnung zu verstecken.

In ihrem Laden auf der Rue de Dieu-Lumière hatte sie die Kleidungsstücke einer Magd zusammengerafft, die eine ihrer Gehilfinnen gerade ausbesserte. Und nun stand sie – mit wild klopfendem Herzen und mit dem kostbaren Bündel im Arm – vor dem Tor des Klosters Saint-Pierre-les-Dames und betätigte den Klingelzug. Eine ganze Weile passierte nichts. Wenn die Nonnen es nun nicht wagten, ihr zu öffnen? Wie um göttlichen Beistand zu erflehen, hob Madeleine den Blick zu den beiden kuppelförmigen Helmdächern der Kirchtürme zu ihrer Linken.

Wo war Gott in diesen Tagen, wo waren die Heiligen, die über das Geschick der Menschen wachten?

Energisch zog Madeleine erneut an dem Klingelzug. Eine Ewigkeit schien zu vergehen, dann wurde ein kleines, durch ein Gitter geschütztes Guckloch in der Pforte geöffnet, die in das Tor eingelassen war, und ein junges Frauengesicht, von einem Wimpel umrahmt, tauchte auf.

»Was wünscht Ihr, Madame?«

»Ich bin Madeleine Jourdain, Schneiderin im Dienste Monsieur Ponsardins«, erwiderte die Besucherin leise. »Ich soll seine Tochter abholen.«

Die Laienschwester ließ prüfend den Blick über den Platz hinter Madeleine gleiten, und da die Luft rein war, öffnete sie so lautlos wie möglich die Pforte.

»Kommt schnell herein, Madame, bevor Euch jemand sieht«, flüsterte sie.

Erleichtert schlüpfte Madeleine durch den Spalt ins Innere des Klosters. Rasch verschloss die Laienschwester die Pforte wieder und legte den schweren Riegel vor.

»Ich hoffe, ich bekomme keinen Ärger mit der Schwester Pförtnerin, weil ich Euch ohne Rücksprache Zutritt gewährt habe, aber ich wollte Euch nicht ungeschützt da draußen stehen lassen«, sagte sie.

Madeleine nickte dankbar und folgte der Gestalt im schwarzen Habit und mit weißem Schleier zu einem Gitter, hinter dem die Schwester Pförtnerin stand und die beiden Frauen missbilligend anblickte. Als die Laienschwester das Ersuchen der Schneiderin vorgetragen hatte, erlaubte sie Madame Jourdain jedoch den Zutritt zum Besucherraum.

Die Einrichtung bestand nur aus ein paar einfachen Holzbänken. Durch ein vergittertes Fenster konnte man auf den Klostergarten hinaussehen, in dem Rasenflächen und Blumenrabatte zu symmetrischen Figuren angeordnet waren.

Über die Mauern, die das Grundstück von der Rue des Murs trennten, rankten weiße, rote und gelbe Rosen, die ihre prächtigen Blüten der Sonne zuwandten. In einem großen Topf wuchs weißer Jasmin, dessen biegsame Zweige eine alte Nonne mit geduldiger Sorgfalt um ein Gitter flocht. Ein betörender Duft wehte durch das offene Fenster herein. Der Anblick war so friedlich, dass man fast vergaß, dass außerhalb dieses Refugiums der Teufel los war.

Madeleine brauchte nicht lange zu warten. Sie war gerade wieder zu Atem gekommen, als der Vorhang hinter einer vergitterten Öffnung in der Wand zur Seite geschoben wurde. Die Schneiderin trat vor das Eisengitter und knickste, da sie vermutete, die Mutter Oberin vor sich zu haben.

»Ihr sagt, Ihr kommt im Auftrag von Monsieur Ponsardin, Madame«, sagte die Ordensschwester leise. »Habt Ihr etwas bei Euch, um Euch auszuweisen?«

Madeleine griff durch einen Schlitz in ihrem Rock und holte aus der Tasche, die sie darunter trug, ein Schreiben hervor. Durch eine Schublade, die die Oberin nach außen schob, gelangte der Brief in ihre Hände. Aufmerksam las sie die wenigen Zeilen durch.

»Wäre es nicht sicherer, das Mädchen hierzulassen, bis der Aufruhr vorüber ist?«, gab die Ordensschwester zu bedenken.

»Mit Verlaub, ehrwürdige Mutter, Madame Ponsardin kommt um vor Sorge um die Kleine und möchte sie bei sich wissen«, antwortete die Schneiderin.

Sie hütete sich davor, durchblicken zu lassen, dass Monsieur Ponsardin fürchtete, das Kloster könne von der aufgebrachten Menge gestürmt werden.

»Ich verstehe«, erwiderte die Oberin.

Ihrem unbewegten Gesicht war nicht zu entnehmen, was sie dachte. Hielt sie den Wunsch der Ponsardins für die Laune einer wohlhabenden Bürgersfrau, oder ahnte sie vielleicht, wie gefährlich die Situation vor den Toren des Klosters tatsächlich war?

»Also gut, Madame«, stimmte die Oberin zu. »Ich werde Mademoiselle Ponsardin herbringen lassen. Von dem Moment an, da sie das Kloster verlässt, unterliegt ihre Sicherheit nicht mehr meiner Verantwortung.«

»Ich habe Kleider zum Wechseln für die Kleine mitgebracht«, fügte Madeleine noch rasch hinzu, als sich der Vorhang bereits schloss. »Damit sie auf dem Weg durch die Straßen kein Aufsehen erregt.«

Sie wusste nicht, ob sie gehört worden war, aber kurz darauf erschien eine Novizin, nahm ihr das Bündel ab und verschwand wieder. Beklommen trat Madeleine an das Fenster und blickte in den Klostergarten hinaus. Die alte Nonne war immer noch damit beschäftigt, die blütenbeschwerten Ranken des Sommerjasmins um das Gitter zu flechten. Bienen und Hummeln umschwebten die Rosen und erfüllten den Garten mit ihrem Summen und Brummen. Ansonsten war es geisterhaft still. Es war die Zeit des Jahres, in der die Vögel ihr Federkleid wechselten und sich, ihrer Verwundbarkeit bewusst, zwischen dem Blattwerk der Bäume verbargen und keinen Ton von sich gaben.

Vielleicht hat sich der Pöbel zerstreut, dachte die Schneiderin hoffnungsvoll. Wenn wir Glück haben, kommen wir unbehelligt durch die Stadt.

Als die Tür zum Besuchszimmer erneut geöffnet wurde, wandte sich Madeleine um. Dieselbe Novizin, die das Bündel geholt hatte, erschien in Begleitung eines elfjährigen rotblonden Mädchens, das die Schneiderin überrascht aus ihren großen grauen Augen ansah.

»Madame Jourdain, ist etwas passiert?«, sprudelte es aus Barbe-Nicole heraus. »Geht es Papa und Maman gut?«

Sie verstummte, als sie den tadelnden Blick der Novizin auffing.

»Es ist alles in Ordnung, Mademoiselle«, beeilte sich Madeleine der Kleinen zu versichern. »Eure Eltern sind wohlauf und Eure Geschwister auch.«

»Aber warum muss ich diese übelriechenden Kleider anziehen?«, beklagte sich Barbe-Nicole, biss sich aber auf die Lippen, als erneut der strenge Blick der Novizin sie traf.

Madeleine musterte das Mädchen, das mit unglücklicher Miene an dem einfachen Wollrock und dem Mieder aus grobem Barchent herumzupfte. Ihre nackten Füße steckten in schweren Sabots, wie das Volk sie trug, und ihr langer rotblonder Zopf quoll unter einer vergilbten Leinenhaube hervor. Madeleine beglückwünschte sich zu ihrer Wahl. Die Magd, der die Kleidungsstücke gehörten, war nicht besonders reinlich, aber das kam der Schneiderin nun zugute.

»Es ist ein Spiel«, erklärte sie. »So wie die Königin sich häufig als Schäferin verkleidet, spielt Ihr heute die Rolle einer Magd.«

Wenig begeistert verzog Barbe-Nicole ihr längliches Gesicht, erhob aber keinen weiteren Einspruch. Ihre Sensibilität ließ sie spüren, wie angespannt sowohl die Schneiderin als auch die Novizin war.

»Kommt jetzt, Mademoiselle«, drängte Madeleine. »Wir müssen gehen!«

»Was ist mit meiner Truhe, Madame?«, fragte das Mädchen.

»Die wird später abgeholt«, erwiderte die Schneiderin.

Sie streckte die Hand aus, und Barbe-Nicole legte die ihre vertrauensvoll hinein. Wenn es der Wunsch ihres Vaters war, dass sie das Kloster verließ, dann würde sie sich fügen. Sie vertraute ihm vollkommen.

Die Laienschwester, die Madeleine eingelassen hatte, führte die Schneiderin und Barbe-Nicole zur Ausfallpforte zurück. Ein betagter Diener, der mit einem Knüppel bewaffnet war, begleitete sie diesmal. Nachdem sich die Schwester davon überzeugt hatte, dass die Place Saint-Pierre verlassen war, ließ sie die Frau und das Mädchen ins Freie treten. Madeleine hörte, wie die Pforte hinter ihnen geschlossen und ein schwerer Riegel vorgeschoben wurde. Die Stille, die im Innern des Konvents geherrscht hatte, wich dem geräuschvollen Tumult, der die Straßen von Reims erfüllte. Es war, als wenn man aus einem Ort des Friedens in einen brodelnden Hexenkessel fiel.

»Möge Gott Euch schützen«, murmelte die Schneiderin, während sie einen letzten Blick auf die Klostermauern warf, hinter denen sich die Nonnen so sicher fühlten. Sie konnte nur hoffen, dass sie recht behalten würden.

Mit dem Mädchen an der Hand eilte Madeleine über den Platz. Zu ihrer Rechten überragte die mächtige Kathedrale Unserer lieben Frau die roten Ziegeldächer der Stadt, die in der gleißenden Sonne flimmerten. Barbe-Nicole stolperte unbeholfen hinter der Schneiderin her, die sie unbarmherzig mit sich zog.

»Trödelt nicht, Mademoiselle«, mahnte Madeleine.

In Barbe-Nicole regte sich Widerstand. »Ich kann in diesen scheußlichen Holzklotschen nicht laufen. Bitte, Madame. Ich möchte lieber wieder meine Lederschuhe anziehen.«

Alarmiert hielt die Schneiderin inne. »Ihr habt sie mitgebracht?«

Mit bockiger Miene griff Barbe-Nicole in ihre Taschen und zog die flachen weichen Schuhe hervor. Rasch stellte sich Madeleine vor sie, um sie vor den neugierigen Blicken der Vorübergehenden zu schützen.

»Gebt mir die Schuhe, Mademoiselle«, befahl sie, am Ende ihrer Geduld angelangt.

»Aber, Madame.«

»Still jetzt! Seht Ihr nicht, was auf dem Spiel steht? Schaut Euch um, dumme Göre, der Pöbel ist entfesselt, und er will Blut sehen. Euer Blut, Mademoiselle, und das der Euren. Niemand darf bemerken, dass Ihr aus gutbürgerlichem Haus stammt. Euer Leben könnte davon abhängen, dass man Euch für eine Magd hält. Begreift Ihr jetzt?«

In diesem Moment brandete in der Nähe ein Gebrüll aus unzähligen Kehlen auf. Barbe-Nicole zuckte zusammen und blickte erschrocken um sich. Nun sah auch sie die Menschen, die mit geröteten Gesichtern und wilden Blicken durch die Gassen zogen, als gehöre ihnen die Stadt. Das Mädchen wagte nicht zu fragen, was der Aufruhr zu bedeuten hatte, aus Angst, er könnte das Ende der Welt ankündigen. Das Gegröle ging in eines der Lieder über, wie die Soldaten sie sangen – aufpeitschend, rhythmisch, angriffslustig. Mit Heugabeln, Sensen und Schlagstöcken ausgerüstete Männer, die ihre Waffen wie Musketen geschultert hatten, marschierten sie, einem verlotterten Heer gleich, die Rue Saint-Étienne entlang, gefolgt von Bettlern in zerrissenen Lumpen. Fast alle trugen die blau-rote Kokarde der Bürgerwehren, die sich überall in den Städten formiert hatten und Angst und Schrecken verbreiteten. Als die Männer die Place Saint-Pierre erreicht hatten, löste sich eine Gruppe von den anderen und versammelte sich vor dem Tor des Nonnenklosters. Pfiffe ertönten, und Fäuste schlugen gegen das dicke Holz.

Madeleine spürte, wie ihr Mund trocken wurde. Entschlossen ergriff sie die Hand des ihr anvertrauten Mädchens und zog es mit sich fort. Barbe-Nicoles Augen füllten sich mit Tränen, als sie begriff, was geschehen würde. Zu verängstigt, um einen Blick zurückzuwerfen, folgte sie der Schneiderin.

Rasch bogen sie nach links in die Rue Saint-Étienne ein, die an den Klostermauern entlangführte. Immer mehr Menschen kamen ihnen entgegen. Einmal begegnete Madeleine dem prüfenden Blick einer Bäuerin, die ihr bekannt vorkam. Für einen flüchtigen Moment befürchtete die Schneiderin, sie könnte das bürgerliche Mädchen, das sie an der Hand hielt, erkannt haben – vielleicht, weil sie einmal Obst oder Gemüse an den Haushalt der Ponsardins geliefert hatte –, doch die Bäuerin blieb nicht stehen, sondern ließ sich von den Massen mitreißen.

»Senkt die Augen, Mademoiselle«, ermahnte Madeleine Barbe-Nicole. »Seht niemanden an.«

An der Ecke zur Rue des Murs hielt die Schneiderin zögernd inne und überlegte, ob sie den Weg gehen sollten, den sie gekommen war, an der Stadtmauer entlang, wo es ruhiger zuging, oder lieber die kürzere Strecke zu ihrem Atelier.

»Wohin bringt Ihr mich, Madame?«, fragte Barbe-Nicole verunsichert. »Das Hôtel Ponsardin liegt doch in der anderen Richtung.«

»Wir gehen nicht zur Rue Dauphine, Liebes. Zurzeit wäre es unmöglich, unbemerkt ins Haus zu schlüpfen. Wir würden von der Menge aufgehalten werden.«

»Aber ich will zu meinen Eltern.«

»Es ist zu gefährlich. Ihr könntet verletzt werden. Wir müssen warten, bis die Straßen wieder ruhiger sind. Versteht Ihr?«

Hinter ihnen brandete das Stimmengewirr der Menschen zu einem unheimlichen Triumphgeheul auf. Mit klopfendem Herzen wandten sich Madeleine und Barbe-Nicole um und starrten zum Kloster zurück. Ein lautes Krachen wie von splitterndem Holz verriet, dass es dem Pöbel gelungen war, das Eingangstor aufzubrechen. Wie eine gewaltige Flutwelle ergoss sich die Menge mit lautem Geschrei ins Innere des Nonnenklosters. Mit weit aufgerissenen Augen stand Barbe-Nicole da und versuchte zu begreifen, was sie sah. Sie war kreidebleich geworden und brachte kein Wort heraus, obwohl ihr tausend Fragen auf der Zunge lagen. Als die Schneiderin sie an der Hand nahm und sie mit sich ziehen wollte, verharrte sie wie erstarrt an ihrem Platz, unfähig zu einer Bewegung.

»Kommt, Mademoiselle«, flüsterte Madeleine eindringlich. »Wir müssen weiter!«

Da das Mädchen sich nicht rührte, packte die Schneiderin ihre Schultern und schüttelte sie grob.

»Nehmt Euch zusammen. Sonst geht es uns so wie den Nonnen.«

Endlich erwachte Barbe-Nicole aus ihrer Erstarrung und blickte die Frau vor ihr mit Tränen in den Augen an.

»Werden sie auch in das Haus meiner Eltern einbrechen?«, stieß sie hervor.

»Wir können nur hoffen, dass das Lumpengesindel zu sehr mit den Kirchen und Klöstern beschäftigt ist, um sich an den Häusern der Bürger zu vergreifen«, erwiderte Madeleine und versuchte, ihrer Stimme Zuversicht zu verleihen, auch wenn sie keine empfand. »Und nun kommt endlich. Wir müssen hier weg, bevor die Leute auf uns aufmerksam werden und unbequeme Fragen stellen.«

Die Schneiderin ergriff erneut die Hand des Mädchens und umschloss sie so fest, dass Barbe-Nicole scharf einatmete. Willenlos ließ sie sich mitziehen. Da die breite Rue du Barbâtre, die nach Süden führte, weniger belebt zu sein schien als die Rue des Murs, auf der man zur Stadtmauer gelangte, wählte Madeleine den direkten Weg. Obwohl die Angst ihr die Kehle zusammenschnürte, zwang sie sich, nicht zu hastig auszuschreiten und vor allem nicht zu rennen, so groß die Versuchung auch war, um den Menschen um sie herum nicht zu verraten, dass sie auf der Flucht waren. Sie hielt sich mit Barbe-Nicole nah an den Fassaden der Giebelhäuser, deren Fachwerk von der Sonne unzähliger Sommer gebleicht und verwittert war. Der von Tausenden von Füßen und Rädern aufgewirbelte Kalkstaub hatte sich in den Ritzen der trockenen Holzbalken und den Rissen im Putz festgesetzt und durchzog ihn wie die Adern einen lebendigen Körper. Die an den vorspringenden oberen Stockwerken zur Zierde oder zur Abschreckung böser Geister angebrachten Darstellungen wunderlicher Kreaturen wirkten an diesem Tag auf das junge Mädchen wie Dämonen, die das Chaos in den Straßen stumm und vielleicht ein wenig höhnisch beobachteten.

Der Weg führte die Schneiderin und die Bürgerstochter am Waisenhaus und am Kloster der Karmeliten vorbei. Auch dort war der Pöbel eingedrungen und schien sich in den Gebäuden auszutoben. An der Ecke zur Rue de Normandie, wo die Rue du Barbâtre in die breitere Rue Sainte-Balsamie überging, wurden sie Zeuge, wie eine Gruppe junger Männer einen Priester in schwarzer Soutane umringten und grob hin und her stießen. Sie beschimpften ihn als Ausbeuter des dritten Standes, als Verführer der Unterdrückten. Ihr Akzent entlarvte die Männer als Taugenichtse aus Paris, die ihre aufrührerischen Parolen in die umliegenden Städte trugen und sich den dortigen Bürgerwehren anschlossen. Als der Geistliche, erschöpft und verängstigt von der rauen Behandlung, zu Boden ging, schlugen und traten die Burschen wie im Rausch auf ihn ein, bis er sich nicht mehr rührte.

Erschüttert kämpfte Madeleine die Panik nieder, die in ihr aufwallte, und zerrte das vor Schreck wie erstarrte Mädchen an der Gruppe vorbei. Doch einer der Männer bemerkte sie und trat ihnen grinsend in den Weg.

»Wen haben wir denn da?«, fragte er herausfordernd und musterte prüfend die Frau und das Mädchen.

»Lass mich durch, Lümmel!«, verlangte Madeleine.

Sie wusste, dass sie auf keinen Fall Angst zeigen durfte, sondern so tun musste, als sei sie eine der ihren.

»He, seht mal, zwei hübsche Täubchen«, rief der Pariser seinen Kumpanen zu.

Zwei weitere Männer trennten sich von der Gruppe, die auf den Priester eingeschlagen hatte, und stellten sich vor die Schneiderin und das Mädchen.

»Wohin des Weges?«, fragte einer der Dazugekommenen, ein dürrer Kerl mit Bart und fettigen Haaren.

»Nach Hause«, erwiderte Madeleine.

Ihr Mund war so trocken, dass sie die Worte nur mit Mühe formulieren konnte.

»Was bist du für eine, Bürgerin?«, fragte der Bärtige und begutachtete sie von oben bis unten.

»Ich bin Schneiderin und mit meiner Gehilfin auf dem Weg in meine Werkstatt«, antwortete Madeleine. »Die Bürgerwehr braucht Kokarden als Abzeichen, und wir werden noch bis spät in die Nacht damit beschäftigt sein, so viele wie möglich anzufertigen.«

Sie hatte sich diese Lüge für den Fall der Fälle zurechtgelegt und hoffte, dass die Männer ihr glauben würden.

»Recht so!«, rief der Bartträger mit den fettigen Haaren. »Geht weiter. Wir werden euch nicht aufhalten.«

Doch der Pariser, der Madeleine und Barbe-Nicole als Erster angesprochen hatte, zeigte sich noch nicht zufrieden. Argwöhnisch musterte er das bleiche Mädchen, das die Schneiderin an der Hand hielt.

»Deine Gehilfin sieht mir nicht aus, als sei sie harte Arbeit gewöhnt … mit ihrer vornehmen Blässe und den zarten Händen.«

Herausfordernd funkelte Madeleine ihn an. Die Angst machte sie schwindeln, doch die Wut, die sie angesichts der Unverschämtheit des Parisers durchströmte, gab ihr gleichzeitig die Kraft, ihm abfällig zu antworten: »Sie ist keine Magd, sondern Näherin. Glaubst du, sie hätte Zeit, sich müßig in die Sonne zu setzen und Maulaffen feilzuhalten wie du, Nichtsnutz?«

Ohne eine Antwort abzuwarten, drängte sich Madeleine zwischen den beiden Männern hindurch und zerrte Barbe-Nicole hinter sich her. Die Burschen versuchten nicht, sie aufzuhalten. Die Schneiderin vermied es zurückzuschauen, sondern eilte hastig weiter. Sie fühlte das Zittern von Barbe-Nicoles Hand in der ihren und hörte sie leise weinen. Das Mädchen hatte die Grenze ihrer Widerstandskraft erreicht.

Als sie die Kollegiatskirche Sainte-Balsamie hinter sich gelassen und die Place Saint-Nicaise überquert hatten, bogen die Schneiderin und das Mädchen in eine schmale Gasse ein, an deren Ende sich die Kirchtürme von Saint-Remi über die Dächer erhoben. Zur Linken öffnete sich die Rue de Dieu-Lumière, auf der Madeleines Laden lag. Noch bevor sie die rettende Tür erreichten, kramte die Schneiderin den Schlüssel aus ihrer Rocktasche hervor. Mit zitternden Händen schloss sie auf. Im Innern der Werkstatt herrschten Halbdunkel und eine tröstende Stille, die nur von ihrem keuchenden Atem durchbrochen wurde. Erleichtert ließ sich Madeleine gegen die Wand sinken und schloss die Augen.

Barbe-Nicole erwachte aus unruhigem Schlaf. Mit klopfendem Herzen versuchte sie, sich von dem Traum zu lösen, dessen furchtbare Bilder vor ihren weit aufgerissenen Augen nur langsam verblassten: eng zusammengedrängte ungewaschene Leiber, Fratzen mit offenen Mündern, die Schreie und aufpeitschende Lieder hervorstießen, Menschen, die sich unter Schlägen am Boden wanden und immer wieder Blut, schrecklich rotes Blut …

Das Mädchen brach in Tränen aus. Von der Treppe näherten sich Schritte, dann nahm jemand Barbe-Nicole in die Arme und wiegte sie tröstend.

»Schon gut. Es war nur ein Traum«, sagte eine Frauenstimme, die Barbe-Nicole zuerst nicht einordnen konnte. »Hier seid Ihr in Sicherheit.«

»Ich sehe immer wieder den armen Priester … und die Männer, die auf ihn eintraten«, stammelte das Mädchen. »Warum haben sie das getan … warum?«

»Ich weiß es nicht, Kleines«, sagte die Frau, die sie in den

Armen hielt. »Der Teufel ist in die Leute gefahren und lässt sie diese scheußlichen Dinge tun.«

»Ich will zu meiner Mutter«, flehte Barbe-Nicole schluchzend.

»Ihr könnt bald wieder zu ihr. Wenn es auf den Straßen ruhiger ist, bringe ich Euch nach Hause.«

Das Mädchen hob ihre verweinten Augen zu der Frau an ihrer Seite. »Ich habe Euch noch nicht gedankt, Madame, dass Ihr mein Leben gerettet habt. Die Männer aus Paris, die uns aufgehalten haben, wollten mit mir dasselbe machen wie mit dem Priester, nicht wahr? Sie haben mich so hasserfüllt angesehen. Warum hassen sie mich? Was habe ich ihnen getan?«

Madeleine schüttelte traurig den Kopf.

»Sie hassen Euch nicht. Sie sind nur wütend auf die Adeligen und reichen Bürger, weil sie viel besitzen, und die Armen haben nichts.«

»Aber das ist doch von Gott gewollt, oder?«

»Ja, das ist es. Was nicht heißt, dass man sich mit harter Arbeit nicht aus dem Elend hervorarbeiten kann – aber niemals mit Gewalt, mit Mord und Totschlag.« Die Schneiderin erhob sich. »Ihr habt sehr lange geschlafen und müsst hungrig sein. Leider kann ich Euch keine Schokolade als Morgentrunk anbieten, wie Ihr es vielleicht gewöhnt seid. Ich habe nicht einmal Milch, nur ein wenig altes Brot und Käse. Auf den Straßen ist immer noch der Teufel los, und es findet kein Markt statt. Ich kann also nichts anderes besorgen.«

»Das macht nichts, Madame. Ich habe gar keinen Hunger.«

Mit einem verständnisvollen Lächeln verließ die Schneiderin die Kammer und stieg die Stufen in ihre Werkstatt hinab. Barbe-Nicole sank auf das Kissen zurück und versuchte, wieder einzuschlafen, aber sie fand keine Ruhe mehr. Schließlich stand sie auf, trat an das kleine Fenster und öffnete es. Obwohl es noch nicht Mittag war, flimmerte die Luft bereits in der Hitze und brachte keine Kühlung. Das Fenster ging nach hinten hinaus und sah über die staubigen roten Dächer der alten Häuser des Viertels. Nicht weit entfernt zog sich die von Bäumen gesäumte Stadtmauer entlang. Dahinter lagen die Felder und Weinberge der Umgebung. Für das Mädchen eine fremde Welt, die es noch nie betreten hatte.

Widerwillig schlüpfte Barbe-Nicole in die am Vorabend abgelegten Kleidungsstücke der Magd. Im Kloster hatte sie lernen müssen, sich selbst anzukleiden, wobei ihr vorher zuerst die Amme und dann ihr Kindermädchen geholfen hatten. Inzwischen bereitete es ihr jedoch keine Schwierigkeiten mehr, die Bänder ihrer Röcke zu knüpfen und das Mieder mit geschickter Hand selbst zu schnüren, solange es nicht zu eng sitzen musste. Schließlich schob sie die Füße in die verhassten Holzpantinen und stolperte die knarrende Treppe hinunter.

In der Nähwerkstatt war Madeleine Jourdain mit der Anfertigung eines feinen Leinenhemdes beschäftigt. Beim Eintreten des Mädchens blickte sie erfreut von ihrer Arbeit auf.

»Wie schön, dass Ihr aufgestanden seid, Mademoiselle. Möchtet Ihr etwas trinken? Dort in dem Krug ist verdünnter Wein. Nehmt Euch davon und setzt Euch zu mir.«

Das Mädchen tat wie geheißen. Die Schneiderin forderte ihren Gast auf, von ihrem Leben im Kloster zu erzählen. Zuerst berichtete Barbe-Nicole nur zögernd. Den Unterricht in Handarbeit und Konversation fand sie langweilig, wie sie gestand, aber das Rechnen machte ihr viel Spaß.

»Ihr könnt gut Kopfrechnen?«, fragte Madeleine interessiert. »Das war nie meine Stärke. Ich vertue mich immer.«

»Aber es ist doch ganz einfach.«

»Das sagt Ihr so. Ich glaube, man muss die Zahlen im Blut haben, um gut mit ihnen umgehen zu können. Ihr habt die Neigung zum Rechnen sicher von Eurem Vater geerbt. Ich bin mit den Händen geschickter als mit dem Kopf.«

Eine Weile beobachtete Barbe-Nicole, wie die Schneiderin mit feinen Stichen das Hemd säumte, und fragte sich, wie man nur so viel Geduld aufbringen konnte.

»Kann ich mich irgendwie nützlich machen, Madame?«, erkundigte sich das Mädchen schließlich.

Madeleine überlegte, dann nickte sie, legte das Hemd zur Seite und erhob sich. Auf einem großen Zuschneidetisch lag ein Männerrock aus schwarzem Tuch.

»Er ist so gut wie fertig«, sagte die Schneiderin, während sie Barbe-Nicole das Kleidungsstück reichte. »Es müssen nur noch die Knöpfe angenäht und die Knopflöcher umsäumt werden. Holt Euch zwölf Messingknöpfe aus einem der Schubfächer dort hinten und näht sie in entsprechendem Abstand an. Nadel und Faden findet Ihr auf dem Tisch.«

Neugierig öffnete Barbe-Nicole die verschiedenen kleinen Schubladen des Schranks, in denen Madeleine Jourdain Garnrollen, Bänder und Knöpfe in allen Größen und Formen aufbewahrte. Es herrschte ein rechtes Durcheinander. Das Mädchen durchsuchte jedes Fach, fand aber nur zehn Knöpfe aus Messing. Schließlich gab es auf und brachte sie zu Madeleine.

»Es sind nur zehn Knöpfe da, Madame.«

Die Schneiderin runzelte die Stirn. »Habt Ihr überall nachgesehen? Ich hätte schwören können, dass ich vor Kurzem zwanzig Stück eingekauft habe.«

»Ich habe alle Fächer durchgesehen. Vielleicht habt Ihr schon welche gebraucht«, gab das Mädchen zu bedenken.

»Nun, Marie hat letzte Woche einen Rock ausgebessert«, meinte Madeleine. »Wenn ich mich recht erinnere, waren da auch Messingknöpfe dran.«

»Führt Ihr denn nicht Buch darüber, wie viel Ihr an Waren einkauft und wie viel Ihr verbraucht?«, fragte Barbe-Nicole vorsichtig, da sie nicht besserwisserisch klingen wollte. »Die Gehilfen meines Vaters halten jeden Tuchballen und jede andere Kleinigkeit in den Rechnungsbüchern fest. Und zur Kontrolle machen sie einmal im Jahr Inventur.«

»Inventur?«, fragte die Schneiderin verständnislos.

»Ja, da werden alle Waren, die auf Lager sind, gezählt und mit dem Bestand in den Rechnungsbüchern abgeglichen. Und wenn die Zahlen nicht übereinstimmen, weiß mein Vater, dass jemand beim Eintragen einen Fehler gemacht hat oder dass etwas gestohlen wurde.«

Madeleine lächelte. »Ich verstehe, aber dieses Vorgehen ist nur bei Händlern üblich, die viele Waren umsetzen. Ich führe auch ein Rechnungsbuch, aber ich muss gestehen, dass ich nicht immer alles nachhalte, und meine Gehilfinnen vergessen oft einzutragen, was sie verwendet haben.«

»Wenn Ihr möchtet, kann ich mir Eure Rechnungsbücher einmal ansehen und sie mit dem Bestand abgleichen«, erbot sich Barbe-Nicole. »Dann wisst Ihr, was an Waren da ist und was Ihr einkaufen müsst.«

»Ihr könnt ein Rechnungsbuch führen?«, fragte Madeleine erstaunt.

»Mein Vater hat mir gezeigt, wie das geht«, erklärte das Mädchen. »Ich habe es bisher noch nie versucht, aber ich weiß, wie man es macht.«

Da die Schneiderin das Leuchten in Barbe-Nicoles Augen sah, stimmte sie schließlich zu. Die Kopfarbeit würde die Kleine von den durchlebten Schrecken ablenken und sie vom Grübeln abhalten.

Zuerst blätterte das Mädchen das Rechnungsbuch durch, das Madeleine ihr reichte. Auf den ersten Blick wurde Barbe-Nicole klar, dass sie am besten ganz von vorn anfangen sollte. Sie legte das in Leder gebundene Buch zur Seite und begann, sich in der Werkstatt umzusehen.

»Verzeiht, Madame«, sagte sie, »ich denke, wir müssen eine Aufstellung von den Waren machen, die Ihr auf Lager habt. Aber dazu brauche ich Eure Hilfe, denn obwohl mein Vater mit Stoffen und Tuchen handelt, kenne ich die Unterschiede nicht.« Sie lächelte entschuldigend. »Meine Schwester Clémentine hat ein Faible für schöne Stoffe und kann mit ihren sechs Jahren bereits einen Batist von einem Zephyr unterscheiden. Aber ich kenne mich nicht so gut aus.«

Mit zweifelnder Miene legte Madeleine zum wiederholten Mal das Hemd zur Seite und trat zu dem Mädchen.

»Seid Ihr sicher, dass Ihr einen solchen Aufwand betreiben wollt, Mademoiselle?«

»Es ist doch wichtig, etwas sorgfältig zu tun, wenn man ein gutes Ergebnis erzielen will«, beharrte Barbe-Nicole. »So hat mein Vater es mich gelehrt. Und wenn Ihr einmal alles geordnet habt, macht es danach weniger Arbeit, die Ein- und Ausgänge nachzuhalten. Sofern Eure Gehilfinnen nicht wieder nachlässig werden.«

Madeleine zog anerkennend die Augenbrauen hoch. »Man

merkt, dass Ihr die Tochter eines Geschäftsmannes seid. Wenn Monsieur Ponsardin nicht Euren Bruder als Erben hätte, könnte er Euch eines Tages sein Handelshaus anvertrauen.« Sie seufzte und stemmte die Hände in die Taille. »Also gut. Machen wir uns an die Arbeit. Ich sortiere die Stoffballen und sage Euch die Mengen an, und Ihr listet alles auf.«

Die beiden Frauen verbrachten den Rest des Tages und den folgenden Vormittag mit der Inventur. Am Ende waren alle Ballen ordentlich nach Stoffart gestapelt, die Schubfächer der Schränke sauber gewischt und Garnrollen, Knöpfe und Accessoires nach Farben und Material sortiert. Der gesamte Bestand wurde mitsamt seinem Wert auf einer neuen Seite des Rechnungsbuches aufgeführt. Barbe-Nicole hatte Madeleine gezeigt, wie sie einen Überblick über ihre Aufträge, die entsprechenden Rechnungen und die noch ausstehenden Beträge behielt. Dies war sehr wichtig, da die meisten Leute, besonders die Wohlhabenden, auf Kredit kauften.

Inzwischen hatten sich die Unruhen in den Straßen von Reims gelegt. Barbe-Nicole und Madeleine waren so in ihre Arbeit vertieft, dass es ihnen nicht auffiel, wie sich allmählich eine geisterhafte Stille über die Stadt senkte. Plötzlich wurde die nachmittägliche Ruhe vom Hufschlag und dem Knirschen von Wagenrädern auf der staubbedeckten Straße gestört. Das Gefährt hielt vor der bescheidenen Werkstatt, und kurz darauf klopfte jemand energisch an die Tür.

Die Schneiderin und das Mädchen erstarrten vor Angst, als die Erinnerung an die gefährliche Welt außerhalb ihrer vier Wände zurückkehrte. Mit vor Furcht kalten Händen öffnete Madeleine die Tür und lächelte erleichtert, als sie den Kaufmann Nicolas Ponsardin vor sich stehen sah.

»Papa!«, rief Barbe-Nicole überglücklich. Sie fiel ihrem Vater um den Hals und schmiegte sich an ihn. »Ich bin so froh, dass Ihr da seid.«

»Schon gut, Kleines. Du hast mir gefehlt. Und deine Mutter ist fast umgekommen vor Sorge.«

Nicolas Ponsardin richtete den Blick auf die Schneiderin, die ihn gerührt ansah.

»Ich weiß nicht, wie ich Euch danken soll, Madame. Meine Familie und ich werden immer in Eurer Schuld stehen.«

»Es war mir ein Vergnügen, Mademoiselle Barbe-Nicole ein paar Tage bei mir zu haben«, erklärte Madeleine. »Eure Tochter hat mir übrigens in der Zeit einen großen Dienst erwiesen und meine Rechnungsbücher auf Vordermann gebracht. Ihr könnt stolz auf sie sein. Sie würde Euer Handelshaus mit einem Elan führen, der so manchen Mann erblassen lässt. Schade, dass sie ein Mädchen ist und diese besonderen Talente nie nutzen kann.«

»Wir werden sehen«, erwiderte Nicolas. »Man weiß nie, was die Zukunft bringt.«

5

Boursault, Februar 1858

Vor einer Weile schon war die Witwe Clicquot verstummt. Doch das Schweigen, das sich zwischen ihnen ausgebreitet hatte, machte Jeanne nichts aus. Sie konnte sehen, dass die Beschwörung der aufregenden Flucht, der Angst und der Rührung über die Selbstlosigkeit der Schneiderin die alte Dame aufgewühlt hatte. Dabei wirkte sie nicht erschöpft, sondern eher freudig erregt, aufgeblüht, konnte man sagen. Andernfalls hätte Jeanne sie nicht weiterreden lassen. Nun, da sie innegehalten hatte, wie um die Erinnerung sinken zu lassen, sah sie zum Fenster auf die Terrasse hinaus, und ein Lächeln spielte um ihre schmalen Lippen. Jeanne folgte ihrem Blick und entdeckte einen älteren Herrn, der, auf einen Stock gestützt und eine Pfeife im Mund, trotz der kalten Luft gemächlich vor den Fenstertüren des Kabinetts hin und her spazierte und kleine Rauchwölkchen ausstieß.

Jeanne wusste nicht, wie lange er schon da war. Sie hatte sein Auftauchen nicht bemerkt. Doch sie hatte das Gefühl, dass Madame Clicquot sich seiner Anwesenheit schon seit Längerem bewusst war. Er war in einen schlichten, aber gepflegten Anzug gekleidet, wie die Bauern ihn sonntags zum Kirchgang tragen mochten, und er schien im selben Alter zu sein wie die Witwe Clicquot. Jeanne konnte nur sein Profil erkennen, wenn er an der Terrassentür vorbeischlenderte, doch da die Sonne nicht schien und die Krempe seines Hutes sein Gesicht beschattete, hätte sie nicht sagen können, ob er ihr bekannt war.

Barbe-Nicole hatte ihren Blick bemerkt und bedachte sie mit einem seltsamen Lächeln, das Jeanne nicht deuten konnte.

»Man sagt, als Sie und Ihr Gemahl sich das erste Mal trafen, sei es Liebe auf den ersten Blick gewesen«, bemerkte die alte Dame.

»Sagt man das?«, wiederholte Jeanne. Sie spürte, wie sich ihre Kehle zusammenzog. »Ja, das ist wahr«, gab sie zu, verwundert, dass die Witwe Clicquot ihr eine so persönliche Frage stellte. »Monsieur Pommery ist mir bei einer Freundin in Rethel vorgestellt worden. Damals war er als Wollkommissar für Monsieur Rollet tätig und reiste herum, um auf den Höfen die besten Wollvliese einzukaufen. Als wir einander in die Augen sahen, wussten wir, dass wir uns verstehen. Schon nach ein paar Monaten entschieden wir, dass wir zueinandergehörten. Meine Mutter war zum Glück derselben Meinung. Meine Eltern lebten damals getrennt, aber mein Vater erhob keinen Einspruch.«

Barbe-Nicole nickte. »Für meinen Vater war es schwieriger, den richtigen Gemahl für mich zu finden. Aber er hatte es nicht eilig. Vor der Revolution träumte er davon, mich mit einem jungen Mann von Adel zu verheiraten. Es war sehr schmerzlich für ihn, als die Umstände sich änderten und er seine Absichten durchkreuzt sah. Er bekam viele Anfragen für mich, aber keiner dieser jungen Männer entsprach seinen hohen Ansprüchen. Bis zu einem gewissen Grad lag ihm mein Glück am Herzen.«

»Bis zu einem gewissen Grad?«, fragte Jeanne.

»Nun, es gibt Dinge, die auch der liebevollste Vater nicht duldet, aber ... ich glaube, das führt zu weit. Es genügt wohl zu sagen, dass er versuchte, auf zwei Hochzeiten zu tanzen, indem er den Eindruck erwecken wollte, ein glühender Revolutionär zu sein, und zugleich der Monarchie die Treue hielt. Die Wahl eines geeigneten Gatten für seine Töchter wurde dadurch nicht leichter ...«

6

Reims, Januar 1793

Das werbende Gurren eines Täuberichs vor dem Fenster veranlasste Nicolas Ponsardin, von seinem Rechnungsbuch aufzuschauen. Es war ein ungewöhnlicher Anblick im Januar. Vermutlich hatte der warme und sonnige Wintertag die Vögel in Balzstimmung versetzt.

Lächelnd beobachtete er das Geturtel der beiden Tauben auf dem Sims und bemerkte nicht, dass die Tinte, die von der Schreibfeder in seiner Hand tropfte, einen hässlichen Klecks auf den sorgfältig linierten Seiten hinterließ. Die Arbeit, die die Leitung eines der größten Handelshäuser in Reims mit sich brachte, die Aufsicht über seine Fabriken, die Hunderten von Menschen einen Broterwerb sicherten, die Verwaltung der Waren in seinen Lagerhäusern, lenkten den Geschäftsmann von den Sorgen ab, denen sich in diesen Zeiten kaum jemand entziehen konnte. Das Land, in dem er lebte, seine Heimat, hatte aufgehört, ein Königreich zu sein. Im vergangenen September war Frankreich zur Republik erklärt worden. Ludwig XVI., dessen Krönung in Reims Nicolas Ponsardin mit ausgerichtet hatte, war endgültig abgesetzt worden. Außerdem lag Frankreich im Krieg mit Österreich, Preußen und Großbritannien. Zu dem damit verbundenen Elend kamen Hungersnöte, Inflation und Bauernaufstände.

Seit Beginn der Revolution vor vier Jahren hatte es kaum eine Zeit gegeben, in der Nicolas seine Lagerhäuser nicht durch bewaffnete Männer hatte bewachen lassen müssen. Oft nahm er seine Kinder mit, wenn er zur Arbeit ging, denn auf die Dienerschaft in seinem Haus in der Rue Dauphine war kein Verlass mehr. Manchmal blieben die Lakaien tagelang fort, um an Versammlungen teilzunehmen, und die Stubenmädchen trieben sich wer weiß wo herum.

Seine Frau litt sehr unter dem Chaos, das ihre wohlgeordnete bürgerliche Welt umgestürzt hatte, und saß oft stundenlang nur da und starrte die Wände an. Da wollte Nicolas ihr nicht auch noch die Aufsicht über drei quirlige Halbwüchsige aufbürden, die in Ermangelung einer strengen Erziehung wie Irrwische durch die Gegend tobten. Die kleine Clémentine liebte es, durch die Lagerhalle zu wandern und in den Waren zu stöbern. Sie hatte bereits einen ausgeprägten Sinn für schöne Dinge und würde sicher einmal eine elegante junge Dame werden.

Nicolas' Sohn und Erbe Jean-Baptiste dagegen zeigte bisher wenig Interesse am Handelsgeschäft. Kaum hatte Frankreich den Österreichern den Krieg erklärt, hatte er seinen Vater mit der Bitte bestürmt, ihn ins Heer eintreten zu lassen. Mit dreizehn Jahren hatte er nichts anderes im Sinn, als mit den Männern zu marschieren und sich tollkühn dem Feind entgegenzuwerfen.

Nur seine älteste Tochter Barbe-Nicole enttäuschte Nicolas Ponsardin nicht. Sie wirkte mit ihren fünfzehn Jahren schon fast erwachsen. Auch wenn sie oftmals der nachlässigen Aufsicht der Gouvernante entfloh und mit ihrem Bruder durch die Straßen strolchte, blieb sie nie lange fort. Das Büro ihres Vaters zog sie magisch an. Seit Barbe-Nicole der

Schneiderin der Familie einst bei der Führung ihrer Rechnungsbücher geholfen hatte, vertiefte sie sich mit Vorliebe in die Warenaufstellungen des Handelshauses Ponsardin und ließ sich die Unterschiede zwischen den Stoffen und deren Herkunft und ihren Wert erklären. Immer öfter übergab er ihr Buch und Feder, diktierte ihr die Einträge und ließ sie am Ende alles zusammenrechnen. Es war ein Spiel, das sie beide genossen, denn Nicolas war sich bewusst, dass seine Tochter die Fähigkeiten, die er ihr dabei vermittelte, nie würde anwenden können. Jean-Baptiste würde das Geschäft erben, und Barbe-Nicole würde früher oder später heiraten. Nur wen? Vor der Revolution hatte Nicolas davon geträumt, seine Tochter einem Mitglied des Adels zur Frau zu geben. Dies war nun freilich nicht mehr möglich. Das Überleben seiner Familie hing davon ab, dass die Außenwelt den Bürger Ponsardin für einen glühenden Verfechter der Revolution hielt. Viele seiner Standesgenossen hatten diese seit der Verkündigung der neuen Verfassung im September 1791 als vollendet angesehen und auf eine Normalisierung des öffentlichen Lebens gehofft. Doch Nicolas besaß eine gute Menschenkenntnis und ahnte, dass sich das Monster, das man aus dem Käfig gelassen hatte, nicht so einfach erneut einsperren ließe. Der Pöbel würde nicht auf halbem Weg kehrtmachen und wieder in seine alte Trägheit verfallen. Er hatte Blut geleckt und wollte nun bis zum bitteren Ende gehen.

Schon früh hatte sich Nicolas daher den Jakobinern angeschlossen, dem ruchlosesten der politischen Clubs, die sich als heilige Liga gegen die Feinde der Freiheit betrachteten. Der Tuchhändler aus Reims machte sich allerdings keine Illusionen über die Ziele von Männern wie Robespierre,

Saint-Just und Danton. Sie wollten vor allem Macht. Dass sie dafür auch über Leichen gehen würden, zeigten die blutigen Massaker im letzten September, die in Paris schreckliche Ausmaße angenommen hatten. In Reims hatte es nur ein paar Tote gegeben, aber auch diese hatten Nicolas erkennen lassen, wie wenig ein Menschenleben in diesen Zeiten bedeutete. Und er war entschlossen, alles zu tun, um sich selbst und seine Familie zu schützen.

Das Erscheinen seines Kommis riss Nicolas Ponsardin aus seinen Gedanken. Die Tauben auf dem Fenstersims flogen erschrocken davon.

»Monsieur«, sagte Lebrun, »der Bürger Millet wünscht Sie zu sprechen. Er wirkt sehr aufgeregt. Man könnte sagen, er platzt geradezu vor Neuigkeiten.«

Nicolas seufzte. Das konnte nichts Gutes bedeuten.

»Führen Sie ihn herein, Lebrun.«

Ein unangenehmes Gefühl breitete sich in seinem Magen aus, während er die Schreibfeder ins Tintenfass steckte. Im nächsten Moment trat Jules Millet über die Schwelle zu seinem Büro. Nicolas kannte den Weinhändler seit seinem Eintritt in den Jakobinerclub und schätzte ihn für seine eher gemäßigten Ansichten. An diesem Morgen schien Millets gewöhnlicher Gleichmut ihn jedoch verlassen zu haben.

»Was gibt es Neues, Bürger?«, fragte Nicolas zurückhaltend.

»Ich habe gerade Nachricht aus Paris erhalten«, verkündete der Weinhändler aufgeregt. »Robespierre hat die Todesstrafe für den Bürger Capet beantragt.«

Nicolas verspürte unwillkürlich einen Stich ins Herz. Im Stillen war er immer noch Royalist und würde es immer bleiben. Der Schauprozess gegen den König von Gottes Gnaden war eine Ungeheuerlichkeit, die er in seinen schlimmsten Albträumen nicht vorausgesehen hatte.

»Und?«, überwand er sich schließlich zu fragen. Es fiel ihm schwer, seiner Stimme einen festen Klang zu verleihen.

»Der Antrag wurde angenommen«, erklärte Millet triumphierend.

Erschüttert lehnte sich Nicolas auf seinem Stuhl zurück.

»Wann ist die Hinrichtung?«

»Am einundzwanzigsten wird der Bürger Capet das Schafott besteigen. Dann ist der Gerechtigkeit Genüge getan. Unser Land wird einer glorreichen Zukunft entgegensehen.«

»Wenn der Krieg vorbei ist«, ergänzte der Tuchhändler. »Und die Hungersnöte und Aufstände, die das französische Volk ins Elend stürzen.«

»Sie wissen so gut wie ich, mein lieber Ponsardin, dass wir die Grenzen unserer jungen Republik verteidigen müssen, solange es eben nötig ist.«

»Natürlich. Niemand will fremde Heere auf unserem Boden sehen. Aber bis dahin liegt der Handel brach.«

»Aber, aber… das ist doch jetzt zweitrangig«, widersprach Millet. »Als Tuchhändler verdienen Sie ja auch am Krieg. Die Revolutionsarmee braucht Uniformen, die Marine Segeltuch, um die neuen Schiffe auszurüsten, die wir im Kampf gegen die Engländer benötigen.«

»Da haben Sie recht, mein Guter«, gestand Nicolas, verkniff sich jedoch eine abfällige Bemerkung über die Zahlungsmoral des Konvents.

Da sich der Besucher nicht so recht zum Gehen entschließen konnte, fragte der Tuchhändler mit einem nur schwer unterdrückten Seufzen: »Kann ich Ihnen eine Erfrischung anbieten? Kaffee, Wein?«

»Ein Glas Wein wäre mir jetzt durchaus willkommen«, gab Millet zu.

Nicolas rief nach Lebrun und trug dem Kommis auf, ihnen Wein zu bringen.

»Gibt es noch weitere Neuigkeiten, die Sie loswerden wollen, Bürger?«, fragte er.

»Nun, es ist mehr ein Vorschlag, den ich Ihnen unterbreiten möchte«, erwiderte Millet, nachdem er sich auf einem Stuhl niedergelassen hatte.

»So?«

»Ihre älteste Tochter Barbe-Nicole ist im Dezember fünfzehn Jahre alt geworden, nicht wahr? Ein gutes Alter, um sie zu verheiraten. Haben Sie schon einen geeigneten Bräutigam im Auge?« Bevor Nicolas zum Sprechen ansetzen konnte, fuhr Millet eifrig fort: »Falls nicht, habe ich einen Vorschlag für Sie: einen meiner Protegés, ein junger Anwalt, der im letzten Jahr zum Deputierten gewählt wurde. Brissot hält große Stücke auf ihn. Er wird es weit bringen. Was meinen Sie?«

Nicolas spürte, wie ihn eine Gänsehaut überkam, und er unterdrückte ein Frösteln. Seine kleine Barbe-Nicole verheiratet mit einem leidenschaftlichen Revolutionär? Undenkbar! Es war eine Sache, wenn ihr Vater mit dem Strom schwamm, um seine Familie vor Repressalien zu schützen, aber eine ganz andere, wenn seine Tochter sich an einen dieser Wirrköpfe band, die nach Macht lechzten und nicht davor zurückscheuten, sich die Hände mit Blut zu beflecken.

»Fünfzehn ist noch sehr jung, um zu heiraten und einen Haushalt zu führen …«, erwiderte er zurückhaltend.

»Aber nichts Ungewöhnliches«, belehrte Millet ihn.

»Barbe-Nicole ist sehr klein für ihr Alter, nur vier Fuß

und sechs Zoll. Sie könnte ihren ehelichen Pflichten noch nicht nachkommen.«

»Ich verstehe Ihre Sorge, Bürger, aber man könnte doch über eine längere Verlobung nachdenken«, schlug Millet vor.

»Ich werde es mir durch den Kopf gehen lassen«, versprach Nicolas mit einem gezwungenen Lächeln. Doch insgeheim hatte er nichts dergleichen vor.

7

Boursault, Februar 1858

Während Jeanne der Erzählung ihrer Gastgeberin zuhörte, beobachtete sie den älteren Herrn, der genüsslich an seiner Pfeife paffte und ihnen hin und wieder einen Blick durchs Fenster zuwarf. Als er die Augen der jungen Witwe auf sich gerichtet sah, schenkte er ihr ein charmantes Lächeln.

»Ich fürchte, wenn Sie noch vor Einbruch der Dunkelheit zu Hause sein wollen, müssen Sie bald aufbrechen, Madame«, sagte Barbe-Nicole.

Jeanne errötete. Sie war so in den Anblick des Fremden versunken gewesen, dass sie nicht bemerkt hatte, dass ihre Gastgeberin sie ansah.

»Sie haben recht«, erwiderte sie.

Barbe-Nicole deutete den fragenden Blick der jüngeren Frau ohne Mühe. »Sie haben meinem Bericht so aufmerksam gelauscht«, sagte sie lächelnd. »Fanden Sie ihn tatsächlich interessant?«

»Ich fand ihn äußerst fesselnd.«

»Und Sie möchten noch mehr hören?«

»Es wäre mir ein Vergnügen.«

»Ich habe sehr weit ausgeholt.«

»Das macht nichts. Ich würde gerne die ganze Geschichte erfahren.«

»Das sollen Sie auch«, stimmte Barbe-Nicole zu. »Aber das nächste Mal möchte ich zu Ihnen kommen, wenn es Ihnen recht ist. Ich will Sie nämlich um einen Gefallen bitten. Das Haus, in dem Sie wohnen, gehörte einst den Kardinälen von Lothringen. Ein Teil der Gebäude diente zur Zeit der Revolution als Gefängnis.«

»Ja, das ist mir bekannt.«

»Hätten Sie etwas dagegen, mich durch Ihre Keller zu führen? Ich habe sie als Kind einmal zusammen mit meinem Bruder erkundet und mich dabei schrecklich verlaufen. Aber ich habe den Tag trotzdem in angenehmer Erinnerung behalten. Und nun würde ich die alten Keller gerne noch ein letztes Mal sehen. Eine Sentimentalität, wissen Sie?«

»Es wäre mir eine Ehre, Sie herumzuführen, Madame«, erklärte Jeanne ohne Zögern.

»Das ist sehr gütig von Ihnen …«

Plötzlich stockte Madame Clicquot und starrte erschrocken an Jeanne vorbei zum Fenster. Die junge Witwe wandte sich um und sah, dass der ältere Herr gestolpert war und sich an einem Blumenkübel festhielt, während sein Stock zu Boden fiel. Jeanne wollte aufstehen und ihm zu Hilfe kommen, doch ein aufmerksamer Diener eilte bereits herbei, um den alten Mann zu stützen. Aufatmend wandte Jeanne sich wieder ihrer Gastgeberin zu und erkannte an deren angespannter Haltung, dass Madame Clicquot denselben Impuls verspürt hatte wie sie. Über Barbe-Nicoles Gesicht huschte ein Ausdruck der Sorge, und sie atmete sichtlich auf, als der alte Herr dank der Hilfe des Lakaien wieder fest auf den Beinen stand. Fast widerwillig zwang sie sich, den Blick von ihm abzuwenden und ihren Gast anzusehen. Mit einem verlegenen Lächeln zog sie die Klingelschnur neben dem kleinen Kamin.

»Pierre wird Sie hinausbegleiten«, sagte Barbe-Nicole. »Wäre es Ihnen recht, wenn ich Sie übermorgen zu Hause aufsuche? So gegen elf Uhr? Vorausgesetzt, dass das Wetter nicht schlechter wird.«

»Aber natürlich, Madame«, erwiderte Jeanne.

Der Vorfall war ihr peinlich. Ihr war bewusst, dass die Witwe Clicquot ihr, wenn auch nur kurz, Gefühle offenbart hatte, die nicht für fremde Augen bestimmt waren, und sie bemühte sich, so zu tun, als habe sie nichts bemerkt. Sie wusste nicht, wer der alte Herr war, aber sie ahnte, dass er Barbe-Nicole etwas bedeutete. Und sie war sich sicher, dass die Witwe Clicquot ihr nicht erzählen würde, was sie mit ihm verband.

Am übernächsten Tag empfing Jeanne die alte Dame in ihrem Haus auf der Rue Vauthier-le-Noir. Nachdem sie sich über das Wetter und die Gesundheit des Kaisers ausgetauscht hatten, führte Jeanne ihren Gast in die weitläufigen Keller hinab. Sie bestanden aus drei übereinanderliegenden Stollen. Der Kellermeister ging ihnen mit einer Funzel voraus. Das spärliche Licht ließ Schatten über die gemauerten Wände huschen und hob die langen Reihen gestapelter Weinflaschen aus dem Dunkel. Die Luft war kühl und rein.

»Befinden sich unter dem Hôtel Ponsardin nicht auch große Keller?«, fragte Jeanne, um das Schweigen zu brechen.

»O ja«, bestätigte Barbe-Nicole. »Aus diesem Grund schlichen wir uns in den verlassenen Kardinalspalast, mein Bruder und ich – Gott hab ihn selig.« Sie bekreuzigte sich. »Jean-Baptiste wollte wissen, ob die Gänge hier mit den unsrigen verbunden waren.«

»Aber diente ein Teil der hiesigen Keller nicht als Verlies?«, erkundigte sich Jeanne verwundert.

»Stimmt. Der Kerker war nur durch eine dünne Mauer von den Gängen getrennt, die damals die Römer überall unter der Stadt gegraben hatten. Als wir hier waren, hörten wir das Seufzen und Jammern der armen Gefangenen oder bildeten es uns zumindest ein.«

Die alte Dame blieb stehen und sah sich versonnen um, obwohl ihr Blick die Finsternis nicht durchdringen konnte. Jeanne hatte das Gefühl, dass sie vor ihrem inneren Auge die Gänge so sah, wie sie damals gewesen waren. Irgendetwas Bedeutsames hatte sich hier unten abgespielt, etwas, das ihr Leben entscheidend geprägt hatte.

»Wusste Ihr Vater von Ihrem Ausflug in die Unterwelt von Reims?«, fragte Jeanne schließlich, als das Schweigen ihr peinlich wurde.

»Nein«, erwiderte Barbe-Nicole. Sie schien wie aus einem Traum zu erwachen. »Das heißt, nicht gleich. Aber als er es herausfand, brach ein Donnerwetter über mich herein, das ich nie vergessen habe …« Sie lächelte. »Er war der Ansicht, dass es sich für eine Tochter aus gutem Hause nicht geziemte, in verlassene Häuser einzubrechen und durch dunkle Keller zu wandern. Seine Sorge war verständlich, aber unbegründet. Ich befand mich schließlich in Begleitung meines Bruders. Und obwohl er jünger war als ich, schützte seine Anwesenheit mich davor, in Schwierigkeiten zu geraten und unseren guten Namen in Misskredit zu bringen. Jean-Baptiste und ich blieben stets unter uns. Nicht ein einziges Mal trafen wir bei unseren heimlichen Ausflügen auf Fremde …«

8

Reims, Juli 1794

»Jean-Baptiste, warte auf mich!«, rief Barbe-Nicole ihrem Bruder nach.

Um sie zu ärgern, war er einfach losgerannt und in die Rue de la Perriere eingebogen. Atemlos folgte sie ihm und holte ihn an der Ecke zur Rue de la Visitation ein, die am Palais de Tau entlangführte.

»Wo willst du denn hin?«, fragte sie keuchend.

Er sah sie mit leuchtenden Augen und einem geheimnisvollen Lächeln an.

»Ich habe in einem leer stehenden Haus einen unbenutzten Keller entdeckt. Gehen wir hin und sehen wir uns um.«

»Meinetwegen. Aber ich habe Vater versprochen, nicht so lange wegzubleiben.«

»Es ist gerade erst Mittag. Bis Papa nach Hause kommt, sind wir längst zurück.«

Er lief voraus, um ihr keine Gelegenheit zu weiterem Widerspruch zu geben. Barbe-Nicole folgte ihm durch die verwinkelten Gassen. Bevor sie die Rue du Corbeau erreichten, bog er nach links in die Rue de l'École de Madeleine ein. Neben dem Gefängnis der »Bonne-Semaine«, in dem die Verurteilten vor ihrem Gang zur Guillotine festgehalten wurden, sah sie ihn durch eine Lücke in einer bröckelnden

Mauer schlüpfen, die ein großes Gebäude umschloss. Die Fenster des verlassenen Hauses waren blind, die meisten Scheiben zerschlagen. Die Tür hing in den Angeln, als sei sie mit Gewalt eingetreten worden. Vermutlich hatte der Mob das Haus während eines Aufstands der vergangenen Jahre gestürmt und geplündert.

»Komm schon«, drängte Jean-Baptiste.

Seine Schwester versuchte, mit ihm mitzuhalten, und kletterte über den auf dem Boden verstreuten Schutt. Im Innern des Hauses empfing eine geisterhafte Stille die beiden Geschwister. Sie blieben stehen und sahen sich schweigend um, plötzlich bedrückt von der Atmosphäre, die ein verlassenes Haus ausstrahlt, in dem die Stimmen der Menschen, die es einst bewohnten, verstummt sind, man ihr Echo aber noch immer wahrnimmt. Es war wie ein leises Vibrieren, das den Körper ergreift und dazu führt, dass sich die feinen Härchen im Nacken und an den Armen aufstellen.

Zögernd folgte Barbe-Nicole ihrem Bruder in einen der Salons, in dem keine Möbel zurückgeblieben waren. Alles, was irgendeinen Wert hatte, war gestohlen worden. Nur an den Wänden hingen noch einige Gemälde, aus denen die Vorfahren der Bewohner missbilligend auf die Eindringlinge herabsahen.

»Lass uns wieder gehen«, bat Barbe-Nicole. »Es ist unheimlich hier.«

»Das ist ja gerade das Schöne«, erwiderte Jean-Baptiste, doch auch ihm war beim Anblick der starrenden Augen in den Goldrahmen ein wenig mulmig geworden.

»Hier entlang«, rief er auffordernd, und seine Stimme hallte seltsam in dem leeren Raum wider.

Bruder und Schwester betraten die Küche des Hauses.

Von dort führte eine Treppe in den Keller hinunter. Zuerst erschien Barbe-Nicole der Raum, der sie aufnahm, wie ein normaler Weinkeller, wie es unzählige unter der Stadt Reims gab. Ein paar verstaubte Weinfässer und umgestürzte Regale befanden sich darin. Doch als sie weiterging, öffnete sich vor ihr ein Gang, der sich in der Dunkelheit verlor.

Jean-Baptiste beugte sich über eine kleine Lampe, die auf dem Boden stand, holte sein Steinschlossfeuerzeug aus der Tasche und schlug Funken.

»Als ich das erste Mal hier war, habe ich die Funzel aus der Küche mitgenommen«, erklärte er. »Dieser Keller ist mit den Gängen verbunden, die die ganze Stadt durchziehen wie bei uns zu Hause. Aber die hier werden anscheinend nicht genutzt. Ich möchte herausfinden, ob einer der Gänge zur Rue Dauphine führt.«

»Hörst du das? Da wimmert doch jemand«, sagte seine Schwester plötzlich schaudernd.

»Nebenan sind die Kerker des Gefängnisses der ›Bonne-Semaine‹«, antwortete Jean-Baptiste. Aus seiner Stimme klang der Stolz über sein Wissen. Er deutete auf eine Mauer. »Dahinter befinden sich die Gefangenen, die zur Guillotine geführt werden.«

Erneut überlief Barbe-Nicole eine Gänsehaut. »Das ist ja furchtbar.«

Erschüttert lauschte sie. Es schien ihr, als wenn sie gedämpftes Weinen hörte.

»Lass uns gehen«, bat sie. »Ich will hier nicht bleiben.«

Als der Lampendocht endlich Feuer fing und die Flamme ihr warmes Licht in die entlegeneren Ecken des Raumes warf, betrat Jean-Baptiste einen der Gänge, und seine Schwester war gezwungen, ihm zu folgen, um nicht allein zurückzubleiben. Doch bald siegte ihre Neugier über den Schrecken, und sie sah sich um. Die Wände bestanden aus roten Ziegeln. Es erstaunte sie immer wieder, wie weitläufig die Keller unter der Stadt waren. Und sie fragte sich, weshalb die Straßen mit all den schweren Gebäuden nicht einstürzten und von den Hohlräumen verschlungen wurden.

»Lass uns sehen, wohin der Gang führt«, forderte Jean-Baptiste seine Schwester auf.

Unter ihren dünnen Ledersohlen knirschte der Schutt. Barbe-Nicole wusste von ihrem Vater, dass der Kalkstein, auf dem Reims stand, vor vielen Jahrhunderten dazu benutzt worden war, die Kirchen und Häuser der Stadt zu errichten. In Paris hatten die Menschen es ebenso gemacht, doch von dort hörte man tatsächlich Berichte, dass hin und wieder Straßen aufrissen und Häuser in dunklen Abgründen verschwanden.

»Hast du keine Angst, dass das Gewölbe über uns einbrechen könnte?«, fragte Barbe-Nicole leise.

»Warum sollte es, da es doch schon seit so langer Zeit hält?«, fragte Jean-Baptiste abfällig. »Du machst dir zu viele Sorgen.«

Ja, vielleicht grübelte sie wirklich zu viel. Aber ihre Gedanken waren wie Pferde, die mit einem Wagen durchgingen. Nichts konnte sie anhalten. Sie nahmen mal diesen, mal jenen Weg und wurden nie müde. Oft ließen sie sie nicht einmal schlafen, immer waren sie auf der Suche nach einer neuen Aufgabe, einem Rätsel, das es zu lösen gab. Jean-Baptistes Neugierde wirkte ansteckend auf das Mädchen. Nun wollte auch Barbe-Nicole wissen, wohin die einzelnen Gänge führten.

»Wie tief sind wir?«, fragte sie unwillkürlich.

»Vater sagte einmal, dass manche Gänge bis zu hundert Fuß unter der Stadt liegen«, antwortete Jean-Baptiste.

Vor ihnen teilte sich der Gang in zwei Arme. Die Kinder wählten den rechten, weil Jean-Baptiste der Meinung war, dass in dieser Richtung die Rue Dauphine lag. Kurz darauf stießen sie auf eine zweite Gabelung. Sie folgten diesmal dem linken Gang, der jedoch bald einen scharfen Knick machte.

»Das kann nicht stimmen«, sagte Jean-Baptiste ärgerlich. »Wir müssen zurück.«

Er wandte sich abrupt um und stieß gegen seine Schwester. Barbe-Nicole geriet aus dem Gleichgewicht, tastete nach einem Halt und knickte mit dem Fuß um. Stöhnend vor Schmerz lehnte sie sich an die Wand.

»Was ist?«, fragte Jean-Baptiste.

»Ich habe mir den Knöchel verstaucht. Es tut so weh!«

»Das wird gleich besser. Heb das Bein an und lass den Fuß eine Zeit lang hängen«, riet er ihr. »Ich sehe mal nach, wo der andere Gang hinführt.«

Ehe sie protestieren konnte, hatte er sich mit der Funzel in der Hand entfernt.

»Jean-Baptiste!«, rief sie erschrocken, als Dunkelheit sie einhüllte. »Komm zurück!«

»Ich komme gleich wieder«, rief er noch, dann war er verschwunden.

Barbe-Nicole lauschte angestrengt auf seine Schritte, bis sie sie nicht mehr hörte. Wütend setzte sie den verstauchten Fuß auf, um ihm zu folgen, doch der stechende Schmerz, der durch ihr Bein fuhr, ließ sie innehalten. Verwünschungen kamen ihr über die Lippen, Worte, die sie bei den Männern auf der Gasse gehört hatte und für die ihre Mutter sie gescholten hätte. Vorsichtig rieb Barbe-Nicole ihren Knöchel, bis der Schmerz ein wenig abklang. Behutsam machte sie ein paar Schritte in die Richtung, in die ihr Bruder gegangen war. Vermutlich ließ er sie absichtlich im Dunkeln herumtappen und lachte heimlich über sie. Na, sie würde ihm tüchtig die Meinung sagen!

Eine Weile tastete sich Barbe-Nicole orientierungslos durch die Finsternis. Auf einmal spürte sie einen Lufthauch und blieb stehen. Vor ihr musste eine der Abzweigungen liegen, an der sie mit ihrem Bruder vorbeigekommen war.

»Jean-Baptiste«, rief sie. »Wo bist du?«

Furcht stieg in ihr auf. Die Dunkelheit begann, an ihren Nerven zu zerren. Als sie vor sich Schritte zu hören meinte, hastete sie blind den Gang entlang. Ihre Fingerspitzen glitten über die rauen Wände. Plötzlich tat sich eine Abzweigung auf, sodass ihre Hand ins Leere griff und sie beinahe gefallen wäre. Schwer atmend blieb sie stehen. Als sie wieder Luft bekam, rief sie erneut nach ihrem Bruder, erhielt jedoch keine Antwort.

Verwünscht, dachte Barbe-Nicole. Sie hatte sich verlaufen.

Entschlossen kämpfte sie die Angst nieder, wandte sich um und ging zurück. Als sie an eine Gabelung kam, tastete sie die Wände um sich herum ab und stellte fest, dass an dieser Stelle drei Gänge aufeinandertrafen. Und sie hatte keine Ahnung, durch welchen sie gekommen war. Tränen der Ernüchterung traten ihr in die Augen. Warum war sie nicht an dem Ort geblieben, wo Jean-Baptiste sie verlassen hatte? Warum hatte sie ihm nachlaufen müssen? Ihre Ungeduld wurde noch einmal ihr Verderben!

Es half nichts. Sie musste versuchen, allein den Weg zurückzufinden. Eine Weile irrte sie orientierungslos hin und her, bemühte sich, an der Stärke des Lufthauchs und den Gerüchen zu erkennen, ob sie sich einer vertrauten Stelle näherte. Doch irgendwann war sie so verwirrt, dass sie erschöpft innehielt und sich auf den kühlen Boden gleiten ließ. Halbherzig kämpfte sie gegen die Tränen an, die ihr in die Augen stiegen. Der Gedanke an den Spott, den sie über sich ergehen lassen musste, wenn Jean-Baptiste sie fand, ärgerte sie. Doch allmählich wurde ihr bewusst, was passieren würde, wenn ihr Bruder sie *nicht* fand. Dann würde sie vielleicht tagelang hier unten durch die Dunkelheit irren und schließlich Hungers sterben. Plötzlich ließ Barbe-Nicole ihrer Verzweiflung freien Lauf. Sie fühlte sich wie damals, als sie mit Madame Jourdain durch die Straßen der Stadt gelaufen war, während der Mob regiert hatte. Einer Gefahr ausgeliefert, die sie nicht bekämpfen, geschweige denn kontrollieren konnte. Das Gefühl der Machtlosigkeit nahm ihr den Mut. Auf einmal hatte sie nicht mehr die Kraft, aufzustehen und weiterzugehen. Fast genussvoll gab sie sich ihrer Niedergeschlagenheit hin, stellte sich die verschiedensten Umstände ihres bevorstehenden Todes vor, bis sie ein Gefühl der Trunkenheit überkam, das berauschend und beängstigend zugleich war. Aber es verscheuchte die Mattigkeit, die sie erfüllt hatte, und gab ihren erlahmten Muskeln neue Spannkraft. Es gelang ihr, sich auf die Füße zu kämpfen. Erst wenn man sich aufgibt, ist man wirklich verloren, dachte sie, und es war ihr, als habe sie eine elementare Weisheit des Lebens begriffen.

Plötzlich vernahm Barbe-Nicole Schritte. Sie blieb stehen und lauschte. Fern, fast unwirklich klang das Geräusch, dann wurde es lauter. In der Finsternis tanzte ein goldener

Funke wie ein einsames Glühwürmchen in einer Sommernacht. Atemlos stand Barbe-Nicole da und starrte das kleine Licht an, das allmählich größer wurde, bis sie erkannte, dass es von einer Laterne stammte.

»Jean-Baptiste?«, hauchte sie.

Keine Antwort. Das Mädchen wagte nicht, lauter zu rufen. Ein Gefühl sagte ihr, dass es nicht ihr Bruder war, der sich ihr näherte. Ein Fremder aber bedeutete in diesen Zeiten möglicherweise Gefahr. Eine zaghafte Stimme in ihrem Innern riet ihr, die Flucht zu ergreifen, doch Barbe-Nicole ignorierte sie. Sie war lange genug davongelaufen, vor der Dunkelheit, dem Ungewissen, ihrer Angst. Nun war sie entschlossen, die Situation zu meistern, egal, was es sie kosten mochte.

Erst als die Gestalt vor ihr stehen blieb und das Licht der Laterne sie vollständig aus der Finsternis hob, erkannte sie, dass es ein Junge in ihrem Alter war. Wirres dunkles Haar fiel ihm in die Stirn, und seine schwarzen Augen musterten sie spöttisch. Für einen Moment flößte sein südländisches Aussehen ihr Furcht ein. Doch als er das Wort ergriff, sprach er mit dem vertrauten Akzent der Champagne.

»Wie mir scheint, hast du dich verlaufen, Bürgerin. Kann ich dir behilflich sein?«

Ein Lächeln der Erleichterung huschte über Barbe-Nicoles Züge, das sie jedoch sogleich unterdrückte, als ihr bewusst wurde, dass er sich über sie lustig machte.

»Mein Bruder und ich wurden getrennt«, erklärte sie und versuchte vergeblich, ihrer Stimme Festigkeit zu verleihen. »Ich wäre dir dankbar, wenn du mir den Weg zum Ausgang beschreiben könntest.«

»Und wie willst du sehen, wohin du gehst?«, fragte er. Die Ironie in seinem Tonfall war nicht zu überhören.

Da sie nicht antwortete, lächelte er freundlich. »Erlaube mir, dass ich mich vorstelle, Bürgerin. Mein Name ist Marcel Jacquin. Mein Vater ist Weinbauer«, sagte er mit einer artigen Verbeugung.

»Barbe-Nicole Ponsardin.«

Sie knickste, wie sie es im Kloster gelernt hatte, und errötete sogleich, als sie sich erinnerte, dass die vornehmen Umgangsformen von den Revolutionären abgeschafft worden waren.

»Darf ich dich zum Ausgang begleiten?«, fragte Marcel Jacquin, als habe er ihren Fehler nicht bemerkt.

»Dafür wäre ich dir sehr dankbar«, antwortete Barbe-Nicole.

Er schenkte ihr ein weiteres Lächeln, das sie als beruhigend empfand. Während sie neben ihm herging, spürte sie, wie die Anspannung von ihr abfiel. Sie fühlte sich auf einmal müde und erschöpft. Der Junge flößte ihr Vertrauen ein. Seine Gelassenheit und sein Schweigen ließen ihn fast erwachsen erscheinen. Neugierig betrachtete sie sein Profil mit der Stupsnase und den schmalen Lippen. Und als er sie ansah, ging ihr der Blick dieser aufmerksamen schwarzen Augen unter die Haut. Er schien bis in ihre Seele zu dringen. Beunruhigt wandte sie den Kopf und konzentrierte sich auf den Gang, dem sie folgten.

»Wie weit ist es noch?«, fragte Barbe-Nicole.

»Nur noch um die Ecke dort hinten«, erklärte Marcel. »Was wolltest du eigentlich hier unten?«

»Mein Bruder und ich wollten uns nur einmal umsehen«, erwiderte Barbe-Nicole zögernd.

»Kennt sich dein Bruder denn hier unten aus?«

»Ein wenig.«

»Wenn du wirklich beeindruckende Höhlen sehen willst, musst du das Labyrinth am Rande der Stadt besuchen. Ich führe dich dort gerne herum«, erbot er sich.

Sie sah ihn an und bemerkte wieder das ironische Lächeln, das sie ein wenig reizte.

»Mein Vater würde das wohl kaum erlauben«, entgegnete sie abweisend.

»Dann sag ihm nichts davon«, war die kecke Antwort.

»Was bildest du dir ein?«, rief sie empört.

Doch zugleich verspürte sie einen angenehmen Schauer. Hier bot sich ihr die Möglichkeit, ein Abenteuer zu erleben, ohne ihren Bruder, ohne das Wissen ihrer Eltern, so als wäre sie bereits erwachsen.

Als vor ihnen eine aus dem Stein gehauene Treppe auftauchte, eilte Barbe-Nicole erleichtert die Stufen hinauf, hielt jedoch noch einmal inne und sagte: »Ich werde es mir überlegen.«

Seufzend betrachtete Nicolas Ponsardin den abwesenden Gesichtsausdruck seiner Frau. Sie stand an einem der hohen Fenster im Salon. Ihr Blick war auf den Vorgarten des Hôtel Ponsardin gerichtet, doch ihr Gatte sah dem Ausdruck ihrer Augen an, dass sie nichts wahrnahm. In diesen Tagen bemerkte er immer öfter Spuren von Tränen auf Jeanne-Clémentines Wangen. Sie trauerte um Frankreich, ihr Land, das in blutigem Chaos versank. Die Vorgänge in Paris, bei denen die Menschen zu Tausenden der Guillotine zum Opfer fielen, schockierten alle, die davon hörten und den Berichten doch nicht glauben wollten. Selbst der einst so mächtige Danton und Saint-Just waren nun Opfer des Terrors geworden. Die Verfechter der Revolution zerfleischten sich gegenseitig. Und nun, nachdem die Ausübung des katholischen Glaubens offiziell abgeschafft und durch einen Kult der Vernunft ersetzt worden war, fürchtete Jeanne-Clémentine um ihr Seelenheil und das ihrer Familie. Was sollte aus ihnen werden, wenn Gott sich von ihnen abwandte?

Als sei er dem Gedankengang seiner Frau gefolgt, fragte Nicolas Ponsardin, die Stirn gerunzelt: »Haben Sie überprüft, ob auch alles sorgfältig weggeräumt wurde, Madame?«

Jeanne-Clémentine erwachte aus ihrer Abwesenheit. »Ja, natürlich«, erwiderte sie mit einem schwachen Lächeln. »Und ich habe auch genau darauf geachtet, dass niemand Abbé Godard beim Verlassen des Hauses gesehen hat. Und selbst wenn, halten die Nachbarn ihn für einen deiner Kommis.«

Nicolas nickte und versuchte, sich zu entspannen. In den letzten Jahren hatte er alles Nötige getan, damit man ihn für einen glühenden Anhänger der Revolution hielt. Niemand außerhalb seiner Familie und seines engsten Freundeskreises ahnte, dass er im Herzen nach wie vor Royalist war und um nichts in der Welt das Heil seiner unsterblichen Seele aufs Spiel setzen würde. Denn nach seinem Tod musste er Gott und den Heiligen gegenübertreten und Rechenschaft für seine Taten ablegen. Und er fürchtete sich vor der ewigen Verdammnis, die jeden erwartete, der seinen Glauben verlor.

So sorgfältig Nicolas auch darauf achtete, in allen Dingen des täglichen Lebens die Gedanken der Revolution von Freiheit, Gleichheit und Brüderlichkeit hochzuhalten, um seine Familie zu beschützen – für seinen Glauben riskierte er dennoch alles. Es gab nur noch wenige Priester, die den verlangten Eid auf die Verfassung nicht abgelegt hatten und weiterhin die verbotene katholische Messe zelebrierten. Wie gejagte Tiere lebten diese Geistlichen im Verborgenen, gingen tagsüber einem unauffälligen Gewerbe nach und feierten des Nachts in den Häusern von vertrauenswürdigen Gläubigen heimlich den Gottesdienst. Sie waren nicht die Einzigen, die ein Doppelleben führten. Der Zerschlagung der heiligen Phiole, mit deren Sakramentsöl die Könige von Frankreich bei der Krönung gesalbt worden waren, hatte Nicolas Ponsardin öffentlich beigewohnt und sogar auf dem Place Nationale mit eigenen Händen einen der symbolischen Freiheitsbäume gepflanzt. Doch danach hatte er im Schutz der Dunkelheit in den Kellerräumen seines Hauses an der heiligen Messe teilgenommen.

Er wusste, dass die Möglichkeit, weiterhin dem Gottesdienst beizuwohnen, seine Gemahlin davor schützte, vor Kummer den Verstand zu verlieren. Ihr Glaube hielt sie aufrecht und gab ihr die Geduld, auf bessere Zeiten zu warten.

»Wir bekommen Besuch«, verkündete Jeanne-Clémentine unvermittelt.

»Wer ist es?«, fragte Nicolas und trat ans Fenster.

»Ihr alter Freund Millet. Seine Konversation langweilt mich, aber er ist stets der Erste, der über die Neuigkeiten aus Paris Bescheid weiß. Vielleicht bringt er zur Abwechslung einmal gute Nachrichten.«

Kurz darauf führte ein Lakai den Besucher in den Salon und kündigte ihn an. Nicolas ging ihm entgegen und reichte ihm die Hand.

»Mein lieber Millet, wie geht es Ihnen? Sind Sie gerade aus der Hauptstadt gekommen?«

»So ist es. Sie werden es nicht glauben«, berichtete Millet atemlos, »Robespierre ist gestürzt.«

Nicolas und Jeanne-Clémentine blickten den Ankömmling entgeistert an.

»Ist das wahr?«

»Ja, das Revolutionstribunal hat ihn und einundzwanzig seiner Anhänger, darunter Saint-Just, zum Tode verurteilt. Am zehnten Thermidor sollen Robespierre und die anderen auf der Place de la Révolution durch die Guillotine hingerichtet werden. Nun wird endlich wieder Recht und Ordnung einkehren.«

Mit befriedigter Miene ließ sich Millet in einen Sessel sinken.

»Das sind allerdings gute Neuigkeiten«, stimmte Nicolas zu. »Das muss gefeiert werden. Ich habe noch einen vorzüglichen Schaumwein im Keller. Lassen Sie uns auf eine friedlichere Zukunft anstoßen.«

Nachdem ein Lakai den Wein in hohen schmalen Gläsern serviert und sich zurückgezogen hatte, fragte Nicolas vorsichtig: »Was meinen Sie, wie es nun weitergeht?«

»Wer kann das schon wissen«, antwortete Millet mit einem Schulterzucken. »Anscheinend will sich jeder einmal am Ruder der Macht versuchen. Wir werden sehen. Wenn nur die Schreckensherrschaft endlich vorbei ist.«

Er leerte sein Glas, wie um sich Mut zu machen, und wechselte dann das Thema: »Um noch einmal auf Ihre reizende älteste Tochter zu sprechen zu kommen, mein lieber Freund. Ich habe da einen jungen Protegé mit hervorragenden Aussichten in der Armee …«

»Verzeihen Sie, wenn ich das sage, Bürger«, unterbrach Nicolas ihn. »Ihre Protegés mögen zwar alle vorzügliche Aussichten haben, aber in den stürmischen Zeiten, in denen wir leben, ändert sich ihr Geschick oft von einem Tag auf den anderen. Der Anwalt, den Sie mir vor einem Jahr als gute Partie für meine Tochter empfahlen, endete bei Brissots Sturz mit ihm auf der Guillotine. Und der …«

»Ja, ja, ich weiß«, gestand Millet und breitete ergeben die Arme aus. »Ich gebe zu, ich hatte bisher kein glückliches Händchen, aber wie Sie selbst sagen, die Umstände lassen nun einmal die aufwendigsten Pläne von einem Moment zum anderen zusammenstürzen. Ich verspreche Ihnen jedoch, diesmal ist es anders.«

»Ein Offizier in der Armee gibt in Kriegszeiten nicht gerade einen verlässlichen Schwiegersohn ab«, gab Nicolas Ponsardin zu bedenken. »Die nächste Schlacht könnte meine arme Barbe-Nicole bereits zur Witwe machen. Ihr Angebot in Ehren, Bürger Millet, aber ich möchte noch warten, bis ich entscheide, wen meine Tochter heiraten wird.«

»Na gut, wie Sie wollen«, sagte Millet enttäuscht und erhob sich. »Hoffen wir, dass Sie Ihr Zaudern nicht eines Tages zu bereuen haben.«

Das Ehepaar Ponsardin atmete auf, als Millet sich verabschiedete.

»Ich habe noch andere Anfragen für Barbe-Nicole bekommen«, berichtete der Tuchfabrikant. »Nichts Angemessenes, das muss ich gestehen, aber allmählich frage ich mich tatsächlich, wer für unsere älteste Tochter überhaupt in Betracht kommt.«

»Sie wollten immer einen Gemahl mit Adelstitel für sie aussuchen«, erinnerte Jeanne-Clémentine ihn.

»Zum gegebenen Zeitpunkt wäre das Selbstmord, das wissen Sie, Madame«, erwiderte Nicolas trocken.

»Ja, ich weiß, aber wenn die Monarchie erst wiederhergestellt ist …«

»Das kann Jahre dauern. Wollen Sie, dass Barbe-Nicole als alte Jungfer endet?«, höhnte er. »Vielleicht sollte ich mich in der näheren Umgebung umhören. Zum Glück besteht keine Eile. Bleibt nur zu hoffen, dass unsere Tochter in der Zwischenzeit ihr Herz nicht an jemanden verliert, der noch ungeeigneter ist als Millets Armeeoffizier!«

Der Lichtkegel der kleinen Lampe übergoss die weißen Kreidewände mit einem warmen goldenen Glanz und hob die in das weiche Gestein eingeritzten Schriftzeichen hervor. Fasziniert trat Barbe-Nicole näher und las die Worte, die dort geschrieben standen: »Mein Hochzeitstag, ich kann es kaum erwarten, meine Braut in die Arme zu nehmen.«

Das Mädchen lächelte ihrem Begleiter zu. »Hast du all diese Sprüche gelesen?«

Marcel errötete leicht und senkte betrübt den Blick. Da begriff Barbe-Nicole, dass er nicht lesen konnte.

»Zeig mir mehr«, bat sie.

Als er erneut die Lampe hob und ein kurzes Gedicht beleuchtete, das ein Möchtegernpoet in die Kreide geritzt hatte, fuhr sie mit dem Finger unter den Buchstaben entlang und sprach die einzelnen Laute sorgfältig aus. Marcel beobachtete sie aufmerksam und schenkte ihr sein leicht ironisches Lächeln, das sie zugleich reizte und unwiderstehlich anzog.

Zuerst hatte sie gezögert, sich mit dem Weinbauernsohn zu treffen, da sie wusste, dass ihr Vater ihren Umgang mit einem fremden Jungen nicht gutheißen würde. Aber sie langweilte sich. Der Unterricht bei Bürger Poncelet, ihrem Privatlehrer, fesselte sie nicht. In den Fächern, die sie interessierten, Mathematik und Rhetorik, konnte der junge

Mann ihr nichts mehr beibringen, und die Literatur, die er ihr zu lesen gab, traf mehr den Geschmack ihrer koketten Schwester Clémentine als den ihren. Oft ließ sie daher nach dem Unterricht den Stickrahmen, den ihre Mutter ihr aufgedrängt hatte, liegen und streunte mit ihrem Bruder durch die Straßen von Reims. Doch Jean-Baptiste nahm keine Rücksicht auf seine Schwester und ließ sie zuweilen, wie bei ihrem Besuch in den Kellern unter dem Palast der Kardinäle von Lothringen, irgendwo stehen und traf sich mit anderen jungen Burschen aus der Nachbarschaft.

Barbe-Nicole vermutete, dass sie zusammen Mädchen nachstellten und dass ihm die Gesellschaft seiner Schwester dabei nicht willkommen war. Aber sie nahm es ihm nicht übel. Marcel Jacquin war ein weitaus unterhaltsamerer Begleiter als Jean-Baptiste, denn er kannte die verborgensten Winkel der alten Krönungsstadt und teilte sein Wissen bereitwillig mit der Bürgerstochter.

Er war nie unhöflich oder herablassend und behandelte sie nicht wie ein Mädchen, das man mit Samthandschuhen anfassen musste. Bei ihm fühlte sie sich erwachsen und gleichwertig. Nur ein Mensch brachte ihr dieselbe Achtung und Wertschätzung entgegen: ihr Vater.

Marcel führte sie durch die weitläufigen Gänge der Kreidehöhlen am Rande der Stadt. Barbe-Nicole erschienen sie monumental. Die Wände, die sich nach oben hin verjüngten, waren grob mit Spitzhacke und Meißel behauen. Das Gestein sah aus, als habe eine monströse Katze ihre Krallen an ihm gewetzt. Das Licht der Lampe, die Marcel mitführte, reichte nicht bis zur Decke, so hoch war sie. Barbe-Nicole fühlte sich wie in der großen Kathedrale. Es herrschte dieselbe erhabene Stille. Fast erwartete das Mädchen, an den

Seitenwänden Statuen der Jungfrau und der Heiligen auftauchen zu sehen. Zumindest hätte es sie nicht überrascht.

Marcel zeigte ihr immer neue Wandsprüche, die er bei seinen früheren Besuchen in den Höhlen entdeckt hatte. Einmal tat er sehr geheimnisvoll und nahm sie mit in einen Gang, zu dem man durch ein wahres Labyrinth von verwinkelten Abzweigungen gelangte. Am Ende öffnete sich ein Raum, der mehr als alle anderen, die Barbe-Nicole zuvor gesehen hatte, einer Kirche glich. In die Wände waren lateinische Gebete und Kreuze eingeritzt. Sie entdeckte sogar eine Darstellung der Heiligen Mutter Gottes, die sehr einfach, aber kunstvoll ausgeführt worden war.

»Hier finden regelmäßig geheime Messen statt«, verriet Marcel ihr.

Barbe-Nicole versuchte, aus seinen Zügen zu lesen, ob er die verbotene Ausübung des christlichen Glaubens guthieß oder verurteilte.

»Keine Sorge, ich werde niemandem von diesem Ort erzählen«, versicherte er, als er ihren prüfenden Blick bemerkte.

»Warum sollte ich mir Sorgen machen?«, fragte sie.

»Ich habe es dir angesehen«, erwiderte er mit einem Schulterzucken. »In meiner Familie glauben wir nach wie vor an Gott und die Heiligen, die uns und unsere Heimat seit Hunderten von Jahren beschützen. Diese Männer in Paris, die sich Revolutionäre nennen, werden erkennen, dass man den Menschen ihren Glauben nicht so einfach aus dem Herzen reißen kann.« Der Blick seiner dunklen Augen tauchte in den ihren. »Du und deine Familie denkt ebenso, das weiß ich.«

»Wie kannst du dir da so sicher sein?«, fragte Barbe-Nicole.

»Ich kann gut Menschen lesen. Und ich habe dein Gesicht gesehen, als wir hereinkamen. Du kannst mir vertrauen.«

Sie nickte, erwiderte aber nichts. Die heimlichen Messen, die in den Gängen unter dem Hôtel Ponsardin stattfanden, waren nicht ihr Geheimnis, sondern das ihrer Eltern. Sie hatte nur zufällig davon erfahren, als sie einmal Abbé Godard im Messgewand gesehen hatte. Sie besaß nicht das Recht, mit einem Außenstehenden darüber zu reden. Marcel respektierte ihr Schweigen. Dies war einer der Charakterzüge, für die sie ihn schätzte.

»Was unternehmen wir morgen?«, fragte sie schließlich.

Er überlegte kurz und fuhr sich dabei unbewusst mit der Hand durch das dichte lockige Haar.

»Hast du Lust, Reims von oben zu sehen? Lass uns auf einen der Türme von Notre-Dame steigen«, schlug er vor.

»Aber es regnet seit Tagen«, gab Barbe-Nicole zu bedenken. »Wir werden gar nichts sehen können.«

»Morgen wird die Sonne scheinen«, prophezeite er mit einem schelmischen Lächeln.

Marcel sollte recht behalten. Als sich Barbe-Nicole am folgenden Nachmittag aus dem Hôtel Ponsardin schlich, war kein Wölkchen mehr am Himmel zu sehen. Als Sohn eines Weinbauern der Gegend hatte er ein angeborenes Gespür für die Launen des Wetters, das einen so großen Einfluss auf die Landwirtschaft hatte.

Schon oft hatte Barbe-Nicole die prächtige Westfassade der Kathedrale bewundert, besonders im rotgoldenen Licht der sinkenden Sonne, die das feine Maßwerk der Fenster und der Rosette sowie die Verzierungen der Portale hervorhob. Im Innern der Kirche roch es nun nicht mehr nach

Bienenwachs und Weihrauch wie vor der Revolution, sondern muffig nach Staub und den ungewaschenen Leibern der Bettler, die dort Unterschlupf suchten.

Marcel führte seine Begleiterin zum nördlichen Turm. Mit Verschwörermiene öffnete er eine schmale Holztür, hinter der eine aus Stein gefügte Wendeltreppe lag. Zögernd folgte Barbe-Nicole ihm die Stufen hinauf. Es war gespenstisch still in dem mächtigen alten Steingebäude. Es herrschte eine Atmosphäre der Feierlichkeit, die jedes laut gesprochene Wort wie ein Sakrileg erscheinen ließ. Schweigend erstiegen das Mädchen und der Junge die schmale Treppe, deren Steinstufen durch das stete Auf und Ab unzähliger Füße abgenutzt waren. Marcel hielt inne und erklärte seiner Begleiterin, dass sie auf der Höhe der Galerie der Könige waren. Damals bei den Nonnen von Saint-Pierre-les-Dames hatte Barbe-Nicole noch ihre Namen auswendig gelernt. Nun waren die einstigen Herrscher von den Revolutionären aus dem Gedächtnis der Nation verdammt worden und fristeten hier oben, weit entfernt von den Blicken der Menschen, ein Schattendasein.

Noch immer schweigend stiegen Barbe-Nicole und Marcel höher. Der Wind nahm zu, wehte durch das Maßwerk der Bogenfenster, um die Verzierungen der Türme, die Kreuzblumen, die Wasserspeier und die Kriechblumen auf den Kanten der Fialen.

Als sie den Dachstuhl erreichten, verließen sie die Treppe und betraten vorsichtig das Gewölbe. Mit der Hand strich Barbe-Nicole über die uralten Deckenbalken, Streben und Sparren aus Eichenholz, die das Dach trugen. Es war kaum vorstellbar, dass die Bäume, von denen sie stammten, vor Hunderten von Jahren geschlagen worden waren. Marcel zeigte ihr die eingeritzten Zeichen der Zimmerleute, die das Holz behauen hatten und so nie vergessen werden würden. Nachdem sie das Querhaus und den Chor erkundet hatten, kehrten das Mädchen und der Junge zur Wendeltreppe zurück und stiegen weiter in den Turm hinauf, bis sie die riesigen Glocken erreichten. Durch die hohen Fenster sahen sie den Dachreiter über der Vierung und die gewaltigen Strebepfeiler, die die Wände stützten. Unter ihnen reihten sich die roten Ziegeldächer der Häuser von Reims bis zu den Stadtmauern aneinander, überragt von den schlanken Spitzen der Kirchtürme. Im Westen waren die hohen Zwillingstürme von Saint-Pierre-les-Dames sichtbar.

Als Barbe-Nicole die vertrauten kuppelförmigen Helmdächer erblickte, spürte sie auf einmal, wie die Freude über die neuen Eindrücke schlagartig verflog. Die Erinnerung an ihre Flucht vor fünf Jahren kehrte zurück.

Marcel, der neben sie getreten war, folgte ihrem Blick.

»Da hinten ist die Klosterschule, die ich besucht habe, als die Unruhen ausbrachen«, sagte sie leise. »Weißt du, was mit den Nonnen passiert ist, die dort lebten?«

Marcel sah die Angst auf ihren Zügen und senkte die Lider, um zu verhindern, dass sie die Bestätigung ihrer Befürchtungen von seinen Augen ablesen konnte.

»Nein«, antwortete er.

Die Zurückhaltung in seiner Stimme verriet ihr, dass er log. Inzwischen kannte sie ihn gut genug, um zu wissen, dass er nicht leichtfertig die Unwahrheit sagte. Aber in diesem Fall war sie ihm dankbar, dass er die Last auf sich nahm, um sie zu schonen.

Der Wind blies stärker durch die unverglasten Fenster und ließ sie frösteln. Um sie zu wärmen, legte Marcel ihr den Arm um die Schultern und zog sie an sich. Sie ließ es geschehen, lehnte den Kopf an seine Brust und weinte.

Lange blieben sie im Schutz der steinernen Mauern eng aneinandergeschmiegt stehen und hielten sich gegenseitig fest. Als Barbe-Nicoles Tränen schließlich versiegten und sie sich von ihm löste, um ihr Gesicht zu trocknen, fühlte sie sich auf seltsame Weise wie von einer Bürde befreit, die sie allzu lange mit sich herumgetragen hatte. Nun hatte sie die Schrecken und Ängste der Kindheit hinter sich gelassen und war zur Frau geworden. Marcel sah es auch. Der Ausdruck seiner Augen veränderte sich, offenbarte auf einmal eine beunruhigende Feierlichkeit und unverhülltes Begehren.

Barbe-Nicoles Herz schlug schneller. Sie verspürte eine Mischung aus Furcht und freudiger Erwartung. Ein Teil von ihr wollte sich seiner Nähe entziehen, doch eine andere, verwegenere Seite ließ sie jegliche Bedenken in den Wind schlagen. Ihre grauen Augen sahen ihn unverwandt an, und um ihre rosigen Lippen lag ein herausforderndes Lächeln. Da nahm er sie erneut in die Arme und küsste sie behutsam. Barbe-Nicole verkrampfte sich ein wenig unter der ungewohnten Berührung, doch bald entspannte sich ihr Körper, und sie erwiderte den Kuss, erst zögernd, dann immer leidenschaftlicher. Es war, als wenn ein Schwarm winziger Vögel in ihrem Bauch herumflatterte. Als Marcel sie losließ und sie lächelnd ansah, hauchte sie: »Küss mich noch mal.«

Er ließ sich nicht lange bitten. Während seine Zunge die ihre berührte und zum Tanz verführte, streichelte seine Hand zärtlich ihren Hals, ihren Nacken, vergruben sich seine Finger in ihrem hochgesteckten Haar. Barbe-Nicole gab sich den neuen Empfindungen hin, die aus den verborgensten Winkeln ihres Körpers kamen, Bereiche, die sie bisher nicht gekannt hatte. Nie zuvor hatte ein anderer sie auf diese Weise angefasst, weder ihre Eltern noch ihr Kindermädchen, deren Berührungen sparsam und resolut gewesen waren.

»Du bist schön«, sagte Marcel leise und betrachtete sie bewundernd.

Barbe-Nicole, die ein nüchternes Bild von sich selbst hatte, wusste, dass sie es nicht war. Ihr Gesicht war länglich und pausbäckig, ihre Nase zu groß, und ihre Augen standen ein wenig vor. Ihr Körper war klein und pummelig, ohne die Grazie, die man sich bei einem jungen Mädchen wünschte. Nur ihre makellose weiße Haut und ihr rotblondes Haar, das in natürlichen Locken wie Sonnengold schimmernd bis zu ihrer Taille herabfiel, konnte man als anziehend bezeichnen, ohne ihr damit zu schmeicheln. Doch sie las in Marcels Zügen, dass er ihr nichts vorzumachen versuchte, dass er sie wirklich schön fand.

Scheu legte sie ihm die Hand auf die Wange und streichelte die gebräunte Haut. Sein Gesicht hatte seine kindliche Weichheit verloren und wies die ersten Ansätze von Bartstoppeln auf. Er wirkte noch wie ein Junge, aber im Innern war er bereits ein Mann. Und sie war dabei, sich in ihn zu verlieben. Ein Rest von Vernunft warnte sie davor, mit ihm allein zu bleiben. Ein Schauer der Lust und der Angst durchlief sie. Marcel spürte sie erzittern und missdeutete den Grund dafür.

»Du frierst. Lass uns runtergehen«, sagte er.

Forschend sah sie ihn an. Sie fürchtete, ihn enttäuscht zu haben. Doch wie stets las er ihre Gedanken und lächelte.

»Ich hätte dich nicht küssen dürfen, Barbe. Wenn dein Vater das wüsste, würde er mich verprügeln lassen.«

Bei dem Gedanken, ihn misshandelt zu sehen, fühlte sie einen jähen Schmerz, und ihre Augen weiteten sich entsetzt.

»Von mir erfährt er nichts«, versprach sie.

Als Barbe-Nicole und Marcel auf dem Weg zum Hôtel Ponsardin die ehemalige Place Royale, die nun Place Nationale hieß, überquerten, rief plötzlich jemand den Namen des Mädchens. Erschrocken sah Barbe-Nicole sich um und erblickte die Kutsche ihres Vaters. Rasch legte sie dem Jungen an ihrer Seite beschwörend die Hand auf den Arm.

»Verschwinde!«, bat sie. »Schnell!«

Als die Kutsche Nicolas Ponsardins neben seiner Tochter hielt, war Marcel bereits in die Rue de la Perriere geeilt.

»Steig ein, Mademoiselle«, befahl der Tuchhändler streng. »Wer war der junge Mann?«

»Ein Freund, Papa«, antwortete Barbe-Nicole und senkte die Augen.

»Also mit ihm treibst du dich den ganzen Tag herum, anstatt dich deinem Unterricht zu widmen.« Er seufzte. »Ich weiß, es ist zum Teil meine Schuld. Ich verbringe zu viel Zeit mit meinen Geschäften. Auch bei deinem Bruder habe ich zu lange die Zügel schleifen lassen. Er hat dich in seine Eskapaden mit hineingezogen, und nun hast du zu viel Geschmack an der Freiheit gefunden. Aber das wird sich ändern. Ich finde einen besseren Lehrer für dich, der dir nicht nur auf dem Gebiet der Mathematik ebenbürtig sein wird – denn ich weiß, dass Monsieur Poncelet dir nichts mehr beibringen kann –, sondern dir auch die Schriften von Voltaire, Rousseau und den anderen Philosophen der Aufklärung näherbringen wird. Und dann werde ich einen Gatten für dich auswählen, der eine ebenso gute Erziehung genossen hat und mit dem du dich bestimmt nicht langweilen wirst.«

Nicolas Ponsardin blickte seine Tochter warnend an. »Und wenn ich dich noch einmal in der Gesellschaft dieses Burschen sehe, werde ich dafür sorgen, dass er dahin kommt, wo er hingehört: in die Armee, um die Grenzen unseres Landes gegen die Feinde Frankreichs zu verteidigen. Hast du mich verstanden, Mademoiselle?«

Die Erschütterung in ihrem Blick verriet ihm, dass er richtig geraten hatte. Seine Tochter war kein kleines Mädchen mehr und hatte sich Hals über Kopf in den erstbesten dahergelaufenen Bengel verliebt. Sosehr sie ihm am Herzen lag, sah er doch ein, dass er sie zu ihrem eigenen Besten fortan strenger behandeln musste. Auch wenn sein Traum, sie eines Tages mit einem Höfling verheiratet zu sehen, wie eine Seifenblase zerplatzt war, wollte er nicht, dass sie die Ehefrau eines Bauern wurde. Prüfend musterte er ihr Gesicht. Würde sie damit einverstanden sein, dass sie ihren kleinen Freund nicht wiedersehen durfte? Er las Traurigkeit aus ihren Zügen, aber auch Einsicht und so etwas wie Angst. Seine schlimmsten Befürchtungen bestätigten sich. Sie würde gehorchen, nicht, weil sie ihrem Vater zustimmte, dass der Junge keinen geeigneten Gatten für sie abgab, sondern weil sie ihn beschützen wollte.

9

Reims, Februar 1858

Nach der Besichtigung des Weinkellers unter dem ehemaligen Kardinalspalast bat Jeanne die Witwe Clicquot in den Salon und ließ Kaffee servieren.

»Ich hatte Ihnen versprochen, weiter aus meinem Leben zu erzählen, Madame«, sagte Barbe-Nicole. »Wie Sie wissen, war mein Vater Tuchhändler. Unsere Familie hatte ursprünglich gar nichts mit dem Champagnerhandel zu tun. Bei der Suche nach einem geeigneten Gemahl für mich fiel das Auge meines seligen Herrn Papa schließlich auf die Familie Clicquot, die nur ein paar Häuser vom Hôtel Ponsardin entfernt wohnte. Den jungen François, meinen zukünftigen Gatten, kannte ich schon als Kind, wenn auch nur flüchtig. Als junger Mann ging er in die Schweiz, um das Handels- und Finanzgeschäft zu erlernen, und kehrte erst anderthalb Jahre vor unserer Eheschließung nach Reims zurück. Er war es, der den Weinhandel seines Vaters weiter ausbauen wollte, obwohl dieser dagegen war. Leider war es Philippe Clicquots Gewohnheit, seinen Sohn in seinem Eifer zu bremsen und ihn dadurch zu entmutigen. Ich dagegen fand François' Enthusiasmus mitreißend. Sie müssen verstehen, Madame Pommery, wir waren beide ja noch so jung. Wir wollten dem Leben unseren Stempel aufdrücken, etwas Neues anfangen, und scheuten uns auch nicht, dabei Risiken einzugehen. François träumte von neuen Märkten in England und Russland, aber er blieb dabei stets mit beiden Füßen auf dem Boden. Mein Vater war zu Recht der Meinung, dass François Clicquot eine gute Partie war und dass wir charakterlich zueinander passen würden. Und so war es auch.« Träumerisch hob Barbe-Nicole den Blick zur Decke. »Ach, ich erinnere mich noch gut an das erste Zusammentreffen mit François nach seiner Rückkehr aus der Schweiz. Sein Vater und er machten meinen Eltern ihre Aufwartung. Das war im Jahre 1797. Ein dreiviertel Jahr später heirateten wir. Unsere Flitterwochen verbrachten wir auf dem Weingut von François' Großmutter in Bouzy. Dort begannen wir, Pläne für einen Ausbau des Weinhandels zu schmieden …«

10

Reims, April 1797

»Nun halten Sie doch still, Mademoiselle«, bat Madeleine Jourdain, »der Musselin ist so fein, dass er leicht reißt.«

Clémentine bemühte sich, der Bitte nachzukommen, schielte aber weiterhin in den Spiegel, um zu sehen, ob der Ausschnitt des neuen Kleides auch ihren Busen zur Geltung brachte.

Das der antiken Mode nachempfundene Kleid aus weißem Musselin offenbarte mehr, als es verbarg. Das war in Paris der letzte Schrei. Jede Frau, die etwas auf sich hielt, eiferte den Modezeichnungen von Madame Tallien nach, der Geliebten des Direktors Barras, die den neuen Stil zur Extravaganz trieb. Man nannte sie »Notre-Dame du Thermidor«. Die Frauen hatten den Schnürleib und die Unterröcke der Vergangenheit abgelegt und trugen nur noch ein dünnes seidenes Hemd und darüber ein Kleid, das nun nicht mehr Robe, sondern Chemise hieß.

»Wie gefällt es dir, Barbe?«, fragte Clémentine ihre Schwester, die der Anprobe beiwohnte, aber nur mit halbem Auge zusah.

Barbe-Nicoles Blick kehrte immer wieder zu dem Buch auf ihren Knien zurück. Sie las »Die Nonne« von Diderot und ließ sich nur ungern bei der Lektüre unterbrechen.

»Du wirst dir darin den Tod holen«, bemerkte Barbe-Nicole sarkastisch.

»Du hast keine Ahnung, was man zurzeit in Paris trägt«, erwiderte Clémentine bissig. »Madame Tallien beschreibt ein neues Gesellschaftsspiel, bei dem man die Kleider einer Dame wiegt. Wenn alles zusammen mehr als sechzehn Lot auf die Waage bringt, ist sie nicht modisch angezogen.«

»Beziehungsweise ausgezogen«, erwiderte Barbe-Nicole ironisch.

Die Schneiderin schnalzte tadelnd mit der Zunge. »Na, na, Mademoiselle Clémentine, wenn das Schule macht, habe ich bald keine Arbeit mehr und muss betteln gehen.«

Mit geschickter Hand steckte sie einen der bis zum Ellbogen reichenden Ärmel mit dünnen Nadeln fest.

»Bewegen Sie ein wenig die Arme, damit ich sehen kann, ob der Stoff spannt«, forderte Madeleine das Mädchen auf.

Dabei warf sie einen prüfenden Blick zu Barbe-Nicole hinüber. Als sie sah, dass diese sich wieder in ihre Lektüre vertieft hatte, anstatt ihnen zuzuschauen, seufzte sie. Das mangelnde Interesse der jungen Frau an allen modischen Dingen bezeugte zwar Bescheidenheit, die gottgefällig war, aber ihr Vater würde es schwer haben, sie zu verheiraten. Barbe-Nicole war mittlerweile neunzehn Jahre alt, und noch immer hatte Nicolas Ponsardin keinen Gatten für sie gefunden, der seine hohen Ansprüche befriedigte.

Er träumt immer noch von einem Grafen oder gar einem Marquis, dachte die Schneiderin. Dabei sollte er sich besser in seiner näheren Umgebung umsehen.

An der Tür zum Boudoir, in dem die Anprobe stattfand, war ein Geräusch zu hören. Jemand kratzte am Holz. Im nächsten Moment trat eines der Stubenmädchen ein, entschuldigte sich für die Störung und wandte sich an Barbe-Nicole.

»Monsieur Ponsardin lässt ausrichten, dass er Gäste hat«, sagte sie. »Er wünscht, dass Sie ihnen im Salon Gesellschaft leisten, Mademoiselle.«

Barbe-Nicole legte das Buch zur Seite und erhob sich. Der Wunsch ihres Vaters war ihr wie stets Befehl, aber sie war auch froh, der endlosen Anprobe nicht länger beiwohnen zu müssen. Obwohl die neuen Kleider aufgrund ihres einfacheren Schnitts leichter anzupassen waren als die früheren Roben mit ihren eng sitzenden Schnürleibern, Brusteinsätzen und in unzählige Falten gelegten Röcken, strapazierte das stundenlange Stehen immer noch die Geduld der jungen Frau. Geistige Untätigkeit war nicht nach ihrem Geschmack.

Als Barbe-Nicole sich anschickte, dem Stubenmädchen zu folgen, vergaß sie wie stets, die Schleppe ihres Musselinkleides hochzunehmen, sodass der Saum an der Nackenstütze des mit Seide bezogenen Fauteuils hängen blieb.

Madeleine bemerkte es und stieß einen Warnruf aus: »Vorsicht, Mademoiselle, Ihre Schleppe …«

Ärgerlich wandte Barbe-Nicole sich um und beherrschte sich nur mit Mühe, nicht ungeduldig an dem feinen Stoff zu zerren. Die Schneiderin kam ihr zu Hilfe, drapierte die Schleppe um den Körper der jungen Frau und gab ihr den Zipfel am Ende in die Hand.

»Danke, Madame«, sagte Barbe-Nicole herzlich. »Was würde ich nur ohne Sie machen?«

»Sie müssen mehr üben«, riet Madeleine ihr. »Die Schleppe mit Grazie zu tragen, das ist eine Kunst, die gelernt sein will.«

Barbe-Nicole schnitt eine Grimasse.

»Sie wollen beim Betreten des Salons doch nicht vor den Gästen mit ihrer Schleppe Stühle und Beistelltischchen umwerfen, oder?«, mahnte die Schneiderin.

Die junge Frau errötete. »Nein, natürlich nicht. Sie haben recht, Madame Jourdain. Ich werde mich bemühen, besser aufzupassen.«

Bevor sie den Salon betrat, in dem ihr Vater die Besucher empfangen hatte, vergewisserte sich Barbe-Nicole, dass kein Teil ihrer Schleppe auf dem Boden schleifte. Um größtmögliche Anmut bemüht, verbeugte sie sich kurz vor Philippe Clicquot und seinem dreiundzwanzigjährigen Sohn François, der ihrem Vater mit unüberhörbarem Enthusiasmus vom Weingeschäft der Familie berichtete. Eigentlich waren die Clicquots Tuchhändler wie Nicolas Ponsardin, doch der Weinhandel war in den dreißig Jahren seit seiner Gründung zu einem zweiten Standbein geworden.

»Ah, meine Tochter Barbe-Nicole«, sagte Ponsardin, als er ihr Eintreten bemerkte.

Neugierig musterte Barbe-Nicole den jungen François Clicquot von Kopf bis Fuß. Wie sein Vater trug er einen Frack aus schwarzem Tuch mit hoch angesetzter Taille, steifem Kragen und breitem Revers über einem grünen Gilet, einer schoßlosen zweireihigen Weste, dazu dreiviertellange Pantalons und Stiefel. Um den Hals hatte er mehrmals ein langes weißes Halstuch geschlungen, und unter dem Arm hielt er einen Zweispitz, an dem die unvermeidliche dreifarbige Kokarde befestigt war. François' ungepudertes kurzes Haar war schwarz und lockig und brachte Barbe-Nicole unwillkürlich das Gesicht von Marcel Jacquin in Erinnerung.

Für einen Moment gab sie sich dem Gedanken an ihn hin, dem Freund, von dem sie sich verstanden und geliebt gefühlt hatte. Er bedeutete ihr so viel, dass sie der Forderung ihres Vaters nachgegeben und Marcel nicht wiedergesehen hatte – so schwer es ihr auch gefallen war. Aber wichtiger als ihr eigenes Glück war ihr das Wissen um seine Unversehrtheit. Einmal hatte sie das Stubenmädchen Marie auf die Gasse geschickt, um sich nach Marcel zu erkundigen. Diese hatte in Erfahrung gebracht, dass er auf dem Weinberg seines Vaters arbeitete. Damit hatte Barbe-Nicole sich zufriedengegeben. Doch sie dachte immer noch häufig an ihn. Im Unterricht, wenn sie einen Aufsatz über eine Schrift der Philosophen verfasste, erinnerte sie sich daran, wie sie Marcel in den Kreidehöhlen Lesen und Schreiben beigebracht hatte, indem sie die Buchstaben in den weichen Felsen ritzte. Und es tröstete sie ein wenig, dass die Spuren ihrer Lehrstunden die Zeit überdauern und womöglich eines Tages von anderen Menschen entdeckt werden würden. Vielleicht würden sie sich fragen, wer dort unten in der Abgeschiedenheit der Höhlen Schreiben gelernt hatte und was aus ihm geworden war.

Barbe-Nicole schreckte aus ihren Gedanken auf, als ihr bewusst wurde, dass François Clicquot zu ihr sprach. Errötend wandte sie ihm ihre Aufmerksamkeit zu und verbannte die Erinnerungen an den Weinbauernsohn aus ihrem Bewusstsein.

»Haben Sie eine Vorliebe für moussierenden Wein, Mademoiselle?«, fragte der junge Mann.

Barbe-Nicole bemerkte, wie seine dunkelbraunen Augen bei dem Themenwechsel aufleuchteten, und erriet sogleich, dass er eines seiner Steckenpferde zur Sprache brachte.

Um ihm zu gefallen, sagte sie: »Der Schaumwein liegt mir sozusagen im Blut, Monsieur. Wie Sie vielleicht wissen, war meine Großmutter Marie-Barbe-Nicole Huart-Le Tertre –

nach der ich benannt bin – eine geborene Ruinart. Nicolas Ruinart war ihr Vater. Er verkaufte auch Schaumwein.«

Philippe Clicquot nickte. »Das ist uns bekannt, Mademoiselle. Nicolas Ruinarts Onkel war der Benediktinermönch Dom Thierry Ruinart, ein Ordensbruder Dom Pierre Pérignons. Mein Sohn möchte meinen noch recht bescheidenen Weinhandel weiter ausbauen. Sein besonderes Interesse gilt dabei dem perlenden Wein.«

Während der Vater redete, konnte Barbe-Nicole den Blick nicht von den Zügen des Sohnes abwenden. Als François erneut das Wort ergriff, leuchteten nicht nur seine Augen vor Enthusiasmus, sein ganzes Gesicht begann, von innen heraus zu glühen. Sein Mienenspiel drückte so viel Begeisterung aus, dass Barbe-Nicole ihn fasziniert ansah. Seine Leidenschaft teilte sich ihr mit. Und auf einmal spürte sie, wie sich eine seltsame Wärme in ihrer Brust ausbreitete. Gefesselt, mit einem strahlenden Lächeln auf den Lippen, das das seine widerspiegelte, lauschte sie seinen Worten.

»Als Nebenerwerb des Tuchhandels Wein zu verkaufen, das ist gut und schön, aber mit Schaumwein könnte man ganz andere Märkte erschließen. Er ist teuer in der Herstellung, doch das begrenzte Angebot würde es erlauben, einen viel höheren Preis zu verlangen. Natürlich könnte sich der Handel nicht allein auf das Inland beschränken. Da der Adel vermutlich nicht so bald nach Frankreich zurückkehren wird und die reichen Bürger es noch nicht wagen, sich deren Sitten anzueignen, müsste man neue Abnehmer auftun. Auch in den deutschen Staaten, England und in Russland wird Wein getrunken. Besonders die Russen lieben den Prunk. Sie würden gewiss auch Gefallen an unserem moussierenden Wein finden.«

»Ein guter Plan«, stimmte Philippe Clicquot seinem Sohn zu. »Wenn sich nicht halb Europa im Krieg befinden würde.« Offensichtlich sah er sich in der Pflicht, François' Begeisterung ein wenig zu dämpfen. Barbe-Nicole gewann den Eindruck, dass der Tuchhändler dies gewohnheitsmäßig tat.

»Der Krieg wird irgendwann enden, Vater«, widersprach François. »Und dann wird derjenige erfolgreich sein, der als Erster den Mut hat, die neuen Märkte zu erobern. Sehen Sie nicht die Chancen, die sich uns bieten würden? Glauben Sie nicht, dass andere Weinhändler früher oder später auf dieselbe Idee kommen werden? Schließlich haben Sie selbst vor den Unruhen Wein in die ganze Welt verkauft, und zwar keinen einfachen Tafelwein, der in Fässern ausgeliefert wird, sondern exzellenten Flaschenwein, für den man einen hohen Preis verlangen kann.«

»Ich kenne alle Ihre Argumente, mein lieber Sohn«, sagte Philippe Clicquot mit einem Anflug von Überdruss. »Sie haben Sie mir oft genug dargelegt. Aber Sie wollen doch sicherlich nicht unsere Gastgeber damit langweilen.«

In François' dunklen Augen flammte Ärger auf, und seine Wangen röteten sich. Doch als er Barbe-Nicoles Blick begegnete, der aufrichtiges Interesse offenbarte, hellte sich seine Miene auf.

»Mademoiselle Ponsardin scheinen meine Pläne nicht zu langweilen«, bemerkte er erfreut. »Vielleicht kann ich sie Ihnen einmal in aller Ausführlichkeit darlegen?«

»Es wäre mir ein Vergnügen, Ihnen zuzuhören, Monsieur«, entgegnete Barbe-Nicole, die tatsächlich Lust verspürte, mehr über das Weingeschäft der Clicquots zu erfahren.

Sie war der Meinung, dass sie alles über den Tuchhandel ihres Vaters wusste, und hungerte nach neuen Interessengebieten, die ihren Geist fesseln könnten. Sosehr sie die Lektüre der philosophischen Schriften liebte, wusste sie doch, dass sie nicht ihr ganzes Leben mit Lesen und Sticken verbringen konnte wie ihre Mutter und die vielen anderen jungen Mädchen, die heirateten und sich nur noch damit begnügten, ihrem Gatten zu gefallen und ihm Kinder zu gebären.

»Dürfte ich Sie in den nächsten Tagen wieder aufsuchen, Mademoiselle?«, fragte François Clicquot.

Die Aussicht, mit jemandem über seine Ideen sprechen zu können, erfreute ihn sichtlich und ließ ihn sogar den erforderlichen Anstand vergessen, da er sich mit seinem Ersuchen an Barbe-Nicole wandte, anstatt an ihren Vater.

Die junge Frau warf Nicolas einen fragenden Blick zu und bemerkte ein zufriedenes Lächeln auf dessen Lippen. Wie es schien, nahm ihr Vater an François Clicquots Eifer keinen Anstoß. Auch ihre Mutter, die sich wie stets im Hintergrund hielt, lächelte zustimmend.

In den folgenden Wochen waren die Clicquots häufiger zu Gast, und bald stellte sich François immer öfter ohne seinen Vater ein, oder die Ponsardins wurden zu einer Abendgesellschaft geladen. Barbe-Nicole bemerkte, dass ihre Familie oft die einzigen Gäste im Hôtel Clicquot waren. Zudem überließ man bereitwillig sie und François bei ihren Gesprächen sich selbst und gestattete es sogar, dass sie, als das Frühlingswetter wärmer wurde, ohne Aufsicht im Garten lustwandelten.

»Ich würde Ihre Weinkeller gerne einmal sehen«, gestand Barbe-Nicole eines Abends Mitte Mai. »Ich habe noch nie einen betreten. Nur die verlassenen Keller unter der Stadt …«

Abrupt verstummte sie, als ihr bewusst wurde, was sie zu sagen im Begriff war. Bisher hatte sie niemandem von ihren heimlichen Ausflügen mit Marcel erzählt. Doch François, der in Gedanken wie stets beim Weinhandel war, fand ihre Bemerkung offenbar nicht im Mindesten kurios.

»Das lässt sich bestimmt einrichten«, meinte er erfreut. »Wie wäre es nächsten Samstag? Sofern Ihr Vater dann Zeit hat.«

Er blickte sich in dem nur von einigen Laternen beleuchteten Garten des Hôtel Clicquot um, als fürchtete er, belauscht zu werden.

»Im Vertrauen, meine Liebe, ich finde Ihr Interesse an meinen Ideen geradezu erquickend. Sie ahnen es sicher, unsere Eltern haben gewisse Pläne für uns, und ich hatte schon befürchtet, Sie könnten wie die meisten jungen Mädchen nur an Handarbeit und Empfängen Gefallen finden. Aber inzwischen ist mir klar – und dies meine ich ganz und gar als Kompliment –, dass Sie den Verstand eines Mannes besitzen und dass es für mich so ist, als würde ich mich mit Ihrem Herrn Vater unterhalten.«

Erstaunt über seine Offenheit sah Barbe-Nicole ihn an. Während ihrer kurzen Bekanntschaft war ihr bereits aufgefallen, dass François die Gedanken, die in ihm wie Funken aufsprangen, sogleich aussprach, ohne sich darum zu kümmern, wie sie auf Außenstehende wirkten. Zaudern und Grübeln waren nicht seine Sache. Er war stets spontan und geradeheraus. Sein strahlendes Gesicht und das Leuchten eines begeisterten Kindes in seinen Augen versöhnten stets mit dem, was seine Äußerungen an Verletzendem oder

Schockierendem haben mochten. Wie immer, wenn Barbe-Nicole mit ihm sprach, fühlte sie sich von seinem Eifer mitgerissen. Darum war sie einer Ehe mit ihm nicht abgeneigt. Ihr Zusammenleben wäre wie eine abenteuerliche Reise, von der man nicht wusste, wohin sie einen führen würde. Vielleicht war es auch nicht ohne ein gewisses Risiko. Aber das schreckte sie nicht. Im Gegenteil, es würde das Leben erst interessant machen. Womöglich würde sie dann auch lernen, François zu lieben, wie sie damals Marcel geliebt hatte.

Wie versprochen führte der junge Clicquot seine zukünftige Braut einige Tage später zum ersten Mal in den düsteren Weinkeller auf der Rue de la Haute-Croupe, in dem die wertvolle Ware untergebracht war. Fässer und mit Flaschen gefüllte Regale und Kisten reihten sich im Halbdunkel aneinander. Die kühle Luft des Kellers war erfüllt vom Duft des Weins, der in Barbe-Nicole ein Gefühl der Leichtigkeit auslöste. Interessiert ließ sie sich von François die Fässer mit dem Stillwein und schließlich die Flaschen zeigen, in denen derselbe dazu angeregt wurde, Perlen zu bilden. Niemand wusste so genau, wie oder warum dies geschah.

»Natürlich kaufen wir nur die vorzüglichsten Trauben«, erklärte François. »Die Weine werden dann miteinander verstochen, um einen exzellenten Geschmack zu erzielen. Schließlich wird der Wein auf Flaschen gezogen.«

Fasziniert betrachtete Barbe-Nicole die großen Stöße gestapelter Flaschen, deren Korken mit einer Schnur am Hals befestigt waren.

»In der Flasche passiert dann irgendetwas – niemand weiß so recht, was –, das zu einer Bläschenbildung führt.«

»Wie geheimnisvoll. Ob man es je herausfinden wird?«, bemerkte Barbe-Nicole.

Sie wusste, dass im Bereich der Naturwissenschaften zurzeit erstaunliche neue Entdeckungen gemacht wurden, aber da sie selbst nichts von diesen Dingen verstand, fühlte sie sich auf einmal trotz ihrer guten Erziehung unwissend und hinterwäldlerisch. Als sie die Hand ausstreckte, um die gestapelten Flaschen zu berühren, die durch Gestelle aus Holzlatten gestützt wurden, machte François mit entsetzter Miene eine abwehrende Handbewegung.

»Bitte nicht anfassen, Mademoiselle«, sagte er warnend. »Diese Stöße sind eine wackelige Angelegenheit. Sie könnten auf die geringste Berührung hin zusammenstürzen.«

»Ich verstehe«, erwiderte Barbe-Nicole mit einem gezwungenen Lächeln.

Unwillkürlich trat sie einen Schritt zurück, darum bemüht, nirgendwo versehentlich anzustoßen und eine Katastrophe auszulösen.

Mit behutsamen Schritten führte François sie noch ein Stück in den Keller hinein. Die Laterne, die er in der Hand trug, enthüllte weitere Flaschenstapel und Weinfässer.

»Diese Flaschen liegen schon über ein Jahr hier«, erläuterte der junge Clicquot. »Doch bevor sie ausgeliefert werden können, müssen noch die Rückstände entfernt werden, die sich in der Flasche abgesetzt haben. Den Vorgang bezeichnet man als *transvasage*. Er ähnelt dem Abstich von Weinen. Dazu wird der Schaumwein von einer Flasche in eine andere umgefüllt. Aber dadurch verliert man einen Teil des Perlens. Die andere Methode, die unsere Arbeiter anwenden, das *dégorgement*, ist ebenfalls sehr aufwendig. Dabei beseitigt man die Trubstoffe, indem man die Flasche auf den Kopf stellt, bis das Sediment in den Hals sinkt. Dann entfernt man kurz den Korken, und die Verunreinigung wird ausgestoßen. Aber wie Sie sich denken können, Mademoiselle, büßt man dadurch einen guten Teil des Weines ein.«

François hatte die Lampe auf dem Boden abgestellt und machte eine ausholende Handbewegung.

»Und dennoch bin ich der Meinung, dass der Vertrieb von Schaumwein vor allem im Ausland durchaus gewinnbringend sein wird. Ich brenne darauf, mich darin zu versuchen ...«

Ein leises Knirschen ließ ihn schlagartig verstummen. Im nächsten Moment hörten sie einen lauten Knall und dann noch einen. Instinktiv packte François Barbe-Nicole an den Schultern und riss sie in seine Arme, wie um sie vor einer Gefahr zu schützen. Der starke Geruch verschütteten Weins drang ihnen in die Nase und überlagerte den Duft des Eau de Colognes, das François' Kleidung entströmte.

»Was ist passiert?«, flüsterte Barbe-Nicole.

Ihr Herz hämmerte gegen ihre Rippen, ob vor Furcht oder vor Erregung mochte sie jedoch nicht zu sagen. Es war das erste Mal, seit Marcel sie vor vielen Jahren auf dem Turm der Kathedrale geküsst hatte, dass sie sich von männlichen Armen umfangen fühlte. Tief in ihrem Innern regte sich etwas, das sie als Begehren erkannte. Unwillkürlich wünschte sie sich, dass François sie nie wieder loslassen würde.

»Zwei Flaschen sind unter dem Druck der Gärung geborsten«, erklärte der junge Mann nach kurzem Zögern. »Das passiert, wenn das Glas eine Schwachstelle hat. Aber das Zerspringen einzelner Flaschen ist nicht schlimm. Würden gar keine bersten, wäre das ein Zeichen zu schwacher Gärung, und wir hätten am Ende keinen perlenden Wein.«

François war so in seinem Element, dass er das Erschauern der jungen Frau in seinen Armen gar nicht bemerkt hatte. Als er sie losließ, senkte Barbe-Nicole enttäuscht die Augen.

»Es ist recht warm heute«, meinte er. »Sogar hier unten. Das begünstigt die Gärung. Wir sollten lieber wieder hinaufgehen, falls noch mehr Flaschen zerspringen.«

Barbe-Nicole fragte sich unwillkürlich, was wohl passieren würde, wenn es eine Hitzewelle geben sollte. François schien ihrem Gedankengang gefolgt zu sein.

»Vor etwa fünfzig Jahren gab es einen ungewöhnlich heißen Sommer. Es heißt, dass Allart de Maisonneuve eines Morgens seinen Weinkeller betrat und nur noch eine stinkende Brühe auf dem Boden vorfand. In der Hitze waren alle Flaschen zerborsten. Zwei seiner Arbeiter fielen in Ohnmacht, nachdem sie die Keller betreten hatten. Die Ausdünstungen hatten sie förmlich vergiftet.«

Als er Barbe-Nicoles entsetzten Blick bemerkte, winkte François jedoch ab.

»Das war ein Jahrhundertsommer, der sich wahrscheinlich nie wiederholen wird«, erklärte er leichthin. »Die Chancen, vom Blitz getroffen zu werden, sind weitaus höher. Kein Grund, sich abschrecken zu lassen.«

Barbe-Nicole sah ihm an, dass ihn die Risiken nicht davon abhalten würden, seine Träume zu verwirklichen. Sie verspürte das Bedürfnis, sie mit ihm zu teilen, denn sie bewunderte seinen Mut und seine Entschlossenheit.

Als Philippe Clicquot am Abend vor dem Diner mit seiner Gemahlin im Salon zusammensaß, sah Catherine-Françoise ihm an, dass er zufrieden war.

»Wie verlief der Besuch der kleinen Ponsardin im Weinlager, Monsieur?«, erkundigte sie sich. »Ich hoffe, sie hat sich nicht gelangweilt.«

»Keineswegs«, erwiderte Philippe mit einem kleinen Lächeln. »Im Gegenteil. Ich hatte den Eindruck, Mademoiselle Ponsardin fand es aufregend. Während sie mit unserem Sohn im Keller war, zersprangen einige Weinflaschen …«

»O Herrje«, rief Catherine-Françoise aus. »Sie wurden doch hoffentlich nicht verletzt?«

»Nein, ich glaube, die junge Dame fand es sogar amüsant«, entgegnete Philippe noch immer lächelnd. »Sie hat wirklich Schneid, muss ich sagen. Eine gute Wahl.«

»Sie meinen, sie wird für François eine gute Ehefrau abgeben?«

»Davon bin ich überzeugt. Sie hat Charakter, und was das Wichtigste ist, sie interessiert sich für das Geschäft. Sie wissen doch, wie gerne unser Sohn über seine Pläne redet. Sie wird ihn zerstreuen. Wenn er über seine Flausen sprechen kann, braucht er sie nicht zu verwirklichen.«

»Sie haben also den Eindruck, dass die beiden sich mögen?«

»Durchaus. Nach der Sache mit den geborstenen Flaschen führte François sie sehr galant an der Hand aus der Gefahrenzone. Und ihrem Blick nach zu urteilen, himmelt sie ihn geradezu an.«

Catherine-Françoise hätte über die Entwicklung glücklich sein können, wenn nicht die leise mahnende Stimme in ihrem Kopf gewesen wäre, die ihr Gewissen ihr eingab.

»Finden Sie nicht, dass wir den Ponsardins schuldig sind …«

»Was?«, fragte Philippe Clicquot, als seine Gattin stockte.

»Nun ja, François ist gottlob zurzeit sehr ausgeglichen, aber …«

»Aber? Wollen Sie Monsieur Ponsardin mit unwesentlichen Kleinigkeiten belästigen? Wollen Sie ihm sagen, dass François hin und wieder zu Schwermut neigt, und ihn damit verunsichern? Barbe-Nicole ist eine bodenständige starke junge Dame, die den ab und zu auftretenden Verstimmungen unseres Sohnes mit Gleichmut und Verständnis begegnen wird. Sie wird ihn aufheitern, da bin ich sicher.«

Unsicher wandte Catherine-Françoise den Blick auf ihre Hände und spielte mit ihrem Ehering.

»Wenn es nur die gelegentliche Schwermut wäre, würde ich Ihnen zustimmen, Monsieur. Es ist der Leichtsinn, den er zuweilen an den Tag legt, der mir Sorgen macht … seine Ruhelosigkeit, die ihn nicht schlafen, nicht essen lässt. Sie erschöpft ihn … und dieser Zorn, der aus dem Nichts zu kommen scheint, wenn etwas nicht nach seinem Willen geht. Er ist so leicht zu verletzen, zu entmutigen. Vor allem von Ihnen, dem er doch so zu gefallen wünscht. Können wir einem jungen Mädchen diese Stimmungsschwankungen zumuten, ohne sie nicht wenigstens darauf vorzubereiten?«

Energisch schüttelte Philippe den Kopf.

»Es wäre ganz falsch und unnötig, die Pferde scheu zu machen. Das Eheleben wird sich ausgleichend und besänftigend auf François' Charakter auswirken. Mademoiselle Ponsardin wird seinen Eifer bremsen und seine Verstimmungen aufhellen. Machen Sie sich keine Sorgen um die junge Dame. Sie wird der Herausforderung gewachsen sein.«

»Ihr Wort in Gottes Ohr, lieber Gemahl«, sagte Catherine-Françoise, ohne ihn anzusehen.

11

Reims, Juni 1798

Der süße Duft der Rosen und Orangenblüten erfüllte den Keller unter dem Hôtel Ponsardin. Zu so früher Stunde wehte ein frischer Luftzug durch die weitläufigen Gänge, der kühl über Barbe-Nicoles Nacken und Dekolleté strich und sie frösteln ließ. Um sich von der unheimlichen Atmosphäre in dem düsteren Kellergewölbe abzulenken, senkte sie den Blick auf ihr weiß und rosa schimmerndes Brautbouquet und zählte die Orangenblüten, die so durchscheinend wie feines Porzellan waren.

Die gedämpfte Stimme des Priesters, der die verbotenen Worte der heiligen Messe las, trug noch zu der Unwirklichkeit der Zeremonie bei, die im Geheimen stattfand. Nicolas Ponsardin hatte vorsichtshalber Wachen an der Tür zum Keller und in einiger Entfernung in den Gängen aufgestellt, die unter die Kathedrale führten. Sie würden die Hochzeitsgesellschaft frühzeitig warnen, falls sich jemand näherte. Um keinen Preis wollte der Tuchhändler riskieren, bei einem Verstoß gegen die herrschenden Gesetze ertappt zu werden. Zwar zog die Zelebrierung der vom Konvent abgeschafften Messe nicht mehr die Todesstrafe nach sich, doch alle Anwesenden setzten ihre Freiheit und ihren untadeligen Ruf aufs Spiel. Trotz der Gefahr, die eine christliche Hochzeit mit sich brachte, hatten aber weder Nicolas Ponsardin noch Philippe Clicquot darauf verzichten wollen. Die vom Staat geforderte säkulare Eheschließung würden die Frischvermählten später nachholen. Alles in allem waren die Eltern des Brautpaares mit der Verbindung zufrieden, die an diesem zehnten Juni 1798 – oder nach der neuen Zeitrechnung am zweiundzwanzigsten Prairial des Jahres sechs – geschlossen wurde. Darüber hinaus wirkte das junge Brautpaar durchaus glücklich. Nicolas war sicher, das Richtige für seine Tochter getan zu haben.

Als die Worte des Priesters verklungen waren, trat ergriffene Stille unter den Anwesenden ein. Barbe-Nicole hob den Blick zu ihrem Gemahl, der sie aus seinen dunklen Augen ansah. Ein Lächeln, das fast ein wenig verklärt wirkte, spielte um seine wohlgeformten Lippen. Und doch fragte die junge Braut sich unwillkürlich, ob er so glücklich war wie sie. Sie begannen zusammen ein neues Leben, und sie teilten denselben Unternehmungsgeist. François hatte große Pläne, die er ihr in allen Einzelheiten anvertraut hatte. Nun musste er nur noch seinen Vater überzeugen, ihn bei der Durchführung zu unterstützen.

Nach der Hochzeit bestiegen die Frischvermählten eine bereitstehende Kutsche, die sie zum Landgut von François' Großmutter Muiron in den Weinbergen von Bouzy brachte. Der Juniabend war warm, und Barbe-Nicole war dankbar für die Mode der leichten Musselinkleider. Selbst der dünne Schal, den sie um die Schultern trug, erschien ihr schwer und erstickend wie eine Wolldecke. François, der neben ihr saß und unablässig mit den Fingern an seinem doppelt um den Hals geschlungenen Tuch nestelte, schien es ebenso zu ergehen. Nur Marie, die fortan die Pflichten einer Zofe für Barbe-Nicole übernehmen sollte, machte die schwüle Wärme offensichtlich nichts aus. Sie war so mager, dass ihr die Kälte des Winters stets bis in die Knochen drang.

Die Herrin des kleinen Anwesens, Großmutter Muiron, und die Dienerschaft erwarteten sie, als die Kutsche vor der Eingangspforte hielt. François nahm die Hand seiner Frau und half ihr beim Aussteigen. Sein Kammerdiener Alphonse folgte dem Paar und trieb Marie zur Eile, die sich neugierig umschaute. Wie ihre Herrin hatte sie Reims noch nie zuvor verlassen. Die weitläufigen Weinberge, die Felder und Wälder der Montagne de Reims, die sich unter einem stahlblauen Himmel in der Unendlichkeit verloren, waren ein ungewohnter Anblick für sie, der sie geradezu sprachlos machte.

Die alte Dame lächelte ihnen beifällig zu, als sich die Frischvermählten vor ihr verbeugten und François ihr offiziell seine junge Frau vorstellte.

»Seien Sie willkommen, meine Kinder«, rief Madame Muiron. »Wir werden alles tun, damit Sie eine schöne Zeit haben.«

»Ich freue mich, Sie kennenzulernen, Madame«, sagte Barbe-Nicole artig.

Sie fühlte sich ein wenig beklommen, als sie die Blicke der Dienerschaft auf sich ruhen sah. Besonders der alte Diener, der neben Madame Muiron stand und eine Verbeugung ausführte, wie sie zu früheren Zeiten üblich gewesen war, musterte sie flüchtig, aber interessiert, als versuche er abzuschätzen, ob sie des jungen Herrn würdig war. Und auf einmal schämte sie sich ihrer kleinen Statur und ihrer Unscheinbarkeit, die von der Ausstrahlung des gut aussehenden, vor Vitalität sprühenden Mannes an ihrer Seite überstrahlt wurde. Unwillkürlich straffte sie sich, der strengen Erziehung der Nonnen eingedenk, die versucht hatten, ihr eine stolze und anmutige Haltung anzugewöhnen, wie sie jede adelige Dame auszeichnete.

»Sie und Ihre Gemahlin möchten sich vermutlich ein wenig erfrischen und umkleiden«, bemerkte die Großmutter verständnisvoll. »Danach werden wir zu Abend speisen. Das Diner wird in einer Stunde aufgetragen, wenn es Ihnen recht ist.«

Ohne die Hand seiner Frau loszulassen, wandte sich François an die Haushälterin, die an der Seite des alten Dieners stand.

»Bringen Sie uns heißes Wasser zum Waschen aufs Zimmer«, bat er sie.

»Sehr wohl, Monsieur.«

»Ich hoffe, Sie sind mit diesem Arrangement einverstanden, meine Liebe«, sagte François zu Barbe-Nicole. »Oder sind Sie zu müde, um das Diner im Speisezimmer einzunehmen?«

»Nein, mir geht es gut«, erwiderte sie.

Obwohl der Tag lang gewesen war, fühlte sie sich nicht erschöpft. Und sie verspürte Hunger, den sie der frischen Landluft zuschrieb. Auch konnte sie auf diese Weise die Hochzeitsnacht noch ein wenig hinauszögern. Zwar vertraute sie François vollkommen, aber das Unbekannte, das ihr bevorstand, verunsicherte sie auch. Ihre Mutter hatte sich nie dazu geäußert, was die Ehe beinhaltete, und sie hatte nur eine ungefähre Vorstellung davon, wie Kinder gezeugt wurden. Und das alles hatte sie sich anhand von Bemerkungen der Männer und Frauen auf der Gasse zusammengereimt.

Unwillkürlich dachte sie an den Kuss zurück, den sie mit Marcel getauscht und der seltsame Gefühle in ihrem Innern entfacht hatte. Vielleicht würde es mit François ebenso sein, und der Rest ergab sich dann ganz von selbst.

Ihr Gemahl schien sich ihrer Verunsicherung nicht bewusst zu werden. Während des Diners sprach er über seine Pläne für die kommenden Tage, die er mit Besuchen in den Weinbergen der Umgebung verbringen wollte. Barbe-Nicole brachte als Mitgift nicht nur eine anständige Summe Geld in die Ehe, sondern auch ein großes Landgut und zwei Windmühlen. Philippe Clicquot hatte dem Brautpaar zudem Grundbesitz in Quatre-Champs, in Tours-sur-Marne und in dem Städtchen Bisseuil überschrieben. Auch wollte sich François einen Überblick über die Weinberge seiner Familie in Bouzy und in Villers-Allerand und Sermiers an den Nordhängen der Montagne verschaffen. Schließlich brannte er darauf, die Winzer der Umgebung aufzusuchen und sich mit ihnen darüber auszutauschen, was einen guten Wein ausmachte. Denn er war, wie er Barbe-Nicole anvertraute, noch immer ein blutiger Anfänger, was den Weinhandel betraf.

Mitgerissen von seinen Ausführungen vergaß die junge Braut ihre Furcht, bis es Zeit war, sich für die Nacht zurückzuziehen. Als sie über die Schwelle zum ehelichen Gemach traten, wurde auch François sich mit einem Mal bewusst, was die Stunde geschlagen hatte. Verlegen betrat er das anschließende Ankleidezimmer, in dem sein Kammerdiener auf ihn wartete, während Marie erschrocken aus dem Halbschlaf aufschreckte, der sie auf einem Sessel übermannt hatte. Ein Gähnen unterdrückend half sie Barbe-Nicole aus dem Kleid und zog ihr das Nachthemd aus leichtem Batist über. Schließlich löste das Mädchen noch das hochgesteckte

Haar ihrer Herrin und breitete es wie ein Vlies aus leuchtendem Sonnengold über ihre milchweißen Schultern.

»Haben Sie sonst noch einen Wunsch, Madame?«, fragte Marie.

»Nein, du kannst schlafen gehen«, antwortete Barbe-Nicole.

Das Mädchen bemerkte die Beklommenheit in der Stimme der jungen Braut und schenkte ihr ein aufmunterndes Lächeln. Marie kannte sie seit vielen Jahren und fühlte mit ihr. Zugleich beneidete sie Barbe-Nicole aber auch um ihren hübschen Gatten mit den leuchtenden Augen und dem immer fröhlichen Lächeln. Sie konnte sich glücklich schätzen, dass er kein hässlicher alter Geschäftsmann war.

Mit klopfendem Herzen wartete Barbe-Nicole auf ihren Gemahl. Als sich die Tür zum Ankleidezimmer schließlich öffnete und François in Nachthemd und Schlafmütze, an der eine dicke Quaste hing, auf der Schwelle erschien, fand sie seine Erscheinung so komisch, dass sie in nervöses Lachen ausbrach. Erstaunt sah er zu, wie sie kichernd das Gesicht in den Kissen vergrub, und musste dann selbst grinsen.

»Offenbar war meine Befürchtung, Sie könnten Ihren ehelichen Pflichten mit einer gewissen Befangenheit entgegensehen, unbegründet«, sagte er belustigt. »Ich bin entzückt, Sie in so entspannter Stimmung vorzufinden, Madame.«

Barbe-Nicole biss sich auf die Lippen, um ihr Lachen zu unterdrücken.

»Es ist die Mütze«, prustete sie. »Sie sehen damit einfach zu albern aus.«

Er schnitt eine Grimasse. »Meine Mutter erinnert mich immerzu daran, wie leicht ich mich erkälte«, meinte er.

Die Heiterkeit hatte dem eher unscheinbaren Gesicht seiner Braut einen rosigen Schimmer verliehen, der ihre blasse Haut belebte und ihre grauen Augen funkeln ließ. Die einzelne Kerze neben dem Bett entlockte ihrem blonden Haar den rotgoldenen Glanz eines lodernden Feuers. Auf einmal spürte François, wie ihm heiß wurde. Schweiß trat ihm auf die Stirn. Zum ersten Mal, seit er sie kannte, sah er in seiner Braut nicht nur eine interessierte Zuhörerin, sondern eine begehrenswerte Frau. Er schluckte, bevor er sich ein Herz fasste und zu ihr unter die Laken schlüpfte. Ihr Blick folgte jeder seiner Bewegungen, und ihre Wangen röteten sich noch mehr.

»Soll ich die Kerze löschen?«, fragte er leise.

Sie nickte, als die Verlegenheit erneut von ihr Besitz ergriff, obwohl es sie danach verlangte, ihn anzusehen. Aber dazu würde später noch Zeit sein. Sie hatten noch viele Jahre eines hoffentlich erfüllten Ehelebens vor sich.

François gab sich Mühe, behutsam mit seiner Braut umzugehen. Es fehlte ihm nicht an Erfahrung, aber er hatte es noch nie mit einer Jungfrau zu tun gehabt, die wahrscheinlich spröde und unwissend war. Zudem hatte vor ihrer Abreise nach Bouzy sein Schwiegervater ihn streng ins Gebet genommen und ihn ermahnt, seiner geliebten Tochter keinen Anlass zu Klagen zu geben. Und obgleich es François schwerfiel, sich zurückzuhalten, zwang er sich, Barbe-Nicole mit Zärtlichkeiten zu verwöhnen, sie ausgiebig zu streicheln und zu küssen, bis er spürte, dass sie bereit war. Ganz konnte er es nicht vermeiden, ihr wehzutun. Er fühlte, wie sie einen Schmerzenslaut unterdrückte und sich verkrampfte, aber ihm lag so viel an ihrer Freundschaft und Bewunderung, dass er alle Willenskraft aufwandte, um sich zu zügeln und den Akt so vorsichtig wie möglich zu Ende zu bringen. Danach sah er sie entschuldigend an und erahnte zu seiner Erleichterung im Halbdunkel des Schlafgemachs ein Lächeln auf ihren Lippen.

»Vergeben Sie mir, Madame«, sagte er sanft. »Ich verspreche Ihnen, dass es beim nächsten Mal nicht so schmerzhaft sein wird.«

Barbe-Nicole war ihm dankbar für seine Rücksichtnahme. Was immer sie sich unter der Vereinigung mit einem Mann vorgestellt hatte, war sie doch erschrocken über die Invasion ihres Körpers. Es fiel ihr schwer, sich ihre gezierte Mutter beim Beischlaf vorzustellen, aber auch sie musste ihn mehrere Male ausgeführt haben, da sie drei Kindern das Leben geschenkt hatte.

François' warme Hand, die zärtlich ihr Haar, ihre Schultern und ihre Arme streichelten, versöhnte Barbe-Nicole schließlich mit dem verwirrenden Erlebnis, an das sie sich wohl oder übel gewöhnen musste. Und sie war froh, dass sie es mit ihm geteilt hatte, und nicht mit einem Mann, der sie abstieß. Sein erhitzter Körper an ihrer Seite flößte ihr kein Unbehagen ein. Als die Müdigkeit sie übermannte, schmiegte sie sich an ihn und atmete den Geruch seines Haares, seiner Haut ein. Seine Hand ruhte schwer auf ihrem Arm, und sie war froh, dass er sie nicht zurückzog. Den Schmerz vergessend schlief sie ein.

Eine Bewegung neben ihr weckte sie. Ein rosiger Schimmer fiel durch die Ritzen der geschlossenen Fensterläden herein. Es musste kurz vor Sonnenaufgang sein. Als Barbe-Nicole die Augen aufschlug, sah sie im Dämmerlicht eine Gestalt am Bett stehen.

»François?«, fragte sie verwundert. »Wohin gehen Sie?«

»Es tut mir leid, Liebste«, flüsterte er. »Ich wollte Sie nicht wecken. Aber ich kann nicht mehr schlafen. Ich werde im Salon unseren Tagesablauf planen, bis es Zeit für das Frühstück ist.«

»Aber ich möchte bei Ihnen sein«, protestierte Barbe-Nicole.

»Es ist sehr früh. Schlafen Sie noch ein bisschen.«

»Ich bin nicht mehr müde.«

Sie schenkte ihm ein Lächeln, das ihre gute Laune verriet. Erfreut stimmte er schließlich zu. Seinen Eltern hatte sein Schlafmangel stets zu Sorgen Anlass gegeben, doch seine Frau schien nichts Ungewöhnliches daran zu finden.

Da sie Marie, die im Nebenzimmer auf einem Rollbett schlief, nicht wecken wollten, wuschen sie sich mit kaltem Wasser. François half seiner jungen Braut in das leichte Musselinkleid, das die Zofe bereitgelegt hatte. Die neue Mode, die auf den Schnürleib verzichtete, machte es möglich. Barbe-Nicole steckte selbst ihr rotblondes Haar hoch und verbarg es unter einer weißen Haube, ohne die sie sich nun, da sie eine verheiratete Frau war, nicht mehr in der Öffentlichkeit zeigen durfte.

Leise wie Diebe schlichen sie durch das schlafende Haus in den Salon hinab und entzündeten einige Kerzen, da es noch nicht hell genug war. François hatte eine Karte der Gegend mitgebracht und breitete sie nun auf einem Tisch aus. Die Ecken beschwerte er mit Sèvres-Figuren, die er vom Kaminsims geholt hatte.

»Hier ist der Ort, den ich unbedingt besuchen möchte«, sagte François und deutete mit dem Finger auf einen Punkt auf der Karte. »Hier in Chigny liegen die Weinberge von Allart de Maisonneuve, der unter Ludwig XV. als Offizier diente. Sie sind berühmt für ihren außergewöhnlichen Boden und bringen vorzügliche Trauben hervor.«

»Ich erinnere mich an den Namen«, erwiderte Barbe-Nicole. »War Monsieur de Maisonneuve nicht der Winzer, dem während eines heißen Sommers alle Flaschen zersprungen waren?«

»Genau der. Er war einer der Ersten in der Montagne, der moussierenden Wein herstellte. Wir können viel von ihm lernen.«

Barbe-Nicole war erfreut, dass er sie in sein Vorhaben einbezog. Ihn brauchte sie nicht davon zu überzeugen, dass sie mehr mit ihrem Leben anfangen wollte, als zu Hause zu sitzen und Besuch von anderen Damen der Reimser Gesellschaft zu empfangen.

»Wenn man exzellenten Wein vertreiben will, zahlt es sich aus, ein gutes Verhältnis zu den Weinbauern aufzubauen«, führte François aus. »Schließlich stellen wir den Wein, den wir verkaufen wollen, nicht selbst her, obwohl wir über einige Weinberge verfügen. Unsere eigenen Trauben verarbeiten wir auch nicht selbst. Daher ist es wichtig, dass wir unseren Zulieferern vertrauen können, um stets die beste Ware zu erhalten. Ich habe deshalb vor, in den nächsten Tagen die wichtigsten von ihnen zu besuchen. Und es wäre mir eine Freude, wenn Sie mich begleiten würden, Madame.«

Barbe-Nicole lächelte ihm kokett zu und sagte: »Wann fahren wir los?«

Als das Hausmädchen erschien und die Fenster öffnete, um die frische Morgenluft hereinzulassen, blickte sie das junge Ehepaar, das um den Kartentisch in der Mitte des Salons stand, verwundert an.

»Guten Morgen, Madame, Monsieur«, sagte es und machte einen Knicks. »Das Frühstück wird in Kürze serviert werden. Madame Muiron kleidet sich noch an.«

»Guten Morgen«, begrüßte Barbe-Nicole das Mädchen. »Wie ist dein Name?«

»Camille, Madame.«

»Dann lassen wir dich jetzt in Ruhe deine Arbeit machen«, meinte François, rollte die Karte zusammen und klemmte sie sich unter den Arm.

Während des Frühstücks, das auf dem Land gehaltvoller war als in der Stadt und aus verlockend duftendem Brot und Kaffee bestand, erkundigte sich die Hausherrin nach den Plänen des jungen Paars.

»Wir werden zuerst spazieren gehen, damit ich meiner Frau das Gut zeigen kann«, erklärte François. »Später werden wir dann noch einen kleinen Ausflug machen und uns die Umgebung ansehen. In den kommenden Tagen möchte ich unsere Nachbarn aufsuchen und natürlich die Winzer, bei denen wir unseren Wein einkaufen.«

Die alte Dame runzelte verwundert die Stirn. »Finden Sie es recht, Ihre junge Gattin den ganzen Tag sich selbst zu überlassen, mein Lieber?«, fragte sie, und in ihrer brüchigen Stimme schwang ein vorwurfsvoller Ton mit. »Ihr Vater wird nichts dagegen einzuwenden haben, wenn Sie sich nicht gleich ins Geschäft stürzen, sondern ein paar ruhige Wochen mit ihr verbringen.«

Ein schelmischer Ausdruck trat auf François' Züge. »Nichts anderes habe ich vor, *mémé*. Barbe-Nicole wird mich natürlich bei meinen Besuchen begleiten. Wir sind jetzt unzertrennlich«, fügte er zärtlich hinzu und legte seine Hand auf die der jungen Frau, die auf dem Tisch ruhte.

»Aber, François«, rief Madame Muiron schockiert. »Sie wollen Ihrer Gattin doch nicht zumuten, sich der Hitze und dem Staub der Feldwege auszusetzen. Sie wird ihren Teint verderben und ihre zarte Gesundheit ruinieren.«

Es ärgerte Barbe-Nicole, dass die alte Dame über sie sprach, als wäre sie nicht im selben Raum, obwohl sie dies als Mädchen gewöhnt war. Sie wollte Einspruch erheben, doch François kam ihr in seinem üblichen Eifer zuvor.

Mit einem Augenzwinkern in ihre Richtung protestierte er: »Aber Barbe-Nicole ist alles andere als zart und zerbrechlich. Sie wird mir eine wundervolle Gefährtin sein. Glauben Sie mir, *mémé*, ich würde es nie wagen, sie zu vernachlässigen. Sie würde mir wohl tüchtig die Meinung sagen.«

Angesichts der entsetzten Miene der Großmutter über François' Beschwörung so wenig damenhaften Verhaltens zogen die Eheleute es vor, sich rasch zu verabschieden. Als sie das Haus verließen, folgte Madame Muiron ihnen auf den Hof des Anwesens und reichte der jungen Frau einen mit feinem Linnen bespannten Sonnenschirm.

»Den werden Sie brauchen, Madame. Es kann recht heiß werden in den Weinbergen.« Mit einem Lächeln fügte sie hinzu: »Ich bin froh, dass François eine Gemahlin gefunden hat, die seine Interessen teilt. Ihre Bewunderung und Ihre Nähe werden ihm guttun.«

Erleichtert über die Nachsicht der alten Dame erwiderte Barbe-Nicole das Lächeln. Sie konnte glücklich sein, in eine so verständige Familie eingeheiratet zu haben.

Das Schnauben der Pferde mischte sich unter das Stimmengewirr der Arbeiter, ihre Schritte auf dem Pflaster des Hofes und das Geräusch über den Boden rollender Fässer. Auf den

Dachfirsten des Hauses und der Schuppen zwitscherten die Spatzen, als ließen sie sich von der Fröhlichkeit der Menschen anstecken, die bei der Arbeit sangen wie die Vögel.

»Barbe-Nicole!«, rief François ungeduldig.

»Ich komme«, antwortete die junge Frau und erschien kurz darauf mit dem weißen Sonnenschirm in der Hand in der Haustür.

Nach dem Spaziergang über das Gelände des Gutes und einem leichten Mittagsmahl waren die Frischvermählten erpicht darauf, die Weinberge der Umgebung zu erkunden. Unternehmungslustig betrachtete Barbe-Nicole die Karriole, die zweisitzige Kutsche mit dem zurückklappbaren Dach, vor die ein Pony gespannt war. Das Gefährt verfügte nicht über einen Kutschbock. François würde selbst die Zügel halten. Barbe-Nicoles Gesicht erhellte sich. Als er ihr seinen Plan mitgeteilt hatte, die Winzer der Umgebung aufzusuchen, hatte sie befürchtet, dass sie den ganzen Tag unter dem wachsamen Auge eines Bediensteten verbringen würden. Doch die Art der Kutsche, die François gewählt hatte, zeigte ihr, dass er so fühlte wie sie und sich nichts sehnlicher wünschte, als mit ihr allein zu sein.

Mit einem liebevollen Lächeln verbeugte er sich vor ihr und öffnete die niedrige Kutschentür.

»Würden Sie bitte einsteigen, Madame. Ich hoffe, das Gefährt sagt Ihren Ansprüchen zu. Leider ist es keine Staatskarosse. Aber die Wege in den Weinbergen sind recht schmal.«

Lachend legte Barbe-Nicole die Hand auf die seine, die er ihr entgegenstreckte, und ließ sich in die Kutsche helfen. Als François sich neben ihr auf der gepolsterten Bank niedergelassen hatte, nahm er die Zügel und ließ sie mit einem Schnalzen leicht auf den Rücken des Pferdes fallen. Sofort zog das gut ausgebildete Tier an. Geschickt lenkte François es aus dem Hof auf die staubige Landstraße hinaus.

»Das Pony ist keine Schönheit«, meinte er entschuldigend. »Aber die Armee hat fast alle guten Pferde requiriert.« Seine Miene verhärtete sich plötzlich. »Dieser verdammte Krieg. Wohin soll das nur führen? Weshalb bekämpfen wir eine auf den Meeren so überlegene Macht wie Großbritannien, anstatt mit ihr Handel zu treiben? Die Schlacht von Abukir hat uns unsere gesamte Flotte gekostet. Was wollte Bonaparte in Ägypten erreichen? Es ist eine Schande. Ich wünschte, das Land würde von Händlern und Krämern regiert!«

Als François den fragenden Blick seiner Frau auf sich ruhen sah, schnitt er eine Grimasse.

»Ich weiß, zu Anfang habe ich mich von meiner Begeisterung für den Krieg mitreißen lassen und wollte Heldentaten vollbringen. Schließlich liegt es in der Pflicht eines jeden Mannes, sein Vaterland zu verteidigen«, gestand er zerknirscht. »Aber die Zerstörung, die er mit sich bringt, das Elend und der Niedergang des Handels, all das bedrückt mich. Florierende Handelsgeschäfte bringen Wohlstand und Glück, auch für die Armen, denn sie haben Arbeit, die sie ernährt. Deshalb will ich etwas Neues erschaffen, ferne Märkte erschließen und den Menschen etwas liefern, das sie in den schönsten Momenten ihres Daseins genießen wollen: edlen Wein.«

Barbe-Nicole liebte es, wenn er sich von seinem Enthusiasmus mitreißen ließ. Dann hörte sich alles so einfach an, und Hindernisse oder Schwierigkeiten verblassten vor seiner unverwüstlichen Zuversicht. Aber sie wusste ebenso, dass Philippe Clicquot und auch ihr Vater anders dachten. Sie waren es gewohnt, Risiken und Gewinne genau zu berechnen und erst danach zu entscheiden, ob sich ein Geschäft lohnte oder nicht. In Barbe-Nicole stritten beide Seiten um die Vorherrschaft: das ruhige Kalkül der Ponsardins und die Leidenschaft und Unternehmungslust, die François' Ideen in ihr weckten. Doch da er ihr Gemahl war und sie vor Gott geschworen hatte, an seiner Seite alle Widrigkeiten zu bestehen, vertraute sie sich seiner Führung an.

Das Pferd trabte unter einem wolkenlosen Himmel dahin. Der Boden war trocken, denn es hatte seit Tagen nicht geregnet. Unter den gleißenden Strahlen der Sonne zogen sich die Weinberge scheinbar bis in die Unendlichkeit hin. In der Ferne überragte der Turm der Kirche von Bouzy die kleinen Wohnhäuser. Bäume gab es nur wenige, zuweilen säumten vereinzelte Linden den Fahrweg. Barbe-Nicole bemerkte, dass die Weinstöcke, die in grüner Blätterpracht prangten, nicht gleich groß waren. Auf manchen Feldern wuchsen frische Stecklinge, auf anderen Rebstöcke, die kaum ein Jahr alt sein mochten.

»Ist es noch weit?«, fragte sie, als sie eine Weile gefahren waren.

»Nein, Liebste«, antwortete François. »Sehen Sie die aus Stein gebaute Mühle dort hinten? Da liegt Chigny. Dort haben die Cattiers seit fast vierzig Jahren ihre Weinberge. Mein Vater kauft seit Langem Wein bei ihnen.«

Als die Karriole auf den Hof des kleinen Guts fuhr, wurden sie von Madame Cattier begrüßt, die sie hatte kommen sehen. François stellte seine Gattin vor und fragte die feiste, schlicht gekleidete Frau nach ihrem Gemahl.

»Er befindet sich im Weinberg bei der Mühle«, erklärte Madame Cattier. »Er sieht dort nach den jungen Trieben.«

Die Besucher dankten ihr für die Auskunft, und François wendete die kleine Kutsche. Tatsächlich stießen sie an der bezeichneten Stelle auf den Winzer. Er stand in Hemdsärmeln, den Kopf durch einen breiten Strohhut von den Sonnenstrahlen geschützt, inmitten eines Feldes und beriet sich mit zwei seiner Arbeiter. Als er das junge Paar bemerkte, sah er sie mit erstauntem Blick an, wechselte ein paar Worte mit seinen Leuten und trat dann auf die Kutsche zu, die François am Wegrand angehalten hatte. Cattiers Augen wurden noch größer, als der junge Mann seiner Frau aus dem Gefährt half und sie ihm als seine Gemahlin vorstellte.

»Sehr erfreut, Madame«, sagte der Weinbauer und lüftete seinen Hut.

Barbe-Nicole bemerkte, dass er ihr nur einen flüchtigen Blick zuwarf, der fast schon an Höflichkeit vermissen ließ, bevor er sich François zuwandte. Er ignorierte sie völlig, während er mit ihrem Mann sprach.

»Ich hörte, dass Sie Teilhaber in der Firma Ihres Vaters geworden sind, Monsieur Clicquot«, sagte Cattier.

»Das stimmt«, erwiderte François, der die ablehnende Haltung des Weinbauern gegenüber seiner Frau nicht wahrnahm. »Mein Interesse gilt vor allem dem Weinhandel. Deshalb werden Madame Clicquot und ich in den nächsten Wochen die Winzer der Gegend aufsuchen und uns mit ihren Weinen vertraut machen. Schließlich muss man kennen, was man seinen Kunden anpreisen will. Außerdem möchten wir auch etwas über den Weinanbau und die damit verbundenen Risiken lernen.«

Bei François' Worten wanderten Cattiers dunkle Augenbrauen vor Überraschung höher und höher, aber er verkniff sich einen Kommentar. Schließlich wollte er sich das Geschäft mit dem jungen Clicquot nicht verderben. Während er das Paar zwischen den Weinstöcken hindurchführte, würdigte er Barbe-Nicole weiterhin keines Blickes. Offensichtlich missbilligte er ihre Anwesenheit in einer Männerdomäne wie dem Weinhandel. Verärgert presste Barbe-Nicole die Lippen zusammen. Doch sie war entschlossen, sich nicht in den Hintergrund drängen zu lassen.

Die Rebstöcke standen in unterschiedlichen Abständen zueinander und bildeten zum Teil enge Gruppen. Folglich konnten sich die Arbeiter nur zu Fuß zwischen ihnen bewegen. Für Pferde wäre nicht ausreichend Platz gewesen.

»Wie Sie sehen, Monsieur Clicquot, haben wir hier Stecklinge oder Senker gepflanzt, die von Mutterstöcken entnommen wurden«, erklärte Cattier. »Sie wachsen an Stöcken oder Pfählen auf. Die wichtigste Arbeit ist der Schnitt, von welchem die Tragfähigkeit des Holzes abhängt. Im Frühjahr, wenn der Saft in die Ruten strömt, sodass an jeder Schnittstelle Tropfen austreten – man sagt, ›die Rebe blutet‹ –, muss man den Wachstumstrieb hemmen, um die Fruchtbarkeit zu erhöhen. Das wird vorzugsweise im Herbst gemacht.«

Eine Weile beobachteten François und seine Gattin die Arbeiter, die Ranken der Pflanzen, die sich gelöst hatten, an den Stöcken befestigten.

»Was benutzen die Männer zum Festbinden?«, fragte Barbe-Nicole neugierig.

Da Cattier nicht antwortete, trat ihr vor Wut und Scham das Blut in die Wangen. Diesmal blieb auch François der Affront nicht verborgen. Mit funkelnden Augen wandte er sich an den Weinbauern.

»Meine Gattin hat Sie etwas gefragt, Monsieur. Wollen Sie ihr nicht antworten?«

Der unverblümte Tadel verblüffte Cattier so sehr, dass ihm der Mund offen stehen blieb. Verlegen räusperte er sich schließlich und erklärte: »Die Arbeiter weichen Strohhalme im Wasser ein, was sie geschmeidig macht, und binden damit die Ruten an den Pfählen fest.«

Er deutete auf das Bündel Stroh, das einer der Männer, in ein feuchtes Tuch gewickelt, am Gürtel trug.

»Danke, Monsieur«, sagte François höflich, ohne zu lächeln. »Wir werden Sie nun nicht weiter von der Arbeit abhalten. Sie werden von mir hören. Guten Tag.«

Er lüftete flüchtig seinen Hut, bot seiner Frau den Arm und führte sie zur Karriole zurück. Als sie eingestiegen waren und das Pferd anzog, biss sich Barbe-Nicole zornig auf die Lippen.

»Welch ein hochnäsiger Wichtigtuer«, schimpfte sie. »Es missfällt ihm, dass ich Ihr Geschäftsleben mit Ihnen teilen möchte. Nur weil ich eine Frau bin.«

»Monsieur Cattier weiß ganz genau, dass der Weinhandel schon lange kein Vorrecht der Männer mehr ist«, entgegnete François abfällig. »Auch ihm muss die Witwe Germon ein Begriff sein, die in den Siebzigern und Achtzigern Tausende Flaschen Wein im Jahr verkaufte. Oder die Witwe Blanc und Dame Geoffrey aus Épernay, die wie viele andere Winzerinnen der Gegend den Weinhändler Moët beliefern.«

»Tatsächlich?«, fragte Barbe-Nicole und gestattete sich ein Lächeln.

»Aber ja, meine Liebste. Der einzige Unterschied ist, dass diese Frauen Witwen sind und daher unabhängig Handel treiben können. Und … nun ja, sie sind ein wenig älter als Sie, gehören also einer anderen Generation an.«

»Es gibt noch einen Unterschied«, fügte Barbe-Nicole

nüchtern hinzu. »Sie stammen nicht aus gutbürgerlichen Familien und müssen sich nicht um ihren Ruf sorgen.«

Da er ihr nicht widersprechen konnte, schwieg François. Schließlich zuckte er mit den Schultern.

»Aber was macht das schon? Ich genieße es, Sie bei mir zu haben und mit Ihnen übers Geschäft zu reden.«

Er zog die Zügel an und ließ sie aus der Hand gleiten, als das Pferd stehen geblieben war. Mit dem ihm eigenen strahlenden Lächeln, das Barbe-Nicoles Herz höher schlagen ließ, sah er sie an und nahm sie in die Arme.

»Ich liebe Sie. Ich kann gar nicht sagen, wie sehr!« Seine Lippen pressten sich auf die ihren, und er küsste sie leidenschaftlich. »Wir werden gemeinsam alles über den Weinhandel lernen und dann meinen Vater überzeugen, dass er eine glänzendere Zukunft hat als der Tuchhandel«, flüsterte er in ihr Haar.

Sie hätte die Umarmung gerne länger genossen, aber schon spürte sie ihn vor Aufregung und Tatendrang erzittern. Und sie wusste, dass der Moment der Zärtlichkeit vorüber war.

»Wohin fahren wir jetzt?«, fragte sie, darum bemüht, sich ihre Enttäuschung nicht anmerken zu lassen.

»Zu den Weinbergen von Monsieur Allart de Maisonneuve«, rief François, löste sich aus den Armen seiner Frau und trieb das Pony zum Trab.

12

Bouzy, Juni 1798

Am folgenden Tag machte sich das junge Paar wieder früh auf den Weg. François schlief wenig. Morgens lag er bereits vor dem Morgengrauen wach und wälzte Pläne. Seine Gedankengänge waren wie eine Maschine, die nie stillstand und nie ermüdete. Barbe-Nicole bemerkte, dass er sich nicht einmal die Muße für eine anständige Mahlzeit nahm, abgesehen von dem Diner, bei dem Großmutter Muiron ihrer beider Anwesenheit erwartete. Doch es machte ihr nichts aus, morgens früh aufzustehen und nach einem hastigen Frühstück die Karriole zu besteigen, um durch die Weinberge zu fahren. Der Koch packte ihnen ein schmackhaftes Picknick ein, das sie auf einer Wiese verzehrten, wenn das Pony eine Rast brauchte. Aber Barbe-Nicole bemerkte auch, dass die Flamme, die in François brannte, an seinen Kräften zehrte. Ein unruhiger Geist brauchte trotz allem Nahrung, und so ermunterte sie ihn, wenn sie unterwegs waren, hin und wieder einen Bissen zu essen und von dem Wein zu trinken, den sie mitführten.

»Wohin fahren wir heute?«, fragte Barbe-Nicole gut gelaunt, als das Pony flott über den staubigen Weg trabte.

»Zu einem Winzer, der nur einen kleinen Weinberg hat. Dieser verfügt aber über ein besonders gutes *terroir*«, erklärte François enthusiastisch. »Mein Vater hat bisher noch nicht bei ihm gekauft, aber ich hoffe, dass ich ihn überreden kann, in Zukunft an *Clicquot-Muiron* zu liefern. Drücken Sie uns die Daumen, Madame, dass die Verhandlungen gut verlaufen.«

Eine kurze Zeit später reckte François den Hals und machte seine Frau auf ein kleines, aus Stein gefügtes Haus aufmerksam, das von üppig grünen Weinstöcken umgeben war.

»Wie heißt denn der Weinbauer?«, fragte Barbe-Nicole neugierig.

»Jacquin«, erwiderte François. »Olivier Jacquin.«

Da er sich darauf konzentrieren musste, das Pony um eine scharfe Biegung zu lenken, entging ihm, dass seine Frau jäh erbleichte. Für einen Moment wurde ihr schwindelig, und sie musste tief einatmen, um die dunklen Schleier zu vertreiben, die vor ihren Augen herabfielen. Erst als sie auf dem kleinen Innenhof hielten, den das Wohnhaus und die Wirtschaftsgebäude umgaben, fiel ihm Barbe-Nicoles Blässe auf.

»Geht es Ihnen nicht gut, Madame?«, fragte er besorgt. »War die Sonne zu viel für Sie? Sie brennt recht heiß heute Morgen.«

Er half ihr aus der Kutsche, als die Frau des Weinbauern aus dem Haus trat und ihnen entgegeneilte.

»Kann ich Ihnen helfen, Monsieur?«, erbot sie sich.

»Mir fehlt nichts«, widersprach Barbe-Nicole gereizt.

François tauschte einen Blick mit Madame Jacquin, und sie waren sich einig, dass die junge Frau einen kräftigen Schluck Wein vertragen könnte.

»Kommen Sie in die Stube, Madame, und setzen Sie sich

einen Moment«, forderte die Hausherrin Barbe-Nicole auf. »Dort ist es kühl.«

Schließlich gab die junge Frau nach. Verstohlen sah sie sich um, konnte aber außer einem alten Mann, der den Hof fegte, niemanden entdecken. Ihr Blick kehrte zu Madame Jacquin zurück, die zwischen vierzig und fünfzig Jahre alt sein mochte. Ihre Züge waren denen von Marcel sehr ähnlich. Es bestand kein Zweifel daran, dass sie seine Mutter war.

In der schlicht eingerichteten Stube bot Madame Jacquin der Besucherin einen Stuhl an und reichte ihr ein Glas des hauseigenen Weins. Barbe-Nicole trank nur zögernd. Sie schalt sich selbst wegen ihrer kindischen Gefühle. Weshalb war sie so aufgeregt, einem Jugendfreund wieder zu begegnen, den sie seit fast vier Jahren nicht gesehen hatte? Sie war inzwischen eine verheiratete Frau, die ihren Mann liebte und mit ihm glücklich war.

Als Barbe-Nicole einen Schluck des Weißweins getrunken hatte, nahm ihre Zunge die verschiedensten Geschmacksrichtungen wahr. Sie behielt ihn einen Moment im Mund, bevor sie ihn hinunterschluckte. François hatte recht, dieser Wein bewahrte das besondere Aroma des Bodens, auf dem er wuchs, und er duftete herrlich. Doch die Freude, die sie bei seinem Genuss empfand, trübte sich sogleich, als ihr klar wurde, was das bedeutete: François würde nicht ruhen, bevor er den Winzer überzeugt hatte, ihn mit Wein zu beliefern, und sie würden vermutlich häufiger bei ihm zu Gast sein.

François, dem die Hausherrin ebenfalls ein Glas Wein gereicht hatte, probierte ihn und war, wie Barbe-Nicole befürchtet hatte, entzückt.

»Wo ist Ihr Gatte, Madame?«, erkundigte er sich. »Ich möchte mit ihm über ein lohnendes Geschäft sprechen.«

»Er ist im Weinberg«, erwiderte Madame Jacquin. »Wenn Sie dem Weg folgen, müssten Sie ihn und seine Gehilfen schon von Weitem sehen.«

Mit ungeduldiger Miene wandte sich François an seine Frau: »Macht es Ihnen etwas aus, wenn ich Sie für einen Moment allein lasse, meine Liebe? Ruhen Sie sich noch ein wenig aus, bis ich zurückkomme.«

Barbe-Nicole nickte zustimmend. Als er das Haus verlassen hatte, verstand sie allerdings nicht, weshalb sie ihn hatte gehen lassen. Sie fühlte sich gut. Die Hausherrin bot ihr ein zweites Glas Wein an, aber sie lehnte dankend ab. Sie wollte einen klaren Kopf bewahren. Um das Schweigen zu brechen, bemühte sich Barbe-Nicole, Konversation zu betreiben.

»Wie lange bewirtschaftet Ihre Familie schon diesen Weinberg, Madame?«, fragte sie neugierig.

»Oh, seit vielen Generationen, und der Besitz wurde fast immer in gerader Linie weitergegeben«, berichtete Madame Jacquin. »Wenn mein Mann sich zur Ruhe setzt, wird mein Sohn Marcel alles übernehmen.« Sie schnalzte missbilligend mit der Zunge. »Aber wie es dann weitergehen soll, das weiß der Himmel. Bisher hat er noch keine Frau gefunden, die ihm zusagt, Träumer, der er ist.«

»Ihr Sohn ist nicht verheiratet?«, fragte Barbe-Nicole überrascht.

»Nein. Dabei führe ich ihm ständig die hübschesten Mädchen vor, aber keine genügt ihm. Ich weiß nicht, was er sich vorstellt. Er ist so ein tüchtiger Junge. Wer hätte gedacht, dass er uns so viel Kummer bereiten würde.«

Es war offensichtlich, dass es Madame Jacquin wohltat, ihrer Betrübnis gegenüber einer verständnisvollen Zuhörerin freien Lauf zu lassen.

»Sorgen Sie sich nicht«, sagte Barbe-Nicole aufmunternd. »Irgendwann wird er die Richtige finden. Geben Sie ihm Zeit.«

Die Hausherrin versuchte, sich zusammenzureißen, und nickte wenig überzeugt.

Ihre Besucherin erhob sich. »Nun habe ich Ihre Gastfreundschaft lange genug in Anspruch genommen. Ich danke Ihnen für den vorzüglichen Wein, aber ich muss zu meinem Gemahl.«

Madame Jacquin folgte ihr auf den Hof hinaus.

»Aber Monsieur Clicquot hat die Kutsche genommen. Warum warten Sie nicht im Haus, bis er zurückkehrt?«

»Ist es denn weit bis zu dem Weinberg, auf dem Ihr Gatte gerade arbeitet?«

»Eigentlich nicht. Sehen Sie, dort hinten sind sie.« Mit ausgestreckter Hand deutete Madame Jacquin nach Süden. »Aber Sie sollten nicht allein hinlaufen. Sie könnten stolpern und sich verletzen. Bleiben Sie lieber hier.«

»Man sagt, dass die Engländerinnen die halbe Welt bereisen und dort über Stock und Stein wandern«, erwiderte Barbe-Nicole aufsässig. »Da werde ich es sicherlich schaffen, einen Feldweg entlangzugehen, ohne mir dabei wehzutun.«

Zweifelnd betrachtete Madame Jacquin die kleine Frau im dünnen Musselinkleid, doch dann hellte sich ihre Miene auf.

»Ah, da kommt mein Sohn! Er kann Sie zum Weinberg geleiten.«

Barbe-Nicole erstarrte in der Bewegung. Ihr Blick folgte

dem der Hausherrin in Richtung des Tors, durch das sie bei ihrer Ankunft mit der Kutsche gefahren waren. Ein schlanker junger Mann mit einem Strohhut auf dem Kopf, der sein Gesicht beschattete, näherte sich ihnen pfeifend. Als er die beiden Frauen bemerkte, zögerte er, und plötzlich blieb er wie vom Blitz getroffen stehen. Für Barbe-Nicole bestand kein Zweifel, dass er sie erkannt hatte. Unwillkürlich straffte sie sich und hob das Kinn, um sich Haltung zu geben und ihre Unsicherheit zu überspielen.

Als Marcel Jacquin sich gefangen hatte, setzte er sich wieder in Bewegung und kam geradewegs auf sie zu. Barbe-Nicole bemerkte, dass er verlegen sowohl ihrem als auch dem Blick seiner Mutter auswich, die sein seltsames Verhalten verwundert beobachtet hatte.

»Wir haben Gäste, Marcel«, sagte sie überflüssigerweise. »Madame Clicquot und Ihr Gatte sind gekommen, um mit Vater über ein Geschäft zu reden. Monsieur Clicquot ist schon zum Weinberg vorgefahren, während ich mich mit Madame unterhalten habe. Würdest du sie dorthin begleiten?«

Marcel lüftete seinen Strohhut und verbeugte sich vor Barbe-Nicole. Nachdem ihre Freundschaft damals so plötzlich geendet hatte, ohne dass sie ihm den Grund dafür erklären konnte, hatte sie eigentlich eine kühle Begrüßung erwartet. Doch als er endlich geruhte, sie anzusehen, blitzte in Marcels Augen wieder der mokante Ausdruck auf, den sie von früher kannte, und das sanfte Lächeln, das sie verführt hatte, spielte um seine Lippen. Es war ihr, als hätten sie sich erst gestern getrennt. In der Furcht, seinem Charme zu erliegen, wagte sie es nicht, ihre Freude über dieses unvermutete Wiedersehen zu zeigen.

»Ich wäre Ihnen dankbar, wenn Sie mir den Weg zu Ihrem Vater zeigen würden, Monsieur«, sagte sie in möglichst sachlichem Ton.

»Natürlich, Madame«, erwiderte er.

In seiner Stimme schwang eine Spur von Spott, der seiner Mutter nicht entging und ihr ein Stirnrunzeln entlockte.

Ein wenig gereizt durch seine vertrauliche Art, spannte Barbe-Nicole ihren Sonnenschirm auf und ging voraus. Ohne besondere Eile folgte Marcel ihr. Da er keine Anstalten machte, sie einzuholen, sah sie sich gezwungen, ihre Schritte zu verlangsamen. Schließlich blieb sie stehen und wandte sich zu ihm um. Wieder traf sie der ironische Blick seiner dunklen Augen, den sie so vermisst hatte. Sie gestattete sich ein Lächeln und senkte sogleich die Lider, als sie sich dessen bewusst wurde.

Als er zu ihr aufgeschlossen hatte, sah er sie schweigend an, als wüsste er nicht, was er sagen sollte. Ohne es zu wollen, starrte sie ihn an, studierte das Gesicht, das so vertraut, aber auch so fremd war, denn es gehörte nicht mehr einem halbwüchsigen Jungen, sondern einem erwachsenen Mann. Er war attraktiv, aber seine Schönheit war von sanguinischerer Art als die ihres Gatten, dessen Züge etwas Durchscheinendes, Zerbrechliches hatten. Marcels Körper war durch die Arbeit im Weinberg und auf dem Hof seiner Eltern gestählt, doch trotz seiner muskulösen Statur wirkten seine Bewegungen geschmeidig und beherrscht. Er war das genaue Gegenteil des zarten kränklichen Bürgersohns, den Barbe-Nicole geheiratet hatte.

»Es ist lange her«, sagte er leise.

Sein Blick ging ihr unter die Haut.

»Vier Jahre«, ergänzte sie, ohne nachzudenken.

»Dein Vater hat uns zusammen gesehen, nicht wahr?«

»Ja, er hat uns gesehen. Aber du darfst mich jetzt nicht mehr duzen. Ich bin eine verheiratete Frau.«

Er zuckte zusammen wie unter einem Schlag. Es war, als müsse er sich zwingen, die Augen von ihrem Gesicht zu lösen.

»Ich hörte davon. François Clicquot. Liebst du ihn?«

»Ja, ich liebe ihn, denn er ist sanft und aufmerksam. Er lässt mich an seinen Gedanken und Gefühlen teilhaben und diskutiert seine Geschäftsideen mit mir.«

»Er ist ein Träumer«, sagte Marcel abfällig. »Man erzählt seltsame Dinge über ihn …«

»Was?«

»Dass er zu Melancholie neigt.«

»Das Gegenteil ist der Fall«, brauste Barbe-Nicole auf. »Er sprüht vor Lebenslust.«

Da er sah, wie verletzt sie war, zuckte er mit den Schultern.

»Ich habe nur wiederholt, was die Leute sagen.«

»Was wissen die Leute schon? Und was kümmert es dich eigentlich, wie man über meinen Mann redet? Es geht dich gar nichts an.«

Ärgerlich wandte sich Barbe-Nicole ab und folgte dem Feldweg in Richtung des Weinbergs, den Madame Jacquin ihr zuvor gezeigt hatte. Die schnellen Schritte in ihrem Rücken verrieten ihr, dass Marcel sich diesmal bemühte, sie einzuholen. Sie ignorierte ihn, während er neben ihr herging. Als sie die drei Männer erreichten, die inmitten der Weinreben standen und sich angeregt unterhielten, wandten diese sich um und sahen den Ankömmlingen entgegen.

François' Augen leuchteten auf. »Ah, da sind Sie ja, Madame. Geht es Ihnen besser? Und das ist wohl Ihr Sohn, Monsieur Jacquin«, sagte er zu dem grauhaarigen Mann neben ihm.

»Ja, Monsieur, das ist Marcel«, bestätigte der Winzer mit einem Blick auf seinen Sohn, der Liebe und Stolz verriet.

Marcel hatte seinen Hut gelüftet und führte eine höfliche Verbeugung vor dem Besucher aus. Doch sein Gesicht blieb ernst, und seine dunklen Augen musterten den jungen Clicquot abschätzend. Barbe-Nicole hatte sich neben ihren Mann gestellt und legte ihm die Hand auf den Arm, als wollte sie demonstrieren, dass sie zu ihm gehörte.

»Nun, ich denke, wir haben alles besprochen«, sagte Olivier Jacquin abschließend und machte Anstalten, sich mit seinem Gehilfen, der schweigend zu seiner Linken wartete, zu entfernen.

»Eigentlich hatte ich gehofft, Sie könnten mir noch etwas über den Weinanbau erzählen«, entgegnete François enttäuscht.

»Wenden Sie sich an meinen Sohn«, schlug Jacquin vor. »Er kann viel besser mit Worten umgehen als ich und Ihnen alles erklären, was Sie wissen wollen.«

»Vorzüglich«, erwiderte François und lächelte dem Winzersohn arglos zu. Er bedankte sich dafür, dass Marcel ihnen seine Zeit opferte, und bestürmte ihn mit Fragen. Alles interessierte ihn: wie die Reben gepflegt wurden, wie man sie veredelte, welche Feinde der Rebstock hatte …

Marcel fand Gefallen daran, dem aufmerksamen Zuhörer sein Wissen zu vermitteln.

»Bedauerlicherweise haben es viele Tiere auf den Wein abgesehen, vor allem auf die Trauben, nicht nur Rehwild, Füchse und Dachse, auch einige Vögel wie Stare, Sperlinge und natürlich Wespen sowie der Rebenstecher, die Raupen des Springwurmwicklers, des Weinvogels und der Flechtweideneule.«

»Ich wusste nicht, dass es so viele Geschöpfe gibt, die Geschmack an der Weinrebe finden«, stieß Barbe-Nicole erschrocken hervor.

»Jede Kulturpflanze hat ihre Feinde, die sie vernichten können«, erwiderte Marcel mit einem Lächeln. »Es ist Gottes Wille, so erinnert Er uns daran, seiner Schöpfung mit Demut gegenüberzutreten.«

»Was ist mit Krankheiten, die den Wein befallen können?«, fragte François.

»Auch davon gibt es viele«, erklärte Marcel. »Die gefährlichste ist der Weinpilz, der die Traubenkrankheit verursacht. Dann gibt es noch die Gelbsucht, die Sauerfäule, den schwarzen Brand, die Auszehrung, die Wassersucht, den roten Brand, den Grind und den Brenner oder Laubrausch. Wein gehört zu den anfälligsten Gewächsen. Sein Wohlergehen hängt auch sehr von der Witterung ab. Ein früher Frost, zu kalte oder zu heiße Winde, zu große Trockenheit oder lang anhaltender Regen – all das zerstört den Wein. Deshalb sind wirklich gute Erntejahre selten.«

»Verstehe«, sagte François nachdenklich, und Barbe-Nicole sah zum ersten Mal Zweifel in dem Blick, mit dem er die grünen Weinreben musterte. »Zumindest begreife ich jetzt, weshalb mein Vater sich dem Weinhandel nie völlig verschreiben wollte. Nicht nur die Märkte sind unsicher, auch die Ware, die man verkaufen will. Beim Tuchhandel ist das nicht der Fall. Die Menschen werden immer Kleidung brauchen, und Schafe sind auch nicht so anfällig für Krankheiten und überstehen zudem harsches Wetter.«

François schenkte dem jungen Jacquin ein Lächeln, dessen Charme sich auch Marcel nur schwer entziehen konnte, und reichte ihm die Hand.

»Ich danke Ihnen für die Lektion, Monsieur. Ihre Worte haben mir Stoff zum Nachdenken gegeben. Vielleicht haben Sie in Zukunft hin und wieder Zeit, um einen blutigen Anfänger in die Geheimnisse des Weinanbaus einzuweihen.«

Freimütig erwiderte Marcel das Lächeln. »Gerne, wann immer Sie wünschen, Monsieur Clicquot.« Sein Blick wanderte zu Barbe-Nicole, die unbehaglich die Augen senkte.

Auf dem Weg zurück nach Bouzy wunderte sich François über die ungewöhnliche Schweigsamkeit seiner Frau.

»Der junge Jacquin ist ein freundlicher und intelligenter Bursche«, sagte er im Plauderton. »Ich bin geneigt, ihren Weinberg öfter aufzusuchen und sein Wissen anzuzapfen. Er hat eine geduldige und verständliche Art, Einzelheiten darzulegen, die zu erläutern die anderen Winzer für unter ihrer Würde halten.« Er warf Barbe-Nicole einen Blick zu, um sich zu überzeugen, dass sie ihm zuhörte. »Überdies ist er sich nicht zu schade, die Fragen einer Frau zu beantworten. Ich war überrascht, dass Sie diesen glücklichen Umstand nicht ausgiebiger genutzt haben, meine Liebe.«

»Mir stand nicht der Sinn danach«, antwortete Barbe-Nicole zurückhaltend.

»Es scheint Ihnen heute tatsächlich nicht gut zu gehen«, bemerkte François besorgt.

»Mit mir ist alles in Ordnung«, widersprach sie gereizt.

»Was ist es dann? Man könnte meinen, Sie mögen den jungen Jacquin nicht leiden. Ist es das? Hat er Sie auf irgendeine Weise beleidigt?«

»Nein, keineswegs«, versicherte sie hastig und wandte das Gesicht ab, damit er ihre widersprüchlichen Gefühle nicht von ihren Zügen ablesen konnte.

»Nun, Sie müssen mich bei meinem nächsten Besuch dort nicht unbedingt begleiten, Madame. Das wissen Sie doch. Ich würde Sie nie zu etwas zwingen, was Sie nicht wollen.«

Beunruhigt sah sie ihn an. »Ich weiß. Und ich entschuldige mich für mein launisches Verhalten. Es ist das Privileg einer Frau, dass sie zuweilen von den *vapeurs* befallen wird und sich dann wie eine dumme Gans aufführt.«

François brach in Lachen aus.

»Sie sind wirklich allerliebst. Mit Ihnen wird es nie langweilig. Ich würde Sie gegen keine andere Frau eintauschen!«

Als sie sich an diesem Abend zu Bett legten, gab Barbe-Nicole dem Verlangen nach, sich in François' Arme zu schmiegen und ihn durch zärtliche Berührungen zu ermuntern, mit ihr zu schlafen. Er war entzückt über ihre Willigkeit und fand auch nichts Anstößiges daran, dass sie offenbar Gefallen am Beischlaf gefunden hatte. Ihre Mutter hätte sie vermutlich zu mehr Zurückhaltung ermahnt, wenn sie von dem unsittlichen Benehmen ihrer Tochter gewusst hätte, aber François, der sich stets von seiner eigenen Leidenschaft mitreißen ließ, erwartete auch bei anderen keine Mäßigung.

Barbe-Nicole hatte das Gefühl, sich ihrem Mann vollständig hingeben zu müssen, um den Gedanken an Marcel aus ihrem Kopf zu vertreiben. Da François die Absicht hatte, die Jacquins regelmäßig aufzusuchen, und sie ihn nicht allein fahren lassen wollte, würde sie Marcel in Zukunft öfter begegnen. Aber sie wollte nicht an die Gefühle denken, die er einst in ihr geweckt hatte. Das würde nur ihr

Eheglück trüben und sie um ihren Seelenfrieden bringen. Sie liebte François. Ihnen stand eine wundervolle Zukunft bevor. Sie würden eine Familie gründen und die Hoffnungen und Sorgen des Geschäfts miteinander teilen. Marcel Jacquin gehörte der Vergangenheit an.

13

Reims, Februar 1858

»Nachdem wir drei Wochen in Bouzy verbracht hatten, kehrten wir nach Reims zurück und bezogen unser neues Heim auf der Rue de l'Hôpital«, berichtete Barbe-Nicole lächelnd. »Das Wohnhaus war durch Nebengebäude mit dem Weinlager der Clicquots auf der Rue de la Haute-Croupe nahe der Stadtmauer verbunden. Von den dortigen Kellern aus gelangte man zu denen unter dem Hôtel Ponsardin.

François und ich verbrachten viele Stunden damit, die Räumlichkeiten neu einzurichten und auszuschmücken. Im Herbst fuhren wir wieder nach Bouzy, um bei der Weinlese zuzusehen. Über Stunden ließ sich François das Prozedere von dem Sohn des Winzers Jacquin erklären. Ich war froh, dass er jemanden gefunden hatte, dem es nichts ausmachte, mit Fragen gelöchert zu werden. Und Monsieur Jacquin hatte auch nichts dagegen, die Neugier einer Frau zu befriedigen, die an den Geschäftsideen ihres Gemahls Anteil nimmt.«

»Sie hatten Glück, dass Sie jemanden fanden, der Ihnen alles erklärte, was Sie über die Weinherstellung wissen mussten«, ließ Jeanne einfließen.

»Ja, ich hatte es gut getroffen. Ich habe Ihnen ja beschrieben, wie schwierig es sogar zu meiner Zeit für eine Frau war, von den Männern ernst genommen zu werden. Meine Erfahrungen mit dem Winzer Cattier sind ein gutes Beispiel dafür. Wenn François nicht so erpicht darauf gewesen wäre, mich an seiner Seite zu haben, hätte ich später als Witwe weniger über den Weinhandel gewusst als Sie, Madame. Und Sie werden es leider noch schwerer haben, sich bei den Geschäftsleuten Achtung und Respekt zu verdienen, als ich damals.«

Jeanne zog an der Klingelschnur, um frischen Kaffee bringen zu lassen.

»Ich habe meinen Gatten sehr geliebt, Madame«, sagte sie verlegen. »Aber wenn ich Ihnen zuhöre, beneide ich Sie beinahe um Ihre innige Beziehung zu Monsieur Clicquot, um seine Bereitwilligkeit, Sie in seine Unternehmungen mit einzubeziehen, um seine Begeisterungsfähigkeit und Weitsicht. Sie müssen sehr glücklich mit ihm gewesen sein.«

Ein Schatten der Trauer fiel über Barbe-Nicoles Gesicht, und ihr Blick verdunkelte sich. »Ja, das war ich …«

Im Geiste sah sie ihn vor sich, den immer fröhlichen François mit den leuchtenden Augen, den von Leidenschaft durchglühten Zügen – die aber auch schlaff und fahl wie diejenigen eines Greises sein konnten, wenn die Melancholie Macht über ihn gewann. Barbe-Nicole hatte diese Seite ihres Mannes nicht einmal ihrer engsten Familie offenbart, und sie würde sie nun auch Madame Pommery gegenüber nicht erwähnen. Erschaudernd dachte sie an den Winter 1798 zurück, als sie das erste Mal bemerkt hatte, dass mit François etwas nicht stimmte. Es war im Dezember gewesen. Ihr Bruder Jean-Baptiste hatte sich gerade mit Thérèse Pinchard verlobt und Barbe-Nicole öfter als sonst besucht. Natürlich hatte er sich gewundert, dass François ihn nicht begrüßte, und Barbe-Nicole hatte vorgegeben, dass ihr Gemahl mit einer Erkältung ans Bett gefesselt sei.

Es war ihr nicht leichtgefallen, ihre Familie zu belügen. François war keineswegs krank gewesen, zumindest nicht körperlich. Vielleicht war es die dunkle Jahreszeit, die sich auf sein Gemüt gelegt hatte, vielleicht war es der Streit, den er ein paar Wochen zuvor mit seinem Vater in Bezug auf die Führung des Geschäfts gehabt hatte. Doch wenn sie darüber nachdachte, war schon davor etwas nicht in Ordnung gewesen. Es hatte kurz nach der Weinlese angefangen, als hätte sein sprühender Geist mit einem Mal einen Riss bekommen. Von da an war sein üblicher Tatendrang Tropfen für Tropfen versickert. Die Ruhelosigkeit blieb, er schlief weiterhin wenig, fand nun aber auch keine Erholung mehr in den wenigen Stunden, die er schlafen konnte. Er aß noch weniger als zuvor und klagte über Appetitlosigkeit. Doch am schlimmsten empfand Barbe-Nicole, dass das Leuchten, das sie so liebte, in seinen Augen erloschen war. Er wurde wortkarg und zuweilen barsch, dann wieder wehleidig.

Sie hatte nicht gewusst, wie sie mit dieser Veränderung umgehen sollte. Es war, als hätte sie es auf einmal mit einem anderen Menschen zu tun, als habe eine düstere Macht von ihrem geliebten François Besitz ergriffen. Anfangs bemühte sie sich noch, sein verändertes Verhalten zu überspielen und die Dienstboten nicht merken zu lassen, dass etwas nicht in Ordnung war. Morgens fehlte es François an Antrieb aufzustehen, obwohl er die halbe Nacht wach lag. Er wirkte erschöpft und lustlos, und nichts schien sein Interesse wecken zu können.

Wenn Barbe-Nicole, um ihn aufzumuntern, von ihren Plänen für das Weingeschäft sprach, reagierte er zurückhaltend und fragte sich mit einem Mal, ob sein Vater nicht recht damit hatte, dass der Weinhandel zu riskant sei. Eine unbestimmte Angst, das Familiengeschäft durch seine Unerfahrenheit in den Ruin zu treiben, überkam François immer häufiger und wurde für ihn fast zur Besessenheit.

Als Barbe-Nicole schließlich eines Morgens Philippe Clicquot mitteilen ließ, dass sein Sohn erkrankt sei und nicht ins Kontor kommen könne, suchte ihr Schwiegervater sie unverzüglich auf. Sie sah seinem Gesicht an, dass nicht die Sorge um François ihn hergetrieben hatte, sondern dass er wusste, was mit ihm nicht stimmte.

»Wie geht es ihm?«, fragte er unbehaglich.

»Nicht gut. Wenn ich doch nur wüsste, was mit François los ist«, erwiderte sie. »Zuerst dachte ich, es sei ein Fieber, wie es die Schwindsucht zuweilen mit sich bringt, denn er wirkt so kraftlos. Auch klagt er über ein Druckgefühl auf der Brust. Vielleicht ist es sein Herz.«

»Kann ich ihn sehen?«, fragte Philippe.

»Natürlich, Schwiegerpapa. Er ruht zwar, aber die meiste Zeit ist er wach.«

Beunruhigt folgte Barbe-Nicole Philippe in den zweiten Stock, in dem die Schlafgemächer lagen. Leise klopfte er an die Tür und trat ein, ohne eine Antwort abzuwarten. François lag in Nachthemd und Morgenrock auf einem Ruhebett. Seine Augen waren geschlossen, doch seine Gesichtszüge wirkten angespannt, wie versteinert, die Lider waren wächsern, fast durchscheinend.

»Mein lieber Sohn«, begrüßte Philippe ihn.

Zuerst zeigte sich keine Reaktion. Erst als sein Vater ihn ein weiteres Mal ansprach, öffnete François langsam die

Augen und blinzelte verwirrt. Selbst das schwache Tageslicht, das durch die Fenster hereinfiel, schien ihn zu blenden.

»Es tut mir so leid, Vater«, sagte er schwach.

»Aber was meinen Sie denn?«, fragte Philippe erstaunt.

»Dass ich Ihnen so wenig Freude mache«, murmelte François. »Es ist meine Schuld, dass das Geschäft so schlecht läuft. Was soll aus Mutter werden, wenn sich die Lage nicht bessert? Und aus Barbe, meiner lieben Barbe? Sie muss doch gesund bleiben für das Kind.«

»Aber François, das Geschäft läuft gut«, widersprach Philippe geduldig. »Die Armee braucht ständig Tuch für neue Uniformen. Und viele Bürger der Stadt kleiden sich bereits für den kommenden Frühling ein.«

Doch die aufmunternden Worte hatten keine Wirkung auf den jungen Mann.

»Aber die Schulden, Papa. Sie werden jeglichen Gewinn auffressen«, beharrte er. Sein Gesicht verzerrte sich vor Verzweiflung.

Philippe wechselte besorgt einen Blick mit seiner Schwiegertochter und machte ihr schließlich ein Zeichen, ihm aus dem Zimmer zu folgen. Als sich die Tür hinter ihnen schloss, stieß er ein tiefes Seufzen aus.

»Ich wusste ja, dass es ihm schon seit Wochen nicht gut geht, aber so schlimm habe ich ihn noch nie erlebt«, sagte er. Dann besann er sich und versuchte, seine Betroffenheit zu überspielen. »Sie müssen mir glauben, dass die Schulden, von denen er spricht, nicht existieren«, versicherte er Barbe-Nicole, die ihn forschend anblickte. »Dem Geschäft geht es hervorragend.«

»Ich weiß«, antwortete sie trocken. »Manchmal glaubt

er, dass unser Kind tot ist, und ich habe es schwer, ihn vom Gegenteil zu überzeugen. Er leidet an Melancholie. Aber das wissen Sie bereits, nicht wahr?«

Philippe sah ihr an, dass er ihr nichts vormachen konnte.

»Ja, es ist nicht das erste Mal, dass ihn eine unnatürliche Schwermut befällt. Aber wir sollten nicht hier darüber reden.«

Mit einem kurzen Nicken wandte sich Barbe-Nicole um und ging ihrem Schwiegervater voraus. Wieder im Salon, zog er sorgfältig die Tür zu.

»François war schon immer ein gefühlvoller Junge, der in einem Moment himmelhoch jauchzend und im nächsten zu Tode betrübt sein konnte. Aus diesem Grund habe ich dafür gesorgt, dass er in der Armee nur einen leichten Dienst versehen musste. Bisher konnte er trotz der Stimmungsschwankungen fast normal leben.«

»Aber was können wir tun?«, fragte Barbe-Nicole erschüttert.

»Ich fürchte, nichts. Man kann nur abwarten, dass es vorbeigeht, und dafür sorgen, dass er genug Nahrung zu sich nimmt und sich bewegt.«

»Ich habe versucht, ihn zum Aufstehen zu ermuntern, aber meine Ermahnungen machen ihn reizbar.«

»Dennoch dürfen Sie nicht damit aufhören«, bat Philippe eindringlich. »Wenn die Krise vorbei ist, wird er es Ihnen danken.«

»Sie hätten mich darauf vorbereiten sollen, dass so etwas geschehen könnte«, sagte Barbe-Nicole vorwurfsvoll.

»Was hätte das genützt?«, erwiderte ihr Schwiegervater. »Es hätte doch sein können, dass etwas dergleichen nie wieder aufgetreten wäre. Dann hätte es Sie nur beunruhigt.

Oder hätten Sie sich dann gegen eine Ehe mit meinem Sohn ausgesprochen?«

Sie zögerte kurz, bevor sie antwortete, doch dann lag kein Zweifel in ihrer Stimme. »Nein, ich hätte ihn trotzdem geheiratet. Ich liebe ihn. Aber ich fühle mich so hilflos.«

»So geht es uns auch, seiner Mutter und mir«, erwiderte Philippe sanft. »Er ist ein intelligenter, großmütiger Mensch. Vielleicht ist das der Preis, den man für so gute Eigenschaften bezahlen muss.«

Barbe-Nicole konnte sich sogar nach all den Jahren noch an jedes Wort des Gesprächs mit ihrem Schwiegervater erinnern. Die Wahrheit, die er so lange vor ihr verheimlicht hatte, sollte alles verändern. Das Wissen um die Schwermut ihres Gatten ließ sie damals, mehr noch als die Geburt ihrer Tochter, auf abrupte und brutale Weise zur Frau reifen.

Seit sie von seinem Gebrechen wusste, hatte sie François nur noch mehr geliebt. Und um ihn zu schützen, hatte sie ihre Sorge verborgen und sich geschworen, ihn in den schwierigen Zeiten uneingeschränkt zu unterstützen. Doch die Last auf ihren Schultern drückte sie nieder, die Schwäche ihres Gatten, die bevorstehende Verantwortung für ihr Kind, für das Geschäft, von dem sowohl ihr Wohlstand, als auch der ihrer Schwiegereltern abhing. Für François und ihre Familie hatte sie stark sein müssen.

»Verzeihen Sie, Madame«, sagte Barbe-Nicole entschuldigend, als sie in die Gegenwart zurückkehrte und Jeanne Pommerys fragenden Blick auf sich gerichtet sah. »Wenn ich an die Zeit zurückdenke, kommen Erinnerungen auf, die ich lange begraben glaubte. Und da lasse ich mich schon einmal auf ihren Flügeln davontragen. Aber ich wollte Ihnen noch davon erzählen, wie ich mir an Monsieur Clicquots Seite

Einblick in den Weinhandel verschaffte. Allerdings musste ich im März 1799 erst einmal eine kleine Pause einlegen, als meine Tochter zur Welt kam. Meine lebensfrohe Schwester Clémentine hatte sich gerade mit dem Witwer Jean-Nicolas Barrachin verlobt. Er war ein jovialer, ausgeglichener Mensch mit der Gesundheit eines Pferdes...« Nicht kapriziös und zerbrechlich wie François, fügte Barbe-Nicole in Gedanken hinzu. »Clémentine erzählte mir stets ausführlich von den Bällen und Empfängen, die sie besucht hatte, und ermahnte mich, dass François und ich unbedingt mehr am gesellschaftlichen Leben teilnehmen sollten. ›Man redet bereits über euch‹, pflegte sie zu sagen. ›Vielmehr, man redet nicht über euch, jedenfalls nicht in dem Sinne, wie es gut für euch wäre.‹ Aber ich hatte kein Interesse an Empfängen. Klatsch und Tratsch waren mir zuwider. Das hat meine liebe Schwester nie verstanden.«

»Ich versichere Ihnen, dass ich Ihre Gefühle nachvollziehen kann«, gestand Jeanne. »Es gibt wichtigere Dinge im Leben als den Gesellschaftsklatsch.«

»Allerdings«, stimmte Barbe-Nicole zu. Ihre Miene war ernst geworden. »Schließlich befanden wir uns damals in unruhigen Zeiten. Das Osmanische Reich hatte Frankreich gerade den Krieg erklärt. Bonaparte zog also mit seiner Armee Richtung Palästina. In Paris war man jedoch der Meinung, dass er lieber hätte versuchen sollen, die britische Seeblockade zu durchbrechen und nach Hause zurückzukehren. In der Hauptstadt wurde er dringender gebraucht. Die Misswirtschaft des Direktoriums war dabei, das Land zu ruinieren. Kein guter Moment, um einen Handel mit teurem Champagner aufzubauen. Als im Februar 1801 endlich Frieden mit Österreich geschlossen wurde, atmeten wir alle auf, ganz besonders François. Er wollte sofort aufbrechen und in Europa neue Kunden werben, auch gegen den Willen seines Vaters. Wie sich herausstellte, sollte uns seine Reise einen großen Gewinn bescheren, nicht durch gute Geschäftsabschlüsse, dazu war es noch zu früh, sondern durch François' Zusammentreffen mit unserem zukünftigen Handelsvertreter und Kompagnon Louis Bohne, der mir zeit seines Lebens ein treuer Freund blieb. Die Briefe, die er mir über die Jahre schrieb, habe ich alle aufgehoben …«

14

Reims, Februar 1801

Das gurgelnde Lachen der kleinen Clémentine erfüllte den Salon. Ihr Vater liebte es, sie auf seinen Knien zu schaukeln, um sie strahlen zu sehen. Barbe-Nicole beobachtete die beiden nachsichtig. Wenn sich nicht gerade die Schwermut auf sein Gemüt senkte, war François selbst wie ein Kind, das sich von der Lebensfreude seiner fast einjährigen Tochter mitreißen ließ und mit ihr Fangen spielte oder sie Huckepack trug. Neben den beiden kam Barbe-Nicole sich vor wie eine Matrone, die den Drang verspürte, sie zur Mäßigkeit zu ermahnen, wenn sie es zu bunt trieben. Wenigstens einer von ihnen musste schließlich mit den Füßen fest auf dem Boden bleiben.

Als Maître Raymond die Ankunft ihres Vaters meldete, nahm sie daher Mentine auf den Arm und übergab sie ihrem Kindermädchen.

Barbe-Nicole sah Nicolas' Gesicht an, dass er gute Neuigkeiten mitgebracht hatte.

»Haben Sie Nachricht aus Paris, Papa?«, fragte Barbe-Nicole gespannt und vergaß in ihrer Aufregung, ihren Vater zu begrüßen.

»Es gibt endlich Frieden«, verkündete er mit einem breiten Grinsen. »Vor vier Tagen wurde in Lunéville der Friedensvertrag mit Österreich unterzeichnet. Und man ist sich einig, dass es auch bald Frieden mit Russland geben wird. Dann bleibt nur noch Großbritannien als Gegner übrig. Und ich bin sicher, dass auch die Briten des Krieges müde und für Verhandlungen offen sind.«

Barbe-Nicole faltete die Hände wie zum Gebet.

»Nach so vielen Jahren Krieg. Ich kann es kaum fassen.«

»Ich auch nicht«, stimmte François ihr zu. »Lasst uns darauf anstoßen, auf eine neue Zukunft unter unserem tüchtigen Ersten Konsul Napoleon Bonaparte. Sie bleiben doch zum Diner, lieber Schwiegervater?«

»Gerne«, erwiderte der Tuchhändler.

Beim Essen sprachen sie angeregt über die Möglichkeiten, die sich durch das Ende des Krieges für den Handel eröffneten.

»Ich bin davon überzeugt, dass Frankreich goldenen Zeiten entgegengeht«, erklärte François zuversichtlich. »Bonaparte hat es selbst in Worte gefasst: Die Revolution ist zu Ende. Auch wenn wir keinen König mehr haben, so hat sie uns doch auch einige gute Veränderungen gebracht wie die Abschaffung der Privilegien des Adels. Das ist ein Vorteil für uns. Von nun an müssen alle für das, was sie kaufen, auch bezahlen, und können sich nicht mehr darauf berufen, dass es ihnen überlassen bleibt, wann sie ihre Rechnungen begleichen, wie der Adel dies so gerne tat.«

Nicolas Ponsardin lächelte über die Argumentation seines Schwiegersohns. Im Grunde stimmte er ihm zu. Aber diese Vorteile trösteten ihn als Royalisten nicht über den Verlust der Monarchie hinweg.

»Träumen Sie immer noch davon, Wein im großen Stil zu vertreiben, François?«, fragte Nicolas. »Meine Tochter spricht von nichts anderem mehr als der Kunst, vorzüglichen Wein herzustellen. Ich habe den Eindruck, dass sie völlig das Interesse am Tuchhandel verloren hat.«

François sah seine Frau mit leuchtenden Augen an. »Daran bin ich schuld, fürchte ich. Ja, ich denke immer noch darüber nach, wie ich den Weinhandel ausbauen kann. Und nun, da Frieden herrscht, werde ich keine Zeit verlieren und unverzüglich Pläne schmieden, wie wir die alten Kunden meines Vaters in Italien, den deutschen Staaten und der Schweiz zurückgewinnen und neue hinzufügen können.«

»Ich glaubte zu verstehen, dass Monsieur Clicquot dem Weinhandel eher zurückhaltend gegenübersteht«, gab Nicolas zu bedenken.

»Solange wir uns im Krieg mit unseren Nachbarn befanden, ja«, räumte François ein. »Aber nun ist der Versand von Wein kein so großes Risiko mehr. Stellen Sie sich doch einmal die Möglichkeiten vor. Und wenn erst Großbritannien die Seeblockade aufhebt, kommt noch ein weiterer Markt hinzu.«

»Ich sehe, dass Sie alles gut durchdacht haben, mein lieber François«, sagte der Tuchhändler. »Und ich wünsche Ihnen bei Ihren Unternehmungen natürlich viel Glück.«

Nicolas Ponsardins Blick streifte das Gesicht seiner Tochter. Er sah den enthusiastischen Ausdruck in ihren Augen und runzelte die Brauen. Diesem jungen Traumtänzer war es tatsächlich gelungen, seine vernünftige Barbe-Nicole mit seinen Luftschlössern zu begeistern. Obgleich es ihn freute, dass sie offensichtlich glücklich mit ihrem Mann war, erfüllte es ihn mit Sorge, dass sie seine hochfliegenden Pläne so unkritisch unterstützte. Es würde ihm das Herz brechen, wenn seine geliebte Tochter durch einen Fehlschlag eine herbe Enttäuschung erleben müsste.

François' dunkle Augen blitzten vor Entschlossenheit, als er seinem Vater gegenüberstand. Philippe Clicquot bemerkte, dass sich der Körper seines Sohnes straffte wie der eines Soldaten, der in die Schlacht zog. Er begriff, dass jegliches Gegenargument wirkungslos von ihm abprallen würde.

»Sie wollen also wirklich selbst auf Reisen gehen? Trotz all der Unannehmlichkeiten und Gefahren?«

»Wer könnte denn besser unsere Weine anpreisen? Sie wissen, dass ich das Talent besitze, Menschen zu überzeugen«, beteuerte François. »Und inzwischen weiß ich genug über die Weinerzeugung, dass ich mich auch vor erfahrenen Kunden nicht blamieren werde. Überdies habe ich schließlich in der Schweiz meine Ausbildung absolviert. Ich kenne mich dort aus und spreche die Landessprache. Machen Sie sich also keine Sorgen, Vater. Ich werde heil zurückkehren.«

»Aber wenn Ihnen etwas zustoßen sollte«, beharrte Philippe. »Sie haben jetzt eine Familie, für die Sie sorgen müssen. Barbe-Nicole und Clémentine sind auf Sie angewiesen.«

Und wir sind es auch, fügte der Kaufmann in Gedanken hinzu. Was soll aus dem Geschäft werden, wenn Sie nicht zurückkehren, mein geliebter Sohn? Wer wird für Ihre Mutter und mich sorgen, wenn ich zu alt bin, um es zu führen, und Sie nicht mehr da sind, um es zu übernehmen?

15

Auf der Landstraße nach Basel, August 1801

François rieb sich in Gedanken die Hände und lächelte in sich hinein. Der Mann, der ihm im Innern der Postkutsche gegenübersaß, hob verwundert eine Augenbraue.

»Sie sind erstaunlich guter Laune, wenn man bedenkt, dass es draußen wie aus Kübeln schüttet, die Straße einer Schlammpiste gleicht und wir wahrscheinlich die nächste Herberge erst nach Mitternacht erreichen werden«, sagte er spöttisch. Sein Französisch war von einem starken friesischen Akzent gefärbt.

»Eine unbedeutende Unannehmlichkeit«, antwortete François mit einer wegwerfenden Handbewegung. »Sie vermag meine Freude über einen günstigen Geschäftsabschluss nicht zu trüben.«

»Ah, Sie sind Handelsreisender«, erwiderte der Friese. »Darf ich mich vorstellen, mein Name ist Hermann Franzen.«

»François Clicquot, sehr erfreut, Sie kennenzulernen. Ja, ich reise im Auftrag meiner Firma *Clicquot-Muiron & Fils*, um unsere exzellenten Weine anzupreisen.«

»Verstehe. Sie nutzen ebenso wie ich den ersehnten Frieden, der so lange jegliches Reisen unmöglich machte«, sagte Franzen. »Und da man nicht wissen kann, wie lange er anhält, habe ich mich sogleich auf den Weg gemacht.«

»Sehen Sie da nicht ein wenig zu schwarz, Monsieur?«, erwiderte François. »Ich bin sicher, dass auch England bald Frieden schließen wird. Und dann ist der Krieg endgültig vorbei.«

»Ihr Wort in Gottes Ohr, Monsieur«, entgegnete Franzen. »Mit Verlaub, aber ich denke, Ihr General Bonaparte ist der Eroberungen noch lange nicht überdrüssig. Und seine Truppen halten die Schweiz immer noch besetzt.«

»Er ist jetzt Erster Konsul und hat genug mit den Staatsgeschäften zu tun«, widersprach François überzeugt.

»Hoffen wir es.« Der Friese seufzte. »Hoffen wir es.«

Eine Weile ließen sich die Passagiere schweigend von den wiegenden Bewegungen des Kutschkastens durchschaukeln. Außer François und Franzen reiste noch ein älterer Herr mit ihnen, der friedlich, die Arme vor der Brust verschränkt und mit einem Lächeln auf dem Gesicht, in eine Ecke gelehnt schlief. Der Regen trommelte unaufhörlich auf das Dach und hielt François davon ab, es ihm gleichzutun. Er hatte auf Reisen noch nie gut schlafen können. Die fremden Betten, die man in den überfüllten Herbergen oftmals mit anderen Gästen teilen musste, verhinderten gewöhnlich eine erholsame Nachtruhe. Unterwegs überlegte er stundenlang, wie er im nächsten Ort seine Weine an den Mann bringen sollte – nur um seine wohldurchdachte Strategie in dem Moment, da er einem Kunden gegenüberstand, völlig über den Haufen zu werfen und rein instinktiv zu handeln. Obwohl er spürte, dass die Bürger und vor allem die Gastgeberinnen, bei denen er vorsprach, sich von seinem Charme betören ließen, und der Wein, den er ihnen zu kosten gab, Anklang fand, hielten sich die Bestellungen in einem eher bescheidenen Rahmen. Der jahrelange Krieg hatte seine Spuren hinterlassen. Auch die Wohlhabenden hatten bis auf diejenigen, die der Armee ihres Landes Waren lieferten, hohe Verluste hinnehmen müssen und waren bislang noch wenig geneigt, Luxusgüter zu kaufen. François sah ein, dass es schwierig werden würde, die Verkaufszahlen seines Vaters von vor dem Krieg zu erreichen, geschweige denn den Handel auszuweiten.

Eine plötzliche Seitwärtsbewegung des Kutschkastens riss François jäh aus seinen Gedanken. Ein unheilverkündendes Knirschen ertönte, dann ein Krachen und ein Splittern. Die drei Reisenden wurden von den Bänken geschleudert und fanden sich ineinander verkeilt auf dem Boden des Wagens wieder. François' erster Gedanke galt seinen Flaschen Wein, die in einem Koffer mit dem anderen Gepäck hinter dem Kutschkasten verstaut waren. Wenn sie zu Bruch gingen, musste er die Reise abbrechen und unverrichteter Dinge nach Hause zurückkehren. Er unterdrückte das Verlangen, sich unter Franzen hervorzuwinden, und versuchte, möglichst still zu liegen. Erst als der Schlag geöffnet wurde und der Kutscher ihnen half, gelang es dem Friesen, sich aufzuraffen.

»Alles in Ordnung, Messieurs?«, fragte der Fahrer. Seine Aufregung machte sein Schweizerdeutsch fast unverständlich.

»Was ist passiert?«, fragte Franzen in seinem friesischen Dialekt.

»Ein Rad ist gebrochen«, murmelte der Schweizer. »Bei diesem Sauwetter habe ich ein großes Schlagloch übersehen.«

Er reichte François die Hand und half ihm aus der Kutsche. Der ältere Herr legte eine erstaunliche Beweglichkeit an den Tag und kletterte ohne fremde Hilfe heraus. Da sie nun im strömenden Regen standen, angelten sie nacheinander ihre Hüte aus dem Kutschkasten und knöpften mit klammen Fingern ihre Redingoten zu.

»Was nun?«, fragte Franzen.

»Ich muss den Postillion auf einem der Pferde zur nächsten Poststation schicken, damit er einen Stellmacher herholt«, erklärte der Kutscher mit einem ergebenen Schulterzucken.

»Aber das wird Stunden dauern«, gab Franzen zu bedenken.

»Vor morgen früh wird er nicht kommen«, prophezeite der alte Herr.

»Es steht Ihnen frei, zu Fuß weiterzugehen, Messieurs«, schlug der Schweizer vor.

Die drei Reisenden blickten einander betreten an.

»Wie weit ist es denn bis zur nächsten Poststation?«, fragte Franzen zweifelnd.

»Nur etwa vier Meilen«, erwiderte der Kutscher. »Immer der Nase nach.«

»Vier Meilen? Eine Kleinigkeit«, sagte der alte Herr unbekümmert.

Unter den ungläubigen Blicken der beiden anderen Männer bat er den Postjungen um seine Reisetasche, die beim leichten Gepäck auf dem Dach festgeschnallt war, und machte sich zielstrebig auf den Weg.

»Monsieur!«, rief Franzen ihm nach kurzem Zögern nach. »Warten Sie auf mich.«

Rasch ergriff der Friese seine Tasche und folgte ihm.

»Und Sie, Monsieur?«, fragte der Kutscher François. »Wollen Sie nicht mitgehen?«

Doch der Franzose schüttelte den Kopf. Er konnte seine

Auftragsbücher und die Probeflaschen nicht im Stich lassen, ohne die eine Weiterreise sinnlos wäre. Der Schweizer, der offenbar an derlei Missgeschicke gewöhnt war, stopfte in aller Seelenruhe seine Pfeife, obgleich er sie im Regen gar nicht anzünden konnte. Währenddessen schirrte der Postillion, der auf einem der Vorpferde geritten war, seine Stute aus und schwang sich auf ihren bloßen Rücken. Nach einem kurzen Nicken in Richtung des Kutschers trieb er die Braune an und verschwand bald zwischen den grauen Regenschleiern.

François wand sich die Halsbinde aus weichem Leinen enger um den Hals und verschränkte die Arme vor der Brust. Die breite Krempe seines Hutes hielt zwar den Regen leidlich ab, doch bald begann er zu frösteln. Die Kälte breitete sich in seinen Füßen aus und kroch langsam seine Beine hinauf. Schon fühlte er ein unangenehmes Kratzen im Hals. Seine Eltern wären entsetzt, wenn sie ihn jetzt sehen könnten, im strömenden Regen, nass und durchgefroren.

Seufzend stampfte François auf den Boden, um die Blutzirkulation in seinen Beinen in Gang zu halten. Als der Regen endlich nachließ, war es tiefste Nacht. François warf einen Blick auf seine Taschenuhr, doch da er vergessen hatte, sie aufzuziehen, war sie schon vor Stunden stehen geblieben. Er hatte sich im Innern des Kutschkastens auf die schräge Bank gesetzt, um sich zumindest vor dem auffrischenden Wind zu schützen, aber es war eine unbequeme Angelegenheit. Sobald er die Muskeln entspannte, rutschte er vom Rand des mit Leder bezogenen Polsters.

Nun, da das Geräusch des Regens verstummt war, umgab eine geisterhafte Stille die verunglückte Kutsche, die nur vom gelegentlichen Husten des Fahrers und dem Schnauben der Pferde unterbrochen wurde. François drohte einzunicken, als ferner Hufschlag ihn aufschreckte. Hoffnungsvoll spitzte er die Ohren. Zu dem Geklapper der Hufe gesellte sich Räderrollen.

Eine Kutsche!, durchzuckte es François. Endlich Hilfe.

Übermütig sprang er durch die offene Tür nach draußen und wäre beinahe gefallen, als seine gefühllosen Beine unter ihm nachgaben. Im letzten Moment gelang es ihm noch, sich an den Schlag zu klammern und sich aufrecht zu halten. Schon waren in der Ferne zwei schwache Lichter zu erkennen, die sich rasch näherten. Der Schweizer trat neben ihn und folgte seinem Blick.

»Wie es aussieht, haben Sie Glück. Vielleicht nehmen die Leute Sie mit«, meinte er jovial.

Kurz darauf tauchte eine schwerfällige Mietkutsche, die von einem Vierergespann gezogen wurde, aus der Finsternis der unbeleuchteten Landstraße auf. Der Kutscher zügelte seine Pferde neben dem verunglückten Wagen.

»Brauchen Sie Hilfe, Messieurs?«, erkundigte er sich.

»Können Sie mich zur nächsten Poststation mitnehmen?«, fragte François. Seine Stimme war nur ein Krächzen.

»Sicher«, antwortete der Mann. »Ich habe nur einen Passagier. Springen Sie rein.«

Der Schlag wurde geöffnet, und der Insasse, den François im Dunkeln des Kutschkastens nicht erkennen konnte, streckte ihm die Hand entgegen.

»Kommen Sie«, sagte der Mann auf Deutsch.

»Mein Gepäck«, erwiderte François. »Ich bin Handelsreisender und kann meine Bücher nicht zurücklassen.«

Mithilfe des Schweizers schnallte er den Koffer mit den Weinflaschen vom hinteren Gepäckträger los und schleppte ihn zu der anderen Kutsche. Der Passagier war ausgestiegen und half ihnen, den Koffer zu befestigen. François dankte ihm herzlich.

»Nichts zu danken«, erwiderte der Mann. »Zunftbrüder sollten einander helfen.«

»Sie sind auch Handelsvertreter?«, fragte François.

»Ludwig Bohne ist mein Name. Ihr Diener, Monsieur.«

Lächelnd schüttelte François ihm die Hand.

»François Clicquot, sehr erfreut.«

»Wenn die Herren die Formalitäten erledigt haben, können wir dann weiterfahren?«, fragte der Kutscher verdrießlich.

»Aber natürlich, Monsieur, verzeihen Sie«, rief François und bestieg rasch das Gefährt.

»Sie sind Franzose«, stellte sein Reisegefährte fest und betrachtete den jungen Clicquot kritisch.

»Meine Familie ist in Reims ansässig und eigentlich im Tuchhandel«, erklärte François bereitwillig. »Darüber hinaus vertreibt mein Vater seit Langem Wein. Leider hat der Krieg diesem Geschäftszweig ein jähes Ende bereitet, und ich bin unterwegs, um ihn wiederzubeleben.«

»Ihr Vater hat Sie auf Reisen geschickt? Haben Sie denn keine Angestellten, die diese unangenehme und gefährliche Aufgabe übernehmen konnten?« Ludwig Bohnes Stimme verriet Erstaunen.

Zumal Sie mir nicht gerade von robuster Natur zu sein scheinen, setzte Ludwig in Gedanken hinzu, sprach seine Überlegung aber nicht aus, da er sein Gegenüber nicht verletzen wollte.

Doch François Clicquots unterdrücktes Lachen verriet ihm, dass er ahnte, was der andere dachte.

»Mein Vater hätte tatsächlich lieber jemand anderen geschickt«, räumte der junge Clicquot ein. »Aber unter unseren Mitarbeitern gibt es niemanden, der mit derselben Leidenschaft an die Zukunft des Weinhandels glaubt wie ich. Deshalb wollte ich selbst mit unseren zukünftigen Kunden sprechen und sie von der Qualität unserer Weine überzeugen. Haben Sie schon einmal einen unserer edlen Tropfen probiert, Monsieur?«

»Nein, aber ich bin stets offen für neue Erfahrungen«, meinte Ludwig Bohne lächelnd. »Erzählen Sie mir mehr.«

Als die Kutsche in der Poststation eintraf, waren die beiden Männer noch immer in ihr angeregtes Gespräch vertieft. Der Herbergswirt, der ihnen trotz der späten Stunde geschäftig entgegenkam, teilte ihnen mit, dass er nur noch ein Zimmer frei habe, und fragte sie, ob es ihnen etwas ausmachen würde, sich ein Bett zu teilen. François, dem seine neue Bekanntschaft auf den ersten Blick sympathisch gewesen war, hatte keine Einwände, und Bohne stimmte ebenfalls freimütig zu.

Nachdem der Wirt ihnen im Schankraum noch eine rasch aufgewärmte Mahlzeit aufgetischt hatte, zogen sich die beiden Reisegenossen in die kleine Kammer zurück, die über ein Bett, einen Tisch und zwei Stühle verfügte. Während sich Ludwig Bohne entkleidete und an der Zinnschüssel mit warmem Wasser wusch, holte François einen Bogen Papier, eine Feder und Tinte aus seiner Reisetasche und begann, im Schein der einzelnen Unschlittkerze zu schreiben. Als Bohne in sein Nachthemd geschlüpft war, blickte er interessiert zu ihm hinüber.

»Wie können Sie nach der anstrengenden Etappe noch die Kraft aufbringen, einen Brief zu schreiben, Monsieur?«, fragte er verwundert.

»Ich kann doch meine geliebte Gemahlin nicht enttäuschen, die zu Hause ungeduldig auf Nachricht von mir wartet«, erwiderte François, ohne von dem Blatt Papier aufzusehen.

»Das ist natürlich etwas anderes«, räumte Ludwig Bohne amüsiert ein. »Vergeben Sie mir, wenn ich mich schlafen lege. Ich kann die Augen nicht mehr offen halten.«

»Nur zu, mein Freund. Ich hoffe, ich störe Sie nicht durch mein Licht. Ich schreibe nur noch den Absatz zu Ende, dann lösche ich es«, versprach François.

Doch Ludwig Bohne fühlte sich durch den Schein der Kerze keineswegs gestört. Der goldene Glanz erinnerte ihn an das Nachtlicht, das seine Mutter, als er noch ein kleiner Junge gewesen war, neben sein Bett gestellt hatte, damit er sich in der Dunkelheit nicht ängstigte.

Als Ludwig Bohne am nächsten Morgen erwachte, wusste er im ersten Moment nicht, wo er sich befand. Er hatte von Zuhause geträumt, von seiner Mutter, seiner Heimatstadt, ohne zu begreifen, warum. Seit er seinen Herzenswunsch erfüllt hatte und als Handelsvertreter durch die Lande reiste, dachte er nicht mehr oft an das kleine Haus in Mannheim, in dem er aufgewachsen war. Was hatte ihn in dieser Nacht wieder daran erinnert?

Angestrengt grübelte er darüber nach, was am vergangenen Abend vorgefallen war. Er hatte die Postkutsche verpasst und das Angebot eines Mietkutschers angenommen, der aus Basel stammte und auf der Suche nach Passagieren war, damit er die Fahrt zurück nicht leer machen musste. Deshalb hatte er Ludwig einen guten Preis angeboten, den dieser nicht ausschlagen konnte. Auf halbem Weg waren sie dann auf die verunglückte Postkutsche gestoßen und hatten einen gestrandeten Passagier, einen Franzosen, mitgenommen.

Ludwig setzte sich im Bett auf und sah sich um. Der junge François Clicquot lag neben ihm unter der Decke. Nun, da die Morgendämmerung die Kammer erhellte, konnte er dessen Züge klarer erkennen als im Kerzenschein am Abend zuvor. Obwohl er schlief, wirkte sein Gesicht angespannt, und er bewegte sich unruhig. Unwillkürlich legte Ludwig die Hand auf die Stirn des anderen Mannes, wie seine Mutter es stets bei ihm getan hatte, wenn er sich als Kind krank fühlte. Sein Bettgenosse fieberte leicht. Ludwig erinnerte sich, dass der Franzose völlig durchnässt und durchgefroren gewesen war, als sie ihn von der Landstraße aufgelesen hatten. Vermutlich hatte er sich eine tüchtige Erkältung geholt.

In dem Bemühen, ihn nicht zu wecken, stand er auf, nahm den Krug, der neben der Waschschüssel stand, und verließ die Kammer. Unten in der Küche der Herberge traf er auf eine Magd. Obgleich es noch reichlich früh am Morgen war und sie gerade erst das Feuer im Herd angefacht hatte, versorgte sie ihn freundlicherweise mit heißem Wasser.

Nachdem Ludwig sich gewaschen und angekleidet hatte, trat er neben das Bett und blickte besorgt auf seinen Zimmergenossen hinab. Der junge Clicquot atmete mühsam, und seine Wangen waren gerötet. Er würde doch hoffentlich nicht ernsthaft krank werden.

Ludwig sah zum Fenster hinaus. Das Wetter hatte sich aufgeklart. Es versprach, ein sonniger Sommertag zu werden. Als er sich abwandte, fiel sein Blick auf das Blatt Papier, das auf dem kleinen Tisch lag. Offenbar hatte François Clicquot den Brief an seine Frau nicht beendet, sondern war während der Nacht erschöpft ins Bett gefallen.

Obwohl Ludwigs Erziehung ihn zögern ließ, in die Privatsphäre eines anderen Menschen einzudringen, fühlte er das unwiderstehliche Verlangen, sich über das Schriftstück zu beugen und die ersten Zeilen zu lesen: »Meine geliebte Barbe, ich kann Ihnen gar nicht sagen, wie sehr ich Sie und unsere Tochter vermisse…«

Verlegen wandte Ludwig sich ab und konnte doch nicht anders, als erneut zum Tisch zurückzukehren und die gefühlvolle Nachricht weiterzulesen, die dieser Mann seiner Frau geschrieben hatte.

»…zu meinem Unglück brach während der Fahrt ein Rad, sodass ich am Straßenrand warten musste, bis eine andere Kutsche mich aufnahm. Unterwegs unterhielt ich mich mit einem deutschen Handelsreisenden namens Louis Bohne, ein sympathischer kleiner Kerl mit roten Haaren. Sie würden ihn mögen, denn er weiß sehr unterhaltsam zu erzählen und geistreiche Witze zu machen. Wir werden uns heute Nacht die Kammer teilen. Hoffentlich habe ich morgen noch Gelegenheit, mich mit ihm zu unterhalten…«

Der Brief brach mitten im Satz ab. Offenbar hatte François Clicquot an diesem Punkt der Schlaf übermannt. Ludwig musste lächeln, als er die letzten Zeilen las. Er hätte nicht gedacht, dass er einen so starken Eindruck auf den Franzosen gemacht hatte.

Während er versuchte, sein widerspenstiges rotes Haar mit einem Kamm in Form zu bringen, ließ er sich noch einmal den Wortlaut des Schreibens durch den Kopf gehen. Er hatte in seinem unsteten Dasein einiges an Lebenserfahrung gesammelt, aber er hatte nie erlebt, dass ein Mann zu seiner Gemahlin derart detailliert über seine Geschäfte gesprochen hätte. François Clicquot hatte genau aufgeführt, wie viele

Bestellungen er an welchem Ort aufgenommen hatte, und gab sogar einen Kommentar darüber ab, ob die Zahl seine Vorstellungen erfüllte oder nicht. Ludwig ertappte sich bei dem Gedanken, dass er Clicquots bemerkenswerte Gattin gerne einmal kennenlernen würde.

Er hatte es gerade aufgegeben, seine eigenwilligen Haare zu bezwingen, als jemand an die Tür der Kammer klopfte. Die Magd brachte mehr heißes Wasser und teilte ihm mit, dass das Frühstück in Kürze aufgetragen wurde. Da sein Zimmergenosse sich noch immer nicht rührte, trat Ludwig ans Bett und schüttelte ihn leicht. Erschrocken fuhr François aus dem Schlaf.

»Was ist los?«, fragte er verwirrt.

»Das Frühmahl ist fertig«, antwortete Ludwig.

»Wie spät ist es?«

»Sieben Uhr durch.«

»Schon? Ich habe verschlafen.« François blinzelte den Mann, der besorgt auf ihn herabsah, entschuldigend an. »Sie sind der Handelsreisende, der mich freundlicherweise mitgenommen hat. Louis Bohne war der Name, nicht wahr?«

Der Pfälzer berichtigte den Franzosen nicht. Er ahnte, dass dieser »Ludwig« nicht aussprechen konnte. Stattdessen nickte er.

»Wie geht es Ihnen? Sie sehen aus, als wenn Sie ein wenig Fieber hätten.«

François strich sich prüfend mit der Hand über Stirn und Wangen und stellte fest, dass sein Reisegenosse recht hatte. Sein Rachen schmerzte, und er bekam schlecht Luft durch die Nase. In seinem Kopf pochte ein dumpfer Schmerz.

»Dieser verflixte Regen«, murmelte er verdrossen. »Das hat mir gerade noch gefehlt.«

Er setzte sich auf und wollte das Bett verlassen, doch als er aufrecht stand, begann sich alles um ihn zu drehen. Ein Frösteln ergriff ihn.

»Sie sollten im Bett bleiben, Monsieur«, riet Ludwig ihm.

»Wie kann ich das? Ich muss nach Basel weiterreisen«, protestierte François halbherzig.

»In dem Zustand können Sie sowieso keine Verkaufsgespräche führen«, belehrte der Pfälzer ihn. »Sie machen viel bessere Geschäftsabschlüsse, wenn Sie wie das blühende Leben aussehen und nicht wie das heulende Elend.« Ludwig Bohne fasste einen spontanen Entschluss. »Bleiben Sie liegen, Monsieur, und kurieren Sie sich aus. Ich hole Ihnen etwas zu essen.«

Während er in die Schankstube hinunterging, überdachte er seine Reiseplanung. Es würde nichts ausmachen, wenn er ein paar Tage länger in der Herberge verbrachte. Dabei erwog er nur flüchtig, dass es berufliche Vorteile für ihn haben könnte, dem Juniorpartner eines alteingesessenen Geschäfts in einer bedeutenden Handelsstadt wie Reims einen Dienst zu erweisen. Stattdessen trat ihm das Bild einer liebenden Frau vor Augen, die mit ihrer kleinen Tochter zu Hause saß und sich um ihren Gatten sorgte, der allein durch die Lande reiste. Um keinen Preis wollte Ludwig sich vorstellen, was sie fühlen mochte, wenn dieser Mann nicht zu ihr zurückkehren sollte. Um seines eigenen Seelenfriedens willen beschloss er daher, ein Auge auf François Clicquot zu haben.

16

Reims, August 1801

In ein Buch vertieft saß Barbe-Nicole im Morgenzimmer in ihrem Elternhaus auf der Rue Dauphine und lauschte mit einem Ohr auf das Geplapper der kleinen Mentine, die mit ihrem Kindermädchen spielte. Nachdem Catherine das Mädchen hereingeführt hatte, damit es seiner Mutter einen »Guten Morgen« wünschte, hatte Barbe-Nicole erlaubt, dass ihre Tochter ein wenig bei ihr blieb.

Als der Haushofmeister ihre Schwester ankündigte, ließ sie das Buch sinken und lächelte Clémentine zu.

»Es entzückt mich jedes Mal, wenn ich sehe, wie sehr du dich über meine Besuche freust«, sagte die Jüngere. »Auch wenn ich weiß, dass daran nur die Langeweile schuld ist, an der du leidest, seit dein Gemahl auf Reisen ist.«

Ein wenig schuldbewusst senkte Barbe-Nicole den Blick.

»Ich bin immer noch der Meinung, es ist eine Schande, dass François dich einfach so allein zu Hause sitzen lässt und monatelang in Europa herumreist«, entrüstete sich Clémentine.

»Da gebe ich dir recht«, erwiderte Barbe-Nicole. »Er hätte mich mitnehmen sollen.«

»Das wollte ich damit nicht sagen«, entfuhr es ihrer Schwester entsetzt.

»Ich weiß«, sagte Barbe-Nicole lächelnd. »Aber ich wünsche es mir manchmal, wenn ich seine Briefe lese. Das Abenteuer hat mich schon immer gelockt.«

»Du bist unmöglich«, protestierte Clémentine. »Hat François nicht geschrieben, dass er sich zuweilen das Bett mit Fremden teilen muss?«

»Nur wenn die Herberge überfüllt ist.«

»Trotzdem… für einen Mann mag es ja noch angehen, aber für eine Dame…« Missbilligend schnalzte Clémentine mit der Zunge.

»Ereifere dich nicht, liebste Schwester. Wenn ich ernsthaft die Absicht gehabt hätte, François zu begleiten, hätte ich es getan. Aber selbst ich sehe ein, dass es unter den gegebenen Umständen nicht ratsam gewesen wäre.«

»Den gegebenen Umständen«, wiederholte Clémentine mit hochgezogenen Brauen. »Meinst du damit die Tatsache, dass sein Weg ihn durch vom Krieg verwüstete Landschaften führt, die sich trotz des Friedens noch lange nicht von den Folgen erholt haben? Heißt das, wenn wir in ruhigeren Zeiten leben würden, hättest du ihn tatsächlich gebeten, dich mitzunehmen?«

»Warum nicht?«, meinte Barbe-Nicole mit einem Schulterzucken. »Die Engländerinnen reisen sogar in ferne Länder wie das Osmanische Reich, ohne sich von den Unannehmlichkeiten abhalten zu lassen.«

»Hör mir auf mit deinen Engländerinnen«, rief Clémentine verächtlich. »Diese Inselbewohner sind ebensolche Barbaren wie die Völker, die sie besuchen. An ihnen kannst du dir kein Beispiel nehmen.«

Angesichts der entrüsteten Miene ihrer Schwester brach Barbe-Nicole in Lachen aus.

»Immerhin hat es diese Barbaren so abgehärtet, dass sie unserem guten Bonaparte seit Jahren das Leben schwermachen, weil sie die besseren Seeleute sind. Unsere Flotte fürchtet sich so sehr vor ihnen, dass sie es nicht wagt, den schützenden Hafen zu verlassen und es mit ihnen aufzunehmen.«

»Das findest du auch noch komisch?«, fragte Clémentine verstimmt.

»Du nicht? Auf jeden Fall wird es letztendlich dazu führen, dass wir mit Großbritannien Frieden schließen.« Barbe-Nicoles Augen begannen zu leuchten. »Und dann werden wir mit den Engländern wieder Handel treiben können.«

»Du klingst wie François. Immerzu denkst du nur ans Geschäft.«

»Das finde ich weitaus interessanter als die neueste Mode oder den Gesellschaftsklatsch.«

»Du bist nicht normal. Die arme Madame Jourdain hat mir erst gestern ihr Leid geklagt, dass du kaum noch Aufträge für sie hast.«

»Nun, ich wollte sie tatsächlich bitten, einige neue Kleider für mich anzufertigen, damit ich etwas Schönes zum Anziehen habe, wenn François nach Hause kommt«, gestand Barbe-Nicole.

Clémentine rang die Hände. »Bitte versprich mir, dass du zu dem kleinen Empfang kommen wirst, den ich am Samstag gebe. Du kannst dich nicht immerzu hier im stillen Kämmerlein vergraben.«

»Ich werde es mir überlegen.«

Jemand kratzte an der Tür, und dann trat Maître Raymond mit der Post ein, die er Barbe-Nicole auf einem silbernen Tablett hinhielt. Rasch blätterte diese die Briefe durch, warf die Einladungen und Episteln verschiedener Damen der Gesellschaft achtlos zur Seite und suchte einen Umschlag heraus, der mehrere ausländische Poststempel aufwies.

»Endlich, ein Brief von François«, rief sie erfreut und brach das Siegel.

Die nächsten zehn Minuten war sie nicht mehr ansprechbar. Clémentine fügte sich ins Unvermeidliche und blickte scheinbar interessiert aus dem Fenster, obgleich draußen nur blauer Himmel und die weißglühende Sonne zu sehen waren. Kein Lüftchen bewegte die Blätter der Bäume.

Ein paarmal hörte Clémentine, wie ihre Schwester scharf die Luft einsog. Besorgt wandte sie sich zu ihr um.

»Ist etwas passiert?«

»Die Postkutsche, mit der François nach Basel reisen wollte, ist verunglückt, aber ihm ist nichts geschehen«, versicherte Barbe-Nicole. »Er musste nur stundenlang im Regen ausharren und hat sich eine Erkältung zugezogen. Eine Woche hat er im Bett zugebracht. Ein Mitreisender war so freundlich, sich um ihn zu kümmern, ein Pfälzer namens Louis Bohne. Er ist Handelsreisender und stammt aus einer Mannheimer Weinhändlerfamilie.«

»Ein guter Samariter, wie es scheint«, kommentierte Clémentine.

»Ich danke Gott, dass er da war, als François einen Freund brauchte«, sagte Barbe-Nicole inbrünstig. »Sonst wäre er nicht im Bett geblieben, sondern gleich weitergereist. Dann hätte er am Ende noch eine Lungenentzündung davongetragen.«

»Da der Mann Handelsvertreter ist, hatten die beiden sich wahrscheinlich viel zu erzählen«, vermutete Clémentine.

Barbe-Nicole überhörte den missbilligenden Ton in der Stimme ihrer Schwester, während sie weiterlas.

»Allerdings«, murmelte sie lächelnd. »Monsieur Bohnes Darlegungen haben François so beeindruckt, dass er ihn vom Fleck weg für *Clicquot-Muiron & Fils* engagiert hat.« Sie faltete die Hände. »Dem Himmel sei Dank. Was für ein Glücksfall. Das bedeutet, dass François nicht mehr selbst auf Reisen gehen muss. Ah, ich kann es kaum erwarten, Monsieur Bohne kennenzulernen. Hoffentlich kommt er uns bald einmal hier in Reims besuchen.«

Clémentine, die ihrer Schwester noch von dem Ball erzählen wollte, den sie für den kommenden Oktober plante, sah ein, dass sie sich die Mühe sparen konnte. Barbe-Nicole würde ihr nur noch mit halbem Ohr zuhören und das Gesagte gleich wieder vergessen.

»Die Post war gerade da«, verkündete François, als er eines Morgens im folgenden April in den Salon eilte, in dem Barbe-Nicole sich mit ihrer Mutter unterhielt. »Verzeihen Sie, Madame, ich wollte Ihre Unterhaltung nicht unterbrechen, aber wir warten schon ungeduldig auf diesen Brief«, fügte er an Jeanne-Clémentine gewandt hinzu.

Doch bevor diese eine Bemerkung machen konnte, hatte sich Barbe-Nicole bereits zu ihrem Mann umgedreht.

»Monsieur Bohne hat geschrieben?«, fragte sie.

»Ja, zum Glück ist mein Vater gerade unterwegs, sonst hätte er mir den Brief vor der Nase weggeschnappt«, sagte François spitzbübisch und wirkte dadurch wieder wie ein kleiner Junge, der zu einem Schabernack aufgelegt ist. »Wenn ich gewusst hätte, dass mein Vater sich so gut mit Monsieur Bohne versteht, hätte ich ihn nicht herkommen lassen, sondern hätte ihn gleich nach dem Friedensschluss im letzten Monat nach England geschickt.«

Barbe-Nicole schüttelte nachsichtig den Kopf, obwohl sie wusste, dass er im Scherz sprach. Im September hatte Louis Bohne das Handelshaus Clicquot aufgesucht, um François' Vater zu treffen. Dieser war von der Geschäftstüchtigkeit des Pfälzers nach einem längeren Gespräch überzeugt gewesen und hatte dessen Anstellung bestätigt. Nachdem François Bohne mit der Ware vertraut gemacht hatte, die dieser vertreiben sollte, war der Pfälzer auf die Britischen Inseln gereist.

Obgleich sein Brief an Philippe Clicquot adressiert war, ließ sich François nicht davon abhalten, ihn zu öffnen. Doch Barbe-Nicole, die sein Gesicht beobachtete, sah sofort, dass die Nachrichten nicht gut waren.

»Was schreibt er?«, fragte sie gespannt.

Sie hatte Louis Bohne während seines Aufenthalts in Reims vor zwei Monaten kennengelernt. Der wohlbeleibte kleine Mann mit den roten Haaren war ihr auf den ersten Blick sympathisch gewesen, und dieser erste Eindruck hatte sich bestätigt, während er von seinen Reisen erzählte. Bohne verstand es, seine Berichte mit witzigen Anekdoten und ungewöhnlichen Beobachtungen auszuschmücken, sodass man ihm über Stunden zuhören konnte, ohne sich zu langweilen. Darüber hinaus war Barbe-Nicole ihm dankbar, dass er sich in der Herberge vor Basel so aufmerksam um ihren Mann gekümmert hatte, als dieser krank gewesen war.

»Monsieur Bohne schreibt, dass durchaus ein Bedarf an französischen Luxusgütern besteht, die während des Krieges nur als Schmuggelware die Insel erreichten«, fasste François zusammen. »Aber offenbar gilt das nicht für unseren Schaumwein«, fuhr er enttäuscht fort. »Monsieur Bohne meint, dass auch in London der Adel noch nicht bereit ist, wieder viel Geld für teure Dinge auszugeben. Außerdem sei es schwierig, auf einem Markt Fuß zu fassen, der seit Langem von unseren Konkurrenten beherrscht wird.«

Barbe-Nicole stand auf und trat zu ihrem Mann. Die Anwesenheit ihrer Mutter hatte sie ganz vergessen. Sanft legte sie ihm die Hand auf den Arm.

»Lassen Sie sich dadurch nicht entmutigen, mein Liebster. Es gibt andere Märkte zu erschließen. Vielleicht sollte Monsieur Bohne lieber wieder in die deutschen Staaten und nach Österreich reisen, wo er sich besser auskennt.«

»Mein Vater wird das sicher ebenso sehen«, stimmte François zu. »Aber ich bin der Meinung, dass er zu wenig Ehrgeiz hat. Er will einen Kundenkreis, den er ohne Risiken beliefern kann, das heißt, er möchte sich auf Preußen, Polen, Sachsen, Österreich, Venedig und Triest beschränken. Von meiner Idee, unsere Weine auch in Russland anzubieten, will er nach wie vor nichts wissen.«

»Ihre Zeit wird kommen«, sagte Barbe-Nicole überzeugt. »Sie müssen Geduld haben.«

Er lächelte gezwungen. »Sie wissen, dass Geduld nicht gerade meine Stärke ist. Aber ich werde mich bemühen.«

17

Auf einer Landstraße in der Champagne, Juli 1802

Zum wiederholten Mal wischte sich Ludwig Bohne mit einem großen Schnupftuch über die feuchte Stirn. Die Hitze, die seit Mai die Luft flimmern ließ, war wie der Atem der Hölle. Er hatte ein so warmes trockenes Wetter noch nicht erlebt. Das Gleißen der Sonne und das reine Blau des Himmels, das keine Wolke trübte, empfand Ludwig fast schon als aufdringlich. Immer öfter wünschte er, er könnte seinen Rock und die Weste ausziehen und in Hemdsärmeln reisen, aber das ließ der Anstand leider nicht zu.

Nachdem er seit Jahresbeginn zuerst Hamburg besucht und dann halb Mitteleuropa bereist hatte, war er nun froh, seinem französischen Handelshaus ordentliche Bestellzahlen präsentieren zu können. Obgleich ihn die Idee des jungen François Clicquot, den Handel mit edlen Weinen und vor allem mit moussierendem Wein auszubauen, begeistert hatte, waren ihm nach dem Reinfall in England leichte Zweifel gekommen, ob dem Unternehmen Erfolg beschieden sein würde. Vielleicht hatte er deshalb ganz besondere Anstrengungen unternommen, die Ware an den Mann zu bringen. Zu seiner Freude hatte er in Nürnberg viele Menschen angetroffen, die französischen Wein zu schätzen wussten. In Stuttgart stellte er fest, dass der dort residierende

Fürst bevorzugt die Weine des Hauses Clicquot bei seinen Festen ausschenkte, obgleich er selbst kein großer Weinliebhaber war. Die gewonnenen Erkenntnisse notierte Ludwig Bohne in seinen Reisetagebüchern, damit er jederzeit darauf zurückgreifen konnte. Von Tag zu Tag wurden sie umfangreicher, denn er hielt nicht nur die Vorlieben der Leute, sondern auch ihre Gewohnheiten und Verschrobenheiten fest, die es bei weiteren Besuchen zu beachten galt. In seinen Antwortbriefen lobte Philippe Clicquot ihn dafür und ermunterte ihn, weiter so fleißig alles niederzuschreiben, was ihm wichtig erschien.

Als die ersten Weinberge der Champagne in Sicht kamen, blickte Ludwig neugierig aus dem Fenster. Obwohl er erst seit einem Jahr für die Clicquots arbeitete, fühlte er sich, als wenn er in die Heimat zurückkehrte. Er freute sich, François und seine reizende Gattin wiederzusehen, die tatsächlich so interessiert am Geschäft war, wie der Brief des Franzosen es damals hatte vermuten lassen. Egal, wie trocken die Aufstellungen waren, die er mit ihrem Mann besprach, sie schien nie gelangweilt. Manchmal verbesserte sie ihn sogar, wenn er sich in seinem Eifer verrechnet hatte, denn sie hatte ein ausgezeichnetes Zahlengedächtnis. Und wenn Ludwig von seinen Reiseabenteuern erzählte, von den Bettwanzen, die er aus den Laken einer Kammer in Hamburg hatte schütteln müssen, und den Mäusen, die seinen Gehstock angenagt hatten, den er liebevoll seine »Krücke« nannte, so zeigte sich Madame Clicquot durch seine gepfefferte Ausdrucksweise nicht im Mindesten peinlich berührt. Sie lachte ungeniert über seine Witze und lauschte gebannt den Charakterisierungen der Leute, denen er begegnete. Ja, er dankte Gott dafür, dass er so wundervolle Arbeitgeber gefunden hatte, mit denen er sich ausnahmslos verstand und die ihm vertrauten. Ludwig Bohne fühlte, dass dies eine Anstellung fürs Leben war.

Während die Kutsche zwischen den Weinbergen hindurchfuhr, verwandelte sich die freudige Erwartung des Pfälzers jedoch allmählich in Sorge. Obwohl er einiges vom Weinhandel verstand, wusste er doch nicht viel über den Anbau des edlen Getränks, nur so viel, wie er bei seinem ersten Besuch in Reims von François Clicquot gelernt hatte. Aber ihm war bewusst, dass die Bestellungen, die er bei seiner Reise aufgenommen hatte, zum Großteil noch in Form von Trauben an den Rebstöcken reiften. Und selbst einem unerfahrenen Auge blieb nicht verborgen, dass die Pflanzen unter der Hitze und Trockenheit litten. Die meisten Blätter waren zwar grün, aber er sah auch welke und vertrocknete, die traurig von den Zweigen hingen. Die Weintrauben erschienen ihm zu klein. Wenn der Boden kein Wasser hatte, wie sollten sie dann den Saft bilden, aus dem man den Wein herstellte?

Nachdenklich lehnte sich Ludwig auf der Kutschbank zurück und kaute auf seiner Unterlippe. Seine Stimmung hatte sich getrübt. Kein leichtes Geschäft, der Weinhandel.

Von der Poststation machte er sich mit seiner Reisetasche und dem Gehstock in der Hand auf den Weg zur Rue de l'Hôpital. Da nun um die Mittagszeit schon eine unerträgliche Hitze herrschte, war der von Wohnhaus und Wirtschaftsgebäuden umgebene Hof verlassen. Nur das Zwitschern einiger Spatzen, die auf dem Pferdetrog saßen, durchbrach die geisterhafte Stille. Vermutlich hatte man alle nötigen Arbeiten in den frühen Morgen und den Abend verlegt, wenn es kühler war. Wein vertrug kein warmes Wetter. Aus einem der Ställe drang das Wiehern eines Pferdes und das stetige Geräusch fliegenabwehrender Schweife. Lächelnd beobachtete Ludwig Bohne einen der Spatzen, der um einen Haufen Pferdeäpfel herumhüpfte und darin nach Ungeziefer pickte.

Ein Lakai hatte den Besucher entdeckt und trat ihm entgegen. Seine Bewegungen waren trotz seiner Jugend gemächlich, als drücke die Hitze ihn nieder.

»Guten Tag, Monsieur, wenn Sie mir bitte folgen wollen«, sagte der Diener und führte den Pfälzer in die kühle Eingangshalle des Hauses. »Ich melde Sie sofort der Herrschaft.«

Doch das war nicht mehr nötig. Zufällig kam Barbe-Nicole Clicquot-Ponsardin gerade die Treppe herunter. Als sie den Ankömmling bemerkte, beugte sie sich über das Geländer, um ihn auf sich aufmerksam zu machen.

»Monsieur Bohne, wie schön, dass Sie wieder da sind«, rief sie erfreut. »Wir haben Sie schon sehnsüchtig erwartet.«

Unfähig, sich zu zügeln, eilte sie die verbliebenen Stufen hinab. Ludwig verneigte sich vor ihr.

»Madame, Sie sehen wundervoll aus.«

»Schmeichler«, sagte sie abwehrend, denn sie wusste, dass sie keine Schönheit und in den letzten Jahren auch ein wenig fülliger geworden war. »Ich hoffe, Sie bringen uns noch mehr gute Zahlen.«

»Sehr gute sogar«, bestätigte Ludwig.

»Verzeihen Sie mir, dass ich Sie gleich ausfrage«, entschuldigte sich Barbe-Nicole. »Sicher wollen Sie sich erst einmal von der anstrengenden Reise erholen. Haben Sie noch Gepäck an der Poststation? Ja? Dann lasse ich es unverzüglich holen. Robert wird Ihnen Ihr Zimmer zeigen. Und nun gehen Sie schnell, bevor ich Sie in ein langes Gespräch verwickele, anstatt Sie ruhen zu lassen.«

Nur mit Mühe bremste sie ihren Redefluss, der von ihrer Neugier angetrieben wurde. Während der Lakai den Besucher die Treppe hinaufführte, schickte sie einen zweiten Diener ins Kontor, um ihrem Mann und ihrem Schwiegervater mitzuteilen, dass Monsieur Bohne eingetroffen war.

Das Essen wurde auf den späten Nachmittag verschoben, um dem Gast Zeit zu geben, sich frisch zu machen. Als der erste Gang, der aus mehreren Gerichten bestand, aufgetragen wurde, äußerte Ludwig seine Sorge bezüglich des heißen und trockenen Wetters.

»Sie haben richtig beobachtet, Monsieur«, gestand Philippe Clicquot. »Wenn die Dürre anhält, müssen wir mit einem Ausfall eines Drittels der Ernte rechnen, wenn nicht sogar mit der Hälfte. Das wird uns in den kommenden Jahren Schwierigkeiten bereiten, wenn die Bestellzahlen so gut bleiben. Dann wird kein Wein in den Kellern reifen, und wir werden unsere Kunden enttäuschen müssen. Ein Jammer.« Ein Schatten fiel über Philippes Züge, und seine Stimme klang müde. »Es ist zermürbend…«, murmelte er nachdenklich. Schließlich hob er den Kopf und sah mit einem gezwungenen Lächeln in die Runde. »Ich werde zu alt für die ständige Sorge um das Geschäft.«

Sein Blick richtete sich auf den Gast, der die Gabel sinken ließ und aufmerksam zuhörte, da er fühlte, dass eine Ankündigung bevorstand.

»Dieser Moment ist so gut wie jeder andere, denke ich«, fuhr der Kaufmann fort. »Und da Sie ja ebenfalls betroffen sind, Monsieur Bohne, kann ich meine Entscheidung auch heute Abend bekannt geben. Ich habe mich entschlossen, mich aus dem Geschäft zurückzuziehen und die Führung fortan meinem Sohn zu überlassen.«

François' Miene verriet keine Überraschung. Er musste mit dieser Verlautbarung gerechnet haben. Auf Barbe-Nicoles Zügen las Ludwig widersprüchliche Gefühle: Einerseits Freude, dass ihr Gatte nun ungehindert seine Pläne verwirklichen konnte, andererseits leichte Besorgnis, ob er sich mit der Aufgabe, die ihn erwartete, nicht zu viel zumuten würde. Ludwig verstand, was in ihr vorging. Er hatte dasselbe gefühlt, als er sich damals entschieden hatte, seine Weiterreise zu verschieben und sich in der Herberge um den kranken Franzosen zu kümmern. François Clicquot gehörte zu den Menschen, um die man sich stets sorgte, weil sie so zerbrechlich wirkten.

»Ich gratuliere Ihnen, Monsieur«, sagte Ludwig dennoch zu François, der sich ein freudiges Lächeln nicht verkneifen konnte.

Zum Dessert ließ der junge Mann eine Flasche des moussierenden Weins aus dem Keller holen, dessen Vertrieb er sich in Zukunft ganz verschreiben wollte.

»Dieser Wein stammt von einem Winzer namens Jacquin, den ich sehr gerne aufsuche, da sein Sohn mir so viel über die Herstellung beigebracht hat«, erklärte François. »Marcel Jacquin versteht es vorzüglich, diese Dinge anschaulich zu erläutern, viel besser als unser Kellermeister in Bouzy.«

»Da haben Sie es gut getroffen«, meinte Ludwig.

Verwundert bemerkte er, wie Madame Clicquot verlegen den Blick auf ihren leeren Teller senkte, als habe etwas sie peinlich berührt. Da der Lakai gerade mit der Flasche Schaumwein zurückkehrte, kam Ludwig eine Idee, wie er die Dame des Hauses aufheitern könnte. Er ließ sich die

Flasche aushändigen, sah Aufmerksamkeit heischend in die Runde und verkündete dann: »Ich möchte Ihnen einmal demonstrieren, auf was die Kunden bei unserem perlenden Wein am meisten Wert legen …«

Mit leichter Hand schüttelte er die Flasche ein wenig, sodass François erschrocken die Hände hob und ihm warnend zurief: »Nicht doch! Das Glas könnte bersten.«

Doch Ludwig Bohne ließ sich nicht aus der Ruhe bringen. Er hatte dieses Manöver bereits so oft durchgeführt, dass er ein besonderes Gefühl dafür entwickelt hatte, wie viel Druck er den zerbrechlichen Flaschen zumuten konnte. Im richtigen Moment zerschnitt er mit einem scharfen Messer die Schnur, mit der der Korken am Flaschenhals verschnürt war, und ließ ihn mit einem Knall herausspringen. Barbe-Nicole stieß einen kleinen Schrei aus und legte die Hand auf die Brust.

»Monsieur, das klingt ja wie ein Pistolenschuss.«

»Allerdings«, stimmte Ludwig zu. »Die Preußen lieben das. Aber auch bei den Polen kommt es gut an.«

»Es verleiht der Öffnung der Flasche eine gewisse Feierlichkeit«, gestand François. »Man muss den Leuten geben, was sie wollen.«

»Haben Sie auf Ihren Reisen noch weitere Erkenntnisse gewonnen, Monsieur Bohne?«, fragte Barbe-Nicole, als sich ihr aufgeregter Herzschlag beruhigt hatte.

»Eine ganze Menge, die ich sorgfältig notiert habe, Madame«, erzählte der Handelsvertreter bereitwillig. »In den Hansestädten zum Beispiel befleißigen sich die Händler einer altmodischen Gastfreundschaft, wie man sie sich vorstellt, wenn man über das Mittelalter redet. Man ist praktisch gezwungen, den ganzen Abend mit ihnen zu schmausen, zu trinken und zu lachen, ohne auch nur den Grund seines Besuches anzusprechen. Erst danach darf man mit ihnen übers Geschäft reden. Es ist von Vorteil, wenn man so tut, als sei es ganz egal, ob man mit ihnen handelseinig wird oder nicht. Manchmal komme ich mir vor wie ein Schausteller auf der Bühne, der eine Rolle spielt.«

»Wie gut, dass Sie auf diesem Gebiet so begabt sind, Monsieur«, bemerkte Barbe-Nicole.

»Eine andere Sache, die wichtig ist, um sich bei den Kunden einen guten Ruf zu verdienen, ist der Aufbau von Vertrauen«, erklärte Ludwig. »Man muss dafür sorgen, dass sie zufrieden sind, sonst laufen sie einem davon. Dazu gehört eine unaufgeforderte Wiedergutmachung im Falle von Verlusten beim Transport oder bei Lieferung von schlechter Qualität.«

»Wie sieht denn eine solche Wiedergutmachung aus?«, fragte Barbe-Nicole.

»Nun, entweder verzichtet man auf eine Bezahlung oder liefert schnellstmöglich Ersatz für die minderwertige oder beschädigte Ware, je nachdem«, erwiderte Ludwig. »Es ist auch üblich, bei einer verspäteten Lieferung einige Flaschen gratis hinzuzugeben.«

»Keine einfache Sache, der Weinhandel«, bemerkte Barbe-Nicole, doch ihre Augen blitzten vor Enthusiasmus.

Nachdem die Tafel aufgehoben worden war, begaben sich die Anwesenden vom Speisezimmer in den Salon. In England hatte Ludwig die Erfahrung gemacht, dass sich zu diesem Zeitpunkt die Damen zurückzogen, damit die Männer bei Sherry und Zigarren über Politik und geschäftliche Dinge sprechen konnten. Es erfreute ihn, dass es die Clicquots anders hielten. Barbe-Nicole und ihre Schwiegermutter gaben den Lakaien Anweisung, Kaffee und Cognac zu bringen, gesellten sich dann aber zu den Männern, die ihr Gespräch über den Weinhandel weiterführten.

François war kurz in seinem Studierzimmer verschwunden und kam mit einem Büchlein zurück, das er nun voller Stolz ihrem Gast zeigte.

»Diese Abhandlung unseres Ministers des Inneren, Jean-Antoine Chaptal, über die ›Kunst, den Wein herzustellen, zu beherrschen und zu perfektionieren‹ bedeutet einen großen Fortschritt«, sagte er und reichte Ludwig Bohne das in Leder gebundene Buch. »Sie müssen es unbedingt lesen. Es ist faszinierend.«

»Woher haben Sie es?«, fragte der Pfälzer interessiert, während er in dem schmalen Band blätterte.

»Unser Erster Konsul hat nicht nur eine Vorliebe für perlenden Wein, er will auch den französischen Handel wiederbeleben«, antwortete François. »Dazu gehört, Händlern und Kaufleuten Zugang zu wissenschaftlichen Erkenntnissen zu verschaffen, die die Qualität der Produkte verbessern. Auf Bonapartes Anweisung hin haben die Präfekten der Departments jedem Weinhändler ein Exemplar von Monsieur Chaptals Abhandlung zukommen lassen.«

François setzte sich neben seinen Mitarbeiter, nahm das Büchlein und schlug eine bestimmte Seite auf, die bereits Spuren häufiger Lektüre trug.

»Zum ersten Mal wird hier erläutert, welche Rolle Hefe und Zucker bei der Weinherstellung und vor allem beim moussierenden Wein spielen«, erklärte François. »Aber nicht nur das, Monsieur Chaptal behandelt jede Einzelheit, die man dabei beachten muss, sogar wie die Reinigung der Flaschen erfolgen soll und wie man die Korken anbringt.«

»Das kommt Ihnen ja sehr gelegen«, sagte Ludwig.

»O ja. Bisher besaßen die Weinbauern alles Wissen und alle Fertigkeiten. Wie Monsieur Jacquin erzeugen sie den Wein und füllen ihn oft auch schon in Flaschen ab. Aber das will ich in Zukunft selbst machen. Gegenüber stillem Fasswein erhöht sich beim Verkauf von Schaumwein in Flaschen die Gewinnspanne beträchtlich – um das Doppelte, wenn nicht gar das Drei- oder Vierfache!«

»Aber die Weinbauern machen das schon seit Generationen«, gab Ludwig zu bedenken. »Sie verfügen über eine Erfahrung, die sich nicht so leicht aufholen lässt.«

»Das ist mir bewusst«, gestand François mit einem flüchtigen Lächeln. »Ich habe es mir jedoch in den Kopf gesetzt, mich selbst an der Herstellung von Schaumwein zu versuchen – den Sie dann hoffentlich gewinnbringend verkaufen werden«, fügte er hinzu und klopfte seinem Freund aufmunternd auf die Schulter.

»Sie wissen, dass ich Ihre Weine mit derselben Begeisterung anpreise, mit der Sie sie einkaufen, Monsieur, aber leider haben inzwischen auch andere Weinhändler die Vorteile entdeckt, die ein Vertrieb im Ausland mithilfe von Reisenden mit sich bringt. In Danzig zum Beispiel hat Monsieur Ruinart auf diese Weise bereits großen Einfluss gewonnen. Etwas Ähnliches ist mir zuvor nur in England begegnet, wo sich die führenden Erzeuger von Schaumwein – vor allem die Familie Moët, aber auch einige andere – den Markt unter sich aufgeteilt haben.«

»Wir müssen eben besser und gewitzter sein«, erwiderte François unbeirrt. »Deshalb will ich ja von nun an selbst Wein mischen und auf Flaschen ziehen. Damit man den Schaumwein von *Clicquot Fils* bald wegen seines einzigartigen und vorzüglichen Geschmacks zu schätzen weiß und nur noch nach ihm verlangt.«

»Das sind kühne Pläne, Monsieur«, sagte Ludwig nachdenklich. »Auf diese Weise können Sie den alten Namen richtig Konkurrenz machen. Meine Unterstützung haben Sie.«

18

Reims, Februar 1858

»Man wird klatschen, Madame«, mahnte Lafortune streng.

Jeanne Pommery lächelte aufsässig. »Lassen Sie sie doch, meine Liebe. Ich habe mir nichts vorzuwerfen. Ich besuche nur eine Leidensgenossin, deren Integrität das böseste Schandmaul nicht in Zweifel ziehen kann.«

»Aber, Madame, Ihr Gemahl ist noch keine zwei Wochen unter der Erde«, versuchte es die Kammerfrau noch einmal. »Es entgeht den Leuten nicht, dass Sie ständig unterwegs sind, und man wundert sich darüber.«

»Nur, weil ich mich ein paarmal mit Madame Clicquot getroffen habe? Das ist doch lächerlich.«

»Man wird glauben, dass Sie sich ungebührlichen Vergnügungen hingeben, Madame.«

Ärgerlich sah Jeanne ihre Zofe an. »In Kürze habe ich eine Entscheidung zu treffen, die mein ganzes Leben und die Zukunft meiner Kinder beeinflussen wird. Das kann ich nicht leichtfertig tun. Ich muss so viel wie möglich über das Weingeschäft meines Gatten wissen. Madame Clicquot hat sich freundlicherweise angeboten, ihre Erfahrungen mit mir zu teilen. Wäre es Ihnen lieber, wenn ich mit Monsieur Greno durch die Weinberge fahren würde?«

Entsetzt schüttelte Lafortune den Kopf. »Nein, Madame.«

»Sehen Sie? Und nun helfen Sie mir beim Ankleiden, sonst komme ich noch zu spät. Madame Clicquot erwartet mich um elf Uhr.«

Während der Fahrt nach Boursault saß Lafortune missmutig neben ihrer Herrin und sagte kein Wort.

Ihr ist nicht wohl bei dem Gedanken, dass ich mich entschließen könnte, Alexandres Weinhandel weiterzuführen. Eine Frau aus gutem Hause als Leiterin eines Geschäfts, wie skandalös! Dabei hat Madame Clicquot es vorgemacht, und Monsieur Greno ist der Meinung, dass ich zurechtkommen werde. Und er muss es wissen, schließlich will er sich bald zur Ruhe setzen. Da muss er schon überzeugt sein, dass das Unternehmen bei mir in guten Händen wäre.

Barbe-Nicole empfing ihren Gast wieder in dem kleinen Kabinett. Als sie allein waren, überreichte sie Jeanne ein in Leder gebundenes Buch.

»Ich hatte doch versprochen, Ihnen die Abhandlung über die Kunst der Weinherstellung von Jean-Antoine Chaptal, über die wir beim letzten Mal sprachen, zu borgen«, sagte sie.

»Vielen Dank, Madame«, erwiderte Jeanne erfreut und nahm den Band entgegen. »Ich werde sie aufmerksam lesen.«

»Falls Sie sich entscheiden, die Anteile Ihres Gatten zu behalten und den Weinhandel weiterzuführen, werden Sie sich Gedanken darüber machen müssen, welche Art von Wein Sie vertreiben wollen«, sagte Barbe-Nicole. »Bisher hat *Pommery & Greno* nur edle Stillweine verkauft. Aber vielleicht möchten Sie sich auch an dem Vertrieb oder gar der Herstellung von Champagner versuchen.«

Aufmerksam musterte Jeanne das Gesicht der alten Dame und sah den Schalk in ihren grauen Augen blitzen.

»Und Ihrem Haus dadurch Konkurrenz machen, Madame? Das wäre doch sicherlich nicht in Ihrem Sinne?«

Barbe-Nicole verzog den Mund zu einem spöttischen Lächeln. »Meinen Sie? Schließlich heißt es doch, dass Konkurrenz das Geschäft belebt.«

»Was würde Ihr Teilhaber Monsieur Werlé dazu sagen?«

»Ich gebe zu, er wäre nicht erfreut.« Die Witwe Clicquot seufzte. »Aber er führt unser Haus nun schon seit langer Zeit und mit einem Elan, dass eine neue Aufgabe anregend für ihn wäre. Ich hatte in der Anfangszeit mit so vielen Schwierigkeiten zu kämpfen, dass ich das derzeitig so gut laufende Geschäft fast als langweilig empfinde. Es kann für den Geist eines intelligenten Menschen nicht vorteilhaft sein, wenn er in Untätigkeit und Genügsamkeit verharrt. Deswegen habe ich die Zügel auch so lange wie möglich in der Hand behalten. Inzwischen trägt Monsieur Werlé einen Großteil der Verantwortung, doch auch ihm könnte eine kleine Herausforderung dann und wann nur guttun. Aber ich schweife ab.« Barbe-Nicole nahm einen Schluck von dem starken Kaffee, den sie sehr schätzte. »Da eine Entscheidung wie die Ihre, Madame, gut überlegt sein will, werde ich Ihnen nun von den Widrigkeiten des Weinanbaus erzählen, mit denen mein Gemahl und ich damals zu kämpfen hatten. Ihn haben diese Rückschläge sehr belastet. Die Weinrebe ist eine empfindliche Pflanze, und wenn das Wetter nicht gnädig ist, können die Verluste verheerend sein. Dann stehen Existenzen auf dem Spiel. Kein guter Zeitpunkt, um das Geschäft mit dem Champagner auszubauen und eine eigene Hausmarke zu kreieren, wie François es vorhatte. Aber wir haben damals sehr viel über die Weinherstellung gelernt, über das Pressen der Trauben, den Einfluss des Bodens auf den Geschmack des Weins und schließlich über die Kunst, die richtige Mischung verschiedener Weine zu finden, um ein einzigartiges Bouquet zu erzielen, auf das die Kunden fliegen. Das ist die beste Art und Weise, um sich gegen eine starke Konkurrenz durchzusetzen.«

19

Reims, August 1802

Die Erde war so trocken, dass überall im Boden breite Risse klafften. Zur sengenden Sonne kam hinzu, dass ein steter Wind alle Feuchtigkeit aus den Weinbergen zog. Die Hufe des Zugpferdes wirbelten gelbe Staubwolken auf, während François die Karriole über die schmalen Wege lenkte.

Barbe-Nicole, die neben ihm saß, wedelte sich mit dem Fächer aus Sandelholz unablässig Luft zu, nicht allein, um sich Kühlung zu verschaffen, sondern auch, um den Staub von ihrem Gesicht fernzuhalten. Vergeblich. Überall setzten sich die feinen Körner ab, auf ihrer Stirn, den Lippen, sogar auf ihren Zähnen.

François studierte die Rebstöcke mit den trockenen gelben Blättern so gebannt, dass er die Unannehmlichkeiten der Fahrt nicht wahrnahm. Doch Barbe-Nicole beklagte sich nicht. Sie hatte darauf bestanden, ihn zu begleiten, und war froh, dass er sich nicht um ihre Bequemlichkeit sorgte, wie ihre Mutter oder Clémentine es getan hätten, sondern sie wie einen gleichberechtigten Kompagnon behandelte, mit dem er seine Sorgen teilte.

Aufgrund der Trockenheit hatte die Weinlese in diesem Jahr schon im August begonnen. Die Trauben waren zu früh gereift und viel zu klein geblieben, da sie dem Boden nur wenig Feuchtigkeit entnehmen konnten. Seit Tagen fuhren die Eheleute durch die Weinberge, um den Schaden zu begutachten. Obwohl sie in aller Frühe aufbrachen, empfing sie statt des gewöhnlich feuchten Morgennebels bereits eine trockene Luft, die aus der Sahara zu kommen schien. Nachdem François und Barbe-Nicole zuerst die familieneigenen Besitzungen in Bouzy und Verzenay besucht hatten, unternahmen sie nun längere Ausflüge zu den Weinbauern, von denen *Clicquot Fils* fertige Weine oder Most einkaufte, dessen erste Gärung die Winzer selbst vorgenommen hatten. Immer wieder hielt François an und stieg aus, um sich die Trauben an den schlaff herabhängenden Zweigen anzusehen. Hin und wieder probierte er auch eine Frucht oder reichte sie Barbe-Nicole. Sie waren sehr süß, da die Sonne es der Pflanze ermöglichte, viel Zucker einzulagern – wie auch immer sie das tat. Aber die Haut, die das Fruchtfleisch umschloss, war oft faltig, und manche Trauben glichen eher Rosinen.

»Lassen Sie uns sehen, wie es den Jacquins ergeht, Madame«, schlug François vor, als sie sich dem Gut des Winzers näherten.

Ohne Barbe-Nicoles Antwort abzuwarten, schnalzte er mit der Zunge und lenkte das Pony nach Süden.

Unterwegs sahen sie die »Hordons« genannten Weinleser bei der Arbeit. Die Rücken gekrümmt schnitten sie die Trauben ab und warfen sie in kleine Weidenkörbe. Waren diese voll, trugen sie jeweils zwei davon an einer auf der Schulter ruhenden Stange zum Feldweg, wo die Verleserinnen die frisch geernteten Trauben in ein breites Weidensieb schütteten. Mit geschickten Händen und geschultem Blick sortierten sie unreife und faule Früchte aus. Dann erst kamen die Trauben in die großen Körbe, die die Männer mit langen

Stangen auf ihre Schultern wuchteten und mit vereinten Kräften auf die Ladeflächen der Pferdekarren hievten. Trotz der kümmerlichen Ernte in diesem Jahr blieb der Arbeitsaufwand enorm, denn es durfte keine schlechte Weinbeere übersehen werden.

François lenkte das Pony an den Rand der Straße, um einen Pferdekarren vorbeizulassen. Langsam passierten sie die Verleserinnen, die sich nicht bei der Arbeit stören ließen. Sie waren sich der Verantwortung bewusst, die auf ihnen lastete. Von ihrer Sorgfalt hing die Güte des Weins ab, der am Ende aus den Trauben gewonnen wurde. Viele von ihnen verrichteten diese Tätigkeit seit vielen Jahren. Barbe-Nicole war erstaunt, auch sehr alte Frauen unter den Verleserinnen zu sehen, die ihre Finger oft mit mehr Behändigkeit bewegten als die jüngeren. Und zum ersten Mal wurde ihr bewusst, wie wichtig sie und die Weinleser waren, die meist nur für die Ernte in die Champagne kamen und sich so für wenige Wochen ein Zubrot verdienten. Ohne sie und die Arbeiter in den Kelterhäusern und natürlich die Winzer und ihre Leute gäbe es für François keinen Wein zu verkaufen. Sie waren alle Teil eines Ganzen.

Während sie zwischen den Pferdekarren hindurchfuhren, die mit den vollen Körben beladen wurden, sah Barbe-Nicole in die von Hitze und Anstrengung geröteten Gesichter der Männer, die die schwere Arbeit taten. Und sie fühlte ihr Herz schwellen, als ihr klar wurde, dass sie im Grunde zu ihnen gehörte. Man konnte sich nicht dem Weinhandel verschreiben und von oben auf diese Menschen herabblicken, die die Trauben ernteten, sie verlasen und ihnen später in der Presse den Saft entzogen, den der Kellermeister in köstlichen Wein verwandeln würde. Barbe-Nicole verspürte dieselbe Hingabe, zur Erschaffung dieses einzigartigen edlen Tropfens ihren Teil beizutragen, wie sie sie auf den Zügen der Menschen in den Weinbergen las. Als François sie anblickte und das Leuchten in ihren Augen bemerkte, lächelte er befriedigt. Ihm erging es so wie ihr, er wollte an dem Wunder teilhaben, aber es verlangte ihn auch immer mehr danach, selbst Einfluss auf seine Entstehung zu nehmen.

François trieb das Pony an und folgte einem der Karren, die die Trauben auf den Hof der Jacquins brachten. In seiner Mitte dirigierte der Winzer die Ankömmlinge zum Tor des Kelterhauses. Unwillkürlich sah Barbe-Nicole sich nach Marcel um, konnte ihn jedoch nicht entdecken.

»Ah, Monsieur Clicquot«, rief Olivier Jacquin auf seine gewohnt herzliche Art, die selbst die Aussicht auf eine schlechte Ernte nicht trüben konnte. »Kommen Sie, um zu sehen, ob es bei uns günstiger aussieht als in Bouzy?«

François zügelte das Pony und half Barbe-Nicole beim Aussteigen.

»Bedrückend, nicht wahr? Wir haben etwa ein Drittel weniger Ertrag«, erwiderte er.

»Hier ebenso«, entgegnete Olivier Jacquin.

Seine schwarzen Augen richteten sich mit einem Ausdruck auf Barbe-Nicole, den die junge Frau nicht deuten konnte.

»Ein Gutes hat es jedoch«, fuhr er nach kurzem Zögern fort. »Mein Sohn ist endlich zur Vernunft gekommen und hat zugestimmt, die Tochter unseres Nachbarn zu ehelichen. Der hat sonst keine Kinder. So werden seine Weinberge mit den unsrigen vereint, was Marcel hoffentlich ein ordentliches Auskommen sichert, wenn er den Hof übernimmt.«

Barbe-Nicole spürte, wie ihr Magen sich zusammenkrampfte. Für einen Moment starrte sie den Winzer überrascht an, dann senkte sie rasch den Blick und drehte ihren leinenbespannten Sonnenschirm zwischen den Fingern.

»Das freut mich für Ihren Sohn«, sagte François. »Wo ist er denn? Ich möchte ihm zu der frohen Nachricht gratulieren.«

»Im Kelterhaus«, antwortete Olivier, ohne den Blick von Barbe-Nicole abzuwenden.

Mit einem breiten Lächeln nahm François die Hand seiner Frau und zog sie mit sich auf das offen stehende Tor zu.

»Kommen Sie, meine Liebe, sprechen wir unserem Freund unsere Glückwünsche aus.«

Nur widerwillig ließ Barbe-Nicole sich mitziehen. In diesem Moment war sie froh, dass er über eine so schlechte Beobachtungsgabe verfügte, sonst hätte er sich über ihre starre Miene gewundert.

Das Innere des Kelterhauses war erfüllt vom Geruch der süßen Trauben, der sich mit dem Schweiß der Arbeiter vermischte. Marcel Jacquin beaufsichtigte die Männer, die die frisch geernteten Trauben auf den Boden der Presse schütteten und sie sorgfältig verteilten. Als hätte er ihre Annäherung gespürt, wandte sich der junge Winzer zu den Besuchern um und sah ihnen schweigend entgegen. François ergriff seine Hand und drückte sie herzlich. Er hatte sich noch nie um Standesunterschiede gekümmert.

»Mein lieber Freund, wir haben gerade die frohe Kunde vernommen. Ich hoffe, Sie werden in Ihrer Ehe so glücklich wie ich in meiner. Die Tochter eines Weinbauern zu heiraten, das ist sicherlich das Beste, was Ihnen passieren kann. Sie wird Ihre Freuden und Sorgen mit Ihnen teilen und Verständnis dafür haben, dass Sie einem Rebstock mehr Aufmerksamkeit schenken als ihr.«

Er lachte über seinen eigenen Scherz und bemerkte nicht, dass Marcel ihn nur mit ernster Miene ansah. Schon seit einigen Wochen durchlief François wieder eine seiner manischen Phasen, in denen er an nichts anderes denken konnte als an seine hochfliegenden Pläne und so sehr mit sich selbst beschäftigt war, dass er die Gefühle der Menschen um ihn herum kaum mehr wahrnahm. Die Sorge um die schlechte Ernte fand nur noch für wenige Augenblicke Eingang in sein Denken und wurde kurz darauf wieder von seinen Fantasien fortgeschwemmt. Wie in diesem Moment kam er dann vom Hölzchen aufs Stöckchen und wusste am Ende nicht mehr, wie er von einem Thema zum anderen gelangt war.

»Was Ihre Reben angeht, möchte ich sagen, dass sie gesünder aussehen als die unsrigen in Bouzy und Verzenay«, fuhr er fort. »Wie steht es denn mit dem Ertrag, Monsieur?«

Ehe Marcel antworten konnte, war François an die Presse getreten und hob eine Traube heraus, die er prüfend begutachtete. Barbe-Nicole warf dem jungen Winzer einen entschuldigenden Blick zu.

»Verzeihen Sie ihm, die Begeisterung reißt ihn einfach mit, und dann ist er wie ein kleiner Junge.«

Doch Marcel schenkte François keine Aufmerksamkeit mehr. Er sah die junge Frau mit einem melancholischen Lächeln an.

»Es muss Ihnen einiges an Geduld abverlangen, mit ihm zu leben, Madame. Aber wie es scheint, macht er Sie glücklich.«

»Ihre Anverlobte wird auch Sie glücklich machen, Monsieur«, sagte sie leise.

»Zweifellos«, erwiderte er, aber der zynische Ton in seiner Stimme war nicht zu überhören.

»Ich bin sicher, dass die junge Dame Sie liebt«, sagte Barbe-Nicole.

Ihre grauen Augen sahen ihn herausfordernd an. Wie könnte sie ihn nicht lieben?, dachte sie.

Ein leichtes Zittern ergriff ihre Lippen, als sie sich vorstellte, wie er seine zukünftige Frau umarmte und auf dieselbe Weise küsste, wie er damals auf dem Turm der Kathedrale sie geküsst hatte. Wie dumm sie doch war, Eifersucht auf ein Mädchen zu empfinden, das sie nicht kannte, eines Mannes wegen, für den sie nicht mehr als Freundschaft empfand. Sie bemerkte, dass er ihr Gesicht studierte, als suche er darin die Antwort auf eine unausgesprochene Frage.

Leise sagte er schließlich: »Ich werde Aurélie ehelichen, um den Hof meiner Eltern halten zu können.«

Mitfühlend begegnete sie seinem Blick, in dem sie noch immer die Zuneigung von früher las.

»Sie müssen mich vergessen, mein Freund«, sagte sie eindringlich. »Bald werden auch Sie verheiratet und jeder von uns einem anderen zur Treue verpflichtet sein.«

Der Blick seiner schwarzen Augen verschleierte sich, als sei plötzlich jegliche Hoffnung in ihm erloschen. Ohne ein weiteres Wort wandte er sich ab, um seinen Arbeitern Anweisungen zu geben, die diese, erfahren, wie sie waren, gar nicht benötigten.

Auf der Rückfahrt nach Bouzy saß Barbe-Nicole schweigend neben François, während dieser sich seinen Träumen vom selbst gemischten Wein hingab. Erst nach einer Weile fiel ihr auf, dass an diesem Tag seine Pläne verstiegener klangen als sonst. Schon früher hatte sie erlebt, dass er in seinem Enthusiasmus jegliches Maß verlor und im Geiste Szenarien durchspielte, die undurchführbar waren, doch bisher war er kurz darauf stets wieder zur Vernunft gekommen. Diesmal erwiesen sich seine Tagträumereien jedoch als besonders wirklichkeitsfremd. Er sprach davon, den Tuchhandel von heute auf morgen aufzugeben und sich ganz dem Geschäft mit Schaumwein zu widmen. Barbe-Nicole hielt es für geraten, ihren Mann auf den Boden der Tatsachen zurückzuholen.

»Aber François, wir können noch nicht auf die Einnahmen aus dem Tuchhandel verzichten«, widersprach sie. »Besonders nicht, da die Ernte so schlecht ausfällt und wir nicht wissen, was im nächsten Jahr sein wird.«

Sie hatte sanft und geduldig gesprochen, denn sie wusste, dass François in seinem Tatendrang sehr empfindlich darauf reagierte, wenn man ihm Hindernisse in den Weg legte oder ihn auf die Undurchführbarkeit seiner Pläne aufmerksam machte. So schlug die euphorische Darstellung seiner Absichten bei ihrem Einspruch auch jäh in Gereiztheit um.

»Ich dachte, Sie sind auf meiner Seite, Madame«, erwiderte er verstimmt. »Sie haben mir immer gezeigt, dass Sie mich verstehen und mir zustimmen, dass sich mit dem Weinhandel Großes erreichen lässt. Und nun haben Sie auf einmal den Glauben daran verloren? Sie enttäuschen mich, Madame!«

Er hatte die Karriole angehalten und sich ihr zugewandt. Seine Wangen waren gerötet, was Barbe-Nicole nicht allein auf die Sonne zurückführte, und seine Augen glänzten wie im Fieber.

Vielleicht wird er krank, dachte sie besorgt. Und doch war ihr klar, dass sein Verhalten nicht auf ein körperliches Gebrechen, sondern auf eine Übererregbarkeit des Geistes zurückzuführen war. Sie wusste nicht, was sie ihm antworten sollte, aber er hätte sie sowieso nicht zu Wort kommen lassen.

»Hat Ihr Vater Sie gegen mich aufgehetzt?«, fragte François. Seine Gedankensprünge verrieten, dass er ohne Überlegung aussprach, was ihm gerade in den Sinn kam. »Er war schon immer gegen meine Pläne, weil er selbst Tuchhändler ist und Sie mit einem solchen verheiratet sehen wollte.«

»Sie sind ungerecht, François«, widersprach sie mechanisch, obgleich sie wusste, dass es sinnlos war.

Ohne auf ihren Einwurf einzugehen, fuhr er fort: »Zumindest stimmt Louis Bohne mir zu, dass meine Idee Zukunft hat. Sind nicht die Ruinarts und die Moëts auf demselben Weg? Wir müssen ihnen zuvorkommen. Immerhin haben wir durch den Tuchhandel mehr Kapital zur Verfügung als sie. Ihnen wird es zu diesen Zeiten schwerfallen, Vorräte an Wein anzulegen.«

»Da stimme ich Ihnen völlig zu«, entgegnete Barbe-Nicole lächelnd.

Sie machte sich nicht die Mühe, ihn darauf hinzuweisen, dass er kurz vorher noch die Absicht geäußert hatte, den Tuchhandel aufzugeben, dessen Vorteile er nun pries.

»Ebenso wichtig ist es, den Handel mit Russland wieder aufzunehmen«, redete François sich weiter in Fahrt. »Monsieur Bohne bestätigt mir, dass unsere Weine dort geschätzt werden und dass unsere Konkurrenten in Russland noch keinen Fuß in der Tür haben wie in England. Ich habe Ihnen doch erzählt, dass mein Vater vor zwanzig Jahren regelmäßig einen Flaschenkorb an den französischen Weinhändler Renaud im Haus des Apothekers Kalkow in Moskau schickte. Außerdem noch einen Korb an Innocent Bertolitti in Sankt Petersburg. Darauf können wir aufbauen. Russland ist ein riesiges Land. Die Möglichkeiten sind endlos.«

Barbe-Nicole spürte den schlanken Körper ihres Gatten neben ihr vor Aufregung erbeben. Schließlich hielt ihn nichts mehr, er sprang aus dem Wagen und marschierte auf dem Feldweg hin und her wie ein Soldat auf dem Exerzierplatz. Besorgt stieg die junge Frau ebenfalls aus und beobachtete ihn. In diesem Zustand schien seine Energie unerschöpflich. Sie begriff nicht, wie er es schaffte, mit so wenig Schlaf und Nahrung auszukommen, ohne zusammenzubrechen. Selbst ihr fiel es in diesen Phasen schwer, mit ihm mitzuhalten. Schweigend ließ sie ihn seine Pläne ausführen, bis ihm doch irgendwann auffiel, dass ihm die Gedanken davonrannten und seine Begeisterung in Betroffenheit umschlug. Endlich hielt er inne, trat zu seiner Frau und streichelte ihr über die Wange.

»Mein armes Kleines, wie kannst du mich in diesem Zustand nur ertragen?«, fragte er.

»Das tue ich mit Freuden, weil ich dich liebe«, antwortete sie, Tränen in den Augen.

In ihr stritten Rührung und Sorge. Angesichts seiner Unberechenbarkeit fühlte sie sich hilflos. Er las ihre Empfindungen von ihrem Gesicht ab und nahm sie fest in die Arme.

»Du musst mich zügeln, wenn ich es zu bunt treibe, Barbe«, sagte er. »Ohne dich bin ich verloren.«

Der Moment der Einsicht währte jedoch nur kurz. Bereits am nächsten Morgen brannte François darauf, beim Pressen der Trauben zuzusehen. Er wollte jeden Schritt der Weinherstellung verfolgen, um hinter das Geheimnis zu kommen, wie man einen exzellenten Tropfen mischte. In Bouzy löcherte er Meister Noël, den Kellermeister, mit Fragen und ließ sich das Vorgehen der Kellereiarbeiter genauestens erläutern. An seiner Seite beobachtete Barbe-Nicole, wie die Trauben vorsichtig in die Presse gefüllt wurden, denn es musste darauf geachtet werden, die Haut der Weinbeeren nicht zu verletzen. Die Presse auf dem Gut von Großmutter Muiron war kaum zwanzig Jahre alt und gehörte zu den neuartigsten in der Gegend. Als einer der Arbeiter das an der Wand befestigte Rad drehte und sich die schweren Balken der Presse auf die Früchte senkten, sog Barbe-Nicole genießerisch das Aroma des süßen Saftes ein, der aus der Abflussrinne floss. Ihre Nase füllte sich mit unterschiedlichen Gerüchen, die ihr zu Kopf stiegen.

Mit geschlossenen Augen lauschte sie den Worten ihres Gatten, die dieser an Meister Noël richtete: »Zu diesem Zeitpunkt ist die Haut der Früchte also nur faltig, aber unverletzt, wenn ich das richtig verstehe?«

»So ist es«, bestätigte der Kellermeister. »Der Vorlass oder die Cuvée ist der beste Most der Traube. Er drängt ungeduldig aus dem Fleisch, wenn Sie so wollen, ohne groß dazu aufgefordert werden zu müssen. Er ist köstlich, hat aber wenig Körper. Man kann daraus keinen haltbaren Wein herstellen. Wenn man eine Ware erlangen will, die gut altert und sich transportieren lässt, muss man ihn mischen.«

»Verstehe«, sagte François zufrieden.

Der Mann, der das schmiedeeiserne Rad nicht losgelassen hatte, drehte es auf Anweisung des Kellermeisters ein kleines Stück weiter, um den Druck auf die Trauben zu erhöhen.

»Nun folgt der erste Schnitt«, erläuterte Monsieur Noël. »Die Haut der Trauben wird aufgebrochen. Dies ergibt einen Most, der viel Aroma hat und dennoch gut altert.

Danach folgen noch ein zweiter und dritter Schnitt. Nur dieser wird für qualitativ hervorragenden Wein verwendet. Der Saft weiterer Schnitte schmeckt bitter und ergibt keinen guten Wein.«

François ließ es sich nicht nehmen, den Most der einzelnen Pressungen zu kosten, und reichte auch seiner Frau eine Probe. Den Saft der Cuvée sowie der ersten und zweiten Taille fand er vorzüglich, die späteren Schnitte ließen seiner Meinung nach bereits an Güte zu wünschen übrig.

»Nachdem der Most nun in Fässer gefüllt ist, beginnt sich darin langsam der Alkohol zu bilden«, schloss Meister Noël seine Ausführungen. »Man muss ihn danach mehrmals umfüllen oder abziehen, um die Unreinheiten zu entfernen. Nach drei Monaten haben Sie dann einen leichten Jungwein.«

Fürs Erste war François' Neugierde befriedigt. Als er und Barbe-Nicole ins Haus zurückkehrten, spürte sie noch immer die Spannung, die Körper und Geist ihres Mannes beherrschte. Nach einer einfachen Abendmahlzeit zogen sich die Eheleute früh auf ihr Zimmer zurück. Wenn François sich in dieser Stimmung befand, ließ er auch seinen Gefühlen Barbe-Nicole gegenüber freien Lauf. Sie genoss die langen Nächte, in denen sie sich immer wieder liebten. Da die Hitze, die auch nach Sonnenuntergang kaum nachließ, jegliche Berührung eines Stoffes auf der Haut unerträglich machte, lagen sie unbekleidet wie die Bauern auf der spitzenbesetzten Überdecke des Bettes und entdeckten im fahlen Schein des Mondes den Körper des anderen, streichelten einander, versanken in leidenschaftlichen Küssen, bis François seine Erregung nicht mehr zügeln konnte. Erst bei Morgengrauen fielen sie in tiefen Schlaf.

Mit einem enttäuschten Seufzen betrachtete Barbe-Nicole den weißen Leinenstreifen, auf dem ein dunkler Blutstropfen leuchtete. Sie hatte so sehr gehofft, dass es diesmal anders sein würde, dass sie nach den Nächten der Leidenschaft im vergangenen Monat endlich wieder empfangen hatte. Die ziehenden Schmerzen in ihrem Unterleib an diesem Morgen hatten dieser Hoffnung jedoch ein jähes Ende gemacht. Vielleicht war es der falsche Moment gewesen, wie so oft in den letzten Jahren. Wie es schien, hatte Gott entschieden, dass Clémentine ein Einzelkind bleiben sollte.

»Madame?«, sagte Marie leise, als sie den nachdenklichen Ausdruck auf dem Gesicht ihrer Herrin bemerkte.

Sie sah das Blut auf dem Leinenstreifen in der Hand der jungen Frau und presste mitfühlend die Lippen zusammen. Schweigend verschwand sie im Ankleidezimmer und holte einen Stapel frischer Stoffstreifen aus einer Kommode.

Obgleich sie und ihr Gemahl noch jung waren, hatte Barbe-Nicole das Gefühl, als wenn ihnen nicht viel Zeit blieb, ihre Familie zu vergrößern. Das Leben war unsicher. Schon bald mochte es wieder Krieg geben. Die Zeichen sprachen dafür. Man wusste nicht, was in einem Tag, in einer Woche, in einem Jahr geschehen würde. Barbe-Nicole hatte als Kind die Revolution miterlebt und früh gelernt, dass nichts Bestand hatte, dass alles von heute auf morgen umgestürzt werden konnte. Aus diesem Grund waren ihr die Personen, die ihr Halt gaben, so teuer: ihr Mann, ihr Vater, ihre Mutter, ihre Geschwister … sogar ihre kleine Tochter. Wie gerne hätte sie einen ganzen Schwarm Kinder um sich gehabt, die sie aufwachsen sehen konnte, die eines Tages, wenn ihre Eltern vielleicht nicht mehr lebten, für sie da sein würden, wie sie für sie da sein wollte. Doch nun schien sie sich damit abfinden zu müssen, dass es nur Clémentine geben würde … und die Kinder ihrer eigenen Geschwister, sofern diese mit Nachkommen gesegnet sein würden.

Wieder entrang sich ihr ein Seufzen. Sie wollte nicht mehr daran denken.

20

Reims, März 1803

In der Champagne glaubten die Winzer, dass der Wein nur dann die gewünschten Bläschen bildete, wenn er nach dem ersten Vollmond im März auf Flaschen gezogen wurde, denn niemand wusste so genau, woher der Schaum stammte, der ihren Wein zu etwas Besonderem machte.

Als der Tag endlich gekommen war, weckte François seine Frau mit einem Kuss auf die Stirn. Wie so oft hatte er die halbe Nacht nicht geschlafen, verspürte aber keine Müdigkeit. Barbe-Nicole rief nach Marie und ließ sich ankleiden. Sie bestand darauf, dass sie und François gemeinsam das Frühmahl einnahmen, obwohl es ihn drängte, mit dem Abfüllen des Weins zu beginnen.

»Sie müssen etwas essen, mein Liebster«, tadelte sie ihn, als er auf dem Weg ins Speisezimmer Einspruch erhob. »Bitte seien Sie vernünftig und machen Sie mir keinen Kummer.«

Er neigte sich über sie und küsste sie auf die Wange. »Aber das würde ich doch nie tun.«

Während der Wintermonate war er ausgeglichener geworden. Er arbeitete viel, studierte die Bücher, interpretierte die Briefe, in denen Ludwig Bohne von seinen Verhandlungen mit Kunden berichtete, und verfolgte die Nachrichten, die aus Paris kamen, mit aufmerksamem Interesse. Seine

Aufgaben erfüllten ihn. Er hatte seine unrealistischen Pläne, den Tuchhandel aufzugeben, auf Eis gelegt. Nach eingehender Beratung mit seinem Vater hatte er beschlossen, nur ein Viertel ihres Bestandes an Wein selbst zu mischen. Nun war der Moment gekommen, da er feststellen würde, ob sein Wissen ausreichte, einen eigenen Hauswein herzustellen, an dem die wohlhabenden Kunden Geschmack finden würden.

In den vergangenen Monaten hatte er die Winzer, von denen er Fasswein einkaufte, besucht und sich mit ihnen über die Besonderheiten ihres Bodens unterhalten. Zu seiner Enttäuschung hatten die meisten ein großes Geheimnis um das Wesen ihres *terroirs* gemacht. Nur Marcel Jacquin hatte sich seiner erbarmt und ihm erklärt, welche Wirkung der kreide- und tonhaltige Boden der Champagne auf das Aroma der Trauben hatte und wie er für einen ausgeglichenen Wasserhaushalt sorgte, indem er die Feuchtigkeit bis in die Sommermonate speicherte. Marcel wies seinen eifrigen Zuhörer auch darauf hin, wie wichtig das richtige Maß an Sonnenschein für die Trauben war und dass zu viel Licht sie zu süß machte, so wie es im vergangenen Jahr der Fall gewesen war.

Barbe-Nicole, die ihren Mann wie stets auf die Höfe der Winzer begleitete, hatte sich während des Besuchs bei den Jacquins ein wenig unwohl gefühlt. Marcels Vater hatte erzählt, dass die Hochzeit zwischen seinem Sohn und Aurélie Mouton in diesem Frühling stattfinden sollte, doch der junge Jacquin verlor während seines Gesprächs mit François kein Wort darüber.

»Ist der Boden in der Champagne denn überall gleich?«, fragte Barbe-Nicole neugierig.

»Nein, er kann sehr verschieden sein«, antwortete Marcel. »Die Montagne de Reims besteht aus fast reiner Kreide und Tonerde, während der Boden der Petite Montagne im Westen eher sandig ist. Die Trauben, die dort wachsen, ergeben einen völlig anderen Wein. Man schmeckt den Unterschied deutlich heraus.«

An Marcels Erklärungen musste Barbe-Nicole denken, als sie sich mit François in den Weinkeller begab, um zum ersten Mal Weine zu verkosten. Meister Jacob hatte einige Fässer herausgesucht, die er verschneiden wollte. Es war dem guten Mann anzusehen, dass ihm die Einmischung seines Herrn nicht genehm war, denn es würde ihn Zeit kosten, ihm und seiner Gemahlin zu erklären, wie er vorging. Aber er kannte Monsieur Clicquot seit Langem und wusste, dass es keinen Sinn hätte, Einspruch zu erheben. Der junge Herr bekam immer, was er wollte, und seine Gattin eiferte ihm unbeirrt nach. Sie waren aus dem gleichen Holz geschnitzt.

Ein Arbeiter füllte Proben in bereitstehende Gläser und reichte sie den Eheleuten, die die verschiedenen Weine sorgsam prüften. Barbe-Nicole schloss die Augen, während sie das Aroma einatmete und dann den Wein ein wenig im Mund behielt, bis sich der Geschmack über Zunge und Gaumen ausbreitete. Wie stets, wenn sie Wein trank, war sie überrascht über die unterschiedlichen Nuancen, die sich in ihrer Nase und in ihrem Mund entfalteten.

»Ich schmecke deutlich die Kreide«, sagte sie begeistert, »aber auch Salz und säuerliche Früchte.«

Meister Jacob hob erstaunt die Brauen. »Sie haben einen sehr feinen Gaumen, Madame. Dieser Wein wächst auf kreidigem Boden, der ein wenig Sand enthält.«

»Bravo, meine Liebe«, rief François lachend. »Nun wird

sich Meister Jacobs Laune bessern, da er nicht mehr das Gefühl haben wird, seine Zeit mit uns zu verschwenden.«

Ein anderer Wein, den sie probierten, hatte ein leicht nussiges Aroma, ein weiterer einen würzigen Geschmack, ein vierter besaß eine deutliche Grasnote. Einmal meinte Barbe-Nicole sogar, einen Hauch von weißem Pfeffer herauszuschmecken. Die Erfahrung faszinierte sie. Unter den überraschten Blicken der Männer, in den sich bei Meister Jacob Anerkennung, bei François Neid mischten, fasste sie ihre Entdeckungen in blumige Worte. Sie hätte stundenlang nichts anderes tun können, als Weine zu verkosten.

»Sie haben ein außergewöhnliches Talent, die verschiedenen Geschmacksnoten zu unterscheiden, Madame«, sagte der Kellermeister. »Sie können sich glücklich schätzen, Monsieur Clicquot, dass Sie eine so begabte Unterstützerin haben.«

François, dem sich die Geheimnisse der Aromen nicht so leicht erschlossen, nahm es mit Humor.

»Sie haben recht, Monsieur. Sie ist ein Geschenk Gottes. Und so habe ich einen Grund, nüchtern zu bleiben und mich ganz dem öden Teil des Geschäfts zu widmen, der Buchführung und Auflistung der Bestellungen, während meine Frau sich der Verkostung der Ambrosia hingibt.«

Lachend gab Barbe-Nicole ihrem Mann einen Klaps auf den Arm. Sie wusste, dass er ihr das besondere Talent nicht nachtragen würde.

Barbe-Nicole streckte ihren schmerzenden Körper, dann hob sie die Arme, um es Marie zu ermöglichen, ihr ins Nachthemd zu helfen. Sie hatte einen anstrengenden Tag hinter sich.

»Was halten Sie von ihm, Madame?«, fragte François aus dem Ankleidezimmer.

»Von Napoleon Bonaparte? Ich weiß nicht.«

Sie setzte sich vor ihren Frisiertisch, damit Marie ihr Haar für die Nacht flechten konnte.

»Mir gefällt, dass er mich nicht so weit überragt wie andere Männer. Und er war sehr galant. Er hat unseren Schaumwein gelobt, obwohl er seit jeher denjenigen von Moët allen anderen vorzieht. Vielleicht ist das ein gutes Zeichen, vielleicht war er aber auch nur höflich.«

In Nachthemd und Schlafmütze betrat François das Gemach, in dem die Eheleute nach wie vor im selben Bett schliefen. Dies war nicht allgemein üblich. Viele bürgerliche Paare hatten getrennte Zimmer und sahen sich morgens erst beim Frühmahl. Doch für François und Barbe-Nicole war ein solches Arrangement nie infrage gekommen.

»Auf jeden Fall kann sich der Konsul nicht über den Empfang beklagen, den Ihr Vater ihm und seiner Gemahlin bereitet hat«, bemerkte François mit einem Schulterzucken. »Er wäre eines Königs würdig gewesen.«

»Da hast du recht.«

Barbe-Nicole schickte Marie hinaus und schlüpfte unter die Decke. Sie kicherte.

»Was ist denn so lustig, meine Liebe?«, fragte François.

»Ich habe meinen Vater dabei überrascht, wie er Verse verfasste, die Bonapartes Errungenschaften preisen: ›Mit tausend Feuern zähmte ich Italien‹ und ›versetzte alle Welt in Staunen‹ und Ähnliches«, erklärte die junge Frau. »Er will sie eingravieren und unter einem Porträt des Ersten Konsuls anbringen lassen. Selbst unser guter Bonaparte wird bei der Lektüre erröten, so sehr schmeicheln sie ihm.«

»Vermutlich will Ihr Vater eine Erinnerung an seinen Besuch haben.«

»Verständlich. Er ist müde, denke ich. Er weiß, dass er die Wiedereinrichtung der Monarchie nicht mehr erleben wird – falls das je geschieht.«

»Glauben Sie, er will das Geschäft aufgeben?«, fragte François nachdenklich.

»Früher oder später bestimmt. Aber es würde mir leidtun«, antwortete Barbe-Nicole. »Das Geschäft ist sein Leben. Was sollte er tun, wenn er es nicht mehr hätte?«

Im Juni zeichnete sich bereits ab, dass der Sommer ebenso trocken und heiß zu werden drohte wie ein Jahr zuvor. Die Ernte begann im August, doch sie würde kärglich ausfallen. Wieder fuhr François, begleitet von seiner Frau, durch die Weinberge und begutachtete die kleinen faltigen Trauben, deren Anblick das Gespenst des vergangenen Jahres beschwor.

In den Gesichtern der Weinleser und Winzer las er die gleichen Gedanken. Sie wussten, dass dieser verfluchte Sommer ihnen große Not bringen würde.

»Wenn wir die Einnahmen aus dem Tuchhandel nicht hätten, ich wüsste nicht, wie wir unsere Leute bezahlen sollten, mein Liebes«, sagte François, als Barbe-Nicole spät am Abend zu ihm ins Kontor trat und ihm die Hand auf die Schulter legte.

»Es werden auch wieder gute Sommer kommen«, versuchte sie, ihn zu trösten.

Sie beugte sich vor und küsste ihn sanft auf den Scheitel. Der Geruch seines Haares stieg ihr in die Nase, und mit einem jähen Gefühl der Zärtlichkeit schmiegte sie ihre Wange an seine Schläfe.

Er seufzte. »Ja, das werden sie. Und das müssen sie. Denn so kann es nicht lange weitergehen. Und wenn es erst wieder Krieg gibt. Wo soll das hinführen? England ist als Markt für uns zwar nicht so interessant, aber es ist möglich, dass es nicht bei Feindseligkeiten zwischen uns und den Engländern bleibt. Wenn der Funke auf Preußen und Österreich überspringen sollte, sind wir wieder da, wo wir vor zwei Jahren schon einmal waren.«

»Wir könnten einen der Weinberge verkaufen«, schlug Barbe-Nicole zögernd vor.

»In diesen Zeiten könnten wir nur unter Preis verkaufen. Und auf lange Sicht möchte ich mehr Land selbst bestellen, um von den Winzern unabhängiger zu werden.«

»Mein Vater könnte doch ...«

François hob die Hand. »Nein, Liebste. Ihren Vater möchte ich so wenig bitten wie meinen. Wir haben bekommen, was uns zusteht. Jetzt ist es an uns, daraus zu machen, was wir uns erträumen.«

Eine Welle der Zuneigung durchlief die junge Frau. Jeden Tag war sie dem Herrn dankbar, dass Er ihr Schicksal so gütig gefügt hatte. Denn es war alles andere als üblich, einen Gemahl zu bekommen, der sich so sehr um das Wohl seiner Ehefrau bemühte, der so einfühlsam und so leidenschaftlich in allem war, was er tat. Barbe-Nicole spürte, wie ihr Herz schneller schlug. So leidenschaftlich, dachte sie, ja, das war er. Schon ließ sie ihre Hand über seine Brust wandern und drückte sich eng an seinen Rücken. Doch François wandte sich um und schüttelte den Kopf.

»Ich habe jetzt keine Zeit, mein Herz. Es ist noch so viel Arbeit zu tun.«

In seinen Augen lag Bedauern, nein, mehr als Bedauern.

Betroffen erkannte Barbe-Nicole, dass sich der Schatten, der ihm stets heimlich folgte, wieder über ihn schob und sein Gemüt verdüsterte. Es lag etwas in seinem Blick, das sie frösteln ließ. Eine düstere Sehnsucht schien daraus zu sprechen, die der jungen Frau einen Schauder über den Rücken jagte.

»Natürlich«, flüsterte sie heiser. »Ich will Sie nicht stören. Aber rufen Sie mich, wenn …«

»Ja …?«

»… wenn Sie mich brauchen. Ich bleibe in der Nähe, mein Liebster.«

Ein Brief von Ludwig Bohne, in dem er von seinen vielversprechenden Verhandlungen mit Fürsten und Adeligen in Preußen und Österreich berichtete, munterte François zum Glück rasch wieder auf. Dankbar dachte Barbe-Nicole an den rothaarigen kleinen Mann, den sie über die letzten Jahre ins Herz geschlossen hatte. Er fand immer die richtigen Worte, um François aufzuheitern und von seiner Trübsal abzulenken. Die Bestellungen, die Bohne an Land zog, übertrafen die Zahlen des Vorjahrs. Nach einer langen Reise, die ihn durch Posen, Berlin, Schlesien und Österreich geführt hatte, kehrte der Handelsvertreter im Mai 1804 mit vollen Auftragsbüchern nach Reims zurück. Die Verkaufszahlen waren durch Ludwig Bohnes erfolgreiche Reisen von achtzehntausend Flaschen im Jahr 1801 auf nunmehr sechzigtausend gestiegen, wie François voller Begeisterung nach einem langen Abend des Rechnens im Kontor seiner Frau mitteilte. In Frankreich hatten sie allerdings nur etwa zweitausend Flaschen verkauft. Die Konkurrenz war zu stark, um einen größeren Anteil des Marktes erobern zu können.

Aufgrund von Bohnes Erfolg entschloss sich François, noch zwei weitere Handelsvertreter einzustellen. Sie würden dem Pfälzer, der nun Kompagnon des Unternehmens war, unterstehen. Der eine sollte Mitteleuropa bereisen, der andere Italien.

Während Ludwig Bohne als Gast bei ihnen weilte, besprachen er und François in Barbe-Nicoles Beisein abends im Salon die weiteren Pläne. Nun sollte es endlich so weit sein. François wollte den Handel mit Russland in Angriff nehmen.

»Ich denke, ich werde bei unseren besten Kunden in Hamburg, Lübeck und Königsberg eine Stippvisite einlegen«, sagte Ludwig. »Es kann nichts schaden, sich in Erinnerung zu bringen. Dann werde ich nach Riga und schließlich nach Sankt Petersburg weiterreisen. Ich bin gespannt, wie sich in Russland Geschäfte machen lassen.«

»Sie wissen, dass unsere Gedanken die ganze Zeit über bei Ihnen sein werden, Monsieur«, sagte Barbe-Nicole herzlich. »Und unsere Gebete natürlich auch.«

»Das weiß ich, Madame«, erwiderte Ludwig lächelnd. »Und ich verspreche, dass ich so bald wie möglich schreiben und von meinen Erfahrungen berichten werde.«

Er hob sein Glas, um von dem selbst gemischten Hauswein der Clicquots zu trinken, der ihm sehr gefiel. In diesem Moment trat der Haushofmeister Raymond ein und raunte François etwas zu.

»Ein Arbeiter aus der Kellerei?«, wiederholte dieser alarmiert. »Zu dieser Stunde? Das bedeutet nichts Gutes.«

Barbe-Nicole erhob sich fast im selben Augenblick wie ihr Mann. Der Tag war außergewöhnlich heiß gewesen – Gift für Wein, der eigentlich kühl gelagert werden sollte. Beunruhigt verließ François den Salon. Seine Frau und Ludwig Bohne folgten ihm. In der Eingangshalle stand ein Arbeiter und knetete nervös seine Mütze zwischen den Fingern.

»Monsieur ... die Hitze ...«, stammelte er.

François erbleichte. »Wie viele Flaschen sind zu Bruch gegangen?«

»Wir wissen es noch nicht ... viele ...«, lautete die vage Antwort.

»Das muss ich sehen.«

Gefolgt von Barbe-Nicole und Ludwig verließ François das Haus, durchquerte den Hof und hastete zum Tor des Gebäudes, das zur Rue de la Haute-Croupe hinausging und die Weinlager beherbergte. An der Treppe zum Keller trafen sie auf Meister Jacob, der ihnen mit angespannter Miene entgegensah.

»Wie groß ist der Schaden?«, fragte François ungeduldig.

»Schwer zu sagen ...«

Ein Knall aus dem Keller unterbrach den Kellermeister.

»Es zerbersten immer mehr. Dieser verfluchte Sommer!«

Ohne ein weiteres Wort eilte François die Treppe hinab.

»Nein, Monsieur, bleiben Sie oben. Es ist zu gefährlich.«

Da sein Herr nicht auf ihn hörte, rannte Jacob ihm nach. Als Barbe-Nicole ihnen folgen wollte, hielt Ludwig sie am Arm fest.

»Sie haben doch gehört, was der Kellermeister gesagt hat. Sie könnten zu Schaden kommen.«

»Mein Mann ist da unten«, widersprach sie. »Ich muss ihn vor seiner Unvernunft beschützen. Er hält sich für unverwundbar.«

»Und Sie anscheinend auch«, entgegnete Ludwig. »Da wird jetzt alles voller Scherben sein.«

Doch Barbe-Nicole war entschlossen, ihren Willen durchzusetzen. Ihre grauen Augen funkelten ihn herausfordernd an, bis er ihren Arm losließ. Als sie sich abwandte und die Treppe hinunterstieg, folgte er ihr kopfschüttelnd.

Sie ist ein ebensolcher Dickkopf wie ihr Mann, dachte er.

In den Kellergewölben, die sich vor ihnen öffneten, flackerten die Kerzen unruhig in den aufgehängten Lampen, als würden sie in der stickigen Atmosphäre mühsam nach Luft ringen. Erschrocken hielt Barbe-Nicole inne, als ihr der seltsame süßliche Alkoholgeruch in die Nase stieg. François und Meister Jacob waren nirgends zu sehen, doch sie hörte Stimmen aus dem hinteren Bereich des Kellers. Ohne Zögern lief sie weiter. Die Flammen in den Lampen waren so klein geworden, dass sie kaum noch Licht spendeten. Als sie in ein Nebengewölbe einbog, in dem sie ihren Mann und den Kellermeister sprechen hörte, trat sie auf eine Unebenheit und erschrak. Ein lautes Knirschen verriet ihr, dass der Boden tatsächlich mit Glasscherben bedeckt war.

Ludwig, der ihr gefolgt war, sagte warnend: »Warten Sie, Madame. Ich leuchte Ihnen den Weg.«

Barbe-Nicole sah, dass er eine Lampe von der Wand genommen hatte, die er nun vor sie hielt, um den Boden aus der Dunkelheit zu heben. Vorsichtig bahnten sie sich einen Weg über Scherben und durch Weinlachen.

Im Nebenraum stießen sie zu François, der fassungslos dastand, den Blick auf die Katastrophe gerichtet, die sich ihm bot. Ein ganzer Stapel mit Schaumwein gefüllter Flaschen, die man sorgsam aufeinandergelegt und mit Holzlatten stabilisiert hatte, war durch die Explosion einiger Glasflaschen ins Rutschen geraten und zusammengestürzt. Kaum eine Flasche war heil geblieben.

»Wie viele waren hier gestapelt?«, fragte François erschüttert.

»Etwa zweihundert«, antwortete Meister Jacob. »Aber weiter hinten sieht es nicht so schlimm aus, denke ich, da der Keller tiefer liegt und es dort kühler ist.«

»Davon möchte ich mich selbst überzeugen«, erklärte François und ging weiter in das Gewölbe hinein.

»Bleiben Sie lieber hier, Monsieur«, warnte Jacob. »Die Dämpfe…«

Doch die Angst vor noch mehr Verlusten trieb den jungen Clicquot vorwärts. Hin- und hergerissen zwischen der Furcht vor den giftigen Ausdünstungen und der Pflicht gegenüber seinem Herrn zögerte der Kellermeister, ihm zu folgen.

»François!«, rief Barbe-Nicole besorgt.

Ärgerlich wandte sich Meister Jacob zu der jungen Frau und ihrem Begleiter um.

»Bringen Sie sie hier raus, Monsieur!«, befahl er streng, bevor er sich umdrehte und François nacheilte.

Ludwig setzte zum Sprechen an, doch Barbe-Nicole ließ ihn einfach stehen und folgte den beiden Männern. Seufzend bemühte sich der Handelsreisende, sie einzuholen.

»Warten Sie doch!«, rief er. »Sie sehen doch nicht, wohin Sie treten.«

Im nächsten Gewölbe war es noch dunkler, da einige der Lampen aus Mangel an Sauerstoff erloschen waren. Die Keller waren mit den Lagerräumen unter dem Hôtel Ponsardin auf der Rue Dauphine verbunden, denn Nicolas hatte sich großmütig bereit erklärt, sie seinem Schwiegersohn für seine Weine zur Verfügung zu stellen. Barbe-Nicole bemühte sich, ihren Mann zu erreichen, doch ihr Instinkt warnte sie davor, sich überstürzt durch die Gänge zu bewegen. Wie leicht konnte eine scharfe Scherbe die dünnen Sohlen ihrer Schuhe durchdringen und sie ernstlich verletzen. In diesem Moment hätte sie viel dafür gegeben, die Holzpantinen an den Füßen zu haben, in denen sie damals mit Madame Jourdain durch die Straßen von Reims geflohen war.

Auf einmal hörte sie etwas … ein leises Zischen wie das Seufzen eines Sterbenden, der seinen letzten Atemzug tat … und dann ertönte ein lauter Knall, der Barbe-Nicole wie ein Schlag gegen ihr Trommelfell erschien. Etwas flog mit großer Wucht gegen ihren ungeschützten linken Arm, und sie verspürte einen stechenden Schmerz. Entsetzt schrie sie auf.

Ludwig riss sie schwungvoll nach vorn, sodass sie beinahe stürzte. Doch es gelang ihm, sie aufrecht zu halten. Hinter ihnen ertönte ein zweiter Knall, dann war ein Schaben und Knirschen zu hören, gefolgt von einem leisen Klirren. Im nächsten Augenblick hallte ein ohrenbetäubendes Krachen und Scheppern von den Wänden des Kellers wider, als breche das Gewölbe selbst über ihren Köpfen ein. Schlagartig breitete sich ein erstickender Schwall alkoholgeschwängerter Luft aus, drang durch Mund und Nase in die Kehle und machte das Atmen beschwerlich.

»Sind Sie in Ordnung, Madame?«, fragte Ludwig besorgt.

Bestürzt warf er einen Blick auf die Stelle zurück, an der sie kurz zuvor gestanden hatten. Ein weiterer Stapel Flaschen war zu einem Scherbenhaufen zusammengestürzt. Das klägliche Licht der Lampe fiel auf Barbe-Nicoles linken Arm und ließ das Blut aufleuchten, das aus einer tiefen Schnittwunde sickerte.

»Sie sind verletzt«, entfuhr es Ludwig.

Rasch zog er sein Schnupftuch aus der Tasche und reichte

es ihr. Barbe-Nicole, die keinen Schmerz wahrnahm, legte es mechanisch auf die Wunde.

»Wo ist François?«, fragte sie und sah sich um.

Die Stimmen aus dem Nebengewölbe waren verstummt. Das Schlimmste befürchtend ging Barbe-Nicole weiter. Sie bemerkte, dass sie schneller die Luft einsog, aber trotzdem das Gefühl hatte, dass diese ihre Lunge nicht erreichte. Zugleich verspürte sie eine Leichtigkeit im Kopf wie bei einem Rausch. Am ganzen Körper brach ihr der Schweiß aus, und in ihren Ohren dröhnte das Blut.

Wie durch einen Nebel hörte sie Meister Jacob entsetzt rufen: »Monsieur!«

Ein jäher Anflug von Angst ließ Barbe-Nicoles Herz wie wild gegen ihre Brust hämmern. Entschlossen kämpfte sie sich vorwärts, gestützt von Ludwig Bohnes Hand, die ihren Arm umfasst hielt. Mit Schrecken sah sie, wie sich der Kellermeister über eine zusammengesunkene Gestalt beugte. François war ohnmächtig geworden. Im nächsten Moment war sie neben ihm, packte seine Schultern und schüttelte ihn.

»François, steh auf!«, rief sie.

Jacob drehte den jungen Mann auf den Rücken, hob seinen Oberkörper an und legte sich seinen Arm um die Schultern.

»Helfen Sie mir!«, befahl er Ludwig.

Dieser folgte der Aufforderung, reichte Barbe-Nicole die Lampe und ergriff den anderen Arm des Bewusstlosen. Mühsam nach Atem ringend schleppten die beiden Männer François in den Hauptkeller zurück, in dem ihnen zwei der Arbeiter zu Hilfe kamen. Ludwig spürte, wie sich ihm die Kehle zusammenschnürte und dunkle Schleier vor seinen

Augen niedersanken. Er begriff, dass auch er kurz davor war, die Besinnung zu verlieren. Besorgt suchte er mit dem Blick Madame Clicquot, deren Gesicht selbst im goldenen Licht der Kerzenflamme kalkweiß erschien. Einer der Arbeiter umfasste nach kurzem Zögern ihren Arm und half ihr die Treppen hinauf. Die anderen wollten François ins Kontor bringen, doch Jacob rief ihnen zu, sie sollten ihn nach draußen an die frische Luft tragen.

In Ermangelung einer anderen Möglichkeit legten sie ihn im Hof auf dem Boden ab. Der Kellermeister holte sein Schnupftuch hervor, tauchte es in das Wasser des Pferdetrogs und klatschte es seinem Herrn ins Gesicht. Doch erst als Barbe-Nicole ihrem Mann kräftig die Handflächen rieb, kam er langsam wieder zu sich. Am Tor zum Keller lehnte sich Ludwig an die Hauswand und übergab sich.

Philippe Clicquot, den man von dem Unglück in Kenntnis gesetzt hatte, bestand darauf, nach einem Arzt zu schicken, und ließ auch gleich einen Barbier-Chirurgen kommen. Dieser begutachtete die Wunde an Barbe-Nicoles Arm und nähte sie mit wenigen feinen Stichen, bevor er eine Heilsalbe auftrug und einen Verband anlegte. Da François sich nach einer halben Stunde immer noch benommen fühlte, ließ der Wundarzt ihn auf Anweisung des Arztes zur Ader. Daraufhin fiel der junge Mann erneut in Ohnmacht und musste mit Riechsalz wieder zu Bewusstsein gebracht werden.

»Geben Sie ihm einen Cognac zu trinken«, riet Dr. Gallois. »Das wird seine Lebensgeister wecken.«

Barbe-Nicole war zwar der Meinung, dass François für einen Abend genug Alkohol in sich aufgenommen hatte, erhob aber keinen Einspruch. Der Arzt würde schon wissen, was er tat.

Philippe flößte seinem Sohn selbst den Cognac ein, da dieser sich nicht einmal aufrichten konnte, ohne dass ihm schwarz vor Augen wurde. Dann füllte er noch ein Glas für Ludwig Bohne.

Der Haushofmeister rief François' Kammerdiener und die Zofe Marie. Philippe gab ihnen Anweisung, ihre Herrschaft unverzüglich ins Bett zu bringen. In dieser Nacht schlief auch François wie ein Stein und erwachte erst am späten Vormittag.

Am nächsten Tag machten die Clicquots Bestandsaufnahme. Philippe verbot seinem Sohn, noch einmal den Keller aufzusuchen. Stattdessen gingen jeweils zwei der Arbeiter mit einer Lampe durch die Gewölbe, deren Flamme wie im Bergstollen anzeigen würde, wie viel Luft zum Atmen ihnen noch blieb. Erlosch die Kerze, mussten sie den Keller auf der Stelle verlassen. Nach einer Weile übernahmen zwei andere Männer die Begutachtung, sodass keiner von ihnen über längere Zeit die giftigen Dämpfe einatmete.

Am Ende stellte sich heraus, dass der Schaden geringer war als befürchtet. Die meisten Flaschen in den tiefer gelegenen Kellern hatten überlebt. Aber etwa ein Viertel des Bestandes war zu Bruch gegangen.

»Weshalb zerbersten so viele Flaschen in der Sommerhitze?«, fragte Ludwig Bohne, als sie alle beim Diner zusammensaßen.

»Das weiß man nicht so genau«, antwortete François, der sich dieselbe Frage gestellt hatte. »In einer Schrift von 1778 beschreibt der Autor Jean-Claude Navier den moussierenden Wein als Heilmittel gegen das Faulfieber und ähnliche Krankheiten. Er führt diese Eigenschaft auf ein ›Prinzip‹ zurück, das dem Champagnerwein innewohne und das die Chemiker als Gas oder feste Luft bezeichnen. Damit meint er wohl das, was die Bläschen erzeugt. Möglicherweise reagiert dieses Gas auf die Wärme und fängt dann an zu kochen. Wir wissen alle, dass kochendes Wasser in der Lage ist, den Deckel vom Rand des Topfes zu heben. Dieselbe Kraft könnte also das Glas zersprengen.«

»Eine einleuchtende Theorie«, stimmte Ludwig zu.

»Das Problem sind die Flaschen, die wir verwenden«, fuhr François fort. »Die Wände sind nicht überall gleich dick. Die Schwachstellen geben nach, wenn das Gas im Innern zu kochen anfängt. Außerdem sind die Flaschen oft verformt, und dann kann man sie nicht sicher aufeinanderstapeln. Das aber ist bei der Herstellung von Schaumwein unerlässlich, wie Sie wissen. Bricht eine Flasche, gerät der ganze Stapel ins Rollen, wie es gestern passiert ist.«

»Ich habe Ihnen von Anfang an gesagt, dass der Handel mit Schaumwein ein undankbares Geschäft ist, François«, schaltete Philippe sich ein. »Es taugt allenfalls als Nebenerwerb, als Spielerei, aber nicht als ernst zu nehmendes Vorhaben, auf das man das Familienvermögen setzt. Die Form der Flaschen macht nicht nur die Lagerung schwierig. Wenn der Flaschenmund nicht vollkommen rund ist, hält der Korken nicht, oder die Schnur, mit der man ihn am Hals befestigt, lässt sich nicht richtig anbringen. Die Kellereiarbeiter verschwenden viel Zeit und Mühe darauf, diese verdammten Korken festzubinden.«

Die Zweifel, die aus Philippes Worten sprachen, trafen François tief. Ludwig las Betroffenheit im Gesicht seines

Freundes und beeilte sich, dessen Vater an die guten Verkaufszahlen zu erinnern.

»Sie werden sehen, in Russland werden wir ebenso erfolgreich sein wie in Preußen und Österreich«, prophezeite er.

In Ludwig Bohnes erstem Brief, den er aus Sankt Petersburg schickte, musste er jedoch zugeben, dass er die Aussichten in Russland als zu rosig eingestuft hatte. Die Schwierigkeit liege nicht darin, dass die Russen keinen Schaumwein kaufen wollten, denn sie liebten ihn, schrieb er. Das Geschäft kranke vielmehr an der Gewinnsucht und Unehrlichkeit der Zwischenhändler, die Ausländer »als Ziegen ansehen würden, die man melken konnte, ohne sie zu bezahlen«. Die Unternehmen, die Bestellungen aufgaben, würden sechs Monate später plötzlich den Bankrott erklären, was in Russland keine Strafe nach sich zog und daher von den Händlern oft genutzt wurde, um Verbindlichkeiten zu entgehen.

Als Barbe-Nicole das Morgenzimmer betrat, sah sie François auf dem Fauteuil am Fenster sitzen. Sein Blick war geistesabwesend in den Garten gerichtet, der sein buntes Herbstkleid angelegt hatte. In der rechten Hand hielt er den Brief von Ludwig Bohne. Als seine Frau näher trat, wandte François den Kopf, und das Papier entglitt seinen Fingern.

»Maître Raymond hat mir mitgeteilt, dass ein Brief aus Russland gekommen ist«, sagte Barbe-Nicole.

Da François nicht antwortete, hob sie das Blatt auf, setzte sich neben ihren Mann und las Bohnes ernüchternden Bericht. Als sie geendet hatte, ließ sie ihn seufzend sinken.

»Niemand hat behauptet, dass es einfach werden würde«, sagte sie und legte sanft die Hand auf die ihres Mannes.

»Aber Monsieur Bohne schreibt auch nicht, dass es unmöglich ist.«

Ohne sie anzusehen, sagte François bedrückt: »Die Bestellzahlen, die Monsieur Krüthoffer mitgebracht hat, sind ebenfalls enttäuschend. Er hat nicht Louis Bohnes Talent.«

»Dann schreiben Sie ihm doch, dass er Russland verlassen und noch einen Abstecher nach Berlin und Hamburg machen soll. Vielleicht wären auch die nördlichen Länder wie Dänemark und Schweden ein geeigneter Markt. Die Bürger sollen dort sehr wohlhabend sein.«

François rang sich ein Lächeln ab. »Meine liebe Barbe, Sie geben nie auf, nicht wahr? Warum schreiben diesmal nicht Sie an Monsieur Bohne? Ich habe heute nicht mehr die Kraft dazu.«

Es beginnt wieder, dachte Barbe-Nicole.

Sie spürte, wie sich eine Eisenklammer um ihr Herz legte. Beschützend schlang sie den Arm um François' viel zu schmale Taille und drückte ihn an sich. Er ließ es geschehen, doch sie hatte das Gefühl, dass er ihre Anwesenheit vergessen hatte. Sein Blick war auf das Fenster gerichtet, hinter dem die Bäume ihre gelben und roten Blätter abwarfen und sich auf den langen todesähnlichen Winterschlaf vorbereiteten. Die Wolken hingen grau und schwer am Himmel und verdunkelten die Sonne. Auf einmal konnte sich auch Barbe-Nicole der Trübseligkeit des Morgens nicht mehr entziehen. Vielleicht hatte François mit seiner Schwarzseherei doch recht. Sie hatten sich auf ein gefährliches Spiel eingelassen. Noch war es nicht verloren, aber sie hatten immer neue Widrigkeiten zu bewältigen, viele Rückschläge zu verkraften. Es schien tatsächlich, als hätte sich alles gegen sie verschworen – zuerst die katastrophalen Sommer, die eine schlechte Ernte nach der anderen verursachten und einen großen Teil ihres in den Kellern gelagerten Bestands vernichteten, nun der enttäuschende russische Markt, auf den sie all ihre Hoffnungen gesetzt hatten, und schließlich immer wieder dieser verdammte Krieg, der im vergangenen Jahr erneut ausgebrochen war und mehr und mehr Länder und damit Exportmärkte für ihren Wein in Feindseligkeiten verwickelte. Wie sollte es mit ihrem Geschäft weitergehen, wenn Europa in einem verheerenden Strudel blutiger Schlachten versank?

21

Boursault, Februar 1858

»Deine Darstellung der Risiken des Weinanbaus werden Madame Pommery nicht gerade ermuntern, den Handel ihres Gatten weiterzuführen.«

Barbe-Nicole wandte sich zu dem alten Herrn um, der durch die Terrassentür in das kleine Kabinett getreten war, als sie die junge Witwe gerade verabschiedet hatte.

»Ich hätte ihr keinen Gefallen damit getan, wenn ich ihr die Schwierigkeiten und Gefahren verschwiegen hätte«, antwortete Barbe-Nicole. »Du warst dabei, Marcel. Du hast diese schrecklichen Jahre miterlebt. Und wenn die Gute sich durch die zu erwartenden Widrigkeiten abschrecken lässt, ist sie für ein so hartes Geschäft wie den Weinhandel nicht geschaffen und sollte lieber die Finger davon lassen.«

Sie trat zu ihm und zupfte den Schal zurecht, der locker über seine Schultern fiel.

»Du weißt, dass ich es nicht gerne sehe, wenn du zu lange draußen in der Kälte stehst. Du könntest dir eine Lungenentzündung holen.«

Er lächelte, und seine schwarzen Augen blitzten spöttisch.

»Aber wo soll ich sonst in Ruhe mein Pfeifchen genießen, ohne dich mit dem Rauch zu belästigen, meine Liebe?«

Sie zog eine Grimasse. »Wenn du dich wenigstens warm anziehen würdest. Aber nein, der werte Herr hält sich ja weiterhin für jung und unverwundbar. Wir sind beide bereits über achtzig, vergiss das nicht.«

»Wie könnte ich das? Meine Knochen erinnern mich jeden Morgen daran«, erwiderte er ironisch und rieb sich die steifen Finger. »Und dennoch vergeht kein Tag, den ich nicht in vollen Zügen genieße«, fügte er liebevoll hinzu.

Verlegen wie ein kleines Mädchen schlug die Witwe Clicquot die Augen nieder.

»Soll ich nach Kaffee klingeln?«, fragte sie.

»Ja, bitte. Ich muss mich ein wenig aufwärmen. Der Wind ist recht kalt«, antwortete er und genoss den besorgten Blick, den sie ihm daraufhin zuwarf.

»Sie sind ein Filou, Monsieur Jacquin«, entgegnete sie vorwurfsvoll. »Jeder Tag mit dir kostet mich ein Jahr meines Lebens.«

Er lachte. »Nun übertreibst du aber. Dann müsstest du ja schon längst tot sein.«

Sie verstummten, als Pierre eintrat und sich nach den Wünschen der Herrschaft erkundigte. Auch wenn die Dienstboten über die Beziehung zwischen Madame Clicquot und ihrem Hausgast im Bilde waren, benahmen sich die beiden aus alter Gewohnheit so diskret wie am ersten Tag. Nachdem der Kaffee serviert und der Lakai verschwunden war, nahm Marcel das Gespräch wieder auf.

»Hast du Madame Pommery auch von uns erzählt?«, fragte er schelmisch.

»Natürlich nicht«, erwiderte Barbe-Nicole empört. »Du weißt, die Zeiten haben sich geändert. Die Leute sind heute mehr auf eine strenge Moral bedacht als wir damals. Ich habe nur erwähnt, dass du François und mir beratend zur Seite gestanden hast.«

»Sie könnte sich die Wahrheit zusammenreimen. Sie hat mich gesehen, und wie ich sie einschätze, ist sie keine naive Frau.«

»Und wenn schon. Mag sie denken, was sie will. Ich bin sicher, dass sie nicht darüber reden wird.«

»Wirst du ihr von François' Tod erzählen?«

Barbe-Nicole schüttelte den Kopf. »Nur die offizielle Version. Außer uns beiden ist keiner von denen, die die Wahrheit kannten, mehr am Leben. Mein Gemahl ist an Typhus gestorben. Die Gerüchte, die damals von den weniger verschwiegenen Dienstboten verbreitet wurden, sind längst vergessen.«

»Gut so. Ich habe deinen Mann sehr geachtet. Niemand sollte sich das Recht herausnehmen, über ihn zu urteilen.«

»Ich frage mich bis heute, was in ihm vorging, welche Qualen er litt«, sagte Barbe-Nicole leise. »Mein armer François … Ich wünschte so sehr, ich hätte dir helfen können.«

22

Reims, April 1805

»Der Bote ist gerade eingetroffen, Madame«, verkündete Marie, die einen flüchtigen Blick aus dem Fenster des Ankleidezimmers geworfen hatte.

»Wo? Lass mich sehen«, fragte Barbe-Nicole ungeduldig.

Ehe die Zofe Einspruch erheben konnte, war ihre Herrin von dem Hocker aufgesprungen, auf dem sie vor dem Frisiertisch gesessen hatte. Dabei riss sie Marie das feine Netz aus der Hand, in das diese gerade Barbe-Nicoles Haar fassen wollte. Die blonden Locken ergossen sich befreit über ihren Rücken.

»Madame«, rief die Zofe missbilligend.

Barbe-Nicole beachtete sie nicht. Marie war trotz ihrer Jugend in den letzten Jahren eine alte Matrone geworden, die nur noch um Anständigkeit bemüht war. Ihre Herrin kam sich neben ihr jung und ungezwungen vor, und sie schämte sich dessen nicht.

»Tatsächlich«, sagte Barbe-Nicole nach einem kurzen Blick aus dem Fenster. »Schade, er geht gleich ins Kontor. Vielleicht ist heute ein Brief von Monsieur Bohne dabei. Die Frühjahrsbestellungen sind überfällig.«

Als Marie sie zur Tür eilen sah, mahnte sie: »Madame, Sie können nicht mit unbedecktem Haar ins Kontor gehen.«

»In meinem eigenen Haus kann ich tun, was ich will!«

»Aber, Madame…«

»Bei allen Heiligen, du bist aufreibend«, stöhnte Barbe-Nicole, zögerte jedoch hinauszugehen. »Also gut, aber mach schnell.«

Widerwillig ließ sie sich wieder vor dem Frisiertisch nieder und versuchte, ihre Ungeduld zu zügeln, während Marie ihr Haar in das mit Golddraht durchwebte Netz legte und ihr dann eine Haube aus feinem Leinen auf den Kopf setzte.

Barbe-Nicole zog eine Grimasse. Sie hasste die ausladenden Hauben, die sie als Ehefrau tragen musste. Sie hatte den Eindruck, dass diese von Jahr zu Jahr größer wurden und mit immer mehr Spitze und Rüschen verziert waren.

»Fertig«, sagte Marie endlich.

Hastig stand Barbe-Nicole auf und raffte mit einer unbewussten Bewegung, die ihr dank Madame Jourdains Unterweisung in Fleisch und Blut übergegangen war, ihre Schleppe, die, dem modischen Diktat aus Paris zufolge, ebenfalls immer länger wurde. Im nächsten Moment war sie zur Tür hinaus und eilte über den Innenhof zum Kontor.

François saß über sein Schreibpult gebeugt und war in einen Brief vertieft. Barbe-Nicole hatte recht gehabt, die Bestellungen aus dem Ausland waren eingetroffen. Zögernd trat sie näher. Ihr Mann hörte sie nicht. Es schien, als wenn er durch das Papier, das er in den schmalen Händen hielt, hindurchsehen würde.

»Gute Neuigkeiten?«, fragte Barbe-Nicole, von ihrem unverwüstlichen Optimismus beflügelt.

»Die Bestellungen aus Russland«, antwortete François tonlos.

Das Herz der jungen Frau sank. »Sind sie so schlecht?«

»Enttäuschend. Es hat keinen Sinn mehr, Barbe«, murmelte er. »Ich weiß nicht, wie wir weitermachen sollen.«

Betroffen nahm Barbe-Nicole ihm den Brief aus der Hand. Er war in der unverkennbaren Handschrift Louis Bohnes verfasst. Nachdem sie die Zahlen erst einmal, dann ein weiteres Mal überflogen hatte, hob sie verwundert den Kopf und sah François ins Gesicht, dessen Haut schlaff und blutleer wirkte.

»Aber die Bestellungen sind doch gut«, stellte sie fest. »Wir werden insgesamt fünfundsiebzigtausend Flaschen in drei Monaten ausliefern können. Und ein Drittel davon nach Russland.«

»Ich sagte doch, dass die Zahlen enttäuschend sind«, erwiderte François unbewegt.

»Das ist mehr, als wir im ganzen vergangenen Jahr verkauft haben«, belehrte Barbe-Nicole ihn.

Kraftlos schüttelte er den Kopf. »Nein, Sie müssen sich verrechnet haben, Madame.«

Seufzend faltete sie den Brief zusammen. Dann legte sie die Arme um François, zog ihn an sich und wiegte ihn wie ein Kind.

»Es wird alles gut, du wirst sehen«, flüsterte sie ihm zärtlich ins Ohr. »Hab nur ein wenig Geduld.«

Er schloss die Augen und ließ sich hätscheln.

Barbe-Nicole wartete auf den Sommer, in der Hoffnung, dass das Sonnenlicht und die Wärme François' Melancholie vertreiben würden. Doch Juni, Juli und August gingen ins Land, und der Sommer kam nicht. Stattdessen blieb der Himmel grau und mit dicken Wolken verhangen, die sich immer wieder öffneten und wahre Regenfluten auf die Erde niedergehen ließen. Es war so kühl, dass Barbe-Nicole Anweisung geben musste, Feuer in den Kaminen und Öfen zu unterhalten, damit die Feuchtigkeit nicht in die Räume des großen Hauses kroch. Im Frühling waren die Nächte so kalt gewesen, dass die Vogelküken in den Nestern erfroren. Einmal fand Barbe-Nicole bei einem ihrer seltenen Spaziergänge im Garten eine jener erbarmungswürdigen, mit dünnem nassem Flaum bedeckten Kreaturen unter einem Baum. Das Küken war so ausgemergelt, dass nicht einmal die Katze Interesse an der leichten Beute gezeigt hatte.

François schwankte zwischen Phasen der Hoffnungslosigkeit und Erschöpfung, einer unbestimmten Angst und einer fast gehetzten Rastlosigkeit. Barbe-Nicole hätte nicht sagen können, welche Verstimmung ihr mehr Sorgen bereitete. Aber wenn er sie aufforderte, mit ihm durch die Weinberge zu fahren, um nach der Ernte zu sehen, war ihr das lieber, als wenn er betrübt auf dem Ruhebett lag und die Wand anstarrte.

Es war keine angenehme Sache, in der Karriole, die nur über ein ledernes Halbdach verfügte, über die schlammigen, mit Pfützen und Schlaglöchern übersäten Wege zu fahren und sich vom Sprühregen durchnässen zu lassen. Immer wieder zügelte François das Pony und verließ die Kutsche, um den Zustand der Trauben zu begutachten. Die Früchte waren fast alle mit einem weißen oder braunen Belag überzogen, zerfielen unter dem Druck seiner Finger. Diejenigen, die normal aussahen, hinterließen einen seltsamen Nachgeschmack, vermutlich von dem Pilz, der sie befallen hatte. Angeekelt spuckte François die verdorbenen Beeren aus und warf den Rest mit einer wütenden Bewegung zwischen die Rebstöcke. Dann wandte er sich plötzlich ab und marschierte ohne ein Wort den matschigen Weg entlang.

Konsterniert blickte Barbe-Nicole ihm nach. Sie verstand seine Verzweiflung, aber sie fand, dass er lernen musste, sich zusammenzureißen. Wie leicht konnte er sich im strömenden Regen erkälten. Besorgt und verärgert nahm sie die Zügel und setzte das Pony mit einem leisen Zungenschnalzen in Bewegung.

»Steigen Sie ein, mein Liebster«, bat sie, als sie ihn eingeholt hatte. »Ich bitte Sie!«

Erschrocken wandte er sich um und sah sie an, als wüsste er nicht, wer sie war.

»Was willst du von mir? Lass mich allein.«

»François. Ich bin's.«

Er musterte sie misstrauisch, dann klärte sich sein Blick, und ein schwaches Lächeln zuckte um seine blutleeren Lippen.

»Du solltest wirklich nicht in diesem Regen herumfahren, Barbe. Du holst dir ja den Tod. Ein seltsamer Ausdruck, nicht wahr? Als wenn man sich den Tod irgendwo abholt wie eine Paketsendung. Sind eigentlich die Kisten mit den leeren Flaschen schon gekommen? Wir müssen sie unbedingt füllen, leer können wir sie ja gar nicht ausliefern. Der Dienstplan der Männer, die die Lieferungen machen, muss ebenfalls neu aufgestellt werden. So, wie er jetzt ist, geht es nicht. Du solltest auch mehr laufen, Barbe, das tut dir gut. Du bist so gut zu mir, Barbe, die beste Ehefrau, die ich mir wünschen könnte. Was wünschst du dir eigentlich zum Hochzeitstag, hast du schon einmal darüber nachgedacht? Aber denken ist gefährlich, wenn die Gedanken durchbrennen und einen Brand auslösen …«

»François!«, schrie Barbe-Nicole. »Hör auf.« Tränen der Bestürzung traten ihr in die Augen.

»Hör auf? Aufhören? Worauf soll ich hören? Den Regen, der all unsere Träume wegspült? Wir werden jämmerlich ersaufen in einem Meer von Schlamm und verfaulenden Reben…«

Zitternd vor Angst und Entsetzen sprang Barbe-Nicole aus der Karriole, ergriff François' Arm und schüttelte ihn wild.

»Was ist mit dir? Hat dich der Wahnsinn gepackt? Was du redest, ergibt keinen Sinn…«

Doch er reagierte nicht auf ihre Ermahnungen, sondern schien durch sie hindurchzusehen. Dann trat plötzlich Panik in seine Augen, er riss sich von ihr los und rannte wie von Furien gejagt den morastigen Weg entlang. Barbe-Nicole versuchte, ihm zu folgen, glitt aber mit ihren Schuhen, die nur dünne Ledersohlen hatten, immer wieder aus. Rasch kehrte sie zur Kutsche zurück und stieg ein. Das gutmütige Pferd zuckte zusammen, als sie die Zügel auf seinen Rücken niedersausen ließ, und sprang nach vorn. Vor sich sah sie François zwischen den Regenschleiern verschwinden, die immer dichter fielen. In der Angst, ihn mit dem Wagen zu streifen, zügelte sie das Pony zu einem leichten Trab. Als Barbe-Nicole seine Gestalt wieder ausmachen konnte, folgte sie ihm verbissen. Was war nur in ihn gefahren? Hatte ihn die Verzweiflung über die verdorbene Ernte so tief getroffen, dass er den Verstand verlor? So hatte sie ihn noch nie erlebt. Was sollte sie nur tun, wenn er nicht auf sie hörte? Sie hätten nicht allein in die Weinberge fahren dürfen.

Auf einmal stolperte François und fiel zu Boden. Er machte

keinen Versuch, sich aufzuraffen, richtete sich nur halb auf und hob die Hände, als wollte er den Himmel anflehen, seine Schleusen zu schließen. Barbe-Nicole zügelte das Pferd und stieg aus der Kutsche. Als sie sich über ihren Mann beugte, beachtete er sie nicht, als sei sie gar nicht da.

»Heilige Jungfrau, hab Erbarmen mit der armen Erde und den Kreaturen, die auf ihr leben«, rief er heiser. »Ertränke sie nicht mit deinen Tränen …«

Er begann zu singen, ein Kinderlied, als wollte er eine böse Macht besänftigen. Entschlossen packte Barbe-Nicole ihn am Arm und versuchte, ihn auf die Beine zu ziehen, doch er wehrte sich gegen sie.

»Ich muss den Menschen doch helfen«, protestierte er. »Sie werden alle verhungern.«

»Komm mit«, drängte Barbe-Nicole. »Du bist völlig durchnässt. Wir müssen nach Hause.«

Unter Aufbietung all ihrer Kräfte zog und zerrte sie ihn zur Karriole und schob ihn schließlich mit Gewalt hinein. Rasch setzte sie sich neben ihn und nahm die Zügel auf. Doch dann zögerte sie. Bis nach Bouzy, von wo sie am Morgen aufgebrochen waren, würde sie eine halbe Stunde brauchen. Bis dahin waren sie beide in dem kalten Wind zu Eis erstarrt. Zudem machte François erneut Anstalten, die Karriole zu verlassen. Allein wurde sie nicht mit ihm fertig. Sie brauchte Hilfe.

Das nächstgelegene Gut gehörte den Jacquins. Die Panik, die sie ergriffen hatte, legte sich ein wenig. Marcel würde ihr helfen. Seine Ruhe und Selbstsicherheit waren unerschütterlich. Und sie konnte sich auf sein Schweigen verlassen. Er würde nichts von dem, was er zu sehen bekam, weitertragen. Niemand durfte erfahren, wie schlecht es François Clicquot ging.

Energisch trieb sie das Pony an und ließ es so schnell, wie es der schlammige Weg erlaubte, nach Süden traben. Sie musste die Zügel mit der Linken halten, während sie mit der Rechten François nur mit Mühe davon abhalten konnte, aus der Kutsche zu springen. Er war wieder so rastlos und getrieben, unfähig, Ruhe zu finden.

Während sie zwischen den Weinbergen hindurchjagten, sprach er ununterbrochen davon, dass er den Arbeitern und ihren Familien aus ihrer Not helfen müsse, weil er es nicht ertragen könne, ihr Leid mit anzusehen. Er redete ohne Unterlass, doch Barbe-Nicole hörte ihm nicht mehr zu. Sie musste sich darauf konzentrieren, das Pferd zu lenken. Ihre Finger, die François' Handgelenk umklammert hielten, schmerzten und wurden taub vor Kälte. Dennoch hielt sie ihn eisern fest und zog ihn immer wieder zurück, wenn er sich zur Tür hinauswerfen wollte. Sie knirschte mit den Zähnen, und ihr Herz schlug wild in der Brust.

Am Ende ihrer Kräfte lenkte sie das Pony auf den Hof des Gutes der Jacquins. Marcel sah sie vom Tor zur Kellerei aus und rannte ihr entgegen, ohne sich um den Regen zu kümmern. Noch nie hatte Barbe-Nicole sich so sehr gefreut, ihn zu sehen. Als der Weinbauer den erbärmlichen Zustand bemerkte, in dem sich François Clicquot befand, hielt er sich nicht mit Fragen auf, sondern zog den jungen Mann aus der Kutsche.

»Du musst ein Einsehen haben, heiliger Petrus, und diesen verdammten Regen eindämmen«, sagte François zu dem Winzer, den er offensichtlich nicht erkannte. »Diese Sintflut wird uns fortschwemmen, bevor wir eine neue Arche bauen können…«

Marcel blickte erst François, dann Barbe-Nicole fragend an. Als er die Verzweiflung und Angst in ihren Augen sah, verkniff er sich eine Bemerkung. Stattdessen packte er den Weinhändler am Arm und schob ihn resolut auf das Wohnhaus zu. Wieder begann François zu singen. Barbe-Nicole spürte, wie ihr übel wurde.

Im Haus trafen sie auf Marcels Vater, der seinem Sohn zu Hilfe kam, ohne Fragen zu stellen. Barbe-Nicole war froh, dass sie keine Erklärungen abgeben musste.

»Bringen wir ihn ins Gästezimmer«, entschied Marcel.

Mit Oliviers Hilfe gelang es ihm, den sich wehrenden François die schmale Stiege hinauf in eine kleine Kammer zu bugsieren, die mit einem Bett und einem Kamin ausgestattet war.

»Ich muss los«, widersprach François. »Die Arche bauen, bevor es zu spät ist. Lasst mich! Nehmt eure Hände weg, ihr Dämonen, ihr werdet mich nicht aufhalten, ich habe so viel zu tun, geht weg, lasst mich…«

Marcel konnte ihn nur mit Mühe davon abhalten, von dem Schemel aufzuspringen, auf dem sie ihn abgesetzt hatten. Barbe-Nicole versuchte nun ebenfalls, François festzuhalten, doch er wand sich wie ein Aal und entschlüpfte ihnen immer wieder. Durch den Radau angelockt erschien eine junge Frau in der Tür und blickte mit entsetzter Miene herein. Als Marcel ihr Erscheinen bemerkte, befahl er: »Hol Mamans Laudanum. Schnell!«

Das Mädchen gehorchte ohne Zögern. Kurz darauf kehrte es mit einem Medizinfläschchen und einem Glas Wein zurück. Barbe-Nicole nahm ihr beides aus der Hand, füllte etwas Medizin in den Wein und schwenkte das Glas, um das eine mit dem anderen zu vermischen. Dann beugte sie sich zu François hinab und sagte sanft: »Trink das, mein Liebster, ich bitte dich.«

Unversehens hörte er auf zu toben und sah sie verwundert an. In seinem Blick flammte Erkennen auf, und seine Mundwinkel hoben sich zu einem traurigen Lächeln.

»Die gute Barbe, wie immer um mein Wohlergehen besorgt«, murmelte er.

Da er keine Anstalten machte, das Glas entgegenzunehmen, legte sie ihm die Hand in den Nacken und hielt es an seine Lippen. Folgsam schluckte er den mit Laudanum versetzten Wein. Während Olivier neben ihm stehen blieb, für den Fall, dass François erneut versuchen würde aufzuspringen, gab Marcel einer Magd Anweisung, Feuer zu machen. Dann begannen er und sein Vater, den Weinhändler von seiner durchnässten, schlammigen Kleidung zu befreien. Als Marcels Blick auf die junge Frau fiel, die das Laudanum gebracht hatte und das Geschehen nun mit bestürzter Miene verfolgte, sagte er: »Aurélie, geh zu Maman. Sie sollte nicht so lange allein bleiben.«

Barbe-Nicole wurde auf einmal klar, dass sie seine Gemahlin war. Im ersten Moment hatte sie sie angesichts des schroffen Tons, mit dem er sie ansprach, für eine Magd gehalten. Offensichtlich empfand er keine Liebe für Aurélie. Und sie wusste, dass sie die Schuld daran trug.

Es dauerte eine Weile, bis die Wirkung des Opiums einsetzte. Marcel und Olivier mussten François immer wieder am Aufstehen hindern. Der Weinhändler redete ohne Unterlass, doch was er unermüdlich hervorsprudelte, ergab nur für ihn einen Sinn, nicht für seine Zuhörer. Barbe-Nicole versuchte, die mitleidigen Blicke zu ignorieren, die die Jacquins ihr zuwarfen. Als François' Bewegungen endlich erlahmten und der Redefluss versiegte, zog Marcel ihm ein Nachthemd über, das eine Magd gebracht hatte, und legte ihn ins Bett. Nach einer Weile schlief er ein.

»Sie sind auch völlig durchnässt«, sagte Olivier zu Barbe-Nicole. »Thérèse wird Ihnen beim Auskleiden helfen und Ihr Kleid trocknen.«

Ohne ein weiteres Wort zogen sich beide Männer zurück und schlossen die Tür.

Am Abend brachte Marcel der jungen Frau eine leichte Mahlzeit. François schlief fest, und keiner von ihnen hielt es für geraten, ihn zu wecken. Als Marcel Brot, Käse und etwas Hühnerfleisch auf einem kleinen Tisch neben dem Kamin abgestellt hatte, fragte er: »Ist so etwas schon einmal vorgekommen?«

Über ihr Gesicht huschte ein gequälter Ausdruck. »Nicht so schlimm, nein«, presste sie hervor. »Es ist, als hätte er den Verstand verloren«, fügte sie unter Tränen hinzu.

Leise schloss Marcel die Tür und trat an ihre Seite. »Es tut mir so leid, Barbe, das musst du mir glauben.«

Seine Worte taten ihr gut. Sie stieß sich nicht daran, dass er sie duzte. In diesem Moment brauchte sie seine Freundschaft, um nicht zu verzweifeln.

»Es ist dieser verfluchte Sommer ohne Sonne, ohne Wärme«, sagte sie. »Nach drei Jahren der Dürre, die die Ernte vernichtet und unsere Bestände in einen Scherbenhaufen verwandelt hat, verfaulen nun die Trauben an den Stöcken.« Sie sah mit tränenverschleierten Augen zu Marcel auf und schämte sich auf einmal für ihre Niedergeschlagenheit. Als Weinbauer hatte er ebenso unter dem katastrophalen Wetter zu leiden wie sie, wenn nicht noch mehr, denn es bedrohte seine Existenz.

»Es tut mir leid«, sagte sie und schlug die Hände vors Gesicht. »Ich habe kein Recht, mich zu beklagen. Ich habe François' Entscheidungen immer mitgetragen. Und wir werden nicht verhungern. Für euch muss das alles noch viel schlimmer sein.«

Er antwortete nicht, und sie glaubte schon, sie hätte ihn durch ihre Worte verärgert. Doch dann legte er seine Arme um sie, und sie fühlte sich wie in einem schützenden Kokon. Ohne Reue ließ sie den Kopf an seine warme Brust sinken und weinte. Marcels Nähe bot ihr den Halt, den François ihr nicht geben konnte. Sie war es müde, ihn zu stützen, ihn zu umsorgen, immer stark zu sein. Nun brauchte sie Trost und Zuspruch. Nachdem sie eine ganze Weile in enger Umarmung vor dem knisternden Kaminfeuer gestanden hatten, wurde sich Barbe-Nicole auf einmal wieder bewusst, wo sie sich befand. Ihr Blick fiel schuldbewusst auf ihren Gemahl, der bis zum Kinn zugedeckt im Bett lag und sich nicht rührte. Sanft löste sie sich von Marcel und ließ sich auf den Rand der Matratze sinken. Nach kurzem Zögern setzte der Winzer sich auf einen Schemel.

»Ich danke dir für deine Hilfe«, sagte sie leise. »Ich hätte ihn allein nicht nach Bouzy schaffen können.«

Da Marcel schwieg, suchte sie seinen Blick und sah seine Augen liebevoll auf sie gerichtet. Rasch wandte sie den Kopf und fügte fast flüsternd hinzu: »Bitte sprich zu niemandem über das, was passiert ist.«

»Natürlich nicht«, antwortete er. In seiner Stimme schwang eine Spur von Ärger mit, dass sie es überhaupt für nötig hielt, ihn darum zu bitten. »Niemand in diesem Haushalt wird darüber sprechen.«

»Das Mädchen, das das Laudanum brachte, ist deine Frau?«, fragte Barbe-Nicole.

Sie ahnte, dass er nickte, sah ihn aber nicht an, sondern hielt den Blick auf François gerichtet.

»Sie ist sehr hübsch«, bemerkte sie.

»Nicht so hübsch wie du.«

Sie lächelte bitter. »Du brauchst eine Brille, mein Lieber. Ich war nie hübsch.«

»Für mich bist du es.«

Da wandte sie ihm das Gesicht zu und sagte zärtlich: »Ich weiß. Und dafür habe ich dich immer geliebt.«

Sie wusste selbst nicht, warum sie ihm plötzlich dieses kühne Geständnis machte. Vielleicht, weil die Sorge um François und das Geschäft ihre Nerven zerrüttet hatte und sie nicht mehr so kühl und beherrscht sein konnte wie früher.

»Warum bist du damals nicht mehr zu unserem Treffpunkt gekommen?«, fragte Marcel, und sie hörte den Schmerz in seiner Stimme.

»Vater hat uns zusammen gesehen, und er hat dich erkannt. Er hat mir verboten, dich wiederzusehen.«

»Und du hast ihm bereitwillig gehorcht?«, entgegnete er. »Die brave kleine Bürgerstochter, die es nicht wagt, ihren Papa zu verärgern. Ich hatte gehofft, du würdest wenigstens den Mut haben, mir selbst zu sagen, dass wir uns nicht mehr treffen können. Ich hätte alles dafür gegeben, dich noch einmal wiederzusehen.«

»Das konnte ich nicht riskieren!«, brauste sie auf. »Er hat gedroht …«

»Was? Dass er dich übers Knie legt? Dir keine neuen Kleider kauft?«, unterbrach er sie barsch.

Barbe-Nicole stieg das Blut in die Wangen. »Glaubst du das wirklich? Hältst du mich für so oberflächlich?«

Die Anklage aus seinem Mund traf sie tiefer, als sie es für möglich gehalten hätte.

»Was denn? Was hat dein Vater dir angedroht?«, fragte er abfällig.

Zornig funkelte sie ihn an. »Er wollte dafür sorgen, dass du eingezogen wirst. Ich konnte den Gedanken nicht ertragen, dass du wie so viele andere junge Männer auf dem Schlachtfeld …«

Sie konnte die Worte nicht aussprechen und wandte erneut den Blick ab. François war unruhig geworden und wälzte sich unter der Decke hin und her.

»Geh jetzt, ich bitte dich«, sagte sie zu Marcel.

Schweigend erhob er sich und verließ die Kammer.

Ein jähes Gefühl der Panik riss Barbe-Nicole aus dem Schlaf. Im ersten Moment wusste sie nicht, wo sie sich befand. Ein roter Schimmer durchwob die Dunkelheit, die sie umgab, und verstärkte den Eindruck von Unwirklichkeit. Ein Frösteln ergriff sie. Als sie um sich tastete, stellte sie fest, dass sie nur mit einem Nachthemd bekleidet auf einem Bett lag. Die Decke war zu Boden gerutscht, und ihre unbedeckten Füße waren zu Eis erstarrt. Verwirrt sah sie sich um. Der rötliche Schein stammte von der Glut im Kamin, die fast erloschen war. Sie befand sich nicht in ihrem Schlafgemach auf der Rue de l'Hôpital, sondern in einem Raum, der ihr unbekannt war. Und dann fiel ihr auf einmal alles wieder ein: die Fahrt durch die Weinberge, der sintflutartige Regen,

François' Ausbruch ... Da der Regen am Abend noch immer nicht nachgelassen hatte, war sie auf Marcels Vorschlag eingegangen und hatte seine Gastfreundschaft für die Nacht angenommen. Er hatte einen seiner Leute mit einer Nachricht nach Bouzy geschickt, damit der Verwalter des Gutes sich keine Sorgen machte. Eine Magd hatte Barbe-Nicole ein Nachthemd gebracht und ihr beim Auskleiden geholfen. An François' Seite war sie schließlich schnell eingeschlafen.

François!, durchfuhr es sie. Hastig ließ sie die Hand über die Matratze neben ihr gleiten. Er war nicht da!

»François? Liebster, wo bist du?«, rief sie.

Der gehetzte Ton ihrer eigenen Stimme ließ sie erschaudern. Sie brauchte Licht!

Mit zitternden Händen suchte sie auf dem Schemel neben dem Bett nach der Zunderbüchse. Als sie sie gefunden hatte, öffnete sie sie und tastete nach den darin aufbewahrten Schwefelhölzchen. Sie war so aufgeregt, dass ihr die Büchse beinahe aus der Hand fiel. Ärgerlich biss sie die Zähne zusammen und zwang sich zur Ruhe. Mit einem der Hölzchen stieg sie aus dem Bett, hockte sich vor den Kamin und steckte das mit Schwefel überzogene Ende in die Ascheglut. Als es sich entzündete, kehrte sie zu dem Schemel zurück und hielt es an das Binsenlicht, das, in einen eisernen Ständer geklemmt, darauf stand. Ein unangenehmer Geruch nach verbranntem Fett, das den Binsenstängel überzog, erfüllte die Kammer. Die Schatten zogen sich wie unwillige Gespenster in die Ecken zurück, gaben den Blick auf die spartanische Möblierung und die Tür frei. Sie stand offen. François war fort.

Wohin konnte er mitten in der Nacht gegangen sein?, überlegte sie besorgt. Ihr blieb nichts anderes übrig als nachzusehen. Obwohl die Kleider ihres Mannes neben den ihren auf einer Truhe lagen, entschied sie nach kurzem Zögern, sich anzuziehen. Eine der Mägde hatte die Kleidungsstücke am Abend gebracht, nachdem sie sie gewaschen und vor dem Feuer getrocknet hatte. Rasch schlüpfte Barbe-Nicole in ihr Unterkleid aus Kattun und zog dann den Oberrock aus indischem Perkal darüber. Als sie ihre Strümpfe und Schuhe übergestreift hatte, legte sie sich noch ihren Kaschmirschal um die Schultern.

Mit dem Binsenlicht in der Hand verließ Barbe-Nicole die Kammer und stieg die Treppe ins Erdgeschoss hinab. Leise rief sie den Namen ihres Mannes. Doch als sie die Haustür erreichte, verstummte sie. Sie stand einen Spaltbreit offen. François hatte im Nachthemd und mit bloßen Füßen das Haus verlassen. Vermutlich war er noch immer nicht bei Sinnen. Rasch stürzte Barbe-Nicole nach draußen und sah sich um. Es hatte aufgehört zu regnen. Ein jäher Windstoß löschte das Binsenlicht in ihrer Hand.

»François!«, rief sie.

In der Hoffnung, dass ihr Gatte noch in der Nähe war, eilte sie über den Innenhof. Doch da kein Mond schien, lag alles in undurchdringlicher Finsternis. Prüfend rüttelte sie am Tor zur Kellerei, aber es war verschlossen. Dort drinnen konnte François also nicht sein. Verzweiflung überkam sie. Wie sollte sie ihn in der Dunkelheit finden? Sie brauchte Hilfe.

Unentschlossen kehrte sie zum Haus zurück und überlegte noch, ob sie die Bewohner wecken sollte, als sie eine Gestalt in der Tür auftauchen sah. Es war Marcel.

»Ich hörte dich rufen«, sagte er, während er seine Jacke überstreifte. »Was ist passiert?«

»François. Er ist fort«, erklärte Barbe-Nicole atemlos. »Er irrt hier irgendwo herum. Und er trägt nichts weiter als ein Nachthemd.«

»Allein finden wir ihn nicht. Ich wecke meinen Vater und ein paar der Männer.«

»Nein. Ich will nicht, dass deine Leute ihn so sehen. Hol nur deinen Vater. Ihm vertraue ich.«

Kurz darauf kehrte Marcel mit Olivier zurück. Beide Männer trugen Laternen.

»Ihr geht nach rechts zu den Weinbergen. Ich suche auf der Straße«, schlug Olivier vor und machte sich ohne Zögern auf den Weg.

»Es tut mir leid, dass ich deinen Vater um den Schlaf bringe«, entschuldigte sich Barbe-Nicole.

»Schon gut«, sagte Marcel. »François Clicquot war immer ein zuverlässiger Geschäftspartner. Es hätte jederzeit auch einen von uns treffen können.«

»Ich hoffe, deine Mutter nimmt es mir nicht übel«, meinte Barbe-Nicole.

Die Unannehmlichkeiten, die sie den Jacquins bereitete, ließen ihr keine Ruhe. Sie erinnerte sich an Marcels Worte, mit denen er seine Frau nach dem Laudanum geschickt hatte.

»Du sagtest, deine Mutter dürfe nicht so lange allein bleiben. Geht es ihr nicht gut?«

Marcel presste die Lippen zusammen, bevor er antwortete: »Sie ist krank.«

»Das tut mir sehr leid«, sagte Barbe-Nicole mitfühlend. »Hat sie so große Schmerzen, dass sie Laudanum nehmen muss?«

Er blieb am Rand einer Parzelle Weinreben stehen und

sagte, ohne seine Begleiterin anzusehen: »Sie hat eine Geschwulst in der Brust. Der Arzt sagt, dass sie nicht mehr lange leben wird.«

Da er die Lampe auf der Höhe seiner Taille hielt, konnte Barbe-Nicole sein Gesicht nicht sehen, doch sie erahnte den Schmerz, der seine Züge verzerrte. In dem Bedürfnis, ihn zu trösten, legte sie ihm die Hand auf den Arm. Sie brauchte ihm nicht zu sagen, dass sie mit ihm fühlte, er wusste es auch so. Haltsuchend umklammerte er mit den Fingern die ihren. Doch der Moment der Schwäche währte nur kurz. Er atmete ein paarmal tief durch und ließ dann ihre Hand los.

»Komm, wir müssen deinen Mann finden«, sagte er mit fester Stimme.

Eine Weile gingen sie schweigend zwischen den Reben hindurch. Immer wieder senkte Marcel die Laterne, auf der Suche nach Spuren, die verrieten, ob jemand denselben Weg genommen hatte. Trotz des Kaschmirschals, den sie eng um sich geschlungen hatte, fror Barbe-Nicole, denn die Nachtluft war kühl.

»Vielleicht solltest du besser zum Haus zurückgehen«, mahnte Marcel. »Ich suche weiter.«

»Nein, wenn er in derselben Stimmung ist wie gestern, wirst du allein nicht mit ihm fertig.«

Er erhob keinen weiteren Einspruch, sondern akzeptierte ihren Wunsch. Das hatte sie schon immer an ihm geschätzt. Plötzlich blieb Marcel stehen und griff im gleichen Moment nach ihrem Handgelenk.

»Hörst du das? Da singt jemand.«

Angestrengt lauschten sie, bis sie sicher waren, woher die Stimme kam. Barbe-Nicole lief voraus. Als sie einen weißen Schemen erblickte, der sich im Kreis drehte, blieb sie erschrocken stehen. In dem flatternden Nachthemd wirkte François wie ein Gespenst. Mitten zwischen den Rebstöcken sang er zu den Heiligen und führte einen Beschwörungstanz auf. Barbe-Nicole rief seinen Namen, doch er hörte sie nicht. Marcel trat auf den jungen Clicquot zu und warf ihn sich kurzerhand über die Schulter. Da François sich nicht wehrte, bereitete es dem Winzer keine große Mühe, ihn zum Haus zurückzutragen. Den ganzen Weg über redete François über seine Pläne für ein großes Regenbecken, das das Wasser von den Reben abhalten und so für eine gute Ernte sorgen würde.

Sie schafften es, ungesehen in die Kammer zu gelangen. Dort setzte Marcel François auf dem Bett ab und sagte: »Ich hole noch etwas Laudanum, damit er bis morgen früh durchschläft, und heißes Wasser.«

Vom Laufen auf dem steinigen Weg waren François' Füße völlig zerschunden. Als Marcel Barbe-Nicole das heiße Wasser brachte, kehrte sein Vater von seiner ergebnislosen Suche zurück und war erleichtert, den Vermissten wohlbehalten vorzufinden.

»Ich bin Ihnen zu großem Dank verpflichtet«, sagte Barbe-Nicole.

Als sie Oliviers verständnisvollem Blick begegnete, erfüllte sie eine Wärme, die sie beinahe in Tränen ausbrechen ließ.

»Keine Ursache, Madame«, erwiderte Olivier. »Vergessen wir das Ganze.«

Er wandte sich zur Tür, warf seinem Sohn jedoch noch einen warnenden Blick zu. Barbe-Nicole bemerkte den mahnenden Ausdruck in Oliviers Augen und begriff, dass er über Marcels Gefühle für sie im Bilde war. Diese Erkenntnis machte ihr seine Hilfsbereitschaft noch teurer.

Nachdem sie François eine weitere Dosis Laudanum eingeflößt hatte, versuchte sie, seine Füße zu waschen, doch er wollte nicht stillsitzen. Immer wieder musste sie ihn mit Marcels Hilfe vom Aufstehen abhalten. Anscheinend fühlte er weder Kälte noch Schmerz. Von einer Beschreibung des Regenbeckens, das er bauen wollte, war er zur Planung einer Windmaschine übergegangen, die die Feuchtigkeit aus den Weinbergen blasen sollte. Es war offensichtlich, dass ihm das nasse Wetter keine Ruhe ließ und dass seine Gedanken, die gewöhnlich von einem Thema zum anderen sprangen, diesmal unablässig um dasselbe Problem kreisten. Die Ernte vor der Vernichtung zu retten war zur fixen Idee für ihn geworden.

Erst als die Wirkung des Laudanums einsetzte, gelang es Barbe-Nicole und Marcel, seine Füße von Blut und Schlamm zu säubern und ihn wieder ins Bett zu legen. Wenig später fiel er in einen unruhigen Schlaf. Erschöpft ließ sich die junge Frau auf den Rand der Matratze sinken.

»Was soll nur werden, wenn die Ernte wieder so schlecht ausfällt wie die letzten Jahre?«, murmelte sie bedrückt.

»Wir können nur beten, dass es nicht so sein wird«, sagte Marcel.

François schlief bis zum Morgen durch. Barbe-Nicole war schon früh aufgewacht, obwohl sie noch müde war, und lauschte auf seine ruhigen Atemzüge. Sie dachte an Marcels Worte und begriff, dass er recht hatte. Sie durfte sich nicht der Schwäche der Verzweiflung hingeben, sie musste daran glauben, dass die Not eines Tages ein Ende haben und alles besser werden würde – so wie damals, als sie sich im Labyrinth der Keller verlaufen hatte und er ihr zu Hilfe gekommen war. Wenn man die Hoffnung aufgab, war man verloren.

Als François erwachte, wusste er nicht, wo er sich befand, und zu Barbe-Nicoles Erstaunen erinnerte er sich an nichts von dem, was am Tag zuvor geschehen war. Sie erklärte ihm, dass sie bei einer Fahrt durch die Weinberge in einen heftigen Regenschauer gekommen waren und auf dem Hof der Jacquins Schutz gesucht hatten. Die Erwähnung des Wetters brachte François' Bekümmerung zurück, aber er blieb ruhig und ließ sich durch Barbe-Nicole schließlich ablenken.

Das Frühstück nahmen sie mit der Familie Jacquin in der großen Wohnküche ein. François war sich nicht bewusst, wie schlecht er aussah, aber da seine Gastgeber sich nichts anmerken ließen, fand er sogar Gefallen an der Unterhaltung mit ihnen und lobte Aurélies wohlschmeckenden Kaffee. Als es Zeit zum Aufbruch war, bestand Marcel darauf, sie zu Pferd nach Bouzy zu begleiten. Niemand erhob Einspruch, nur seine Frau blickte verwundert von einem zum anderen. Sie ahnte wohl, dass es hier ein Geheimnis gab, von dem sie ausgeschlossen war.

François freute sich über das Angebot des jungen Jacquin, ihnen auf dem Weg Gesellschaft zu leisten, und nutzte die Gelegenheit, sich unermüdlich mit ihm über sein Lieblingsthema, den Wein und seine Herstellung, zu unterhalten. Barbe-Nicole, die die Zügel hielt, konzentrierte sich ganz darauf, das Pony über die schlammigen Wege zu lenken. Erst als Bouzy in Sicht kam, hielt Marcel sein Reittier an und verabschiedete sich von ihnen.

»Vielen Dank für alles, Monsieur«, rief Barbe-Nicole ihm zu.

Eine Weile noch blickte der junge Winzer der Karriole nach, bevor er sein Pferd wendete und den Rückweg einschlug.

23

Reims, Oktober 1805

Wie Marcel es beschworen hatte, wurde das Wetter besser, und die Menschen der Champagne konnten einen sonnigen und warmen Altweibersommer genießen. Zu diesem Zeitpunkt waren die meisten Trauben jedoch noch grün und unreif an den Rebstöcken verrottet. Ein ähnlicher Anfall, wie Barbe-Nicole ihn während ihres Ausflugs in die Weinberge bei François erlebt hatte, kam nicht mehr vor. Stattdessen sank er immer tiefer in einen Zustand der Betrübtheit, als habe er jegliche Hoffnung verloren. Er war davon überzeugt, dass die Katastrophe nur seinetwegen über das Land hereingebrochen war, dass er sie hätte abwenden können, wenn er sich nur genug angestrengt hätte. Doch die Aufgabe erschien ihm zu groß, die Verantwortung für das Geschäft, für seine Familie lastete auf ihm. Er fühlte die Not der anderen wie ein unerträgliches Gewicht auf der Brust, wie einen Alb, der ihm die Luft aus der Lunge presste und sein Herz zusammendrückte. Barbe-Nicole ließ Dr. Gallois rufen, weil sie fürchtete, dass François herzkrank sein könnte, doch der Arzt konnte keine Unregelmäßigkeit oder Schwäche des Herzschlags feststellen. Er führte das Gefühl der Beengtheit, das sein Patient verspürte, schließlich auf einen Zustand namenloser Angst zurück.

Barbe-Nicole hatte den Eindruck, dass François an tiefer Bekümmerung litt, doch wenn sie ihn nach dem Grund fragte, antwortete er, dass er nicht traurig sei, sondern gar nichts empfinden würde. Seine Gefühle schienen wie erstarrt. Er nahm weder das leuchtende Blau des Himmels noch die Farbenpracht des Herbstlaubs wahr. Für ihn war alles grau und tot. Selbst der Wein schmeckte nach Asche.

Über François' Zügen lag ein Schatten, der Barbe-Nicole Angst machte. Manchmal las sie Furcht darin, an anderen Tagen sah sein Gesicht wie in Stein gehauen aus. Was sie am meisten erschreckte, war das trockene Schluchzen, das ihn zuweilen befiel und das so gequält wirkte, aber nicht von Tränen begleitet wurde. François schien innerlich unsäglich zu leiden, konnte aber nicht einmal Erleichterung im Weinen finden.

Er schaffte es nicht mehr, Ludwig Bohnes Briefe zu beantworten. Mehr als einmal sah Barbe-Nicole, wie er sich an den Sekretär setzte und die Feder in die Tinte tauchte, jedoch eine halbe Stunde brauchte, um ein einziges Wort zu Papier zu bringen. Diese Briefe blieben in der Regel unvollendet, sodass sich Barbe-Nicole gezwungen sah, selbst ein Schreiben aufzusetzen.

An manchen Tagen war sie der Verzweiflung nahe. Alles in ihr verkrampfte sich, wenn sie François beobachtete, der sich wie ein hinfälliger Greis durchs Zimmer schleppte, als hingen Bleigewichte an seinen Armen und Beinen. Eines Morgens konnte sie ihn nicht einmal mehr dazu bewegen, das Bett zu verlassen. Er lag mit offenen Augen da und reagierte nicht auf das, was sie sagte. Als sie ihm das Frühstück brachte, ließ er es unbeachtet, sodass sein Kammerdiener es schließlich unangetastet abräumte. Barbe-Nicole wusste, dass ihr Mann ernstlich krank war, aber sie hatte keine Ahnung, wie sie ihm helfen sollte. In seiner Seele ging etwas vor sich, zu dem sie keinen Zugang hatte und das sie nicht verstand. Schließlich geriet sie in Wut und schrie ihn an, doch er zuckte nicht einmal zusammen. Er schien wie gelähmt. Seine Züge wirkten grau und schlaff, und die Lider seiner Augen waren vor stiller Qual zu einer schrägen Falte nach oben gezogen.

»Sprich mit mir«, flehte sie ihn an. »Bitte sprich doch mit mir.«

Dann brach sie in Tränen aus.

François erwachte wie aus einer lang andauernden Betäubung. Zuerst spürte er nichts anderes als die furchtbaren Schmerzen, die in seinem Kopf tobten. Das pulsierende Stechen war wie Hammerschläge, die irgendwo in der Ferne erklangen und auf seine Stirn niederfielen. Mühsam öffnete er die Augen. Der Raum, in dem er sich befand, erschien ihm eng und klein wie eine Kerkerzelle, die grauen Wände wirkten verzogen. Draußen vor dem Fenster flackerte ein unruhiges Licht, das zuerst gelb, dann blutrot aufleuchtete. Noch immer drang das regelmäßige Hämmern an sein Ohr. Eine Weile lauschte er uninteressiert. Ein weiteres Geräusch mischte sich darunter: das Schluchzen einer Frau.

Barbe-Nicole, dachte er. Sie leidet. Sie hat alles verloren.

Der Gedanke nistete sich in seinem Kopf ein, verfolgte ihn. Ein unerträgliches Gefühl der Schuld breitete sich wie eine erstickende Flut in ihm aus. Er hatte das Geschäft ruiniert mit seinen verrückten Ideen. Sie waren bankrott, dachte er zutiefst betrübt. Seinetwegen war seine geliebte Barbe-Nicole im Schuldgefängnis. Er hörte sie schluchzen, er hörte, wie sie ihn anklagte, ihn für ihre Not verantwortlich machte. Eine fremde Stimme übertönte ihr Weinen, der Richter verurteilte ihn für seine furchtbaren Verbrechen – welche genau, wusste er nicht – zum Tode. Nun begriff er auch, woher das Hämmern stammte, das ihn aus dem Schlaf gerissen hatte. Sie zimmerten das Schafott zusammen, auf dem er hingerichtet werden sollte. Doch François empfand keinen Schrecken. Es war gut so! Er hatte es verdient. Er hatte so viel Unglück über die Menschen gebracht, die er liebte. Dafür musste er büßen. Besser noch, er ersparte den anderen die Mühe, ihn zu bestrafen. Barbe-Nicole sollte ihn nicht so sehen.

Eine Idee formte sich in seinem Gehirn. Seine Gedanken schleppten sich nur langsam und kraftlos dahin, doch allmählich entzündete diese Idee einen unwiderstehlichen Drang, der ihm die Kraft gab, aus dem Bett zu steigen. Zuerst wollten ihm seine steifen, schmerzenden Beine nicht gehorchen. Doch nach mehreren Versuchen gelang es ihm, sie über den Rand der Matratze zu wuchten und mit den Füßen den kalten Boden zu berühren. Schwankend richtete er sich auf und taumelte vorwärts, auf den Frisiertisch zu. Ohne recht zu wissen, was er eigentlich suchte, wühlte er mit den Fingern ziellos in den Schminkutensilien, warf ein Fläschchen Eau de Cologne um, tastete über ein mit Haarnadeln gefülltes Schälchen. Er nahm eine heraus und starrte sie an.

Plötzlich klopfte jemand an die Tür, dann trat ein Stubenmädchen mit einem Korb voller Holzscheite ein.

»Monsieur«, entfuhr es ihr erstaunt, als sie ihn im Nachthemd am Frisiertisch stehen sah. »Verzeihen Sie die Störung. Ich wollte nur das Feuer schüren.«

Da er nicht antwortete, schloss sie die Tür und kniete sich vor den Kamin. Während sie die Scheite übereinanderlegte und mit dem Blasebalg die Flammen ermunterte höherzuschlagen, überlegte François, was er tun wollte. Es war ihm entfallen. Doch dann hörte er wieder das Hämmern der Zimmerleute und das Quietschen, als das Blatt der Guillotine hochgezogen wurde.

»Hol mir das Rasiermesser aus dem Ankleidezimmer«, sagte er.

Das Stubenmädchen blickte ihn unsicher an, wagte es aber nicht, Fragen zu stellen. Zögernd erhob sie sich, trat ins Nebenzimmer und sah die Rasierutensilien auf der Kommode, die der Kammerdiener des Hausherrn dort säuberlich zurechtgelegt hatte. Sie nahm ein Handtuch vom Stapel, die Rasierseife und schließlich das zusammengeklappte Messer und brachte alles zu Monsieur Clicquot. Da er keine Anstalten machte, die Sachen entgegenzunehmen, legte sie sie auf den Frisiertisch.

»Ich hole heißes Wasser«, sagte sie, bevor sie den Korb mit dem Holz hochhob und aus dem Gemach huschte.

Barbe-Nicole war dabei, sich in der Bibliothek ein neues Buch herauszusuchen, um sich die Zeit an François' Krankenlager zu vertreiben, als der Haushofmeister einen Besucher ankündigte.

»Monsieur Jacquin wünscht Sie zu sehen, Madame.«

»Danke, Raymond, führen Sie ihn in den Salon«, antwortete Barbe-Nicole.

Was tat Marcel denn in Reims, fragte sie sich verwundert. Ihre Neugierde machte es ihr unmöglich, ihren Freund warten zu lassen. Eilig trat sie in die Eingangshalle, als Maître Raymond den Gast gerade in den Salon führen wollte.

»Guten Morgen, Madame«, sagte Marcel mit einem Lächeln, das sie unwillkürlich tröstete. »Ich war zufällig in der Stadt und wollte mich nach dem Befinden Ihres Gatten erkundigen.«

Barbe-Nicoles Gesicht fiel zusammen, und für einen Moment breitete sich ein lastendes Schweigen zwischen ihnen aus. Plötzlich durchbrach die Stimme des Haushofmeisters wie ein Donnerschlag die Stille.

»Bernadette, was hast du hier zu suchen? Benutze die Dienstbotentreppe.«

»Verzeihen Sie, Maître Raymond, aber Monsieur Clicquot verlangte heißes Wasser, und auf dem Weg in die Küche habe ich mich verlaufen.«

Durch den Wortwechsel aufgeschreckt sahen Barbe-Nicole und Marcel die breite Treppe hinauf und begegneten dem Blick des Haushofmeisters, der sich ihnen mit entschuldigender Miene zugewandt hatte.

»Bernadette ist das neue Mädchen, Madame«, erklärte er. »Sie kennt sich noch nicht so gut im Haus aus.«

Doch Barbe-Nicole war nicht an dem Grund für die Anwesenheit des Mädchens interessiert. Mit gerunzelter Stirn fragte sie: »Mein Gemahl hat um heißes Wasser gebeten? Ist er denn aufgestanden?«

»Ja, Madame«, erwiderte das Stubenmädchen. »Als ich neues Holz auflegte, stand er neben dem Frisiertisch. Es tut mir leid, Madame, ich wusste ja nicht, dass er das Bett verlassen hatte, sonst wäre ich nicht einfach reingegangen. Aber Monsieur Alphonse sagte, ich solle Holz nachlegen, damit das Feuer nicht ausgeht. Es war doch so kühl heute Morgen. Ich wollte mich auch gleich wieder zurückziehen, aber er trug mir auf, sein Rasierzeug aus dem Ankleidezimmer zu holen.«

»Sein Rasierzeug…«, wiederholte Barbe-Nicole. Ihre Stimme war nur ein Flüstern.

Marcel, der ihr Gesicht beobachtete, sah, wie sie schlagartig kalkweiß wurde. Da begriff er, was sie dachte. Als sie die Treppe hinaufrannte, folgte er ihr. Sie stürmten an den verwundert dreinblickenden Dienstboten vorbei in den zweiten Stock, in dem die Schlafzimmer lagen. Oben angekommen überholte der Winzer Barbe-Nicole dank seiner langen Beine und rief: »Welche Tür?«

»Die zweite rechts«, antwortete sie atemlos.

Im nächsten Moment hatte er die Tür des Gemachs erreicht und riss sie auf. Der Anblick, der sich ihm bot, ließ ihn für einen Augenblick stocken, doch im nächsten Moment stürzte er sich auf François, der sich mit einer endgültigen Bewegung die Klinge des Rasiermessers über die Kehle zog.

Barbe-Nicole schrie gellend auf. Marcel packte François' Arm und riss seine Hand zurück. Das Messer fiel klirrend zu Boden. Als François zusammensackte, fing der Winzer ihn auf. Aus der Wunde am Hals floss Blut und durchtränkte das Nachthemd des Weinhändlers. Hastig zerriss Marcel das Leinenhandtuch, das auf dem Frisiertisch lag, und schlang es fest um François' Hals. Den Kopf bettete er auf seine Knie, damit die Wunde höher lag als das Herz.

Als Maître Raymond, durch den Schrei seiner Herrin alarmiert, in der Tür erschien, fuhr sie ihn an: »Holen Sie einen Arzt… und einen Barbier-Chirurgen!«

Mit Tränen in den Augen hockte sie sich neben François und nahm seine eiskalten Hände in die ihren.

»Warum… warum hast du das getan?« Ein Schluchzen schnürte ihr die Kehle zu.

»Legen wir ihn ins Bett, damit er es warm hat«, sagte Marcel. »Nimm seine Füße.«

Sie gehorchte. Ihr Blick war so verschleiert, dass sie kaum sah, was sie tat. François hatte das Bewusstsein verloren, aber er atmete noch. Bald war das Handtuch um seinen Hals rot von Blut.

Sie sprachen kein Wort, bis Dr. Gallois und kurz darauf der Chirurg eintrafen. Nachdem dieser den Verband entfernt und die Wunde begutachtet hatte, sagte er: »Er hat die Halsvene verfehlt. Es besteht Hoffnung, dass er den Blutverlust überlebt. Aber ich muss die Wunde nähen.«

»Madame«, sagte Dr. Gallois. »Bitte gehen Sie solange hinaus.«

»Nein«, rief Barbe-Nicole. »Ich bleibe bei ihm.«

Marcel tauschte einen Blick mit dem Arzt, dann nahm er sie gebieterisch am Arm.

»Kommen Sie, Madame. Das ist kein Anblick für Sie.«

Im Salon schenkte Marcel ihnen beiden einen Cognac ein. Barbe-Nicole ging vor dem Kamin auf und ab und rang die Hände.

»Warum … warum nur?«, wiederholte sie immer wieder. »Weshalb wollte er sterben?«

»Er ist krank«, erklärte der Winzer. »Er weiß nicht, was er tut. Es ist nicht Ihre Schuld.«

Es fiel ihm schwer, sie in dieser Situation, da er sie trösten wollte, mit Sie anzusprechen, doch die Tür zur Halle stand offen, und es gingen immer wieder Dienstboten vorbei.

»Wenn er nun stirbt«, sagte sie mit zitternder Stimme. »Was soll ich ohne ihn tun?«

»So sehr lieben Sie ihn?«, fragte Marcel schmerzlich.

»Natürlich liebe ich ihn«, fuhr sie ihn an. »Er ist mein Gemahl!«

In diesem Moment war Philippe Clicquots Stimme an der Eingangstür zu hören.

»Wo ist Madame Clicquot?«, fragte er den Diener, der geöffnet hatte.

»Im Salon, Monsieur.«

Mit großen Schritten trat er ein. »Was ist passiert? Ich habe gehört, Sie haben Dr. Gallois rufen lassen. Geht es François schlechter?«

Als er das tränennasse Gesicht seiner Schwiegertochter sah, hielt er angstvoll inne. »Ist ihm etwas zugestoßen?«

»François hat versucht, sich umzubringen«, presste Barbe-Nicole mühsam hervor.

Für einen Moment war Philippe vor Entsetzen wie gelähmt. Dann warf er seiner Schwiegertochter einen vorwurfsvollen Blick zu und schloss hastig die Tür.

»Wie können Sie so etwas sagen? Und hier, wo jeder Sie hören kann.«

»Wen meinen Sie? Die Dienstboten? Die wissen es sowieso längst. Es war unmöglich, es vor ihnen zu verheimlichen, nachdem sich mein Mann vor unseren Augen die Kehle durchgeschnitten hat«, schrie sie hysterisch.

Philippe hätte sie am liebsten geohrfeigt, doch die Anwesenheit des fremden Besuchers hinderte ihn daran. Misstrauisch musterte er ihn nun von Kopf bis Fuß.

»Und wer sind Sie, Monsieur?«

»Marcel Jacquin, ich liefere dem Unternehmen Clicquot Wein«, erwiderte der junge Winzer.

»Sie sind über das Geschehene im Bilde, nehme ich an?«, fragte Philippe unbehaglich.

»Er hat versucht, es zu verhindern«, fuhr Barbe-Nicole dazwischen. »Ohne sein Eingreifen wäre François jetzt tot.« Sie hatte sich wieder gefangen und wischte sich mit den Händen die Tränen von den Wangen. »Sie brauchen sich keine Sorgen zu machen, Schwiegerpapa, Monsieur Jacquin wird nicht über den Vorfall klatschen.« An Marcel gewandt sagte sie mit fester Stimme: »Ich danke Ihnen für Ihre Hilfe. Mein Mann und ich werden Ihnen das nie vergessen.«

»Keine Ursache«, erwiderte der Winzer.

Er verbeugte sich und zog sich nach einem letzten besorgten Blick auf Barbe-Nicole zurück.

Nachdem der Barbier-Chirurg die Halswunde versorgt hatte, gestattete Dr. Gallois Barbe-Nicole und Philippe den Zutritt zum Schlafgemach. François lag mit einem Verband um den Hals im Bett. Sein Gesicht war kalkweiß und blutleer, seine geschlossenen Lider wirkten wächsern und durchscheinend, sodass man die Adern unter der Haut sehen konnte.

»Wie steht es um meinen Sohn?«, fragte Philippe.

»Er hat viel Blut verloren, aber ich habe die Wunde genäht und so die Blutung eingedämmt«, erläuterte der Chirurg.

Dr. Gallois warf dem Handwerker einen strafenden Blick zu, da dieser sich herausgenommen hatte, vor ihm das Wort zu ergreifen. Als gelehrter Arzt war es seine Aufgabe, über den Gesundheitszustand des Patienten zu urteilen.

»Vielen Dank, Monsieur Boudin«, sagte Dr. Gallois bissig. »Wir brauchen Sie jetzt nicht mehr.«

Mit einem Schulterzucken verbeugte sich der Wundarzt und sagte: »Empfehle mich, Madame, Messieurs.«

Erwartungsvoll richteten Barbe-Nicole und Philippe den Blick auf Dr. Gallois.

»Monsieur Clicquots Puls ist trotz des Blutverlustes nach wie vor kräftig«, erklärte der Arzt. »Wenn die Wunde gut verheilt, erholt er sich vielleicht wieder. Zünden Sie eine Kerze für ihn an und beten Sie um seine Genesung. Mehr kann ich im Moment nicht sagen. Rufen Sie mich, wenn sich eine Veränderung einstellt. Ansonsten schaue ich heute Abend noch mal herein.«

Schweigend setzte sich Barbe-Nicole ans Bett und nahm François' Hand. Da öffnete er die Augen und sah sie an. Eine Weile blieb sein Blick starr, doch dann schien er sie zu erkennen.

»Barbe …«, flüsterte er.

Sein Vater trat näher und setzte sich auf einen Stuhl an der anderen Seite des Bettes.

»Es tut mir so leid«, wisperte François. »Ich habe dir so viel Kummer gemacht.«

»Aber nein, mein Liebster«, erwiderte sie. Tränen erstickten ihre Stimme. »Du hast mich immer nur glücklich gemacht. Schlaf jetzt. Du bist erschöpft.«

Seine Lider schlossen sich, und kurz darauf atmete er ruhiger. Barbe-Nicole und Philippe blickten einander bekümmert an. Doch in ihnen keimte auch eine vorsichtige, aber hartnäckige Hoffnung, dass François genesen würde.

Im Laufe des Tages veränderte sich François' Zustand nicht. Es gelang Barbe-Nicole, ihm ein wenig warme Milch mit Honig und gegen Abend Fleischbrühe einzuflößen. Seine Wangen wurden rosiger, doch während der Nacht hatte Barbe-Nicole, die an seinem Lager wachte, den Eindruck, dass sein Gesicht anschwoll. Am Morgen wurde François unruhig. Wenn er einatmete, war ein leises Brummen zu hören. Es fiel ihm schwer, zu trinken oder zu sprechen. Barbe-Nicole fürchtete, der Verband sei zu straff, und versuchte, ihn ein wenig zu lockern. Dabei fiel ihr auf, dass am Hals eine Ader zu einem dicken Strang geschwollen war.

Rasch weckte sie Philippe, der im Ankleidezimmer ein wenig geschlafen hatte, und bat ihn, Dr. Gallois rufen zu lassen. Nachdem der Arzt seinen Patienten untersucht hatte, sah man seinem Gesicht an, dass er ratlos war.

»Das ist eine Sache für einen Barbier-Chirurgen«, sagte er unbehaglich. »Lassen Sie Monsieur Boudin rufen.«

Während sie auf den Wundarzt warteten, lauschten alle Anwesenden wie gebannt auf die Atemgeräusche des Kranken, die deutlich lauter geworden waren. Als Boudin eintraf, traten alle vom Bett zurück, um dem Chirurgen Freiraum zu geben. Dieser entfernte den Verband und sog betroffen die Luft ein. François' Hals war geschwollen, und die Venen traten sichtbar hervor. Prüfend tastete der Wundarzt über die Schwellung und fühlte ein schwirrendes Pulsieren. Er begriff, was vor sich ging, aber er wusste nicht, was er tun sollte, um dem Patienten zu helfen.

»Was ist mit meinem Sohn?«, fragte Philippe Clicquot.

Meister Boudin zuckte zusammen und hob verstört den Kopf. Er brachte es nicht über sich, in die Augen des besorgten Vaters zu blicken.

»Aus den verletzten Gefäßen sickert Blut unter die Haut und drückt Adern und Luftröhre zusammen«, murmelte er.

»Dann tun Sie etwas dagegen!«

Hilfesuchend sah der Chirurg den Arzt an. Doch dieser wandte das Gesicht ab.

»Es gibt nichts, was ich tun könnte. Es tut mir leid«, sagte Boudin.

Barbe-Nicole bemerkte, dass François' Lippen einen bläulichen Schimmer angenommen hatten. Nach Luft ringend bäumte er sich auf und griff sich an den ungeschützten Hals. Frisches Blut quoll aus der Wunde, und ein schlürfendes Geräusch war zu hören. Plötzlich verkrampfte sich François' Körper, sein Gesicht verfärbte sich, wurde blauviolett. Im nächsten Moment sank sein Kopf zurück, und seine Glieder wurden schlaff.

Schlagartig war es geisterhaft still geworden, als hätten alle Anwesenden den Atem angehalten und lauschten nun verzweifelt auf ein Zeichen, das verraten würde, dass François noch lebte. Doch es war nichts mehr zu hören.

24

Reims, Oktober 1805

Barbe-Nicole rieb sich über die brennenden Augen. Sie hatte keine Tränen mehr. Den ganzen Tag hatte sie geweint, während sie der Totenmesse für ihren geliebten François in der Kathedrale Notre-Dame beiwohnte und die Beileidsbekundungen der Bürger von Reims über sich ergehen ließ. Am Abend war sie erschöpft und wie betäubt vom Schmerz über den Verlust, den sie erlitten hatte. Dazu kam die Sorge um François' Seelenheil, nachdem er durch eigene Hand und ohne Beichte und Letzte Ölung gestorben war. Aber Gott wusste, dass ihr Gemahl in den Tagen vor seinem Tod nicht Herr seiner Sinne gewesen war, und Barbe-Nicole hoffte, dass er ihm vergeben würde.

Sie hatte sich in ihr Schlafgemach zurückgezogen, den Raum, in dem François gestorben war. Ihre Mutter und sogar ihre Zofe hatten ihr zugeredet, vorübergehend in ein anderes Zimmer umzuziehen, doch sie hatte abgelehnt. Sie wollte ihm nah sein, und das konnte sie nur hier, in dem Bett, in dem er sie in den Armen gehalten und sie sich an ihn geschmiegt hatte, in dem Gemach, in dem sie frühmorgens vor dem Aufstehen oder spätabends nach dem Zubettgehen, wenn keiner von ihnen schlafen konnte, stundenlang über seine Pläne für das Unternehmen und den Handel mit ihrem

Perlwein gesprochen hatten. Und obgleich das Bett nun leer und kalt und François' Stimme verstummt war, fühlte sie noch immer seine Gegenwart und spürte seinen Traum vom Weinhandel mit Russland in ihrem Herzen widerhallen.

Marie hatte ihrer Herrin beim Auskleiden helfen wollen, doch Barbe-Nicole hatte sie weggeschickt. Nun, nachdem ihre Tränen versiegt waren, dröhnte die Stille des Hauses unerträglich in ihren Ohren. Auch von draußen drang kein Geräusch herein. Die Straßen waren verlassen. Die Stadt schlief. Nicht einmal der Schrei eines Nachtvogels war zu hören.

Mit steifen Gliedern erhob sich Barbe-Nicole von dem Stuhl, auf dem sie gesessen hatte, und begann, sich zu entkleiden. Da die leichten Musselinkleider noch immer in Mode waren, bereitete es ihr keine Mühe, auch ohne die Hilfe der Zofe auszukommen. Als sie ihr Nachthemd übergezogen und ihr Haar gelöst hatte, zögerte sie jedoch, ins Bett zu steigen. Die vertrauten Rituale hatten sie wieder munter gemacht. Sie würde ohnehin nicht einschlafen können, solange sich ihr Gedankenkarussell unablässig drehte. Das Feuer im Kamin glomm nur noch, und so schlüpfte sie in ihren Morgenrock und setzte sich vor den Frisiertisch. Ein blasses Gesicht mit geröteten Augen blickte ihr aus dem Spiegel entgegen. Die Pausbäckigkeit, die sie von ihrem Vater geerbt hatte und die Marcel so gerne mochte, ließ sie sehr jung erscheinen. Sie war erst siebenundzwanzig, zu jung, um als Witwe ihr Leben in Abgeschiedenheit mit einer Stickarbeit in der Hand zu beschließen. Was sollte sie tun?

Während sie sich geistesabwesend mit den Fingern durch die blonden Locken strich, vernahm sie auf einmal ein Geräusch. Es klang wie ein schwermütiges Seufzen, das durch die Mauern des Hauses drang und ihr die Haare zu Berge stehen ließ. So viel Trauer und Schmerz lagen in diesem gequälten Stöhnen, dass eisige Schauer wie kleine Tierchen ihr über die Haut liefen. Stammte das Klagen von François' Geist, der nicht loslassen, sich nicht zur Ruhe begeben wollte?

Von einem Zittern befallen sah sie sich um, als erwarte sie, ihn jeden Moment durch die Wand gleiten zu sehen. Doch dann schalt sie sich eine Närrin. Sie glaubte nicht an Geister, nicht wirklich, und obwohl es zu François passen würde, dass er sie nicht verlassen wollte, fürchtete sie nicht, dass er sie heimsuchen würde. Sicher war er voller Neugierde auf das Paradies bereits auf dem Weg dorthin.

Das unheimliche Seufzen war erneut zu hören. Beunruhigt erhob sich Barbe-Nicole, schlang den Morgenrock enger um ihren Oberkörper und nahm die einzelne Kerze vom Frisiertisch. Leise verließ sie das Zimmer, huschte zur Treppe und ging die Stufen ins Erdgeschoss hinab. Die Kerzenflamme mit der Hand vor der Zugluft in der Eingangshalle schützend blieb Barbe-Nicole erneut stehen und versuchte zu ergründen, woher die Klagelaute kamen. Als ihr klar wurde, dass sie aus François' Studierzimmer stammten, stellten sich die Härchen an ihren Armen auf. Sie musste sich überwinden, auf die Tür zuzugehen, die Hand auf die Klinke zu legen und sie niederzudrücken. Im Innern der Studierstube saß eine gebeugte Gestalt an dem zierlichen Sekretär. Zuerst wusste Barbe-Nicole nicht, um wen es sich handelte, doch dann erkannte sie ihren Schwiegervater. In seiner zitternden Hand lag eine Feder. Als die junge Witwe näher trat, bemerkte sie den Bogen Papier auf der Schreibplatte. Rasch überflog sie die wenigen Zeilen. Sie waren an Ludwig Bohne gerichtet und teilten ihm den schrecklichen Verlust mit, den das Haus *Clicquot Fils* erlitten hatte.

»Alles ist verloren! Kehren Sie unverzüglich nach Reims zurück. Es hat keinen Sinn mehr, Bestellungen aufzunehmen, die wir doch nicht mehr ausliefern können«, endete der Brief.

An einigen Stellen war die Tinte unter Philippes Tränen zerflossen.

»Schwiegerpapa«, sagte Barbe-Nicole leise.

Erschrocken fuhr er auf. »Ach, Sie sind es, meine Liebe«, presste er mühsam hervor. »Ich konnte nicht schlafen.«

»Sie brauchen Ruhe. Der Tag war anstrengend«, tadelte sie ihn.

»Und Sie?«, fragte er mit einem gequälten Lächeln. »Sind Sie nicht müde?«

»Das Bett ist so kalt ...«

Er nickte verständnisvoll. Eine Weile schwiegen sie und dachten an François. Als sie den Körper des alten Mannes zittern sah, trat Barbe-Nicole ganz nah hinter ihn und legte ihm tröstend die Arme um die Schultern.

»Mein einziger Sohn«, schluchzte er. »Er war erst dreißig Jahre alt. Er war alles für mich ... Wie konntest Du ihn so früh zu Dir rufen, gnädiger Gott?«

25

Sankt Petersburg, Oktober 1805

Ludwig Bohne öffnete trotz des frischen Fahrtwinds das Fenster der Droschke, um besser sehen zu können. Das Gefährt brachte ihn vom Hafen zu seiner Herberge. Obwohl ihm Sankt Petersburg von seinen früheren Besuchen vertraut war, wurde er es nie müde, die höchst pittoresken Straßen zu betrachten. Prächtige Stadtpalais wechselten mit einfachen Holzhäusern ab, die noch überall in der Stadt vorherrschten und nur allmählich Gebäuden aus Stein und Ziegeln Platz machten. Die breiten Straßen, die man hier als Prospekte oder Perspektiven bezeichnete, waren beeindruckend. Das Pflaster, über das die Kutsche gleichmäßig rollte, bestand aus Steinen oder Holzblöcken, die man mit Sand und Teer bedeckt hatte. Es war ein Genuss, auf ihnen zu fahren.

Ludwig hatte den Droschkenkutscher gebeten, einen kleinen Umweg über den Newski-Prospekt zu machen, die Promenade der feinen Gesellschaft, die zu beiden Seiten mit stattlichen Bäumen bepflanzt war. Paläste, Kirchen und Bürgerhäuser mit griechisch-römischen Säulenportalen und Kolonnaden säumten die Straße. Elegante Equipagen mit Lakaien auf dem Trittbrett defilierten die Allee entlang, mussten zuweilen aber einer Droschke oder einem Lastkarren ausweichen, der eine Lieferung ausfuhr.

Das Volk, das sich überall in den Straßen drängte, war von einer Mannigfaltigkeit wie in keiner anderen Stadt, die Ludwig Bohne besucht hatte. Man sah viele Soldaten und Offiziere in farbenfrohen Uniformen. Der Pfälzer unterschied Kosaken, Russen, Tscherkessen und noch andere, die er nicht kannte. Bei seinem letzten Besuch hatte Ludwig gelernt, die einzelnen Vertreter der in Sankt Petersburg lebenden Völker an der Kleidung zu erkennen. Sie stammten aus aller Herren Länder. Es waren Polen, Letten, Esten, Juden und Portugiesen darunter, die Handel trieben oder hier eine neue Heimat gefunden hatten. Ludwig entdeckte sogar einige Singalesen und Chinesen. Neben den Soldaten konnte man auch die unzähligen Beamten, Lakaien und die Zöglinge der öffentlichen Schulen an ihrer Livree erkennen, die oft reich mit Litzen und Borten verziert waren, ein Traum für jeden Tuch- und Kurzwarenhändler. Frauen aber sah man nur wenige.

Am anderen Ende des Newski-Prospekts herrschten bescheidenere Verhältnisse. Hier gab es fast nur noch niedrige, baufällig wirkende Holzhäuser. Vor den Branntweinkneipen standen Bauern in einfacher Kleidung und sprachen dem Alkohol zu. Die Umgebung wurde immer ärmlicher. Am Straßenrand wurden Trödelkram und Lebensmittel angeboten. Der Anblick betrübte Ludwig. Welch ein Unterschied zu dem eleganteren Teil der Straße. Er wandte den Blick ab und sah nicht mehr hinaus, bis die Kutsche den Bolschoi-Prospekt erreicht hatte.

Hier kehrte er in der Herberge ein, die er bei seinem letzten Besuch entdeckt hatte. Sie war einfach, aber sauber, und wurde von einem Friesen geführt. Ludwig hatte sein Kommen angekündigt, um ein gutes Zimmer vorzubestellen, da die Herberge bei seinen Landsleuten sehr beliebt war. Als er eintrat, begrüßte der Wirt ihn herzlich und bat ihn, in einem hochlehnigen Sessel vor dem Kachelofen Platz zu nehmen. Obwohl die Schiffsreise von Reval nach Sankt Petersburg angenehm gewesen war und er die kurze Fahrt in der Droschke genossen hatte, wurde er sich nun jedoch seiner Erschöpfung bewusst. Eine Magd brachte ihm Kaffee in einer großen Steinguttasse. Während Ludwig an dem heißen Getränk nippte, fielen ihm fast die Augen zu. Als der Wirt neben ihm auftauchte, erschrak er.

»Verzeihen Sie, mein Herr«, sagte der Mann mit einem starken friesischen Akzent. »Ihr Zimmer ist gleich fertig. Haben Sie noch mehr Gepäck?«

»Am Hafen stehen noch ein paar Kisten Wein«, erwiderte Ludwig.

»Ach ja, Sie arbeiten für den französischen Weinhändler«, entgegnete der Wirt. »Ich werde den Burschen hinschicken, um sie abzuholen. Brauchen Sie sonst noch etwas? Ich habe einen Brief für Sie, der gestern angekommen ist. Er wurde per Eilpost geschickt. Hoffentlich keine schlechten Nachrichten.«

Erstaunt nahm Ludwig das Schreiben entgegen und betrachtete es. Es kam aus Frankreich und trug das Siegel der Clicquots – in schwarzem Wachs. Mit einem unguten Gefühl öffnete Ludwig den Brief und warf einen Blick auf die Unterschrift. Sie stammte von Philippe Clicquot.

Der Wirt, der neugierig an der Seite seines Gastes verharrte, sah diesen jäh erbleichen.

»Nein!«, entfuhr es Ludwig, während er entsetzt aufsprang. »Nein, das kann nicht sein.«

Der Wirt blickte ihn mit weit aufgerissenen Augen an,

wagte es aber nicht zu fragen, welche schreckliche Nachricht in dem Brief stand.

Atemlos las Ludwig weiter und schüttelte schließlich heftig den Kopf. »Aber das kann er nicht tun! Ich muss ihn davon abhalten …« Ruckartig hob er den Kopf, und als er die verwunderte Miene des Wirts bemerkte, stieß er hervor: »Wann geht die nächste Postkutsche? Ich muss sofort nach Frankreich zurückreisen.«

Müde und erschöpft blickte Ludwig Bohne aus dem Kutschfenster. Sein Körper passte sich automatisch dem Schlingern des Gefährts an, ohne dass er es bemerkte. Er nahm nicht einmal die Schmerzen seiner Muskeln wahr, die gegen die Überanstrengung rebellierten. Als die schneegepuderten Hügel der Champagne in Sicht kamen, wandten sich seine Gedanken wieder dem toten François Clicquot zu, der für ihn mehr als ein Kompagnon und Arbeitgeber gewesen war. In den wenigen Jahren war ihm der Franzose zu einem teuren Freund geworden, dessen Leidenschaft für den Weinhandel Ludwig geteilt hatte. Seit dem Tag in der Schweizer Herberge, als er sich entschieden hatte, seine Reise zu unterbrechen und dem kranken François Gesellschaft zu leisten, hatte er sich für den jungen Mann verantwortlich gefühlt. Die Nachricht von seinem plötzlichen Tod brach ihm das Herz. Aber wie mochte sich erst seine Gemahlin fühlen, die ihn innig geliebt hatte? Für Madame Clicquot musste eine Welt zusammengestürzt sein.

Die dunklen Wolken, die sich am Himmel aufgetürmt hatten, öffneten sich und ließen eine weiße Wand aus dichten Schneeflocken auf das Land niedergehen. Bald kam die Postkutsche nur noch im Schritttempo voran. Immer wieder musste der Postillion absteigen und die Hufe der Pferde vom klebrigen Pappschnee befreien.

Als sie endlich in Reims einfuhren, war es später Abend. Mit seiner Reisetasche in der Hand – die Kisten mit Wein hatte er dem Wirt der Herberge auf dem Bolschoi-Prospekt anvertraut – stapfte Ludwig Bohne durch den Schnee zur Rue de l'Hôpital. Das Haus der Clicquots lag still und dunkel da. Nur durch die Läden einiger weniger Fenster sickerte Licht. Ludwig stieg die Stufen zum Hauptportal hinauf und schlug mit seinem Gehstock gegen das Holz. Eine Weile geschah nichts, dann öffnete ein Lakai zögernd die Tür.

»Bitte melden Sie mich Madame Clicquot«, sagte der Pfälzer. Und da ihm der Diener unbekannt war, fügte er hinzu: »Mein Name ist Louis Bohne.«

Der Lakai nickte und ließ ihn eintreten. Um den Oberarm trug er ein schwarzes Band. Auch Ludwig hatte sich unterwegs ein solches und ein weiteres für seinen Hut besorgt, um anständig gekleidet vor der trauernden Familie zu erscheinen.

Im Salon erwartete ihn eine in Schwarz gekleidete Frau. Es fiel Ludwig schwer, in der steif dasitzenden Witwe mit den blassen Zügen und den erloschenen Augen die lebenslustige Madame Clicquot wiederzuerkennen.

»O Madame, es tut mir so leid«, sagte Ludwig stockend.

In ihre grauen Augen kam auf einmal Leben. »Aber wie ist es möglich, dass Sie hier sind, Monsieur?«, fragte sie verwundert. »Schwiegerpapa hat Ihnen doch erst vor einem Monat nach Sankt Petersburg geschrieben.« Ihr Blick streifte das schwarze Band am Ärmel seines Überrocks. »Offensichtlich haben Sie ihn erhalten, sonst wüssten Sie nicht, dass François tot ist.«

Mit einer Handbewegung forderte Barbe-Nicole ihn auf, Platz zu nehmen.

»Ich bin sofort aufgebrochen, als ich das Schreiben erhielt«, berichtete der Pfälzer. »Ich bin ohne Unterbrechung gefahren, mit der Postkutsche, mit dem Schiff, auf den Kanälen, wenn keine Kutsche fuhr. Einen Teil des Weges musste ich sogar auf einem Mietpferd zurücklegen.«

Erstaunen über so viel Hingabe breitete sich über Barbe-Nicoles Gesicht und ließ ein wenig Farbe in ihre schmal gewordenen Wangen steigen.

»Aber es wäre doch nicht nötig gewesen, in solcher Eile zurückzukommen, Monsieur.«

»Ich war der Meinung, dass Sie in dieser schweren Zeit unbedingt einen Freund an Ihrer Seite brauchen, Madame.« Ludwig schluckte verlegen. »Wie ist es passiert?«, fragte er nach einer kurzen Pause des Schweigens.

»Ein bösartiges Fieber«, log Barbe-Nicole. »Mein Liebster hat zwei Wochen mit dem Tod gerungen, bevor der Herr ihn zu sich genommen hat.«

»Wie furchtbar«, stieß Ludwig erschüttert hervor. »Aber Sie und Ihre Tochter sind gesund?«

»Ja, uns geht es gut. Mentine vermisst ihren Vater sehr. Sie versteht nicht, dass er diesmal nicht zurückkehren wird.«

Sie senkte den Blick, um die Tränen zu verbergen, die ihr in die Augen stiegen.

»Und wie nimmt es Ihr Schwiegervater auf?«, erkundigte sich Ludwig.

Barbe-Nicole stieß ein Seufzen aus, das tief aus ihrer Brust kam.

»Sehr schlecht. Auch er hat eine Neigung zur Trübsinnigkeit wie mein armer François. Er trauert unsäglich um seinen Sohn, mehr noch als seine Mutter. Es ist, als hätte er jeglichen Lebenswillen verloren. Ich mache mir ernste Sorgen um ihn.«

»Monsieur Clicquot erwähnte in seinem Brief, dass er das Geschäft auflösen will«, bemerkte Ludwig vorsichtig, denn er wusste nicht recht, ob dies ein geeigneter Moment war, um dieses Thema anzuschneiden.

»Ja«, bestätigte Barbe-Nicole. »Es schmerzt ihn, an das Geschäft erinnert zu werden, dem François sich mit so viel Hingabe verschrieben hatte.«

»Und Sie?«, überwand sich Ludwig nach einigem Zögern zu fragen. »Was denken Sie darüber?«

Er hatte als Antwort ein mattes Schulterzucken oder gar Protest erwartet, doch der Funke, den er in ihren Augen aufglühen sah, erfüllte ihn mit Hoffnung.

»Ich bin der Meinung, es wäre Verschwendung, ein so erfolgreiches Handelshaus zu schließen«, sagte sie. »Aber wer sollte es führen? Schwiegerpapa ist alt und müde. Er hat sich vor Jahren schon aus dem Geschäft zurückgezogen.«

Ludwig blickte ihr geradewegs in die Augen. »Wie wäre es mit Ihnen, Madame?«

Er sah ihr an, dass sie seinen Einwurf vorausgeahnt hatte, und er betrachtete es als gutes Zeichen, dass sie diese Idee nicht gleich energisch von sich wies. Aber ihre Miene wurde nachdenklich.

»Meinen Sie, ich wäre dazu imstande, Monsieur Bohne?«

»Diese Frage können Sie nur selbst beantworten«, erwiderte Ludwig. »Ich würde Sie nie zu etwas drängen, was Sie nicht wollen. Wenn Sie überzeugt sind, dass Sie die Verantwortung und die Arbeit, die eine Fortführung des Geschäfts mit sich brächte, nicht übernehmen könnten, dann respektiere ich das. Aber ich war immer der Überzeugung, dass Sie sich nicht mit der Rolle der Mutter und Dame der Gesellschaft zufriedengeben würden.«

»Trauen Sie mir die Fähigkeiten, die dazu nötig wären, denn zu?«

»Ohne Zweifel. Sie stammen aus einer arbeitsamen Familie und verfügen über einen guten Geschäftssinn. Sie wissen, wie man Handel treibt und Bücher führt. Sie haben zusammen mit Ihrem Gatten gelernt, exzellenten Schaumwein herzustellen. Sie besitzen – wie man mir sagte – einen vortrefflichen Gaumen und verstehen es, Weine selbst zu mischen. Niemand hier hat bessere Voraussetzungen, um das Handelshaus *Clicquot* zu einem der bedeutendsten in Reims zu machen.«

»Mein Vater wird mich erneut vorteilhaft verheiraten wollen«, gab Barbe-Nicole zu bedenken.

»Wollen Sie das denn?«, fragte Ludwig lächelnd.

»Nein. Ich habe François geliebt. Ich könnte mir nicht vorstellen, mit einem anderen Mann, der mir vielleicht nicht gefällt, zu leben.«

Insgeheim dachte sie dabei auch an Marcel. Ihn hätte sie mit Freuden geehelicht, wenn das möglich gewesen wäre. Aber die Vorstellung, mit einem anderen das Bett zu teilen, erfüllte sie mit Grausen.

»Die Firma weiterzuführen wäre nicht einfach«, sagte Barbe-Nicole. »Auch wenn es in der Vergangenheit Witwen gab, die den Betrieb ihres verstorbenen Mannes übernahmen, ist etwas dergleichen heute nicht mehr selbstverständlich. Das mag daran liegen, dass die Unternehmen größer werden und nicht mehr einer einzigen Familie gehören, sondern oft von mehreren Kompagnons geführt werden.«

»Aber es ist für eine respektable Dame dennoch weiterhin möglich, ein Geschäft zu führen«, widersprach Ludwig Bohne, obwohl er ihre Bedenken nachvollziehen konnte. »Darüber hinaus schätze ich Ihren Vater durchaus als jemanden ein, der ebenfalls dieser Meinung ist. Hat er Sie nicht in die Buchhaltung eingeführt, als Sie noch ein kleines Mädchen waren?«

»Ja, das hat er«, bestätigte Barbe-Nicole, »obwohl ihm klar war, dass Jean-Baptiste den Tuchhandel übernehmen würde.«

»Denken Sie darüber nach«, riet Ludwig ihr. »Und wenn Sie sich entschieden haben, sprechen Sie mit Ihrem Schwiegervater. Auf meine Unterstützung können Sie zählen.«

»Das kann nicht Ihr Ernst sein, Madame!«, entfuhr es Philippe Clicquot fassungslos. »Wer hat Ihnen bloß den Floh ins Ohr gesetzt?«

Barbe-Nicole, die eine derartige Reaktion erwartet hatte, bemühte sich, ruhig zu bleiben. Ihre Hand zitterte leicht, als sie ihr Glas hob und an dem Wein nippte. Nachdem die Weihnachtszeit, die die Familien Clicquot und Ponsardin in gedrückter Stimmung gefeiert hatten, und der Dreikönigstag ins Land gegangen waren, hatte sie sich entschieden, ein beschauliches Diner mit ihren Eltern und Schwiegereltern zu nutzen, um über die Zukunft des Geschäfts *Clicquot* zu sprechen.

Barbe-Nicole blickte in die Runde und studierte die Gesichter der Anwesenden, die sich ihr zugewandt hatten. In den Zügen von Ludwig Bohne, der ebenfalls zu Gast war, las sie Zustimmung, in denen ihrer Mutter blankes Entsetzen. Ihr Vater hatte nachdenklich den Blick gesenkt, während Philippe Clicquot seine Schwiegertochter verwirrt anblinzelte.

»Wenn Sie sich um Ihr zukünftiges Auskommen sorgen, Madame«, sagte er, »so kann ich Ihnen versichern, dass Sie Ihren Lebensstil in keinster Weise einschränken müssen. Die kleine Clémentine ist unsere einzige Erbin, und als ihre Mutter werden Sie immer wie eine Tochter für uns sein.«

»Daran zweifle ich nicht, Schwiegerpapa«, versicherte Barbe-Nicole.

»Dann verstehe ich nicht ...«, begann Philippe hilflos.

»Ich schon«, schaltete sich Barbe-Nicoles Vater ein. Mit einem Lächeln, das seinen Stolz verriet, wandte er sich an seine Tochter: »Ich weiß, Sie sind nicht wie Ihre Schwester dazu geschaffen, daheim zu sitzen, Kinder zu erziehen und eleganten Salons vorzustehen. Daran bin ich wohl nicht ganz unschuldig. Ich habe Sie immer ermuntert, Ihren Kopf zu gebrauchen. Ich erinnere mich noch genau, wie Sie damals Madame Jourdain in die Geheimnisse der Buchführung eingeweiht haben. Aber sind Sie sich über das Risiko im Klaren, das der Weinhandel mit sich bringt? Vor allem, wenn man wie *Clicquot Fils* in ferne Länder liefert? Besonders in diesen Zeiten, da unser Kaiser sich fast mit jedem Land Europas im Krieg befindet oder einen solchen beginnen will. Ein derartiges Geschäft erfordert die Einlage von erheblichen Geldsummen, und der Ausgang ist ungewiss.«

Philippe blickte Nicolas Ponsardin, der ihm am Tisch gegenübersaß, erstaunt an.

»Wollen Sie tatsächlich die Laune Ihrer Tochter unterstützen?«, fragte er.

»Ich bin wie Barbe-Nicole und Monsieur Bohne der Meinung, dass es schade um ein so erfolgreiches Unternehmen wäre«, entgegnete der Tuchhändler. »Ich weiß, dass Sie sich aus dem Geschäft zurückgezogen haben und nicht gedenken, wieder einzusteigen, mein Lieber. Aber wollen Sie tatsächlich die Firma, die Sie einst gegründet haben, einfach auflösen, ohne den Versuch zu machen, sie zu retten?«

»Aber Barbe-Nicole verfügt über keinerlei Erfahrung auf dem Gebiet des Weinhandels«, protestierte Philippe.

»Das ist nicht ganz richtig«, widersprach Nicolas. »Sie war immer an der Seite ihres Gatten, als dieser sich das Wissen aneignete, das für die Leitung des Geschäfts nötig war. Ich habe gesehen, wie sie mit ihm durch die Weinberge gefahren ist und beim Pressen der Trauben zugeschaut hat. Sie hat beim Mischen des Weins ein ungewöhnliches Talent bewiesen. Ich kenne meine Tochter. Und ich weiß, dass sie es schaffen kann.«

Am Tisch trat Stille ein, als Nicolas Ponsardin geendet hatte. Barbe-Nicole, deren Herz heftig klopfte, ergriff noch einmal das Wort. Aus ihrer Stimme sprach so viel Zuneigung und Mitgefühl, dass Philippe spürte, wie sich ihm die Kehle zusammenzog. »Schwiegerpapa, ich weiß, wie sehr der Tod unseres geliebten François Sie getroffen hat. Er hat im Leben von uns allen eine Leere hinterlassen, die es uns schwermacht, an die Zukunft zu denken. Aber François hat den Handel mit Schaumwein geliebt und seine ganze Energie hineingesteckt. Wenn Sie das Geschäft aufgeben, dann waren all seine Bemühungen umsonst. Ich möchte die Firma weiterführen, um François' Gedenken zu ehren. Er hat so hart dafür gearbeitet. Helfen Sie mir, seine Ideen zu verwirklichen. So wird er immer bei uns bleiben.«

Philippe rang um Fassung, und François' Mutter brach in Tränen aus. Ludwig Bohne war so ergriffen, dass er der jungen Witwe am liebsten applaudiert hätte. Stattdessen nickte er ihr beifällig zu.

Als Philippe wieder sprechen konnte, lächelte er seine Schwiegertochter gerührt an und sagte: »Ich werde darüber nachdenken, Madame.«

26

Boursault, Februar 1858

»Aber wie ist es Ihnen gelungen, Ihren Schwiegervater zu überzeugen, Madame?«, fragte Jeanne Pommery, als sie ein paar Tage später wieder mit der Witwe Clicquot in dem kleinen Kabinett zusammensaß.

»Das brauchte ich gar nicht«, antwortete Barbe-Nicole. »Monsieur Clicquot traute mir die Führung des Unternehmens durchaus zu. Er musste sich nur an den Gedanken gewöhnen, mir diese große Last aufzubürden. Nachdem er sich einige Tage zurückgezogen und über meinen Vorschlag nachgedacht hatte, beriet er sich mit meinem Vater, der ihm schließlich einen entscheidenden Rat gab. Er empfahl Philippe, mich so etwas wie eine Lehrzeit durchlaufen zu lassen, die mich auf meine Aufgabe vorbereiten sollte. Sofern es mir gelang, ihn zu überzeugen, dass ich ein Geschäft führen konnte und dies auch wirklich wollte, sollte ich freie Hand bekommen. Papa schlug Monsieur Clicquot auch einen geeigneten Partner für mich vor. Es handelte sich um einen Tuchhändler namens Alexandre Jérôme Fourneaux, den wir seit Langem kannten und der auch Erfahrung im Weingeschäft besaß. Er baute selbst Trauben an und zog seinen Wein auf Flaschen. Diesen lieferte er unter anderem an unsere Firma. Er war also ein alter Bekannter der Familie.

Als Papa ihn vorsichtig auf eine mögliche Partnerschaft ansprach, war Fourneaux nicht uninteressiert. Aber es war an Monsieur Clicquot, dem Weinhändler einen handfesten Vorschlag zu machen.

Das erste Verhandlungsgespräch verlief gut. Bei einem Diner kam ich zu dem Schluss, dass mir Alexandre Fourneaux, den ich bis dahin nur flüchtig gekannt hatte, sympathisch war. Er war auch nicht schockiert, dass ich als Frau das Geschäft meines verstorbenen Mannes übernehmen wollte, sondern schien meinen Mut und meine Entschlossenheit anzuerkennen. Bald waren wir in ein Gespräch über die verschiedenen Märkte für Schaumwein vertieft und hatten die anderen Anwesenden ganz vergessen.

Nach zwei Wochen ausführlicher Verhandlungen waren wir uns schließlich einig geworden. An einem sonnigen Februartag im Jahr 1806 kamen Philippe Clicquot, Alexandre Jérôme Fourneaux und ich in François' Studierzimmer zusammen, um einen Vertrag abzuschließen, der mein Leben für immer verändern sollte. Für die Dauer von vier Jahren gründeten wir die Firma *Veuve Clicquot – Fourneaux & Cie*. Alexandre Fourneaux und ich brachten je achtzigtausend Francs an Kapital ein, Schwiegerpapa gab Weine im Wert von dreißigtausend Francs dazu. Louis Bohne erhielt eine Gewinnbeteiligung. Ich war mir der Verantwortung durchaus bewusst, die auf mir lastete. Wir alle setzten ein Vermögen auf ein Unternehmen, das zwar bereits erfolgreich, aber auch sehr abhängig von den äußeren Umständen war. Die Unwägbarkeiten des Wetters und vor allem die Kriege, in die der Kaiser ganz Europa verwickelte, waren Gift für das Geschäft.

Doch ich hatte an François' Seite die Freuden und Sorgen des Weinhandels erlebt und fürchtete mich nicht vor Rückschlägen. Schließlich hätte es kaum schlimmer kommen können als in den Jahren, in denen die Trauben zuerst an den Reben vertrocknet und dann in dem nassen Sommer von 1805 verfault waren. Auch der Krieg musste irgendwann ein Ende haben. So schien es damals ja auch. Während unsere Familie den Verlust meines Gatten verwinden musste, hatte sich, wie Sie wissen, viel in der Welt ereignet. Zwei Tage vor seinem Tod hatte sich Großbritannien in einer großen Seeschlacht beim Kap Trafalgar erfolgreich gegen unsere Flotte durchgesetzt und beherrschte seitdem die Meere. Napoleon setzte trotzdem seinen Siegeszug durch Europa fort, eroberte München und Wien und schlug in der Schlacht von Austerlitz die vereinigten Heere der Österreicher und der Russen. Auch Italien fiel unter seine Herrschaft. Das Wichtigste aber war, dass es endlich Frieden gab. So dachten wir zumindest.« Barbe-Nicole lächelte bitter. »Als Monsieur Fourneaux' und meine Partnerschaft besiegelt wurde, waren die Aussichten für einen Erfolg der Firma rosig. Alle Menschen waren erleichtert, dass der Krieg ein Ende hatte. In Paris legte man den Grundstein für den Triumphbogen zu Ehren der Grande Armée auf der Place de l'Étoile. Napoleon versetzte dem Heiligen Römischen Reich den Todesstoß. Zuvor hatte der Kaiser die Herrscher der südlichen deutschen Staaten dazu ermuntert, einen Bund zu gründen und sich vom Reich loszusagen.« Unvermittelt musste Barbe-Nicole lachen. »Ich habe noch die Briefe von Louis Bohne, in denen er sich über das Durcheinander beklagt, das diese Neuordnung verursachte. Kurfürstentümer wurden zu Großherzogtümern oder Königreichen, die Grenzen änderten sich von einem Tag zum anderen, man wusste nicht mehr, ob man sich in Preußen oder Bayern, in Österreich oder Italien befand. Man brauchte ständig neue Karten für die Reise.« Die Witwe Clicquot wurde wieder ernst. »Aber der Friede war nicht von Dauer. Im Herbst befanden wir uns im Krieg mit Preußen.«

»Der aber nicht lange währte«, ließ Jeanne einfließen. »Innerhalb weniger Wochen zog unser Kaiser in Berlin ein.«

»Das stimmt. Es war nur eine kurze Auseinandersetzung«, bestätigte Barbe-Nicole. »Aber sie hatte verheerende Auswirkungen auf das Geschäft. Der Zankapfel war das Königreich Hannover, das in Personalunion mit Großbritannien verbunden war, das Preußen aber für sich beansprucht hatte. Als unsere Truppen Hannover besetzten, heizte dies den Konflikt mit den Engländern an. Schon vorher war es schwierig gewesen, unseren Champagner zu verschiffen, da die englische Flotte bereits Flüsse und Häfen zwischen Ostende und der Seine blockierte. Aber Monsieur Fourneaux und mir lag daran, den Handel mit Russland auszuweiten, und wir wollten nicht auf einen Frieden warten, der doch nie kam. Also klügelten wir einen Plan aus, wie wir das Problem umgehen könnten. Es bot sich an, nach einem Hafen im benachbarten Holland zu suchen, der von französischen Händlern wenig genutzt wurde, und dort ein Schiff zu mieten, das unsere Ware nach Memel bringen sollte, einem kleinen preußischen Hafen. Das Unternehmen lief auch gut. Monsieur Fourneaux brachte den Champagner im Frühling des Jahres 1806 sicher über die Grenze nach Amsterdam, und es gelang ihm auch recht schnell, ein geeignetes Schiff zu finden, wie er mir in einem seiner Briefe mitteilte. Aber wir hatten zu früh frohlockt. Die Kisten sollten gerade verladen werden, als die Nachricht die Runde machte, die britische Regierung habe per Kabinettsbeschluss verfügt, dass sämtliche Häfen zwischen Brest und der Elbe als blockiert zu gelten hatten. Alle Händler, die den Hafen von Amsterdam nutzen wollten, wussten sofort, was das bedeutete: Es hatte keinen Sinn mehr, in See zu gehen. Die Engländer würden kein Schiff mehr passieren lassen. Wir hatten die Gelegenheit zum Durchkommen um nur wenige Stunden verpasst.«

Jeanne, die gespannt den Worten der alten Dame gelauscht hatte, konnte die Wut und Enttäuschung nachfühlen, die Barbe-Nicole und ihr Partner damals bei der vernichtenden Nachricht empfunden haben mussten. Auf einmal verstand sie, weshalb sich die Witwe diesem wenig damenhaften, aber aufregenden Leben verschrieben hatte. Und in ihrem Innern wusste sie, dass auch sie eine solche Herausforderung nicht scheute, dass ein solches Dasein sie sogar mehr und mehr reizte.

»Aber was geschah denn mit dem Champagner, den Ihr Partner nach Amsterdam geschafft hatte?«, fragte Jeanne.

Barbe-Nicole lächelte über das Interesse, das sie der jüngeren Frau vom Gesicht ablas.

»Uns blieb nichts anderes übrig, als ihn einzulagern und zu hoffen, dass die Blockade nicht allzu lange anhalten würde«, antwortete die Witwe Clicquot. »Monsieur Fourneaux schrieb mir, dass der Seehandel in Europa völlig zum Erliegen gekommen war. Dies bedeutete aber auch, dass wir nicht die einzigen Händler waren, die Lagerraum für ihre Waren brauchten. Sie können sich vorstellen, meine Liebe, dass die Mieten in die Höhe schossen und die verkommenste Hütte im Hafen von Amsterdam mit Gold aufgewogen wurde.«

»Um wie viele Flaschen Champagner handelte es sich denn?«, fragte Jeanne.

»Fünfzigtausend, ein Drittel unseres Jahresbestands«, erwiderte Barbe-Nicole und rang theatralisch die Hände. »Der Sommer des Jahres 1806 war königlich, warm und trocken, wie geschaffen für eine gute Traubenernte, aber schlecht für Wein, der in einer stickigen Lagerhalle verrottete. Es brach mir das Herz, wenn ich an den klaren edlen Champagner dachte, der sich in der Hitze der Sommermonate langsam in eine eklige, schleimige Brühe verwandelte und die Flaschen zum Bersten brachte. Es war eine schreckliche Zeit, die mich tief betrübte.«

»Ist es denn so gekommen, wie Sie befürchtet hatten?«

»Leider ja.« Barbe-Nicole seufzte. »Im August schickten wir einen unserer Reisenden, Charles Hartmann, nach Amsterdam, um nach dem Rechten zu sehen und den Wein, sofern er noch in Ordnung war, wenn möglich nach Kopenhagen und von dort nach Preußen zu verschiffen oder ihn vor Ort zu verkaufen. Wie sich herausstellte, war ein Großteil des Champagners aufgrund der schlechten Lagerung verdorben. Den Rest verkaufte Hartmann in Amsterdam für einen Spottpreis. Es waren tatsächlich schlimme Zeiten«, fuhr Barbe-Nicole fort. »Der Handel zu Lande war kaum besser. Denn wer will im Krieg, wenn selbst die Reichen um ihr Vermögen und sogar ihr Leben fürchten müssen, noch teuren Champagner kaufen? Die Kunden hatten nicht mehr das Geld dafür. In seinen Briefen klagte Louis Bohne mir sein Leid: ›Überall ist Krieg‹, schrieb er. ›Krieg, Krieg und nichts als Krieg.‹ Ich wusste, wie sehr er, der ein friedliebender Mensch war, jede Form von Gewalt verabscheute. Der Krieg war ihm ein Gräuel.«

»Monsieur Bohne scheint ein interessanter Mensch gewesen zu sein«, bemerkte Jeanne fasziniert. »Seine Unterstützung muss Ihnen sehr geholfen haben.«

»O ja, er war ein guter Freund«, erwiderte die Witwe Clicquot bewegt. »Wir hatten Glück, dass er da war. Er hatte ein gutes Gespür für vorteilhafte Märkte, und er irrte sich nur selten. Ich liebte es, seine Briefe zu lesen, in denen er stets auf unterhaltsame Art die Eigentümlichkeiten seiner Mitreisenden beschrieb – er verbrachte zwangsläufig viele Stunden in Postkutschen, auf Kähnen und in Herbergen –, manchmal gab er den Leuten Spitznamen und reimte sich aus ihrer Aufmachung und ihrem Akzent zusammen, woher sie stammten und welches Leben sie führten. Ich glaube, Monsieur Bohne wäre ein guter Polizist gewesen, wenn seine Ruhelosigkeit ihn nicht ständig vorwärtsgetrieben hätte.« Barbe-Nicole warf ihrer Zuhörerin einen eindringlichen Blick zu. »Wir hatten noch weitere Handelsvertreter: Henry Krüthoffer in Schlesien, Charles Bahnmayer in den nordischen Ländern und François Majeur in Italien. Aber keiner von ihnen besaß das Verhandlungsgeschick, die Beharrlichkeit und den Ideenreichtum Louis Bohnes. Wenn Sie sich entscheiden, das Geschäft Ihres Mannes weiterzuführen, Madame Pommery, müssen Sie gute Reisende anstellen. Sie sind das A und O des Champagnerhandels. Ohne sie kann Ihr Perlwein noch so gut sein, wenn Sie ihn nicht an den Mann bringen können, nützt Ihnen der köstlichste Tropfen nichts.«

»Das werde ich mir merken, Madame«, antwortete Jeanne lächelnd.

»Allerdings hat es auch Nachteile, wenn einem die Handelsvertreter zu sehr ans Herz wachsen«, fuhr Barbe-Nicole fort. Ihre Hände verkrampften sich ineinander. »Nicht nur in Kriegszeiten war das Reisen damals weitaus gefährlicher als heute, wo die Eisenbahn für eine nie gekannte Bequemlichkeit sorgt und auch die Schifffahrt sicherer geworden ist. Ich denke noch mit Schrecken an den Brief von Monsieur Bahnmayer, in dem er uns die Überfahrt von Kristiansund in Norwegen nach Bergen in Herbst 1806 schilderte. Nachdem der Gegenwind das Segelschiff immer wieder zum Ausgangshafen zurückgetrieben hatte und sie nach einer Woche immer noch an derselben Stelle kreuzten, liefen sie vor der Küste auf eine Sandbank. Das Schiff drohte zu zerbrechen. Zu allem Überfluss kam auch noch ein Sturm auf. Monsieur Bahnmayer schrieb, dass er die schlimmste Nacht seines Lebens durchgemacht hatte. Am Morgen verließen die Passagiere schließlich das Frachtschiff in den Rettungsbooten und erreichten eine kleine Insel. Zum Glück hatten die Küstenbewohner bemerkt, was vor sich ging, und kamen ihnen mit mehreren Booten zu Hilfe. Es gelang ihnen sogar, einen Teil der Ladung von dem gestrandeten Segler zu retten. Der arme Bahnmayer brauchte mehrere Tage, um sich von den schrecklichen Strapazen zu erholen.« Barbe-Nicole presste die Lippen aufeinander, als sie an diese Episode zurückdachte. »Wenn man ein Handelshaus leitet und die Mitarbeiter wie in diesem Fall im wahrsten Sinne ihren Kopf für das Unternehmen riskieren, trägt man eine große Verantwortung. Das ist keine geringe Last, darüber müssen Sie sich im Klaren sein, Madame. Wenn Ihren Leuten etwas zustößt, trifft Sie das tief. Sehen Sie in Ihr Herz und fragen Sie sich, ob Sie stark genug sind, damit leben zu können.«

Die Witwe Clicquot verstummte, und für eine Weile saßen die beiden Frauen schweigend da und hingen ihren Gedanken nach. Jeanne wusste nun, was sie zu tun hatte. Schon nach ihrem letzten Gespräch hatte sie sich entschieden, das Wagnis einzugehen und die Firma ihres Gatten weiterzuführen. Aber sie wusste auch, dass sie dafür noch viel lernen musste. Und sie war dankbar, eine so gute Lehrmeisterin gefunden zu haben.

»Ich wage kaum zu fragen, wie es nach all den Rückschlägen mit dem Geschäft weiterging«, nahm Jeanne schließlich das Gespräch wieder auf.

»Ich hoffe, Sie haben viel Zeit mitgebracht, meine Liebe«, erwiderte Barbe-Nicole lachend. »Denn was ich Ihnen bisher schilderte, war noch lange nicht das Schlimmste. In den nächsten fünf Jahren standen Monsieur Fourneaux und ich mehrmals kurz vor dem Ruin. Und auch Louis Bohne hatte trotz seines Optimismus einige harte Schläge einzustecken. Dabei begann alles so zuversichtlich: Im Juni 1806 schrieb er mir von einem Gerücht, das aus Russland stammte. Die Zarin Elisabeth Alexejewna sollte in guter Hoffnung sein, hieß es. Was eignete sich mehr als Anlass, um mit Champagner anzustoßen, als die Geburt eines Thronfolgers? Die Zarin hatte nämlich nach dreizehn Jahren Ehe bis zu diesem Zeitpunkt nur ein Töchterchen zur Welt gebracht, das jung gestorben war. Monsieur Bohne gab sich Träumereien von umfangreichen Aufträgen hin, wenn der russische Hof das glückliche Ereignis begießen würde. Aber da die Lieferung in den Osten aufgrund der Seeblockade der Briten nun über den Landweg erfolgen musste, was umständlicher war und natürlich viel mehr Zeit erforderte, wollte er der Erste sein, der mit unserem Champagner vor Ort eintraf. In seinem Brief schärfte er mir ein, mit niemandem darüber zu reden, damit die Konkurrenz erst möglichst spät davon erfuhr. Ich muss gestehen, dass mir nicht wohl bei der Sache war«, berichtete Barbe-Nicole. »Ich machte mir große Sorgen um ihn. Zwar gab es nach der Schlacht von Austerlitz einen Waffenstillstand mit Russland, aber dieser sollte sich bald als brüchig erweisen. Darüber hinaus waren die Russen verständlicherweise nicht sehr glücklich über die verlorene Schlacht. Mein lieber Freund setzte zweifellos sein Leben aufs Spiel, als er im Oktober nach Sankt Petersburg fuhr, denn die Franzosen waren zu dieser Zeit fast überall *personae non gratae*. Monsieur Bohne wies uns mehr als einmal darauf hin, dass unser Briefwechsel von der Zensur gelesen würde und dass wir uns auf keinen Fall zur politischen Lage äußern sollten. Man kann mit Fug und Recht behaupten, dass er bei dieser Mission, die drei Jahre dauerte, mit der List und Tücke eines Schwarzhändlers vorgehen musste.«

27

Sankt Petersburg, März 1807

Als Ludwig Bohne an diesem Nachmittag vor seiner Unterkunft auf dem Bolschoi-Prospekt aus dem Schlitten stieg, war er guter Dinge. Trotz der verlorenen Schlacht bei Eylau, bei der sich die Russen jedoch gut geschlagen und den Franzosen schwere Verluste beigebracht hatten, war in Sankt Petersburg keine Mutlosigkeit zu spüren. Man sah sich vielmehr als letztes Bollwerk gegen Napoleon, nachdem dieser Preußen besiegt hatte und in Berlin eingezogen war. Damit hatte der Kaiser der Franzosen einen Großteil Europas unter sein Joch gebracht. Die Russen waren jedoch noch nicht bereit, klein beizugeben. Freilich war es in diesen Zeiten nicht leicht, französische Waren zu verkaufen. Ohne seine guten Beziehungen hätte Ludwig dies auch gar nicht versucht. Als er im vergangenen Herbst – in der Hoffnung auf ein glückliches Ereignis am Zarenhof – nach Sankt Petersburg gereist war, war ihm bewusst gewesen, welches Risiko er einging. Dennoch hatte er die Lage unterschätzt. Es war sein Glück, dass er Pfälzer war und nicht Franzose, obwohl nach wie vor einige französische Adelige in Russland lebten, die einst vor den Revolutionären geflohen waren. Es stand außer Frage, auf dem offenen Markt französischen Schaumwein anzubieten. Stattdessen lieferte er möglichen Kunden Wein aus seiner eigenen Kellerei in Lübeck – die natürlich nur in seiner Fantasie existierte. Diese Idee war ihm gekommen, als er bei seinen Erkundigungen festgestellt hatte, dass es einigen Händlern nach wie vor gelang, ihre Waren nach Preußen und Russland zu verschiffen. Sie nahmen die Gefahr in Kauf, von britischen Schiffen abgefangen und durchsucht zu werden, und hofften stets, die Engländer mit falschen Papieren zu täuschen. Doch auch die britische Flotte entdeckte nicht jeden Frachter, und so manches schnelle Schiff entkam ihr. Daher war Ludwig der Meinung, dass es sich lohnte, das Risiko einzugehen. Er musste Monsieur Fourneaux unbedingt von seiner Idee unterrichten. Das Problem war, dass alle Briefe von der russischen Zensur geöffnet und gelesen wurden. Es war unmöglich, auf diesem Weg vertrauliche Nachrichten zu senden. Widerwillig hatte Ludwig sich daher in Geduld gefasst. Der harte nordische Winter, der in Sankt Petersburg kein Ende zu nehmen schien, hatte sich auf sein Gemüt gelegt. Die Kälte und Dunkelheit machten ihm zu schaffen. Doch nun hatte sich das Blatt gewendet. Ein Landsmann aus seiner Heimatstadt Mannheim, den er seit Jahren kannte und den er für vertrauenswürdig hielt, hatte sich bereit erklärt, einen Brief für ihn zu befördern. Auf diesem Weg würde es ihm endlich möglich sein, die Witwe Clicquot und Monsieur Fourneaux von seiner Unversehrtheit zu unterrichten und ihnen den von ihm erdachten Plan darzulegen. Darüber hinaus war es ihm an diesem Vormittag gelungen, eine große Bestellung aufzunehmen. Charlotta Lieven, erste Hofdame der Zarenwitwe Maria und ehemalige Gouvernante der Kinder der Familie Romanow, war seit Jahren zufriedene Kundin des Hauses Clicquot. Ihr Sohn Generalmajor Graf

Christoph von Lieven gehörte dem Stab des Zaren an und wurde von dem Monarchen sehr geschätzt. Sein jüngerer Bruder Johann war in der Schlacht bei Eylau verwundet worden, doch die Tatsache, dass er überlebt hatte, war der Mutter Anlass genug, einige Flaschen teuren moussierenden Wein zu öffnen und die Gnade Gottes zu begießen.

Ludwig Bohne kehrte folglich in gehobener Laune in seine Herberge zurück. Auch wenn der Frühling bereits spürbar war, lag noch immer Schnee, aber es war nicht mehr so bitterkalt wie in den vergangenen Monaten. Um sich aufzuwärmen, suchte er sich im Schankraum ein Plätzchen in der Nähe des großen Kachelofens. Bis zur Verabredung mit seinem Landsmann blieb ihm noch genug Zeit, eine heiße Suppe zu essen.

Als sein Freund Johann Apfelthaler erschien und sich zu ihm setzte, bestellte Ludwig zwei Humpen Glühwein. Dankbar wärmte sich der Mannheimer die trotz der Handschuhe erstarrten Hände am heißen Zinnbecher.

»Wann werden Sie aufbrechen?«, fragte Ludwig neidisch.

Er hätte Apfelthaler am liebsten begleitet, um der Kälte zu entfliehen. Doch sein Pflichtbewusstsein hielt ihn in Russland zurück. Die anderen Handelsvertreter der Firma Clicquot würden seine frühere Route durch die deutschsprachigen Länder übernehmen. Dennoch hatte er es sich nicht verkneifen können, in dem Schreiben an Fourneaux darauf hinzuweisen, wie wichtig es war, auch den kleinsten Markt zu bearbeiten und »jedes Dorf zu durchkämmen«. Des Weiteren erinnerte er den neuen Teilhaber daran, dass ein guter Ruf wichtiger war, als schnell viel zu verkaufen, also lieber für eine gute Qualität einzustehen, als billigen oder verdorbenen Wein an den Mann zu bringen.

»Haben Sie das Schreiben, das ich überbringen soll, bei sich?«, fragte Apfelthaler.

Ludwig nickte. Nachdem er einen prüfenden Blick in die Runde geworfen hatte, zog er den versiegelten Brief aus seinem Mantel und überreichte ihn seinem Landsmann. In diesem Moment wurde die Tür geöffnet, und ein Mann trat ein. Erst auf den zweiten Blick erkannte Ludwig einen Russen, den er bereits mehrere Male in der Schankstube gesehen hatte, der aber nicht in der Herberge wohnte. Manchmal saß er über Stunden in einer Ecke der Gaststube und trank einen Kaffee nach dem anderen. Seine Pelzmütze legte er nie ab. Sie reichte ihm so weit in die Stirn, dass man seine ohnehin tiefliegenden Augen kaum erkennen konnte. Ludwig fand den Fremden beunruhigend. Da man im Schatten der Mütze nicht sehen konnte, wohin der Mann blickte, fühlte er sich ständig von ihm beobachtet. Auch diesmal war Ludwig sich nicht sicher, ob der Russe die Übergabe des Briefes beobachtet hatte. Um sich nicht durch seine beunruhigte Miene zu verraten, hob er seinen Humpen an und trank von dem Glühwein. Im nächsten Moment schalt Ludwig sich für seine Hast, da er sich zu allem Überfluss auch noch die Zunge verbrannte.

Kurz nach dem Russen betrat ein weiterer Gast die Schenke und gesellte sich zu einem einzeln sitzenden Mann nicht weit von den beiden Pfälzern. Der Ankömmling war Ludwig bekannt. Es war der Baron de Saint-Amand, ein Flüchtling der Revolution vor achtzehn Jahren, der sich geschworen hatte, erst in sein Heimatland Frankreich zurückzukehren, wenn dort wieder ein König auf dem Thron sitzen würde, wie er Ludwig bei einer ihrer Unterhaltungen anvertraut hatte. Saint-Amand grüßte den anderen Gast, der

Glühwein für ihn bestellte. Bald trafen noch mehr Gäste ein, und der Schankraum war erfüllt von Stimmengewirr und Gläserklirren.

In Gedanken noch immer mit seiner Sorge beschäftigt, ob der Russe die Übergabe des Briefes an Apfelthaler mit angesehen hatte, beobachtete Ludwig das Treiben eine Weile schweigend. Sein Landsmann prostete ihm noch einmal zu, bevor er sich verabschiedete. Unter seiner warmen Kleidung brach Ludwig der Schweiß aus. Jeden Moment erwartete er, dass der Russe aufspringen und sie beide verhaften würde. Aber er tat es nicht, sondern blieb gelassen auf seinem Platz und schien von keinem der Anwesenden Notiz zu nehmen. Auch Ludwig rührte sich nicht. Er fühlte, dass seine Beine ihn nicht tragen würden, wenn er jetzt aufstand.

Als der Herbergswirt mit einer Karaffe Glühwein zu ihm trat und ihn fragte, ob er nachschenken solle, schüttelte Ludwig den Kopf. Er konnte es nicht riskieren, sich zu betrinken, obwohl ihm der Sinn danach stand. Auch so fürchtete er, dass seine Miene ihm entgleiten und die Angst verraten könnte, die sich schon vor Monaten in ihm eingenistet hatte. Der Krieg war ein schmutziges Geschäft, aber was sich hinter den Kulissen abspielte, in der Schattenwelt der Spitzel und Verräter, war ihm geradezu unheimlich. Seit seiner Ankunft im vergangenen Herbst hatte man ihn wie jeden Fremden des Öfteren misstrauisch beäugt und ihn nach dem Grund seiner Anwesenheit in Russland ausgefragt. Wenn er sich als Pfälzer zu erkennen gab, schwand meist der Argwohn, denn in Adelskreisen, am Zarenhof und selbst bei der Armee fand man viele Baltendeutsche. Doch der Krieg veränderte die Art, wie die Leute mit Ausländern umgingen. Mehr als einmal hatte Ludwig sich in den dunklen Wintermonaten in seinen Albträumen bereits verhaftet und auf dem Weg in ein Bergwerk in Sibirien gesehen.

Während er seinen Gedanken nachhing, fing Ludwig Satzfetzen der Gespräche von den anderen Tischen auf. Zuerst beachtete er sie nicht. Doch dann wurde er auf einmal hellhörig. Hinter ihm war das Wort »Kanonen« zu vernehmen gewesen. Unwillkürlich spitzte er die Ohren. »... sie werden im Alexanderwerk von Petrosawodsk gegossen, das liegt in Olonez nordöstlich von hier. Im Arsenal hier in Sankt Petersburg läuft die Produktion neuer Feldartillerie auf Hochtouren. Es ist hervorragend ausgerüstet, mit Drehbänken und Maschinen aller Art. Es heißt, man will sogar eine Dampfmaschine nach englischen Plänen einrichten, die Arbeitskräfte sparen soll«, sagte ein Mann im Flüsterton.

»Gut zu wissen«, erwiderte ein Zweiter. »Gibt es auch gute Nachrichten?«

»Nur, was ihre Haubitzen betrifft«, entgegnete der erste Sprecher. »Sie können nicht so weit hochgeschwenkt werden wie die unsrigen und haben deshalb weniger Reichweite. Aber die Russen bemühen sich, sie zu verbessern.«

»Sonst noch etwas?«

»Ihre Kavallerie ist stark, nicht nur die berüchtigten Kosaken, auch die Husaren- und Jägerregimenter haben ausdauernde Steppenpferde, die weniger Futter brauchen als andere Reittiere, die in Europa gezüchtet werden.«

»Pah, dafür müssen die Russen nicht nur das Blei für ihre Kugeln, sondern sogar die Wolle für die Uniformen ihrer Soldaten einführen. Während unserem Kaiser der Reichtum Frankreichs, der deutschen Staaten und Italiens zur Verfügung steht. Ich gebe Ihre Beobachtungen weiter, mein Freund. Wir sehen uns in einem Monat wieder.«

Obwohl das Gespräch im Dialekt des Elsass geführt worden war, hatte Ludwig ihm mühelos folgen können. Ohne sich umzudrehen, wusste er, wer die beiden Männer waren, die sich so überraschend als französische Spione entpuppt hatten. Der Baron de Saint-Amand und sein Freund saßen hinter ihm, er hatte sie zuvor dort gesehen. Offenbar wiegten sie sich in Sicherheit, weil sie glaubten, ihre alemannische Mundart könnte in Russland niemand verstehen, doch sie ließen dabei außer Acht, dass es gerade hier auf dem Bolschoi-Prospekt viele russlandtreue Deutsche gab. Ludwig spürte Wut in sich aufsteigen, weil diese Abenteurer ihre schmutzigen Machenschaften in die Herberge trugen, die unbescholtenen Geschäftsleuten in diesen schweren Zeiten als Zufluchtsort diente. Damit gerieten sie alle in ein schlechtes Licht.

Hinter ihm war Stühlerücken zu hören, als der Freund des Barons sich erhob. Nachdem er die Zeche bezahlt hatte, begab er sich zur Tür. Ludwig, der sich zwang, ihm nicht nachzuschauen, bemerkte aus dem Augenwinkel, wie der allein sitzende Russe plötzlich aufstand und sich dem Mann in den Weg stellte.

»Monsieur, ich verhafte Sie im Namen Seiner Majestät des Zaren«, sagte er auf Französisch.

Mit gespieltem Erstaunen fragte der junge Mann: »Was soll das? Was werfen Sie mir vor?«

»Spionage, Monsieur.«

»Das ist doch Unsinn!«

Noch während er sprach, stieß der Franzose den Russen zur Seite und stürzte durch die Tür nach draußen. Der Mann mit der Pelzmütze ließ ihn gehen. Kurz darauf waren vor der Herberge Gebrüll und scharfe Befehle zu hören. Der Spitzel war nicht weit gekommen.

Währenddessen hatte der russische Agent eine Pistole gezogen und rief warnend: »Bleiben Sie alle auf Ihrem Platz. Keiner rührt sich.«

Ludwig, der vor Schreck erstarrt war, fühlte mehr als er sah, dass Saint-Amand hinter ihm vom Stuhl aufsprang und die Flucht ergreifen wollte. Mit eisiger Miene hob der Russe seine Pistole und feuerte in die Decke. Als Putz auf Ludwigs Schultern rieselte, war er einer Ohnmacht nahe. Er wagte erst, wieder zu atmen, als sich der Baron ergab.

»Alle Anwesenden bleiben, wo sie sind«, befahl der Agent der Regierung, während er seinen Gefangenen abführte. »Man wird noch Ihre Personalien aufnehmen. Wer sich dem zu entziehen versucht, wird als feindlicher Spitzel angesehen und erschossen.«

Mit fahlen Gesichtern blieben die anderen Herbergsgäste sitzen und harrten dem, was da kommen mochte. Ludwig blickte dem Baron nach, der bleich wie der Tod geworden war. Was hatte den Royalisten dazu bewogen, sich für Napoleons Kriege einspannen zu lassen? War nach all den Jahren die Sehnsucht nach der Heimat unerträglich geworden? Hatte der französische Herrscher dem Baron die Rückgabe seiner Güter in Aussicht gestellt, wenn dieser für ihn spionieren würde? Jedenfalls hatte Saint-Amand anscheinend die Hoffnung auf eine Rückkehr der Bourbonen auf den Thron verloren. Vielleicht hatte er sich gesagt, dass ein Kaiser schließlich auch ein gekröntes Haupt war und immer noch besser als eine Republik. Doch nun würde er Frankreich nie wiedersehen.

28

Reims, Februar 1858

Graue Schneefladen rutschten von den Dächern auf die Erde. Die einst weißen Flocken hatten sich auf den Straßen in schmutzigen Matsch verwandelt, geschwärzt vom Kohlenrauch aus den unzähligen Schornsteinen der Stadt. Kutschen und Karren durchpflügten den Morast wie Schiffe einen schlammigen Fluss.

Als Jeanne von ihrem Besuch bei Madame Clicquot in ihr Haus auf der Rue Vauthier-le-Noir zurückkehrte, trug sie Lafortune auf, nach Narcisse Greno zu schicken. Die Zofe zog leicht die Augenbrauen hoch, das einzige Zeichen, das ihre Missbilligung verriet. Doch Jeanne kümmerte sich nicht darum. Als das Hausmädchen Sophie die Ankunft des Geschäftsmanns und seines Begleiters Monsieur Vasnier ankündigte, gab die Witwe Anweisung, die beiden Herren in den Salon zu führen.

Lafortune, die ihr nicht von der Seite gewichen war, nachdem sie ihr beim Umkleiden geholfen hatte, setzte sich unaufgefordert in eine Ecke am Fenster und beschäftigte sich mit einer Stickarbeit. Mit einem nachsichtigen Lächeln ließ Jeanne sie gewähren. Sie würde ihre treue Zofe behutsam an die neuen Umstände heranführen müssen. Anfangs würde sie schockiert sein, aber mit der Zeit würde sie sich bestimmt daran gewöhnen, auch wenn es ihr schwerfiel.

Als Sophie die Besucher in den Salon geführt hatte, trug Jeanne dem Mädchen auf, Tee zu servieren, bevor sie sie entließ. Während die Herren Platz nahmen, musterte Jeanne sie eindringlich. Beide Männer waren hochgewachsen und hager, aber das war auch schon alles, was sie gemeinsam hatten. Der rastlose Narcisse Greno, der trotz seines vorgerückten Alters einem rassigen Rennpferd glich, das sich gegen die Zügel seines Reiters auflehnt, und daneben der in sich ruhende, durch nichts zu erschütternde Henry Vasnier, ein Mann von Mitte zwanzig, der das Leben ohne Gewissensbisse genoss, der schöne Frauen und die Kunst schätzte, aber ebenso viel Spaß an Zahlen und erfolgreichen Geschäftsabschlüssen hatte. Jeannes Gatte war dem jungen Mann während einer Reise nach London begegnet und hatte ihn überredet, fortan für das Weinhaus *Pommery & Greno* zu arbeiten, so wie einst François Clicquot Louis Bohne. Henry Vasnier trug das dichte dunkle Haar seitlich gescheitelt und der Mode entsprechend an den Schläfen lockig. Seine buschigen Koteletten reichten ihm bis zum Unterkiefer und verliehen seinem länglichen schmalen Gesicht einen vorteilhaften Rahmen. Narcisse war dagegen glatt rasiert. Beide Männer hatten schon vor Jahren den auf Taille geschnittenen Gehrock zugunsten des kürzlich aufgekommenen sackartigen Jacketts aufgegeben, das sich mehr durch Bequemlichkeit als Finesse auszeichnete. Henry war der Bruder einer Freundin. Jeanne hatte Clémence Vasnier beim Studium in der Pension der Vienaud-Schwestern in Paris kennengelernt. Aber das war nicht der einzige Grund, weshalb sie Clémence' Bruder zugetan war. Vom ersten

Moment an hatte sie seine Talente erkannt, die ihn als Geschäftsführer auszeichneten. Mit seiner und Narcisse Grenos Unterstützung würde sie sich schnell in den Weinhandel einarbeiten.

»Messieurs«, begann sie und bemerkte, dass ihr Herz vor Aufregung gegen die Rippen hämmerte, »ich habe Sie zu mir gebeten, um Ihnen mitzuteilen, dass ich mich entschieden habe, die Geschäftsanteile meines Gemahls zu behalten und seine Stelle einzunehmen.«

Narcisse strahlte über das ganze Gesicht.

»Aber das ist ja wunderbar. Ich hatte so gehofft, dass Sie sich dazu entschließen würden, Madame.« Mit leuchtenden Augen wandte er sich an Vasnier: »Was meinen Sie, Henry? Jetzt hat die Unsicherheit endlich ein Ende, und ich kann wieder auf Reisen gehen.« Er stockte, als er sah, wie sich die Miene der Witwe verdüsterte. »Es ist Ihnen doch recht, dass ich weiter die Pflichten eines Handelsreisenden übernehme, Madame?«

»Aber ja«, antwortete Jeanne. »Ich dachte nur an etwas, das Madame Clicquot mir erzählte. Während des Krieges unter Napoleon I. saß einer ihrer Handelsvertreter, Monsieur Bohne, drei Jahre lang in Sankt Petersburg fest und war nahe daran, als Spion verhaftet zu werden. Er hatte Glück, dass man ihn schließlich unbehelligt gehen ließ. Diese Geschichte hat mir deutlich gemacht, welche Verantwortung ich trage, wenn ich Sie in die Welt hinausschicke, um für unseren Wein zu werben, mein lieber Freund.«

»Monsieur Bohnes Ruf ist mir bekannt«, sagte Narcisse. »Und ich weiß auch, dass er oftmals sein Leben für das Haus Clicquot riskiert hat. Wir könnten auch einige Leute von seiner Sorte gebrauchen.«

»Das wollte ich vorschlagen«, stimmte Jeanne ihm zu. »Ich bin wie Madame Clicquot der Meinung, dass die Zukunft des Weinhandels in der Eroberung neuer Märkte liegt. In Russland sind unsere Rivalen führend, aber in Großbritannien und Amerika bieten sich noch gute Chancen. Ich denke, als Erstes sollten wir noch ein oder zwei Reisende einstellen.«

Narcisse konnte sich ein befriedigtes Lächeln nicht verkneifen. »Da haben Sie recht, Madame. Der ›Laden‹ läuft gut. Da lässt sich noch mehr machen, trotz der starken Konkurrenz.«

»Dann lassen Sie uns auf das Geschäft anstoßen, Messieurs«, verkündete Jeanne aufgeregt. »Ich kann es kaum erwarten, mit der Arbeit zu beginnen.«

Nachdem sie gemeinsam eine Flasche Champagner geleert hatten, verabschiedeten sich die beiden Herren. Jeanne ließ sich in ihren Sessel zurücksinken. Nun, da die körperliche Spannung nachließ, fühlte sie sich erschöpft und ein wenig schwindelig. Ob Madame Clicquot sich auch so gefühlt hatte, als sie die Entscheidung fällte, das Geschäft ihres Mannes weiterzuführen? Jeanne hoffte sehr, dass sie auch in Zukunft das Privileg haben würde, die alte Dame zu besuchen und an ihren Erinnerungen teilzuhaben.

Trotz der Schwäche ihrer Glieder raffte Jeanne sich auf. Da erst wurde sie sich Lafortunes tadelnder Blicke bewusst, die die Zofe nicht zu verbergen versuchte.

»Gibt es etwas, das Sie mir sagen wollen, Lafortune?«, fragte Jeanne.

Es war besser, die zu erwartenden Vorwürfe über sich ergehen zu lassen, als den ganzen Tag die missbilligende Miene der Zofe ertragen zu müssen.

»Aber, Madame, Sie wollen tatsächlich das Handelshaus Ihres Gemahls führen?«, sprudelte die sonst so beherrschte Kammerfrau hervor. »Ich weiß, es steht mir nicht zu, meine Meinung zu äußern, aber …« Es drängte die Zofe, die Worte auszusprechen, die ihr auf der Zunge lagen, aber sie war sich bewusst, dass ihre Stellung als Dienstbotin ihr dies nicht erlaubte.

»Aber was?«, ermunterte Jeanne sie, obwohl sie ahnte, was Lafortune sagen wollte. »Nur zu, sprechen Sie weiter.«

»Was wird Ihre Familie dazu sagen?«, überwand sich die Zofe schließlich zu fragen. »Was würde Madame Mélin sagen, dass ihre Tochter, die die beste gesellschaftliche Erziehung genossen hat, ihre Tage hinter dem Schreibtisch verbringen will wie eine Krämerin.«

Jeanne musste lachen. Vielleicht wäre es ihre Pflicht gewesen, Lafortune in aller Strenge zu maßregeln, aber sie wusste, dass die Zofe nur aussprach, was die meisten ihrer Zeitgenossen denken würden, wenn sie von ihrer Entscheidung erfuhren. Nein, sie konnte der Kammerfrau ihre offenen Worte nicht übel nehmen. Es war ein Privileg der Dienstboten, dass diese strenger auf ihren Rang achteten als ihre Herrschaft. In diesem Moment wurde Jeanne sich darüber klar, dass ihre gesellschaftliche Stellung ihr nichts bedeutete, dass sie auch als Inhaberin eines kleinen Ladens glücklich gewesen wäre, sofern das Schicksal dies für sie vorgesehen hätte.

»Sie glauben also, weil ich meine Kindheit in Schlössern wie Annelles und Vauxelles verbracht habe, würde mich Büroarbeit erniedrigen«, meinte Jeanne spöttisch. »Sie vergessen, meine liebe Lafortune, dass die Zeiten sich geändert haben. Seit die Revolution mit dem französischen Adel aufgeräumt hat, bedeutet ein Titel nichts mehr, sofern er nicht mit Geld verbunden ist. Die Namen Mélin und Gobron haben einen guten Klang, aber sie ernähren mich nicht. Ich könnte meine Anteile an der Firma *Pommery & Greno* verkaufen und fortan in bescheidenen Verhältnissen leben, aber das befriedigt mich nicht. Nein, ich habe mich entschieden, meine Zeit besser zu nutzen. Als meine Eltern sich trennten, verkehrten meine Mutter und ich viel mit ihrer Schwester, die als Witwe ihre Kinder allein aufzog, und ihrer Tante Pauline Gobron, die unverheiratet geblieben war. All diese Damen haben ihr Leben selbst in die Hand genommen und ihre Angelegenheiten ohne fremde Hilfe geregelt. Schon als Kind hatte ich Vorbilder, die mich auf eine Zukunft als alleinstehende Witwe und selbstständige Geschäftsfrau vorbereitet haben.« Jeanne sah der Zofe eindringlich in das noch immer verdrießliche Gesicht. »Mein Gemahl ist tot. Niemand kann diese Tatsache ändern. Ich wünschte sehnlichst, dass es anders wäre. Aber ich weigere mich, mein Leben als beendet zu betrachten. Monsieur Pommery hat mir eine Aufgabe hinterlassen, derer ich mich annehmen werde. Finden Sie sich damit ab. Und von nun an will ich kein Wort mehr über dieses Thema hören, Lafortune!«

29

Boursault, September 1862

Eines Abends, als Barbe-Nicole Clicquot-Ponsardin sich nach dem Diner in den Salon begab, trat der Lakai Pierre an sie heran und teilte ihr mit, dass Monsieur Jacquin sie auf der Terrasse erwarte. Verwundert entschuldigte sich die Witwe bei ihrem Schwiegersohn, dem Comte de Chevigné, der ihr gerade einen Sessel zurechtgerückt hatte, und trat durch die hohe Flügeltür in den Garten hinaus. Die Luft war noch angenehm warm, aber es fehlte ihr der schwere Blütenduft des Sommers. Stattdessen spürte man bereits den frischen Hauch des Herbstes, der die drückende Hitze des Augusts verscheuchte.

Marcel saß an einem kleinen Gartentischchen. Als Barbe-Nicole näher trat, sah sie, dass auf dem zierlichen Möbel eine Flasche Champagner und zwei Gläser standen.

»Nanu, haben wir etwas zu feiern, Monsieur Jacquin?«, fragte sie neckisch, während sie Platz nahm.

Er lächelte, und in seinen Augen tanzte der Spott. »Unser Jubiläum, meine Schöne«, antwortete er. »Unsere skandalöse Affäre jährt sich zum fünfunddreißigsten Mal.«

Barbe-Nicole zog eine Augenbraue hoch. »Wenn du von dem Moment an rechnest, da ich dir die Gastfreundschaft meines Hauses anbot, hast du recht. Aber die skandalöse

Affäre, auf die du anspielst, begann genau genommen vor fünfundfünfzig Jahren.«

»Du hast die Zahlen im Kopf?«, entfuhr es Marcel überrascht. Dann schnitt er eine Grimasse. »Weshalb frage ich überhaupt? Wahrscheinlich kannst du eine so leichte Rechnung in einem Atemzug überschlagen.«

Sie lächelte amüsiert. »Nein, in diesem Fall ist mir stets bewusst, wie lange es her ist, seitdem ich zum ersten Mal in deinen Armen lag, du Schwerenöter. Was habe ich mir nur dabei gedacht? Ich muss verrückt gewesen sein, mit einem verheirateten Mann …«

Barbe-Nicole unterbrach sich, als ihr Blick auf das Etikett der Flasche fiel.

»*Pommery & Greno*? Hast du den Verstand verloren? Du willst unser Jubiläum mit dem Champagner meiner Rivalin feiern?«

»Ist sie das?«, fragte Marcel ironisch. »Wenn ja, hast du sie dazu gemacht.«

Einen Moment lang schwieg Barbe-Nicole, während er den Champagner einschenkte. Dann zuckte sie gleichmütig mit den Schultern.

»Madame Pommery interessiert mich eben. Sie ist Witwe und wie ich eine Anfängerin auf einem Gebiet, auf dem es erfahrene und skrupellose Konkurrenten gibt.«

»Bisher schlägt sie sich gut, wie es scheint«, bemerkte Marcel.

»Ja, das tut sie. Zurzeit hält sie sich in Großbritannien auf, wie ich hörte. Im Gegensatz zu mir damals hat sie dort gute Verbindungen.«

»Sie war recht lange nicht mehr zu Besuch. Hast du ihr denn schon die ganze Geschichte erzählt?«

»Nein, nicht alles.«

»Vielleicht solltet ihr noch einmal zusammenkommen«, schlug Marcel vor.

»Ich muss zugeben, dass ich gerne hören würde, welche Erfahrungen Madame Pommery in England gemacht hat. Ich werde ihr ein paar Zeilen schreiben, wenn sie zurück ist.«

Mit herausfordernder Miene hob Barbe-Nicole ihr Glas.

»Und nun wollen wir einmal prüfen, wie ihr Champagner schmeckt. Stoßen wir also auf unsere langjährige Freundschaft an, Monsieur Jacquin, und lassen wir uns noch einmal – wenn auch nur im Geiste – ins duftende Stroh sinken…«

30

Bouzy, Juli 1807

»Aber Madame, sind Sie sicher, dass Sie dieses Gefährt steuern können?«, fragte Marie und warf einen zweifelnden Blick auf die offene Karriole.

»Natürlich, mein Gemahl hat es mir beigebracht«, erwiderte Barbe-Nicole. »Und nun jammere nicht, sondern steig ein.«

Nur zögernd näherte sich die Kammerzofe der Kutsche. Das Pony, das davorgespannt war, spürte ihre Unsicherheit und scharrte nervös mit dem Vorderhuf im Sand des Innenhofs. Doch als es Barbe-Nicoles ruhige Hand über die Zügel spürte, entspannte sich das Pferd und schnaubte.

»Wollen Sie nicht lieber einen Reitknecht fahren lassen, Madame?«, beharrte Marie.

Streng sah Barbe-Nicole sie an. »Wie du siehst, ist dieses Gefährt nicht für einen Kutscher ausgelegt. Unzählige Damen lenken selbst eine Karriole oder einen Phaeton.«

»Engländerinnen vielleicht, aber keine französischen Damen«, murmelte Marie leise.

Barbe-Nicole seufzte tief und entschied sich, den Einwurf der Zofe zu ignorieren. Wenn sie nicht so oft mit François in der Karriole gefahren wäre, hätte sie es nicht gewagt, auf die Begleitung eines Reitknechts zu verzichten. Doch nun, da sie ein Unternehmen führte – wenn auch mit einem männlichen Partner an ihrer Seite –, wollte sie das Gefühl der Unabhängigkeit und Verantwortung genießen, das sie wie einen Rausch empfand. Schlimm genug, dass sie des Anstands wegen Marie mitnehmen musste, die ihr sicher die Fahrt über mit ihren Klagen in den Ohren liegen würde.

Während sie über die gepflegten Feldwege rollten, verschaffte sich Barbe-Nicole einen genauen Überblick über ihre Weinberge und deren Zustand. Der Ertrag versprach in diesem Jahr gut zu werden, obwohl er besser hätte sein können, wenn es mehr Sonnentage gäbe. Doch was nützten eine gute Ernte und ein vorzüglicher Wein, wenn man ihn nicht verkaufen konnte? Wie schon in den Jahren zuvor machte erneut das Gerücht von einem baldigen Frieden mit Großbritannien die Runde. Seit der Friedensvertrag von Tilsit den Krieg zwischen Frankreich, Österreich, Preußen und Russland beendet hatte, hoffte man, dass die britische Blockade ebenfalls aufgehoben würde. Barbe-Nicole hatte sogar bereits Anfragen aus Russland und Preußen bekommen. Doch ihre Rivalen schliefen nicht. Alle Händler von Schaumwein zerbrachen sich den Kopf darüber, wie sie im Falle eines Friedens mit den Briten ihre Lieferungen möglichst schnell zu den Kunden transportieren könnten. Um nicht abgehängt zu werden, musste Barbe-Nicole zur selben Zeit, wenn nicht schon vorher, mit ihrem Perlwein zur Stelle sein. Ihr blieb also nichts anderes übrig, als erneut eine Ladung nach Amsterdam zu schicken und zu hoffen, dass der Wein dort nicht allzu lange lagern musste.

Doch das lange Warten zerrte an Barbe-Nicoles Nerven. Alexandre Fourneaux überließ ihr zunehmend mehr Verantwortung. Offenbar glaubte er nicht mehr an einen Erfolg ihres Geschäfts und machte sich bereit, sich ganz zurückzuziehen. Aber Barbe-Nicole bedauerte dies nicht. Sie hatte immer das Ziel gehabt, die Firma allein zu führen. Und sie scheute nicht vor der Verantwortung zurück. Dazu gehörte auch, ihre Weinberge zu besuchen und mit den Winzern zu sprechen, die sie belieferten. Die Wege waren ihr von ihren Ausflügen mit François so vertraut, dass sie sie im Schlaf hätte zurücklegen können.

Nachdem Marie einige Tage beobachtet hatte, wie sicher ihre Herrin die Karriole lenkte, legte sich auch die Nervosität der Zofe, und sie begann, den Anblick der Landschaft zu genießen. Und als unterwegs oder auf den Höfen die jungen Burschen den beiden Frauen lächelnd nachblickten, fühlte sich Marie auf einmal wieder jung und freute sich fortan wie ein Pensionatszögling auf die nächste Fahrt.

Obwohl es Barbe-Nicole danach verlangte, Marcel wiederzusehen, suchte sie das Gut der Jacquins erst nach den anderen auf. Im vergangenen Jahr war Madame Jacquin gestorben, und Barbe-Nicole hatte ein Beileidsschreiben an Olivier geschickt. Marcel hatte sie in der Zeit nach François' Tod nur einmal aufgesucht, um die Lieferung von Wein zu besprechen, aber danach hatte sich für sie keine Gelegenheit mehr ergeben, ihn zu sehen.

Als sie mit Marie auf den Hof des Gutes fuhr, fragte sich Barbe-Nicole, wie es Marcel wohl ergangen war. War er mit seiner Frau glücklich? Hatte er sie vergessen?

Der Hufschlag des Ponys lockte zwei Männer aus dem Kelterhaus. Barbe-Nicoles Herz schlug schneller, als sie Marcel und seinen Vater erkannte. Sie trugen beide Arbeitskleidung, die ebenso wie ihre Gesichter und Hände mit dunklen Flecken beschmiert war.

Die junge Frau kam dem Knecht, der ihr beim Aussteigen helfen wollte, zuvor und sprang beschwingt aus der Karriole. Als sich ihre Blicke begegneten, erkannte Barbe-Nicole, dass Marcels Gefühle für sie unverändert waren. Ihre Kehle zog sich vor Rührung zusammen und hinderte sie daran, auch nur ein Wort herauszubringen. Marie trat an die Seite ihrer Herrin und rümpfte die Nase, während sie die ölbeschmierten Männer betrachtete.

»Puh, was haben Sie denn angestellt, Messieurs?«, sprudelte sie heraus.

Olivier grinste. »Wir sind dabei, unsere Traubenpresse zu reparieren. Die Teile müssen gut geölt sein, Mademoiselle, sonst bewegt sich nichts«, belehrte er die Zofe. Dann verbeugte er sich vor Barbe-Nicole. »Es ist mir eine Freude, Sie wiederzusehen, Madame. Ich hoffe, es geht Ihnen den Umständen entsprechend gut.«

»Danke, Monsieur, ich komme zurecht«, erwiderte die junge Witwe.

Ihr Blick streifte Marcel, der schweigend neben seinem Vater stand und sie mit einem Lächeln ansah, das in ihrem Kopf eine seltsame Leichtigkeit auslöste, wie man sie nach dem Genuss eines Jungweins verspürte. Es lag so viel Zuneigung und Sehnsucht darin, dass sie sich am liebsten auf der Stelle umgedreht und die Flucht ergriffen hätte. Entschlossen kämpfte sie darum, Haltung zu bewahren und einen unbewegten Gesichtsausdruck aufzusetzen, doch sie ahnte, dass sie zumindest Olivier Jacquin nichts vormachen konnte.

»Wie ich sehe, haben Sie die Aufgaben Ihres Gemahls übernommen, Madame«, sagte der Winzer mit einem gezwungenen Lächeln. »Monsieur Fourneaux ist wohl verhindert.«

»Er ist mit einer Ladung unseres Schaumweins nach Amsterdam gefahren«, erklärte Barbe-Nicole. »Sobald die Seeblockade der Briten aufgehoben ist, wird er sie auf die Reise nach Russland schicken.«

»Dann wünschen wir Ihnen viel Erfolg, Madame«, sagte Olivier. Nach kurzem Zögern fügte er hinzu: »Sofern Sie etwas Geschäftliches besprechen wollen, ziehe ich mich um.«

Barbe-Nicole schüttelte den Kopf. »Ich möchte Sie nicht von der Arbeit abhalten, Monsieur Jacquin. Wir können gerne ein anderes Mal übers Geschäft reden. Ich bleibe noch zwei Wochen in Bouzy.«

»Dann wünsche ich Ihnen noch gutes Gelingen für alle Ihre Vorhaben«, entgegnete Olivier und verbeugte sich.

Marcel tat es ihm gleich. »Madame«, sagte er leise. Bevor er sich abwandte, um seinem Vater zu folgen, warf er Barbe-Nicole noch einen herausfordernden Blick zu, der sie erschauern ließ.

Sogar Marie, die keine gute Beobachterin war, bemerkte die Spannung, die in der Luft lag. Verstohlen betrachtete sie ihre Herrin, die den beiden Männern nachsah.

Am folgenden Vormittag, als Barbe-Nicole und Marie in der Karriole unterwegs waren, entdeckten sie auf einmal einen Reiter, der ihnen folgte. Noch bevor sie ihn erkannte, erriet die Witwe, dass es Marcel war. Sie zügelte das Pony und ließ ihn herankommen. Galant verbeugte er sich im Sattel und begrüßte sie.

»Wie schön, Sie so bald wiederzusehen«, sagte Barbe-Nicole und lächelte ihm zu.

»Erlauben Sie mir, Sie ein Stück des Weges zu begleiten, Madame?«, bat er.

»Glauben Sie, wir haben Schutz nötig, Monsieur?«

»Gewiss. Die Landbevölkerung kann recht ruppig zu allein reisenden Damen sein, und im Unterholz lauern überall wilde Tiere.«

Erschrocken sah Marie ihn an. »Tatsächlich?«

»Aber ja, sind Sie noch nie von einem Eichhörnchen gebissen worden, Mademoiselle?«, erwiderte Marcel todernst. »Eine solche Wunde kann Sie wochenlang ans Bett fesseln.«

Die Zofe errötete. »Sie machen sich über mich lustig, Monsieur.«

»Das würde ich nie wagen«, entgegnete er und blinzelte ihr schalkhaft zu.

Als es Barbe-Nicole klar wurde, dass Marcel mit Marie schäkerte, verspürte sie Eifersucht. Ärgerlich über sich selbst trieb sie das Pony an. Eine Weile ritt der junge Winzer schweigend neben ihnen her. Als sie eine Wiese neben einem Weizenfeld erreichten, lenkte Barbe-Nicole die Karriole in den Schatten eines Baumes und stieg aus.

»Wir werden hier Rast machen, um einen Kleinigkeit zu essen«, erklärte sie. »Möchten Sie uns Gesellschaft leisten, Monsieur?«

Marie warf ihrer Herrin einen erstaunten Blick zu. Dann beeilte sie sich, den Picknickkorb aus der Kutsche zu holen und auf einer ebenen Fläche eine Decke auszubreiten. Marcel setzte sich zu ihnen. Während Marie eine Weinflasche, Gläser und das Essen auspackte, bemühte sich Barbe-Nicole, unverfängliche Konversation zu machen. Doch sie war sich darüber im Klaren, dass sie mit der Einladung an Marcel bereits die Grenzen des Anstands überschritten hatte. Ein Blick in seine schwarzen Augen, die begehrlich auf ihr ruhten, zeigte ihr, dass er es ebenso sah.

»Dieses Jahr wird es eine gute Ernte geben, meinen Sie nicht auch, Monsieur Jacquin?«, fragte sie, und ihre Stimme zitterte.

»Ja«, stimmte er zu. »Für einen Stadtmenschen haben Sie über die Jahre ein vortreffliches Gespür für diese Dinge entwickelt.«

Seine Anerkennung erfüllte sie mit Stolz. Sie sprachen über den Anbau und die Herstellung von Wein und vergaßen darüber die Zeit. Barbe-Nicole bemerkte, dass Marcel der Zofe wiederholt Wein nachgoss, hielt ihn jedoch nicht zurück. Bald sank Marie auf die Decke und begann, leise zu schnarchen.

»Die Kleine scheint nicht viel zu vertragen«, sagte Marcel spöttisch.

»Sie hat fast doppelt so viel getrunken wie wir«, tadelte Barbe-Nicole ihn. »Sie sind ein Filou, Monsieur Jacquin.«

Er zuckte gleichmütig mit den Schultern. »Ich wollte mit dir allein sein.«

»So? Warum denn?«, fragte sie herausfordernd.

Marcel rückte näher neben sie. »Weil es so lange her ist, seit wir Gelegenheit hatten, vertraulich miteinander zu reden.«

»Haben wir denn etwas zu besprechen, das niemand hören soll?«

Marcels Gesicht wurde ernst. »Ich dachte, du würdest dich freuen, mich zu sehen. Aber wenn dem nicht so ist, gehe ich wohl lieber.«

Sie spürte, dass sie ihn verletzt hatte. Er war ein einfacher, aufrichtiger Weinbauernsohn und nicht an Koketterien gewöhnt, mit denen die Damen sich in den Salons die Zeit vertrieben. Als er Anstalten machte aufzustehen, legte sie ihm die Hand auf den Arm und sagte: »Nein, bleib.«

Sein Lächeln kehrte zurück. Mit leuchtenden Augen zog er sie zu sich und küsste sie sanft. Barbe-Nicole ließ es geschehen. So lange hatte sie davon geträumt, noch einmal von ihm geküsst zu werden wie all die Jahre zuvor auf dem Turm der Kathedrale. Die Erinnerung daran war noch immer wach, als wäre es gestern gewesen. Sie fühlte sich wie das kleine Mädchen von damals. Als sie sich voneinander lösten, sah sie das Begehren in seinem Blick und bekam trotz der Wärme des Tages eine Gänsehaut. Er lächelte. Sie wusste, dass er in ihren Augen lesen konnte wie in einem Buch. Er ergriff ihre Hand und erhob sich.

»Komm«, sagte er.

Nach einem kurzen Blick auf die schlafende Marie folgte sie ihm. Er zog sie mit sich in das Weizenfeld. Die Ähren verfingen sich im feinen Musselin ihres Kleides, doch Barbe-Nicole achtete nicht darauf. Der Boden stieg ein wenig an. Als sie den höchsten Punkt der kleinen Erhebung erreicht hatten, nahm Marcel sie in die Arme und drängte sie zu Boden.

»Hier wird uns niemand sehen«, erklärte er.

Barbe-Nicole erwartete, dass er sie erneut küssen würde, doch er saß nur da und betrachtete sie mit liebevollem Blick.

»Wie sehr habe ich mir gewünscht, mit dir allein zu sein. Und nun, da es so weit ist …«

»Ja?«, ermunterte sie ihn.

Er senkte den Blick auf seine Hände, die mit einem Strohhalm spielten.

»Ich wollte dir so vieles sagen … doch jetzt fallen mir keine Worte ein … Ich habe mich danach gesehnt, dich in die Arme zu nehmen und dich mit Küssen zu überschütten, aber …« Er verstummte, weil es ihm schwerfiel, sich auszudrücken.

Barbe-Nicole begriff, dass er nun, da sie bei ihm war, davor zurückschreckte, seiner Begierde nachzugeben. Und dafür liebte sie ihn nur noch mehr.

»Küss mich noch mal«, sagte sie und ließ sich zwischen die Weizenhalme sinken.

Als Barbe-Nicole ihre Zofe weckte, sah diese sich verwundert um.

»Was ist los? Bin ich eingenickt? Wo ist Monsieur Jacquin?«, fragte Marie.

»Er musste zum Gut seines Vaters zurück«, antwortete Barbe-Nicole. »Ich habe dich schlafen lassen. Offenbar hattest du es nötig.«

Die Zofe unterdrückte ein Gähnen. »Können wir jetzt nach Bouzy zurückfahren?«

»Ja, du hast recht. Morgen ist auch noch ein Tag.«

Am folgenden Morgen hatte es Barbe-Nicole jedoch nicht eilig. Sie verbrachte eine ganze Weile vor dem Spiegel ihres Frisiertischs und probierte Puder und Salben aus, die sie in den letzten Monaten ungenutzt in ihrer Tasche herumgetragen hatte. Als Marie ihr das Haar hochsteckte, weigerte sich ihre Herrin, sich eine der ausladenden Hauben aufsetzen zu lassen, und bestand darauf, ein altmodisches kleines Häubchen zu tragen, das sie in einer Truhe gefunden hatte.

Um die Mittagszeit fuhren sie endlich los. Marie zeigte sich keineswegs überrascht, dass Barbe-Nicole die Karriole zu der Stelle lenkte, an der sie am Vortag das Picknick gemacht hatten. Und sie verzog auch keine Miene, als sie dort von Monsieur Jacquin erwartet wurden. Der junge Winzer saß unter dem Baum und kaute auf einem Strohhalm.

»Marie, bitte bereite das Essen vor, während ich mir mit

Monsieur Jacquin die Weinberge auf der anderen Seite des Hügels ansehe.«

»Ja, Madame.«

»Falls du hungrig bist, kannst du auch gerne schon ohne uns anfangen.«

Als Barbe-Nicole und Marcel sich ein Stück entfernt hatten, fragte er: »Ist sie vertrauenswürdig?«

»Keine Sorge. Sie wird nicht klatschen«, versicherte Barbe-Nicole. »Aber ich konnte unmöglich ohne sie ausfahren.«

Sie machten einen kleinen Spaziergang unter den Bäumen. Im Schatten war es kühl, und Barbe-Nicole begann zu frösteln. Marcel legte die Arme um sie und zog sie an sich. Die Hitze seiner Haut ging auf die ihre über. Auf einmal spürte sie, dass ihre Wangen brannten. Er nahm ihr Gesicht zwischen die Hände und streichelte sie sanft.

»Ich bin glücklich«, sagte er.

Seine Lippen suchten die ihren. Ohne nachzudenken, erwiderte sie den Kuss, der ein Kribbeln in ihren Gliedern verursachte. Schließlich löste er sich von ihr, nahm ihre Hand und zog sie in das Weizenfeld. Mit wild schlagendem Herzen folgte sie ihm durch die Schneise, die sie am Tag zuvor in das Korn getreten hatten, und setzte sich auf die niedergedrückten Halme, die sich aufgrund der Trockenheit noch nicht wieder aufgerichtet hatten. Hier nahm Marcel Barbe-Nicole erneut in die Arme, und sie gab sich ihm ganz hin.

Sie trafen sich jeden Tag. Barbe-Nicole lebte wie in einem Rausch, als gäbe es kein Morgen. Ihr Körper war den Liebkosungen eines Mannes seit Langem entwöhnt, denn vor seinem Tod war François während seiner düsteren Phasen nicht fähig gewesen, ihr die Liebe zu geben, die sie brauchte. In Marcels Armen hatte sie sich schon immer geborgen gefühlt. Während der Stunden, die sie mit ihm verbrachte, fiel die Spannung, die die Trauer und die Sorge um das Geschäft in ihr aufgebaut hatten, von ihr ab, und sie konnte wieder frei atmen. Sie vergaß, wo sie war und wer sie waren. Bis zu dem Tag, als während ihres Aufenthalts im Weizenfeld plötzlich das Schwirren der Sensen erklang. Die Erntehelfer hatten begonnen, das Korn zu mähen.

Rasch ordneten Barbe-Nicole und Marcel ihre Kleidung und huschten in gebückter Haltung davon. Es blieb jedoch nicht aus, dass sie bemerkt wurden. Sie konnten nur hoffen, dass man sie nicht erkannt hatte.

Als sie die Karriole erreichten, gab Barbe-Nicole jeden Versuch auf, der Zofe etwas vorzumachen, und rief ihr zu, schnellstens einzupacken. Marcel küsste Barbe-Nicole flüchtig auf den Mund, bevor er sich in den Sattel schwang und sein Pferd antrieb. Die beiden Frauen bestiegen die Kutsche und fuhren in entgegengesetzter Richtung davon. Mit heißem Kopf und zitternden Händen lenkte Barbe-Nicole das Pony nach Bouzy zurück. Sie hatte Angst, dass ihr Kartenhaus des Glücks dabei war zusammenzustürzen.

Am folgenden Tag wagte es Barbe-Nicole nicht auszugehen. Am Nachmittag meldete eines der Stubenmädchen die Ankunft Olivier Jacquins. Barbe-Nicole empfing den Winzer in dem kleinen Garten hinter dem Haus, den François' Großmutter hatte anlegen lassen. Nachdem sich das Mädchen zurückgezogen hatte, blieb Olivier mit dem Hut in der Hand auf der Terrasse stehen. Seine Miene verriet sein Unbehagen. Barbe-Nicole versuchte, Haltung zu wahren, und bot dem Winzer einen Sitzplatz an dem kleinen Gartentisch an. Doch er lehnte dankend ab. Da erhob sich Barbe-Nicole und lud ihn ein, ein paar Schritte mit ihr zwischen den Blumenrabatten hindurch zu gehen.

»Sie können sich sicher denken, weshalb ich hier bin«, begann Olivier schließlich zögernd.

Barbe-Nicole, die sich auf einen Schwall Vorwürfe gefasst machte, war erstaunt über die Milde in seiner Stimme.

»Ich kann nicht behaupten, dass ich von den Geschehnissen überrascht bin«, fuhr er fort. »Seit Ihr Gemahl von uns gegangen ist, habe ich etwas Derartiges erwartet. Und ich gebe Ihnen nicht die Schuld an dem, was passiert ist. Mein Junge liebt Sie, seit Sie beide Kinder waren. Er hat Aurélie nur geheiratet, weil ich ihn dazu gedrängt habe. Niemand hätte ihn davon abhalten können, Sie ... mit Ihnen ...« Verlegen fuhr er sich mit der Hand über sein spärliches graues Haar. »Deshalb habe ich es auch gar nicht versucht. Aber gestern hat man Sie und ihn zusammen gesehen. Es wird geklatscht. Sie verstehen doch, dass er Sie nicht wiedersehen darf?«

Barbe-Nicole presste die Lippen aufeinander und nickte. »Ja, ich verstehe«, erwiderte sie leise.

»Noch hat Aurélie nichts davon gehört, weil sie aufgrund ihres Zustands nicht aus dem Haus geht, aber früher oder später ...«

»Ihres Zustands?«, unterbrach Barbe-Nicole ihn.

»Ja. Sie erwartet ein Kind. Hat Marcel das nicht erwähnt? In ein paar Wochen wird es so weit sein.«

Betroffen sah sie ihn an. Olivier bemerkte, dass sie erbleicht war.

»Er hat Ihnen nichts davon erzählt, nicht wahr? Sie sehen

also, dass er endlich lernen muss, Verantwortung zu übernehmen. Seine Familie braucht ihn.«

In seinen Augen las sie Verständnis für ihren Schmerz. Doch zugleich hatte seine Miene einen strengen Ausdruck angenommen, den sie an diesem fröhlichen, gutherzigen Mann nicht kannte.

»Es tut mir leid, wenn ich Ihnen und Madame Jacquin Unannehmlichkeiten bereitet habe, Monsieur«, sagte Barbe-Nicole. »Es wird nicht wieder passieren, das verspreche ich Ihnen.«

Barbe-Nicole hielt es für geraten, ihren Aufenthalt in Bouzy abzukürzen und vorzeitig nach Reims zurückzukehren. Während Marie ihre Sachen packte, saß die junge Witwe vor ihrem Frisiertisch und starrte trübsinnig ihr Spiegelbild an. Es verlangte sie danach, Marcel zu sehen und sich mit ihm auszusprechen, ihm zu sagen, wie viel er ihr bedeutete. Zugleich wollte sie ihn anschreien, weil er ihr verschwiegen hatte, dass seine Frau in Hoffnung war. Doch sie verstand, warum er nichts gesagt hatte. Während sie zusammen gewesen waren, hatten sie wie in einer Blase existiert, fern von allem, was sie an ihr altes Leben band. In dieser Zeit war Aurélie für Marcel nicht real gewesen, ebenso wenig wie für Barbe-Nicole. Es hatte nur sie beide gegeben.

Durch das geöffnete Fenster war Hufschlag zu hören. Marie sah hinaus.

»Madame, Monsieur Jacquin ist gekommen.«

»Schon wieder?«, fragte Barbe-Nicole abwesend.

»Madame!«, wiederholte Marie eindringlicher. Da begriff ihre Herrin, dass sie nicht Olivier meinte, sondern Marcel.

Hastig sprang sie auf und stürzte ans Fenster. Die Kellereiarbeiter beobachteten den jungen Winzer neugierig, während dieser vom Pferd stieg und an die Haustür klopfte. Barbe-Nicole wartete nicht, bis sein Besuch ihr gemeldet wurde. Sie eilte die Treppe ins Vestibül hinab und schickte das Stubenmädchen weg, das ihn eingelassen hatte.

»Komm in den Salon«, bat sie und ging ihm voraus.

Nachdem er die Tür hinter sich geschlossen hatte, stand er einen Moment schweigend da und sah sie unsicher an. Schließlich fasste er sich ein Herz und räusperte sich verlegen.

»Es tut mir leid. Ich hoffe, mein Vater hat dir keine Vorwürfe gemacht.«

»Nein, er war sehr verständnisvoll«, erwiderte Barbe-Nicole.

»Er kann sich in meine Lage hineinfühlen. Er hat Maman sehr geliebt und weiß, was es heißt, von dem Menschen, der einem alles bedeutet, getrennt zu sein.«

»Warum hast du mir nicht gesagt, dass deine Frau ein Kind erwartet?«, fragte Barbe-Nicole, obwohl sie die Antwort kannte.

»Es hatte keine Bedeutung«, antwortete er mit einem Schulterzucken. »Hätte es etwas geändert?«

Barbe-Nicole wandte sich ab und blickte zum Fenster hinaus. »Ich weiß es nicht.«

Sie wäre gerne davon überzeugt gewesen, dass sie sich nicht auf die Affäre mit ihm eingelassen hätte, wenn sie es gewusst hätte, aber sie konnte sich nichts vormachen. Zwischen den Weizenhalmen, in seinen Armen, umhüllt von seinem Geruch und seiner Wärme, wäre es auch ihr egal gewesen.

Sie fühlte seine Hände auf ihren Schultern und seufzte.

»Ich habe deinem Vater versprochen, dass wir uns nicht mehr sehen werden.«

Seine Finger verkrampften sich und zwangen sie, sich umzuwenden, sodass sie ihn ansehen musste.

»Wie konntest du das tun?«, rief er empört.

Sein Ärger und seine Uneinsichtigkeit reizten sie.

»Die arme Aurélie kann nichts dafür, dass du sie nicht liebst. Aber sie muss mit dir leben. Und sie trägt dein Kind. Folglich musst du ihr beigelegen haben. Wir haben kein Recht, sie zum Gespött zu machen.«

»Also das ist es! Du bist eifersüchtig«, stieß Marcel hervor. Er ließ sie los und begann, im Salon auf und ab zu gehen. »Ja, ich bin meinen ehelichen Pflichten nachgekommen, weil es von mir verlangt wurde. Und weil ich einen Erben für das Familiengut brauche.«

»Willst du mir etwa weißmachen, dass du es nicht genossen hast?«, gab Barbe-Nicole zurück. »Ich habe nie geglaubt, dass du wie ein Mönch lebst.«

Sie verstummte, als ihr klar wurde, dass tatsächlich Eifersucht aus ihr sprach, ein Gefühl, das zu empfinden sie kein Recht hatte. Marcels betretene Miene bewies, dass sie mit ihrem Vorwurf nicht Unrecht hatte. Er machte keinen weiteren Versuch, es zu leugnen. Dazu war er zu aufrichtig.

»Ich will nichts anderes, als mit dir glücklich sein«, sagte er.

»Ich weiß«, erwiderte sie sanft. »Aber es ist nicht möglich. Begreifst du das nicht?«

»Mir ist es gleich, was die Leute sagen«, stieß er abfällig hervor.

»Diese Leute sind deine Nachbarn«, erinnerte sie ihn.

»Du musst mit ihnen leben. Vergiss nicht, dass einer davon Aurélies Vater ist.«

In seinen schwarzen Augen flammten Wut und Trotz. Er war wie ein Kind, dem man sein geliebtes Spielzeug weggenommen hatte.

»Das ist mir egal! Ich will nicht weiter Komödie spielen und so tun, als wenn ich eine harmonische Ehe führen würde. Lass sie sich doch die Mäuler zerreißen.«

»Es würde eurem Betrieb schaden. Und meiner Firma!«

Ungläubig starrte er sie an. »Deine Firma ist dir wichtiger als unser Glück?«

Barbe-Nicole las ihm vom Gesicht ab, dass er etwas Verletzendes hinzufügen wollte, sich aber im letzten Moment beherrschte. Sein Zorn schlug in Schmerz um.

»Ich hätte es wissen müssen«, murmelte er. »Du bist wahrlich deines Vaters Tochter …«

Ohne einen Blick zurückzuwerfen, verließ er den Salon und bestieg sein Pferd. Barbe-Nicole lauschte noch eine Weile auf den sich entfernenden Hufschlag, bevor sie sich in ihr Zimmer zurückzog. Sie schickte Marie hinaus, setzte sich aufs Bett und brach in Tränen aus.

31

Inveraray Castle, November 1862

Jeanne atmete tief die erfrischende kühle Luft ein, während sie den Blick zum Wachturm auf dem Hügel hinter dem Schloss hob. Ein durchscheinender Nebelschleier umhüllte die unteren Hänge, sodass es schien, als wenn der Gipfel des Hügels auf einer flaumigen weißen Wolke schwebte. Eine leichte Brise wehte vom Loch Fyne herüber. Jeanne zog ihren Schal enger um die Schultern. Obwohl sie die Reinheit der Luft genoss, wünschte sie sich, in eine der warmen Tweedjacken schlüpfen zu können, die die Herren außerhalb des Hauses trugen.

Als sie Schritte auf dem Sand des Gartenwegs vernahm, wandte Jeanne sich um und sah den Gastgeber der Jagdgesellschaft, George Campbell, Duke of Argyll, auf sich zukommen. Zwei seiner Hunde, die ihm überallhin folgten, umsprangen ihn schwanzwedelnd.

»So ganz allein, Madam?«, fragte der Hausherr stirnrunzelnd. »Hat Ihr Begleiter Sie im Stich gelassen?«

Jeanne lächelte. »Mr Vasnier wollte sich vor dem Dinner noch Ihre beeindruckende Kunstsammlung ansehen.«

»Und Sie, Madam? Ihr Interesse scheint mehr der Architektur zu gelten als Gemälden und Vasen.«

»Das würde ich nicht sagen. Ich liebe die Malerei und die

plastische Kunst ebenso wie Mr Vasnier, aber, mit Verlaub, Ihr Schloss fasziniert mich besonders.«

Der Duke of Argyll folgte ihrem Blick, der auf das einer zinnenbewehrten alten Burg nachempfundene Gebäude gerichtet war. Der auffrischende Wind riss an seinem feinen roten Haar, das ihm bis in den Nacken reichte. Koteletten von der gleichen kupferfarbenen Tönung umrahmten sein blasses Gesicht bis zum Stehkragen des weißen Hemdes, der von einem karierten Halstuch an seinem Platz gehalten wurde. Campbells hohe Stirn, die durchdringenden Augen, die spitze Nase und das vorspringende Kinn gaben ihm etwas Einschüchterndes.

»Es ist allerdings beeindruckend«, gab der schottische Pair zu. »Sogar Dr. Johnson bewunderte den ›neogotischen‹ Stil, der zur Zeit der Errichtung eine Neuheit war. Allerdings ist das Ganze nicht mehr als eine Kulisse. Die Zinnen und Pechnasen dienen nur der Zierde und wären bei einer Belagerung völlig nutzlos.«

»So wie der Wachturm auf dem Hügel?«, fragte Jeanne schelmisch.

»Der *Dun na Cuaiche*? Ja, genau, alles nur Fassade, eine Laune meiner Vorfahren«, erwiderte Campbell lachend. »Jeder Herrensitz musste im vergangenen Jahrhundert eine Ruine oder ein verfallenes Türmchen haben. Und wenn kein altes Gemäuer vorhanden war, musste eben eins gebaut werden.«

»Inveraray Castle erinnert mich ein wenig an Mellerstain House in Berwickshire, das ich bei meinem Besuch vor zwei Wochen bewundern konnte.«

»Und zweifellos unzählige andere Herrenhäuser, die in jener Zeit gebaut wurden, in der der Burgenstil in Mode war.«

Jeanne lachte. »Mir gefällt er, Euer Gnaden. Vielleicht, weil er mich an das Schloss in den Ardennen erinnert, in dem ich aufgewachsen bin. Obwohl es bei Weitem nicht so schön ist.«

»Ich weiß die Lage weit mehr zu schätzen als das Haus«, gestand der Duke of Argyll. »Ich beobachte gerne Vögel, und davon gibt es Unmengen in diesem Park. Am Loch sieht man wieder andere. Ich studiere ihre Flugmanöver, wissen Sie. Ihre graziösen Bewegungen faszinieren mich. Ich habe eine kleine Monographie über das Prinzip des Fliegens geschrieben. Haben Sie sie zufällig gelesen?«

»Nein, leider nicht«, erwiderte Jeanne. »Aber es klingt interessant.«

»Dann werde ich Ihnen ein Exemplar verehren, bevor Sie wieder abreisen«, versprach Campbell erfreut. »Ich schreibe über alles, was mich interessiert, nicht nur über Politik.« Er senkte die Stimme, als wollte er ihr ein Geheimnis anvertrauen: »Staatsmänner denken oft an nichts anderes. Ich finde die Geheimnisse der Wissenschaft jedoch viel fesselnder. Aber sagen Sie es nicht weiter. Die meisten meiner Gäste sind Politiker und halten das, was sie tun, für unheimlich wichtig.«

»Ich versichere Ihnen, dass ich über unser Gespräch schweigen werde«, versprach Jeanne.

»Sie sind eine bemerkenswerte Frau, Madam. Nicht so …« Campbell stockte, auf der Suche nach einem Wort, das nicht voreingenommen klang.

»Oberflächlich?«, half Jeanne ihm spöttisch auf die Sprünge.

»Nun ja, bei den meisten Damen ist es schwierig, ein Gesprächsthema zu finden. Sie reden immer nur über Kinder und Dienstboten.«

Jeanne widersprach ihm nicht. Auch für sie war es mitunter nicht leicht, mit Frauen eine Unterhaltung anzufangen.

»Die Führung eines Haushalts erfordert Erfahrung«, ließ sie einfließen. »Vielleicht gehöre ich zu den wenigen Glücklichen, die nichts an ihren Dienstboten auszusetzen haben.«

Der ernste Ausdruck auf dem Gesicht des Schotten löste sich in einem herzlichen Lächeln.

»Wie man hört, führen Sie Ihr Geschäft wie einen Staat. Sie verfügen in Mr Vasnier sogar über einen Finanzminister und schicken Botschafter in alle Herren Länder. Sie sind eine erfolgreiche Geschäftsfrau, aber niemand würde es wagen, Sie als Krämerin zu bezeichnen, weil Champagner keine Ware ist, sondern ein Kunstwerk.«

»Das haben Sie schön gesagt, Euer Gnaden. Dabei habe ich bemerkt, dass Sie unserem Perlwein wenig Geschmack abgewinnen«, sagte Jeanne und sah ihn forschend an.

»Das stimmt«, gab Campbell zu. »Verstehen Sie mich nicht falsch, Madam, Ihr Champagner ist etwas Besonderes, aber er ist so süß, dass man ihn eigentlich nur zum Dessert trinken kann. Den Damen gefällt das. Aber mir persönlich ist ein herber Wein, den ich beim Essen genießen kann, viel lieber.«

»Das habe ich schon öfter gehört«, bestätigte Jeanne und seufzte. »Seit über einem halben Jahrhundert ist unser moussierender Wein auf den Geschmack unserer Kunden in Preußen, Österreich und vor allem Russland ausgerichtet. Die Russen lieben ihren Champagner sehr süß.«

»Nun, die Geschmäcker sind eben verschieden«, sagte der Duke of Argyll weise. »Aber ich habe Sie noch gar nicht gefragt, wie Ihnen die heutige Jagd gefallen hat, Madam. Sind Sie auf Ihre Kosten gekommen?«

Während Jeanne vor dem Frisiertisch in ihrem Zimmer saß und sich von Lafortune die Haare bürsten ließ, dachte sie über die Worte ihres Gastgebers nach. Sie war ihm dankbar für die Einladung zur Fasanenjagd, die er bei einem Zusammentreffen bei ihrer alten Freundin Lady Houghton in London ausgesprochen hatte. Nicht jedes Mitglied der englischen Aristokratie hätte die Witwe eines Weinhändlers auf seinen Landsitz eingeladen. Aber Argyll machte sich nichts aus den Ansichten anderer Leute. Eine anregende Unterhaltung war ihm mehr wert als eine strenge Beachtung der gesellschaftlichen Regeln. Jeanne war froh, dass sie die Einladung angenommen hatte. Auf Inveraray Castle hatte sie ihren Bekanntenkreis auf einen Schlag erheblich erweitert und zudem Gelegenheit, von ihren besten Kunden aus erster Hand zu erfahren, was sie über ihren Champagner dachten. Die Erkenntnis, dass er trotz hoher Verkaufszahlen nur bedingt den englischen Geschmack traf, war keine Überraschung für sie gewesen – Madame Clicquot hatte bereits dergleichen beklagt –, aber es bekümmerte Jeanne doch, dass man ihren Champagner etwas abfällig als Damenwein bezeichnete. Sie hatte Henry Vasnier von dem Gespräch mit Argyll berichtet. Dieser hatte jedoch nur »auf französische Weise« – wie die Engländer sagen würden – mit den Schultern gezuckt.

»So sind sie eben, die Briten«, hatte er gesagt, »rau und ungeschliffen.«

So leicht wollte sich Jeanne allerdings nicht geschlagen geben. Wenn sie erst wieder zu Hause war, würde sie sich mit ihrem Kellermeister beraten.

Lafortune, die hin und wieder einen flüchtigen Blick auf das Gesicht ihrer Herrin im Spiegel warf, bemerkte den entschlossenen Ausdruck in ihren Augen und presste die Lippen zusammen. Es fiel ihr leicht, in Madame Pommerys Zügen zu lesen, und sie sah deutlich, dass sich wieder einmal eine Idee in ihrem ruhelosen Geist geformt hatte. Lafortunes Hoffnung, dass ihre Herrin der Schreibtischarbeit, die mit der Leitung eines Champagnerhandels verbunden war, am Ende überdrüssig werden würde, hatte sich bisher nicht erfüllt. Im Gegenteil, sie schien sogar Freude daran zu haben, jeden Morgen um fünf Uhr aufzustehen und eine Unmenge an Korrespondenz von Kunden, Winzern, Flaschen- und Korkenlieferanten und Handelsreisenden zu beantworten. Buchhaltung war allerdings weniger nach ihrem Geschmack, die hatte sie Henry Vasnier überlassen. Aber damit nicht genug. Obwohl das Haus Pommery eine Repräsentanz in London hatte, reiste die Witwe regelmäßig auf die Insel, um die bei ihren früheren Besuchen geknüpften Kontakte zu pflegen und neue aufzubauen. Dabei missfiel der Zofe nicht etwa, dass ihre Herrin Bälle, Jagdgesellschaften und Theaterbesuche genoss, aber sie hätte es lieber gesehen, wenn sie diese als Dame der Gesellschaft und nicht als Vertreterin von moussierendem Wein besucht hätte. Doch es war nicht ihr Platz, über die Herrschaft zu urteilen. Es blieb ihr nichts anderes übrig, als Madame Pommerys Launen hinzunehmen und das Beste daraus zu machen.

Jeanne hörte ihre Zofe seufzen und lächelte ihr spöttisch zu.

»Bedrückt Sie etwas, Lafortune?«

»Nein, Madame.«

»Ich weiß, es fällt Ihnen wie so vielen anderen schwer, meine Entscheidung zu akzeptieren. Ich wusste, worauf ich mich einließ, als ich das Geschäft meines Gatten übernahm, und ich habe es nicht bereut. Im Gegenteil, ich genieße jeden Moment.«

»Ja, Madame«, erwiderte Lafortune mit ungerührter Miene, die ihre Gefühle nicht erkennen ließ.

Der Witwe Pommery zu Ehren wurde vor dem Dinner im Salon Champagner als Aperitif ausgeschenkt. Jeanne fand sich neben einem älteren Gentleman wieder, den man ihr zuvor als Anthony Ashley-Cooper, Earl of Shaftesbury, vorgestellt hatte. Er war Angehöriger der Tory-Partei und ein hingebungsvoller Philanthrop.

»Wie schön, dass ich Gelegenheit bekomme, mich mit Ihnen zu unterhalten, Madam«, sagte er mit einem überraschend herzlichen Lächeln. Der Ausdruck seines länglichen Gesichts hatte zu Anfang streng und humorlos auf sie gewirkt. Seine tiefliegenden Augen wurden von buschigen Brauen beschattet, und seine eingefallenen Wangen zierte ein dichter Backenbart.

»Ich würde gerne erfahren, wie Sie in Frankreich mit dem Problem der Armut umgehen.«

Jeanne lächelte unsicher. »Ich weiß, dass Sie sich der Bildung der Armen, besonders in London, angenommen haben, Lord Shaftesbury, denn Ihr Ruf eilt Ihnen überall voraus. Aber ich muss gestehen, dass ich mir über dieses Problem in meiner Heimat noch nicht viele Gedanken gemacht habe. Ich bin sicher, dass es auch in Reims Straßen und Viertel gibt, in denen Not und Elend herrschen, aber zu meiner Schande muss ich zugeben, dass ich bisher nie einen Fuß in eine dieser Gegenden gesetzt habe.«

»Hätten Sie denn Interesse, die Frucht unserer Arbeit einmal vor Ort zu sehen?«, bot Shaftesbury ihr an.

»Worin genau besteht Ihre Arbeit, Mylord?«, fragte Jeanne interessiert.

»Nun, im Vordergrund steht die Bildung vor allem jener Kinder, die aufgrund ihrer Armut in den Sonntagsschulen nicht geduldet werden, weil sie zerlumpt sind und durch ihr Verhalten den Unterricht stören«, erklärte der Philanthrop. »Daher der Name, den wir unseren Schulen gegeben haben: ›Lumpenschulen‹. Neben Unterricht in Lesen, Schreiben und Rechnen wird den Kindern auch Essen und Kleidung zur Verfügung gestellt. Die Lehrer sind fast alle Freiwillige.«

»Ich verstehe«, erwiderte Jeanne. »Lernen die Kinder denn willig?«

»O ja, wir haben stets mehr Interessenten, als wir in den Klassen unterbringen können.«

»Aber ich nehme doch an, dass Sie selbst nicht unterrichten, Mylord.«

Er lachte. »Nein, als Präsident der ›Londoner Union der Lumpenschulen‹ fehlt mir dazu leider die Zeit. Aber ich besuche die Schulen, die oft in leer stehenden Häusern oder Ställen untergebracht sind, regelmäßig und höre mir die Sorgen der Bedürftigen an.«

»Bemerkenswert«, erwiderte Jeanne beeindruckt. »Haben Sie denn gar keine Angst, diese Gegenden zu betreten?«

»Sie meinen Orte wie den ›Teufelsacker‹ in Westminster, in dem es von Bettlern und Dieben wimmelt?«, erwiderte er ironisch.

»Geht es dort tatsächlich so zu, wie Ihr brillanter Schriftsteller Mr Dickens es beschreibt?«

»Kann man sagen. Kennen Sie sein Buch *Oliver Twist*? So manche Straße in den Armenvierteln gleicht der Field Lane in dem Roman, in der sich Fagins Diebeshöhle befindet.

Aber um Ihre Frage zu beantworten: Nein, ich habe keine Bedenken, mich unter diese Menschen zu begeben. Ich habe nie ein böses Wort zu hören bekommen, denn die Leute erkennen schnell, ob man Verständnis für ihre Not hat oder nur da ist, um zu gaffen, oder sie von oben herab behandelt. Sie nehmen Hilfe, die freimütig und ohne Verurteilung ihrer Lebensweise gegeben wird, dankbar an.«

»Das klingt faszinierend, Mylord«, sagte Jeanne.

»Wenn Sie wieder in London sind, Madam, führe ich Sie gerne einmal herum.«

Der Gong zum Essen ertönte. Lord Shaftesbury bot seiner Gesprächspartnerin galant den Arm.

»Darf ich Sie an die Tafel geleiten, meine Liebe? Es wäre mir eine Ehre.«

Geschmeichelt legte Jeanne ihre Hand auf seinen Unterarm. Sie genoss den Austausch mit Staatsmännern, Schriftstellern und sogar mit Angehörigen der Armee sehr, auch wenn diese ihren »Damenwein« verschmähen mochten. Sie musste unbedingt noch einmal mit Monsieur Vasnier darüber sprechen, wie sie die Engländer mit ihren kapriziösen Gaumen als festen Kundenstamm gewinnen konnten.

Am folgenden Vormittag ließ es sich der Herr von Inveraray nicht nehmen, Jeanne durch sein Schloss zu führen.

»Der dritte Duke of Argyll begann im Jahre 1744 mit dem Bau«, erklärte er, während sie durch den Salon wandelten, an dessen Wänden sich Familienporträts aneinanderreihten. »Der Architekt war Roger Morris, der schon Clearwell Castle in Gloucestershire im neogotischen Stil entworfen hatte. William Adam und seine Söhne waren auch am Bau beteiligt.«

»Es ist wirklich märchenhaft«, sagte Jeanne begeistert. Sie waren vor der Kaminverkleidung stehen geblieben. »Ich liebe die Eleganz der Ausstattung. Dieser Kamin stammt von James Adam, nicht wahr?«

»Genau. Sie haben wirklich ein gutes Auge für Kunst, Madam«, erwiderte der Hausherr. »Kommen Sie, ich zeige Ihnen meinen ganzen Stolz: die sieben Beauvais-Wandbehänge. Die Inneneinrichtung wurde im Jahre 1772 von Robert Mylne entworfen. Ich hoffe sehr, dass auch meine Nachkommen alles so belassen, wie es ist, denn es ist vollkommen.«

»Da kann ich Ihnen nur zustimmen, Euer Gnaden«, sagte Jeanne.

Während sie sich an der Schönheit der Einrichtung erfreute, versuchte sie zugleich, sich die Einzelheiten einzuprägen. Sie hatte vor, ihr Haus auf der Rue Vauthier-le-Noir neu einzurichten, und suchte nach Anregungen. Vielleicht würde sie in den nächsten Jahren auch umziehen, denn die Keller würden, wenn das Geschäft wuchs, bald als Lager für den Wein zu klein sein.

Als Jeanne bei einem Empfang in London noch einmal auf den Earl of Shaftesbury traf, wiederholte dieser sein Angebot, ihr eine der von ihm unterstützten Lumpenschulen zu zeigen. Da er versprach, sie persönlich dorthin zu führen, sodass ihr in der verrufenen Gegend nichts zustoßen konnte, stimmte Jeanne zu.

Lafortune war entsetzt. »Aber, Madame, man wird Sie dort ermorden oder zumindest ausrauben«, warnte sie.

»Seine Lordschaft wird mich begleiten«, widersprach Jeanne. »Er versicherte mir, dass es ganz ungefährlich ist.«

»Aber weshalb nur haben Sie sich überreden lassen, dieses Armenviertel zu besuchen? Was versprechen Sie sich davon?«

»Nenne es Lebenserfahrung«, erwiderte Jeanne nachdenklich. »Ich handle mit einer luxuriösen Ware, die sich nur die Wohlhabenden leisten können, und besuche Herrenhäuser und Schlösser, in denen meine Kunden residieren. Dabei kann man schon einmal den Überblick über die Wirklichkeit verlieren. Wir sind alle Gottes Geschöpfe. Vielleicht finde ich es an der Zeit, mir das Schicksal derer vor Augen zu führen, die nicht so viel Glück haben wie wir und die wir nur zu oft vergessen.« Sie warf der Zofe ein schwermütiges Lächeln zu. »Ich hoffe, ich lerne dort etwas, das mir hilft, das Leben der Menschen in meiner Heimatstadt zu verbessern. Als Unternehmerin fühle ich mich verpflichtet, von meinem Erfolg etwas abzugeben.«

»Nun, wenn Sie es so sehen, Madame«, lenkte Lafortune ein. »Aber ich bestehe darauf, Sie zu begleiten.«

»Wenn Sie wollen«, stimmte Jeanne zu.

In Begleitung ihrer Zofe traf Jeanne am verabredeten Tag in Westminster ein. Henry Vasnier hatte vergeblich versucht, ihr den Besuch in dem Elendsviertel auszureden, und es vorgezogen, nicht mitzukommen. Anthony Ashley-Cooper, Earl of Shaftesbury, erwartete die beiden Frauen vor dem Parlamentsgebäude. Er bot ihnen an, sie durch die ehrwürdigen Hallen zu führen, damit sie die fantastische Architektur Augustus Pugins bewundern konnten. Nach der Besichtigung gingen sie zu Fuß an der Westminster Abbey vorbei, bogen in die Dean Street und dann die Orchard Street ein. Die Terrassenhäuser aus grauen Ziegeln der Beamten und Schreiber wichen allmählich großen Stadthäusern, die in den vergangenen Jahrhunderten vom Adel erbaut, aber inzwischen verlassen worden waren. In die leer stehenden Gebäude waren arme Familien eingezogen, hatten die Gemächer mit Bretterwänden unterteilt und so kleine Wohnungen geschaffen, die immer überfüllter wurden. Die meisten Fensterscheiben waren zerbrochen, und oft war das Dach schadhaft geworden, und es regnete rein. In den einst wohlgepflegten Gärten hatte man Holzbuden errichtet. Aborte gab es nur wenige, ebenso wie Kessel für die Wäsche, die überall an den zwischen den Häusern gespannten Leinen hingen. Trinkwasser holten sich die Bewohner an einem Brunnen, der aus kleinen Bächen oder der Themse versorgt wurde. Acht Jahre zuvor hatte hier, wie an vielen Orten der Stadt, die Cholera gewütet.

Als die Leute den Earl of Shaftesbury erkannten, sprachen sie ihn an und erzählten von ihren Sorgen. Und nachdem sie festgestellt hatten, dass die fremde Dame an seiner Seite ihnen aufmerksam zuhörte, beantworteten sie auch ihre Fragen bereitwillig. Immer mehr Bewohner kamen herbei und wollten die Französin sehen, die sich für ihre Not interessierte und für manchen auch einen Ratschlag zur Lösung eines hausfraulichen Problems hatte. Es verging fast eine Stunde, bevor Jeanne, Lord Shaftesbury und Lafortune die One-Tun-Lumpenschule in der Perkin Rents erreichten, die neun Jahre zuvor von einer Frau namens Adeline Cooper gegründet worden war. Jeanne unterhielt sich angeregt mit Mrs Cooper, die sie sogleich als Lehrerin anheuern wollte.

Am späten Nachmittag, als sie zum Parlamentsgebäude zurückkehrten, fühlte sich Jeanne erschöpft von den vielen aufwühlenden Eindrücken. Auf einmal verlangte es sie danach, nach Reims zurückzureisen und sich die Straßen dort mit neuem, durch ihre Erfahrungen in London geschärftem Blick anzusehen.

32

Reims, November 1862

Als die Kutsche, die sie vom Bahnhof abgeholt hatte, auf der Rue Vauthier-le-Noir hielt, stieß Lafortune einen Seufzer der Erleichterung aus. Jeanne lächelte ihr verständnisvoll zu. Die Zofe ging nicht gerne auf Reisen. Aber dies gehörte zu den Aufgaben einer Kammerfrau, und sie ertrug die Unannehmlichkeit gewöhnlich mit Fassung.

Ein Lakai eilte aus dem Haus und öffnete den Schlag. Bevor sie ausstieg, wandte Jeanne sich an Henry Vasnier, der neben ihr saß, und verabschiedete sich.

»Ich hoffe, Ihre Schätze haben die Fahrt gut überstanden, Monsieur. Wir sehen uns dann morgen.«

»Ja, Madame, das hoffe ich auch«, erwiderte der Buchhalter und grinste zufrieden.

Er hatte in England einige seltene Kunstgegenstände erstanden und konnte es kaum erwarten, sie auszupacken.

In der Eingangshalle trug Jeanne dem Lakaien Pascal auf, ihren Kellermeister holen zu lassen.

»Monsieur Olivier ist heute nicht zur Arbeit erschienen, soviel ich weiß«, antwortete Pascal unbehaglich. »Seine Frau ist krank, und er wagt es nicht, sie allein zu lassen.«

»O je, der arme Mann«, entfuhr es Jeanne. »Dann werde ich ihn heute Abend zu Hause aufsuchen. Wie geht es meinen Kindern, Pascal? Ich kann kaum erwarten, sie zu sehen.«

Damas Olivier lebte mit seiner Familie in einer kleinen Wohnung auf der Rue de l'Ecrevisse. Jeanne fuhr mit der Kutsche in die sehr schmale Gasse und brachte ihren Kellermeister damit in arge Verlegenheit, als er ihre Ankunft bemerkte. Eilig empfing er sie und ihre Zofe an der Haustür. Jeanne sah ihm an, dass er sie am liebsten gebeten hätte, nicht hereinzukommen, aber da dies nicht möglich war, führte er seine Chefin mit unglücklicher Miene in den ersten Stock. Die Wohnung der Familie Olivier gehörte zu den besseren Unterkünften im Haus, war aber dennoch ärmlich. Jeanne versuchte, sich nichts anmerken zu lassen, aber sie war entsetzt, in welchen Verhältnissen ihr Angestellter lebte. Die Holzböden waren sauber geschrubbt, aber es gab nur ein paar fadenscheinige Teppiche und wenige Möbel.

»Ich bin gekommen, um mich zu erkundigen, wie es Ihrer Frau geht«, sagte sie, wie um sich für ihr Auftauchen zu entschuldigen.

»Ich bin Ihnen für Ihre Güte sehr verbunden, Madame«, erwiderte Damas Olivier unbehaglich. »Es tut mir leid, dass ich nicht zur Arbeit gekommen bin, aber ...«

»Machen Sie sich deswegen keine Sorgen, Monsieur«, beruhigte Jeanne ihn. »Sie waren bisher immer tüchtig und haben sich ein paar freie Tage verdient. Geht es Ihrer Frau Gemahlin denn so schlecht?«

»Dr. Henrot ist gerade bei ihr, um sie zu untersuchen, Madame.« Auf einmal besann sich Olivier auf seine Gastgeberpflichten. »Kann ich Ihnen Kaffee anbieten, Madame?«

»Sofern Sie Zeit für mich haben, ja danke«, erwiderte

Jeanne. »Zeigen Sie Lafortune, wo alles steht, und setzen Sie sich zu mir, Monsieur Olivier, ich würde mich gerne mit Ihnen unterhalten.«

Er führte die Zofe in die unaufgeräumte Küche, für die er sich schämte, aber im Grunde war er froh über die Ablenkung. Als Jeanne sich auf dem angebotenen Sessel niederließ, der unter ihrem Gewicht in die Knie zu gehen schien, konnte sie nicht umhin zu bemerken: »Seien Sie ehrlich, Monsieur Olivier, können Sie von dem Lohn, den ich Ihnen zahle, leben?«

Verlegen wich der Kellermeister ihrem Blick aus und schwieg.

»Schon gut, Sie müssen nicht antworten«, sagte Jeanne seufzend. »Ich verspreche Ihnen, dass Sie in Zukunft einen Lohn erhalten werden, der Ihren Fähigkeiten angemessen ist. Denn ich habe eine bedeutende Aufgabe für Sie, die all Ihr Geschick erfordern wird. Wie Sie wissen, bin ich gerade aus Großbritannien zurückgekehrt, wo unser Champagner nicht so hochgeschätzt wird, wie ich es mir wünschen würde. Das Problem liegt darin, dass er wie derjenige unserer Konkurrenten auf den süßen Gaumen der russischen Kundschaft abgestimmt ist. Die Engländer genießen durchaus süße Weine, aber davon haben sie bereits eine große Auswahl, nämlich Sherry, Portwein oder Madeira, den sie nach dem Essen zu sich nehmen. Warum sollten sie da noch eine teure Flasche Champagner öffnen?«

Damas Olivier nickte. »Ich kenne das Problem. Vor ein paar Jahren hat ein englischer Weinhändler Monsieur Roederer gebeten, ihm einen ungesüßten Champagner zu liefern, doch dieser lehnte ab.«

»Tatsächlich?«, fragte Jeanne erstaunt. »Warum nur?«

Ein listiges Lächeln huschte über die Lippen ihres Kellermeisters.

»Ganz einfach. Um einen trockenen Champagner zu erhalten, darf man während der Herstellung nicht so viel Zuckersirup und Branntwein zusetzen. Dieser dient aber auch dazu, den Wein zu verfeinern, denn der Zucker und der Alkohol überdecken den Geschmack unreifer und saurer Früchte, wenn die Ernte schlecht ausgefallen ist«, belehrte Olivier seine Chefin. »Man braucht also Trauben von besserer Qualität, die länger an der Rebe reifen, bevor man sie erntet.«

»Und das verteuert die Herstellung. Ja, ich verstehe«, erwiderte Jeanne nachdenklich.

»Das ist noch nicht alles«, fuhr Olivier fort. »Ein solcher Champagner muss länger gelagert werden, um einen guten Geschmack zu erzielen. Das erfordert größere Keller und bindet mehr Kapital.«

Jeanne ließ sich das Gehörte durch den Kopf gehen. »Ich danke Ihnen für Ihre Offenheit, Monsieur Olivier. Ihre Erläuterungen haben mir Stoff zum Nachdenken gegeben.« Ein herzliches Lächeln hellte ihre versonnene Miene auf. »Wir haben eine Menge Arbeit vor uns, mein Lieber. Aber zuerst muss Ihre Gemahlin wieder gesund werden. Ich werde Ihnen Suzanne, eines meiner Stubenmädchen, schicken. Sie hat Erfahrung in der Krankenpflege und kann Ihnen helfen.«

In diesem Moment betrat ein junger Mann die Stube. Damas Olivier sprang von seinem Stuhl auf und eilte ihm entgegen.

»Wie geht es ihr, Doktor?«

Ein beruhigendes Lächeln glitt über das markante Gesicht des Arztes.

»Sie ist auf dem Weg der Besserung, Monsieur«, antwortete er. »In ein paar Wochen kann sie sicher auch wieder aufstehen.«

Beim Eintreten des Arztes hatte sich Jeanne ebenfalls erhoben und trat zu den beiden Männern. Olivier, dem die Erleichterung ins Gesicht geschrieben stand, stellte sie vor: »Madame, dies ist Dr. Henri Henrot, Doktor, Madame Pommery, meine verehrte Chefin.«

Henrot verbeugte sich lächelnd. »Ich habe schon viel von Ihnen gehört, Madame. Welche Ehre, Sie endlich kennenzulernen. Falls Sie jemals meine Dienste benötigen, stehe ich Ihnen jederzeit zur Verfügung.«

»Darauf komme ich gerne zurück, Doktor«, entgegnete Jeanne.

Obwohl der Arzt nicht älter als Mitte zwanzig sein konnte, machte er einen besonnenen und fähigen Eindruck. Sie würde sich seinen Namen merken.

Die nächsten Tage verbrachte Jeanne damit, die liegen gebliebene Post aufzuarbeiten. Mehrmals am Tag brachte der Bote einen neuen Schwung, den sie rasch durchsah, um festzustellen, ob etwas Dringendes darunter war, das sie unverzüglich erledigen musste. Dann würde ihre Antwort den Absender noch am selben Tag erreichen, sofern er im Umkreis von Reims wohnte. Zu ihrer Überraschung entdeckte sie einen Brief der Witwe Clicquot unter den Anfragen von Kunden und Berichten der Handelsreisenden. Neugierig erbrach sie das Siegel und entfaltete das Schreiben. Seit ihrem letzten Besuch in Boursault waren zwei Jahre vergangen. Sie war erstaunt, wie schnell die Zeit dahinflog, seit sie sich mit Leidenschaft der Führung ihres kleinen Weinhandels widmete.

Befriedigt über ihre Hingabe und gute Urteilskraft hatte sich ihr Partner Narcisse Greno fast ganz aus dem Geschäft zurückgezogen und ihr die Verantwortung überlassen. Und so war Jeanne zwischen ihren Pflichten als Firmenchefin und Mutter gar nicht aufgefallen, dass sie die Verbindung zu Madame Clicquot nicht mehr gepflegt hatte. In ihrem Brief sprach die Witwe ihr Bedauern darüber aus und lud sie für den nächsten Tag zu sich ins Hôtel Ponsardin ein.

Ein Lächeln glitt über Jeannes Lippen. Sicher hatte die alte Dame von ihrer Rückkehr aus England gehört. Vielleicht war sie neugierig, wie es ihr dort ergangen war. Jeanne zögerte nicht, ihren Besuch in einer kurzen Nachricht zu bestätigen.

Begleitet von Lafortune fand sie sich am Vormittag in dem prächtigen Stadtpalais ein, das Barbe-Nicole Clicquot-Ponsardin von ihrem Vater geerbt hatte. Da die Sonne schien und es für die Jahreszeit ungewöhnlich warm war, führte der Lakai die Besucherin in den von Mauern und Nebengebäuden umschlossenen Garten. Dort war es so still, dass man hätte meinen können, sich auf dem Land zu befinden, und nicht in einer geschäftigen Stadt wie Reims.

Barbe-Nicole Clicquot war nicht allein. Als Jeanne auf die Terrasse hinaustrat, stand die Witwe vor einem der von Buchsbaumhecken eingefassten Blumenrabatte, in denen nun im November nur noch vereinzelt Blüten leuchteten, und unterhielt sich mit einem älteren Mann mit lockigem grauem Haar, in dem Jeanne den Comte de Chevigné erkannte, Madame Clicquots Schwiegersohn. Als der Lakai die Besucherin ankündigte, wandten sich die beiden um.

»Ah, Madame Pommery, welche Freude, Sie zu sehen«, sagte Barbe-Nicole lächelnd.

»Vielen Dank für die Einladung, Madame«, erwiderte Jeanne.

»Darf ich vorstellen: der Comte de Chevigné; Louis, Madame Pommery«, sagte die Witwe Clicquot.

Der Comte verbeugte sich, und Jeanne machte einen Knicks.

»Es ist mir ein Vergnügen«, bemerkte er. »Ich habe schon viel von Ihnen gehört. Sie eifern Schwiegermama nach, indem Sie den Weinhandel Ihres Gemahls übernommen haben. Bewundernswert.«

Er war sehr elegant nach der neuesten Mode gekleidet. Alles saß vollkommen, bis zu seinem frisch getrimmten Kinnbart. Sie tauschten Höflichkeiten aus. Schließlich fragte Chevigné: »Haben Sie zufällig mein Buch gelesen, Madame?«

Jeanne schüttelte den Kopf. Aus den Augenwinkeln sah sie, wie Madame Clicquot die Augen verdrehte.

»Es beinhaltet eine Reihe von Erzählungen in Versform, darunter auch eine Ode an den Champagner«, erklärte der Comte.

»Wie interessant«, entgegnete Jeanne. Sie hatte noch nie von dem Gedichtband gehört.

»Das Werk ist anonym erschienen«, fuhr er fort. »Sie wissen ja, in meiner Stellung ...«

»Ich verstehe«, erwiderte Jeanne, die noch immer nicht begriff.

»Ich werde Ihnen ein Exemplar zukommen lassen, Madame«, versprach Chevigné mit einem selbstzufriedenen Lächeln.

»Das ist sehr großzügig von Ihnen, Comte«, antwortete Jeanne.

»Ich denke, es ist Zeit hineinzugehen«, mischte Barbe-Nicole sich ein. »Es wird kühl hier draußen.«

Durch die geöffnete Terrassentür betraten sie einen prächtigen Salon, in dem weitere Familienmitglieder versammelt waren. Jeanne erkannte Madame Clicquots Tochter Clémentine, die kränklich aussah, deren Tochter Marie-Clémentine, Comtesse de Rochechouart de Mortemart, und ihren Gemahl, den Comte. In einem Sessel vor dem Kamin döste der alte Herr, den Jeanne bei ihren früheren Besuchen in Boursault auf der Terrasse gesehen hatte.

»Nebenan sind wir ungestört«, sagte Barbe-Nicole bestimmt.

»Ich hoffe, Ihrer Familie geht es gut«, bemerkte Jeanne, nachdem sie sich in einem kleinen Kabinett niedergelassen hatten. Ein Stubenmädchen servierte Tee.

»Alle sind wohlauf, danke«, antwortete Barbe-Nicole. »Ich habe englischen Tee zubereiten lassen, weil ich hörte, dass Sie ihn schätzen«, fügte sie lächelnd hinzu. »Ich muss mich erst noch an den Geschmack gewöhnen.«

Sie kommt rasch zur Sache, dachte Jeanne. Sie betrachtete die alte Dame, die man nicht nur in Dichterkreisen als Königin von Reims bezeichnete. Ihr breites Gesicht mit der großen Nase und den schmalen Lippen war in den letzten Jahren kaum gealtert. Sie trug ein hochgeschlossenes graues Kleid. Ein feiner Chiffonschal bedeckte ihren Hals. Sie wirkte tatsächlich majestätisch wie eine Monarchin. Vor einigen Jahren hatte sie durch ihren Einfluss die Zerstörung der Porte de Mars, des Triumphbogens aus römischer Zeit, verhindert und angeregt, ihn restaurieren zu lassen. Ihr Teilhaber Édouard Werlé, mittlerweile auch Bürgermeister, hatte sich der Erhaltung des Bauwerks angenommen, das einst Teil der Stadtmauer war, und nach deren Abriss den Befürwortern moderner Stadtplanung als unnütz und überflüssig erschienen war.

Um die Neugier der alten Dame ein wenig anzuheizen, ging Jeanne nicht auf die Anspielung auf ihre Englandreise ein und fragte stattdessen: »Ich wusste gar nicht, dass der Comte de Chevigné über dichterisches Talent verfügt.«

»Tut er auch nicht«, erwiderte Barbe-Nicole zynisch. »Und ich werde dafür sorgen, dass Ihnen die Lektüre des erwähnten Werks erspart bleibt. Es besteht aus schlüpfrigen Versen von schauerlicher Grobheit. Immer wenn er Spielschulden gemacht hat, die er nicht bezahlen kann, lässt er eine neue Auflage drucken. Und ich versuche, so viele Exemplare davon aufzukaufen, damit meine Tochter sich nicht für die erotischen Ergüsse ihres Gatten schämen muss. Verzeihen Sie meine harten Worte, Madame, aber es ist äußerst peinlich. Ich liebe meinen Schwiegersohn von Herzen, wünschte jedoch, er wäre kein Libertin, sondern so geistlos und langweilig wie der Comte de Rochechouart.«

»Haben Sie deshalb die Leitung der Firma in Monsieur Werlés Hände überantwortet?«, erkundigte sich Jeanne.

»Monsieur de Chevigné hätte mein Unternehmen niemals mit der Geschäftstüchtigkeit und Tatkraft führen können, die Monsieur Werlé in die Wiege gelegt wurden. Ich habe das gleich erkannt, als er im Jahre 1821 als Praktikant in meinem Haus anfing. Ein Dreivierteljahr später ernannte ich ihn zum Kellermeister, als Antoine Müller uns verließ. 1831 wurde Monsieur Werlé dann gleichberechtigter Teilhaber und mein Erbe. Ich habe es nie bereut.«

Jeanne erinnerte sich dunkel an eine Episode Ende der Zwanzigerjahre, als die von der Witwe Clicquot 1822 gegründete Bank vor dem Ruin gestanden hatte und Édouard Werlé in die Bresche gesprungen war. Aber sie kannte die Einzelheiten nicht. Jeanne bereute es nicht, der Einladung gefolgt zu sein. Von der alten Dame konnte sie noch viel lernen.

»Wie ich hörte, sind Sie gerade aus Großbritannien zurückgekehrt, Madame«, kam Barbe-Nicole schließlich auf den Punkt.

»Ja, ich habe eine alte Freundin in London besucht, die ich von meinem ersten Aufenthalt im Jahre 1837 kannte«, bestätigte Jeanne.

»Sie haben eine Repräsentanz in London, nicht wahr?«

»Auf der Mark Lane, ja. Sie wird von einem sehr fähigen Mitarbeiter, Monsieur Adolphe Hubinet, geführt.«

»Das freut mich zu hören. Ich sagte Ihnen ja, wie wichtig es ist, gutes Personal zu finden. Und wie entwickelt sich Ihr Geschäft auf der Insel? Ich weiß noch, wie Louis Bohne 1801 vergeblich versuchte, auf dem englischen Markt Fuß zu fassen. Aber unsere Konkurrenten waren dort so gut etabliert, dass wir den Versuch nicht wiederholten. Bis heute liefern wir nur einige tausend Flaschen nach Großbritannien.«

Jeanne nickte anerkennend. Obwohl die Witwe Clicquot sich bereits vor zwanzig Jahren aus dem Geschäft zurückgezogen hatte, studierte sie weiterhin mit Interesse die Bücher und schrieb an ihre Stammkunden.

»Sie kennen den Grund dafür«, sagte sie. »Unser Champagner ist den Engländern zu süß.«

»Ja, ich weiß«, erwiderte Barbe-Nicole mit einem Schulterzucken. »Die Russen lieben ihn so. Man kann es nicht allen recht machen.« Sie blickte ihr Gegenüber listig an. »Sie spielen doch nicht etwa mit dem Gedanken, den Engländern entgegenzukommen? Sicher haben Sie von dem Weinhändler Burnes gehört, der vor etwa zehn Jahren den Versuch unternahm, einige Champagnerhersteller zu überzeugen, ihm trockenen Champagner zu liefern.«

»Soweit ich weiß, haben sie abgelehnt«, sagte Jeanne.

»Und das zu Recht«, entgegnete Barbe-Nicole und hob die Hände. »Was wäre denn Champagner ohne die Süße und den hohen Alkoholgehalt? Eine missratene, viel zu saure Limonade!«

»Die Amerikaner teilen den englischen Geschmack«, gab Jeanne zu bedenken.

»Da mögen Sie recht haben«, gab die Witwe Clicquot zu. »Aber Sie haben sich doch während Ihres Aufenthalts in Großbritannien nicht allein mit den Klagen der englischen Kunden beschäftigt, oder?«

»Ich habe das Glück, durch meine Freundin über einen großen Bekanntenkreis zu verfügen, und war daher zu Bällen, Opern- und Theateraufführungen geladen«, berichtete Jeanne. »Aber am meisten habe ich die Ausflüge zu Herrensitzen und Schlössern genossen, besonders jene in Schottland, deren Architektur sehr verspielt ist. Viele Neureiche, die keinen Landsitz geerbt haben, bauen sich einen in neogotischem Stil wie etwa Strawberry Hill. Ganz entzückend.«

»Sie machen mich neugierig, Madame«, gestand Barbe-Nicole. »Leider bin ich nie über die Grenzen Frankreichs hinausgekommen. Während meiner Jugend war ständig Krieg, und für eine Frau gestaltete sich das Reisen schwierig. Sie haben es da leichter. Ich kann Ihnen nur wünschen, dass Sie niemals einen Krieg erleben müssen, Madame. Der Feind im eigenen Land, schlimmer noch, im eigenen Haus, in dem man sich bisher immer sicher fühlte. Dörfer und Felder verwüstet, die Bevölkerung auf der Flucht und ...« Barbe-Nicole schluckte schwer. »... die armen Menschen, die schönen jungen Männer, deren Körper auf dem Schlachtfeld zerfetzt werden. Ich habe einige von ihnen gesehen, die noch lebend nach Reims gebracht wurden. Mit meiner Zofe Marie half ich im Hôtel-Dieu aus, das in ein Lazarett verwandelt worden war.«

»Und Ihr Geschäft?«, fragte Jeanne, um die alte Dame den schrecklichen Erinnerungen an die Verwundeten zu entreißen.

»Das Geschäft war tot«, erwiderte Barbe-Nicole mit einem schmerzlichen Lächeln, mit dem sie ihrer Besucherin für die Bemühung dankte. »Ironie des Schicksals. Nach all den schlechten Ernten, die wir über die Jahre hatten und die meinem geliebten François das Herz brachen, hatte es 1811 einen wahrhaft göttlichen Ertrag gegeben. Wir nannten es das ›Jahr des Kometen‹. Ich weiß nicht, ob dieser erstaunliche Himmelskörper etwas damit zu tun hatte, aber die Lese ergab Trauben von einer Süße und einem köstlichen Geschmack, der die Winzer geradezu in Ekstase versetzte. Dieser Wein würde etwas Besonderes sein, das wussten wir.«

»Ich habe davon gehört«, ließ Jeanne einfließen. »Wenn ich mich recht erinnere, haben Sie den Kometen sogar auf Ihren Korken verewigt, bevor er Ihre Etiketten zierte.«

Barbe-Nicole nickte. »So ist es. Womit Sie noch eine Sache zur Sprache bringen, die ich erwähnen sollte, falls man Sie noch nicht darauf hingewiesen hat. Anfangs haben wir unseren Champagner nur durch einen in die Korken eingebrannten Anker gekennzeichnet. Mein Schwiegervater hat dieses Zeichen, das für ›Hoffnung‹ steht, eingeführt, und François und später ich haben es beibehalten. Aber besonders in Russland verfielen bald Fälscher auf die Idee, meine Korken wiederzuverwenden, um billigen Champagner zu überhöhten Preisen zu verkaufen. Das schadete meinem guten Ruf. So waren wir schließlich gezwungen, Etiketten zu entwerfen, um unsere Flaschen zu kennzeichnen. Aber auch die verhinderten leider nicht, dass immer wieder Fälschungen auf den Markt kamen. Saßen die Übeltäter im Ausland, war man machtlos gegen sie. Aber hier in Frankreich ging ich entschieden gegen sie vor. Im Jahr 1825 gelang es mir, einen besonders unverschämten Tunichtgut, einen Weinhändler aus Metz namens Robin, mithilfe eines aufmerksamen Zollinspektors zu überführen und vor Gericht zu bringen. Der Schurke wurde zu zehn Jahren Gefängnis und einer hohen Geldbuße verurteilt.«

Jeanne erschauderte. In diesem Geschäft muss man hart sein, dachte sie. Ich weiß nicht, ob ich das auch kann.

33

Reims, Januar 1814

»Die Preußen kommen!«, rief Marie aufgeregt. »Die Preußen sind in Frankreich.«

Barbe-Nicole, die in ihrem Studierzimmer über den Rechnungsbüchern gebrütet hatte, trat ans Fenster und blickte hinaus. Mit hochrotem Kopf stürzte die Zofe von der Rue de l'Hôpital in den Hof und wiederholte die Neuigkeit, bis die Kälte und die Aufregung ihre Stimme in ein Krächzen verwandelten.

Barbe-Nicole zog ihren Schal, auf den sie auch innerhalb des Hauses nicht verzichten konnte, enger um die Schultern und trat ins Vestibül, dessen Tür der Haushofmeister bereits geöffnet hatte. Die wenigen Lakaien und Kellereiarbeiter, die ihr noch geblieben waren, weil sie aus unterschiedlichen Gründen als untauglich für die Armee galten, drängten sich im Hof und bestürmten Marie mit Fragen. Barbe-Nicole gesellte sich zu ihnen.

»Was sagst du?«, fragte sie die Kammerfrau. »Das preußische Heer hat die Grenze überschritten?«

»Ja, Madame. Die Russen auch«, berichtete Marie atemlos. »Und die Österreicher sollen über die Schweiz einmarschiert sein und sind jetzt auf dem Weg nach Langres.«

»Woher weißt du das alles?«

»Ein Trupp unserer Soldaten steht auf dem Platz vor dem Rathaus und ermahnt die Bevölkerung, die Stadt gegen den Feind zu verteidigen.«

Barbe-Nicole verzog die Mundwinkel zu einem abfälligen Lächeln. »Manche Leute werden die verbündeten Armeen wie Befreier empfangen. Denn ihre Ankunft bedeutet, dass es bald Frieden geben wird.«

»Zuerst einmal bedeutet es Verwüstungen und Plünderungen«, gab der Kellermeister Jacob zu bedenken. »Eine Armee auf dem Durchmarsch frisst das Land kahl wie ein Heuschreckenschwarm. Die Menschen werden hungern.«

Barbe-Nicole war nachdenklich geworden. »Und wenn Napoleon sie nicht aufhalten kann, werden sie auch nach Reims kommen.«

»Unser Kaiser wird sie schnell wieder über die Grenze zurücktreiben«, prophezeite einer der Kellereiarbeiter.

»Oder, falls er das nicht kann, Reims preisgeben, um Paris zu schützen«, spekulierte Barbe-Nicole. »Eine Armee, die durch ganz Europa marschiert ist, wird nicht nur Hunger mitbringen. Sie werden unsere Keller plündern.«

Ein Ausdruck des Schreckens huschte über das Gesicht des Kellermeisters.

»Sie haben recht, Madame, die Soldaten werden jede Flasche unseres Weins austrinken. Wir werden ruiniert sein.«

Barbe-Nicole fühlte, wie die Kälte des Wintertags ihre Glieder hinaufkroch und sich um ihr Herz legte. Seit Jahren befand sich ihr Unternehmen am Rande des Ruins. Die ständigen Kämpfe verhinderten jeglichen Handel mit dem Ausland, sodass die Firma *Veuve Clicquot* fast nur noch französische Kunden belieferte. Der einzige Lichtblick in dieser düsteren Zeit war die vorzügliche Ernte von 1811, dem Jahr des Kometen, gewesen. Der glänzende Perlwein lagerte in ihren Kellern, und Barbe-Nicole hatte alle ihre Hoffnungen darauf gesetzt, ihn zu einem guten Preis zu verkaufen, sobald Frieden herrschte. Doch wenn die feindlichen Truppen tatsächlich bis Reims gelangten und die Stadt einnahmen, würde ihr Schatz mit Sicherheit geplündert werden. Das durfte nicht geschehen!

Die Vorstellung ließ Barbe-Nicole erzittern. Doch sie weigerte sich, untätig abzuwarten, was passieren würde. Denn ein Teil von ihr wünschte sich trotz all des Schreckens, den eine Invasion beinhaltete, dass die Armeen der Verbündeten bald kommen und den Tyrannen stürzen würden, der mit seinen Kriegen ganz Europa verheerte. Vielleicht wäre der Albtraum dann vorbei, und sie könnten endlich ein Leben in Frieden führen.

Barbe-Nicole straffte sich und befahl den Männern, wieder an ihre Arbeit zu gehen. Als ihr Kellermeister ihnen folgen wollte, hielt sie ihn zurück.

»Meister Jacob, ich denke, es wird Zeit, den Keller zu begutachten und einen Plan zu entwerfen, wie wir unseren Wein schützen können«, sagte sie entschlossen.

Während sie die Bestände besichtigten, konnte Barbe-Nicole ein Seufzen nicht unterdrücken. Es kam viel Arbeit auf sie zu.

»Zuerst einmal müssen wir umräumen«, entschied sie. »Die Männer sollen alles andere liegenlassen. Dies hier ist wichtiger. Wir wissen nicht, wie viel Zeit uns bleibt. Vor allem die Flaschen mit dem ›Wein des Kometen‹ müssen ganz nach hinten in die Tiefen der Stollen geräumt werden. Der weniger gute Schaumwein dagegen nach vorn.«

Barbe-Nicole hob die Laterne an und betrachtete die

Gewölbe. Dann ging sie ein Stück weiter und ließ das flackernde Licht über die Wände gleiten. Schließlich blieb sie stehen und deutete auf eine Stelle, an der vor langer Zeit ein Durchbruch zwischen zwei Kellern gemacht worden war.

»Ich hatte daran gedacht, unseren gesamten Keller zuzumauern«, erklärte sie. »Aber jetzt wird mir klar, dass das unsinnig wäre. Die Besatzer würden uns nicht glauben, dass wir keinen Wein mehr vorrätig haben, und erraten, dass unsere Schätze hinter einer Wand nahe beim Eingang zum Keller zu finden sein würden. Wenn wir stattdessen weiter hinten in den Gewölben eine Mauer einziehen und davor Flaschen stapeln, dann fallen die Soldaten hoffentlich auf die Täuschung herein. Hier wäre eine gute Stelle.«

»Ja, Madame. Das sehe ich auch so«, stimmte Jacob ihr zu.

»Sorgen Sie dafür, dass die Flaschen entsprechend umgeschichtet werden, auch wenn dabei welche zu Bruch gehen«, wies Barbe-Nicole ihn an. »Alles ist besser, als den ganzen Bestand zu verlieren. Dann beauftragen Sie einen Maurer mit der Errichtung der Zwischenwand … Nein, warten Sie«, fügte sie sogleich hinzu. »Wir sollten unser Vorhaben lieber geheim halten. Ist unter Ihren Männern zufällig jemand, der eine Mauer hochziehen könnte?«

»Ich werde mich selbst darum kümmern, Madame«, versicherte Jacob. »Sie können sich darauf verlassen. Wenn wir fertig sind, wird niemand mehr erkennen, dass dieser Keller größer ist, als er scheint.«

Ende Januar hatten die verbündeten Österreicher, Preußen und Russen bereits einen Großteil von Ostfrankreich erobert. Kaiser Napoleon rückte schließlich mit einer rasch ausgehobenen Armee von Paris aus an, um dem Feind entgegenzutreten. In Reims erfuhren die Bürger von desertierten Soldaten, dass die Heere in Brienne aufeinandergetroffen waren. Der preußische Feldmarschall Blücher, der die sogenannte Schlesische Armee befehligte, war nur knapp mit dem Leben davongekommen. Napoleon verfolgte Blücher nach La Rothière, ein Dorf, das etwa hundertdreißig Kilometer von Reims entfernt lag. Während eines heftigen Schneesturms kam es zur Schlacht, die die Franzosen schließlich verloren.

Als die ersten Verwundeten in Reims eintrafen, begab sich Barbe-Nicole mit Marie zum Lazarett im Hôtel-Dieu auf der Rue du Puits-Taira und half bei der Versorgung der Verwundeten und Kranken. Der Chefchirurg Jean-Baptiste Duquenelle war ihr langjähriger Kunde und ein guter Freund. In den großen Sälen des Krankenhauses verteilten Barbe-Nicole und ihre Zofe Mahlzeiten an die Männer, die bettlägerig waren, und sprachen ihnen Trost zu. Hin und wieder, wenn die Chirurgen Stunden ohne Unterlass an den Operationstischen standen und auch die Schwestern keine Zeit hatten, verband Barbe-Nicole selbst kleinere Wunden. Es erstaunte sie, wie wenig ihr der Anblick von Blut und zerfetztem Fleisch ausmachte.

Barbe-Nicoles Tochter Clémentine hatte sich ebenfalls bereit erklärt, sie zu begleiten. Als die feindlichen Armeen die Grenze überschritten, hatte ihre Mutter sie aus dem Pariser Kloster, das sie seit ein paar Jahren besuchte, nach Hause zurückgeholt. Das sechzehnjährige Mädchen erschien Barbe-Nicole jedoch zu zart, als dass sie es mit den Grausamkeiten des Krieges konfrontieren wollte. Und sie hatte das Gefühl, dass Mentine erleichtert war, als ihre Mutter sie anwies, zu Hause zu bleiben.

Nach der Schlacht von La Rothière kamen immer mehr Soldaten ins Hôtel-Dieu. Viele baten nur um Brot und Wasser und verschwanden dann wieder: Deserteure, die zu ihren Familien zurückkehrten. Ganze Karawanen durchquerten Reims, als die französische Armee sich zurückzog. Bald war in den Betten der Krankensäle kein Platz mehr für die vielen Verwundeten. Man war gezwungen, sie auf dem Boden auf Strohschütten zu legen. Schließlich gingen auch diese aus, und die Männer mussten auf den nackten Fliesen liegen.

Barbe-Nicole lief mit Marie an ihrer Seite durch die Reihen und versuchte, zu trösten und Mut zuzusprechen. Es bedrückte sie, dass sie so wenig tun konnte, um ihre Not zu erleichtern. Manchmal half es einem Sterbenden schon, wenn sie ihm die Hand drückte, bevor er für immer die Augen schloss, und ihm sagte, dass seine Mutter ihn liebte. In seinem Leid und der Angst vor dem Tod wurde jeder Mann wieder zum Kind.

Zwei Tage nach der Schlacht, bevor sich Barbe-Nicole am Abend nach Hause begeben wollte, um etwas zu essen und ein wenig zu schlafen, entdeckte sie bei ihrem letzten Rundgang eine neue Gruppe Leichtverwundeter, die sich in einer Ecke auf dem Boden niedergelassen hatte. Barbe-Nicole vermutete, dass sie wie so viele andere zu Fuß aus der Umgebung von La Rothière gekommen waren. Ihre Uniformen waren schmutzig und zerrissen. Sie trugen weder Kopfbedeckung noch Waffen. Einer von ihnen ging trotz der winterlichen Kälte barfuß. Die Halbschuhe der anderen waren mit einer dicken Schlammschicht überzogen. Schweigend saßen sie da, zu erschöpft, um zu reden.

Mitfühlend betrachtete Barbe-Nicole sie einen Moment, bevor sie sich ihnen näherte und sie ansprach: »Sind Sie verletzt, Messieurs? Brauchen Sie die Hilfe eines Wundarztes?«

Wie Schlafwandler wandten die Männer sich zu ihr um. Die junge Witwe erstarrte in der Bewegung, als sie in Marcels abgehärmtes Gesicht blickte, das von einem Dreitagebart überwuchert war. In den vergangenen Jahren war sie ihm nur wenige Male begegnet, wenn der Zufall sie zusammengeführt hatte. Von Marie hatte sie erfahren, dass Marcel Vater eines Sohnes geworden war, und sie hatte ihm daraufhin ein Glückwunschschreiben geschickt. Doch sie hatte das Weingut der Jacquins nicht mehr aufgesucht, wie sie es Olivier versprochen hatte. Als nach dem katastrophalen Russlandfeldzug immer neue Massenaushebungen ausgerufen worden waren, hatte sie befürchtet, dass er ebenfalls eingezogen würde. Im November des vergangenen Jahres war dann auch bestimmt worden, dass sogar Familienväter sich dem Dienst in der Armee nicht mehr entziehen konnten. Bei ihren Rundgängen im Hôtel-Dieu hatte sie stets Angst gehabt, ihn unter den Schwerverwundeten zu entdecken oder von einem der Soldaten zu erfahren, dass er gefallen war. Ihn nun in erbärmlichem Zustand, aber lebend vor sich zu sehen, ließ ihre Knie weich werden und schwarze Schleier vor ihren Augen herabfallen. Sie fühlte die stützende Hand ihrer Zofe unter ihrem Ellbogen. Die gute Marie, dachte Barbe-Nicole. Sie weiß immer, was in mir vorgeht. Einen Moment lang war sie nicht fähig, ein Wort herauszubringen, und starrte Marcel nur an. Er hatte sich verändert. Sein Gesicht wirkte älter und verbittert. Der Ausdruck seiner Augen war hart und ernüchtert. Barbe-Nicole bemerkte, dass das

Leibhemd unter dem blauen Uniformrock, der über seinen Schultern lag, blutbefleckt war. Er war verwundet.

»Marcel«, hauchte sie.

Er blickte sie an, ohne sie zu sehen. Die anderen Soldaten machten Barbe-Nicole Platz, sodass sie sich über ihn beugen konnte. Als sie seinen Arm berührte, zuckte er zusammen, und sein Blick klärte sich.

»Barbe«, murmelte er verwundert. »Was machst du hier?«

»Ich helfe, die Verwundeten zu versorgen«, erwiderte sie. »Bist du schwer verletzt?«

Er schüttelte den Kopf. »Nur eine Fleischwunde am Oberarm, wo mich ein russisches Bajonett getroffen hat.«

»Lass mich sehen.«

Barbe-Nicole wartete seine Antwort nicht ab, sondern zog den Uniformrock von seinen Schultern. Der linke Ärmel seines Hemdes war zerrissen und blutdurchtränkt. Kritisch begutachtete sie die Wunde.

»Das muss genäht werden«, sagte sie. »Marie, sieh nach, ob Monsieur Duquenelle Zeit hat.«

Die Zofe eilte davon. Als sie kurz darauf zurückkehrte, berichtete sie: »Monsieur Duquenelle und die anderen Chirurgen operieren noch, Madame.«

»Dann kümmere ich mich selbst darum«, entschied Barbe-Nicole. »Aber nicht hier in all dem Schmutz. Du kommst mit uns nach Hause«, sagte sie zu Marcel, der keinen Einspruch erhob.

Er verabschiedete sich von seinen Kameraden, die ihm neidisch nachblickten, als er, von den beiden Frauen begleitet, das Lazarett verließ.

In ihrem Haus auf der Rue de l'Hôpital wies Barbe-Nicole ein Hausmädchen an, in einem der Gästezimmer ein Bad zu bereiten. Ein Lakai half Marcel beim Auskleiden, während Barbe-Nicole ihr Nähzeug und Verbandsmaterial zusammensuchte. In den letzten Wochen hatte sie unzählige Male gesehen, wie Wunden genäht wurden, und traute sich zu, die Behandlung selbst durchzuführen. Als Marcel frisch gebadet in einem von François' Nachthemden auf dem Bett im Gästezimmer saß, machte sich Barbe-Nicole daran, die Stichwunde in seinem Arm zu versorgen. Während sie die Verletzung mit Wein auswusch, betrachtete sie prüfend Marcels Gesicht, das der Lakai Robert rasiert hatte. Unter den Bartstoppeln waren bleiche Züge zum Vorschein gekommen. Seine Wangen erschienen Barbe-Nicole erschütternd schmal, und um seine Augen und den Mund hatten sich Falten gegraben, die sie nicht kannte. Waren diese Veränderungen allein auf die Erfahrungen des Feldzugs zurückzuführen? Was hatte er während seiner Zeit bei der Armee gesehen? Was taten die Feldherren den jungen Männern an, indem sie sie dazu zwangen, andere Menschen zu töten und um ihr eigenes Leben zu fürchten?

Marcel schien so erschöpft, dass er von der Behandlung kaum Notiz nahm. Nachdem sie ihn verbunden hatte, nötigte sie ihn noch, eine warme Mahlzeit zu essen. Dann fiel er müde ins Bett. Als er schon eingeschlafen war, blieb sie an seiner Seite sitzen und betrachtete ihn. Sie war glücklich, dass er lebte.

Am folgenden Tag schlief er lange, und als er endlich erwachte, fühlte er sich besser. Nachdem eines der Stubenmädchen ihm Frühstück gebracht hatte, setzte sich Barbe-Nicole an die Seite des Bettes.

»Was wirst du jetzt tun?«, fragte sie.

Genießerisch sog Marcel den Duft des frisch gebackenen Brotes ein, bevor er herzhaft hineinbiss.

»Du meinst, ob ich zum Heer zurückkehren werde? Nein, Barbe, ich gehe nicht zurück. Du hast einen Deserteur in dein Haus aufgenommen«, sagte er zynisch. »Die Sache des Kaisers ist verloren. Und ich bin nicht bereit, mein Leben für ihn zu opfern. Ich will nur noch nach Hause.«

»Ich bin froh, dass du so denkst«, erwiderte Barbe-Nicole erleichtert. »Ich könnte die Vorstellung nicht ertragen, dass du erneut in die Schlacht ziehst und vielleicht nicht zurückkommst.« Sie lächelte verlegen. »Aber bevor du gehst, solltest du dich noch ein wenig ausruhen. Außerdem möchte ich sicherstellen, dass deine Wunde gut heilt. Bleib also noch ein paar Tage hier, ich bitte dich.«

Er musterte skeptisch ihr Gesicht. »Man wird klatschen«, gab er zu bedenken.

»Ach, lass sie!«, sagte Barbe-Nicole. »Du bist nicht der einzige Verwundete in meinem Haus. Wir haben Feldbetten in den Salons aufgestellt und versorgen einige Leichtverletzte aus der Schlacht von Brienne, die nur ein wenig Ruhe und Nahrung, aber keinen Arzt brauchen. Du warst gestern Abend so erschöpft, dass du sie gar nicht wahrgenommen hast.«

Das spöttische Lächeln, das sie von früher kannte, huschte über seine Züge.

»Aber von den armen Teufeln hat keiner ein Zimmer für sich allein«, erinnerte er sie.

Sie fürchtete, er würde ihr Angebot ablehnen und nach Hause zurückkehren. Dabei wünschte sie sich so sehr, ihn wenigstens ein paar Tage bei sich zu haben. In den letzten

Jahren war ihr Leben sehr einsam gewesen. Zwar gab es immer mal wieder hoffnungsvolle Bewerber um ihre Hand wie der junge Jérôme Fourneaux, der die Firma seines Vaters, ihres ehemaligen Geschäftspartners, übernehmen würde. Aber keiner dieser Männer übte einen Reiz auf sie aus. Zudem fühlte sie, dass den meisten nicht wohl dabei wäre, eine Frau zu ehelichen, die ihr eigenes Unternehmen führte und ihre Rolle um keinen Preis aufgeben würde. Nur Marcel war für sie stets mehr gewesen als ein Mann, mit dem sie sich gut verstand. Er war ein Kamerad, der sie achtete und mit dem sie über alles reden konnte.

Sein Blick verriet ihr, dass er ihr die Gedanken vom Gesicht ablas. Ein Lächeln der Freude verwandelte seine Züge, gab ihnen für einen Moment den unbeschwerten, spitzbübischen Ausdruck zurück, den sie liebte.

»Ich glaube, ich brauche tatsächlich noch ein paar Tage Ruhe, bevor ich den langen Marsch heimwärts antreten kann«, sagte er. »Wenn du es also ertragen kannst, einen Fahnenflüchtigen in deinem Haus zu beherbergen, werde ich gerne noch bleiben.«

Barbe-Nicole sah ihn ernst an. »Ich weiß, dass du kein Feigling bist, Marcel. Du hast deine Pflicht getan und in der Armee des Kaisers gedient. Du hast in der Schlacht gekämpft und wurdest verwundet. Und du bist nicht der einzige Mann, der nach zwei Jahrzehnten Krieg genug hat und sich nach Frieden sehnt. Ich hoffe von ganzem Herzen, dass Napoleon gestürzt wird und die Bourbonen wieder den Thron Frankreichs besteigen. Und ich bete jeden Tag darum, dass die Monarchen, die ihre Armeen in unser Land führen, sich dafür einsetzen werden.«

Er lächelte nachdenklich. »Du wünschst dir Frieden, um

deinen Schaumwein wieder ins Ausland verkaufen zu können«, sagte er.

»Ist das denn falsch?«

»Nein. Es ist dein Traum. Es war nicht recht von mir, dir Vorwürfe zu machen, dass du unsere Liebe deinem Traum opfern wolltest. Du hattest recht. Wir wären nur unglücklich geworden, wenn wir uns weiterhin gesehen und die sittliche Entrüstung unserer Nachbarn auf uns gezogen hätten.«

»Es ist mir nicht leichtgefallen, glaub mir«, sagte Barbe-Nicole. »Ich habe dich vermisst.«

Sie erhob sich und wandte sich zur Tür.

»Ich schicke Robert zu dir, damit er dir beim Ankleiden hilft. Ich hatte ihm aufgetragen, passende Kleidung für dich aufzutreiben. Deine Uniform brauchst du ja jetzt nicht mehr.«

Während der folgenden Tage verbrachten Barbe-Nicole und Marcel Stunden gemeinsam im Studierzimmer, in dem niemand die Witwe Clicquot zu stören wagte. Sie hatten einander viel zu erzählen – von ihren Familien, ihrer Arbeit, ihren Träumen und Hoffnungen. Schließlich fragte Barbe-Nicole Marcel, wie es ihm in der Armee ergangen war.

Er berichtete nur zögernd von seinen Erlebnissen: »Der Abschied von meinem Vater und meiner Familie tat weh. Keiner von uns wusste, ob wir einander wiedersehen würden. Ich versuchte, nicht darüber nachzudenken, was mich erwartete. Wie ein Schlafwandler ging ich in den Krieg.

Als ich an der Sammelstelle eintraf, stellte sich heraus, dass ich einer der wenigen Dummen war, die dem Einberufungsbefehl Folge geleistet hatten. Die meisten tauchten gar nicht erst auf. Und sie taten gut daran. Es gab nämlich kaum

Ausrüstung, nur gebrauchte Uniformen, die man den Gefallenen ausgezogen hatte und die wir selbst flicken mussten… keine Waffen, keine Munition… und keine Offiziere, um uns auszubilden. Ich hatte das Glück, dass ich die guten Nagelschuhe eines toten Soldaten bekam. Manch anderer hatte nicht einmal das und musste mit Schuhwerk in den Kampf ziehen, das sich in Schnee und Matsch auflöste.

Man ließ uns ein wenig exerzieren. Wir lernten, in Reih und Glied zu marschieren und mit Muskete und Bajonett umzugehen. Aber viel Zeit, das Kriegshandwerk zu erlernen, gab man uns nicht. Nach nur wenigen Tagen Ausbildung zogen wir los und stießen zum Heer. Wir Neuankömmlinge hatten das Privileg, vom Kaiser, dem ›kleinen Korporal‹, wie die Soldaten ihn nannten, persönlich inspiziert zu werden. Er sah ebenso abgehärmt aus wie wir einfachen Soldaten. Dann führte uns Napoleon von Châlons nach Brienne, wo wir auf die Truppen des preußischen Feldmarschalls Blücher trafen. Es war ein harter Kampf, aber es gelang uns, die Preußen und Russen aus der Stadt zu vertreiben. Blücher soll nur knapp entkommen sein, hieß es. Unter Napoleons Führung nahmen wir die Verfolgung auf. In der Nähe des Dorfes La Rothière kam dann auf einmal alles zum Stillstand. Zwei Tage lang saßen wir nur herum und warteten. Das war schlimmer, als mitten im Gefecht zu stehen. Da kann man seiner Angst und Verzweiflung Luft machen, indem man wild um sich schlägt. Aber das Warten macht einen verrückt. Man sitzt da und lauscht auf den eigenen Pulsschlag, und wenn das Herz vor Aufregung stolpert, fürchtet man, es könnte jeden Moment stehen bleiben. Man kann nichts essen, weil man die ganze Zeit Übelkeit verspürt, und hat zugleich Bauchschmerzen vor Hunger.

Dann plötzlich griff der Feind an. Später hörte ich, dass sowohl Preußen als auch Russen, Österreicher, Bayern und Württemberger an der Schlacht teilgenommen hatten. Ich befand mich nahe La Rothière, als es losging. Es war kaum etwas zu sehen, denn es hatte angefangen zu schneien, und es ging ein starker Wind. Wir kämpften blind gegen Phantome, die auf uns eindrangen, russische Infanterie, die wir erst sahen, als sie schon unmittelbar vor uns standen. Sie schossen nicht, sondern hatten ihre Bajonette aufgepflanzt und stachen auf uns ein. Neben mir fielen meine Kameraden. Ich stieß mit meinem Bajonett um mich. Ich weiß nicht, ob es mir gelang, einen Feind zu töten ... ich erinnere mich nicht. Dann erhielt ich die Stichwunde in den Arm und ging zu Boden. Ehe ich mich wieder aufrichten konnte, waren die Russen schon weitergezogen. Diejenigen aus unserer Korporalschaft, die noch laufen konnten, schlugen sich in die Büsche. Keiner von uns wollte zurückgehen und weiterkämpfen. Wir blieben einfach dort sitzen, wo wir waren. Wir hatten keine Kraft mehr, keinen Mut, keinen Kampfgeist. Wenn der Feind in diesem Moment über uns hergefallen wäre, wir hätten uns ohne Gegenwehr niedermähen lassen ...«

Marcels Blick ging in die Ferne, als sehe er die schrecklichen Bilder wieder vor sich. Auf einmal runzelte er die Stirn und murmelte: »Wir waren nicht die Einzigen, die das Blutvergießen anekelte, weißt du. Als die Schlacht vorbei und unser Korps abgezogen war, saßen meine Kameraden und ich noch immer wie gelähmt unter den Büschen am Rand des Schlachtfelds im Schnee, als einige Reiter in preußischer Uniform erschienen. Ein gut aussehender Mann mit dem durchdringenden Blick eines Adlers und einem buschigen dunklen Schnurrbart, ein General, sprach auf einen jungen Offizier ein. Einer von uns verstand Deutsch, und da der Wind günstig stand, konnte er uns übersetzen, was der General sagte. Wie sich herausstellte, war es der Feldmarschall Blücher, der dem preußischen Kronprinzen einen Vortrag hielt. Er sprach davon, dass sich in einem unrechten Krieg das ›Blut der Gefallenen wie siedendes Öl in das Gewissen des Regenten einbrennt‹. Es war seltsam, den Feldmarschall das sagen zu hören, wo er doch seine Berufung im Kriegshandwerk gefunden hatte, sonst wäre er ja nicht dort, wo er war. Trotzdem schien er uns aus der Seele zu sprechen. Ich will das nie wieder erleben müssen …«

Während er sprach, zitterte Marcel, der mit Barbe-Nicole auf dem Fauteuil vor dem Kamin saß, am ganzen Körper. Sie legte die Arme um ihn und drückte ihn an sich. Da begann er, wie ein Kind zu schluchzen, und vergrub das Gesicht an ihrer Schulter.

Am späten Abend, nachdem Barbe-Nicole und Marcel gemeinsam ein kleines Abendessen in seinem Zimmer eingenommen hatten, zog sich die junge Frau in ihr eigenes Gemach zurück. Eine Weile saß sie unschlüssig vor ihrem Frisiertisch. Marie war auf dem Rollbett vor Erschöpfung eingeschlafen. Ausnahmsweise hatte Barbe-Nicole sie allein ins Hôtel-Dieu geschickt, und die Zofe war erst spät zurückgekehrt. Sie hatte erzählt, dass unzählige französische Soldaten von den Schlachtfeldern der letzten Tage durch Reims gezogen waren. Sie hatten der kaiserlichen Armee den Rücken gekehrt und waren auf dem Weg nach Hause.

Ein Frösteln überlief Barbe-Nicole, als sie an Marcels Bericht zurückdachte. Gerne hätte sie ihm die schrecklichen Erinnerungen genommen und ihm den Seelenfrieden zurückgegeben. Er hatte ihr gestanden, dass er fast jede Nacht unter Albträumen litt, in denen er seine Kameraden sterben sah und sich gegen eine Übermacht an feindlichen Soldaten zu wehren versuchte. Während sie ihr Haar löste und es über ihre Schultern breitete, hatte sie seine verzweifelte Miene vor Augen und verspürte einen tiefen Schmerz. Schließlich hielt sie es nicht mehr aus. Sie nahm das Nachtlicht vom Frisiertisch, warf einen kurzen Blick auf die schlafende Marie und verließ ihr Gemach. Das Zimmer, in dem sie Marcel untergebracht hatte, lag unmittelbar neben dem ihren. Ohne zu klopfen, öffnete sie leise die Tür und trat ein.

Er saß angekleidet auf der Bettkante und starrte die Wand an. Der Anblick gab Barbe-Nicole einen Stich ins Herz, denn seine Haltung erinnerte sie an François kurz vor seinem Tod. Rasch eilte sie zu Marcel und legte ihm die Hand auf die Schulter, um ihn aus der krankhaften Teilnahmslosigkeit zu reißen. Er wandte ihr das Gesicht zu und lächelte.

»Kommst du, um mir eine gute Nacht zu wünschen?«, fragte er sarkastisch.

»Nein«, erwiderte sie sanft. »Ich bin gekommen, um sie mit dir zu verbringen … falls du das wünschst«, fügte sie unsicher hinzu.

Schweigend nahm er ihre Hand, führte sie an seine Lippen und küsste sie. Dann zog er Barbe-Nicole besitzergreifend auf seinen Schoß und drückte sie so fest an sich, dass sie kaum atmen konnte.

Am folgenden Tag verließen die regulären französischen Truppen unter General Rigau Reims. Sie evakuierten die verwundeten Soldaten aus dem Hôtel-Dieu und ließen nur diejenigen zurück, die nicht transportfähig waren.

Frühmorgens erhielt Barbe-Nicole Besuch von ihrem Vater, dem Baron Ponsardin, der seit fast vier Jahren Bürgermeister war. Er teilte ihr mit, dass er dringend geschäftlich nach Le Mans reisen müsse.

»Was, jetzt, da die feindlichen Armeen vor den Toren der Stadt stehen?«, rief Barbe-Nicole entgeistert. »Man braucht Sie hier, Papa. *Ich brauche Sie!*«

»Aber, mein liebes Kind, ich bleibe doch nicht lange fort«, erwiderte Nicolas Ponsardin beschwichtigend. »Bevor der Feind hier ist, bin ich zurück.«

Er wich dem Blick seiner Tochter aus, während er sprach, und so zweifelte sie nicht daran, dass er log. Ihr über alles geliebter, verehrter Vater ließ sie im Stich! Sie und die Bürger dieser Stadt, die ihm anvertraut waren.

»Warum begleitest du mich nicht, Barbe?«, sagte er, als er den anklagenden Ausdruck in ihren Augen sah.

Sie zog eine schmerzliche Grimasse. Hatte er diesen Vorschlag von vornherein machen wollen, oder war ihm der Gedanke gerade erst gekommen? Sie dachte an Marcel, der oben im Gästezimmer endlich schlief, nachdem er sich während der Nacht, von Albträumen geschüttelt, hin und her geworfen hatte. Sie dachte aber auch an ihre Weinkeller, die zu schützen sie sich so viel Mühe gegeben hatte. Wenn sie mit ihrem Vater die Stadt verließe, würde sie mit Sicherheit alles verlieren … und sie würde diejenigen enttäuschen, die von ihr abhängig waren.

»Geht Clémentine mit Ihnen?«, fragte Barbe-Nicole schließlich spitz. »Oder Jean-Baptiste?«

Verlegen schüttelte der alte Baron den Kopf. Da wusste

sie, dass er nicht die Absicht gehabt hatte, sie zu bitten, bevor er zu ihr gekommen war.

»Gehen Sie nur, Papa«, sagte sie mit bitterer Miene. »Wir werden hier auch ohne Sie die Stellung halten.«

Noch am selben Tag verließen der Bürgermeister und der Unterpräfekt Leroy Reims. Zur Verteidigung blieb nur eine etwa fünfhundert Mann starke Miliz unter der Führung eines Händlers namens Mitteau Fillion zurück. Einige Honoratioren, reiche Kaufleute und Fabrikanten, schlossen sich zu einem Komitee zusammen, an deren Spitze sich der Beigeordnete des Bürgermeisters Andrieux und der ehemalige Amtsinhaber Jobert Lucas stellten.

Marcel weilte eine Woche in Barbe-Nicoles Haus auf der Rue de l'Hôpital. Gerüchte über bevorstehende Friedensverhandlungen erreichten Reims, und die Bevölkerung erwartete mit Ungeduld und voller Hoffnung weitere Nachrichten. Barbe-Nicole ahnte jedoch, dass ein Friede, der Napoleon gestattete, weiterhin in Frankreich zu herrschen, dem Kaiser nur Gelegenheit geben würde, sich auf einen neuen Krieg vorzubereiten. Die Verbündeten sahen es anscheinend ebenso, denn die Verhandlungen verzögerten sich.

Nachdem die Armee ihr letztes Gespann Zugpferde beschlagnahmt hatte, besaß Barbe-Nicole nur noch zwei Maultiere, von denen sie Marcel eines überließ, damit er nicht zu Fuß nach Hause laufen musste.

Er gelangte unbehelligt zum Hof seines Vaters. Dort liefen ihm Olivier, Aurélie und sein siebenjähriger Sohn Alain entgegen. Überglücklich schloss Olivier seinen Sohn in die Arme und drückte ihn an sich. Alain tat es ihm gleich. Nur die schüchterne Aurélie stand, um Worte verlegen, vor ihrem Mann. Nach dreimonatiger Abwesenheit erschien er ihr so fremd, als wären sie Jahrzehnte getrennt gewesen. Die Erinnerung an das Zusammensein mit Barbe erfüllte noch Marcels Herz, sodass er am ersten Abend erklärte, er wolle seiner Frau nicht zumuten, durch seine Albträume in ihrer Nachtruhe gestört zu werden. Bis es ihm besser gehe, wollte er fortan im Gästezimmer wohnen. Dort dachte er nachts, wenn er nicht schlafen konnte, an die Tage in der Rue de l'Hôpital, in denen er die Schrecken des Krieges vergessen und fast wieder so etwas wie Glück erlebt hatte.

Am Tag nach Marcels Rückkehr marschierte ein französisches Korps nahe des Weingutes der Jacquins vorbei. Ein Spähtrupp ritt in den Innenhof und sah sich um, offenbar auf der Suche nach Deserteuren, Pferden und Nahrungsmitteln, die sie requirieren konnten. Olivier und Marcel traten dem Offizier entgegen und erklärten ihm, dass bei ihnen nichts mehr zu holen sei, da sich schon andere vor ihnen reichlich bedient hatten.

Der Offizier musterte den alten Winzer mit düsterer Miene und unterzog auch Marcel, der den Arm in der Schlinge trug, einer eingehenden Begutachtung.

»Wie steht es in Reims?«, fragte Marcel.

Man sah dem Leutnant an, dass er angehalten war, nichts über Truppenbewegungen weiterzugeben, aber zugleich Verständnis für die Sorge der Bevölkerung hatte.

»Wir ziehen uns vor den Invasoren zurück«, gab er schließlich zu. »In ein paar Tagen spätestens werden sie hier sein.« Er warf den beiden Männern einen eindringlichen Blick zu. »Wenn ich Ihnen einen Rat geben darf, Messieurs, bringen Sie Ihr Weibsvolk in Sicherheit. Besonders die Russen sind wie Tiere. Glauben Sie mir, Sie wollen nicht, dass sie ihnen in die Hände fallen.« Der Leutnant gab den Befehl zum Abrücken und warf sein Pferd herum.

In stummem Grauen sahen Vater und Sohn einander an.

»Was sollen wir tun?«, fragte Olivier hilflos.

Marcel atmete tief ein, um die Lähmung zu lösen, die seine Glieder befallen hatte. Dann sagte er entschlossen: »Wir schicken die Frauen und Alain nach Reims.«

»Aber die Stadt wird vor Flüchtlingen überlaufen«, gab Olivier zu bedenken. »Wo sollen sie bleiben?«

»Madame Clicquot wird sie aufnehmen«, versicherte Marcel.

Sein Vater stieß einen tiefen Seufzer aus. »Du warst bei ihr, nicht wahr? Dabei hat sie mir versprochen …«

»Vater! Mach ihr keine Vorwürfe«, schnitt Marcel ihm das Wort ab. »Sie arbeitet im Lazarett und hat mich in ihr Haus mitgenommen, um meine Wunde zu versorgen. Ohne sie hätte ich es vielleicht nicht nach Hause geschafft. Und ich bin sicher, dass sie die Frauen aufnehmen wird.«

Noch am selben Tag spannte Marcel das Maultier vor einen kleinen Karren und trug einem seiner Kellereiarbeiter auf, Aurélie, Alain und die Mägde nach Reims zur Rue de l'Hôpital zu bringen. Er, Olivier und der andere Knecht würden auf ihren Besitz aufpassen.

Am folgenden Vormittag näherte sich ein Trupp Preußen über die Landstraße und bog in den Hof des Weingutes ein. Der Offizier, der ihn anführte, fragte im Befehlston, ob jemand zu Hause sei. Olivier und Marcel traten aus dem Wohnhaus, um den Soldaten zu zeigen, dass sie unbewaffnet waren. Der preußische Offizier musterte sie.

»Messieurs, ich bin Premierleutnant Drage, Adjutant von Generalfeldmarschall von Blücher. Sie haben die Ehre, den Feldmarschall, seine Offiziere und einen Teil der russischen Einheit, die uns begleitet, zu bewirten«, verkündete er in einem Ton, der keinen Widerspruch zuließ.

Noch während er sprach, trafen hinter den Preußen ein Trupp russischer Kavallerie und Infanterie ein, die ein Generalleutnant befehligte. Dann folgten weitere Preußen zu Pferde. Einer von ihnen trug die Uniform eines Feldmarschalls.

»Verzeihen Sie, Monsieur«, erwiderte Olivier, »wir haben nicht genug Lebensmittel für so viele Männer.«

Der Premierleutnant lächelte zynisch. »Die Soldaten werden sich mit dem Zwieback aus ihrem Marschgepäck verpflegen. Sie müssen nur die Offiziere verköstigen. Und wir brauchen Futter für die Pferde.«

Unter dem prüfenden Blick des preußischen Offiziers gab Marcel dem Knecht Philippe Anweisung, den Reitern die Scheune zu zeigen.

»Sie sind verwundet«, bemerkte der Premierleutnant. »Sind Sie Soldat?«

»Ich war es«, antwortete Marcel abweisend.

»In welcher Schlacht haben Sie gekämpft?«

»La Rothière.«

»Ah, ihr habt euch tapfer geschlagen, das muss man anerkennen. Werden Sie zur Armee zurückgehen?«

»Nein.«

»Gut. Sehr vernünftig. Euer Kaiser ist erledigt. Wir sind hier, um ihn aus dem Land zu treiben«, erklärte der Preuße großspurig.

Und obwohl Marcel nichts lieber als das Ende des Kaiserreichs gesehen hätte, regte sich in ihm der Stolz auf Napoleons überragende Kriegskunst, und er hätte dem Offizier gerne ins Gesicht geschrien, dass der Kaiser es ihnen schon zeigen würde. Dieser las ihm die Gedanken vom Gesicht ab und lächelte erneut abfällig. Doch bevor sich Marcel zu einer Unvorsichtigkeit hinreißen lassen konnte, rief eine herrische Stimme den Namen des Premierleutnants, und dieser musste sich abwenden. Ein Offizier in vorgerücktem Alter mit edlen Zügen und in aufrechter Haltung erkundigte sich, ob alles in Ordnung sei. Marcel erkannte ihn ohne Mühe wieder. Es war der Feldmarschall Blücher, den er in La Rothière auf dem Schlachtfeld gesehen hatte. Nachdem Blücher die beiden Franzosen kurz gemustert hatte, rief er nach Generalleutnant Olsufjew, der die russische Einheit befehligte. Da sie miteinander deutsch sprachen, konnte Marcel nicht verstehen, was sie sagten.

Inzwischen war der preußische Adjutant zu den beiden Winzern zurückgekehrt und wies sie an, ihnen ein Mittagsmahl aufzutischen. Während Olivier und Marcel in der Küche ihre letzten Vorräte zusammensuchten, lauschten sie auf die Vorgänge im Hof. Gebrüllte Befehle und das Klappern von Pferdehufen drangen von draußen herein. Die Offiziere gingen durch die Räume des Hauses, um sicherzustellen, dass sich in ihnen keine Bewaffneten oder gar Scharfschützen versteckten. Dann waren die Schreie des Federviehs zu hören, das von den Soldaten eingefangen und getötet wurde. Ein preußischer Korporal brachte die gerupften Hühner schließlich in die Küche und übergab sie Olivier mit der Anweisung, sie schön knusprig zuzubereiten. Die beiden Winzer fügten sich ins Unvermeidliche. Der Korporal überwachte sie, während sie das Mahl zubereiteten. Erst als der Feldmarschall und seine Offiziere sich zu Tisch setzten und das Essen aufgetragen war, erlaubte man den Franzosen, sich zurückzuziehen.

Mit gemischten Gefühlen gingen sie in den Hof hinaus. Auf der Suche nach einem trockenen Plätzchen hatten es sich die Russen in der Scheune bei den Pferden bequem gemacht. Einige von ihnen hatten das Tor zur Kellerei aufgebrochen und durchsuchten das Gebäude. Bald erschienen sie wieder mit den Armen voller Weinflaschen. Daraufhin brüllte ein Adjutant des russischen Generalleutnants sie an, dass Plünderungen verboten seien. Als der Offizier die beiden Winzer entdeckte, trat er auf sie zu.

»Es tut mir leid, Messieurs«, sagte der Russe. »Die Männer sind durstig. Aber wir dulden keinen Diebstahl. Die Armee des Zaren bezahlt für das, was sie verzehrt.«

Unter Oliviers und Marcels überraschten Blicken holte er eine Geldbörse hervor, zählte eine entsprechende Summe ab und gab sie den Männern.

Wie sich herausstellte, hatten die Preußen weniger Hemmungen. Noch bevor die Offiziere ihre Mahlzeit beendet hatten, waren die Soldaten im Weinkeller verschwunden. Als Premierleutnant Drage bemerkte, was vor sich ging, brüllte er die Männer zusammen und beklagte sich, dass sie sich bedient hatten, bevor die Offiziere sich die besten Flaschen heraussuchen konnten.

Marcel und Olivier zogen sich wieder ins Haus zurück und räumten in der Küche auf. Ihre Gedanken waren bei Aurélie und Alain. Sie konnten nur hoffen, dass sie und die Mägde Reims ungehindert erreicht hatten.

Zwei Stunden vergingen. Schließlich erschien ein Meldereiter im Hof und sprach einen der preußischen Offiziere an. Und dann brach auf einmal Chaos aus.

Befehle auf Deutsch wurden hin und her gerufen, Stiefelabsätze klapperten auf dem Steinpflaster des Hofes. Marcel und Olivier erstarrten in der Bewegung. Nervös lauschten sie und versuchten zu erraten, was vor sich ging. Plötzlich stürmten zwei preußische Soldaten ins Haus, drangen in die Küche ein und packten die beiden Franzosen unsanft an den Armen. Olivier und Marcel wurden nach draußen gezerrt und vor Premierleutnant Drage gestoßen.

»Wo ist er?«, schrie der Offizier sie an. »Was habt ihr mit ihm gemacht?«

Da der Preuße deutsch gesprochen hatte, sahen die beiden Franzosen ihn nur hilflos an. Mit hochrotem Kopf zog der Offizier seine Steinschlosspistole und richtete die Mündung auf Olivier.

»Antworte!«, befahl er auf Französisch. »Wo ist der Herr Generalfeldmarschall?«

Olivier starrte nur entsetzt auf die Pistole, unfähig, ein Wort herauszubringen. Da drehte Drage die Waffe um, umfasste den Lauf und schlug mit dem Kolben auf den alten Mann ein.

»Rede endlich, Hundsbraten! Wenn ihr ihm etwas angetan habt, werdet ihr beide hängen!«

Olivier brach unter dem Schlag zusammen. Marcel fing seinen Vater auf und rief: »Bitte! Wir haben nichts getan.«

Bevor der Offizier ein zweites Mal ausholen konnte, schob sich Generalleutnant Olsufjew zwischen den Preußen hindurch.

»Mein lieber Premierleutnant Drage, ist das wirklich nötig?«, fragte er mit ruhiger Stimme. »Vergessen Sie nicht, dass wir das Wohlwollen der französischen Bevölkerung nicht verlieren dürfen.«

»Wohlwollen?«, höhnte Drage. »Die verdammten Hunde haben unseren Herrn Feldmarschall in irgendeine Ecke gezerrt und vermutlich hinterrücks ermordet. Er ist nirgendwo zu finden.«

»Haben Sie im Wohnhaus nachgesehen?«, fragte Olsufjew geduldig.

»Meine Leute sind gerade dabei.«

Tatsächlich war aus dem Haus ein Krachen und Poltern zu vernehmen, das verriet, dass Möbel umgeworfen wurden. Nachdenklich betrachtete der russische Offizier die beiden Franzosen. Olivier blutete aus einer Schläfenwunde. Vergeblich versuchte Marcel, seinem Vater auf die Beine zu helfen. Auf einmal schien Olsufjew ein Gedanke zu kommen.

»In Brienne fand unser Zar den Feldmarschall im Weinkeller, wo er sich einen der besten Tropfen genehmigte.«

Er winkte seinen Adjutanten heran und trug ihm auf, den Feldscher herzuholen. Dann beugte er sich über Marcel und wies ihn an, mit ihm zu kommen.

»Ich kann meinen Vater nicht allein lassen«, widersprach Marcel.

»Der Arzt wird ihn sich ansehen«, versicherte Olsufjew. Streng fügte er hinzu: »Kommen Sie mit. Glauben Sie mir, es ist zu Ihrem Besten. Zeigen Sie mir Ihren Weinkeller.«

Verwundert erhob sich Marcel und übergab seinen halb bewusstlosen Vater dem herbeigeeilten Feldchirurgen. Gefolgt von den preußischen Offizieren gingen sie durch das Kelterhaus und dann die Treppe hinab in den Keller. Überall lagen leere Flaschen und Scherben. Die Fässer waren von Bajonetten durchlöchert, und der Wein bildete Pfützen auf dem Boden. Marcel registrierte nur am Rande, dass sie alles verloren hatten. Wie betäubt drang er tiefer in den Stollen ein, wo ihr bester Schaumwein lagerte. Auf einmal war eine Stimme zu hören, die etwas Unverständliches murmelte. Olsufjew, der an Marcels Seite ging, ergriff abrupt dessen Arm und hielt ihn zurück. Während sich die preußischen Offiziere, die ihnen gefolgt waren, an ihnen vorbeischoben, raunte der russische Generalleutnant Marcel zu: »Gehen Sie! Nehmen Sie Ihren Vater und schlagen Sie sich in die Büsche. Sofort!«

Verständnislos starrte Marcel den Russen an. In dem Stollen vor ihnen lallte jemand auf Deutsch: »Pst, seid doch ruhig, Leute, der Kaiser hört uns... Ihr wisst doch, dass er wie ein Geist auf dem Wind reitet...«

Olsufjew presste schmerzhaft Marcels Arm zusammen und befahl: »Tun Sie, was ich sage. Machen Sie schon! Die Preußen werden nicht zögern, Sie beide zu erschießen. Und reden Sie mit niemandem über das, was Sie gehört haben.«

Marcel fühlte Panik in sich aufsteigen. Er rannte zur Treppe zurück und hastete die Stufen hinauf, durchquerte das Kelterhaus und stürmte in den Hof. Die Soldaten waren dabei, ihre Sachen zusammenzupacken, die Kavalleristen führten ihre Pferde aus der Scheune. Mit wild schlagendem Herzen hielt Marcel Ausschau nach Olivier und sah ihn schließlich auf dem Rand des Pferdetrogs sitzen. Marcel zwang sich zur Ruhe und ging über den Hof auf ihn zu. Die Wunde an der Schläfe seines Vaters blutete nicht mehr, aber er wirkte noch benommen. Marcel packte ihn am Arm und zwang ihn aufzustehen.

»Komm, wir müssen weg!«, sagte er eindringlich.

»Weg? Warum?«, fragte der alte Mann verwirrt.

»Erkläre ich dir später. Komm schon!«, drängte Marcel. »Wo ist Philippe?«

»Ich weiß nicht.«

Olivier hörte die Angst in der Stimme seines Sohnes und bemühte sich, ihm zu folgen. Als sie an der Scheune vorbeigingen, entdeckten sie Philippe, der in der Tür stand. Unauffällig machte Marcel ihm ein Zeichen, dass er sich davonmachen sollte. Der Knecht nickte und verschwand im Halbdunkel der Scheune.

Immer wieder blickte Marcel zurück, ob sie verfolgt wurden, doch niemand nahm Notiz von ihnen. Nur mit Mühe zwang er sich, nicht loszulaufen. Als sie die Weinberge hinter dem Haus erreicht hatten, sah Marcel sich um. Die kahlen Reben boten keinen Schutz. Dazwischen würden die Preußen sie schnell aufspüren, auch wenn der Schnee der letzten Tage sich in Matsch verwandelt hatte und ihre Fußspuren in den Pfützen nicht zu sehen waren. Sie mussten bis zu dem Wäldchen am Rande des Weinberges gelangen. Wieder blickte Marcel sich gehetzt um. Im Hof tat sich etwas. Die Offiziere bestiegen ihre Pferde und brüllten Befehle. Das Wort »Franzosen« war deutlich zu vernehmen. Eilig schob sich Marcel in das Gebüsch am Rande des Wäldchens und zerrte seinen Vater mit sich. In gebückter Haltung huschten sie zwischen die Bäume, durch Gestrüpp, über Wurzeln, tiefer in das Waldstück hinein. An einer mit dichtem Unterholz und umgestürzten Bäumen bedeckten Stelle warfen sie sich auf den Boden und krochen unter einen Stamm.

»Still, ich höre Hufschlag«, mahnte Marcel.

Reiter galoppierten zwischen den Reben hindurch, drangen aber nicht bis zu dem kleinen Wäldchen vor. Offenbar hatten die Preußen nicht gesehen, in welche Richtung die Weinbauern geflohen waren.

Eine scheinbar unendlich lange Zeit lagen Marcel und

Olivier auf der kalten Erde und wagten weder zu sprechen noch sich zu bewegen. Erst als die Dämmerung hereinbrach und nichts mehr zu hören war, atmeten sie auf.

»Aber warum waren die Soldaten hinter uns her?«, fragte Olivier. »Was ist im Weinkeller geschehen?«

Marcel hob die Mundwinkel zu einem sarkastischen Lächeln.

»Der Oberbefehlshaber ihrer Armee, dieser Feldmarschall Blücher, hat den Verstand verloren. Ich konnte nicht verstehen, was er sagte, aber es klang wie das Gebrabbel eines Irren. Die Preußen hatten Angst, dass Napoleon davon erfährt. Deshalb wollten sie uns mundtot machen.«

34

Reims, Februar 1814

Barbe-Nicole stand in ihrem Weinkeller und beobachtete den Kellermeister und einen der Arbeiter, die letzte Hand an die frisch gemauerte Trennwand legten. Sie hielt die Laterne höher, um die Übergänge zum Gewölbe zu begutachten, und fand, dass sie im gelben Licht der Flamme nicht auffielen.

»Wunderbar«, sagte sie zufrieden.

Dann bückte sie sich, klaubte eine Handvoll Schutt auf und warf ihn gegen die Mauer. Der Staub rieselte in einer dichten Wolke zu Boden, ein Teil blieb jedoch an den Ziegelsteinen und dem frischen Putz hängen. Meister Jacob und Jean taten es ihr gleich, bis die Wand so staubig wirkte wie all die anderen.

»Nun brauchen wir nur die Flaschen davor stapeln, und niemand wird erraten, dass die Mauer neu ist«, sagte Barbe-Nicole mit einem listigen Lächeln. »Hoffen wir, dass wir sie bald wieder einreißen können.«

Auf dem Innenhof musste sich die junge Witwe einen Weg zwischen den Flüchtlingen hindurch bahnen, die dort ihr Lager aufgeschlagen hatten. Sie kamen aus dem Umland und von weiter her: Bauern, Feldarbeiter, Soldaten, Verwundete, Deserteure … Das Landvolk hatte sogar sein

Vieh mitgebracht, in der Hoffnung, dass es in der Stadt vor Diebstahl sicher sein würde. Überall pickten Hühner, flatterten Gänse, wühlten Schweine in den Gärten. Doch Barbe-Nicole befürchtete, dass diese Tiere dazu würden herhalten müssen, die Mägen der Besatzer zu füllen. Die Armeen der verbündeten Preußen und Russen bewegten sich unaufhaltsam auf Reims zu, während die Österreicher weiter südlich gen Paris zogen.

Plötzlich entdeckte Barbe-Nicole einen Karren, der durch das Tor in den Innenhof rollte. Das Maultier, das davor gespannt war, ließ das linke Ohr auf eine Art hängen, die ihr vertraut erschien. Und dann erkannte sie den alten Jacques, das Muli, das sie Marcel mitgegeben hatte. Neugierig trat sie näher und musterte die Ankömmlinge. Der Mann, der den Wagen lenkte, war ein Kellereiarbeiter der Jacquins namens Paul, ein drahtiger Bursche mit eincm krummen Rücken und einer höher stehenden Schulter, weshalb er untauglich für den Kriegsdienst war. Hinter ihm auf der Ladefläche saßen drei Frauen und ein kleiner Junge. Es fiel Barbe-Nicole nicht schwer zu erraten, dass es sich um Marcels Familie und Mägde handelte.

»Madame Clicquot!«, rief Paul und zügelte das Maultier. Hastig zog er seinen speckigen Hut und sprang vom Bock. »Mein Herr hat mir befohlen, Madame Jacquin, den kleinen Alain und die Mädchen zu Ihnen zu bringen, weil die Russen und die Preußen anrücken. Monsieur Jacquin bittet Sie, seine Familie unter Ihren Schutz zu nehmen.«

Das Auftauchen von Aurélie in ihrem Haus brachte Barbe-Nicole in arge Verlegenheit. Doch sie ahnte, dass Marcel keine andere Wahl geblieben war, als seine Frau und seinen Sohn an den einzigen Ort zu schicken, an dem er sie sicher aufgehoben wusste. Mit einem einladenden Lächeln legte sie dem Buckligen die Hand auf die Schulter.

»Das mache ich gerne, Paul. Bring Jacques in den Stall und hol dir in der Gesindeküche etwas zu essen. Ich kümmere mich um Madame Jacquin und die Ihren.«

Ein wenig gezwungen nickte sie der dunkelhaarigen Frau zu, die sich von Paul vom Karren helfen ließ und ihren Sohn an die Hand nahm.

»Ich danke Ihnen für Ihre Güte, Madame«, sagte Aurélie zu Barbe-Nicole.

Sie hatte große blaue Augen, denen ein naiver, ungekünstelter Ausdruck innewohnte. Unwillkürlich fragte sich die junge Witwe, ob sie von dem Verhältnis ihres Mannes mit der Frau, die ihr nun Obdach anbot, Kenntnis hatte. Wenn dem so war, ließ sie sich nichts anmerken. Ihr zarter Körper zitterte trotz des Mantels, den sie trug, vor Kälte, und ihr Gesicht wirkte schlaff und müde. Dem siebenjährigen Jungen fielen ebenfalls die Augen zu, während er sich an seine Mutter schmiegte. Verlegen betrachtete Barbe-Nicole ihn. Er war seinem Vater wie aus dem Gesicht geschnitten.

»In der Not müssen wir zusammenhalten«, antwortete sie. »Kommen Sie, Madame, ich zeige Ihnen Ihr Zimmer.«

Um Aurélie nicht ins Gesicht sehen zu müssen, ging sie ihr in den zweiten Stock des Hauses voraus und öffnete die Tür eines der Gästezimmer. Aurélie trat hinter ihr ein und blickte sich verwundert um. Schließlich straffte sie sich und übergab Alain an eine ihrer Mägde mit den Worten: »Gebt ihm zu essen und etwas Warmes zu trinken. Er fröstelt.«

Nachdem die Mägde sich mit dem Jungen entfernt hatten, richtete Aurélie den Blick ihrer blauen Augen hochmütig auf Barbe-Nicole.

»Ich habe den Gerüchten nicht glauben wollen, aber dieser Raum beweist mir, dass es wahr sein muss«, sagte sie. »Sie hätten einer armen Weinbauernfrau nicht dieses prächtige Schlafgemach angeboten, wenn Sie sich ihr gegenüber nicht schuldig fühlen würden.«

Barbe-Nicole wollte sich abwenden, denn Streit zwischen Frauen war ihr zuwider, und es war auch kaum der richtige Zeitpunkt dafür. Doch Aurélie streckte die Hand nach ihr aus und hielt sie zurück.

»Nein, bleiben Sie!«, bat sie. »Ich muss das loswerden. Ich weiß, dass mein Mann Sie liebt, und das schon seit vielen Jahren, lange bevor wir uns verlobten. Unsere Ehe war arrangiert und hatte nur den Zweck, die Weingüter unserer Familien zu vereinen. Aber als mein Gemahl hat er mir Treue gelobt. Er ist es mir schuldig, mir Respekt entgegenzubringen. Und Sie sind es auch.«

Barbe-Nicole wusste nicht, was sie sagen sollte. Es bereitete ihr keine Mühe, mit Winzern und Kunden gleichermaßen harte Verhandlungen zu führen, aber in dieser Situation fühlte sie sich hilflos. Errötend senkte sie den Kopf.

»Ich danke Ihnen, dass Sie meinen Jungen und mich aufnehmen«, fuhr Aurélie fort. »Aber ich ziehe es vor, bei den anderen Flüchtlingen zu bleiben.«

In ihrer Stimme lagen weder Wut noch Verbitterung, nur Stolz, der ihr Auftreten fast vornehm wirken ließ. Und Barbe-Nicole bewunderte sie dafür.

In den nächsten Tagen gelangten immer mehr Gerüchte von einem entscheidenden Sieg Napoleons über die Armeen der Verbündeten nach Reims. Bei Montmirail habe das französische Heer die preußischen und russischen Truppen unter den Generälen Yorck und von der Osten-Sacken vernichtet und die Armee von Feldmarschall Blücher in die Flucht geschlagen, so hieß es. Der Rest der Schlesischen Armee ziehe sich in Richtung Reims zurück. Mit bangem Herzen erwarteten die Bürger die Ankunft des Feindes vor ihren Mauern.

Während sich die Menschen in ihren Häusern und Kellern verkrochen, um den Bajonetten der Eroberer zu entgehen, marschierten die Preußen in die Stadt ein. Immer wieder fielen Schüsse, splitterte Holz, wurden Türen eingetreten und Fenster zerbrochen. Der Lärm erinnerte Barbe-Nicole an jenen fernen Tag, als sie mit der Schneiderin Madame Jourdain durch die Gassen von Reims geflohen war. Eine entfesselte Meute hatte alles, was nach Bourgeoisie oder Klerus aussah, angegriffen, vor sich her getrieben und oft genug aufgeknüpft. Tage-, ja wochenlang hatten damals die geschundenen Leichen derjenigen an Bäumen gehangen und auf Zäunen gesteckt, die zur falschen Zeit am falschen Ort gewesen waren oder die falschen Worte gewählt hatten.

Nicht anders würde es nun den Einwohnern von Reims ergehen, wenn die Preußen und Russen sich für das Elend rächten, das sie Napoleon verdankten, wenn sie sich für all die Entbehrungen entschädigen und die Qualen vergessen wollten, die sie von dem fernen Reich im Osten bis hierher hatten erdulden müssen. Und womit konnte man vergessen? Mit Wein. Mit *ihrem* Wein! Dem Wein, der in ihren Kellern lagerte und alles war, was sie besaß.

Barbe-Nicole hatte beschlossen, den Eroberern persönlich entgegenzutreten. Sie sollten wissen, wen sie ausplünderten. Denn auch wenn sie Napoleons Kriege nie gutgeheißen hatte, konnte sie nur auf Gnade hoffen.

Die preußischen Offiziere suchten sich die besten Unterkünfte aus und verhängten umgehend das Kriegsrecht in der Stadt. Jeglicher Widerstand wurde mit Erschießung geahndet. Die Kirchen mussten schließen, und ihre Glocken durften nicht mehr geläutet werden.

Als drei Tage später das Korps des russischen Generalleutnants Freiherr Ferdinand von Wintzingerode in die Stadt einzog, schickte das neu gebildete Zentralkomitee eine Delegation zu ihm. Da der Reimser Abbé Jean-Nicolas Macquart einst in Sankt Petersburg gelehrt hatte und daher mit Wintzingerodes Stabschef Fürst Wolkonski gut bekannt war, ernannte man den Geistlichen zum Wortführer. Das Schicksal der Stadt lag nun in den gebrechlichen Händen des greisen Abbés.

Barbe-Nicoles Nachbar Monsieur Povillon-Pierrard, der die Vorgänge aufmerksam beobachtete und die junge Witwe auf dem Laufenden hielt, berichtete, dass zehn russische Regimenter der Divisionen Kleist und von der Osten-Sacken, etwa zwanzigtausend Mann stark, Reims besetzt hatten.

»Die Russen und die Preußen sind sich nicht grün«, verriet er ihr. »Wie ich hörte, gibt es Streit unter den Generälen. Die Russen beschweren sich darüber, dass die Preußen sich in der ganzen Stadt breitgemacht haben. Sie wollen die Preußen nicht um sich haben. Verbarrikadieren Sie Ihr Haus, Madame! Wenn diese Barbaren sich in die Haare kriegen, sollten wir lieber nicht zwischen die Fronten geraten.«

Jean-Baptistes Textilmanufaktur in Saint-Brice war von den Truppen zerstört worden. Ein schwerer Schlag für Barbe-Nicoles Bruder. Von den Flüchtlingen aus Épernay hatte sie erfahren, was ihrem Konkurrenten Jean-Rémy Moët passiert war: Die Soldaten, die bei ihm einquartiert worden waren, hatten seine Keller geplündert und den gesamten Bestand, mehrere Tausend Flaschen seines besten Schaumweins, geleert. Und nun würde sie an der Reihe sein.

Es ging auf die Mittagsstunde zu, als das Tor zum Innenhof unter heftigen Schlägen von draußen erzitterte. Barbe-Nicole holte tief Luft und nickte dem Concierge Jean-Marie auffordernd zu. Mit versteinerter Miene öffnete der hagere Mann die Tür und trat rasch einen Schritt zurück. Anders als erwartet, strömte nicht augenblicklich eine Meute marodierender Soldaten herein. Stattdessen blickten Barbe-Nicole und ihr Diener auf eine Reihe gezückter Säbel, die aber sogleich gesenkt wurden, um einem hochgewachsenen Mann in Offiziersuniform Platz zu machen, der mit seinem pelzbesetzten Mantel im nächsten Moment die ganze Tür ausfüllte.

»Wo finde ich die Witwe Clicquot?«, fragte er mit starkem russischem Akzent.

Barbe-Nicole trat einen Schritt auf ihn zu. »Das bin ich, Monsieur.« Erleichtert stellte sie fest, dass der Offizier sie sogleich als Witwe erkannte.

»Leutnant Simanski von der Ismailowsker Garde.« Der Soldat salutierte, vielleicht weil er nicht wusste, wie er sich einer trauernden Frau gegenüber verhalten sollte. »Sie wurden uns genannt als …« Er zögerte. »Weinhändlerin?«

»Das ist richtig, Monsieur. *Veuve Clicquot Ponsardin & Cie.*«

»Nun, wir haben Interesse an Ihrer Ware.«

Vielleicht ein wenig zu theatralisch hob Barbe-Nicole die Hände. »Es tut mir leid, Monsieur«, sagte sie. »Es ist nichts mehr da.«

»Tatsächlich?«

Der hochgewachsene Mann musterte sie einen Moment prüfend. Man konnte erkennen, dass auch ihm die zurückliegenden Monate und Jahre immerwährender Kämpfe zugesetzt hatten. Doch seine Augen waren wachsam und klug, und um seine Mundwinkel spielte ein kleines Lächeln, als müsse er sich genau überlegen, was er sagen sollte.

»Wie bedauerlich«, erklärte er schließlich. »Wir hätten Ihnen eine beträchtliche Menge an Flaschen abgekauft. Sie haben Ihre Weine doch in Flaschen abgefüllt?«

Abgekauft? Barbe-Nicole fragte sich, ob man diesem Mann trauen konnte. War es nicht am Ende eine List, um herauszufinden, ob sie nicht doch irgendwo noch Wein gelagert hatte? Andererseits: Draußen standen Hunderte durstige Soldaten, die dem Tod ins Auge geblickt hatten und nun das Elend des Feldzugs vergessen wollten. Was hielt sie davon ab, sich mit Gewalt zu nehmen, was sie begehrten? Moët war es so ergangen. Städte und Dörfer waren ausgeplündert worden...

Die junge Witwe nahm all ihren Mut zusammen. »Monsieur«, sagte sie, »vor Ihnen steht eine Frau, die alles verloren hat. Eine Frau, die diesen Krieg nie gewollt hat und ebenfalls unter ihm leidet.«

Abermals zuckten die Mundwinkel des Leutnants. Seine Augen blitzten. »Ist das so?«

»Jawohl, Monsieur. Alles, was ich noch habe« – sie zögerte –, »sind ein paar Flaschen... und Fässer, die noch übrig sind.«

Es war eine dreiste Lüge, denn so vieles war noch unverkauft, nahezu alles, wegen dieses verfluchten Krieges. Die Flaschen türmten sich, die Fässer fanden kaum Platz in den Kellern.

»Sie sagen, Sie wollen mir Wein abkaufen?«

Plötzlich erstarb das Lächeln des Soldaten, und seine Miene wurde ernst.

»Wir sind keine Preußen«, sagte er stolz. »Wir sind keine Österreicher. Wir sind Russen. Wenn wir etwas nehmen, bezahlen wir es. Wenn wir etwas wollen, fragen wir.«

Nicht zuletzt um ihre tiefe Erleichterung vor Leutnant Simanski zu verbergen, neigte Barbe-Nicole den Kopf, ehe sie erwiderte: »Das ehrt Sie, Leutnant. Ich darf Ihnen versichern, Ehrenmänner sind in diesem Hause stets willkommen. Und sehr gerne bin ich bereit, Ihnen das Wenige, das ich noch an vorzüglichen Weinen besitze, zu verkaufen, falls ...«

»Falls?«

»Falls Sie mir die Ehre erweisen, eine Flasche meines besten Schaumweins mit mir zu trinken.«

Nun war es der Soldat, der sich galant vor der Witwe verneigte, um ihr sodann lachend zu antworten: »Das werde ich mit dem größten Vergnügen tun, Madame. Ich sehe, auch meine zweite Auskunft über Sie war zutreffend.«

»Ihre zweite Auskunft? Und was wäre das?«

»Sie verstehen sich aufs Geschäft, Madame.«

Barbe-Nicole genoss den Besuch der russischen Offiziere in ihrem Haus. Sie sprachen alle vorzüglich Französisch und hatten vornehme Manieren. Die junge Witwe fand an ihrem Benehmen nichts zu beanstanden. Als ihr Bruder vom Eindringen der Russen in das Haus seiner Schwester erfuhr, eilte er voller Sorge herbei, um ihr beizustehen, und fand sie in angeregter Unterhaltung mit den »Barbaren«, die ihren Schaumwein priesen. Die Offiziere fühlten sich bei der Witwe Clicquot so wohl, dass sogar der Stabschef von General Wintzingerode ihr seine Aufwartung machte, um ihren Wein zu verkosten. Fürst Sergei Grigorjewitsch Wolkonski vertraute ihr an, dass er den Requirierungen der Preußen Einhalt geboten habe. Die Truppen unter General Yorck würden die Stadt noch am selben Abend räumen.

Während Wolkonski mit einigen anderen Offizieren nach dem Essen den Perlwein der Witwe Clicquot genoss, gestand er ihr, dass er ihre edlen Tropfen bereits seit Längerem schätzte.

»Sie haben sehr tüchtige Mitarbeiter, Madame«, sagte er. »Ich erinnere mich an einen rothaarigen Mann, rund wie eine Matrjoschka, der uns vor Jahren einmal beehrte. Gewöhnlich gebe ich mich nicht mit Händlern ab, aber mein Haushofmeister berichtete mir, dass dieser verschrobene kleine Kerl so unterhaltsame Wortspiele zu machen verstand, dass ich ihn bei einem seiner Besuche zu mir bat. Er erzählte mir geistreiche Anekdoten von seinen Reisen, über die ich mich köstlich amüsierte. Ein richtiger Spaßvogel.«

Barbe-Nicole nickte lächelnd.

»Mein treuer Handelsvertreter Louis Bohne. Er stammt aus der Pfalz und bereist unermüdlich ganz Europa, um Kunden für mein Unternehmen zu gewinnen.«

Fürst Wolkonski nahm einen kräftigen Schluck des süßen Schaumweins, den Barbe-Nicoles Diener ihm eingeschenkt hatte. Daraufhin streckten auch die anderen Offiziere dem Bediensteten auffordernd ihre leeren Gläser hin.

»Ich denke, ich kann mit Fug und Recht behaupten, dass Sie in den letzten Tagen auch ohne die Hilfe eines Reisenden eine Menge neuer Kunden gewonnen haben, Madame«, scherzte der Fürst. »Dieser Tropfen ist vorzüglich. Sie verfügen über einen begabten Kellermeister, der es versteht, eine verführerische Mischung zusammenzustellen.«

»Mein Kellermeister Jacob ist allerdings ein Juwel, keine Frage«, erwiderte Barbe-Nicole. »Aber das Mischen übernimmt er nicht allein.«

Der Russe blickte die junge Witwe erstaunt an. »Sie haben einen künstlerischen Gaumen, Madame? Bemerkenswert.« Er lächelte anerkennend. »Wenn dieser Krieg endlich vorbei ist, werden Sie Russland im Sturm erobern, da bin ich sicher. Ihr Schaumwein hat bereits einen guten Ruf, aber in den letzten Jahren sind nur wenige in den Genuss gekommen, ihn zu probieren.« Er machte eine ausladende Geste. »Wenn diese Herren nach Hause kommen, werden sie die Erinnerung an die hier bei Ihnen genossenen Gaumenfreuden mitnehmen. Sie brauchen ihnen nur noch zu liefern, wonach es sie verlangt.«

»Hört, hört!«, rief einer der Offiziere.

Der Fürst und die anderen fielen ein, bis sich ein dröhnender Chor erhob, der die Wände erzittern ließ. Entzückt lauschte Barbe-Nicole dem Zuspruch. Ja, diese Männer würden ihre Weine in Russland bekannt machen. Die junge Witwe sah eine rosige Zukunft voraus. Wenn dieser verdammte Krieg erst ein Ende hatte!

35

Reims, Februar 1814

Als Barbe-Nicole sich am Abend in ihr Schlafgemach begab, wunderte sie sich, dass Marie nicht da war. Die Gute verbrachte den ganzen Tag damit, sich um die Flüchtlinge und die verwundeten russischen Soldaten zu kümmern, die im Haus untergebracht waren. Es machte Barbe-Nicole nichts aus, in diesen schweren Zeiten auf die Dienste ihrer Zofe zu verzichten, aber sie achtete doch darauf, dass sie sich mit ihrer aufopfernden Hilfsbereitschaft nicht aufrieb. Barbe-Nicole war gerade dabei, ihr Haar zu lösen, als die Zimmertür leise geöffnet wurde und Marie auf der Schwelle erschien.

»Da bist du ja«, sagte die junge Witwe erleichtert. »Ich habe mir schon Sorgen gemacht.« Als ihr die betroffene Miene der Zofe auffiel, fügte sie rasch hinzu: »Ist etwas geschehen?« Ist Marcel etwas zugestoßen?, dachte sie beunruhigt.

Seit Aurélie mit ihrem Gefolge bei ihr eingetroffen war, hatte sie nichts mehr von ihm gehört. Sie wusste nur, dass viele kleinere Weingüter geplündert worden waren. War es den Jacquins ebenso ergangen? Und wenn ja, was war dann aus Marcel und seinem Vater geworden? Am liebsten hätte sie jemanden nach Bouzy geschickt, um Erkundigungen einzuholen. Leider war dies im Moment, da preußische, russische, österreichische und französische Truppen kreuz und quer durchs Land marschierten, nicht möglich. Man hätte den Boten wahrscheinlich für einen Spion gehalten und erschossen.

»Ich war bei Madame Jacquin«, erwiderte Marie. Ihre Worte ließen Barbe-Nicole aus ihren Gedanken aufschrecken. »Dem Kleinen geht es nicht gut. Er fiebert.«

»Dann werde ich nach ihm sehen«, entschied Barbe-Nicole.

Hastig band sie ihr Haar im Nacken zu einem Zopf zusammen und warf sich ihren Mantel über, der hinter der Tür hing. Sie hatte ihn gerne in Reichweite, da sie oft nachts, wenn sie nicht schlafen konnte, in den Weinkeller hinunterging und nach dem Rechten sah. Dies war natürlich nur ein Vorwand, da sie Jacob und die Kellereiarbeiter nicht zu kontrollieren brauchte. Sie waren erfahrene Leute, die genau wussten, was zu tun war. Aber Barbe-Nicole liebte es, mit einer Laterne in der Hand durch die dunklen Gänge zu wandeln, ihrem Wein bei der Gärung in den Fässern zuzuhören und zu träumen, in welchem fernen Land er wohl einst in edel geschliffenen Gläsern schäumen und seinen Zauber entfalten würde. Es war bedauerlich, dass die Besetzung der Stadt es notwendig gemacht hatte, ihre Weinkeller zuzumauern. So hatten die Russen sie unwillentlich um die nächtlichen Spaziergänge gebracht, die sie so liebte.

Vor der Zimmertür trafen die beiden Frauen auf Mentine.

»Was machst du denn zu dieser Zeit hier?«, fragte Barbe-Nicole ihre Tochter. »Du solltest längst im Bett liegen.«

»Ich konnte nicht schlafen, Maman«, erwiderte das Mädchen. »Wohin gehst du? Kann ich nicht mitkommen?«

»Eines der Kinder unten im Salon ist krank«, erklärte Barbe-Nicole.

Zweifelnd betrachtete sie ihre Tochter. Sie hatte sich stets bemüht, die naive Mentine vor den Widrigkeiten des Lebens zu schützen, aber in diesen schweren Zeiten war ein solches Ansinnen wohl aussichtslos. Spontan entschied sie sich daher, dem Mädchen zu erlauben, sie nach unten zu begleiten.

Einige der Flüchtlinge, die in den ersten Tagen nach dem Grenzübertritt des Feindes nach Reims hereingeströmt waren, hatten die Stadt aus Angst vor den nahenden Truppen mit dem Bürgermeister und dem Unterpräfekten wieder verlassen. Barbe-Nicole war froh darüber. Der Februar war besonders eisig, und so hatte sie die Zurückgebliebenen in den Salons und Gesinderäumen und deren Vieh in der Scheune und dem Kelterhaus unterbringen können. Dennoch gab es nicht genug Decken, geschweige denn Betten.

Aurélie Jacquin hatte sich auf einem Fauteuil im großen Salon eingerichtet. Doch vom Fenster her, das auf den Garten hinaussah, zog es. Auf den Glasscheiben hatten sich fantastische Eisblumen gebildet, die den Blick auf die vereisten Wege verwehrten.

»Madame, meine Zofe teilte mir mit, dass es Ihrem Sohn nicht gut geht«, sagte Barbe-Nicole zu Aurélie.

Erstaunt musterte diese die drei Frauen, die unvermutet vor ihr aufgetaucht waren. Ihr Blick wanderte zu Alain. Besorgt legte sie ihm die Hand auf die Stirn.

»Er hat Fieber«, erwiderte sie. »Auf der Fahrt hierher muss er sich verkühlt haben.«

Barbe-Nicole hockte sich vor den Jungen, der sich in den Armen seiner Mutter nicht rührte. Sein Blick war stumpf und sein Gesicht gerötet. Auf einmal musste sie an François denken, der sich beim kleinsten Windstoß auch gleich eine Erkältung geholt hatte. Wie oft hatte sie ihn in den Jahren ihrer Ehe gepflegt. Seitdem hatte sie einen Blick dafür entwickelt, wann der Zustand eines Kranken bedenklich war.

»Madame, Ihr Sohn braucht dringend einen Arzt«, sagte Barbe-Nicole eindringlich zu Aurélie. »Und er braucht Wärme und Ruhe. Ich bitte Sie daher inständig, mein Angebot anzunehmen und ihn in einem der oberen Gästezimmer unterzubringen.«

Zweifelnd sah Aurélie ihre Rivalin an, dann kehrte ihr Blick zu ihrem Sohn zurück, der zu husten angefangen hatte. Ihr Stolz lehnte sich dagegen auf, klein beizugeben, aber die Sorge um Alain war stärker. Die Witwe Clicquot hatte recht. Ihr Sohn brauchte ein Bett und Pflege.

Ergeben nickte sie. Barbe-Nicole lächelte ihr aufmunternd zu. Als Aurélie aufstand und Alain auf die Arme nehmen wollte, taumelte sie und wäre gefallen, wenn Barbe-Nicole sie nicht gestützt hätte. Marie nahm ihr das Kind ab und folgte den beiden Frauen und Mentine ins Obergeschoss. Rasch bereitete ein Stubenmädchen ein heißes Bad, in das sie den Jungen steckten. Nachdem Marie ihm noch einen warmen Tee aus getrockneten Holunder- und Lindenblüten eingeflößt hatte, schlief er in dem großen Bett ein.

»Wir lassen Sie jetzt allein, Madame, damit auch Sie sich ausruhen können«, sagte Barbe-Nicole und gab Mentine und Marie einen Wink, dass sie ihr nach draußen folgen sollten.

Am nächsten Morgen sah Barbe-Nicole schon früh nach Marcels Sohn. Seine Mutter war auf einem Sessel neben dem Bett eingeschlafen. Marie, die ihrer Herrin folgte, brachte

Kräutertee für den Jungen und Kaffee für Aurélie. Für einen Moment leuchtete Freude im Blick der jungen Mutter auf, als ihr beim Aufwachen der Duft des Kaffees in die Nase stieg, doch der fröhliche Ausdruck wich rasch wieder der Sorge um ihr Kind.

»Wie geht es ihm?«, fragte Barbe-Nicole, während sie das gerötete Gesicht des Jungen betrachtete. Offenbar hatte er noch immer Fieber.

»Er hat sehr unruhig geschlafen«, erwiderte Aurélie kurz angebunden.

»Ich werde Ihnen heißes Wasser zum Waschen bringen, Madame«, sagte Marie und nahm den Krug aus der Waschschüssel.

»Wenn Sie in der Küche etwas essen wollen, wache ich solange bei Alain«, erbot sich Barbe-Nicole.

Sie sah Aurélie an, dass sie das Angebot am liebsten ausgeschlagen hätte. Doch schließlich siegte die Vernunft, und sie stimmte zu.

Während Aurélies Abwesenheit saß Barbe-Nicole am Bett und legte Alain kühlende Umschläge auf die Stirn. Ein Gefühl der Melancholie überkam sie. Dieser Junge hätte auch ihr Sohn sein können – wenn sie keine Bürgerstochter wäre und es ihr erlaubt gewesen wäre, einen Bauernsohn zu heiraten. Sie versuchte, sich vorzustellen, ob sie als einfache Bauersfrau hätte glücklich sein können, und kam zu dem Schluss, dass ein Weingut, sogar ein kleines wie das der Jacquins, auch ein Geschäft war, das geführt werden musste. Statt mit Handelsreisenden und Kunden in fernen Ländern wie Russland hätte sie eben mit Kellereiarbeitern und Lieferanten verhandelt. Sie hätte des Nachts im Weinkeller nach dem Rechten sehen können, wenn ihr danach war, so wie sie es jetzt tat. Und sie hätte Marcel an ihrer Seite gehabt.

Die Sorge um ihn bedrückte Barbe-Nicole. Sie konnte nur darum beten, dass es ihm und seinem Vater gut ging. Und sie wollte alles tun, damit er seinen Sohn gesund wiedersah.

Plötzlich schrak Barbe-Nicole aus ihren Gedanken auf und fuhr herum. Sie hatte nicht gehört, dass die Tür geöffnet worden war, aber sie hatte gefühlt, dass sie beobachtet wurde. Hinter ihr stand Aurélie und betrachtete sie schweigend.

Unangenehm berührt erhob sich Barbe-Nicole. »Er hat sich nicht gerührt«, sagte sie leise. »Ich werde nach einem Arzt schicken, der sich ihn ansieht.«

Aurélie nickte. »Ich danke Ihnen, Madame.« Sie lächelte. »Sie machen sich auch Sorgen um ihn, nicht wahr?«

Barbe-Nicole erriet, dass sie nicht von Alain sprach, sondern von Marcel.

»Ja, das tue ich«, erwiderte sie mit fester Stimme.

»Ich habe ihn gebeten, mit uns nach Reims zu kommen«, sagte Aurélie. »Ich habe ihn angefleht. Aber er weigerte sich. Er und Olivier bestanden darauf, auf dem Gut zu bleiben. Warum? Ich verstehe es nicht. Was können sie gegen marodierende Soldaten schon ausrichten? Sie können nicht verhindern, dass die Vorräte geplündert werden. Oder das Haus niedergebrannt wird. Wenn sie versucht haben einzuschreiten, wurden sie mit Sicherheit getötet. Aber sie wollten nicht einsehen, dass es ein sinnloses Unterfangen wäre, das Gut vor der Vernichtung zu schützen.« In Aurélies Augen traten Furcht und Sorge. »Vielleicht haben sie es versucht und sind dabei umgekommen«, murmelte sie. Ihr Blick wanderte in die Ferne. »Es ist den Männern egal, was sie uns Frauen antun, wenn sie die Helden spielen und dabei den Kürzeren ziehen. Was macht es schon aus, wenn ein Haus zerstört wird oder die Reben vernichtet werden? Ein Haus kann man wieder aufbauen, und man kann neue Reben pflanzen. Die Erde erträgt viel und hat die Gabe der Erneuerung. Aber ein geliebter Mensch ist unersetzbar …«

Bewegt streckte Barbe-Nicole die Hand nach Aurélie aus und berührte sanft ihre Schulter. Dann wandte sie sich ab und verließ das Zimmer.

Ende Februar war unter den Besatzern eine steigende Unruhe zu spüren. Marie berichtete, dass die Russen Flöße und Pontons sowie Hunderte von Leitern bauten. Die Handwerker der Stadt mussten dazu die nötigen Werkzeuge und das Holz liefern. Die Biwaks, die die Kosaken auf dem Platz vor dem Rathaus aufgeschlagen hatten, wurden abgebrochen.

Am Abend des achtundzwanzigsten Februars suchte Fürst Wolkonski Barbe-Nicole auf, um sich zu verabschieden.

»Unser Generalleutnant Freiherr von Wintzingerode hat den Befehl erhalten, die Stadt zu räumen«, erklärte er. »Wir begeben uns nach Soissons. Ich hoffe aber auf ein baldiges Wiedersehen, Madame. Wenn wir zurückkehren, werden wir etwas zu feiern haben«, bekräftigte er unerschütterlich. »Leben Sie wohl, Madame.«

Mit gemischten Gefühlen sah Barbe-Nicole zu, wie die Russen abrückten. Tags darauf besetzten die Truppen von General Corbineau die Stadt.

Wieder erhielt die Witwe Clicquot Besuch von durstigen Soldaten, diesmal französischen, die sich ihre Kehlen mit ihrem Schaumwein anfeuchten wollten. Barbe-Nicole bewirtete Offiziere, die Napoleons Sieg bei Craonne zu feiern gedachten. Am Abend, als sie auf dem Weg zu Aurélie und Alain war, fing Marie sie vor der Tür ab.

»Ich habe freudige Nachrichten, Madame«, sagte die Zofe mit einem breiten Lächeln. »Ich habe mit einem Infanteristen gesprochen, der aus Bouzy stammt. Vor ein paar Tagen war seine Einheit dort. Er berichtete, dass das Weingut der Jacquins von den Preußen verwüstet wurde, dass Monsieur Jacquin und sein Vater aber wohlauf sind. Sie sind bei ihrem Nachbarn, Madame Jacquins Vater, untergeschlüpft.«

Barbe-Nicole stieß ein Seufzen der Erleichterung aus. »Dem Herrn sei Dank«, entfuhr es ihr.

Rasch eilte sie zu Aurélie, um ihr die frohe Botschaft zu überbringen.

Die Stadt kam nicht zur Ruhe. Bei einem Botengang wurde Marie Zeuge, wie der Spion Rougeville, der für die Russen gearbeitet hatte, an der Friedhofsmauer nahe der Porte de Mars standrechtlich erschossen wurde. Auf Befehl des neu eingesetzten Unterpräfekten Baron Fleury hatte Kommissar Gerbault Rougeville verhaftet und im Gefängnis der »Bonne-Semaine« auf der Rue Vauthier-le-Noir eingekerkert. Ein Brief an den Fürsten Wolkonski hatte den Verräter überführt.

Zwei Tage später wurde Reims erneut von den Russen eingenommen und Kommissar Gerbault sogleich festgesetzt. Er entging der Erschießung nur dank seiner Bekanntschaft mit dem General Comte Armand de Langeron, der ein Armeekorps der Verbündeten befehligte.

Doch das Blatt wendete sich rasch wieder. Mitte März kam Napoleon selbst mit seiner Armee, um Reims zu befreien. Die russischen Regimenter des VIII. Korps unter

General Saint-Priest und die preußische Landwehr, die sie begleitete, schlugen sich tapfer. Erst als Saint-Priest schwer verwundet wurde, zogen sich die Verbündeten zurück.

Von den Einwohnern bejubelt zog Kaiser Napoleon frühmorgens um drei Uhr in die Stadt ein. Die meisten der Schaulustigen, die die Straßen säumten oder an den Fenstern ihrer Häuser standen, hatten es nicht gewagt, zu Bett zu gehen, während vor den Mauern die Kanonen donnerten und die Säbel klirrten.

Barbe-Nicole hatte die Abend- und Nachtstunden allein in ihrem Studierzimmer verbracht. In regelmäßigen Abständen kam Marie vorbei, um sie über die Geschehnisse vor den Toren auf dem Laufenden zu halten. Als klar wurde, dass die Franzosen siegreich waren und die Stadt erneut besetzen würden, vergrub Barbe-Nicole erschöpft den Kopf in den Händen.

»Wann wird dieser verfluchte Krieg endlich ein Ende haben?«, schluchzte sie. »Wie lange noch? Wie lange noch?«

Zum ersten Mal seit vielen Wochen konnte sie die Tränen nicht mehr zurückhalten. Nach all den Rückschlägen, den schlechten Ernten, dem brachliegenden Handel, der nahen Pleite hatte sie mit dem Wein des Kometen ein Juwel in ihren Kellern lagern, den sie nicht verkaufen konnte. Wenn sich der Krieg weiter hinzog, würde sie bankrott sein, bevor es ihr gelänge, ihn auf den Markt zu bringen. Es war zum Verzweifeln.

Ein lautes Hämmern an der Tür zum Studierzimmer schreckte Barbe-Nicole auf. Rasch wischte sie mit der Hand die Tränen ab. Im nächsten Moment stürmte ihr Bruder Jean-Baptiste über die Schwelle. Er wirkte ebenso übernächtigt wie sie alle, und in seinem Blick war Panik zu lesen.

»Barbe, was sollen wir nur tun?«, rief er händeringend.

»Was meinst du?«, fragte die junge Witwe verwirrt.

»Napoleon zieht in die Stadt ein!«

»Ja, ich hörte, dass der Kaiser selbst die Armee vor unseren Toren befehligt.«

»Und was glaubst du, wird er sagen, wenn niemand da ist, um ihn zu empfangen?«, jammerte Jean-Baptiste. »Unser Vater hat sich nach Le Mans abgesetzt, schon vergessen?«

Erschrocken sah Barbe-Nicole ihren Bruder an. Ja, sie hatte tatsächlich nicht mehr daran gedacht, dass der Baron Ponsardin es für sicherer befunden hatte, Reims zu verlassen. Er betrachtete die Sache des Kaisers als verloren und hatte es vorgezogen, Napoleon nicht mehr unter die Augen zu kommen. Aber nun, da der Kaiser Herr der Stadt war, konnte die Abwesenheit des Bürgermeisters verheerende Folgen für seine Familie haben.

»Was schlägst du vor?«, fragte Barbe-Nicole hilflos. »Das Hôtel Ponsardin ist unbewohnt. Es sind nur ein paar Diener zurückgeblieben, um auf das Haus aufzupassen. Ich kann Seine Majestät dort nicht an Papas Stelle empfangen.«

Nervös fuhr sich Jean-Baptiste mit der Hand durchs Haar. »Nein, du hast recht, das geht nicht. Aber ich kann es. Thérèse ist eine erfahrene Gastgeberin. Sie wird das Kind schon schaukeln. Aber Napoleon wird sich vermutlich zum Hôtel Ponsardin begeben. Jemand von der Familie muss ihn dort begrüßen.«

»Also gut, Jean-Baptiste, geh nach Hause und bereite die arme Thérèse auf den hohen Gast vor. Ich eile unserem Kaiser entgegen und übernehme die unangenehme Pflicht, ihn davon zu unterrichten, dass der Bürgermeister nicht zur Verfügung steht.«

Tief in ihren dicken Wollmantel gehüllt, die eisigen Finger um den weichen Stoff geklammert erwartete Barbe-Nicole, begleitet von zwei Lakaien, auf der Freitreppe des Hôtel Ponsardin den Kaiser der Franzosen. Als der Korse vom Pferd stieg, wurde sie daran erinnert, dass er nur wenig größer war als sie, und seltsamerweise beruhigte sie das. Sein Gesicht mit der geraden Nase und den dunklen Augen wirkte erschöpft und abgehärmt. Doch als er sie ansah, lächelte er und zog seinen Zweispitz.

»Madame Clicquot, es ist mir eine Ehre, Sie wiederzusehen.« Im nächsten Moment verdüsterte sich Napoleons Miene jedoch. »Die Tatsache, dass Sie mich vor dem Haus Ihres Vaters, des Herrn Baron, empfangen, lässt darauf schließen, dass der Bürgermeister der Stadt Reims nicht anwesend ist.«

Barbe-Nicole errötete vor Scham, als sie dem strengen Blick des Kaisers begegnete.

»So ist es, Euer Majestät. Mein Vater musste geschäftlich nach Le Mans reisen. Die Truppenbewegungen und die Kämpfe hinderten ihn vermutlich daran, rechtzeitig zurückzukehren und Euer Majestät zu begrüßen.«

Napoleon brach in schallendes Gelächter aus. »Vermutlich!«, stieß er sarkastisch hervor. »Denken Sie, ich kenne die royalistische Gesinnung Ihres Vaters nicht, Madame? Er glaubt, dass meine Tage gezählt sind und ich meinen Thron bald dieser Witzfigur übergeben muss, die sich als Ludwig XVIII. bezeichnet. Aber da täuscht er sich, der liebe Baron Ponsardin. Ich bin noch lange nicht geschlagen. Und nun möchte ich meinen Sieg feiern, Madame. Wollen Sie mir dafür Ihren vorzüglichen Schaumwein servieren, oder muss ich mich zu meinem Freund Moët begeben?«

»Keineswegs«, widersprach Barbe-Nicole mit einem herausfordernden Lächeln. »Ich bin gekommen, um Sie zum Haus meines Bruders zu geleiten, Euer Majestät. Und dort werde ich Ihnen zur Feier des heutigen Sieges den besten Schaumwein kredenzen, den Sie je gekostet haben!«

Napoleon blieb zwei Tage in Reims, um seinen Truppen eine Ruhepause zu gönnen. Dann zog er nach Süden gegen die Hauptarmee der Verbündeten unter dem österreichischen Oberbefehlshaber Feldmarschall zu Schwarzenberg. Als die Preußen unter General Yorck anrückten, verließ auch Marschall Mortier die Stadt und ließ nur hundertfünfzig Dragoner zu ihrer Verteidigung zurück. Erneut fürchteten die Bürger um ihr Leben und ihre Stadt, als nun auch die russischen Truppen von General Wintzingerode auf Reims vorrückten. Und als der geschätzte Ingenieur des Generals, Joseph Joetzich de Heck, von einem Heckenschützen getötet wurde, schien das Schicksal der Stadt besiegelt. In den Vororten von Vesle und Cérès wüteten die Kosaken. Häuser und Kirchen wurden geplündert. Vor dem Rathaus, auf dem Forum und der Place Imperiale brannten erneut die Biwakfeuer der Steppenreiter. Doch die Straßen von Reims blieben friedlich. Wie die Bürger später erfuhren, hatte Fürst Sergei Grigorjewitsch Wolkonski General Wintzingerode das Versprechen abgenommen, die Stadt zu schonen. Darüber hinaus waren die russischen Offiziere froh, in die behaglichen Quartiere zurückkehren zu können, die sie drei Wochen zuvor verlassen hatten. Bald waren unter der strengen Hand des Militärgouverneurs Baron von Rosen Recht und Ordnung innerhalb der Stadtmauern wiederhergestellt.

Wenige Tage später ritt ein russischer Offizier mit seinem

Stab in den Hof des Hauses auf der Rue de l'Hôpital. Barbe-Nicole trat ihm entgegen und grüßte ihn. Nachdem er vom Pferd gestiegen war, verbeugte er sich galant vor ihr.

»Madame Clicquot, darf ich mich vorstellen«, sagte er in vollkommenem Französisch. »Ich bin Major Fürst Sergei Wolkonski, Militärkommandant der Stadt Reims, zu Ihren Diensten. Ich habe den Posten vom Baron von Rosen übernommen.«

Verwundert musterte Barbe-Nicole den gut aussehenden jungen Offizier, der ihr unbekannt war. Sein längliches Gesicht war glatt rasiert. Seine großen grauen Augen blickten freundlich, fast ein wenig melancholisch, und um seinen sinnlichen Mund spielte ein sanftes Lächeln, das Vertrauen einflößte. Sein gelocktes braunes Haar fiel ihm widerspenstig in die hohe Stirn und gab ihm etwas Jungenhaftes. Er trug eine dunkelgrüne Uniform mit rotem Kragen und mit goldenen Fransen besetzten Epauletten.

»Fürst Wolkonski?«, wiederholte Barbe-Nicole verwirrt. »Ich kenne einen Offizier gleichen Namens …«

»Mein Vetter Sergei Grigorjewitsch«, erklärte der Russe. »Er ist mittlerweile in die Heimat zurückgekehrt. Ich bin Sergei Alexandrowitsch.«

»Verstehe. Aber kommen Sie doch herein, Fürst«, bat Barbe-Nicole.

Die Stiefel der Russen klapperten auf den Fliesen, als der Fürst und einer seiner Offiziere das Vestibül durchquerten. Da in den Salons des Hauses noch immer Flüchtlinge untergebracht waren, führte Barbe-Nicole sie in ihr Studierzimmer.

»Kann ich den Herren etwas anbieten?«, fragte sie.

Fürst Wolkonski lächelte breit. »Mein Vetter hat Ihren

wundervollen Perlwein gepriesen. Leider hatte ich bisher nicht das Glück, ihn zu kosten, da ich seit Jahren fast ununterbrochen im Feld stehe. Aber ich habe meiner Schwester Prinzessin Varvara Alexandrowna versprochen, Sie aufzusuchen, Madame, und Ihnen meine Ehrerbietung auszusprechen, falls es mich nach Reims verschlagen sollte.«

Barbe-Nicole errötete. Sie hatte gewusst, dass ihr Schaumwein dank Louis Bohnes Anstrengungen in Russland bekannt war, aber sie hatte nicht geahnt, wie hoch er geschätzt wurde. Als das Stubenmädchen eine Flasche ihres besten Perlweins und Gläser gebracht hatte, stieß sie mit den beiden Russen an.

»Hoffen wir, dass es bald Frieden gibt und ich wieder mit Russland Handel treiben kann«, sagte sie.

»Glauben Sie mir, Madame, wir werden alles daransetzen, das Königtum, deren Vertreter seit über tausend Jahren in Ihrer herrlichen Stadt gekrönt werden, zu restaurieren und Ludwig XVIII. den Thron Frankreichs zurückzugeben«, versicherte Fürst Wolkonski. »Bis dahin ist es meine Aufgabe, in Reims für Ordnung zu sorgen, sodass die Bürger wieder in Ruhe ihren Geschäften nachgehen können. Und Sie, Madame, werden Ihren vorzüglichen Schaumwein in wenigen Monaten vielleicht schon wieder ins russische Reich schicken können.«

36

Reims, November 1862

»Sie wissen, wie es weiterging, Madame«, schloss Barbe-Nicole Clicquot-Ponsardin ihren Bericht. »Anfang April dankte Napoleon ab und ging ins Exil. Alle Welt feierte das Ende des Krieges mit Champagner. Ich stürzte mich sogleich in die Arbeit, ließ die Mauern in meinen Weinkellern niederreißen und nahm den Bestand auf. Sobald die Umstände es erlaubten, kam Louis Bohne nach Reims, und wir schmiedeten Pläne. Wie Sie sich vorstellen können, galt es, schnell zu handeln, um unseren Konkurrenten zuvorzukommen. Unseren Perlwein vor allen anderen in Russland anzubieten, das war unser vorherrschendes Ziel. Und ich war bereit, dafür alles auf eine Karte zu setzen.«

Die grauen Augen der alten Dame erstrahlten, als sie noch einmal die Aufregung durchlebte, die sie damals bei ihrem Gespräch mit Louis Bohne empfunden hatte.

»Eigentlich war es Wahnsinn, einen Großteil unseres besten Champagners auf die Reise zu schicken, bevor das russische Einfuhrverbot für Flaschenwein aufgehoben war. Aber wir wussten, dass wir darauf nicht warten durften. Monsieur Bohne sollte die kostbare Fracht begleiten, damit sie unterwegs nicht zu Schaden kam. Er hatte vier Jahre zuvor geheiratet, und seine Frau sah es nicht gerne, dass er dieses gefährliche Unterfangen auf sich nahm, mit all den Unannehmlichkeiten der Reise, aber er ließ sich nicht abhalten.

Mit dem Schiff ging es von Rouen zuerst nach Le Havre und von dort auf dem holländischen Frachter *Zes Gebroeders* nach Königsberg. Nur mein Handelsvertreter in Sankt Petersburg, Monsieur Boissonnet, war eingeweiht. Und wir hatten Glück. Inzwischen hatte ich erfahren, dass das Einfuhrverbot von Wein in Flaschen ins russische Reich aufgehoben worden war. Trotzdem entschied sich Monsieur Bohne, einen Teil der zehntausend Flaschen bereits in Königsberg zu verkaufen.« Barbe-Nicole wandte lächelnd den Blick zum Himmel. »Der gute Louis Bohne! Er war ein so gerissener Verkäufer. Als ihm die Leute die Tür seines Hotels einrannten, setzte er das Gerücht in die Welt, er habe bereits alle Ware verkauft. Und als das Heulen und Zähneknirschen begann, ließ er sich scheinbar erweichen und zauberte noch ein paar Flaschen hervor, die er zu einem unverschämt hohen Preis abgab. Dasselbe Spiel wiederholte er in Sankt Petersburg. Ich traute meinen Augen kaum, als ich seine Briefe las, in denen er mir von seinem Erfolg berichtete. Im August war bereits alles verkauft, und ich bereitete die nächste Ladung vor. So haben wir den Markt in Russland erobert. Ich verdanke diesem liebenswürdigen und unerschrockenen kleinen Mann sehr viel.«

Mit einem Ausdruck der Schadenfreude rieb sich die Witwe Clicquot zufrieden die Hände. »Meine Konkurrenten waren sprachlos und schäumten vor Wut – wie ihr unverkaufter Champagner, der in ihren Kellern lagerte. Meine russischen Offiziere waren die Ersten, die sich um die 1811er Cuvée rissen, und bald schloss sich auch der

Zar ihrem Urteil an. Endlich ... endlich hatte sich alles zum Guten gewendet!«

Jeanne konnte die Begeisterung ihrer Gesprächspartnerin nachempfinden. Lächelnd sagte sie: »Und so begann Ihr Erfolg als Champagnerhändlerin, die von Ihrer männlichen Konkurrenz nicht mehr ignoriert werden konnte. Oh, ich wünschte, ich wäre dabei gewesen.«

»Sie werden Ihre eigenen Siege feiern, Madame, da bin ich sicher. Apropos feiern ...«

Barbe-Nicole schien auf einmal ein Gedanke zu kommen. Sie erhob sich und zog den Klingelzug neben dem Kamin. Mit einem zufriedenen Lächeln setzte sie sich wieder in den Sessel. Als ein Lakai erschien, winkte sie ihn zu sich und flüsterte ihm etwas ins Ohr. Der Diener verbeugte sich und verschwand. Während die beiden Frauen warteten, fiel kein Wort mehr. Verwundert übte sich Jeanne in Geduld.

Als der Lakai zurückkehrte, trug er ein Tablett mit einer Flasche und zwei Gläsern, die er auf einem Tisch abstellte.

»Soll ich öffnen, Madame?«, fragte er.

»Ja, Guillaume, aber mit Gefühl«, erwiderte die Witwe. »Mein Rosé«, fügte sie, an Jeanne gewandt, hinzu. »Haben Sie ihn schon einmal probiert?«

»Aber natürlich«, bestätigte Jeanne. »Ich war in den vergangenen Jahren nicht untätig, Madame. Ich habe so viel wie möglich über den Champagnerhandel gelernt. Dazu gehört auch, einen Geschmack für die Unterschiede des *terroir* zu entwickeln. Freilich reicht die Finesse meines Gaumens nicht an den Ihren heran, Madame Clicquot, der ja wahrhaft legendär ist.«

Barbe-Nicole brach in Lachen aus. »Selbst François hat mich darum beneidet. Aber ich habe mir nie etwas darauf eingebildet. Diesen besonders feinen Geschmackssinn erwirbt man nicht, man wird damit geboren. Ein Zufall also!«

Die beiden Frauen genossen den Rosé. Jeanne hob das Glas ins Licht und bewunderte die dezente Farbe. Schließlich stellte sie es wieder auf den Tisch und blickte die alte Dame an.

»Sie haben mir noch nicht von Ihrer großartigen Errungenschaft erzählt, die Sie zweifellos zur erfindungsreichsten Champagnererzeugerin in Reims machte«, sagte sie.

»Sie meinen den Rütteltisch?«, erwiderte Barbe-Nicole amüsiert. »Die Idee war aus der Not geboren, und sie stammte eigentlich nicht von mir, sondern von meinem Kellermeister Antoine Müller. Im Jahr 1816 lief mein Geschäft aufgrund der vielen Bestellungen aus Russland so gut, dass ich schließlich keinen Bestand mehr auf Lager hatte, den ich ausliefern konnte. Bestellungen nicht aufnehmen zu können und Kunden zu enttäuschen war fast noch schlimmer, als zu wenig Kunden zu haben. Das Problem war, dass die Herstellung von Champagner viele Arbeitskräfte und viel Zeit benötigte.«

»Besonders das Klären des Weins«, warf Jeanne ein.

»Genau. Zur damaligen Zeit gab es nur sehr umständliche Methoden, die Ablagerungen, die den Wein nach der zweiten Gärung trüben, aus der Flasche zu entfernen. Will man klaren Champagner mit feinen Perlen erhalten, statt Erbensuppe mit ›Krötenaugen‹, wie mein lieber Freund Louis Bohne zu sagen pflegte, muss der schleimige Niederschlag, der sich in der Flasche absetzt, entfernt werden, ohne dabei zu viel des Inhalts einzubüßen. Früher füllte man den Wein von einer Flasche in die andere, wodurch man einen Teil des Perlens verlor. Da war es schon günstiger, die Flaschen liegend zu lagern und den eiweißartigen Körper, der auf die Flaschenwand herabsank, durch Schütteln hinauszubefördern – aber das dauerte ewig. Monsieur Müller und ich setzten uns also zusammen und versuchten, eine bessere Lösung zu finden.«

»Ist es wahr, dass Sie Ihren Küchentisch in den Weinkeller bringen ließen?«, fragte Jeanne neugierig.

»Eine nette Geschichte, nicht wahr? Ja, so ist es gewesen. Müller hatte den Einfall, die Flaschen auf dem Kopf, statt auf der Seite zu lagern, aber er wusste nicht, wie er sie in dieser Position fixieren sollte. Der Vorschlag, es mit einem Tisch zu probieren, kam von mir. Und da kein anderer stabil genug war, ließ ich den großen Arbeitstisch aus der Küche in den Weinkeller schaffen. Mein Koch Maître Erard war fuchsteufelswild und drohte mit Kündigung, aber das Ziel, klaren Wein in kürzerer Zeit zu erhalten, war mir wichtiger. Antoine Müller bohrte eigenhändig die Löcher hinein, denn wir mussten auf äußerste Geheimhaltung achten. Wochenlang drehten wir in regelmäßigen Abständen die Flaschen, die mit dem Hals nach unten in den Löchern steckten. Wenn sich der Schlamm auf dem Korken gesammelt hat und der Wein klar aussieht, holt man die Flasche aus dem Loch, lockert den Korken und lässt ihn langsam hervortreten. Erst in dem Moment, in dem der Korken kurz davor ist abzuspringen, dreht man die Flasche mit dem Hals nach oben. Der Korken springt heraus, und der Druck, den der Schaum erzeugt, lässt die ausgeschiedenen Gärungsprodukte herausschießen. Man verliert nur wenig von dem Champagner und muss lediglich etwas Alkohol nachfüllen. Unser Experiment war von Erfolg gekrönt.« Barbe-Nicole warf ihrer Besucherin einen entschuldigenden Blick zu. »Aber wem erzähle ich das? Ich bin sicher, dass sie sich bereits mit dem Degorgieren und der *remuage* befasst haben, Madame.«

Jeanne nickte. »Das habe ich in der Tat. Mittlerweile bin ich mit sämtlichen Abläufen der Champagnerherstellung vertraut. Aber es ist sehr interessant zu hören, wie das von Ihnen erfundene Verfahren das Licht der Welt erblickt hat. Ihre Konkurrenten müssen sich vor Wut die Haare gerauft haben.«

»Allerdings. Sie konnten nicht verstehen, auf welche Weise es mir gelang, so viele Flaschen Champagner herzustellen und damit die erhöhte Nachfrage zu befriedigen. Und der Loyalität meiner Arbeiter verdanke ich es, dass das Geheimnis lange gewahrt blieb. Besonders Jean-Rémy Moët tobte vor Wut und schimpfte wie ein Rohrspatz. Es war sehr amüsant!« Eindringlich sah Barbe-Nicole Jeanne an. »Er schreckte nicht einmal davor zurück, Spione in meine Keller zu schicken, um hinter meine Technik zu kommen. Meine Leute haben die Burschen geteert und gefedert.« Sie grinste böse, bevor ihre Miene wieder ernst wurde. »Aber irgendwann gelang es ihm doch, einen meiner Arbeiter zu bestechen. Ich habe nie herausgefunden, wen. Das Verfahren wurde von den anderen Herstellern übernommen, und die Tische durch die heute verwendeten Pulte ersetzt. Wir benutzen allerdings weiterhin die Tische.« Die alte Dame nahm einen Schluck ihres Rosés und schloss für einen Moment die Augen, um ihn zu genießen. »Sie sehen also, Madame, im Geschäft gibt es Höhen und Tiefen – wie im Leben.«

Jeanne spürte, dass es Zeit war zu gehen. Barbe-Nicole läutete nach einem Diener, der sie hinausgeleitete. Als die Besucherin den Salon durchquerte, fing der Comte de Chevigné sie ab und drückte ihr ein schmales Buch in die Hand, bevor er sich galant von ihr verabschiedete.

Nun komme ich doch noch in den Genuss seiner Verse, dachte Jeanne spöttisch. Nicht einmal die Witwe Clicquot, die Champagner-Fürstin, hatte alles unter Kontrolle. Das würde ihr eine Lehre sein.

An der Tür wandte sich Jeanne noch einmal um und begegnete dem Blick des alten Herrn, der noch immer vor dem Kamin saß. Er blinzelte ihr schalkhaft zu, und nach kurzem Zögern blinzelte sie ganz undamenhaft zurück.

Als Barbe-Nicole in den Salon zurückkehrte, ließ sie sich neben Marcel vor dem munter flackernden Kaminfeuer nieder. Ihre Enkelin Marie-Clémentine setzte sich auf Bitten des Comte de Chevigné ans Klavier und begann, ein Stück von Glinka zu spielen.

»Worüber habt ihr euch unterhalten?«, fragte Marcel. »Ihr wart stundenlang fort.«

»Über Verschiedenes«, antwortete Barbe-Nicole. »Über den außergewöhnlichen Geschmack der Briten, den Krieg, die Besetzung unserer wunderbaren Stadt durch die Russen …«

»Hast du ihr von deinem schönen Fürsten Wolkonski erzählt?«, erkundigte sich Marcel.

»Wieso mein schöner Fürst? Ich hatte nie etwas mit ihm.«

»Behauptest du zumindest.«

»Sind wir etwa eifersüchtig, werter Monsieur Jacquin?«

»Er war häufig bei dir zu Gast. Und die Leute haben geklatscht.«

»Papperlapapp. Jetzt übertreibst du aber.«

»Willst du etwa abstreiten, dass du ihn anziehend fandest? Er sah sehr beeindruckend aus in seiner Uniform mit dem Sainte-Anne-Stern am Kragen. Und seinem melancholischen Lächeln«, fügte Marcel herausfordernd hinzu.

»Wie willst du das beurteilen? Du hast ihn nie gesehen«, erinnerte Barbe-Nicole ihn.

»Man hört so einiges.«

»Von wem denn?«

»Marie.«

»Ach, die Gute hatte eine schwärmerische Ader. Von dir war sie übrigens auch sehr angetan.«

»Tatsächlich?« Marcels Miene hellte sich auf.

»Tu nicht so, als wenn du das nicht wüsstest«, erwiderte Barbe-Nicole bissig. »Du hast es weidlich ausgenutzt und mit der naiven Seele geschäkert.«

»Marie war alles andere als naiv.«

»Nanu? Solltest du sie doch besser gekannt haben, als ich bisher glaubte?«

»Jetzt bist du diejenige, die eifersüchtig ist.«

»Ach was. Du versuchst nur abzulenken.«

»Wovon denn?«

»Deiner Eifersucht.«

»Nimm's mir nicht übel. Du warst immer von gut aussehenden jungen Männern umgeben. Und das hast du genossen.«

»Wen meinst du damit?«, fragte Barbe-Nicole entrüstet.

»Zum Beispiel diesen Georges Kessler, den du zum Teilhaber machen wolltest. Ich hatte stets den Verdacht, dass da mehr zwischen euch war, als es den Anschein hatte.«

Barbe-Nicole lächelte unschuldig. »Nein, da war nichts. Der gute Mann war ein Wirrkopf, der meine Andeutungen nicht verstand… oder nicht verstehen wollte.«

»Ich wusste doch, dass er dir gefiel«, sagte Marcel vorwurfsvoll.

»Und wenn schon. Ich war noch jung … ich war allein … du warst verheiratet.«

»Hättest du ihn geehelicht, wenn er um deine Hand angehalten hätte?«

»Ich weiß nicht.« Barbe-Nicole krauste die Stirn. »Nein, ich glaube nicht. Er liebte mich nicht. Ich glaube, er war nicht fähig dazu. Und ich liebte ihn nicht. Er war eben nicht du.«

»Obwohl wir nie hätten heiraten können?«

»Ich fühlte, dass ich mit ihm nicht glücklich geworden wäre. Deshalb habe ich schließlich von der Absicht, ihm die Firma zu überschreiben, Abstand genommen.«

»Und Édouard?«, fragte Marcel spitz.

Sie zuckte mit den Schultern. »Édouard war Édouard: so arbeitsam und tüchtig, dass er für Angelegenheiten des Herzens keine Zeit hatte. Außerdem war er viel zu jung für mich.« Spitzbübisch zwinkerte sie ihm zu. »Und ihm fehlte der Charme eines gewissen dunkeläugigen Luftikus, den ich nie vergessen konnte.« Sie wurde wieder ernst. »Ich war sehr betroffen, als ich von Aurélies Tod hörte, damals im Jahr siebenundzwanzig. Sie hatte etwas Besseres verdient. Ich habe sie geachtet. Aber ihr Dahinscheiden hat dich zu mir zurückgeführt, diesmal für immer. Und dafür bin ich dankbar. Es tut mir nur leid, dass du dich mit deinem Sohn nicht verstanden hast.«

Er nickte traurig. »Alain war ganz und gar Aurélies Sohn. Er trug mir immer nach, dass ich seine geliebte Mutter unglücklich gemacht hatte. Daher fiel es mir leicht, ihm nach ihrem Tod das Gut zu überlassen und in die Stadt zu ziehen.« Seufzend presste er die Lippen zusammen. »Doch ich wünschte, Alain wäre nicht so früh gestorben. Jules war erst fünfundzwanzig, als er das Erbe übernahm.«

»Zumindest ist das Verhältnis zu deinem Enkel besser als das zu deinem Sohn«, sagte Barbe-Nicole tröstend. »Er besucht dich doch jedes Mal, wenn er in Reims ist.«

»Ja, er ist ein guter Junge«, stimmte Marcel zu. »Aber insgeheim ist er froh, dass er sich nicht um seinen Großvater kümmern muss, der nicht sterben will.«

»Urteilst du nicht ein wenig hart über ihn?«

»Nein, ich denke nicht. Er hat drei Kinder und dazu seine Mutter zu Hause, die sich andauernd mit seiner Frau streitet. Da will er nicht auch noch die besserwisserischen Ratschläge eines Greises hören.«

»Meinst du? Nun, in meinem Haus bist du allen willkommen«, sagte Barbe-Nicole und warf einen ironischen Blick in die Runde. »Sie freuen sich, dass du mich ablenkst, sodass ich ihnen nicht ständig auf die Finger schauen kann«, fügte sie in gedämpftem Ton hinzu, obwohl ihr Gespräch im Klavierspiel unterging.

In stillem Einverständnis nickten sie einander zu. Eine Weile lauschten sie schweigend der Musik. Barbe-Nicoles Blick blieb an ihrer Tochter hängen, deren Gesicht in den letzten Jahren merklich gealtert war.

»Mentine sieht nicht gut aus«, bemerkte sie schließlich.

»Das ist mir auch schon aufgefallen«, bestätigte Marcel. »Du solltest sie einmal untersuchen lassen. Ich hörte von einem noch jungen Arzt, der am Hôtel-Dieu arbeitet und von seinen Patienten hoch gelobt wird. Sein Name ist Henri Henrot.«

»Vielleicht hast du recht. Ich werde mit ihr sprechen.«

Eine Weile betrachtete Barbe-Nicole das fast durchscheinende Gesicht ihrer Tochter. Auf einmal erschien es ihr dringlich, sie von einem Arzt untersuchen zu lassen. Das Leben war so vergänglich. Von einem Moment zum anderen konnte ein Schicksalsschlag es beenden. So wie es damals ihrem guten Freund Louis Bohne passiert war …

37

Straßburg, Januar 1821

Der Rhein mäanderte durch die Ebene, ein bleifarbenes Band, das von kleinen Inseln und Eisschollen durchbrochen wurde. Als Ludwig Bohne das Kutschfenster öffnete und auf Straßburg zurücksah, trieb der Wind ihm den Schneeregen ins Gesicht, der aus den dunklen Wolken herabfiel.

Versonnen ließ der Pfälzer den Blick über die Silhouette der elsässischen Stadt gleiten. Sie wurde überragt von dem schlanken Turm des Doms, vierhundertachtunddreißig Pariser Fuß hoch, wie man ihm bei der Führung erklärt hatte. Eine altertümliche Stadt mit verwinkelten engen Gässchen, die ihn an Reims erinnerten. Dennoch hatten auch hier die Wohlhabenden unter den Einwohnern Gefallen an edlem moussierendem Wein gefunden. Der Schaumwein aus der Champagne wurde nicht mehr nur vom Adel und von gekrönten Häuptern zu besonderen Anlässen getrunken. Seit Ende des Krieges wurde er immer bekannter und beliebter als unverzichtbarer Begleiter bei Festen oder als stilvolles Getränk, mit dem ein Gastgeber seinen modischen Geschmack bewies. Von der nahen Pleite war das Geschäft der Witwe Clicquot nun auf dem Weg, zu einem der führenden Unternehmen von Reims zu werden. Die Verkäufe hatten sich seit 1816 verdoppelt und verdreifacht. Vor gut einem Jahr hatte sich Madame Clicquot von dem Gewinn sogar ein Schloss in Boursault kaufen können. Und schon dachte sie daran, ein weiteres zu erwerben und in Boursault sogar ein noch größeres und schöneres bauen zu lassen. Ludwig Bohne hätte nicht glücklicher sein können, wenn es sein Schloss gewesen wäre, denn er gönnte der Witwe den Durchbruch von ganzem Herzen. Er bedauerte nur, dass ihr Gemahl den Erfolg nicht miterleben durfte.

Auch Ludwig war glücklich und zufrieden mit seinem Leben. Sein Einsatz für die Firma Clicquot hatte sich auf ganzer Linie für ihn ausgezahlt. In Katharina hatte er eine Frau gefunden, die ihn liebte und – bis zu einem gewissen Grad – Verständnis für seine Fehler und Marotten aufbrachte. Auch seine beiden Kinder gediehen prächtig. Was konnte ein Mann mehr wünschen?

Der Wind war schneidend. Trotz seines dicken Wollmantels fühlte Ludwig die Kälte bis auf die Haut dringen. Seine Füße waren zu Eis erstarrt.

Als sein Kutscher vor der Schiffbrücke anhielt, um einem entgegenkommenden Gefährt Platz zu machen, öffnete Ludwig den Schlag und rief: »Monsieur Deschamps, ich muss mir ein wenig die Beine vertreten. Fahren Sie voraus, ich laufe Ihnen nach und steige am anderen Ufer wieder ein.«

»Ist das vernünftig, Monsieur?«, antwortete der Kutscher. »Der Wind ist sehr kalt.«

»Die Bewegung wird mir guttun«, beharrte Ludwig. »Ich bin ganz steif vom Sitzen.«

Deschamps zuckte mit den Schultern und wartete, bis sein Fahrgast ausgestiegen war, bevor er die Pferde antrieb. Die Schiffsbrücke, die an dieser Stelle über den Rhein führte, war gerade breit genug, dass zwei Fahrzeuge aneinander vorbeifahren konnten, und auf beiden Seiten mit einem niedrigen Holzgeländer ausgestattet. Da der Strom sehr tief war, hatte man beim Bau die Mühe gescheut, Pfeiler in das Flussbett zu treiben, und stattdessen eine schwimmende Brücke auf Pontons errichtet. Ludwig hatte derartige Konstruktionen bei seinen Reisen schon des Öfteren überquert, doch er fand die Erfahrung jedes Mal zugleich unheimlich und faszinierend. Während der ersten Schritte kam man sich vor wie auf einem großen Segelschiff. Ludwig brauchte immer eine Weile, bis er sich an das Schwanken gewöhnt hatte und wieder sicher einen Fuß vor den anderen setzen konnte. Obwohl vor ein paar Tagen Tauwetter eingesetzt hatte, war die Brücke noch vereist und ein wenig rutschig. Vielleicht wäre es doch vernünftiger gewesen, in der Kutsche zu bleiben. Aber auch die Pferde hatten Schwierigkeiten, auf der glatten Oberfläche festen Halt zu finden, und so kam Ludwig zu dem Schluss, dass er, falls er ausrutschte, nur auf den Hosenboden fallen und sich ein paar Prellungen holen könnte, im Kutschkasten aber recht grob durchgeschüttelt würde, falls eines der Tiere stolpern sollte.

Während er am Geländer entlangging, das beide Seiten der Brücke säumte, warf er einen prüfenden Blick über die Oberfläche des Rheins. Die feste Eisdecke, auf der man vor einer Woche noch hatte Schlittschuhfahren können, war nun aufgebrochen. Das Tauwetter hatte den Strom anschwellen lassen, und die Wassermassen rissen große und kleine Eisschollen mit sich, schoben sie an den Ufern übereinander und türmten sie zu wahren Gebirgsketten auf. Manches Boot, das sein Besitzer nicht in Sicherheit gebracht hatte, wurde von den knirschenden Eismassen fortgetragen und zwischen seinen mächtigen Kiefern zermalmt. Welch schreckliche Macht das Eis doch war, schwer und fast unzerstörbar wie ein Felsen, und doch in der Wärme der Sonne flüchtig wie ein Atemhauch.

Ludwig erschauderte, als er einige Bengel lachend über das Eis balancieren sah. Die Jugend, dachte er melancholisch. Sie kannte keine Angst. Das Bild seiner eigenen Kinder trat ihm vor Augen, sein Sohn, mit seinen neun Jahren schon ein strammer Bursche, und seine fünfjährige Tochter, das kleine Engelchen. Auf einmal sehnte er sich danach, seine Familie zu sehen. Ob er wohl Zeit haben würde, einen Abstecher nach Hause zu machen? Seine Frau Katharina hatte ihm nie vorgeworfen, dass er weiterhin als Handelsvertreter auf Reisen ging und sie oft für Monate allein ließ. Sie verstand, dass er die Freiheit brauchte, die ihm das Herumziehen zu genießen erlaubte. Er war kein Federfuchser, der den ganzen Tag in einem stickigen Büro an seinem Schreibtisch sitzen konnte. Auch Madame Clicquot hatte das immer verstanden. Im Grunde waren sie sich ähnlich, die Witwe und er, nur dass sie als Frau nicht die Möglichkeit hatte, durch die Lande zu fahren, wohin es sie gerade trieb.

Inzwischen hatten sie die Insel in der Mitte des Rheins erreicht, überquerten sie und betraten den zweiten Abschnitt der Schiffbrücke, die an der Kehler Zitadelle endete. Unter den Planken knirschte das Eis unheilvoll, während Ludwig mit vorsichtigen Schritten hinter der langsam fahrenden Kutsche herging. Sein neuer Gehstock war ihm keine große Hilfe. Wie sehr vermisste er seine dicke alte Krücke, die ihm vor Jahren in einer Sankt Petersburger Herberge gestohlen worden war. Sie hätte ihm auf dem glatten Untergrund mehr Halt gegeben als der elegante dünne Buchenstock. Ludwig atmete auf, als er sah, dass sie das Ende der Brücke fast erreicht hatten. Hinter ihm waren die Rufe der Arbeiter zu hören, die sich mit Pickeln und Schaufeln bemühten, das Eis um ein eingeklemmtes Boot aufzubrechen. Um sich bei Laune zu halten, warfen sie sich witzige Bemerkungen zu und lachten über ihre groben Scherze. Amüsiert wandte Ludwig den Kopf und blickte zu ihnen zurück. Die sinkende Sonne fiel ihm in die Augen und blendete ihn. Er blinzelte. Plötzlich zog der Wagen vor ihm zur Seite, um einem entgegenkommenden Karren auszuweichen. Ludwig fuhr herum, trat auf ein Eisfeld und rutschte aus. Auf der Suche nach Halt spreizte er die Beine und stieß mit dem Fuß heftig gegen die Brüstung. Er fühlte den Widerstand des Geländers in seinem Rücken und verlor das Gleichgewicht. Es war, als wenn sich ein Abgrund unter ihm aufgetan hätte, in den er rücklings hinabfiel. Das eisige Flusswasser schloss sich über ihm. Die Kälte presste ihm brutal die Luft aus der Lunge und legte sich wie eine Eisenklammer um sein Herz. Im ersten Moment war Ludwig wie gelähmt. Seine Kleidung gab ihm Auftrieb, und als sein Kopf aus den Fluten auftauchte, schnappte er instinktiv nach Luft. Doch der Stoff sog sich schnell mit Wasser voll, und das bleierne Gewicht drohte, ihn erneut in die Tiefe zu ziehen. Um an der Oberfläche zu bleiben, schlug Ludwig wild mit den Armen und schrie um Hilfe. Schon trieb die Strömung ihn ab, weg von den Pontons der Brücke, nach denen er verzweifelt die Hände ausstreckte. Der Sog zog ihn zwischen die Schollen. Er versuchte, sich festzuhalten, doch seine durchnässten Handschuhe glitten an der glatten Oberfläche des Eises ab. Seine Finger wurden taub, gehorchten ihm nicht mehr. Einmal mehr ging er in den Fluten unter, tauchte wieder auf, atmete die schneidend kalte Luft ein, die ihm in den Lungen brannte. Seine Ohren waren erfüllt von einem betäubenden Dröhnen, das alles übertönte. Während er um sein Leben kämpfte, versuchte er erneut, um Hilfe zu rufen, aber kein Laut kam aus seiner Kehle. Da sah er plötzlich eine massive Eisplatte vor sich, die sich unaufhaltsam über ihn schob und ihn unter Wasser drückte. Verzweifelt schlug er mit den Armen, um sich zu einer freien Stelle vorzuarbeiten, doch die Kälte lähmte seine Muskeln. Irgendwann hörte er nur noch das krampfhafte Schlagen seines Herzens. Ludwig öffnete die Augen und sah den milchig weißen Himmel über sich. Irgendwie kämpfte er sich an die Wasseroberfläche und sog die rettende Luft ein. Auf einmal hörte er Stimmen, konnte aber nicht erkennen, aus welcher Richtung sie kamen. Hoffnung keimte in ihm auf. Wenn er noch ein wenig durchhielt, würde man ihn retten.

Das kalte Wasser drang ihm in den Mund, hustend rang er nach Atem. Etwas stieß gegen seinen Rücken ... eine Eisscholle ... vor ihm rückte eine zweite näher, schob sich auf seine Brust zu. Im nächsten Moment war er zwischen beiden eingekeilt. Der Druck auf seine Brust wuchs, seine Lunge brannte wie Feuer. Vor Ludwigs Augen fielen schwarze Schleier herab.

Katharina, dachte er. Es tut mir leid ...

Das Gewicht schwand von seinen Rippen, und auf einmal empfand er ein wohliges Gefühl der Wärme, des Geborgenseins. Die Dunkelheit wich einem gleißenden Licht, das ihn zuerst blendete, ihm dann aber wunderschön erschien. Er sah sich um, doch da war nur Leere, keine Umrisse, kein Schatten. Aus dem Nichts tauchte schließlich eine Gestalt auf, die sich langsam näherte. Als sie aus dem hellen Lichtschein trat und vor ihm innehielt, erkannte er zu seiner Verwunderung François Clicquot. Das Gesicht des Franzosen war verklärt, und in seinen dunklen Augen tanzten Funken der Begeisterung, so wie Ludwig ihn in Erinnerung behalten hatte.

»Da sind Sie ja, mein lieber Freund«, sagte François. »Ich habe auf Sie gewartet.«

»Sie haben mich erwartet?«, fragte Ludwig verständnislos.

»Ich bin hier, um Sie abzuholen«, erwiderte der Weinhändler. »Kommen Sie. Es ist Zeit zu gehen.«

»Aber ich will noch nicht gehen«, protestierte Ludwig. »Ich habe noch so viel zu tun. Ich will zu meiner Familie, meiner Frau, meinen Kindern. Ich kann jetzt nicht mit Ihnen kommen.«

Über François' Züge fiel ein Schatten. »Manchmal muss man gehen, obwohl man noch nicht bereit dazu ist«, sagte er sanft. »Lassen Sie los, Louis.«

»Nein!«

Ludwig fuhr aus dem Schlaf. Verwirrt sah er sich um. Er lag in einem Bett. Auf der Türschwelle tauchte eine Frau auf und eilte an seine Seite.

»Ludwig«, sagte sie. »Was ist los? Du hast im Schlaf gesprochen.«

»Wo bin ich?«

»Zu Hause.«

»Was ist passiert?«, fragte er.

Sein Blick heftete sich auf das Gesicht der Frau, die ihn beunruhigt ansah. Es war Katharina.

»Was meinst du, Liebster?«

»Wie komme ich hierher?«

Sie runzelte die Stirn. »Erinnerst du dich nicht?«

»Ich weiß noch, dass ich von der Schiffsbrücke bei Kehl stürzte und im Wasser unterging...«, stammelte Ludwig. »Ich dachte, ich müsste ertrinken...«

»Das war vor einer Woche«, erklärte seine Gemahlin. »Die Bootsleute haben dich herausgezogen. Du hast mir erzählt, dass sie dich nur mit Mühe wieder ins Leben zurückrufen konnten. Du hattest großes Glück.«

»Heißt das, ich lebe noch?«

»Aber ja, mein Liebling. Du hast dir nicht einmal einen Schnupfen geholt.«

Ludwig versuchte, sich im Bett aufzusetzen, als ein dumpfer Schmerz durch seine linke Brustseite fuhr. Er stieß einen leisen Klagelaut aus und sank in die Kissen zurück.

»Der Chirurg sagte, eine Rippe ist wahrscheinlich angeknackst«, erklärte Katharina. »Du warst zwischen den Eisschollen eingeklemmt.«

Da kehrte allmählich die Erinnerung zurück. Nach dem Sturz ins Wasser war er schließlich am Ufer aufgewacht. Der Wirt einer nahen Gaststätte hatte ihm Branntwein eingeflößt. Nachdem er sich im Innern der Schenke vor dem Feuer aufgewärmt hatte, war er in seine Kutsche gestiegen und hatte den Fahrer angewiesen, ihn nach Hause zu bringen. Er hatte tatsächlich unglaubliches Glück gehabt. Bis auf einen Bluterguss auf der linken Brustseite war er unverletzt geblieben. Erleichtert nahm Ludwig Katharinas Hände zwischen die seinen.

»Ich bin so froh, dass ich dich wiedersehen durfte, dich und die Kinder«, sagte er dankbar.

»Ich auch, mein Liebster«, hauchte sie. In ihren Augen glitzerten Tränen.

»Wie viel Uhr ist es?«

»Halb elf.«

»Morgens?«

»Nein, abends. Du hast dich vor einer halben Stunde erst schlafen gelegt. Ich wollte auch gerade ins Bett gehen, als ich dich rufen hörte.« Sie lächelte liebevoll. »Du hast mir versprochen, dich noch eine Weile zu schonen. Schlaf jetzt. Morgen machen wir einen kleinen Spaziergang, wenn es nicht zu kalt ist.«

Ludwig drückte noch einmal ihre Hand, dann schloss er die Augen. Der Schmerz in seiner Brust verebbte langsam. Auf einmal erfüllte ihn ein tiefer Friede. François hatte recht. Es war Zeit zu gehen. Jetzt konnte er loslassen …

38

Boursault, Juli 1866

»... ich öffnete leise die Tür, um ihn nicht zu wecken, falls er noch schlief. Aber er war schon tot. Seine Züge waren ruhig und entspannt. Der Engel des Todes muss ihn ganz sanft in seine Arme genommen haben, denn ich hatte noch nie zuvor ein so liebliches Lächeln auf seinen Lippen gesehen. Seine Beine waren gekreuzt. Offenbar hatte er sich nicht mehr gerührt, seit ich ihn am Abend verließ. Möge er in Frieden ruhen.«

Tränen sammelten sich in Barbe-Nicoles Augen, während sie den Brief von Katharina Bohne sinken ließ, den diese ihr kurz nach dem Tod ihres Mannes geschrieben hatte. Darin hatte sie ihr das Unglück auf der Rheinbrücke in allen Einzelheiten geschildert. Es war tragisch, dass ihr alter Freund durch einen dummen, sinnlosen Unfall gestorben war, als das Unternehmen, das er geliebt hatte, den Gipfel des Erfolgs erreichte.

Zu ihrer Rechten öffnete sich die Terrassentür, und sie hörte, wie Marcel an der Außenmauer seine Pfeife ausklopfte, bevor er über die Schwelle trat. Barbe-Nicole lächelte. Wie rücksichtsvoll er nach all der Zeit noch immer war. Dabei missfiel ihr der Geruch des Tabakrauchs gar nicht, wie er glaubte. Sie sah einen Mann lieber Pfeife rauchen als schnupfen. Aber als Bauernsohn hatte er sich nie an den Luxus des Schlosses gewöhnt, in dem er nun schon seit so vielen Jahren als Hausgast wohnte. Er fühlte sich verpflichtet, Rücksicht auf die Seidentapeten und die kostbaren Vorhänge zu nehmen.

Mit Marcel kam die laue Abendluft herein, die nach gemähtem Gras, Johannisbeeren und Honig duftete. Barbe-Nicole meinte, sogar einen Hauch der Blüten des oberen Blumengartens wahrzunehmen.

Als er die Fenstertür schließen wollte, bat sie: »Lass sie offen. Die Luft ist angenehm kühl.«

Er tat wie geheißen und setzte sich neben sie auf das Sofa, nachdem er seinen Gehstock an ein Beistelltischchen gelehnt hatte.

Als sein Blick auf den Brief in Barbe-Nicoles Hand fiel, fragte er verwundert: »In den letzten Wochen sehe ich dich oft die Korrespondenz von damals lesen. Trauerst du den alten Zeiten nach?«

Ein gezwungenes Lächeln glitt über ihre schmalen Lippen.

»Vielleicht. Ich habe in der Zeitung gelesen, dass Madame Pommery wieder einmal einen Ausflug nach Großbritannien unternommen hat. Sicher versucht sie immer noch, den dortigen Markt für ihren Champagner zu erobern, was Louis Bohne und mir nie gelungen ist. Ich wünsche ihr viel Glück mit den Engländern, die er als ›Piraten‹ und ›Meeresdrachen‹ zu bezeichnen pflegte, weil sie damals mit ihrer Seeblockade unseren Handel mit Russland behinderten. Nun ist es fünfundsechzig Jahre her, dass er den ersten vergeblichen Versuch unternahm, dort unseren Champagner an den Mann zu bringen.«

»Glaubst du, deine Schülerin könnte mehr Erfolg haben?«, fragte Marcel, und in seine schwarzen Augen trat wieder der spöttische Funke, der ihr so vertraut war.

»Nenn sie nicht so«, tadelte sie ihn. »Ich habe ihr nur dargelegt, was auf sie zukommen würde, wenn sie sich dazu entschließt, das Geschäft ihres Gatten zu übernehmen. Die Entscheidung hat sie selbst getroffen. Die Zeiten haben sich geändert. Es genügt nicht nachzumachen, was ich getan habe, sie muss eigene Ideen haben und ihre eigenen Schlachten schlagen. Aber ich denke, sie wird erfolgreich sein.«

»Das denke ich auch. Zumal sie in Henry Vasnier einen geistreichen und treuen Mitarbeiter hat, auf dessen Unterstützung sie sich verlassen kann. So wie Monsieur Bohne es für dich war.«

»Ja.« Barbe-Nicole seufzte. »Ich wünschte nur, er hätte länger gelebt. Zum Glück habe ich im selben Jahr Édouard gefunden. Wer hätte gedacht, dass dieser ungelenke, steife Praktikant einmal mein Teilhaber sein würde – und bald mein Nachfolger werden wird.«

Beunruhigt warf Marcel der fülligen kleinen Frau an seiner Seite einen prüfenden Blick zu. Das mit Rüschen und Spitzen überladene Kleid aus malvenfarbener Seide ließ sie noch winziger, ja fast zusammengeschrumpft erscheinen. Das faltige Gesicht wirkte müde, die falschen blonden Locken verliehen ihrer Haut einen ungesund bleichen Ton. Sie war neunundachtzig Jahre alt, und ihre Familie hatte sich daran gewöhnt, dass sie immer da sein würde. Aber für sie und auch für ihn, der vor drei Wochen seinen neunzigsten Geburtstag gefeiert hatte, nahte das Ende. Noch nie zuvor hatte er dies so deutlich gespürt wie an diesem Abend, als hinter den Hügeln die Sonne wie in einem Flammenmeer versank. Weshalb hatte sie gerade jetzt in den alten Briefen gelesen? An dem Datum in der Ecke und der Schrift erkannte Marcel, dass sie das Schreiben von Katharina Bohne in der Hand hielt, in dem diese vom Tod ihres Mannes berichtete. Auf einmal fühlte Marcel, wie kalte Furcht nach seinem Herzen griff.

Als habe sie seine Angst erraten, schenkte Barbe-Nicole ihm einen beruhigenden Blick. Sie faltete den Brief zusammen und legte ihn zu dem Bündel, das auf dem Tisch neben der Armlehne lag. Draußen war es still geworden, als das Abendlicht verlosch. Die Vögel versteckten sich vor den Räubern der Nacht, die lautlos durch die Lüfte glitten. Barbe-Nicole ergriff die faltige Hand des Mannes neben ihr und behielt sie in der ihren, während sie schweigend in die samtene Dunkelheit hinaussahen. Marcels Kinn sank ihm auf die Brust, als er einnickte. Liebevoll betrachtete sie ihn, bis die Finsternis sich in dem kleinen Salon ausbreitete und seine Gesichtszüge verwischte. Sie hatte ihren Gemahl früh verloren, aber ihr war die Gnade zuteilgeworden, den Mann, den sie immer heimlich geliebt hatte, so lange bei sich zu haben. Dafür war sie dankbar. Wie damals, als sie noch Kinder gewesen und sich zum ersten Mal in den Kellern unter der Stadt begegnet waren, hatte er sie stets daran erinnert, dass man erst dann besiegt war, wenn man die Hoffnung verlor. So war es ihr gelungen, gegen alle Widrigkeiten in den schlimmsten Zeiten des Krieges eisern durchzuhalten und die drohende Niederlage in einen Sieg zu verwandeln. Sie hatte nicht nur ein erfolgreiches Geschäft aufgebaut, sie hatte auch den Traum ihres Vaters verwirklicht, die Familie in den Adel zu erheben. Ihre Tochter hatte einen Grafen geheiratet, ihre Enkelin ebenfalls, und wer konnte wissen, was ihre Urenkelin Anne erreichen würde? Aber sie hatte auch schwere Schicksalsschläge hinnehmen müssen. Ihre geliebte Mentine war vor drei Jahren gestorben, ihr Bruder vor fast einem halben Jahrhundert, und sie hatte zwei ihrer Urenkel früh verloren. Nun spürte sie, dass es für sie an der Zeit war zu gehen. Der Schmerz in ihrem linken Arm, der sie schon seit ein paar Tagen heimsuchte, und ihre zunehmende Kurzatmigkeit waren an diesem Abend schlimmer geworden. Sie hatte befürchtet, dass es Marcel auffallen und er sie darauf ansprechen würde, aber vielleicht wollte er es nicht bemerken. Es war besser so. Sie konnte in Frieden gehen. Ihr Nachlass war seit Langem geregelt. Édouard Werlé würde das Haus *Veuve Clicquot-Ponsardin* übernehmen und es gut führen.

Als sich Barbe-Nicoles Hand plötzlich verkrampfte und seine Finger zusammenpresste, erwachte Marcel. Er spürte, wie sich ihr Griff entspannte, und rief erschrocken ihren Namen. Doch sie antwortete nicht mehr. Da lehnte er den Kopf zurück und weinte.

39

Reims, Oktober 1866

Nach einem Besuch bei einer Bekannten sah Jeanne auf dem Rückweg zur Rue Vauthier-le-Noir nachdenklich aus dem Kutschfenster und betrachtete die Passanten, die an diesem sonnigen Vormittag auf den Straßen unterwegs waren. Auf einmal entdeckte sie eine junge Frau, die einen älteren Herrn im Rollstuhl schob. Beide erschienen ihr vertraut, aber es dauerte einen Moment, bis sie in der Frau das Stubenmädchen erkannte, das bei ihrem Besuch im Hôtel Ponsardin Tee serviert hatte. Und dann wusste sie auch, wer der alte Herr war, den sie begleitete. Sie hatte ihn sowohl im Schloss von Boursault als auch im Hôtel Ponsardin gesehen.

Einem Impuls gehorchend schüttelte Jeanne das Glöckchen, um dem Kutscher anzuzeigen, dass er anhalten sollte. Lafortune warf ihr einen fragenden Blick zu.

»Ich habe jemanden gesehen, mit dem ich sprechen möchte«, erklärte Jeanne und stieg aus, ohne auf die Hilfe des Kutschers zu warten.

Da das Gefährt die beiden Passanten überholt hatte, ging sie ihnen entgegen. Ihre Zofe folgte ihr. Als ihre Herrin einen Mann ansprach, der ihr nicht vorgestellt worden war, konnte Lafortune sich allerdings ein tadelndes Schnalzen nicht verkneifen.

»Monsieur«, sagte Jeanne zu dem Herrn im Rollstuhl, »bitte verzeihen Sie meine Kühnheit. Ich kenne nicht einmal Ihren Namen, aber ich habe Sie ein paarmal im Hôtel Ponsardin und in Boursault gesehen und wollte Ihnen mein tief empfundenes Beileid über Ihren Verlust aussprechen.«

»Das ist sehr freundlich von Ihnen, Madame Pommery«, erwiderte der alte Mann. »Aber ich bin wohl derjenige, der um Entschuldigung bitten muss, dass ich Madame Clicquot nie gebeten habe, mich Ihnen vorzustellen. Mein Name ist Marcel Jacquin.«

»Sehr erfreut, Monsieur.«

Verlegen sah Jeanne ihn an. Wie alt mochte er sein? Damals war er ihr jünger erschienen als Barbe-Nicole Clicquot, seiner fröhlichen jungenhaften Art wegen, mit der er sie angelächelt hatte, doch nun hatte sie den Eindruck, als seien beide im selben Alter. Der Tod seiner Gastgeberin hatte ihn sichtlich mitgenommen. Sein Gesicht wirkte ausgezehrt und die Haut erschlafft. Offenbar war er nicht mehr in der Lage, selbstständig zu gehen. Aus seinen schwarzen Augen war der verschmitzte Ausdruck verschwunden, der ihn Jeanne sofort sympathisch gemacht hatte. Er schien mehr als eine Freundin verloren zu haben.

»Es tut mir leid«, sagte sie, als sie den Schmerz auf seinen Zügen sah. »Ich hätte Sie nicht daran erinnern sollen.«

»Machen Sie sich keine Vorwürfe, Madame. Ich brauche nicht an meinen Verlust erinnert zu werden, um darunter zu leiden. Madame Clicquot und ich kannten uns von Kindheit an. Aber ich hätte nie gedacht, dass ich sie überleben würde.«

»Wohnen Sie noch im Hôtel Ponsardin?«, fragte Jeanne.

Es fiel ihr schwer, sich zu verabschieden, denn sie ahnte, dass sie ihn nicht wiedersehen würde.

»Nein, ich wollte dem Comte de Chevigné meine Anwesenheit nicht länger aufdrängen«, antwortete Marcel Jacquin mit einem ironischen Lächeln. »Ich habe eine kleine Wohnung auf der Rue de Vesle. Und Colette hat sich selbstlos bereit erklärt, die wenigen Monate, die mir noch bleiben, für mich zu sorgen. Sie ist so ein gutes Kind.« Er musterte aufmerksam Jeannes Gesicht. »Sie sind eine erfolgreiche Geschäftsfrau geworden, wie man hört. Vielleicht möchten Sie mir einmal davon erzählen.«

»Das würde mich freuen«, erwiderte Jeanne.

»Wenn Sie morgen Vormittag Zeit hätten, würde ich Sie gerne in meiner bescheidenen Behausung empfangen.«

»Ich fühle mich geehrt, Monsieur.«

Er lüftete seinen Hut, und Colette schob den Rollstuhl an. Jeanne blickte ihm noch einen Moment nach, bevor sie wieder in die Kutsche stieg.

»Der arme Mann leidet sehr unter Madame Clicquots Tod«, murmelte sie zu sich selbst. »Die beiden müssen sich wirklich sehr nahegestanden haben.«

Sie bemerkte, wie Lafortune die Augen rollte, und sah sie fragend an.

»Wie es scheint, wissen Sie wieder einmal mehr als ich«, sagte Jeanne spöttisch.

»Ich hörte gewisse Gerüchte«, erwiderte die Zofe.

»Heißt das …«

»Genau das, Madame. Monsieur Jacquin besaß ein Weingut in der Nähe von Bouzy, das während des Krieges zur Zeit Napoleons I. verwüstet wurde. Madame Clicquot half ihm wieder auf die Beine. Und nach dem Tod seiner Gemahlin entspann sich eine langanhaltende Liebschaft zwischen den beiden, so sagt man zumindest.«

»Dienstbotenklatsch«, bemerkte Jeanne verächtlich.

Doch dann erinnerte sie sich an etwas, das die Witwe Clicquot ihr erzählt hatte. Hatte nicht ein junger Winzer namens Jacquin sie und ihren Gatten in die Geheimnisse der Weinherstellung eingeweiht? Und hatte der alte Herr nicht erwähnt, dass er und die Witwe sich seit der Kindheit kannten?

»Glauben Sie, es ist wahr?«, fragte sie die Zofe.

»Madame Clicquot war noch jung, als ihr Mann starb«, gab Lafortune zu bedenken.

»Ja, vielleicht ist es wahr.« Betroffen presste Jeanne die Lippen aufeinander. »Und ich gestehe, dass ich sie beneide.«

Ganz entgegen ihrer Art ließ sie am folgenden Vormittag ihre Arbeit liegen und begab sich in Lafortunes Begleitung mit der Kutsche zur Rue de Vesle. Während sich Jeanne in den kleinen Salon zu Marcel Jacquin setzte, half die Zofe dem ehemaligen Stubenmädchen dabei, heiße Schokolade aufzutragen. Die Witwe brachte schließlich das Gespräch auf das Gut ihres Gastgebers.

»Als mein Sohn alt genug war, überließ ich ihm die Weinberge und zog in die Stadt«, erklärte der Winzer. »Da hatte er schon seine eigene Familie. Inzwischen führt mein Enkel den Betrieb, und das sehr erfolgreich.«

»Verstehe«, erwiderte Jeanne.

»Aber ich habe Sie heute nicht hergebeten, um über mich zu sprechen, Madame«, sagte Marcel Jacquin mit einem schalkhaften Ausdruck in den Augen. »Mich interessiert vielmehr, wie es Ihnen seit Ihrem letzten Besuch im Hôtel Ponsardin ergangen ist. Man hört, dass Sie sich ganz auf den Vertrieb von Champagner konzentrieren, und das mit viel Erfolg. Sie sollen sogar Monsieur Greno, der sich bereits zur Ruhe gesetzt hatte, in die Firma zurückgerufen haben.«

Jeanne lachte. »Ja, das stimmt. Mein geschätzter Mitarbeiter Monsieur Vasnier hatte Schwierigkeiten, zuverlässige Reisende zu finden, und da hatte Monsieur Greno Mitleid mit ihm und erklärte sich bereit, noch einmal über den Rhein zu setzen und unseren dortigen Vertreter Monsieur Mertens zu unterstützen. Zurzeit besuchen sie unsere Kunden, um ihnen eine Einladung zur Weltausstellung in Paris im kommenden Jahr auszusprechen. Ich wünsche mir, dass während der Messe vor allem mein Champagner ausgeschenkt wird.«

»Das ist ein guter Plan«, meinte Marcel anerkennend. »Sie sind sehr ehrgeizig, Madame. Das hätte ich Ihnen damals ehrlich gesagt gar nicht zugetraut.«

»Fürchten Sie, ich könnte zu einer Rivalin für das Haus Clicquot und das Vermächtnis Ihrer lieben Freundin werden?«

»Nein, keine Sorge. Ich habe Madame Clicquot zwar für ihren Geschäftssinn bewundert, aber ich war nie an ihrer Firma beteiligt und fühle mich ihrem Nachfolger nicht verpflichtet. Daher wünsche ich Ihnen nur das Beste, Madame.«

»Das ist sehr liebenswürdig von Ihnen«, sagte Jeanne belustigt.

Sie mochte den alten Herrn. Insgeheim wünschte sie sich, ihr Vater wäre so gewesen wie er. Aber nach der Trennung ihrer Eltern hatten sie sich entfremdet.

»Haben Sie auch den Ehrgeiz, das russische Reich zu erobern?«, fragte Marcel interessiert.

Genüsslich nippte er an seiner heißen Schokolade und

warf ihr über den Rand der Tasse hinweg einen neugierigen Blick zu.

»So wie Madame Clicquot? Aber natürlich«, bestätigte Jeanne. »Russland ist ein zu großer Markt, als dass man ihn vernachlässigen könnte. Aber mehr noch reizen mich England und die Vereinigten Staaten von Amerika.«

»Die gerade einen schrecklichen Bürgerkrieg hinter sich haben«, gab Marcel zu bedenken.

»Das stimmt, aber zumindest im Norden hat man nun nach dem Sieg über den Süden etwas zu feiern. Und auch in England erholt sich der Handel wieder, den der Wegfall der Baumwolllieferungen aus den konföderierten Staaten hart getroffen hat.« Durch sein Interesse ermutigt fuhr sie fort: »Wenn Sie versprechen, es nicht weiterzusagen, verrate ich Ihnen ein Geheimnis, Monsieur: Bei meinen häufigen Besuchen in England hat man mir anvertraut, dass der angelsächsische Gaumen dem süßen Champagner, den die Russen so lieben, keinen Geschmack abgewinnen kann. Ich habe mir daher zum Ziel gesetzt, einen trockeneren Champagner zu kreieren, der den Engländern und Amerikanern mehr zusagt. Monsieur Vasnier ist davon nicht sehr begeistert, aber mein Kellermeister Damas Olivier hält die Idee für durchführbar.«

»Hm«, machte Marcel, während er sich ihr Vorhaben durch den Kopf gehen ließ. »Ein trockener Champagner dürfte nur wenig Zucker enthalten und hätte damit auch weniger Alkohol. Das bedeutet wiederum, dass er länger reifen müsste. Und das erfordert mehr Lagerraum.«

Jeanne seufzte. »Das ist allerdings ein Problem. Meine eigenen Keller in der Rue Vauthier-le-Noir sind längst zu klein geworden. Ich sah mich bereits gezwungen, zusätzlichen Lagerraum von Monsieur Henriot auf der Place Royale zu mieten.«

»Sie werden noch mehr brauchen«, sagte Marcel nachdenklich. »Das heißt, wenn es Ihnen wirklich ernst mit der neuen Sorte Champagner ist, werden Sie viel Geld investieren müssen.«

»Das habe ich vor, Monsieur«, erwiderte Jeanne unerschütterlich.

Der alte Herr lächelte anerkennend und ein wenig versonnen. Fühlte er sich an seine alte Freundin Barbe-Nicole Clicquot erinnert, die mit demselben Enthusiasmus den russischen Markt erobern wollte? In seinem Lächeln lagen eine Verklärtheit und ein Charme, die so verführerisch waren, dass Jeanne nicht mehr daran zweifelte, dass die Witwe Clicquot ihn geliebt hatte.

Als habe er ihre Gedanken erraten, sagte er: »Als wir noch Kinder waren, nahm ich Madame Clicquot mit zu den Kreidehöhlen am Rande der Stadt bei Saint-Nicaise und führte sie durch das Labyrinth ihrer unzähligen Gänge. Wussten Sie, dass es dort unten in den *crayères* immer gleichbleibend kühl ist?«

»Nein, das wusste ich nicht«, erwiderte Jeanne.

Ihr war sofort klar, worauf er hinauswollte, ohne dass er es aussprechen musste. Und sie hätte ihm zum Dank am liebsten die Hand gedrückt.

»Monsieur Vasnier, würden Sie mich auf einen kleinen Ausflug begleiten?«, bat Jeanne am folgenden Nachmittag den jungen Buchhalter.

»Aber gerne, Madame«, antwortete er und blickte sie fragend an. »Wohin soll es denn gehen?«

»Nach Saint-Nicaise.«

»Das öde Sumpfgebiet, das die Stadt als Müllhalde benutzt? Was wollen Sie denn da?«

»Das erkläre ich Ihnen unterwegs.«

Auch Lafortune war über den Ausflug an den Stadtrand von Reims nicht erfreut. Unterwegs erinnerte Jeanne Henry Vasnier daran, dass sie mehr Lagerraum benötigten und dass es an der Zeit sei, auf eigene Faust Abhilfe zu schaffen, anstatt mit anderen Weinhändlern um die Keller unter der Stadt zu konkurrieren. Er stimmte ihr zu, begriff aber nicht, worauf sie hinauswollte.

Als sie das Gelände erreichten, zügelte der Kutscher die Pferde und rief: »Ich halte es nicht für geraten weiterzufahren, Madame. Der Boden ist trügerisch, und die Pferde könnten einbrechen.«

Nach kurzem Zögern entschied Jeanne: »Wir steigen aus.«

Lafortune starrte ihre Herrin entsetzt an, sagte aber nichts, als sie den entschlossenen Ausdruck auf deren Gesicht sah. Henry wechselte einen schicksalsergebenen Blick mit der Zofe und öffnete die Tür. Nachdem er den beiden Frauen beim Aussteigen geholfen hatte, sahen sie sich um. Im Westen lagen die Reste der alten Stadtmauer. Der Weg, auf dem die Kutsche hielt, wurde offensichtlich von den Müllkarren benutzt. Ein übler Geruch schlug ihnen von der Abfallhalde entgegen, die sich vor ihnen ausbreitete. Fliegen umschwirrten sie und bedrängten die Pferde, die wild den Kopf aufwarfen und mit dem Schweif um sich schlugen.

»Ich sagte Ihnen ja, Madame, dies ist kein angenehmer Ort«, bemerkte Henry naserümpfend.

Die Hässlichkeit der Umgebung widerstrebte seinem ästhetischen Empfinden. Um sich vor dem Gestank zu schützen, zog er ein mit Limettenduft parfümiertes Taschentuch hervor und wedelte damit vor seinem Gesicht herum. Jeanne konnte nicht verhehlen, dass der Anblick des heruntergekommenen Geländes sie mit Enttäuschung erfüllte.

»Wissen Sie, wo sich die Kreidegruben befinden?«, fragte sie.

Unsicher ließ Henry den Blick schweifen und deutete schließlich nach Osten.

»Ich glaube, sie sind dort drüben.«

»Dann lassen Sie uns hingehen. Da ist ein Feldweg«, sagte Jeanne und hob ihre Krinoline, um über ein niedriges Gestrüpp zu steigen.

»Madame, Sie werden sich den Rock ruinieren«, mahnte die Zofe.

»Was schert mich mein Rock!«, gab Jeanne gereizt zurück. »Ich will damit ja nicht heute Abend auf einen Ball gehen. Schlimm genug, dass man sich mit diesem ausladenden Gestell herumplagen muss. Madame Clicquot hatte Glück, dass zu ihrer Zeit leichte Musselinkleider in Mode waren.«

Lafortune und Henry Vasnier sahen ein, dass es klüger war zu schweigen, und folgten der Witwe den Feldweg entlang. Immer wieder mussten sie mit den Händen Zweige der umliegenden Sträucher zur Seite drücken, und zweimal blieb Jeanne mit dem Saum ihres Kleides hängen und musste sich von ihrer seufzenden Zofe befreien lassen.

»Wollen Sie nicht lieber zur Kutsche zurückkehren?«, schlug Henry schließlich vor. »Ich werde allein weitergehen.«

»Nein, mein Freund«, widersprach Jeanne. »Ich muss die Höhlen mit eigenen Augen sehen. Nur dann kann ich entscheiden, ob sie für unsere Zwecke geeignet sind. Aber ich danke Ihnen für das Angebot.«

Einen Moment lang bereute Jeanne ihre Entscheidung, als der Boden trügerisch wurde und sie das Gefühl hatte einzusinken. Doch bald wurde der Weg wieder fester, und sie erreichten eine mit niedrigen Sträuchern bewachsene Ebene. In der Nähe graste eine Schafherde, die von einem Hirten überwacht wurde. Jeannes Miene hellte sich auf. Endlich jemand, der ihnen weiterhelfen konnte. Henry erriet, was sie dachte, und rief den Schafhirten an.

»Entschuldigen Sie, Monsieur!«

Überrascht wandte sich der Mann um und blickte den Ankömmlingen mit großen Augen entgegen. Offenbar begegneten ihm an diesem verlassenen Ort nicht oft Passanten.

»Kann ich Ihnen helfen, Mesdames, Monsieur?«, fragte er. »Haben Sie sich verlaufen?«

»Nein, wir sind in einer Kutsche gekommen, die dort hinten wartet. Wir suchen die Kreidehöhlen.«

»Das Labyrinth? Nun, da sind Sie hier richtig. Es gibt einen Zugang in der Nähe«, bestätigte der Schafhirt. »Aber da unten ist es nicht sicher. Man hat schon überlegt, den Eingang zuzuschütten, bevor sich noch jemand den Hals bricht. Außerdem ist es da drinnen stockdunkel. Sie bräuchten eine Lampe, um etwas zu sehen.«

Henry wandte sich mit flehendem Blick an Jeanne. »Madame, da hören Sie es, Sie können nicht in die Höhlen hinabsteigen. Es ist zu gefährlich.«

Jeanne zögerte. Wenn sie jetzt umkehrte, wäre es noch schwieriger für sie, ihre Begleiter zu überreden, hierher zurückzukommen. Und so kühn sie sich auch fühlte, so war sie sich doch bewusst, dass sie diesen Erkundungsgang nicht allein unternehmen konnte. Was hätte Barbe-Nicole Clicquot getan? Sich durchgesetzt!

Henry hatte mit ihrem Widerstand gerechnet. Als er den eigensinnigen Ausdruck auf ihren Zügen sah, wandte er sich um und sagte: »Ich gehe zur Kutsche zurück und hole eine Lampe.«

Der Schafhirt musterte die beiden Frauen mit neugieriger Miene.

»Würden Sie sich überreden lassen, uns zu führen, Monsieur?«, fragte Jeanne.

»Tut mir leid, ich kann die Zibben nicht unbeaufsichtigt lassen«, erwiderte der Mann. »Aber mein Gehilfe könnte Ihnen den Eingang zeigen.«

Er stieß einen lauten Pfiff aus, und kurz darauf eilte ein kleiner Junge heran, der ihnen bisher nicht aufgefallen war.

»Émile«, rief der Schafhirt ihm zu, »die Damen möchten die Kreidehöhlen besichtigen. Führ sie hin.«

Der Junge lächelte Jeanne und Lafortune freimütig an. Unwillkürlich fühlte die Witwe sich an den alten Herrn erinnert. Mit seinen schwarzen Locken, den ebenmäßigen Zügen und den dunklen Augen, die sie aufmerksam musterten, mochte er dem jungen Marcel Jacquin sogar ähneln. Für Jeanne war das ein gutes Omen, das sie mit Zuversicht erfüllte.

Als Henry Vasnier mit der Laterne zurückkehrte, ging Émile ihnen voraus. Vor einer Grube, in deren Wände man behelfsmäßige Stufen gehauen hatte, blieb der Junge stehen und warf den Erwachsenen einen Blick zu.

»Der Eingang ist schmal, und es wird schnell dunkel darin«, warnte er. »Am besten zünden Sie jetzt schon Ihre Lampe an, Monsieur.«

Henry bestand darauf, den Damen voranzugehen. Ihr Führer hatte recht. Als sie kaum ein paar Meter hinabgestiegen waren, hüllte sie bereits undurchdringliche Dunkelheit ein. Unsicher schritten sie über den mit Sand und Schutt bedeckten Boden.

»Man sagt, römische Soldaten haben hier Kreideblöcke zum Bau der Befestigungswälle der Stadt geschlagen«, erklärte der Junge. »Die Stollen sind endlos. Aber man kann nur einen Teil besichtigen. An manchen Stellen sind sie eingebrochen oder überflutet.«

Fasziniert sah Jeanne sich um. Der Gang, der sich vor ihnen öffnete, war beeindruckend. Man sah noch die Spuren der Werkzeuge, die sich durch die Kreide gegraben hatten. Jeanne ließ die Finger über die Oberfläche des weichen Steins gleiten, der sich angenehm kühl anfühlte. Die Luft, die sie einatmete, war rein. Als sie weiter unter die Erde vordrangen, spürte sie die Kälte durch ihre dünne Seidenbluse dringen.

Offenbar waren sie nicht die Ersten, die der Junge durch die Felsgänge führte, denn er machte sie unaufgefordert auf verschiedene Inschriften aufmerksam, die über die Jahre in die Kreide geritzt worden waren. Interessiert studierte Jeanne ein Alphabet und einige unbeholfene Schreibversuche an einer der Wände, die Émile ihnen zeigte.

»Anscheinend hat hier jemand schreiben gelernt«, bemerkte die Witwe. »Wie viele Schicksale mögen diese Höhlen gesehen haben?«

»Wenn Sie möchten, zeige ich Ihnen die verborgene Kapelle, Mesdames, Monsieur«, erbot sich Émile.

Jeanne erinnerte sich, dass die Witwe Clicquot ihr von einer Kapelle in den römischen Steinbrüchen erzählt hatte, die während der Revolution für geheime Messen genutzt worden war. Inzwischen hatte sie den Verdacht, dass Madame Clicquot nicht mit ihrem Bruder hier gewesen war, sondern mit Marcel Jacquin. Der Gedanke entlockte ihr ein Lächeln.

»Ja, bitte«, sagte sie. »Führ uns zu dieser Kapelle.«

Als sie schließlich wieder an die Oberfläche zurückkehrten, war Jeanne durchgefroren. Doch ihre Gänsehaut war nicht allein auf die Kälte in den Stollen zurückzuführen, sondern auf die Erkenntnis, welche Gelegenheit sich ihr bot. Bisher hatte noch niemand den Wert der verborgenen Kreidegänge erkannt. Es würde ein Leichtes sein, sie zu erwerben. Und dann würde sie sie in den größten Weinkeller der Gegend umbauen lassen.

40

Reims, Juli 1870

Von ihrer Kutsche aus beobachtete Jeanne die riesige Baustelle. Vor zwei Jahren hatte sie das brachliegende Gelände von der Stadt Reims gekauft und weiteres Land erworben, das sich in Privathand befunden hatte. Unter der Oberfläche lagen *les crayères*, die unzähligen Kreidesteinbrüche, die Jeanne in ein großes Weinlager umbauen wollte. Es hieß, dass Dutzende von den Römern ausgehobene Gruben und Gänge den Boden durchzogen. Jeanne hatte vor, sie ausbauen und miteinander verbinden zu lassen. Doch zuvor hatte sie eine Dampfmaschine, wie sie in England für den Bergbau entwickelt worden war, in Betrieb nehmen müssen, um das Grundwasser abzupumpen. Über den Kellern wollte Jeanne ein neues Betriebsgebäude im englischen Stil errichten. Es waren aufwendige Pläne, die viele Jahre harter Arbeit und Investitionen erfordern würden. Doch Jeanne scheute die Herausforderung nicht.

Mit Wehmut dachte sie an den alten Monsieur Jacquin, der ihr den Anstoß zu ihrem Vorhaben gegeben hatte. Zu ihrem Bedauern hatte sie ihn nicht wiedergesehen. Wenige Monate nach ihrem Besuch war er verschieden. Und es schmerzte sie noch immer, dass der Anstand es ihr als Frau und Witwe nicht erlaubt hatte, der Bestattung eines Mannes beizuwohnen, mit dem sie nicht verwandt war.

Nur ein Umstand trübte Jeannes Freude über den raschen Fortgang ihrer Pläne: das Schreckgespenst eines erneuten Krieges, das im Schatten lauerte und nur auf seine Stunde wartete. Die Spannungen zwischen Frankreich und dem Königreich Preußen hatten sich über die Jahre verschärft. Sie saßen auf einem Pulverfass, das jeden Tag hochzugehen drohte. Eine kleine Meinungsverschiedenheit, ein Streit um eine Nichtigkeit mochte den Politikern beider Länder einen Anlass geben, sie alle ins Verderben zu stürzen.

Jeannes Kunden, Vertreter und Weinhändler im Ausland baten in der letzten Zeit vermehrt um umfangreichere Lieferungen, in der Angst, dass ein Krieg bald Handelsrouten kappen und eine Verschickung von Waren erschweren, wenn nicht gar unmöglich machen würde.

Während Jeanne ihren Arbeitern bei den Grabungen zusah, bemerkte sie auf einmal einen Reiter, der sich von der Stadt her näherte. Doch erst als er sein Pferd neben ihrer Kutsche zügelte, erkannte sie ihren Sohn Louis. Sein schweißfeuchtes Gesicht war mit Staub bedeckt, sein Hut war ihm tief in die Stirn gerutscht, und sein Atem ging keuchend, alles Zeichen, dass er einen scharfen Ritt hinter sich hatte.

»Louis!«, rief Jeanne betroffen. »Was ist los? Ist etwas passiert?« Gibt es Krieg?, fügte sie in Gedanken hinzu.

Seine düstere Miene verriet ihr, dass all ihr Beten und Hoffen vergebens gewesen war.

»Der Kaiser hat die Mobilmachung angeordnet, Maman«, sagte er mit heiserer Stimme, die ihm kaum gehorchte. »Nun besteht kein Zweifel mehr, dass es bald eine Kriegserklärung geben wird.«

Entsetzt starrte Jeanne ihren Sohn an. Obwohl Louis fast dreißig Jahre alt und seit vier Jahren verheiratet war, blieb er ihr kleiner Junge, den sie seit dem Tod seines Vaters immer hatte beschützen wollen. Er würde nicht in die Schlacht ziehen. Als Kaufmannssohn hatte er nie Interesse an einer militärischen Laufbahn gezeigt. Darüber hinaus gab es für eine wohlhabende Frau wie sie Mittel und Wege, ihn vor dem Kriegsdienst zu bewahren, sollte es zum Äußersten kommen. Doch es war schlimm genug, dass er und seine Schwester Louise überhaupt einen Krieg erleben mussten, nachdem sie so lange davon verschont geblieben waren.

Einige der Arbeiter hatten innegehalten und blickten zu ihnen herüber, wohl in der Annahme, dass es wichtige Neuigkeiten gab. Spontan entschied sich Jeanne, die Kutsche zu verlassen und zu ihnen zu sprechen. Sie hatten ein Recht, es unverzüglich zu erfahren. Diejenigen, die nicht aus dem unmittelbaren Umland stammten, wollten sicherlich nach Hause zurückkehren oder mussten sich zum Dienst an der Waffe melden.

Unvermittelt überlief Jeanne eine Gänsehaut. Henry Vasnier war vor zwei Tagen zu einem wichtigen Kunden nach Stuttgart gefahren. Es war kein guter Zeitpunkt gewesen, um die Grenze zu überschreiten, aber Henry hatte sich verpflichtet gefühlt, der Beschwerde nachzugehen und den aufgebrachten Kunden persönlich zu beschwichtigen. Jeanne konnte nur hoffen, dass er sich inzwischen auf dem Heimweg befand und bald nach Reims zurückkehren würde.

41

Auf einem Feldweg im Elsass, Juli 1870

Henry Vasnier zog sein Schnupftuch aus der Tasche seiner Weste und wischte sich über die schweißfeuchte Stirn. Die Sonne brannte vom Himmel und verbreitete eine unangenehme Hitze. Schon vor einer Stunde hatte er sein Jackett ausgezogen und vor sich über den Sattel gelegt, um sich Kühlung zu verschaffen. Sein Pferd stolperte, und die jähe Bewegung warf Henry nach vorn. Zum Glück hatte er in seiner Jugend viel Zeit auf dem Pferderücken verbracht und war ein guter Reiter. Ihm fiel auf, dass der Gang der Stute unregelmäßig geworden war. Alarmiert zog er die Zügel an und saß ab. Seine Erfahrung hatte Henry sofort verraten, welches Bein betroffen war. Prüfend hob er es an und befreite die Hufsohle von der Erde, die daran haftete. Dann fuhr er mit dem Finger über die Haut. Sie fühlte sich warm an, unnatürlich warm. Sein Pferd war lahm.

Besänftigend tätschelte er der Stute den Hals. »Tut mir leid, Mädchen. Ich habe dich wohl zu hart rangenommen. Aber ich wollte so schnell wie möglich über die Grenze, bevor uns der Krieg einholt.«

Aufmerksam ließ Henry den Blick schweifen. Auf dem Feldweg, dem er auf Rat eines Hausierers gefolgt war, um den Truppen auf den Landstraßen auszuweichen, war keine

Menschenseele zu sehen. Das reife Korn leuchtete golden im Glanz der Sonne. Ein leichter Wind trieb Wellen über die Oberfläche der dicht gewachsenen Ähren. Die Erntezeit stand bevor. Henry spürte, wie sich sein Herz schmerzhaft zusammenkrampfte. Welch eine Zeit, um einen Krieg anzufangen!

Er hatte keine andere Wahl, er musste weiterreiten, zumindest bis zur nächsten Ortschaft. Als er wieder in den Sattel stieg, stieß die Stute ein leidvolles Seufzen aus und setzte sich schicksalsergeben in Bewegung. Nach einer halben Stunde traf Henry am Rand eines Wäldchens auf eine Gruppe Bauern, die ihr Pferdegespann aufs Feld lenkten.

»Bonjour, Messieurs«, rief Henry sie an. »Gibt es eine Ansiedlung hier in der Nähe, wo ich mein Pferd ruhen lassen kann?«

»Ja, Monsieur«, antwortete der jüngste der Männer, während die anderen den Fremden mit abweisenden Mienen ansahen. »Folgen Sie dem Hohlweg durch den Wald. Dann treffen Sie auf Schirlenhof, einen kleinen Weiler, der über ein Gasthaus und Ställe verfügt.«

»Danke, Freund«, erwiderte Henry fröhlich, obwohl er sah, wie einer der älteren Bauern angesichts der bereitwilligen Hilfestellung des jüngeren verächtlich auf den Boden spuckte. Henry stieß sich nicht daran. Das Landvolk war für sein Misstrauen gegenüber Fremden bekannt. Und das war gut so. An ihnen würden die Preußen keine Freude haben.

Der kühle Schatten der Bäume, in den Henry eintauchte, tat ihm und seinem Pferd wohl. Unter dem dichten Laubdach herrschte eine unheimliche Stille. Kein Vogel sang, und doch hatte Henry das Gefühl, beobachtet zu werden. Vielleicht lauerten kleine Tiere im Unterholz und in den

Kronen, vielleicht sahen aber auch die Geister ihrer aller Vorfahren wehmütig auf die Menschen herab, die einem Bruderkrieg entgegengingen. Ein Schauer durchlief Henry. Es war nur eine Reaktion auf die kühle Luft im Wald nach der drückenden Hitze, aber sein Körper erbebte bis ins Mark. Erleichtert atmete er auf, als der Weiler vor ihm auftauchte. Die Ansiedlung bestand aus einem Dutzend Häusern. Henry lenkte seine Stute auf das größte Gebäude zu, an das sich Ställe und eine Scheune schmiegten. Der Innenhof war nicht gepflastert, und obwohl die Hufe seines Pferdes kein Geräusch verursachten, trat bei seinem Auftauchen umgehend der Wirt aus der Tür seiner Gaststätte. Als er sah, dass der Ankömmling allein war, hellte sich seine misstrauische Miene auf, und er rief ihm einen Gruß zu.

»Mein Pferd ist lahm«, antwortete Henry, während er sich aus dem Sattel gleiten ließ. »Ich würde es gerne bei Ihnen unterstellen und wenn möglich Ersatz mieten.«

»Bedaure«, entgegnete der Wirt. »Alle Pferde sind entweder auf den Feldern oder bei der Armee. Aber bringen Sie Ihr Tier nur in den Stall. Mein Bursche wird es sich ansehen.«

Henry tat wie geheißen. Ein Halbwüchsiger brachte frisches Wasser und etwas Hafer. Dann untersuchte er das lahme Bein der Stute.

»Wahrscheinlich hat sie sich einen Stein eingetreten«, sagte der Junge. »Ich wickele feuchtes Stroh um den Huf, um ihn zu kühlen. Bis morgen müsste es dann besser sein.«

Henry dankte dem Burschen, klopfte der Stute aufmunternd den Hals und begab sich in die Schankstube des Wirtshauses. Er war der einzige Gast.

»Setzen Sie sich«, forderte der Wirt ihn jovial auf. »Ich

bringe Ihnen etwas zu essen. Meine Frau hat Kartoffeln gekocht.«

»Danke«, erwiderte Henry erfreut. Sein Magen erinnerte ihn daran, dass es bereits Mittag war. »Aber zuerst würde ich mir gerne die Kehle anfeuchten. Sie ist wie ausgedörrt.«

»Verstehe. Es ist sehr heiß heute«, sagte der Elsässer verständnisvoll.

Er verschwand durch eine Tür und kehrte kurz darauf mit einem Krug Wein und einem Zinnbecher zurück.

»Trinken Sie auch einen?«, fragte Henry.

»Gerne«, erwiderte der Wirt und setzte sich zu seinem Gast an den Tisch.

»Mein Name ist Henry Vasnier«, stellte dieser sich vor.

»Kieffer, angenehm«, entgegnete der Elsässer. »Sie sind aus der Stadt, nicht wahr?«

»Aus Reims. Ich arbeite für das dort ansässige Champagnerhaus Pommery.«

»Dann sind Sie wohl auf dem Weg nach Hause.«

»So ist es. Ich habe einen besonders wichtigen Stammkunden in Stuttgart aufgesucht, um eine Beschwerde zu klären, die ich unserem Handelsvertreter vor Ort nicht überlassen wollte. Dort hörte ich von der Kriegserklärung und habe mich schleunigst auf den Weg zur Grenze gemacht.«

»Ja, hm, das kam sehr überraschend«, murmelte Kieffer bedrückt.

»Ich hatte den Eindruck, dass es den Einwohnern von Stuttgart ebenso erging«, sagte Henry. »Diesen Krieg haben die Politiker unter sich ausgeheckt. Und wir müssen es wieder einmal ausbaden.«

»Wie recht Sie haben«, pflichtete der Wirt ihm bei. »Aber warum reisen Sie zu Pferd und nicht mit der Eisenbahn?«

»Alle Züge sind voller Truppen, die Landstraßen auch. Da habe ich mir lieber ein Pferd gemietet und wollte auf den Nebenpfaden nach Reims reiten. Sonst wäre ich nicht mehr weggekommen. Die Preußen sind wie ein Heuschreckenschwarm auf dem Weg zur Grenze.«

»Dann können wir nur hoffen, dass unser Heer sie nicht auf französischen Boden lässt. Mein Großvater hat mir mit blutendem Herzen von dem Einmarsch der Russen und Preußen damals im Jahr 1814 erzählt. Das möchte ich nicht erleben.«

Henry nickte nur, gab jedoch keinen Kommentar ab. Er verstand nicht viel vom Kriegshandwerk, aber genug, um zu wissen, dass in dieser Zeit die Artillerie den Ausgang einer Schlacht entschied. Und unterwegs hatte er die großen Geschütze gesehen, die das preußische Heer mit sich führte. Dieser schreckliche Krieg würde viele junge Männer das Leben kosten.

Die Frau des Wirts erschien mit einem Teller dampfender Kartoffeln und stellte ihn vor Henry auf den Tisch.

»Dann lasse ich Sie jetzt mal in Ruhe essen«, sagte Kieffer und erhob sich.

Henry wollte gerade reinhauen, als von draußen Stimmen und Pferdeschnauben in die Schankstube drangen. Der Befehl zum Absitzen in deutscher Sprache ließ ihn in der Bewegung erstarren. Der Wirt wollte zur Tür eilen, als auch schon mehrere Soldaten über die Schwelle traten. Sie trugen die blaue Uniform der badischen Dragoner, Verbündete der Preußen.

Eine Patrouille, dachte Henry. Ganz schön dreist, hier hinter der Grenze herumzustolzieren!

»Mahlzeit, Herr Wirt«, sagte der junge Hauptmann, der

seinen Männern vorausging. »Wir würden gerne unsere Pferde bei Ihnen füttern und tränken und selbst etwas essen. Da wir die Nacht im Wald verbringen mussten, haben wir ziemlichen Kohldampf.«

Der Elsässer nickte schicksalsergeben. »Stellen Sie Ihre Gäule in die Scheune. Mein Bursche wird ihnen Futter und Wasser bringen«, sagte er. Dann wandte er sich in Richtung Küche und rief: »Maria, koch noch einen Topf Kartoffeln, wir haben Gäste.«

Bald drängten sich elf Uniformierte in der kleinen Schankstube. Der Hauptmann verbeugte sich höflich vor Henry.

»Bitte entschuldigen Sie die Unannehmlichkeit, mein Herr. Gestatten Sie, dass ich mich vorstelle: Ferdinand Graf von Zeppelin, zu Ihren Diensten.«

Der Franzose erwiderte die Höflichkeit: »Henry Vasnier, Angestellter des Hauses Pommery in Reims.«

Ein freudiges Lächeln huschte über das Gesicht des Offiziers.

»Da kann ich Sie nur beglückwünschen. Ein göttliches Getränk. Ich nehme an, Sie befinden sich auf dem Heimweg.«

»Allerdings.«

»Hoffen wir, dass dieser Krieg schnell zu Ende geht, damit Sie uns bald wieder Champagner liefern können«, sagte der Graf gut gelaunt. »Auch wenn er dazu dienen wird, unseren Sieg zu begießen.«

Henry antwortete nicht, da er nicht in einen Streit verwickelt werden wollte. Auch er hoffte, dass der Krieg nicht lange währen würde, aber obwohl er sich einen französischen Sieg wünschte, fürchtete er, dass dieser nur unter großen Opfern errungen werden konnte.

»Ist es wahr, dass das Haus Pommery von einer Frau geführt wird?«, fragte Graf Zeppelin interessiert.

»Ja, die Witwe Pommery hat die Leitung von ihrem verstorbenen Mann übernommen«, entgegnete Henry nicht ohne Stolz.

»Bemerkenswert. Erfordert die Führung eines solchen Geschäfts nicht eine harte Hand?«

»Ich versichere Ihnen, Herr Graf, würde die Witwe Pommery das französische Heer befehligen, hätten Sie und Ihre Preußen nichts mehr zu lachen«, sagte Henry herausfordernd.

Zeppelin lachte und gesellte sich dann zu seinen Kameraden, die sich auf mehrere Tische verteilt hatten. Sie mussten auf den Bänken eng zusammenrutschen, aber das machte ihnen offensichtlich nichts aus. Ihre Karabiner lehnten in Bündeln an der Wand, ihre Pickelhauben lagen überall, wo Platz war. Nur ihre Säbel hatten sie nicht abgenommen.

Es fiel Henry schwer, noch einen Bissen herunterzubekommen. Er schielte zu Kieffer hinüber, dessen Gesicht widersprüchliche Gefühle verriet. Einerseits machte es ihm Angst, einen bewaffneten Trupp des Feindes in seiner Gaststube zu haben, andererseits freute er sich über das unerwartet gute Geschäft. Henry vermutete, dass einer der Dragoner draußen Wache stand und jeden daran hindern würde, das Gehöft zu verlassen, um Hilfe zu holen. Es blieb ihnen also nichts anderes übrig, als zu warten und zu hoffen, dass die Soldaten nach der Mahlzeit friedlich abziehen würden. Ihr Kommandeur schien jedenfalls über gute Manieren zu verfügen.

Ohne dass er es vermeiden konnte, hörte Henry dem Gespräch der Badener zu. Graf Zeppelin berichtete seinem

Nachbarn, der ebenfalls Offiziersuniform trug, von seinen Beobachtungen während des amerikanischen Bürgerkriegs.

»Dort setzte man Ballons zur Aufklärung ein. Von oben kann man alles viel besser überblicken als vom Pferd aus«, erklärte Zeppelin.

»Aber ein Ballon bewegt sich so langsam. Da kann er doch leicht abgeschossen werden«, gab der Unterleutnant zurück.

»Da haben Sie recht, mein guter Villiez«, stimmte Zeppelin zu. »Außerdem sind Ballone völlig vom Wind abhängig und unmöglich zu lenken.« Nachdenklich biss er sich auf die Lippe. »Man müsste einen Weg finden, sie irgendwie anzutreiben, so wie ein Dampfschiff, das ja auch nicht auf Segel angewiesen ist.«

Der Freiherr von Villiez grinste breit. »Wollen wir hoffen, dass Sie das Problem noch nicht so bald lösen, Herr Graf, denn dann braucht man keine Aufklärungspatrouillen mehr, und wir hätten auf unseren kleinen Ausflug verzichten müssen.«

Henry, der dem Wortwechsel interessiert lauschte, dachte bei sich: Ein kluger Mensch, dieser Hauptmann. Unter anderen Umständen hätte ich mich gerne mit ihm unterhalten.

Die Gespräche verstummten, als die Frau des Wirts mit einer großen Schüssel heißer Kartoffeln erschien. Einer der Offiziere schickte sich gerade an, die ersehnte Mahlzeit mit einem großen Löffel auf die Teller zu verteilen, als draußen ein Schuss fiel und der Wachtposten einen Warnruf ausstieß: »Alle raus! Eine Patrouille.«

Fast gleichzeitig sprangen die badischen Dragoner auf die Füße, griffen nach ihren Karabinern und stürzten zur Tür.

Der Freiherr von Villiez rannte als Erster hinaus. Hufschlag und Schüsse waren zu hören.

Im ersten Moment war Henry wie gelähmt. Er hörte, wie der Wirt ihm zurief: »Gehen Sie in Deckung, Mann!« Doch er hatte keine Gewalt über seine Glieder. Erst als der Graf von Zeppelin an ihm vorbei zur Hintertür rannte, fiel der Schrecken von ihm ab, und er duckte sich unter den Tisch. Offenbar war die Übermacht der aufgetauchten Franzosen zu groß, denn die Dragoner verließen die Gaststube nicht, sondern postierten sich an der Tür und den Fenstern. Kugeln zersprengten das Glas, Scherben regneten auf die Tische herab.

»Ergebt euch!«, ertönte es von draußen. »Ihr habt keine Chance.«

Vorsichtig lugte Henry unter der massiven Tischplatte hervor und entdeckte den Wirt vor der Treppe, die ins Obergeschoss führte. Kieffer winkte ihm energisch zu.

»Kommen Sie, Monsieur. Hier wird's ungemütlich.«

Henry fasste sich ein Herz und sprintete in geduckter Haltung durch den Schankraum. Mit großen Schritten sprang er die Stufen hinauf und folgte dem Wirt und dessen Frau in eine der Schlafkammern, in der zuweilen wohl auch Durchreisende übernachteten. Da die Schießerei nicht abebbte, schob sich Kieffer zu einem der Fenster vor und sah hinaus.

»Wie ist die Lage?«, fragte Henry.

»Ein Trupp reitender Jäger hat die Badener unter Beschuss genommen«, berichtete der Elsässer. »Ich kann aber nichts Genaues sehen. Der Hof ist voller Pulverdampf.«

Die Neugier trieb nun auch Henry ans Fenster. Noch immer fielen Schüsse, und Pferde wieherten in Todesangst. Die französischen Jäger waren abgesessen und feuerten aus der Deckung der umliegenden Gebäude auf den Feind. Einer von ihnen lag reglos am Boden, während sich ein verwundeter Badener in die Scheune schleppte. Auf einmal stellten die Franzosen das Feuer ein und zogen sich ein Stück zurück. Henry vermutete, dass sie fürchteten, weitere feindliche Soldaten könnten auftauchen.

Hinter dem Gasthaus war ein Ruf zu hören. Rasch stürzten Henry und Kieffer in die rückwärtige Schlafkammer und sahen durchs Fenster. Unten tauchte der Graf von Zeppelin aus einem Hopfenfeld auf, in dem er sich versteckt hatte, und rief nach seinen Kameraden. Eine Magd, die sich aus einem Nebengebäude wagte, streckte die Hand nach einem Pferd aus, das reiterlos an ihr vorbeitrabte, und hielt es fest. Es gehörte einem der französischen Jäger. Als sich keiner der badischen Dragoner auf Zeppelins Rufe hin blicken ließ, sprang der Graf an die Seite des Pferdes, riss der Magd die Zügel aus der Hand und schwang sich in den Sattel. Kurz darauf war er in einer aufwirbelnden Staubwolke verschwunden. Während sie dem Reiter nachblickten, wünschte Henry ihm in Gedanken alles Gute.

Der entsetzte Schrei der Wirtsfrau schreckte beide Männer auf. Hastig rannten sie aus der Kammer und sahen einen der badischen Dragoner auf der Treppe stehen. Seine blaue Uniform war blutüberströmt und sein Gesicht vor Schmerz verzerrt. Er musste übermenschliche Kräfte aufgewendet haben, um sich die Stufen bis ins Obergeschoss hinaufzuschleppen. Doch die Anstrengung war offenbar zu viel für ihn gewesen, denn plötzlich brach er zusammen. Ohne Zögern eilten Henry und Kieffer zu ihm und zerrten ihn auf die Füße.

»Legen wir ihn aufs Bett«, sagte der Wirt. »Ich glaube

nicht, dass der arme Teufel es noch lange macht. Frau, hol Wein, na los, mach schon«, rief er seiner Gattin zu, die den Schwerverwundeten mit schreckgeweiteten Augen ansah.

Sie schluckte und hastete schließlich die Treppe hinunter.

»Ich weiß nicht, was mit ihr los ist. Wenn sie ein Schwein schlachtet, wird ihr auch nicht übel«, bemerkte Kieffer entschuldigend. »Wahrscheinlich erinnert der Junge sie an unseren Sohn Joseph, der das falsche Los gezogen hat und zur Armee musste. Er ist gerade zwanzig … Der hier kann auch nicht älter sein. Welch eine Verschwendung!«

Sie wuchteten den armen Kerl aufs Bett und versuchten, es ihm so bequem wie möglich zu machen. Seine Uniform wies Löcher über der linken Brust und dem Unterleib auf.

»Geben Sie mir noch ein Kissen, damit der Oberkörper hoch liegt«, bat der Elsässer. »Dann bekommt er besser Luft.« Mit beruhigender Stimme wandte er sich an den Verwundeten: »Wie heißt du, Bursche?«

»Winsloe …«, presste der Soldat mühsam hervor. »William.«

»Engländer?«, fragte Henry erstaunt.

Der junge Soldat nickte. »Ich bin in Inverness geboren … meine Familie zog nach Mannheim, als ich noch ein Kind war …«

»Sprich nicht«, ermahnte der Wirt ihn. »Das strengt dich zu sehr an.«

Auf einmal fiel den Männern auf, dass es draußen still geworden war. Das mühsame Atmen des Verletzten erfüllte gespenstisch den Raum.

»Ich sehe mal nach, wie es im Hof steht«, erbot sich Henry, obwohl sich sein Magen bei dem Gedanken, das schützende Haus zu verlassen, zusammenkrampfte.

Als er vorsichtig den Kopf zur Tür hinausstreckte, sah er zu seiner Erleichterung, dass die Franzosen Sieger geblieben waren. Die Jäger hatten sechs feindliche Soldaten gefangen genommen, von denen drei verwundet waren. Einer der französischen Soldaten lag tot am Boden.

Als die Jäger Henry entdeckten, rief der Offizier ihm zu: »Heben Sie die Hände hoch und kommen Sie raus. Wer sind Sie?«

Langsam trat Henry auf den Hof hinaus. »Mein Name ist Henry Vasnier. Ich bin Chefbuchhalter des Hauses Pommery in Reims.«

»Pommery? Was verkaufen Sie denn?«, erkundigte sich der Jäger misstrauisch.

»Champagner.«

Da löste sich die Spannung des Offiziers, und er brach in Lachen aus. »Champagner? Haben Sie welchen dabei? Wie Sie sehen, haben wir was zu feiern.«

»Leider nein. Ich bin sehr überstürzt aufgebrochen«, entgegnete Henry bedauernd.

»Sie waren im Gasthaus, als die Badener eintrafen?«, fragte der Offizier. »Wissen Sie, wie viele es waren? Übrigens können Sie die Hände jetzt runternehmen.«

»Ich glaube, es waren zwölf. Der Hauptmann ist durch die Hintertür entkommen. Und im Obergeschoss liegt noch ein Schwerverwundeter.«

»Den holen wir später. Erst müssen wir die Flüchtigen einsammeln. Gehen Sie lieber ins Haus zurück.«

Am Nachmittag sah Henry zu, wie die französischen Jäger die Leiche des Feldwebels Claude Ferréol Pagnier auf einen Leiterwagen hoben. Von Oberleutnant Jacques de Chabot, dem Kommandeur der Patrouille, hatte er erfahren, dass Pagnier, ein Bauernsohn aus der Franche-Comté, für seine Tapferkeit im Mexiko-Feldzug zum Ritter der Ehrenlegion ernannt worden war.

Zwei der unverletzten Badener trugen ihren verwundeten Kameraden Leutnant Winsloe aus dem Wirtshaus und legten ihn neben den toten Pagnier. Dann stiegen auch die verletzten Dragoner auf die Ladefläche des Wagens. Die anderen Gefangenen mussten zu Fuß folgen.

Da Henrys Stute noch immer lahmte, hatte er Chabot gebeten, sie zur nächsten größeren Ortschaft begleiten zu dürfen, um dort ein frisches Pferd zu mieten. Man ließ ihn eines der Reittiere der Badener besteigen.

Als der Zug Niederbronn erreichte, das für seine Heilquellen berühmt war, eilten die Bewohner neugierig aus den Häusern, um zu sehen, was vor sich ging. Als sie begriffen, wer die Männer in den fremden Uniformen waren, beschimpften sie sie mit einer Empörung und Wut, die Henry erstaunte. Die Elsässer betrachteten sich vielleicht nicht als Franzosen, aber als Bürger Frankreichs, und überschütteten die badischen Dragoner mit Schmähungen in ihrem alemannischen Dialekt, den diese mühelos verstanden.

Ein Passant wies der Patrouille den Weg zu einem Arzt. Henry bot seine Hilfe an und trug mit einem der Jäger den verletzten Winsloe ins Haus. Der Mediziner, der sich auch auf die Chirurgie verstand, dirigierte sie in ein Zimmer neben seiner Praxis. Als die Männer den Verwundeten auf die Matratze des Bettes gelegt hatten, beugte sich Dr. Keller mit betroffener Miene über den jungen Leutnant. Winsloe war nicht mehr bei Bewusstsein. Mit zitternder Hand machte sich der Arzt daran, ihm die blaue Uniform auszuziehen.

Als er Henrys prüfenden Blick bemerkte, sagte er entschuldigend: »Ich habe schon Knochenbrüche eingerichtet und den Bauern Finger abgenommen, die sie sich bei der Arbeit zerquetscht hatten, aber ich habe noch nie eine Schusswunde gesehen.«

Er untersuchte die Augen und das Zahnfleisch des Verletzten, wie er es vielleicht bei einem kranken Pferd getan hätte.

»Er hat viel Blut verloren«, sagte er. »Ich kann versuchen, die Kugeln herauszuholen, aber ich glaube nicht, dass er überlebt.«

Henry nickte nur. Auch ihm fiel auf, wie durchscheinend das Gesicht des Burschen geworden war, wie spitz seine Nase, wie blass seine Haut. Ein dünner Schweißfilm bedeckte Stirn und Wangen.

Henry wusste selbst nicht, warum, aber das Schicksal dieses jungen Mannes berührte ihn tief. Obwohl es ihn dazu drängte, so bald wie möglich aufzubrechen, erbot er sich, dem Arzt zur Hand zu gehen. Es gelang Dr. Keller, zwei der Kugeln zu entfernen, aber eine weitere, die in der Lunge steckte, konnte er mit der Zange nicht erreichen, ohne noch mehr Schaden anzurichten als das Geschoss selbst. Wie durch ein Wunder überlebte Leutnant Winsloe die Prozedur und lag bald frisch verbunden unter einer Decke. Doch sein Gesicht war so weiß wie das Laken des Bettes.

Als Dr. Keller ins Behandlungszimmer hinüberging, um die anderen verletzten Dragoner zu verbinden, blieb Henry an Winsloes Seite. Wider Erwarten kam dieser zu Bewusstsein und verlangte nach Wasser.

Während Henry ihm zu trinken gab, fragte er: »Sind Sie Protestant oder Katholik? Es gibt hier einen evangelischen

Pfarrer. Einen katholischen Priester herzuholen könnte dagegen länger dauern.«

Der Sterbende versuchte zu lächeln. »Sie meinen, so lange habe ich nicht mehr«, flüsterte er schwach. »Da habe ich ja Glück, dass ich evangelisch bin …«

Schritte näherten sich der Kammer, und dann tauchte Oberleutnant de Chabot in der Tür auf.

»Der Arzt sagte, dass es keine Hoffnung gibt«, sagte er zu Henry.

Dieser nickte. »Er verlangt nach einem Pfarrer.«

»Ich schicke gleich jemanden los, um ihn herzuholen«, versprach Chabot. Dann wandte er sich an Winsloe: »Sie haben tapfer gekämpft, Leutnant. Sie haben Ihrem Land Ehre gemacht. Ich werde das in meinem Bericht vermerken.«

»Danke, Herr Oberleutnant«, hauchte der Verwundete.

Chabot salutierte und zog sich zurück. Noch immer konnte sich Henry nicht dazu durchringen zu gehen. Erst als der Pfarrer erschien, ging er ins Behandlungszimmer hinüber. Und da man auch dort seine Hilfe nicht brauchte, begab er sich mit einem Seufzer der Erleichterung in die nächste Gaststätte. Er fühlte sich entsetzlich erschöpft. Die anstrengende Reise und die Aufregungen des letzten Tages ließen ihn kraftlos und wie betäubt zurück. Er entschloss sich, über Nacht in Niederbronn zu bleiben und erst am nächsten Morgen weiterzureisen.

Leutnant William Winsloe erlag am späten Nachmittag seinen Verletzungen. Henry sah zu, wie seine Leiche in den Saal des Kurhauses gebracht und dort neben dem toten Claude Pagnier aufgebahrt wurde. Nach einer unruhigen Nacht, erfüllt von Albträumen, setzte sich Henry nach dem

Frühstück auf eine Bank vor dem Gasthaus und ließ sich die Sonne ins Gesicht scheinen. Er wusste, dass er bald aufbrechen sollte, um Reims zu erreichen, bevor französische Truppen die Straßen noch mehr verstopften. Aber er fand noch immer nicht die Kraft, aufzustehen und sich nach einem Reitpferd zu erkundigen. Nie hätte er erwartet, dass ihn die Ereignisse in Schirlenhof dermaßen aus der Fassung bringen würden. Aber die Gewalt und Zerstörung menschlichen Lebens, deren Zeuge er geworden war, fraß an seinem Herzen. Er dachte an das, was auf sie zukam, an all die jungen Männer, die wie Winsloe dem Tod entgegengingen, und an die Frauen und Kinder, die zwischen die Fronten geraten würden.

Als am Vormittag der Feldwebel Claude Pagnier auf dem Niederbronner Friedhof zu Grabe getragen wurde, folgte Henry dem Geleit wie ein Schlafwandler und beobachtete die Bestattung aus respektvoller Entfernung. Am Nachmittag trugen die französischen Jäger den Sarg von Leutnant Winsloe zum gleichen Friedhof. Ihre Offiziere gaben auch ihm das Geleit, in derselben würdevollen Haltung wie zuvor ihrem Kameraden, und ließen am Grab drei Ehrensalven abfeuern.

Während Henry der Szene beiwohnte, überkam ihn ein seltsames Gefühl der Unwirklichkeit. Alles erschien ihm so absurd, dass er für einen Moment glaubte, einen verwirrenden Traum zu erleben. Wie unsinnig war doch ein Krieg, in dem französische Soldaten einen englischen Burschen zu Grabe trugen, den sie getötet hatten, obwohl sie ihn gar nicht kannten, weil er auf Seiten der Preußen in den Kampf gezogen war. Und das alles nur, weil ein paar Politiker glaubten, durch einen Krieg Ruhm und Ehre zu erlangen.

42

Reims, September 1870

Jeanne raffte ihre Röcke und stieg die Stufen in den Weinkeller hinab. Stille empfing sie. Auf ihrer erhitzten Haut fühlte sie den kühlen Luftzug, der durch die Hohlräume unter der Stadt wehte. Der Gang, den sie entlanglief, wurde von Reihen hoch aufgestapelter Champagnerflaschen gesäumt, die nur ein paar aus Holzlatten zusammengenagelte Gestelle davor bewahrten, auseinanderzurutschen und sich in einen Scherbenhaufen zu verwandeln. Feiner weißer Staub bedeckte sie.

Jeanne hob die Lampe, die sie in der Hand hielt, und betrachtete die frisch errichtete Wand, die einen Seitengang ihres Lagers verschloss. Dahinter hatte sie ihren besten Champagner und die Weine versteckt, die ihr für ihre Experimente mit trockenem Perlwein am geeignetsten erschienen. Ein Arbeiter, der vertrauenswürdig war, stapelte Flaschen eines weniger guten Jahrgangs davor.

Schmerzlich dachte Jeanne an die Erzählungen der Witwe Clicquot zurück. Im Jahr 1814 hatte sie vor demselben Problem gestanden wie jetzt Jeanne. »Die Preußen kommen!« Erneut ertönte der Schreckensruf in den Straßen. Am Morgen des zweiten September hatten die Zeitungsvorleser unter den Gaslaternen die Nachricht von der Niederlage der französischen Armee bei Sedan und der Gefangennahme Kaiser Napoleons III. verkündet, auch unter den Fenstern ihres Hauses auf der Rue Vauthier-le-Noir.

Nur wenig später hatte Henry Vasnier sie aufgesucht und ihr geraten, mit ihren Kindern die Stadt zu verlassen. In dem lieblichen kleinen Ort Chigny in der Montagne de Reims hatte Jeanne sich ein prächtiges Herrenhaus gebaut. Dort wollte sie zukünftig Feste und Jagdveranstaltungen für ihre Kunden abhalten. Nicht nur Henry Vasnier hatte sie gedrängt, sich mit Louise dorthin zurückzuziehen, auch ihr Sohn sowie Verwandte und Freunde hatten sie zu überzeugen versucht, dass sie dort sicherer sein würde. Ihr Vertreter in England, Adolphe Hubinet, hatte sie sogar nach London eingeladen und ihr die Gastfreundschaft seines Hauses angeboten. Doch Jeanne hatte sich geweigert. Es mochte Krieg sein, aber sie hatte immer noch ein Geschäft zu führen. Diejenigen Arbeiter, die nicht zum Dienst an der Waffe herangezogen worden waren, brauchten jemanden, der ihnen versicherte, dass sie auch nach dem Krieg noch eine Stellung haben würden, und die Frauen der anderen, die in die Schlacht ziehen mussten, benötigten Trost und Unterstützung. Darüber hinaus trug sie die Verantwortung für ihre gemeinnützigen Werke wie das Waisenhaus von Saint-Nicaise und die Kinderversorgungskasse, die Almosen an Bedürftige ausgab. Wie konnte sie all die armen Seelen im Stich lassen?

»Die Preußen kommen!« Der Feind stand bereits auf französischem Boden, vielleicht würde er morgen in Reims sein. Jeanne hatte sich entschlossen zu handeln. Allerdings machte sie sich keine Illusionen, dass es ihr gelingen könnte, ihre gesamten Lagervorräte vor Plünderung zu schützen.

Aber vielleicht schaffte sie es, die Eindringlinge mit einer List zu täuschen.

Nachdem Rabier mit dem Stapeln der Flaschen fertig war, brachte er auf Anweisung seiner Chefin die Werkzeuge und überzähligen Ziegelsteine zu einer Stelle des Kellers, an der einst die Mauer zu den Kerkern des Gefängnisses der Bonne-Semaine gestanden hatte.

»Baue sie etwa bis zur Mitte wieder auf, dann kannst du alles so liegenlassen«, erklärte sie ihm. »Es wird aussehen, als seien wir nicht fertig geworden. Und niemand wird der Wand vor dem Seitengang Beachtung schenken.«

»Ja, Madame.«

Nachdem alles zu ihrer Zufriedenheit ausgeführt worden war, begab sich Jeanne in ihre Schreibstube, in der einst ihr Gemahl Alexandre die Korrespondenz der Firma *Pommery & Greno* erledigt hatte. Sie vermisste ihn, doch sie war froh, dass er diesen unseligen Krieg nicht erleben musste. Und sie vermisste auch die Witwe Clicquot, die das, was Jeanne nun bevorstand, am eigenen Leib erlebt hatte. Wie gerne hätte sie auf die Erfahrungen der alten Dame zurückgegriffen und sie in der kommenden schweren Zeit um Rat gefragt. Doch sie musste sich der Prüfung, die sie erwartete, allein stellen.

Zwei Tage später rückten die preußischen Truppen in Reims ein. Jeanne hörte den Hufschlag der Kavallerie, den Widerhall der genagelten Schuhsohlen der Soldaten, das deutsche Kriegslied aus rauen Kehlen, der Refrain unterbrochen von triumphalen Hurras, die durch die Straßen schallten.

Für einen Moment schloss Jeanne die Augen und kämpfte gegen das Gefühl der Übelkeit an, das in ihr aufstieg. Sie spürte, wie sich ihr Magen in einem schmerzhaften Krampf zusammenzog. Der Brechreiz wurde so drängend, dass sie glaubte, sich übergeben zu müssen. Doch es gelang ihr, sich zu beherrschen.

Langsam erhob sie sich. Ihre Beine drohten, unter ihr nachzugeben, und sie musste sich einen Augenblick mit der Hand auf der Schreibtischplatte abstützen, bis das Zittern ihrer Muskeln nachließ. Mit entschlossenen Bewegungen sammelte sie Geschäftsbücher, Schreibutensilien und Papier zusammen und trug sie in ihr Schlafgemach.

Lafortune und Jeannes Tochter Louise standen am Fenster und blickten auf die Rue des Anglais hinaus. Mit bedrückten Mienen wandten sie sich um. Das dreizehnjährige Mädchen war totenbleich.

»Werden die Preußen in unser Haus eindringen und uns ermorden, Maman?«, fragte es ängstlich.

Jeanne legte die Bücher und Papiere auf dem Frisiertisch ab und trat zu ihrer Tochter. Tröstend nahm sie sie in die Arme und drückte sie fest an sich.

»Nein, das werden sie nicht, mein Herz«, versicherte sie Louise, doch ihre Stimme zitterte.

»Aber sie haben doch so viele unserer Landsleute umgebracht«, widersprach die Kleine.

»Das war auf dem Schlachtfeld«, erklärte Jeanne leichthin, obwohl es ihr das Herz zerriss, wenn sie an all die blutjungen Burschen dachte, die ihr Leben im Kanonenhagel gelassen hatten. »Hier in der Stadt werden die Preußen uns mit Respekt begegnen. Hab keine Angst.«

Sanft löste sich Jeanne aus der Umklammerung der Kinderhände und wechselte einen heimlichen Blick mit Lafortune, der ihre Hoffnung ausdrückte, dass sie recht behalten würde.

Dann ging sie zurück in die Schreibstube, schloss die Aktenschränke ab und hängte sich den Schlüssel an einer silbernen Kette um den Hals. Nun konnte sie nur noch warten.

Als am folgenden Morgen das gefürchtete Hämmern am Tor zum Innenhof zu hören war, trat Jeanne mit Lafortune an ihrer Seite ins Vestibül ihres Hauses und gab dem Concierge die Anweisung zu öffnen. Beide Frauen hatten die schwarze Trauerkleidung angelegt, die sie nach Alexandres Tod getragen hatten. Die Spiegel waren mit schwarzem Krepp verhängt, und am Türklopfer war ein Trauerflor befestigt. Die Eindringlinge sollten auf den ersten Blick erkennen, was die Bewohner von ihnen hielten.

Als die Soldaten in blauer Uniform, angeführt von einem Stab von Offizieren, das Vestibül betraten, blieben sie beim Anblick der beiden in Schwarz gekleideten, schweigend vor der Treppe wartenden Gestalten betroffen stehen. Einer der Offiziere machte schließlich einen Schritt auf sie zu und zog seine dunkelblaue, mit einem roten Umlaufstreifen versehene Schirmmütze. Er trug einen schwarzgrauen Überrock und eine Hose in derselben Farbe, von der sich das Rot des Kragens und der Streifen an der Außenseite der Hosenbeine abhob. Seine Reitstiefel waren mit Schlamm bespritzt.

»Mesdames«, grüßte er. »Ich bin Prinz zu Hohenlohe, Militärgouverneur der Stadt Reims. Habe ich die Ehre, mit der Herrin des Hauses, Madame Pommery, zu sprechen?«

Jeanne nickte ihm zu, brachte jedoch kein Wort heraus, da ihre Zunge wie ein trockenes Stück Holz in ihrem Mund lag.

»Bedauerlicherweise muss ich Ihnen mitteilen, Madame, dass ich Ihr Haus im Namen Seiner Majestät Wilhelms I.

von Preußen beschlagnahmen muss. Meine Offiziere und ich werden hier bis zum Ende der Feindseligkeiten Quartier beziehen. Natürlich sind Ihre persönlichen Gemächer davon ausgenommen. Bitte weisen Sie meinem Adjutanten die Unterkünfte zu. Leider brauche ich auch ein Schreibzimmer für meine administrativen Aufgaben.«

Der Prinz sprach ein fließendes, wenn auch von einem starken ostpreußischen Akzent gefärbtes Französisch. Jeanne musterte ihn prüfend und versuchte, ihn einzuschätzen. War er ein Ehrenmann? Man würde sehen.

»Mein Haushofmeister wird Ihnen alles zeigen, Prinz«, sagte sie stolz.

Dann wandte sie sich ab und kehrte, gefolgt von Lafortune, in ihr Schlafgemach zurück.

Während der folgenden Stunden hörten die Frauen die feindlichen Soldaten durchs Haus gehen. Sicherlich hatten sie auch bereits den Weinkeller besichtigt. Ihr Haushofmeister Roger hatte sich mit dem restlichen Personal zu Maître Rosselli, dem Koch, in die Küche gesellt. Jeanne hatte bemerkt, dass Wut und Verzweiflung in ihrem alten Diener brodelten, weil er tatenlos die Besetzung seines Landes, seiner Heimatstadt hinnehmen musste. Sie konnte nur hoffen, dass er sich nicht zu Dummheiten hinreißen lassen würde. Ein falsches Wort zu den Besatzern konnte schlimme Folgen für ihn haben.

Jeanne hatte die Dienerschaft angewiesen, die preußischen Offiziere wie Gäste zu behandeln und ihre Befehle auszuführen. Dennoch wandten sich die Dienstboten jedes Mal an ihre Herrin, bevor sie einer Aufforderung nachkamen. Maître Rosselli, der als Halbitaliener über ein feuriges Temperament verfügte, weigerte sich zunächst, für die Barbaren aus dem Osten Essen zuzubereiten, und Jeanne musste ihm gut zureden, ihm schmeicheln, wie sehr die adeligen Offiziere sie um seine kunstvollen Gerichte beneiden würden. Erst danach fügte er sich zähneknirschend und versprach, das Essen nicht zu vergiften. Um ganz sicherzugehen, kündigte Jeanne an, dass sie die Mahlzeiten zusammen mit den Besatzern einnehmen würde.

Bevor das Diner aufgetragen wurde, ließ Prinz zu Hohenlohe die Hausherrin in ihr Schreibzimmer bitten, in dem er sich inzwischen eingerichtet hatte.

»Ich hoffe, alles ist zu Ihrer Zufriedenheit, Prinz«, sagte Jeanne steif.

Hohenlohe bot ihr einen Platz an, doch sie lehnte ab. Daraufhin erhob er sich und ging vor dem kleinen Kamin auf und ab. Er mochte um die vierzig Jahre alt sein, wirkte jedoch älter aufgrund seiner militärischen Haltung, dem kurz geschnittenen blonden Haar und dem Schnauzbart.

»Ja, Madame, ich danke Ihnen für Ihre Bemühungen«, erwiderte Hohenlohe lächelnd. »Wir können uns nicht beklagen.« Er musterte sie prüfend. »Es ist eine Ehre, im Haus einer so hochgeschätzten Dame, der Grande Dame der Reimser Gesellschaft, zu weilen. Ihr Ruf eilt Ihnen voraus, nicht nur als Leiterin eines der führenden Champagnerhäuser der Stadt, sondern auch als Wohltäterin der Armen und Bedürftigen und Förderin der Künste. Sie laufen der berühmten Witwe Clicquot den Rang ab.«

»Sie schmeicheln mir, Prinz«, entgegnete Jeanne unbewegt.

Hohenlohes Miene wurde ernst. »Ich habe persönlich Ihren Weinkeller inspiziert. Wie es scheint, hat unsere Ankunft die Arbeit an baulichen Ausbesserungen gestört.«

Er lächelte zynisch. »Als Laie verstehe ich natürlich nicht viel von der Champagnerherstellung – ich trinke ihn nur gerne –, aber benötigt das edle Getränk während der Lagerung nicht eine Umgebung mit reiner, frischer Luft? Und Sie wollten Ihren Champagner in einem stickigen Kellerloch verschwinden lassen?«

Jeanne antwortete nicht, sondern blickte ihn nur ungerührt an, bis der Haudegen verlegen wurde. Plötzlich machte er eine wegwerfende Handbewegung.

»Ich weiß, die preußische Armee und die Soldaten unserer Verbündeten haben bisher keinen guten Eindruck hinterlassen. Die Straßen der Champagne sind mit den Scherben der Flaschen übersät, die unsere Männer ausgetrunken haben. Aber ich verspreche Ihnen, dass etwas Ähnliches hier unter meinem Befehl nicht passieren wird. Ihr Wein wird nicht angetastet werden.«

Jeanne beantwortete seine Versicherung mit einem hoheitsvollen Nicken und zog sich zurück.

Im Speisezimmer hatte das Stubenmädchen Agnès die Gedecke aufgelegt und trat zum Anrichteschrank, als die Hausherrin erschien. Kurz darauf kam der Haushofmeister Roger herein. Sein Gesicht war gerötet, und unter der Haut seines Kiefers zuckte ein Muskel. In der Hand hielt er den Colt, den ein zufriedener Kunde aus den Vereinigten Staaten von Amerika Jeanne vor ein paar Jahren als Geschenk zugeschickt hatte.

»Was haben Sie vor, Roger?«, rief Jeanne entsetzt.

»Ich bringe sie um… Ich erschieße die verdammten Hunde!«, zischte er.

Entschlossen ging Jeanne auf den alten Diener zu und nahm ihm den Revolver aus der Hand.

»Nein, das werden Sie nicht! Wir sind nicht auf dem Schlachtfeld. Solange sich diese Männer unter meinem Dach nichts zuschulden kommen lassen, schützt sie das Gastrecht.«

»Aber, Madame! Suzanne hat erzählt, dass sie beim Einmarsch in die Stadt einen Arbeiter, einen harmlosen alten Mann, der ihnen die Faust entgegenstreckte, einfach an die Wand gestellt und erschossen haben.«

»Und was glauben Sie, machen die Preußen mit Ihnen, wenn Sie einen Offizier hinterrücks ermorden, Maître Roger? Ich habe nur noch wenige Vertraute in diesem Haus. Und ich will Sie nicht durch eine so wahnwitzige Tat verlieren.« Eindringlich sah sie ihn an. »Überlassen Sie den Kampf den Soldaten da draußen. Wir müssen jetzt alles daran setzen zu überleben. Seien Sie vernünftig, ich bitte Sie! Wir werden die schlimme Zeit durchstehen.«

Schritte vor der Tür verrieten, dass sich die preußischen Offiziere zum Diner einfanden. Rasch wirbelte Jeanne herum, zog eine Schublade des Anrichteschranks auf und ließ den Colt hineinfallen. Geistesgegenwärtig reichte Agnès ihrer Herrin eine Serviette, mit der diese die Waffe bedeckte. Dann zwang sie sich zu einem Lächeln und wandte sich den fremden Männern zu, die das Speisezimmer betraten.

»Diese verdammten Freischärler!«, donnerte der Prinz zu Hohenlohe wütend. »Sie halten uns zum Narren, diese heimtückischen Burschen. Sie tauchen aus dem Nichts auf und schlagen sich danach wieder in die Büsche. Und die Bevölkerung unterstützt sie. Wenn sie nicht sogar selbst aus dem Hinterhalt auf uns schießen. Schlewitz!«, bellte er.

»Jawohl, Herr Kommandeur«, antwortete sein Adjutant.

»Jeder Zivilist hat alle vorhandenen Schusswaffen abzugeben. Sorgen Sie dafür, dass der Befehl weitergegeben wird. Haben Sie verstanden?«

»Ja, Herr Kommandeur.«

Hohenlohe hatte so laut gebrüllt, dass Jeanne seine Stimme durch die geschlossene Zimmertür hören konnte. Und obwohl sie kein Deutsch verstand, hatte sie doch den Sinn seiner Worte erfasst. Sein Zorn überraschte sie nicht. Hatte er geglaubt, die Franzosen würden einfach zusehen, wie die Deutschen ihr Land verheerten? Der Kaiser mochte in Gefangenschaft geraten sein, doch sein Volk hatte ihm längst den Rücken gekehrt und wie zur Zeit der Revolution vor gut neunzig Jahren selbst die Herrschaft übernommen. In Paris war die Dritte Republik ausgerufen worden. Die französische Armee mochte besiegt sein, das Volk aber würde sich nie geschlagen geben.

Tagelang gingen die Preußen von Haus zu Haus und verliehen dem Entwaffnungsbefehl Nachdruck. Alle erdenklichen Arten von Schusswaffen wurden eingesammelt: Jagdflinten, Steinschlossgewehre aus dem ersten napoleonischen Krieg, verrostete Schießprügel, die für denjenigen, der sie abzufeuern versuchte, ebenso gefährlich waren wie für die, auf die der Lauf gerichtet war.

Jeanne fragte sich, wann Hohenlohe sie dazu auffordern würde, ihre Waffen abzugeben. Bisher hatte er darauf verzichtet, vielleicht aus Höflichkeit ihrem Witwenstand gegenüber oder weil er glaubte, ein Haushalt, der nur aus Frauen bestand, sei wehrlos. Er wäre wohl überrascht gewesen, wenn er gewusst hätte, dass ihr alter Haushofmeister einige Jagdgewehre unter dem Fußboden in der Gesindekammer versteckt hatte.

Als der Militärgouverneur Jeanne mitteilen ließ, dass er am folgenden Abend den Flügeladjutanten des preußischen Königs Alfred Graf von Waldersee in ihrem Haus empfangen würde, verstand sie seine Nervosität. Sicher wollte er einen guten Eindruck auf den Grafen machen. Mit ausgesuchter Höflichkeit bat Hohenlohe sie dann auch, ihnen beim Diner Gesellschaft zu leisten.

Waldersee war ein freundlicher, fast jovialer Mann in den Vierzigern mit einem imposanten Schnauzbart, dessen Enden sorgfältig gezwirbelt waren. Seine Eskapaden als Spion während des Krieges zwischen Preußen und Österreich und später als Militärattaché an der preußischen Botschaft in Paris waren legendär. Als er Jeanne vorgestellt wurde, erkannte sie auch sogleich, weshalb er so erfolgreich darin war, andere Menschen zu täuschen. Seine gelassene und charmante Art ließen ihn harmlos erscheinen. Er war ein Mann, vor dem man sich in Acht nehmen musste.

Während des Essens machte Waldersee ihr Komplimente über die Kunstfertigkeit ihres Kochs und scherzte, dass er ihn am liebsten abwerben und auf seinen Familiensitz in Preußen mitnehmen würde. Für einen Moment trat Jeanne die Vision vor Augen, wie Maître Rosselli das gesamte Geschlecht derer von Waldersee mit einem vergifteten Ragout auslöschen würde. Sie hielt es für geraten, nicht auf den Scherz einzugehen, doch das sarkastische Lächeln, das über ihre Lippen huschte, brachte selbst den leutseligen Waldersee zum Schweigen.

»Hm, nun ja«, sagte der Graf nach einer Pause verlegen, »mein guter Prinz zu Hohenlohe, wie kommen Sie denn mit der Entwaffnung der Bevölkerung voran?«

»Gut, sehr gut, Graf«, erwiderte der Militärgouverneur.

Er legte den Löffel auf den Teller. Auf einmal fühlte er sich nicht mehr in der Lage, auch nur einen weiteren Bissen des Soufflés hinunterzubringen, das als Dessert serviert worden war.

»Ich versichere Ihnen, dass es hier in Reims keine bewaffneten Zivilisten mehr gibt, die eine Gefahr für unsere Truppen darstellen könnten.«

Jeanne tupfte sich mit der Serviette die Lippen ab und legte sie auf den Tisch. Ohne Waldersee anzusehen, fragte sie sich, ob er der Versicherung des Militärgouverneurs wohl glauben mochte. Als Mann von Welt musste er damit rechnen, dass die Einwohner der besetzten Stadt nicht alle ihre Schusswaffen freiwillig abgegeben hatten. Würde er Hohenlohe auffordern, die Häuser durchsuchen zu lassen, um sicherzugehen, dass die Leute tatsächlich entwaffnet waren? Was würde mit dem alten Roger geschehen, falls man sein geheimes Lager fand? Als Jeanne sich die drohenden Konsequenzen vorstellte, krampfte sich ihr der Magen zusammen.

Waldersee und Hohenlohe hatten sich Zigarren bringen lassen.

»Ich hoffe, der Rauch stört Sie nicht, Madame«, sagte der Graf und blickte sie fragend an.

»Keineswegs«, versicherte sie ihm, um Gelassenheit bemüht.

Waldersee entzündete die Zigarre an einer Kerze und begann, genüsslich zu paffen.

»Wissen Sie, dass Sie mich überraschen, Madame?«, bemerkte er.

»So? Weshalb denn?«, erkundigte sich Jeanne.

»Prinz zu Hohenlohe erzählte mir, dass Sie ihn und seinen Stab ganz allein empfangen haben, als er kam, um das Haus zu beschlagnahmen. Sie leben hier mit Ihrer dreizehnjährigen Tochter ohne männlichen Schutz. Ich muss schon sagen, es beeindruckt mich, dass Sie es nicht vorgezogen haben, die Stadt zu verlassen.«

Seine arrogante Bemerkung verletzte Jeanne. Stolz erhob sie sich, trat zu dem Anrichteschrank an der Wand und zog die oberste Schublade auf. Während sie hineingriff und den Kolben des Colts umfasste, sagte sie: »Ich leite ein Unternehmen und trage daher große Verantwortung für meine Mitarbeiter. Zudem haben bisher nur anständige Leute mein Haus betreten. Für jeden, der anderen Sinnes sein sollte, habe ich das hier!«

Als die beiden Männer den Revolver in Jeannes Hand sahen, fuhren sie erschrocken von ihren Stühlen auf.

»Aber, Madame, im Haus des Militärgouverneurs!«, rief Hohenlohe entrüstet.

»Nein, Prinz, in *meinem* Haus habe ich das Recht, mich gegen Zudringlichkeiten zu verteidigen«, gab Jeanne schneidend zurück. »Aber keine Sorge, Messieurs, als Ehrenmänner haben Sie nichts von mir zu befürchten.«

Hohenlohes angespannte Miene verriet, dass er nicht wusste, was er tun sollte. Graf Waldersee dagegen lächelte anerkennend.

»Touché, Madame. Behalten Sie Ihren Revolver. Nicht wir entwaffnen die Damen, sondern sie uns.«

43

Reims, Oktober 1870

»Seien Sie ehrlich, Mr Conway, ich bitte Sie. Wie schmeckt Ihnen mein trockener Champagner?«, fragte Jeanne mit erwartungsvoller Miene.

Der amerikanische Journalist unterdrückte ein Husten. »Sie wollen, dass ich aufrichtig bin, Madam«, sagte er, nachdem er sich ausgiebig geräuspert hatte. »Dann werde ich Ihnen den Gefallen tun: Dieser Wein ist ein furchtbarer Rachenputzer. Er ist so sauer, dass sich einem das Zahnfleisch zusammenzieht. Es tut mir leid, Mrs Pommery, aber Sie haben mich um meine ehrliche Meinung gebeten.«

Der Kellermeister, der Daniel Conway eingeschenkt hatte, blickte unglücklich drein, doch Jeanne rang sich ein Lächeln ab.

»Nun, das überrascht mich nicht. Meine Mitarbeiter haben sich ähnlich vernichtend geäußert. Mr Vasnier ist sogar dafür, die Experimente mit trockenem Champagner ganz einzustellen, aber ich gebe nicht auf. Was wir brauchen, ist eine gute Traubenernte. Dann wird es mir gelingen.«

»Ich denke, Sie haben recht, Madam«, stimmte der Amerikaner zu. »In mir werden Sie jedenfalls immer einen willigen Vorkoster haben.«

»Danke, Mr Conway«, erwiderte Jeanne. »Das werde ich nicht vergessen. Zum Trost für Ihre Unannehmlichkeiten, und um den sauren Geschmack loszuwerden, trinken wir noch einen meiner besten Champagner zusammen.«

»Das ist eine gute Idee«, sagte der Journalist erfreut.

Conway hatte als Kriegsberichterstatter für verschiedene amerikanische Zeitungen mehrere Schlachten aus nächster Nähe beobachtet und befand sich auf der Durchreise nach Paris, um über die Belagerung der französischen Hauptstadt durch die Preußen zu berichten. Er hatte Schreckliches gesehen, das ihn an die Schlachtfelder des Sezessionskrieges in seiner Heimat erinnerte. Als Conway beim Militärgouverneur in Reims vorgesprochen hatte, war er von diesem zum Essen eingeladen worden. Danach hatte Jeanne ihn in ihren Weinkeller geführt und ihn Damas Oliviers erste Versuche, einen trockenen Champagner herzustellen, probieren lassen.

»Eine furchtbare Sache, dieser Krieg«, bemerkte Conway, während er an dem Glas süßen Perlweins nippte, den Olivier ihm eingeschenkt hatte. »Ich kann Ihnen sagen, Mrs Pommery, dass man in meinem Land und auch in Großbritannien entsetzt über die Belagerung Ihrer Hauptstadt ist. Paris ist etwas Besonderes: die Stadt des Lichts, der Kultur, der Kunst... Manch einer bei uns zu Hause fragt sich, ob wir da wirklich tatenlos zusehen sollten.« Er seufzte bedrückt. »Natürlich steht es völlig außer Frage, dass die Vereinigten Staaten sich einmischen könnten. Aber ich hoffe, meinen Lesern durch meine Artikel ein genaues Bild der Vorgänge zu liefern. Ich glaube, den Briten ist auch nicht wohl beim Anblick dieser gewaltigen Krupp-Geschütze. Sie werden sich fragen, gegen wen sich die Preußen als Nächstes wenden, falls Frankreich unterliegen sollte, nachdem sie bereits Österreich geschlagen haben.«

Jeanne unterdrückte die Worte, die ihr auf der Zunge lagen: Die handeltreibenden Nationen werden zu spät begreifen, was es für sie bedeuten wird, wenn Frankreich durch diesen Krieg ausblutet. Schon lag überall die Industrie brach. Vor ein paar Wochen war Édouard Werlé, der nach Madame Clicquots Tod die Leitung ihrer Firma übernommen hatte und zudem im Jahr zuvor als Parlamentsabgeordneter wiedergewählt worden war, mit dem preußischen Kanzler Graf von Bismarck zusammengetroffen. Werlé hatte um die Erlaubnis ersucht, Steinkohle aus Belgien einzuführen, um die Fabriken und Manufakturen mit Brennstoff zu versorgen. Es hieß, die beiden Männer hätten, obwohl ihre Muttersprache Deutsch war, französisch miteinander gesprochen, da der seit Langem in Frankreich eingebürgerte Werlé sich geweigert habe, das Gespräch auf Deutsch zu führen. Er war eben genauso dickköpfig wie die Witwe Clicquot.

Noch während Jeanne und Conway den Champagner genossen, tauchte plötzlich Madame Olivier in der Tür zum Keller auf. Sie wirkte aufgelöst. Ohne dem Besucher Beachtung zu schenken, eilte sie auf ihren Mann und Jeanne zu.

»Was ist passiert, Adèle?«, fragte Damas Olivier beunruhigt. »Ist etwas mit den Kindern?«

Sie schüttelte den Kopf. Als sie zu sprechen ansetzte, füllten sich ihre Augen mit Tränen, und ihre Stimme drohte zu versagen.

»Dr. Henrot … sie haben ihn verhaftet …«

»Verhaftet? Aber wer … wieso?«, stieß Olivier hervor.

»Dr. Brébant haben sie auch mitgenommen und Dr. Thomas«, stammelte seine Frau. »Vom Mittagstisch haben sie ihn fortgezerrt, vor den Augen seiner Familie …«

»Die Preußen?«, mischte Jeanne sich ein. »Madame Olivier, nun beruhigen Sie sich doch.«

Wieder nickte die Frau nur.

»Das ist ungeheuerlich«, entfuhr es Jeanne.

»Madam?«, fragte Conway neugierig.

»Wie es scheint, haben die Besatzer drei in der Stadt sehr angesehene Ärzte verhaftet«, erklärte Jeanne. »Die Freischärler machen ihnen zu schaffen. Sie sabotieren Eisenbahnlinien und überfallen Versorgungslieferungen für die preußische Armee, dann verschwinden sie spurlos. Die Preußen wissen sich nicht anders zu helfen, als diejenigen mit aller Härte zu bestrafen, die die Milizen unterstützen. Offenbar glauben sie, dass die Ärzte Verbindungen zu ihnen unterhalten. Erst kürzlich haben sie einen Notar aus Aubigny, der meine Familie in den Ardennen oft vertreten hat, wegen Kollaboration mit Freischärlern zum Tode verurteilt. Als ich davon hörte, flehte ich den Prinzen zu Hohenlohe an, ihn zu verschonen. Es gelang mir, Maître Tarel vor dem Exekutionskommando zu bewahren. Und bei Gott, ich werde nicht zulassen, dass diese drei Ärzte hingerichtet werden.« In ihren Augen war Entschlossenheit zu lesen, als Jeanne den Blick auf den Journalisten richtete. »Bleiben Sie noch ein paar Tage in Reims, Mr Conway? Dann bekommen Sie Stoff für Ihren Artikel.«

Als Jeanne den Prinzen zu Hohenlohe zu sprechen wünschte, teilte ihr sein Adjutant mit, dass der Herr Militärgouverneur nicht zugegen sei und sie sich bis zum Abend gedulden müsse. Verärgert und beunruhigt zog sich Jeanne in ihr Schlafgemach zurück. In ihr brodelte es. Der Aufschub schürte noch ihre Wut. Unter Lafortunes besorgten Blicken ging Jeanne im Zimmer auf und ab und schaute immer wieder zum Fenster hinaus, in der Hoffnung, Hohenlohe früher zurückkehren zu sehen.

Die Sonne war bereits untergegangen, als sie endlich seine Stimme hörte. Er fuhr einen der wachhabenden Soldaten an, da er nicht schnell genug salutiert hatte, und machte seinem Adjutanten Vorhaltungen, weil er es zuließ, dass die ihm unterstellten Männer nachlässig wurden.

Als nun die Witwe Pommery auf der Schwelle zu seinem Büro erschien und ihn zu sprechen wünschte, und das auch noch vor dem Diner, gab der Prinz zu Hohenlohe nur missmutig nach. Man sah ihm an, dass er einen anstrengenden Tag hinter sich hatte und nicht gerade in zugänglicher Stimmung war. Einen Moment lang überlegte Jeanne, ob es nicht klüger wäre, mit ihrem Anliegen zu warten. Doch dann entschied sie sich dagegen. Es gab keine Garantie dafür, dass der Militärgouverneur am nächsten Tag besser aufgelegt sein würde. Falls ihn eine schlechte Nachricht erreichte, würde er vielleicht noch griesgrämiger sein.

Mit der stolzen Haltung, die sie sich als junges Mädchen im Pensionat der Vienaud-Schwestern in Paris angeeignet hatte, betrat Jeanne ihr Studierzimmer, in dem der preußische Offizier hinter dem Schreibtisch saß und etwas auf einen Bogen Papier kritzelte. Er sah sie nicht an, sondern fuhr fort, das Blatt mit engen Zeilen seiner unleserlichen Schrift zu füllen. Schweigend blieb Jeanne vor ihm stehen und wartete. Wenn es sein musste, konnte sie sehr geduldig sein.

Schließlich legte Prinz zu Hohenlohe den Federhalter nieder und blickte seufzend auf.

»Was kann ich für Sie tun, Madame?«

Jeanne kam ohne Umschweife zum Thema: »Man sagt, Sie haben drei Ärzte verhaften lassen, Dr. Henrot, Dr. Brébant und Dr. Thomas.«

»So, sagt man das?«, wiederholte Hohenlohe ironisch. »Die Buschtrommeln arbeiten schnell in dieser Stadt.«

»Die besagten Herren sind angesehene Bürger und haben sich sehr um das Gemeinwohl verdient gemacht.«

»Sie werden der Spionage verdächtigt«, belehrte Hohenlohe die Witwe. »Sie sollen einen Briefwechsel mit der französischen Regierung in Tours unterhalten und Militärgeheimnisse weitergegeben haben.«

»Ach, wie der Graf von Waldersee in Paris?«, fragte Jeanne spöttisch.

Der Schlag hatte gesessen, denn Hohenlohe stieg Zornesröte in die Wangen. Im nächsten Moment fasste er sich und erwiderte zynisch: »Hat nicht im Jahr 1814 ein französisches Kriegsgericht den Verräter Rougeville, der für die Russen spioniert hatte, zum Tod durch Erschießen verurteilt und an der Friedhofsmauer nahe der Porte de Mars hinrichten lassen? Sie sehen also, wir sind nicht unerbittlicher als Ihre Landsleute.«

Jeanne war blass geworden. »Sie wollen die drei Männer erschießen lassen, Prinz? Aber das wäre Mord!«

»So will es das Kriegsrecht, Madame«, widersprach er mit strenger Miene.

»Aber das können Sie nicht tun! Ich kenne alle drei Herren persönlich. Sie haben in ihrem Leben noch nie etwas Unrechtes getan.«

»Das haben Sie auch über diesen Maître Tarel gesagt, als Sie mich anflehten, ihn zu verschonen. Ich habe mich erweichen lassen und die Hinrichtung in Kerkerhaft umgewandelt. Aber diesmal muss ich hart bleiben, Madame. Die Männer sind Spione!«

»Wer sagt das?«, gab Jeanne empört zurück. »Das sind doch nur Verleumdungen von Neidern. Dr. Henrot und Dr. Brébant sind Stadträte, die einflussreiche Posten in der Stadt innehaben. Dafür haben sie hart gearbeitet. Ihre Gegner, die ihnen ihre Stellung missgönnen, sehen nun eine Gelegenheit, um sie aus dem Weg zu räumen, sodass sie selbst ihren Platz einnehmen können. Sie lassen sich von niederen Geistern benutzen, Prinz!«

Sie wusste nicht, ob ihre Anschuldigung der Wahrheit entsprach. Vielleicht hatten die drei Ärzte wirklich für die französische Regierung in Tours spioniert. Aber nur wenn sie selbst fest daran glaubte, dass sie unschuldig waren, hatte sie eine Chance, den harten, aber aufrichtigen Soldaten zu überzeugen, der sie zweifelnd anblickte.

Das leidenschaftliche Funkeln in ihren Augen verunsicherte Hohenlohe. Sie las von seinem Gesicht ab, dass er die von ihr angesprochene Möglichkeit in Betracht zog. Nun durfte sie nicht aufgeben.

»Ich habe diese drei Ärzte bei der Arbeit gesehen, Monsieur«, fuhr sie fort. »Dr. Henrot besucht die Armen in ihren bescheidenen Behausungen und behandelt sie, wenn's sein muss, umsonst.«

Das war gelogen. Seit Henrot Stadtrat war und am Hôtel-Dieu die anatomische Abteilung leitete, fand er nur noch wenig Zeit für Arztbesuche und beschränkte sich auf zahlende Kunden. Aber was tat's?

»Denken Sie daran, Prinz, dass der Winter vor der Tür steht. Überall im Umland wurden Ernten zerstört und das

Vieh sinnlos getötet. Die Bevölkerung wird Hunger leiden. Vielleicht auch Ihre Soldaten. Krankheiten werden sich ausbreiten. Glauben Sie nicht, dass Sie jeden Arzt brauchen werden?«

Hohenlohe konnte den eindringlichen Blick, mit dem sie ihn festhielt, nicht länger ertragen und senkte die Augen.

Gereizt sagte er: »Ich hatte nie vor, sie hinrichten zu lassen... Sie haben recht. Die Beweise gegen sie sind dürftig. Aber etwas muss daran sein. Deshalb bleiben die Herren Ärzte in Haft.«

Doch Jeanne war noch nicht zufrieden. Kerkerhaft in einer weit entfernten Festung in Preußen, das war für manche so gut wie ein Todesurteil. Dort erwartete sie Misshandlung, Kälte, Hunger... Nein, davor musste sie diese drei Männer bewahren! Plötzlich trat ihr der Earl of Shaftesbury vor Augen, und im Geiste durchlebte sie noch einmal ihren Besuch im Armenviertel in Westminster an seiner Seite.

»Ich würde Sie gerne zu einem kleinen Ausflug einladen, Monsieur«, sagte sie auf ihre resolute Art, mit der sie schon oft ihren Willen durchgesetzt hatte.

»Aber, Madame, das Diner...«, widersprach der Militärgouverneur.

»Das Diner wird warten. Was ich Ihnen zeigen möchte, ist wichtig. Kommen Sie!«

Hohenlohes verwirrte Miene verriet, dass er selbst nicht wusste, weshalb er nachgab und der Witwe aus dem Schreibzimmer folgte. Wie ein Geist tauchte Lafortune aus einem Schatten neben der Tür auf. Jeanne hatte den Verdacht, dass sie gelauscht hatte. Die Gute spielte wieder einmal den Schutzengel.

»Holen Sie meinen Mantel, Lafortune«, bat sie die Zofe.

»Der Herr Militärgouverneur und ich machen einen Spaziergang.«

»Aber wohin wollen Sie denn, Madame?«, protestierte Hohenlohe. »Ich habe noch viel Arbeit zu erledigen.«

»Vor einer Minute wollten Sie sich noch gemütlich zum Diner niederlassen«, erinnerte Jeanne ihn. »Es wird nicht lange dauern. Und wenn wir zurückkehren, wird Maître Rosselli etwas ganz Besonderes für Sie zaubern, versprochen.«

Im Innenhof gab Hohenlohe zwei Soldaten einen Wink, ihnen zu folgen. Jeanne schenkte ihm ein herausforderndes Lächeln.

»Die Eskorte brauchen Sie nicht, Prinz. In meiner Begleitung haben Sie nichts zu befürchten.«

Anerkennend nickte er ihr zu und bot ihr seinen Arm. Sie hakte sich ein. Es würde ihrem Ruf nicht gerade guttun, in so vertraulichem Umgang mit einem preußischen Offizier gesehen zu werden, doch das Risiko war es ihr wert.

Aufgrund der Ausgangssperre waren die Straßen verlassen. Das Gaslicht der Laternen spiegelte sich geisterhaft auf dem feuchten Pflaster. Sie überquerten die Kreuzung und gingen die Rue de l'École de Madeleine entlang auf die Kathedrale Notre-Dame zu, die sich vor ihnen erhob. Einen Moment blieben sie vor der prächtigen Westfassade mit ihren Darstellungen von Königen und Engeln stehen.

In Gedanken sprach Jeanne ein kurzes Gebet: Steht mir zur Seite, ihr himmlischen Heerscharen. Ich bedarf eurer Hilfe.

Zu ihrer Linken standen die verschachtelten Gebäude des alten Hôtel-Dieu, des städtischen Hospitals, in dem vor allem die Armen behandelt wurden. Die Wohlhabenden zogen es vor, Ärzte und Chirurgen in ihren Häusern zu empfangen und sich auch dort operieren zu lassen. Eine Schwester im weißen Wimpel öffnete ihnen die Tür und grüßte sie. Ihre unbewegte Miene gab ihre Überraschung über den unerwarteten Besuch nicht preis.

Jeanne raunte ihr etwas zu. Die Nonne nickte und ging ihnen mit gesenktem Kopf voraus.

»Madame Pommery, ich muss wirklich…«, setzte der Prinz zu Hohenlohe zum Protest an.

»Kommen Sie, Monsieur«, sagte Jeanne bestimmt.

Unbehaglich folgte er ihr und der Nonne. Die Krankensäle, die sie durchschritten, waren erfüllt von menschlichen Stimmen, die murmelten, stöhnten, wimmerten, vor Schmerz schrien… Jeanne sah, wie der Offizier an ihrer Seite erschauderte, und sie ahnte, dass sie seine Geduld nicht weiter strapazieren durfte. Zum Glück hatten sie ihr Ziel erreicht. Die Schwester war vor einem breiten Baldachinbett stehen geblieben und zog einen der Vorhänge auf. Eine ganze Reihe Kinder verschiedenen Alters drängte sich unter der Decke zusammen. Einige schliefen. Zwei Mädchen, die einander in den Armen hielten, erschraken, als sie den Mann in preußischer Uniform neben Jeanne auftauchen sahen. Ein kleiner Junge hustete und rang nach Luft. Alle Kinder wirkten blass und elend.

»Sie stammen aus dem Waisenhaus von Saint-Nicaise, das ich gegründet habe«, erklärte Jeanne. »Sie haben nicht nur ihre Eltern verloren, der Krieg beschert ihnen auch noch Hunger und Schrecken.«

Erschüttert blickte Hohenlohe auf die Kinder hinab, die ihn mit weit aufgerissenen Augen angstvoll anstarrten. Die Nonne, die sie hergeführt hatte, nutzte den Moment des

Schweigens und fragte: »Wissen Sie, wann Dr. Henrot zurückkommt, Madame? Der Husten des Kleinen ist schlimmer geworden. Er bekommt kaum Luft. Dr. Lacour war heute Morgen hier, aber es sind so viele, denen es schlecht geht.«

»Dr. Henrot wird bestimmt bald kommen, Schwester«, versicherte Jeanne. »Sie können sich jetzt wieder Ihren Pflichten widmen.«

Als die Nonne außer Hörweite war, knurrte Hohenlohe: »Nun sind Sie es, die versucht, mich zu manipulieren, Madame.«

»Ich wollte Ihnen nur vor Augen führen, was Worte allein nicht ausdrücken können.«

»Das wäre nicht nötig gewesen. Auch wir Preußen lieben unsere Kinder. Und ich stimme Ihnen zu. Wir haben zu wenige Ärzte.« Sein Gesicht verfinsterte sich. »Also gut, Madame. Sie haben gewonnen. Ich werde in Betracht ziehen, die Herren Doctores nach einer kurzen Kerkerhaft frühzeitig zu entlassen. Aber ich erwarte, dass Sie ihnen gut zureden und ihnen klarmachen, dass sie ihre Korrespondenz mit der französischen Regierung in Tours zu unterlassen haben.« Er wandte sich zum Gehen. »Und noch etwas, Madame. Das war das letzte Mal, dass ich einen Ihrer Schützlinge verschont habe. Vergessen Sie das nicht!«

44

Reims, April 1879

Jeanne stand in der großen Lagerhalle ihres Betriebs und erfreute sich an der Geschäftigkeit um sie herum. Eiserne Säulen trugen das mächtige Dach. Die Frühlingssonne sandte ihre Strahlen durch die Spitzbogenfenster, die an eine mittelalterliche Burg erinnerten, und beleuchtete die an den beiden Längsseiten der Halle bis zur Decke gestapelten Weinfässer. Trotzdem war es kühl. Neben Jeanne rieb sich ihre Tochter Louise die klammen Finger. Obwohl sie durchaus Geschäftssinn besaß und mit dem Champagnerhandel aufgewachsen war, konnte Louise den Arbeitsabläufen nicht in demselben Maße Freude abgewinnen wie ihre Mutter. Jeanne hoffte dennoch, dass Louise auch nach ihrer Hochzeit mit Guy de Polignac, die im Juni stattfinden sollte, noch Interesse an der Firma haben würde, denn eines Tages würde sie einen Teil davon erben.

Das Treiben der Arbeiter in ihren langen weißen Schürzen zu beobachten, das erfüllte Jeanne mit tiefer Zufriedenheit. Unter dem strengen Auge des Aufsehers schleppten sie Körbe mit Flaschen oder transportierten diese mit zweirädrigen Handkarren an ihren Bestimmungsort. Sie ließen es sich nicht nehmen, im Vorbeigehen jedes Mal vor der Chefin ihre Schirmmützen zu lüften. Schließlich musste Jeanne lachen.

»Ich glaube, wir gehen lieber ins Büro, damit die Männer in Ruhe arbeiten können und nicht ihre Zeit damit verschwenden, mich zu grüßen«, scherzte sie.

Am Eingang zur Lagerhalle kam ihnen Henry Vasnier in Begleitung eines Besuchers entgegen. Als Jeanne den Ankömmling erkannte, blieb sie erfreut stehen. Ein strahlendes Lächeln breitete sich über ihre Züge.

»Mr Conway, welche Überraschung! Ich hätte nicht gedacht, Sie nach all den Jahren noch einmal wiederzusehen.«

»Ich gebe zu, ich habe mir Zeit gelassen, aber dann konnte ich doch nicht widerstehen, Ihre schöne Stadt noch einmal zu besuchen«, entgegnete der amerikanische Journalist. »Verzeihen Sie meine Nachlässigkeit, Madame, es ist so viel passiert in der Welt, und ich bin unermüdlich herumgereist. Sie waren aber auch nicht müßig, wie ich sehe.« Mit leuchtenden Augen blickte Conway sich in der riesigen Lagerhalle um. »Ich hatte ja keine Ahnung! Ich sprach in der Rue Vauthier-le-Noir vor, und Monsieur Vasnier war so freundlich, mich in der Kutsche herzufahren. Was für ein Anblick, wenn man durch das große Eisentor auf das Gelände kommt und dann diese märchenhaften Gebäude vor sich sieht, die einem englischen Herrenhaus gleichen mit dem neogotischen Portikus, den verspielten Türmchen mit ihren Spiralen aus rotem Backstein und dem taubenblauen Putz – ein wahrer Palast!« Er machte ein bedauerndes Gesicht. »Wie schade, dass ich für meinen Artikel nur Schwarz-Weiß-Fotografien beisteuern kann.«

Jeanne wartete, bis sich die sprudelnde Begeisterung des Amerikaners ein wenig gelegt hatte.

»Darf ich Sie herumführen, Mr Conway? Es wäre mir ein Vergnügen.«

Sie fing Henrys zweifelnden Blick auf und nickte ihm beschwichtigend zu. »Aber wo sind meine Manieren«, fuhr sie, an den Journalisten gewandt, fort. »Darf ich Ihnen meine Tochter Louise vorstellen? Sie wird im Sommer den Marquis de Polignac ehelichen.«

»Ich gratuliere Ihnen herzlich, Miss Pommery«, sagte Conway artig. »Erfreut, Sie kennenzulernen.«

Nachdem sich Henry verabschiedet hatte, erzählte Jeanne dem Amerikaner von dem Bau der Gebäude.

»Ich habe hier in Reims zwei sehr gute Architekten gefunden: Monsieur Gosset und Monsieur Gozier. Ihre Entwürfe lieferten genau das, was ich haben wollte: einen Stil in Anlehnung an die Burgen und Herrenhäuser, die ich in England und Schottland besucht habe.« Sie lächelte zufrieden. »Ich wollte damit erreichen, dass die Besucher aus dem angelsächsischen Raum, die für ihre Reiseleidenschaft bekannt sind und gerne wichtige Stätten auf dem Kontinent besichtigen, sich bei mir wie zu Hause fühlen. Schon seit Ende des Krieges veranstalte ich regelmäßig Jagdgesellschaften in meinem Sommerhaus in Chigny, aber ich brauchte einen Ort hier in Reims, um auch Tagesbesuchern die Möglichkeit zu geben, meinen Betrieb zu besichtigen. Mein Haus in der Rue Vauthier-le-Noir war dafür nicht geeignet. Außerdem brauchte ich größere Weinkeller.«

»Für Ihre Experimente mit trockenem Champagner?«, fragte Conway interessiert.

»Genau. Sie erinnern sich noch an die ersten Versuche von Monsieur Olivier damals im Jahr 1870?«

»O ja«, bestätigte der Journalist mit einem Schaudern.

Jeanne lachte. »Ich weiß, sie waren nicht sehr erfolgreich. Monsieur Olivier hat sich inzwischen zur Ruhe gesetzt. Mein neuer Kellermeister Victor Lambert hatte zuerst auch nicht mehr Erfolg, aber 1874 hatten wir einen warmen Sommer, der eine gute Ernte besonders süßer Trauben brachte. Ich verständigte mich mit den Weinbauern, die mich belieferten, darauf, dass ich ihren gesamten Ertrag kaufen würde, wenn sie zusagten, mir die Entscheidung über den Erntezeitpunkt zu überlassen. Ich garantierte ihnen den vollen Preis, auch wenn ein plötzlicher Wetterumschwung die Trauben beschädigen sollte. So bewog ich die Winzer dazu, erst dann zu ernten, als die Früchte wirklich reif und süß waren.«

»Aber das erforderte doch sicher den Einsatz einer beträchtlichen Summe Kapitals«, warf Conway beeindruckt ein.

»Ja, es war riskant«, erwiderte Jeanne. »Aber es hat sich gelohnt. Das Ergebnis war der beste Champagner, den Sie je gekostet haben, Sir, und das ohne den übermäßigen Zusatz von Zucker. In England wird man ihn lieben. Und in Ihrer Heimat hoffentlich auch, Mr Conway.«

»Ich kann es kaum erwarten, ihn zu probieren«, sagte der Amerikaner. »Aber zuerst würde ich mir gerne dieses riesige Fass dort hinten aus der Nähe ansehen, Madame.«

»Es ist beeindruckend, nicht wahr?«, bemerkte Jeanne. Während sie näher traten, erläuterte sie: »Darin wird der Wein gemischt. Es fasst etwa fünftausendfünfhundert Galonen.«

Fasziniert betrachtete Conway das gewaltige Holzfass, das mit dem Monogramm P & G und dem Wappen der Stadt Reims geschmückt war. Über eine eiserne Treppe gelangte man auf eine Plattform, die um das Fass herumlief.

»Was machen die Burschen da?«, erkundigte sich der Journalist.

»Mithilfe des Handgriffs, der oben herausragt, drehen sie

die Paddelräder im Innern des Fasses«, erklärte Jeanne. »So wird der Wein gleichmäßig vermischt.«

Eine Weile sahen sie zu, wie die kleinen Weinfässer mit einem Flaschenzug auf die Plattform hochgezogen wurden. Zwei Arbeiter gossen den Inhalt dann über eine metallene Rinne in das große Fass.

»Ah, verstehe, und mit den Lastenaufzügen da hinten wird der Wein aus dem Keller hochgebracht, richtig?«, fragte Conway interessiert.

»Richtig«, antwortete Jeanne. »Sie werden mit Dampf betrieben und können bis zu acht Fässer in einem Augenblick hoch- oder runtertransportieren.«

»Ist es wahr, dass die Keller unter dem Gebäude unendlich groß sind?«

»Sie erstrecken sich über achtzehn Kilometer und verbinden etwa sechzig Kreidegruben miteinander, die ich von belgischen Bergleuten habe ausschachten lassen. Durch diese Tür gelangt man hinein.«

Jeanne deutete auf eine durch einen Spitzbogen überwölbte, eisenbeschlagene Tür am anderen Ende der Halle und ging mit Louise an ihrer Seite dem Amerikaner voraus. Dahinter fiel eine breite Treppe, die eines Palastes würdig gewesen wäre, in die dunkle Tiefe hinab. Jeanne hörte, wie Conway bei dem überraschenden Anblick überwältigt die Luft ausstieß.

»Wie tief geht es da hinunter?«, fragte er, als er sich gefangen hatte.

»Dreißig Meter. Es sind hundertsechzehn Stufen«, antwortete die Witwe Pommery stolz. »Fühlen Sie sich dem Abstieg gewachsen, Sir? Dann führe ich Sie durch meine Kreidekeller.«

»Aber unbedingt, Madam. Um nichts in der Welt möchte ich das verpassen.«

Überall in den Gängen waren Flaschen gestapelt oder steckten in den Rüttelpulten, in denen sie von den Arbeitern regelmäßig gedreht wurden. Hin und wieder stießen sie auf die Scherben einer vom Druck des Schaums zersprengten Flasche.

»Zum Schutz meiner Arbeiter habe ich Masken aus Eisendrahtgeflecht eingeführt«, erklärte Jeanne, als sie Conways beunruhigten Blick bemerkte. »Vor allem im Sommer geht regelmäßig etwas zu Bruch.«

»Das müssen Hunderttausende Flaschen sein«, entfuhr es dem Journalisten entgeistert. »Ich bin sprachlos, Madam.«

»Bisher haben nur wenige Besucher all das gesehen«, sagte Jeanne. »Die Eröffnung war erst vor einer Woche. Es ist auch noch nicht alles fertig. Ich habe vor, einen Bildhauer zu beauftragen, der große Flachreliefs in einigen der Kreidehöhlen anfertigen soll. Mir schweben Darstellungen von dem römischen Gott Bacchus vor und von Selene mit ihren Mänaden. Vielleicht auch ein Fest, bei dem Champagner ausgeschenkt wird. Aber ich habe noch keinen geeigneten Künstler gefunden.«

»Sie haben wirklich hochfliegende Pläne, Madam«, erwiderte Conway.

»Man darf nie aufhören, Neues zu erschaffen, um die Menschen zu blenden, sonst verlieren sie das Interesse«, belehrte Jeanne ihn. »Die Konkurrenz schläft nicht. Schon sind die anderen Champagnerhäuser dabei, ebenfalls Grundstücke in der Umgebung zu erwerben, um ihre eigenen Kreidekeller anzulegen.« Sie lächelte. »Aber nun wollen wir zurück nach oben gehen. Ich hatte Ihnen versprochen, Ihnen meine Cuvée von 1874 vorzuführen.«

Sie erstiegen die breite Treppe und betraten wieder die Lagerhalle. An einem Ende befanden sich Büros und ein elegant eingerichteter Raum, in dem Besucher Wein verkosten konnten. Es gab gepolsterte Sofas und Sessel. Die Wände waren mit Gemälden französischer Maler geschmückt. Auf den Tischen standen Vasen mit prachtvollen Rosen.

Beeindruckt sah Conway sich um. »Sie haben eine große Vorliebe für die Künste, Madam. Das ist mir im Büro Ihres Managers Mr Vasnier auf der Rue Vauthier-le-Noir schon aufgefallen. Die Wandregale dort waren voller Fayencen. Mr Vasnier sagte, dass Sie die Keramiken selbst gesammelt haben.«

»Das stimmt«, bestätigte Jeanne. »Ich habe schon immer ein Faible dafür gehabt. Aber meine große Leidenschaft sind Rosen. In meinem Landhaus in Chigny habe ich einen entzückenden Garten angelegt, für den ein guter Freund, der Rosenzüchter Mr Leveque, mir seine neuesten Kreationen liefert. Er hat mir versprochen, eine seiner Züchtungen nach mir zu benennen.«

»Ihre Interessen sind so vielfältig, Madam«, sagte der Journalist. »Wie schaffen Sie es nur, ihnen allen nachzugehen?«

»Indem ich bei Morgengrauen aufstehe und mir nur wenig Ruhe gönne«, erwiderte Jeanne. »Das Leben ist so kurz. Man muss jede Minute nutzen.«

»Da haben Sie recht«, stimmte Conway zu. »Vor allem, da die Menschheit so viel kostbare Zeit mit sinnlosen Kriegen verschwendet. Als wir uns das letzte Mal unterhielten, waren die Zeiten für Ihr Land so düster, dass mich Ihr prächtiger Industriepalast ganz besonders beeindruckt hat.« Seine Miene wurde ernst. »Was ist eigentlich aus den drei Ärzten geworden, die von den Preußen verhaftet worden waren? Da ich abreisen musste, habe ich nie erfahren, ob es Ihnen gelungen war, sie freizubekommen.«

»Sie wurden nach wenigen Monaten Haft in Magdeburg freigelassen und kehrten wohlbehalten zurück«, berichtete Jeanne. »Einer von ihnen, Dr. Henrot, ist inzwischen stellvertretender Bürgermeister geworden.«

»Das freut mich zu hören. Es kann nicht leicht gewesen sein, den Militärgouverneur umzustimmen.«

Jeanne nickte nachdenklich. Sie erinnerte sich an ihr Gespräch mit dem Prinzen zu Hohenlohe. Er hatte sich von ihren Argumenten überzeugen lassen und die drei Ärzte verschont. Aber er hatte ihr auch geschworen, dass es das letzte Mal sein würde. Und er hatte zu seinem Wort gestanden. Abbé Miroy, den Pfarrer von Cuchery, einem Dorf etwa dreißig Kilometer von Reims entfernt, hatte sie nicht retten können. Die Preußen hatten den Geistlichen standrechtlich erschossen, nachdem der Waffenstillstand bereits unterzeichnet worden war, weil er angeblich Freischärlern Unterschlupf gewährt hatte.

»Madam?«, sagte Conway sanft, als er ihre schmerzliche Miene bemerkte. »Ist alles in Ordnung?«

Jeanne zwang sich zu einem Lächeln. »Ja«, entgegnete sie. »Kommen Sie, mein Lieber. Mein Kellermeister wird Ihnen meinen ›Pommery Nature‹ aus dem Jahr 1874 ohne Dosage zu kosten geben. Dieser Champagner ist weich wie Samt und duftet nach Frühlingsblüten. Er entwickelt am Gaumen ein würziges und fruchtiges Aroma, das Ihre Sinne verführen wird.«

Aus dem Büro nebenan war das Ticken des Telegraphen zu hören.

»Aber nun müssen Sie mich entschuldigen, Sir. Die Arbeit ruft. Da kommt gerade eine Nachricht, die wichtig sein könnte. Genießen Sie den Champagner.«

45

Reims, September 1888

Henry Vasnier betrat den Barbierladen auf der Rue de Tambour und ließ sich von dem Betreiber Meister Tarbé zu einem leeren Stuhl geleiten. Der Kunde neben ihm, dem der Barbier gerade die Haare geschnitten hatte, wandte den Kopf und begrüßte ihn herzlich.

»Guten Morgen, Monsieur Vasnier. Wie schön, dass wir uns mal wiedersehen. Sie haben sich in den letzten Wochen rar gemacht.«

Henry lächelte verschmitzt. »Sie wissen ja, lieber Herr Bürgermeister, die Arbeit hört nie auf.«

Dr. Henri Henrot betrachtete seinen Nachbarn prüfend. »Den Gerüchten zufolge, die man so hört, überrascht mich das nicht.«

Vasnier zwang sich, die versteckte Andeutung zu ignorieren und sich mit gespielter Gelassenheit auf seinem Stuhl zurückzulehnen.

»Ach, und welche Gerüchte meinen Sie?«

»Sie wissen schon. Es heißt, das Haus *Pommery & Greno* habe sich dieses Jahr bei den Ausgaben übernommen und stehe am Rande des Ruins.«

Henry gab sein Schauspiel auf und musterte den Bürgermeister durchdringend.

»Sagen Sie bloß, Sie glauben diese bösartigen Verleumdungen?«

Dr. Henrot hielt seinem Blick stand und lächelte.

»Nein«, antwortete er. »Ich glaube ihnen nicht. Aber es gibt stets Dummköpfe, die jede Lüge für bare Münze nehmen und sie nachplappern. Falls es derer zu viele sind, kann leicht Panik ausbrechen. Sie sollten etwas dagegen unternehmen, mein lieber Freund.«

»Das werde ich, verlassen Sie sich darauf«, erwiderte Henry.

»Sie wissen, was ich Madame Pommery verdanke. Ich wäre untröstlich, ihr Geschäft in Schwierigkeiten zu sehen. Falls ich irgendwie helfen kann, lassen Sie es mich wissen«, erbot sich Henrot.

Der Barbiermeister verbeugte sich vor Henry. »Sobald ich mit Dr. Henrot fertig bin, werde ich Sie rasieren, Monsieur. Oder würde es Ihnen etwas ausmachen, mit einem meiner Gesellen vorliebzunehmen?«

»Nein, durchaus nicht«, antwortete Henry. »Nur zu.«

Der Geselle eilte herbei und brachte die für die Rasur erforderlichen Utensilien wie Seife, Klappmesser und Ledergurt. Mit einer anmutigen Bewegung legte er dem Kunden ein frisches Handtuch um den Hals. Derweil rieb Meister Tarbé das Haar des Bürgermeisters mit einer Mischung aus Mandel- und Olivenöl ein.

»Wie macht sich eigentlich Ihr Zoologischer Garten, Monsieur Vasnier?«, fragte Dr. Henrot.

»Sehr gut. Die Besucher lieben vor allem die graziösen Giraffen. Übrigens habe ich mich entschlossen, noch einen Park mit exotischen Pflanzen einzurichten«, erwiderte der Geschäftsmann.

»Und wie läuft Ihr Salon in der Picardie?« Der Bürgermeister runzelte die Stirn. »Wie war noch gleich der Name… ›Kalifornien‹?«

»So ist es«, bestätigte Henry mit einem breiten Lächeln. »Wenn Sie ihn einmal besuchen wollen, mein Lieber, werde ich den Damen sagen, dass sie Sie mit besonderer Bevorzugung behandeln sollen.«

»Aber Monsieur Vasnier.« Dr. Henrot errötete. »Wenn das bekannt würde. Sie sind wirklich ein Libertin.«

»Sie waren es, der das Gespräch darauf brachte, Doktor«, erinnerte Henry ihn.

»Nun ja…« Seiner Schuld bewusst, verstummte der Bürgermeister und suchte nach einer Möglichkeit, das Thema zu wechseln. »Haben Sie von der Versteigerung gehört, bei der etliche Kunstwerke veräußert werden sollen? Das Bild ›Die Ährenleserinnen‹ von Jean-François Millet soll auch darunter sein.«

»Tatsächlich?«, sagte Henry interessiert. »Ich erinnere mich, dass ich das Gemälde im Jahr '57 im Pariser Salon gesehen habe. Damals wusste man den Realismus der Darstellung, dem sich die Maler der Schule von Barbizon verschrieben hatten, noch nicht zu würdigen.«

»Zum Glück ist das heute anders«, erwiderte der Bürgermeister. »Als Kunsthändler wissen Sie sicher, dass die Bevölkerung in den letzten Jahren die Werke unserer Künstler schätzen gelernt hat und es nicht gerne sehen würde, wenn ein Juwel von derartiger nationaler Bedeutung ins Ausland verkauft würde, wie dies so oft geschieht.«

»Ja, ich verstehe, was Sie meinen, Doktor«, stimmte Henry zu. »Besonders die reichen Amerikaner geben ihr Geld nicht allein für Champagner aus, sondern zunehmend auch für Kunstschätze aus der Alten Welt. Das mag daran liegen, dass sie selbst nur auf eine kurze Geschichte zurückblicken können.«

»Ich wusste, dass Sie es ebenso sehen wie ich«, sagte Dr. Henrot erfreut.

Der Barbiermeister entfernte das Handtuch von Henrots Schultern. Nachdem der Bürgermeister ihn bezahlt hatte, verbeugte er sich vor Henry.

»Empfehlen Sie mich Madame Pommery«, bat er, bevor er sich verabschiedete.

Während der Geselle Henrys Schnauzbart mit Bartwichse in Form brachte, dachte dieser über Henrots Worte nach. Vielleicht ergab sich hier eine Möglichkeit, um die bösen Zungen zum Schweigen zu bringen.

»Und Sie meinen, das könnte ausreichen?«, fragte Jeanne zweifelnd.

»Um Ihren guten Ruf wiederherzustellen? Wenn wir es aufsehenerregend genug inszenieren, ja!«, bestätigte Henry überzeugt. »Das Wichtigste ist, die Bevölkerung mit ins Boot zu holen. Zugleich müssen alle Vorbereitungen im Geheimen getroffen werden, damit unsere Konkurrenten auf keinen Fall Wind davon bekommen, was wir vorhaben.«

Jeanne lehnte sich in ihrem Stuhl zurück und spielte mit dem Füllfederhalter in ihrer Hand.

»Die Idee gefällt mir. Das hätte mir eigentlich selbst einfallen können. Ich werde wohl alt«, sagte die Witwe seufzend.

Henry runzelte besorgt die Stirn. »Geht es Ihnen nicht gut, Madame?«

»Nur weil ich ein wenig melancholisch bin? Müssen wir

uns nicht alle mit unseren nachlassenden Fähigkeiten abfinden, mein lieber Freund? Ich bin mir wohl bewusst, dass ich eines Tages loslassen muss. Aber wenn es so weit ist, möchte ich den ›Laden‹, wie Narcisse Greno zu sagen pflegte, in hervorragendem Zustand hinterlassen.«

Henry betrachtete die Witwe mit prüfendem Blick. Obwohl sie so munter wie eh und je wirkte, verspürte er auf einmal ein dumpfes Gefühl im Magen. Hatte sie eine Vorahnung, dass sie nicht mehr lange leben würde? Er wollte nicht weiter darüber nachsinnen. Mit seinen sechsundfünfzig Jahren war er auch nicht mehr jung, aber er hatte noch so viel vor, dass er nicht einen einzigen Gedanken an den Tod verschwenden mochte.

»Wie wollen Sie vorgehen?«, fragte Jeanne.

Sie sah seiner beunruhigten Miene an, dass er Verdacht geschöpft hatte, und bemühte sich, ihn auf das ursprüngliche Thema zurückzulenken.

Henry rang sich ein Lächeln ab und räusperte sich verlegen.

»Als Sammler bin ich mit einflussreichen Kunsthändlern und Sachverständigen bekannt«, erklärte er. »Einer meiner Freunde schreibt Artikel für verschiedene Zeitungen.«

»Ein Journalist?«, unterbrach Jeanne ihn.

»Mehr ein Kritiker, der Kunstwerke begutachtet. Monsieur Godard ist zudem ein glühender Verfechter einheimischer Kunst und verkehrt mit vielen Malern und Bildhauern. Ich denke, ich werde ihn dazu ermuntern, den ein oder anderen Artikel zu dem Thema zu verfassen, das alle Franzosen bewegen sollte, nämlich den Verlust so vieler nationaler Kunstwerke an das Ausland.« Ein selbstzufriedenes Lächeln spielte um Henrys Mundwinkel. »Sie werden sehen, Madame, ihm wird es gelingen, das Interesse und die Leidenschaft der Bevölkerung zu entfachen … und dann schlagen wir zu!«

Jeanne nickte überzeugt. »Madame Clicquot machte mich damals darauf aufmerksam, dass der Erfolg eines Geschäfts nicht allein von einer starken Führung, sondern auch von fähigen Mitarbeitern abhängt. Ich bin dankbar, dass mein Gemahl so klug war, Sie anzuheuern, Henry. Ohne Ihre Hilfe und Unterstützung wäre ich sicherlich nicht da, wo ich heute bin.«

»Es war mir stets eine Freude, mit Ihnen zu arbeiten, Madame«, erwiderte Henry.

Obwohl er kein bescheidener Mensch war, ließen ihn das Lob und die Anerkennung aus ihrem Mund erröten. Um seine Verlegenheit zu überspielen, verbeugte sich Henry.

»Wenn Sie erlauben, mache ich mich sofort an die Arbeit und suche Monsieur Godard auf. Empfehle mich, Madame.«

Verärgert faltete Jeanne die Zeitung zusammen und legte sie zur Seite. Die Spekulationen über die finanzielle Situation des Hauses Pommery rissen nicht ab. Erstaunlich, was Journalisten aus ein paar flüchtig hingeworfenen Andeutungen machten. Ihre Konkurrenten mussten nicht einmal Lügen erzählen, es genügte, wenn sie so taten, als hätten sie von irgendjemandem irgendetwas gehört, was darauf hindeutete, dass sich das Champagnerhaus verausgabt hatte und künftig nicht mehr in der Lage sein würde, seine Rechnungen zu bezahlen. Jeanne seufzte tief. Sie hoffte, dass Henrys Plan aufgehen würde. Es war ein riskantes Unternehmen und konnte sie einen großen Batzen Geld kosten. Aber es war den Versuch wert. An diesem Tag würde es sich entscheiden. Nervös erhob sich Jeanne, trat ans Fenster und sah hinaus. Wie jeden Morgen arbeitete sie bereits seit Sonnenaufgang im Studierzimmer ihres Hauptbüros an ihrer Korrespondenz. Sie wünschte, sie hätte die Möglichkeit, mehr zu tun, als an ihrem Schreibtisch zu sitzen und Briefe und Telegramme aufzusetzen, aber die Zeit, da sie nach England gefahren und selbst die Gewohnheiten ihrer Kunden studiert hatte, war endgültig vorbei. So war sie froh, dass Henry einen Strohmann gefunden hatte, der an ihrer Stelle der Auktion beiwohnen und für sie bieten würde. Er hatte ihr den Kunstkritiker Godard vorgestellt, und Jeanne hatte den Eindruck gewonnen, dass der Mann vertrauenswürdig genug war, in dieser Angelegenheit ihre Interessen vertreten zu können. Für sie bedeutete dies allerdings, dass sie in Reims bleiben und warten musste, bis alles vorbei war.

Am Nachmittag kündigte Jeannes Empfangsdame einen Besucher an. Erfreut über die Ablenkung ließ die Witwe Dr. Henrot hereinbitten. Ihre Gedanken kreisten unablässig um den Ausgang der Auktion, sodass sie sich auf nichts anderes mehr konzentrieren konnte. Da kam ihr der Bürgermeister gerade recht.

»Wie schön, dass Sie wieder einmal vorbeikommen, Doktor«, sagte Jeanne herzlich.

Henrot beugte sich über die Hand, die sie ihm darbot, und deutete einen Kuss an.

»Es ist mir wie stets ein Vergnügen, meiner heroischen Retterin meine Aufwartung zu machen, Madame.«

»Wann werden Sie diese Episode endlich vergessen, mein Lieber?«, neckte sie ihn. Dennoch genoss sie es, wenn er darauf anspielte.

»Aber, Madame. Wie könnte ich den Dienst, den Sie mir damals erwiesen, jemals vergessen?«, widersprach Dr. Henrot. »Sie sind zu bescheiden.«

»Sind Sie gekommen, um etwas Geschäftliches zu besprechen?«

»Nein, dies ist ein reiner Freundschaftsbesuch. Ich hoffte, Sie würden mir ein wenig Ihrer kostbaren Zeit zu einem Plausch gewähren.«

»Wie könnte ich Ihnen das verweigern, mein lieber Freund. Nun, wenn es nicht ums Geschäft geht, würde ich vorschlagen, dass wir in den Garten gehen. Sie trinken doch eine Tasse Tee mit mir? Ich könnte eine Stärkung vertragen.«

»Aber gerne, Madame.«

Auf einer gepflasterten Terrasse, auf der ein Sonnenschirm Schatten spendete, setzten sie sich an ein elegantes Gartentischchen. Die Empfangsdame trug Tee auf. Die bunten Blumenrabatte, die den englischen Rasen säumten, waren erfüllt vom Summen der Bienen und Hummeln. Überall blühten Rosen und verströmten ihr schweres Parfum.

»Ich muss gestehen, dass die Neugier mich hergetrieben hat, Madame«, sagte Dr. Henrot schließlich.

Jeanne, die lächelnd ein Eichhörnchen beobachtete, das über den Rasen sprang, fragte unschuldig: »So?«

»Monsieur Vasnier hat angedeutet, dass Sie einen Weg gefunden haben, die Gerüchte zum Schweigen zu bringen«, fuhr der Bürgermeister fort. »Aber er wollte mir nicht sagen, was Sie tun wollen.« Er hob abwehrend die Hände, als er sah, dass sie Henrys Verschwiegenheit rechtfertigen wollte. »Ich verstehe sehr gut, weshalb Diskretion notwendig ist. Dennoch brenne ich darauf zu erfahren, wann Sie endlich Ihr Schweigen brechen werden.«

»Nun, ein wenig werden Sie sich schon noch gedulden müssen, Monsieur«, erwiderte Jeanne schelmisch.

Dabei war ihr gar nicht zum Scherzen zumute. Ihr Magen war wie ein Gordischer Knoten, dessen schmerzhafte Krämpfe nur noch ein Schwerthieb lösen konnte. Um sich zu beruhigen, nippte sie an dem heißen Tee. Sofern es keine Verzögerung gegeben hatte, musste die Angelegenheit bereits vor einer Stunde über die Bühne gegangen sein. Hoffentlich war sie erfolgreich gewesen.

Als Jeanne schon glaubte, die Spannung nicht länger ertragen zu können, erschien Madame Prieur in der Terrassentür und kam mit den für sie so typischen resoluten Schritten auf sie zu.

»Verzeihen Sie die Störung, Madame, aber diese eilige Depesche ist gerade von einem Boten abgegeben worden.«

»Danke, Prieur.«

Mit unsicherer Hand entfaltete Jeanne das Telegramm und las die Nachricht: »Das Gemälde ist unser für dreihunderttausend Goldfrancs.«

Neugierig schielte Dr. Henrot zu ihr herüber und versuchte, die Worte zu entziffern. Doch das brauchte er nicht, Madame Pommerys Gesicht verriet ihm, dass es gute Nachrichten waren.

»Sie haben also erreicht, was Sie sich vorgenommen haben«, stellte er fest.

»So ist es.« Sie schenkte ihm ein nachsichtiges Lächeln, als sie seine gespannte Miene sah. »Und Sie wollen der Erste sein, der es erfährt?«

»Sie haben ein Bild erworben, habe ich recht?«

Jeanne nickte. »Ein ganz besonderes Gemälde: ›Die Ährenleserinnen‹ von Jean-François Millet. Ich weiß, dass Sie es waren, der Monsieur Vasnier auf den bevorstehenden Verkauf aufmerksam gemacht hat. Ein amerikanischer Sammler hat ein großes Interesse für das Bild an den Tag gelegt, und es drohte – wie so viele französische Kunstwerke –, ins Ausland zu gehen. Deshalb habe ich mich entschlossen, es bei der heutigen Auktion zu ersteigern.«

Anerkennend betrachtete Dr. Henrot die Witwe, der man die Erleichterung ansah.

»Dreihunderttausend Goldfrancs sind ein stolzer Preis. Wenn bekannt wird, dass Sie das Gemälde gekauft haben, wird niemand mehr glauben, dass Sie Geldschwierigkeiten haben könnten. Bravo, Sie haben Ihren Konkurrenten erfolgreich das Maul gestopft.«

»Trotzdem muss ich Sie bitten, Monsieur, noch eine Weile Stillschweigen über den Erwerb zu bewahren. Mein Mittelsmann hat das Bild anonym gekauft.«

»Verstehe«, sagte Dr. Henrot lachend. »Sie wollen die Spannung auf die Spitze treiben, damit die Enthüllung Ihres Namens eine noch größere Wirkung hat. Sehr raffiniert. Diesmal spielen *Sie* mit der Presse, anstatt umgekehrt. Sie können sich auf meine Diskretion verlassen.«

Er leerte seine Tasse und ließ sich von Jeanne nachgießen.

»Und was werden Sie nun, da Ihnen ›Die Ährenleserinnen‹ gehört, mit dem Bild anfangen, wenn ich fragen darf?«, erkundigte sich der Bürgermeister und setzte sein charmantestes Lächeln auf.

Es bereitete Jeanne keine Mühe, seine Gedanken zu erraten. »Ich bin untröstlich, dass ich das Werk nicht dem Kunstmuseum von Reims spenden kann, mein lieber Herr Bürgermeister«, erwiderte sie bedauernd. »Als glühende Patriotin bin ich der Meinung, dass das Bild einen besonderen Platz verdient: im Louvre. Aber seien Sie nicht enttäuscht. Ich werde unsere Stadt Reims nicht vergessen.«

46

Paris, Mai 1889

Ergriffen blieb Jeanne Alexandrine Pommery stehen und hob den Blick zu dem tausend Fuß hohen Stahlturm, der als Eingangsportal zum Gelände der Weltausstellung diente. In diesem Jahr fand die Messe zur Feier des hundertjährigen Jubiläums der Französischen Revolution in Paris statt. Henry Vasnier, der an ihrer Seite ging, hatte ebenfalls innegehalten und betrachtete die aus Profilträgern gebaute Stahlgitterkonstruktion.

»Es soll das höchste Bauwerk der Welt sein«, bemerkte er beeindruckt.

Sie waren nicht die einzigen Besucher, die überwältigt von der Größe des Turms stehen geblieben und in seinen Anblick versunken waren. Ein Herr in dunklem Anzug trat zu ihnen und lüftete seinen Zylinder.

»Wie ich sehe, bewundern Sie meine Schöpfung, Monsieur Vasnier«, sagte er. Ein Lächeln ließ die Zähne in seinem dunklen Bart aufblitzen. »Bitte seien Sie doch so freundlich, mich Ihrer charmanten Begleiterin vorzustellen«, bat er.

Henry tat ihm den Gefallen. »Madame Pommery, dies ist Monsieur Eiffel, dessen Architekturbüro den Triumphbogen entworfen und konstruiert hat. Monsieur Eiffel, Madame

Pommery, Leiterin der Firma *Pommery & Greno* und meine geschätzte Geschäftspartnerin.«

»Enchanté, Madame.«

Amüsiert nickte sie ihm zu. »Ich fürchte, die Pariser Bevölkerung hat Ihren Turm nicht ins Herz geschlossen.«

»Überall gibt es ewig Gestrige, die alles beim Alten lassen wollen und versuchen, sich dem Fortschritt in den Weg zu stellen«, erwiderte Gustave Eiffel unbeeindruckt.

»Haben Sie das Bauwerk selbst entworfen, Monsieur?«, fragte Jeanne interessiert.

»Nein«, gab er zu. »Mein Mitarbeiter Monsieur Koechlin hat die Pläne gemacht und die Konstruktion überwacht. Aber als Chef des Ganzen habe ich natürlich bei allen Entscheidungen das letzte Wort gehabt. Übrigens stammt die Maschinenhalle, die Sie hinter dem Turm sehen, ebenfalls von meinen Mitarbeitern.«

Gemeinsam folgten Jeanne, Henry und der Architekt dem Weg unter Eiffels Turm hindurch und bewunderten die einzigartige Stahlkonstruktion in ihrer ganzen Pracht vom Boden aus.

»Nachts wird er beleuchtet, und die Spitze wirft Lichtstrahlen in den Himmel. Das müssen Sie sich unbedingt ansehen, Madame«, schwärmte Gustave Eiffel.

»Das werden wir, Monsieur«, versicherte Jeanne.

Sie blieb einen Moment neben dem Springbrunnen stehen, der sich unter dem Turm befand, und genoss den erfrischenden Sprühregen seiner Fontäne. Die Luft war sehr warm, und sie fühlte sich ein wenig matt. Henry warf ihr einen sorgenvollen Blick zu. Sie wusste, dass sie ihm nicht länger etwas vormachen konnte. Er ahnte, dass es ihr nicht gut ging. Die Magenschmerzen, die sie schon ihr halbes Leben lang heimsuchten, waren in den letzten Monaten schlimmer geworden. Auch der Besuch des Thermalbads in den Pyrenäen hatte ihr diesmal keine Erleichterung gebracht. Jeanne hatte das Gefühl, dass die schmerzhaften Krämpfe ihr alle Kraft nahmen. Manchmal konnte sie tagelang nichts anderes als warme Milch zu sich nehmen, und hin und wieder erbrach sie Blut. Es fiel ihr zunehmend schwer, ihr gewohntes Arbeitspensum zu bewältigen. Mittags musste sie sich häufig ausruhen. Die hundertsechzehn Stufen zu ihren berühmten Kreidekellern hinabzusteigen strengte sie inzwischen sichtlich an, und beim Hinaufgehen brauchte sie eine stützende Hand. Sie ahnte, dass sie nicht mehr lange zu leben hatte, doch nach einigen Tagen der Verzweiflung, die dieser Erkenntnis gefolgt war, hatte sie sich schließlich damit abgefunden. Sie musste dankbar sein, dass ihr noch die Zeit geblieben war, ihr Geschäft aus der Krise zu befreien, die es zu ruinieren drohte. Sie würde es in einem Zustand zurücklassen, von dem ihr Gemahl Alexandre vor seinem Tod nicht einmal zu träumen gewagt hatte. Ob sie ihn wiedersehen würde? Es war so lange her … in den vergangenen einunddreißig Jahren war so viel geschehen, dass es ihr schwerfiel, sein Bild zu beschwören. Seine Züge waren in ihrer Erinnerung verblasst. Sie hatte immer geglaubt, sie im Gesicht ihres Sohnes Louis wiederzufinden, doch inzwischen war sie sich auch dessen nicht mehr sicher.

»Möchten Sie lieber ins Hotel zurückfahren, Madame?«, fragte Henry besorgt.

Aus ihren Gedanken gerissen sah Jeanne die Blicke der beiden Männer auf sich gerichtet und schüttelte trotzig den Kopf.

»Wir sind hergekommen, um das Bild auf der Messe ausgestellt zu sehen, und das werden wir tun.«

»Haben Sie denn schon den Industriepalast besichtigt?«, erkundigte sich Gustave Eiffel. »Die zentrale Kuppel ist wirklich beeindruckend. Und die elektrische Beleuchtung gibt einen Eindruck davon, in welchem Glanz unsere Städte in Zukunft auch des Nachts erstrahlen werden.«

»Nein, noch nicht«, erwiderte Jeanne und lächelte über seinen Enthusiasmus.

Männer, dachte sie. Die reinsten Kindsköpfe. Am liebsten würden sie sich ihr ganzes Leben lang nur mit ihrem Spielzeug beschäftigen.

»Ich wollte unbedingt die *Wild West Show* von Buffalo Bill sehen«, gab Jeanne zu. »Die Rekonstruktion der Bastille war auch recht beeindruckend. Nur eine Sache fand ich abscheulich, wie ich gestehen muss. Auf der Esplanade des Invalides, neben den Pavillons der französischen Kolonien, hat man Einheimische der eroberten Länder zur Schau gestellt, damit wir sie begaffen können wie Tiere im Zoologischen Garten. Bei diesem Anblick habe ich mich geschämt, Französin zu sein.«

»Aber, Madame, dies soll den Messebesuchern doch nur die Lebensweise dieser Menschen näherbringen«, versuchte Eiffel, ihre Empörung zu beschwichtigen.

»Damit sie sich einbilden können, sie hätten die armen Wilden aus ihrem elenden Dasein befreit, indem sie ihnen den Fortschritt brachten? Ich habe ein paar Worte mit einem Senegalesen gewechselt, der tief verletzt darüber war, dass man die Häuser seines Volkes als schmutzige Hütten darstellte, was nicht der Wirklichkeit entspricht.«

»Ich habe Sie durch meine unbedachten Worte verärgert,

Madame Pommery«, sagte der Architekt verlegen. »Es tut mir leid. Bitte entschuldigen Sie mich.«

Er lüftete seinen Hut und verschwand in der Menge.

»Ich kann Ihre Gefühle nachvollziehen, Madame«, gestand Henry. »Allerdings stehen Sie mit Ihrer Meinung ziemlich allein da.«

»Ich weiß«, erwiderte Jeanne. »Aber ich konnte Leid und Unrecht noch nie mit ansehen, ohne dass es mich danach verlangt, etwas dagegen zu unternehmen.« Sie rang sich ein Lächeln ab. »Kommen Sie, gehen wir zum Pavillon der Champagne.«

Henry bot ihr seinen Arm, und sie hakte sich bei ihm ein. In gemächlichem Tempo defilierten sie an den Ausstellungsgebäuden der Suezkanal-Kompagnie vorbei, betrachteten die Hallen, die dem Telefon und der Elektrizität gewidmet waren, und blieben schließlich vor dem Palast der französischen Spezialitäten stehen. Der Pavillon wirkte tatsächlich wie ein riesiges Schloss mit verzierten Türmen und einer prächtigen Fassade, wie der Louvre sie besaß. Im Innern waren alle möglichen Spezialitäten des Gastgeberlandes ausgestellt. Nicht ohne Neid bewunderten Jeanne und Henry das größte Eichenfass der Welt, das ihr Konkurrent Mercier mit zweihunderttausend seiner Flaschen gefüllt hatte. Doch das Ziel ihres Besuches war das Gemälde »Die Ährenleserinnen« von Jean-François Millet, das Jeanne für die fürstliche Summe von dreihunderttausend Goldfrancs ersteigert hatte. Wenn die Weltausstellung vorbei war, würde es seinen Platz im Louvre einnehmen.

Mit einem zufriedenen Lächeln betrachtete Jeanne die drei Frauen, die auf dem abgeernteten Kornfeld die heruntergefallenen Ähren aufsammelten, eine beschauliche bäuerliche Szene, die das urtümliche französische Landleben symbolisierte. Das Land, auf dem die Reben wuchsen, aus denen sie, so wie Barbe-Nicole Clicquot vor ihr, den edlen Champagner herstellten, den Nektar der Götter.

Nachwort

Dieser Roman erzählt die Geschichte zweier historischer Frauengestalten, die früh ihre Ehemänner verloren hatten und vor der Entscheidung standen, ob sie sich künftig damit begnügen sollten, sich um ihre Familie zu kümmern, wie die Gesellschaft jener Zeit es von ihnen erwartete, oder ob sie das Geschäft ihres Mannes weiterführen sollten. Wir wissen, wie die Entscheidung der beiden Witwen ausfiel. Obwohl weder Barbe-Nicole Clicquot-Ponsardin noch Jeanne-Alexandrine Pommery Erfahrung im Weinhandel oder überhaupt mit der Führung eines Geschäfts hatten, entschlossen sie sich, die Leitung der Firma ihres Mannes zu übernehmen. Beiden gelang es, aus dem Familienunternehmen ein berühmtes und erfolgreiches Champagnerhaus zu machen.

Von der Geschichte der Unternehmen zeugen die in den Archiven aufbewahrten Geschäftsbücher und die Korrespondenz, die die Witwen und ihre Nachfolger mit Kunden und Angestellten führten. Aber über das Privatleben der beiden Frauen weiß man nur wenig. Deshalb bleibt die Geschichte, die in diesem Roman erzählt wird, Fiktion. Briefe geben lediglich einen Hinweis auf den Charakter einer historischen Person, aber wir erfahren nichts über ihre intimen Gedanken und Gefühle. Ich habe mich bemüht, mich an die historischen Fakten zu halten, soweit sie bekannt sind.

Manchmal widersprechen sich die Überlieferungen aber auch, und von manchen Ereignissen erzählen nur Gerüchte. Ein Beispiel ist die Episode, in der die elfjährige Barbe-Nicole mit der Schneiderin ihrer Mutter während der Französischen Revolution durch die Straßen von Reims flieht. Die Geschichte wird in einer biographischen Skizze aus der Mitte des zwanzigsten Jahrhunderts (s. Jean Princesse de Caraman-Chimay, *Madame Veuve Clicquot Ponsardin: sa vie, son temps*, Reims 1956, S. 2) erwähnt. In anderen, neueren Biographien heißt es dagegen, Barbe-Nicoles jüngere Schwester Clémentine habe sich bei der Schneiderin versteckt. Die amerikanische Autorin Tilar J. Mazzeo vertritt in ihrem Buch *Veuve Clicquot. Die Geschichte eines Champagner-Imperiums und der Frau, die es regierte* die Meinung, dass es Barbe-Nicole war, die dieses Abenteuer erlebte, und ich habe mich ihrer Überzeugung angeschlossen.

Es ist nicht ganz geklärt, woran François Clicquot mit nur einunddreißig Jahren starb. Es ist von einem bösartigen Fieber die Rede, vermutlich einer der zu der damaligen Zeit verbreiteten Infektionskrankheiten wie Typhus oder Tuberkulose. Es gab aber auch Gerüchte, dass er sich das Leben genommen habe, wie der Amerikaner Robert Tomes in seinem Buch (s. Robert Tomes, *The Champagne Country*, New York 1867, S. 66) behauptet. Die Beschreibung von François' Begeisterungsfähigkeit und Risikofreude sowie die Neigung zur Schwermut, vor der ihn sein Vater in seinen Briefen warnte, lassen die Vermutung zu, dass er bipolar (manisch-depressiv) gewesen sein könnte, und so habe ich ihn im Roman beschrieben. Es ist möglich, dass das Gerücht, das Tomes erwähnt, der Wahrheit entspricht, denn das Risiko eines Suizids ist bei dieser Erkrankung sehr hoch.

Über Barbe-Nicole Clicquots Privatleben nach dem Tod ihres Mannes ist nichts bekannt. Da sie noch jung war, als sie Witwe wurde, habe ich ihr daher eine langjährige Liebschaft mit dem fiktiven Weinbauernsohn Marcel Jacquin angedichtet.

Die Einzelheiten des Unfalls auf der Schiffsbrücke zwischen Straßburg und Kehl, der zum Tod von Louis Bohne führte, stammen aus dem Brief, den seine Witwe an Barbe-Nicole Clicquot schrieb (zitiert nach Frédérique Crestin-Billet, *Veuve Clicquot. La Grande Dame de la Champagne*, engl. Ausgabe, Grenoble 1992, S. 89).

Über Jeanne-Alexandrine Pommerys Leben existieren noch weniger Informationen. Dies zeigt sich schon daran, dass die Witwe Pommery in vielen Büchern und Artikeln fälschlicherweise als »Louise Pommery« bezeichnet wird. Es ist nicht klar, wie es dazu kam, dass sich der falsche Vorname eingebürgert hat – vielleicht durch eine Verwechslung mit Jeannes Tochter Louise, die gemeinsam mit ihrem Bruder Henri Alexandre Louis und Henry Vasnier die Firma nach dem Tod der Mutter übernahm.

Jeanne Pommery ist vor allem dafür bekannt, dass sie den trockenen (*brut*) Champagner erfand, um damit den britischen und amerikanischen Markt zu erobern. Es ist nicht überliefert, ob die beiden Witwen sich je begegnet sind, aber sie könnten sich durchaus bei gesellschaftlichen Anlässen über den Weg gelaufen sein. Zweifellos hat Barbe-Nicole Clicquots Erfolg im Champagnergeschäft als Beispiel für Jeanne Pommery gedient und ihre Entscheidung, es ihr nachzutun, beeinflusst.

Die Szene, in der Jeanne während der Besetzung der Stadt

Reims durch die Deutschen im Jahre 1870 vor dem Militärgouverneur und dem Grafen von Waldersee einen Revolver hervorholte und schwor, ihre Waffe nicht abzugeben, wird in vielen Darstellungen beschrieben, ebenso wie die Antwort Waldersees, dass die Preußen die Damen von Reims nicht entwaffnen würden, sondern umgekehrt. Das Gefecht im Schirlenhof hat sich wie im Roman beschrieben abgespielt. Nur Henry Vasniers Anwesenheit in der Gaststätte habe ich erfunden.

Das Leben von Jeanne Pommery war ebenso bemerkenswert wie das der Witwe Clicquot. Jeanne investierte immense Summen in ein riesiges Bauvorhaben, dessen Ergebnis man noch immer besichtigen kann. Sie machte sich aber auch als Wohltäterin und Förderin der Künste einen Namen. Sie war die erste Frau, die in Frankreich mit einem Staatsbegräbnis geehrt wurde. Der Bürgermeister Dr. Henri Henrot, dessen Freilassung sie während des Krieges von 1870/71 erreicht hatte, hielt eine emotionale Grabrede, aus der ich am Anfang des Romans einen Teil wiedergegeben habe (zitiert nach Daniel Pellus, »Madame Veuve Pommery (1819-1890). Inventeur du champagne ›brut‹«, in: Pellus, D., *Femmes célèbres de Champagne*, Amiens 1992, S. 181). Nach Jeannes Tod fragte der damalige Präsident der Republik Émile Loubet bei einem Besuch des Betriebes im Jahr 1902 ihre Tochter Louise, was er tun könne, um ihre Mutter zu ehren. Louise wies ihn auf die Leidenschaft der Witwe Pommery für Rosen hin. Daraufhin wurde der kleine Ort Chigny, in dem Jeannes Sommerhaus stand, in Chigny-les-Roses umbenannt.

Dank

Mein Dank gilt vor allem meinem Agenten Thomas Montasser, der mir den Anstoß zu dieser Geschichte gab. Ohne ihn gäbe es diesen Roman nicht.

Herzlich danken möchte ich auch all denen, die mir bei der Entstehung des Romans beratend zur Seite gestanden und mir ihr Fachwissen zur Verfügung gestellt haben. Die Mitarbeiterinnen und Mitarbeiter der Champagnerhäuser *Veuve Clicquot Ponsardin* und *Vranken Pommery* in Reims, im Besonderen die Historikerin Sofie Landry von *Vranken Pommery*, haben mit viel Geduld und Engagement meine unzähligen Fragen beantwortet.

Bei den medizinischen Beschreibungen hat mich wie stets Frau Dr. Mila Beyer vom Universitätsklinikum Düsseldorf beraten. Etwaige Fehler gehen natürlich zu meinen Lasten. Vielen Dank auch an die Historikerin und Germanistin Gesine Klinkworth, die sich trotz ihrer familiären und beruflichen Aufgaben die Zeit genommen hat, nach grammatikalischen und inhaltlichen Fehlern zu suchen. Herzlichen Dank auch der Lektorin Ilse Wagner, nicht zu vergessen meiner Familie, meinen Freunden und Kollegen.

Literaturauswahl

Ariès, P.; Duby, G. (Hg.), *Geschichte des privaten Lebens, 4. Band: Von der Revolution zum Großen Krieg*, Frankfurt am Main 1992

Bertho, M., *Serge Wolkonsky. Prince de Reims*, Chaumont 2013

von Boehn, M., *Die Mode. Eine Kulturgeschichte vom Barock bis zum Jugendstil*, München 3. überarb. Aufl. 1986

Cornuaille, B., »Jeanne Alexandrine Melin, la Maison Pommery au cœur«, in: Cornuaille, B., *Femmes d'exception en Champagne*, Villeveyrac 2016, S. 248–267

Crestin-Billet, F., *Veuve Clicquot. La Grande Dame de la Champagne*, Grenoble 1992

Kladstrup, D. & P., *Champagner. Die dramatische Geschichte des edelsten aller Getränke*, Stuttgart 2007

Leggiere, M. V., *Blücher. Scourge of Napoleon*, Norman 2014

Lieven, D. *Russland gegen Napoleon. Die Schlacht um Europa*, München 2011

Mayer, K. J., *Napoleons Soldaten. Alltag in der Grande Armée*, Darmstadt 2008

Mazzeo, T. J., *Veuve Clicquot. Die Geschichte eines Champagner-Imperiums und der Frau, die es regierte*, München 3. Aufl. 2016

Pellus, D., »Madame Veuve Pommery (1819-1890). Inventeur du champagne ›brut‹«, in: Pellus, D., *Femmes célèbres de Champagne*, Amiens 1992, S. 181-191

Pellus, D., *Reims à travers ses rues, places et monuments*, Lyon o. J.

Pölking, H.; Sackarnd, L., *Der Bruderkrieg. Deutsche und Franzosen 1870/71*, Freiburg im Breisgau 2020

Vizetelly, H., *A History of Champagne with Notes on the Other Sparkling Wines of France*, London 1882